흑사관 살인 사건

| 일러두기 |

1. 이 책에서 번역한 작품은 2007년 10월에 간행된 도쿄 소겐샤(東京創元社)의 『일본탐정소
   설전집』 제6권 「오구리 무시타로집(小栗虫太郎集)」을 저본으로 하였다.
2. 인명 및 지명에 한해서 초출시 괄호 안에 원문 표기를 하였다.
3. 고유 명사의 일본어 표기는 〈일본어 외래어 표기법〉을 따랐다.
4. 외래어는 원어 표기의 우리말 발음을 원칙으로 하였다.
5. 각주 및 본문 내 주석은 기본적으로 작품 원문과 동일하게 하였다.

일본 추리소설 시리즈

8

# 흑사관 살인 사건

오구리 무시타로

강원주 옮김

이상

# 차례

# 후리야기 일족 이야기

세인트 알렉세이 성당 살인 사건*에 대하여 노리미즈(法水)가 수사 결과를 공표하지 않자 사건이 미궁에 빠져들었다는 소문이 슬슬 떠돌기 시작한 지 열흘째 되는 날이었다. 그때부터 수사기관 수뇌부는 라자레프 살해범의 추적을 포기하지 않을 수 없었다. 400년 전부터 이어져 온 우스키(臼杵)**예수회 신학교 이래 신성가족이라고 불린 후리야기(降矢木)관에 갑자기 시커먼 바람과도 같은 독살자의 방황이 시작되었기 때문이다. 통칭 흑사관이라고 불리는 후리야기관(館)에는 언젠가 반드시 이런 괴이한 공포가 생겨날 것이라는 풍문이 있었다. 물론 그런 억측을 낳게 된 데는 보스포루스 해협 동쪽에 단 하나밖에 없다고 알려

* 오구리 무시타로의 단편 탐정소설. 노리미즈 린타로 시리즈 중 하나. 세인트 알렉세이 성당에서 의문의 종 소리가 들리고 전직 신부였던 러시아인 라자레프가 변사체로 발견된다.
** 오이타(大分)현에 있는 기독교인 다이묘(大明) 오토모 소린(大友宗麟)이 축성한 성하마을. 남만 문화와 기독교 문화의 흔적이 많이 남아 있다.

진 후리야기 가문의 성관이 확실히 중대한 이유의 하나가 되었다. 호화스럽고 웅장하기 이를 데 없는 켈트 르네상스 양식의 성관을 언제든지 볼 수 있는 오늘날에도 첨탑과 망루의 수와 선이 주는 기이한 감각—마치 맥케이의 고풍스러운 지리책 삽화라도 보는 것 같은 느낌은 언제나 한결같았다. 1885년 성관을 지으면서 가와나베 교사이(河鍋暁斉)*나 오치아이 요시이쿠(落合芳幾)** 로 하여금 이 성관의 아름다움을 더할 화룡점정으로 용궁 아가씨를 그리게 했을 때만 해도 눈부시게 아름다운 볼거리였으리라. 하지만 그 후 세월의 흐름과 함께 퇴색되었다. 지금에는 건물도 사람도 그런 유치한 공상의 대상이 되지는 못했다. 천연 염료는 변색하여 돌 벽을 좀먹어가듯 거칠고 황폐해져 얼룩을 띠었다. 언제부터인가 이 저택에 안개 같은 것이 둘러싸기 시작하더니 급기야 성관 전체를 희미한 비밀 덩어리로 보이게 했다. 사실 요사스러운 기운이라는 것도 성관 안에 쌓이고 쌓인 숱한 수수께끼에 의한 것이지, 프로방스 성벽을 모방해 쌓은 성곽 때문은 아니었다.

이 성관이 지어진 이래 기괴한 죽음을 연상시키는 변사 사건이 연달아 일어났다. 동기 불명의 사건이 세 차례에 걸쳐 일어난 데다 당주 하타타로(旗太郎) 외 가족 중 현악 4중주단을 이루는 네 명의 외국인이 있다더라, 그들은 어려서부터 40년이라는 긴 세월을 두문불출 성관 밖으로 한 걸음도 나가지 않는다더라,

---

* 일본의 풍속 화가. 다수의 희화와 풍자화를 남겨 국제적으로도 유명하다.
** 일본의 풍속 화가. 신문의 삽화도 많이 남겼다.

이런 소문이 꼬리에 꼬리를 물어 흑사관을 납빛을 띤 증기 벽처럼 가로막아 버렸다. 정말이지 사람도 건물도 낡아빠져 흑사관은 커다란 암 덩어리 같은 모양으로 보였는지도 모른다. 그렇기에 역사적으로 존중해야 할 가계(家系)가 유전학적 견지에서 본다면, 기묘한 형태의 버섯처럼 보이기도 할 것이다. 혹은 고인이 된 후리야기 산테쓰(算哲) 박사의 신비주의 성향으로 미루어 현재의 이상한 가족 관계를 생각하면, 폐허가 된 사원처럼 섬뜩하게 다가올 것이다. 물론 그것들은 억측이 낳은 환상에 지나지 않는다. 하지만 유독 한 가지, 지금이라도 비밀스러운 조화를 깨뜨릴 것 같은 묘하게 불길한 공기가 있다는 것만은 확실했다. 고약한 전염병 같은 공기는 1902년, 제2의 변사사건이 일어났을 때 싹트기 시작했다. 10개월 전에 산테쓰 박사가 기괴하게 자살한 다음부터라는 것은—후계자인 하타타로가 17세의 어린 나이였다는 사실과 또 집안의 지주를 잃었다는 관념까지 더해졌을 것이다.—한층 더 큰 균열을 느끼게 하였다. 그리고 만약 인간의 마음속에 악마가 살고 있다면, 그 균열 속에 남은 사람들을 범죄의 밑바닥으로 끌고 가기라도 할 것 같았다. 세상 사람들은 생각지도 못한 자괴감이 일으키는 두려움을 차츰 강하게 느끼기 시작했다.

하지만 예상과 달리 후리야기 일족은 표면적으로 조금도 흔들리지 않았다. 아마도 그 독기와도 같은 공기가, 아직 포화점에 이르지 않았기 때문이 아니었을까. 그러나 그때 이미 물밑 바닥에서는 조용한 수면과는 달리 암흑의 지하수로 쏟아지는 커다란 폭포가 시작되었다. 그리고 그동안 누적된 것이 갑자기 험악하게 몰아치는 태풍이 되어 성가족(聖家族) 한 사람 한 사람의 숨을 멈추게 하려고 하였다. 더구나 이 사건에는 놀랄 만큼 심오한 비밀과 신비가 숨어 있어 그 때문에 노리미즈 린타로는 간교하기 짝이 없는 범인 말고도 이미 이승에서 사라진 사람들과도 싸우지 않으면 안 되었다.

사건에 들어가기 전, 필자는 노리미즈가 모은 흑사관에 관한 놀랄 만한 조사 자료를 기록하지 않을 수 없었다. 중세 악기나 복음서 사본, 게다가 고대 시계에 관한 그의 편집적인 취미가 단서가 되었다. 분명 외부에서 할 수 있는 한 모든 노력을 기울인 것으로 보이는 방대한 자료를 보고 검사가 무심코 탄성을 지르며 놀라워 한 것도 무리가 아니었다. 게다가 피 말리는 노력을 한 것으로 보아 이미 노리미즈는 물 밑에서 울려 퍼지는 소리에 귀 기울이던 한 사람이었음에 분명했다.

그날 1월 28일 아침.

그다지 건강한 체질이 아니었던 노리미즈는 진눈깨비 내리는 새벽에 일어난 사건의 피로에서 완전히 회복되지 않은 상태였다. 그래서 찾아온 하제쿠라(支倉) 검사로부터 살인이라는 말을 듣고 '아아, 또야?'라는 식으로 짜증스러운 표정을 지었다.

"하지만 노리미즈, 그게 후리야기가(家)라구. 더군다나 제1바이올린 주자인 그레테 단네베르그 부인이 독살되었어."

검사의 이 말에 순간적으로 노리미즈 얼굴에 그다지 내키지 않는다고만 할 수 없는 빛이 스쳤다. 노리미즈는 갑자기 벌떡 일어나 서재로 들어가더니 곧 책을 한 아름 안고 나왔다. 그리고 의자에 털썩 걸터앉았다.

"천천히 하자고, 하제쿠라. 이 일본에서 제일 불가사의한 가문에서 살인 사건이 났다면 그에 따른 예비지식을 준비하는 데만 어차피 한두 시간은 걸리지 않겠어? 그게 대체 언제였더라? 켄넬 살인 사건* 말이야.─그때는 고대 중국의 도자기가 한낱 장식품에 불과했지. 하지만 이번에는 산테쓰 박사가 감춰 놓고 있던 카롤링거 왕조 이래의 공예품이야. 그중에 혹시 보르자** 항아리가 없다고는 할 수 없지. 그리고 복음서 사본 같은 것은 한 번 보고 알 수 있는 게 아니라서⋯⋯."

이렇게 말하고 노리미즈는 『1414년 세인트 갈 사원 발굴기』와 다른 두 권을 겨드랑이에서 꺼내더니 그중 비단과 사슴 가죽을 어슷하게 붙여 아름답게 장정한 책 한 권을 불쑥 내밀었다.

"문장학(紋章學)?"

검사는 질린 듯이 외쳤다.

"음, 데라카도 요시미치(寺門義道)의 『문장학비록』이야. 벌써 희귀본이 되었지. 그런데 자네, 지금까지 이렇게 기묘한 문장을 본 적이 있나?"

노리미즈가 손가락으로 가리킨 것은 FRCO라는 네 자를 28엽

---

* 미국의 추리소설가 밴 다인의 작품. 탐정 파일로 밴스가 등장하여 밀실 살인 사건을 해결한다.
** 교황 알렉산드르 6세의 아들 체자레 보르자와 딸 루크레치아 보르자로 유명한 가문. 독약을 사용한 범죄로도 유명하다.

올리브 관으로 싼 도안이었다.

"이것이 덴쇼(天正) 시대 유럽 파견 사절*의 한 명이었던 지지와 세이자에몬 나오카즈(千千石淸左衛門直員)로부터 시작된 후리야기 가문의 문장이라네. 붕고(豊後)** 지방의 영주 프란체스코 시반(오토모 소린, 大友宗麟)***의 서명을 가운데 놓고 그것을 피렌체 대공국 표장기의 일부가 둘러싸고 있지. 아무튼 아래의 주석을 읽어 보게."

—『클라우디오 아쿠아비바(예수회 회장) 회상록』 중 돈 미카엘(지지와)로부터 젠나로 콜바르타(베니스의 유리 직공)에게 보내는 글. (전략) 그날 바타리아 수도원의 벨레리오 신부가 나를 성찬식에 초대하고선 모습을 나타내지 않았다. 이상하다 생각하고 있는데 갑자기 문을 열고 키 큰 기사가 나타났다. 허리에 바롯사 교회 소속의 기사라는 인장을 찬 기사는 벼락같은 눈을 칩뜨고 말했다. "프란피스코 대공비 비앙카 카펠로 전하가 피사 메디치가(家)에서 귀하의 아기를 비밀리에 낳으셨소. 그 여자 아기에게 흑인 노예인 유모를 붙였으니 나무 울타리 밖에서 기다렸다가 데려가시오." 나는 놀랐지만 짚이는 바가 있어 그 뜻을 받아들이고 기사

---

* 1582년 규슈의 기독교인 다이묘 오토모 소린 등이 로마로 소년 4명을 포함하여 파견한 사절단. 이들에 의해 유럽에 일본의 존재를 확인시켰고, 귀국할 때 구텐베르크의 인쇄기를 가져와 기독교 서적 등을 인쇄하였다고 한다.
** 지금의 오이타현.
*** 16세기 일본의 무장, 기독교인 다이묘. 중국의 명나라와 류큐, 캄보디아, 포르투갈 등과의 해외무역과 강력한 무력, 외교력으로 한때 규슈 6개국을 지배했다.

를 보냈다. 얼마 후 회개하고 면죄부를 받아 수도원을 떠났다. 돌아오는 중 고아(Goa)에서 흑인 유모가 죽고 아기에게는 스구세라는 이름을 붙여 후리야기 가문을 창시했다. 하지만 귀국 후 내 마음이 망상으로 어지러우니, 하느님께서도 나를 괴롭히는 유혹의 장애를 없애지 못하셨다.(이하 생략)

"말하자면 후리야기 혈통이 카테리나 디 메디치(1519~1559)* 의 숨겨진 자식이라고 알려진 비앙카 카펠로로부터 시작되었다는 건데, 그 모녀가 다 무섭고 잔학한 범죄자였지. 카테리나는 유명한 근친살해자이자 성 바르톨로뮤 축일의 학살**을 지휘한 장본인이기도 하지. 또 그 딸은 독으로 유명한 루크레치아 보르자부터 100년 뒤에 나타나 장검의 암살자로 이름을 날렸고. 그런데 그 13대째에 산테쓰라는 이상한 인물이 나타난 거야."

노리미즈는 책의 뒤 부분에 끼어 놓은 사진 한 장과 외국 신문에서 오려낸 기사를 꺼냈다. 그런데 검사는 시계를 꺼냈다 넣었다는 하는 동작을 반복하면서 시큰둥한 반응을 보였다.

"덕분에 덴쇼 소년 사절단에 대해서는 상당히 잘 알게 되었군. 그런데 400년 후에 일어난 살인 사건과 선조의 혈통 사이에 대체 무슨 관계가 있다는 거지? 정말 부도덕하다는 점에서는 사

* 프랑스 발루아 왕조 앙리 2세의 왕비. 프랑스 위그노 전쟁 당시 수만 명의 민간인들을 학살했다.
** 1572년 8월 24일(성 바르톨로메오의 축일). 프랑스 파리에서 로마 가톨릭교회 추종자들이 개신교인 위그노들을 학살한 사건.

학도 법의학이나 유전학과 공통점이 있기는 하지만……"

노리미즈는 검사의 비아냥거림에 쓴웃음을 지었다.

"아무렴. 하여튼 법률가들이란 시에도 조목을 붙이고 싶어 한다니까. 하지만 예증이 없다고 할 수는 없어. 샤르코*의 수상록에 따르면 쾰른에서 형한테 용을 퇴치한 성 게오르규가 자기네 선조라는 농담을 들은 동생이 수녀를 험담한 하녀를 죽여 버렸다는 기록이 있어. 또 필립 3세가 파리의 나환자를 태워 죽였다는 이야기를 듣고 몰락한 6대손인 베르트랑이 이번에는 성병 환자들에게 똑같은 짓을 하려고 했다더군. 그것을 샤르코는 혈통의식에서 온 과대망상이라고 정의를 내렸지."

이렇게 말한 후 노리미즈는 검사에게 눈짓으로 앞에 있는 자료를 보라고 재촉했다.

사진은 자살 기사에 실린 산테쓰 박사로, 조끼 맨 아래의 단추를 가릴 정도로 하얀 수염을 길게 늘어뜨린 노인의 모습이었다. 그의 표정은 영혼의 고뇌가 마음속 깊은 곳에서 타올라 그을린 것 같은 우울해 보였다. 그러나 검사의 시선은 처음부터 또 다른 한 장의 외국 신문 쪽으로 쏠려 있었다. 그것은 1852년 6월 4일자의 『맨체스터 우보(郵報)』로 「일본 의학생, 세인트루크 요양소에서 추방되다」라는 제목의 요크 주재원이 쓴 짧은 기사였다. 그런데 그 내용에 검사는 자신도 모르게 눈이 번쩍 뜨일 만한 것이 있었다.

---

* Jean-Martin Charcot(1825~1893). 현대 신경의학의 창시자.

브라운 슈바이크 보통의학교에서 온 일본 의학생 후리야기 고이기치(鯉吉, 산테쓰의 예전 이름)는, 평소 리처드 버튼 무리와 어울려 주위의 이목을 끌었다. 그러던 중, 엑스터 교구 감독을 비방하고 목하 논쟁의 중심에 있던 마술사 로널드 퀸시와 친하게 지낸 이유로 오늘 브라운 슈바이크로 돌려보내졌다. 그런데 퀸시가 거액의 금화를 소지한 것을 수상히 여겨 추궁한 결과, 그가 비밀리 소장해온 다음과 같은 물건 — 부레 필사본 『위티구스 주법전(呪法典)』, 『발데마르 1세 촉요(觸療)주문집』, 히브리어 필사본인 『유대 카발라』(신비 수리술로 노타리콘, 테무라의 법술 포함), 헨리 크러멜의 『신령수서법(神靈手書法)』, 편자 불명의 라틴어 필사본 『칼데아 오각성 소환술』 및 영광의 손(교수형을 받은 사람의 손바닥을 초에 절여 건조한 것) 등을 후리야기에게 양도해서 받은 것이라고 고백했다.

기사를 다 읽은 검사에게 노리미즈는 흥분한 어조로 말했다.

"그러니 나 혼자뿐이라는 얘기야. 이것을 손에 넣자마자 산테쓰 박사와 고대 주법과의 인연을 알아낸 사람은. 아니, 정말로 무서운 일이야. 만약 『위티구스 주법전』이 흑사관 어딘가에 남아 있다면 범인 외에 또 한 사람 우리들의 적이 늘어나니까 말이지."

"그건 또 왜 그렇지? 마법서와 후리야기에게 대체 뭐가 있다는 거지?"

"『위티구스 주법전』은 이른바 기교 주술로, 오늘날의 과학을 저주와 사악의 옷으로 둘러싼 것이라고 전해지기 때문이지. 원래 위티구스라는 사람은 아랍과 그리스의 과학을 대표하는 실베스터 2세의 13사도 중 한 사람이야. 그런데 무모하게도 그 일파는 로마 교회에 대계몽 운동을 일으켰어. 결국 12명은 이단으로 몰려 화형당했지만, 위티구스만 몰래 도망가 이 대기교 주술서를 완성했다고 전해지고 있어. 그것이 훗날 보카네그로의 축성술이나 보반의 공성법, 또 데이와 클로서의 마경술이나 칼리오스트로의 연금술, 게다가 보티겔의 자기 제조법에서부터 호헨하임이나 그라함의 치료의학에 이르기까지 그 기반이 되고 있다니 정말이지 놀라운 일이야. 또 『유대 카발라』로는 420개의 암호를 만들 수 있지만 그 외의 것들은 소위 순수주술로 황당무계한 것뿐이야. 그러니 하제쿠라, 우리가 정말 두려워해야 할 것은 『위티구스 주법전』 하나뿐이라고 해도 될 걸세."

과연 이 예측은 다음에 사실로 드러나겠지만 그때는 아직 검사의 신경에 깊이 와 닿는 바가 없었다. 노리미즈가 옷을 갈아입으러 옆방으로 간 동안 검사는 한 권의 책을 들어 접혀진 페이지를 펼쳐 보았다. 그것은 1886년 2월 9일자 『도쿄신지(東京新誌)』 413호로, 「당대 조보쿠레 박사」라는 제목의 다지마 쇼지(田島象二, 『화류사정』 등의 저자)의 희문(戱文)이었다.

자, 이번에 간보에서 돌아오는 길에 들었는데(이렇게 시작된 문장 몇 줄 뒤에 다음과 같은 이야기가 실려 있었다.) 근래 오야마 거리가 구경꾼들을 끄는 것은, 가나가와(神奈川)현 고자(高座)군 요시가리

(霞苅)에 용궁 같은 서양식 성관이 나타났기 때문이다. 이 성관은 나가사키의 대부호 후리야기 고이기치가 지은 것으로 그 유래는 다음과 같다. 원래 고이기치는 고지마교(小島郷) 요양소에서 네덜란드 군의관 메이델홀트의 지도를 받았다. 1870년 일가가 도쿄로 이주하자 독일로 가 먼저 브라운 슈바이크 보통의학교에 들어갔다. 그 후 베를린 대학으로 옮겨 8년간의 연구 끝에 2개의 학위를 받고 올해 초 귀국할 예정이었다. 그에 앞서 2년 전 영국인 건축 기사 클로드 딕스비를 파견하여 앞서 말한 곳에 국내 최초라할 대규모의 서양식 건물을 착공하게 했다. 한마디로 아내로 맞이한 프랑스 브장송 출신의 테레즈 시뇨레를 위한 선물이었다. 즉, 지형은 사브루즈 계곡을 모방하고 본관은 테레즈의 생가인 트레비 유장의 성관을 본떠서 아내가 고향을 그리워하지 않도록 배려한 것이다. 그런데 애석하게도 테레즈는 얼마 전, 귀국선을 타고 오다 재귀열에 걸려 랑군에서 죽었다. 그런데 재담가인 오도리(大鳥) 문학박사는 이 성관을 중세 시대 보루의 지붕까지 벗겨내 흑사병으로 죽은 이들을 채웠다는 프로방스 성채를 모방했다는 이유로 흑사관이라고 조소했는데, 이것이야 말로 우스꽝스러운 일이라 할 것이다.

검사가 기사를 다 읽고 나자 노리미즈가 외출복으로 갈아입고 나타났다. 그는 다시 의자 깊숙이 앉더니 때마침 집요하게 울리는 전화벨소리에 미간을 찌푸렸다.

"저건 아마도 구마시로(熊城)의 독촉 전화일 거야. 어쨌든 시체가 도망가지는 않을 테니 천천히 하세나. 그러면 그 뒤에 일어난 세 가지의 변사 사건과 아직까지 풀리지 않은 산테쓰 박사의 행적에 대해 자네에게 말하지. 귀국 후 산테쓰 박사는 일본대학에서도 신경병학과 약리학으로 두 개의 학위를 받았는데 교수 생활은 하지 않고 묵묵히 은둔하며 독신 생활을 시작했지. 이곳에서 우리가 무엇보다도 주목해야 할 것은 박사가 단 하루도 흑사관에서 살지 않았을 뿐 아니라 1890년에는 지은 지 불과 5년밖에 되지 않은 성관 내부를 대대적으로 개수했다는 것이야. 즉 딕스비의 설계를 근본에서부터 수정해 버린 거지. 그리고 자신은 간에이사(寬永寺) 뒤에 저택을 짓고 흑사관에는 동생인 덴지로(伝次郎) 부부가 살도록 했지. 그 후 박사는 자살하기까지 40여 년을 거의 평온하게 보냈다고 해도 좋아. 저술이라 해봐야 『튜더가 매독 및 범죄에 관한 고찰』한 편뿐으로, 학계에서의 존재도 그 유명한 야기자와(八木澤) 의학 박사와의 논쟁이 전부라고 해도 과언은 아니겠지. 그 논쟁은 이런 거야. 1888년 두개인 양부(頭蓋鱗樣部) 및 섬유와기형자(顧窩畸形者)의 범죄 소질 유전설을 야기자와 박사가 주장하자 거기에 산테쓰 박사가 반박하면서 그 후 일 년에 걸친 대논쟁을 벌였어. 결국 인간을 재배하는 실험 유전학이라고 하는 극단적인 결론에 도달해 버렸지. 그 논쟁의 흐름에 모두 숨죽이고 있는데 두 사람은 마치 묵계라도 한 것처럼 돌연 논쟁을 멈추어 버렸어. 그런데 이 논쟁과는 관계없는 거지만, 산테쓰 박사가 없는 흑사관에 연달아 기괴한 변사 사건이 일어난 거야.

최초의 사건은 1896년의 일로 본부인이 입원한 사이에 애첩인 간도리(神鳥) 미사호를 끌어들인 첫날밤, 덴지로는 미사호 때문에 종이칼로 경동맥을 끊고, 미사호도 그 자리에서 자살해 버렸어. 그리고 그 다음 사건은 6년 뒤인 1902년으로, 미망인이 된 박사의 사촌 누이 후데코(筆子) 부인이 사랑하는 아라시 다이주로(嵐鯛十郎)라는 교토의 배우 때문에 역시 교살되고 다이주로도 그 자리에서 목을 매고 말았지. 그리고 이 두 번의 타살 사건에는 전혀 동기라고 할 만한 것이 없고 아니, 오히려 그에 반대되는 견해만이 형성되는 형편이라 어쩔 수 없이 충동성 범죄로 유야무야 묻혀 버렸어. 그런데 주인을 잃은 흑사관에, 한때 산테쓰의 이복조카딸인 쓰다코(津多子)—자네도 알고 있지? 지금은 도쿄 진네이(神恵) 병원장인 오시카네(押鐘) 박사의 부인이 되었지만, 일찍이 다이쇼 말기의 신극 스타였었지. 당시 3살밖에 안 된 그녀가 주인이 되었지만 1916년, 생각지도 않게 산테쓰의 애첩 이와마 도미에(岩間富枝)가 사내아이를 낳은 거야. 그 아이가 바로 지금의 당주인 하타타로야. 그리하여 30여 년을 평온하게 보냈는데 작년 3월, 세 번째 동기 불명의 변사 사건이 일어났지. 이번에는 산테쓰 박사가 자살해 버린 거야."

이렇게 말하며 노리미즈는 옆에 있던 서류철을 끌어당겨 유명한 사건마다 당국에서 보내온 검시 조서 중에서 박사의 자살에 관한 기록을 찾아냈다.

상처는 왼쪽 제5·제6 늑골을 뚫고 좌심실로 들어간 전형적인 상처 모양을 한 단검 자상으로, 산테쓰는 방 한가운데에 칼자루를 꼭 쥐고 발은 문 쪽으로, 머리는 안에 걸린 커튼을 향한 채로 반듯이 누운 자세로 죽어 있음. 얼굴은 다소 비통미를 띤 것 같은 치매 상태의 이완을 보였고 현장은 덧문이 내려진 어스름한 방으로 집안 사람들은 아무 소리도 듣지 못했다고 함. 물건도 흐트러진 흔적은 없음. 더욱이 상술한 이 외의 외상은 없고 게다가 산테쓰가 서양 인형을 안고 그 방으로 들어가고 나서 불과 10분도 안 되어 일어난 사건이라고 함. 그 인형은, 루이 왕조 말기의 체크 무늬 옷을 입은 사람 실물 크기의 인형으로 장막 뒤에 있는 침대 위에 있었음. 사용한 자살용 단검은 호신도로 추정. 그뿐만 아니라 산테쓰의 신변상 전혀 동기가 없고 천수(天壽)를 마칠 나이에 가까운 충실한 학자가 어떻게 이런 어리석은 일을 저질렀는지 그 점, 몹시 판단하기 어려움.

"어때, 하제쿠라. 두 번째 변사 사건에서 30여 년이 지났는데도 사인 추정은 명료하나 동기가 없다는 점에서 명백한 공통점이 있지 않아? 그러니 거기에 잠재된 눈에 보이지 않는 무언가가 이번에는 단네베르그 부인에게 나타났다고 해야 하지 않겠어?"

"그건 좀 근거가 없는 것 같은데."

검사는 몰아세우는 듯한 어조로 말했다.

"두 번째 사건에서 전후의 연관성이 완전히 중단되었어. 그 뭐라는 교토의 배우는, 후리야기 일족이 아니잖아."

"그렇게 되나. 어디까지 자네에게 힘을 들여야 할지 모르겠군."

노리미즈는 눈으로 과장된 표정을 지으며 계속해서 말했다.

"그런데 하제쿠라, 최근에 등장한 탐정 소설가로 고시로 우오타로(小城魚太郎)*라는 별종이 있는데, 그 사람의 최근작에 『근세 미궁 사건 고찰』이라는 것이 있어. 그 책에 유명한 큐더비 붕괴록이 나오는데, 빅토리아 왕조 말기에 번성했던 큐더비가(家)도 마치 후리야기의 세 사건과 같은 식으로 절멸해 버렸다는 거야. 최초의 사건은, 궁정 시인인 큐더비가 출사하려는 아침에 일어났어. 당시 부정을 저질렀다는 소문이 파다했던 아내 앤이 배웅의 키스를 하려고 팔을 남편 어깨에 두르자 갑자기 큐더비가 단검을 뽑아 등 뒤의 커튼을 찔렀지. 그런데 피로 붉게 물들어 쓰러진 사람은 장남인 월터였어. 경악한 큐더비는 뽑은 칼로 자신의 심장을 찔러 버렸지. 다음은 그로부터 7년 후의 일로 차남 켄트의 자살이었어. 친구가 오른쪽 볼에 잔을 던지며 결투를 청했는데도 모른 척했다고 비웃음거리가 되자 치욕을 견디지 못하고 죽었다는군. 그런데 똑같은 운명이 그로부터 2년 뒤에 홀로 남은 딸 조지아에게도 돌아왔어. 약혼자와의 첫날밤, 어찌된 일인지 자신을 매도하는 말에 화가 난 약혼자에 의해 신혼의 침상에서 목이 졸려 죽었지. 그것이 큐더비가의 마지막이었어. 하지만 도저히 운명설로밖에 설명할 수 없다고 생각되는 그 세 사건에서 고지로 우오타로는 과학적인 계통을 발견했어. 그래서 다음과 같은 결론을 내렸지. 즉, 섬광처럼 오른쪽 얼굴 반쪽에서

---

* 나카지마 가와타로(中島河太郎, 1917~1999). 일본의 미스터리 문학평론가로 호러, 공포소설에도 조예가 깊었다. 고시오 우오타로는 별명이다.

일어나는 구블러 마비의 유전으로 인한 것이라고. 그러니까 큐더비의 장남 살해는 아내의 손이 오른쪽 뺨에 닿아도 감각이 없으니까 그 손이 등 뒤의 커튼 안에 숨은 간부에게 뻗은 것이라고 오해한 결과이고, 그렇다면 차남의 자살은 논할 것도 없고 딸도 역시 구블러 마비 때문에 애무의 불만을 호소한 탓이 아닌가 하고 추정했지. 물론 탐정 작가에게 있기 쉬운 제멋대로의 공상에 지나지 않지만 후리야기의 세 사건에는 적어도 연쇄성이 암시되고 있어. 최소한 작은 실마리를 찾은 것은 확실해. 그러나 유전학이라고 하는 좁은 영역으로만은 아니야. 저 광대한 속에 반드시 상상도 하지 못하는 무서운 것이 있음에 틀림없어."

"음, 상속자가 살해되었다고 하는 거라면 말이 되지. 그런데 단네베르그는……"

일단 검사는 고개를 갸웃하더니 말끝을 흐렸다.

"그런데 지금 그 조서에 있는 인형이라는 게 뭐지?"

"그건 테레즈 부인을 추억하는 인형이야. 박사가 코페키 일가(보헤미아의 마리오네트 장인)에게 만들게 했다던가 하는 등신대의 자동인형이라더군. 그런데 무엇보다 이해할 수 없는 것이 4중주단의 네 명이야. 산테쓰 박사가 젖먹이 때 해외에서 데려와 40여 년간이나 성관 밖 공기를 한 번도 마시게 해주지 않았다니 말이야."

"응, 소수의 비평가만이 1년에 한 번 열리는 연주회에서 얼굴을 본다지 않아."

"그래. 틀림없이 으스스한 납빛의 피부를 갖고 있을 거야."

노리미즈도 검사를 똑바로 보며 말했다.

"그런데 왜 박사가 그 네 사람에게 그렇게 기괴한 생활을 하게 했을까. 또 네 사람은 왜 거기에 묵묵히 따랐던 걸까. 일본에서는 모두 그것을 이상하다고만 할 뿐 파고들어 조사하려는 사람이 전혀 없었는데 우연히 네 사람의 출생지에서 신분까지 조사한 호사가를 미국에서 발견했어. 필시 이것이 그 네 사람에 관한 유일한 자료라고 해도 좋을 거라고 생각해."

그리고 집어든 것이 1910년 2월호인 『하트포드 복음 전도자』 잡지로, 탁자 위에 남아 있던 마지막 자료였다.

"읽어 보게. 저자는 팔로라는 사람으로 교회 음악부에 기술된 거라네."

다른 곳도 아닌 일본에 순수 중세풍의 신비한 음악가가 현존한다는 것은 아마도 드믄 기적일 것이다. 음악사를 더듬어 보아도 그 옛날 슈베칭겐 성의 정원에서 만하임 선거 후 칼 테오도르가 가면을 쓴 6명의 악사를 양성했다는 한 가지 사례에 그쳤다. 이곳에서 나는 그 흥미 있는 풍설에 이끌려 여러 가지 수단으로 조사한 결과, 겨우 네 사람의 신분만을 확인할 수 있었다. 즉 제1바이올린주자인 그레테 단네베르그는 오스트리아 티롤주 마리엔벨그의 수렵구 감독 울리히의 3녀. 제2바이올린주자 가리발다 셀레나는 이탈리아 브린디시시 주물업자 가리칼리니의 6녀. 비올라 주자 올리가 클리보프는 러시아 코카서스주 타간츠시스크 지방의 지주 무르고티의 4녀. 첼로 주자 오토칼 레베즈는 헝가리 콘

타르차의 의사 하드낙의 2남. 모두 각 지역의 명문 출신이다. 그러나 악단의 소유주인 후리야기 산테쓰 박사가 과연 칼 테오도르의 호사스러운 로코코 취미를 배웠는지 여부는 전혀 알 수 없다.

노리미즈의 후리야기 가문에 관한 자료는 이것으로 끝났지만 그 복잡한 내용은 도리어 검사의 두뇌를 혼란시킬 뿐이었다. 그러나 그가 공포스러운 빛을 띠고 중얼거렸던 『위티구스 주법전』이라는 한 마디만은 마치 꿈속에서 본 하얀 꽃처럼 언제까지나 짜릿하게 망막 위에 머물렀다. 또 한편 노리미즈로서도 그가 가는 곳에 살인 사건 사상 유례가 없는 이상한 시체가 누워 있으리라고 그때는 도저히 예상할 수 없었다.

# 제1장

# 시체와 두 개의 문을 둘러싸고

## 1. 영광의 기적

민영철도 T 선의 종점에 이르자 그곳은 이미 가나가와현(縣)이었다. 거기서 흑사관이 바라보이는 구릉 사이에는 떡갈나무로 이루어진 방풍림과 대나무 숲이 이어져 있었다. 어쨌든 거기까지는 색다를 게 없는 북 사가미(相模)의 풍물 그대로였다. 하지만 일단 구릉 위에 올라 내려다보면 전혀 다른 풍취를 느낄 수 있다. 마치 맥베스의 영지 코다가 있었던 스코틀랜드 북부를 꼭 닮았다. 그곳에는 나무도 풀도 없고 거기까지 오는 동안 바닷바람도 수분이 다 해 땅 표면은 습기 없는 회색으로 풍화되어 암염 같았다. 울퉁불퉁하긴 해도 완만한 경사의 밑바닥에 시커먼 호수가 있을 법한─그런 황량한 풍물이 절구 모양의 구릉 아래 있는 장벽에까지 이어졌다. 붉은 흙과 갈색 모래를 만든 것은 건설 당시 옮겨 심었다는 고위도의 식물로 곧바로 사멸해 버렸다.

하지만 정문까지는 잘 다듬어진 자동차도로가 있고 물결 모양으로 잘라낸 벽이 돌출해 있는 누각 아래에는 엉겅퀴와 포도나무 잎사귀 문양이 새겨진 철문이 있었다.

그날은 전날 밤 차가운 비가 내린 후라 두터운 층을 이룬 구름이 낮게 깔리고 기압 변화 때문인지 묘하게 체온 같은 온기가 느껴졌다. 때때로 희미하게 번개가 번뜩이고 잔소리라도 하는 것 같은 낮은 천둥소리가 둔하고 나른하게 들려왔다. 음침한 하늘 아래 흑사관의 거대한 이층 누각은—그중에서도 특히 중앙에 있는 예배당의 첨탑과 좌우의 망루는 한 번 솔로 쓸기라도 한 듯 거무스름하게 칠해져 있어 전체적으로 번들거리는 단색화 같아 보였다.

노리미즈는 정문 근처에 차를 세우고 거기서부터 앞마당으로 걷기 시작했다. 벽 뒤의 붉은 격자 담장에 장미 넝쿨이 얽혀 있고 그 뒤는 기하학적인 구도로 배치된 르 노트르식의 화원이 있었다. 화원을 종횡으로 가로지르는 산책로 곳곳에는 열주식의 작은 정자와 물의 신이나 프시케, 혹은 괴상한 동물 조각상이 놓여 있었다. 붉은 벽돌이 엇갈리게 놓인 중앙의 큰길을 녹색 유약이 칠해진 벽돌로 장식해 놓은 곳은 이른바 헤링본 스타일일 것이다. 그리고 본관은 해송으로 만든 담으로 둘러싸였고 담장 주위에는 온갖 동물 모양과 두문자 형태로 다듬은 회양목과 사이프러스로 만든 토피아리가 늘어서 있었다. 담장 앞에 파르나스 군상의 분수가 노리미즈가 다가가니 갑자기 기묘한 소리를 내며 물을 뿜기 시작했다.

"하제쿠라. 이것이 워터 서프라이즈라고 하는 거야. 저 소리도 또 총알같이 물을 내뿜는 것도 모두 수압을 이용한 거지."

노리미즈는 분수의 물보라를 피하며 무심히 말했지만 검사는 이 바로크풍의 장난감에서 까닭 모를 기분 나쁜 예감을 느꼈다.

노리미즈는 담장 앞에 서서 본관을 찬찬히 훑어보았다. 긴 장방형으로 지어진 본관 중앙은 반원형으로 돌출해 있고 좌우로 두 줄의 앱시스(apsis)*가 있었다. 앱시스 부분의 외벽만 장미색 작은 돌을 모르타르로 붙여 9세기풍의 소박한 프리로마네스크 양식을 완성했다. 물론 그 부분은 예배당이었다. 하지만 앱시스에는 장미 모양의 창문이 아치형 격자 안에 끼워져 있고 중앙 벽면에도 12궁을 그린 스테인드글라스로 된 장미창이 있었다. 이들 양식의 모순이 필시 노리미즈의 흥미를 끌었던 것 같다.

그러나 그 밖의 부분은 현무암을 잘라 쌓아올려 만든 창으로 3미터는 족히 될 듯한 2단 덧문으로 되어 있었다. 현관은 예배당의 왼쪽에 있는데 만약 그 문고리가 붙은 대문 옆에 사복형사마저 보이지 않았다면 아마도 노리미즈의 환상적인 고증벽은 언제까지라도 깨지지 않았을 것임에 틀림없다. 하지만 그 와중에도 검사는 노리미즈의 신경이 날카로워지는 것을 따갑게 느꼈다. 노리미즈가 종루로 보이는 중앙의 높은 탑부터 시작하여 기묘한 형태의 지붕창이나 굴뚝이 숲을 이루는 주변과 좌우의

* 한 건물 또는 방에 부속된 반원이나 이에 가까운 다각형 평면의 내부 공간. 보통 천장은 반돔 형태로 덮는다.

망루를 지나 가파른 지붕까지 한 차례 관찰한 후에 그 시선을 내려 이번에는 벽면을 향해 몇 번이나 턱을 까딱거리기를 몇 차례나 반복했기 때문이었다. 그 모습이 왠지 산술적으로 비교, 검토하는 것처럼 보였다. 아니나 다를까, 이 예측은 적중하였다. 애초에 시체를 보지 않았음에도 이미 노리미즈는 성관의 분위기를 살펴 그 안에서 핵심이 될 만한 것을 도출해냈다.

현관 맨 끝에 살롱이 있었는데 그곳에 대기하고 있던 늙은 급사장이 앞장서 오른쪽의 대계단실로 안내했다. 바닥에는 라일락과 암홍색의 칠보 모양이 모자이크되었는데 천장으로 이어지는 둥근 회랑을 둘러싸고 있는 벽화와 대조를 이루어 중간에 장식이 없는 벽이 있는 것만으로도 한층 돋보이게 했다. 그야말로 형용할 수 없는 색채를 보여주었다. 말굽형으로 양 끝을 벌린 계단을 올라가니 층계참이 나타나고, 그곳에서부터 위로 또 하나 짧은 계단이 연결되어 위층으로 갈 수 있었다.

층계참 삼면의 벽에는 벽면의 훨씬 위에, 중앙에는 가브리엘 막스*의 「해부도」가 걸려 있고 왼쪽 벽에는 제라르 다비드의 「시삼네스 박피사형도」**, 오른쪽 벽면에는 드 트루아의 「1720년 마르세유의 흑사병」이 걸려 있었다. 모두 다 길이 2미터, 폭 3미

---

* 오스트리아의 화가. 낭만파풍의 역사화를 주로 그렸고 병리학, 인류학, 심리학에 대한 내용으로 작품으로 표현하였다.
** 네덜란드 화가 제라르 다비드의 그림 〈캄비세스왕의 재판 2〉를 말한다. 부패한 관리 시삼네스에 대한 형벌로 피부를 벗겨 죽이는 장면을 묘사하고 있다.

터 이상으로 확대 모사한 복제화였다. 어떻게 이렇게 음침한 것
만을 골랐는지 그 의도가 몹시 의심스러웠다.

그러나 거기서 노리미즈의 눈길을 재빠르게 사로잡은 것은,
「해부도」 앞에서 정면을 향해 나란히 서 있는 2기의 중세 갑주
를 한 기사들이었다. 둘 다 손에 군기가 달린 봉을 잡고 깃대 끝
에서 드리워진 두 장의 태피스트리가 그림 위에 붙어 있었다. 그
오른쪽의 것은 퀘이커 교도의 복장을 한 영국인 지주가 손에 도
면용 자를 들고 영지의 지도를 펼쳐 보고 있는 구도이고, 왼쪽의
것은 로마교회의 미사 모습이 그려져 있었다. 그 두 작품 다 상
류 가정에 있을 법한 부귀와 신앙의 상징에 지나지 않았으므로
노리미즈도 그냥 지나칠 거라고 생각했는데 그는 뜻밖에 급사
장을 불러 물어보는 것이었다.

"이 갑주 기사는 항상 여기에 있었습니까?"

"천만에요. 어젯밤부터입니다. 7시 전에는 계단 양쪽 끝에 놓
여 있었는데 8시 지나서 보니 여기까지 올라와 있지 뭡니까. 대
체 누가 그랬는지……."

"그렇군. 몽테판 후작 부인의 클러니장을 보면 알 수 있지. 계
단 양쪽 끝에 두는 것이 원칙이니까."

노리미즈는 깨끗하게 수긍하고는 검사에게 말을 건넸다.

"하제쿠라, 시험 삼아 가지고 올라와 보게. 어떤가. 상당히 가
벼울 거야. 물론 실용적인 것은 아니야. 갑주도 16세기 이후의
것은 전부 장식용이니까. 그것도 루이 왕조 시대가 되면 조각기
술이 섬세해지면서 두께가 두꺼워졌지. 결국에는 입고 걸을 수

없을 정도의 무게가 되어 버렸어. 그래서 중량으로 보면 물론 도나텔로* 이전, 그러니까 맛사그리어**나 산소비노*** 무렵의 작품이겠지."

"아니, 자네 언제 파일로 밴스****가 된 거야. 안고 올라갈 수 없을 정도로 무겁지는 않다, 그 말이지?"

검사는 신랄하게 비아냥거리고는 물었다.

"그런데 이 갑주 기사가 계단 아래에 있으면 안 되었던가. 아니면 계단 위에서 필요했다는 게 되나?"

"물론 여기서 필요했겠지. 하여튼 3점의 그림을 보게. 역병, 형벌, 해부야. 거기에 범인이 또 하나 덧붙인 게 있어. 바로 살인인 셈이지."

"뭐라고?"

검사가 무의식중에 눈을 부릅뜨자 노리미즈도 조금 흥분한 목소리로 말했다.

"즉, 이것이 이번 후리야기 사건의 상징이라는 거야. 범인은 이 커다란 깃발을 내걸어 음험하게 살육을 선언하고 있어. 혹은 우리들에 대한 도전의 의지일지도 모르지. 그런데 하제쿠라, 두 갑주 기사가 오른쪽의 것은 오른손으로, 왼쪽의 것은 왼손으로 군기 봉을 쥐고 있어. 그런데 계단 끝에 있을 때를 생각해보면

---

* 초기 르네상스 시대의 조각가. 피렌체 출신. 인본주의적 표현의 선구자.
** 밀라노의 갑옷 제작으로 유명한 가문.
*** 르네상스 시대의 이탈리아 건축가.
**** 미국의 추리소설가 밴 다인의 작품에 등장하는 탐정.

오른쪽의 것은 왼손으로, 왼쪽의 것은 오른손으로 잡아야 구도 상 균형을 잃지 않을 게 아닐까. 그렇다면 현재 상황은 좌우를 바꾸어 놓은 게 되겠지. 즉 왼쪽부터 말해 부귀를 상징하는 영국 영지기(旗)—신앙을 말해주는 미사기(旗) 순으로 되어 있던 게 반대로 된 거니까……. 거기에 무서운 범인의 의지가 드러나 있군."

"뭐가?"

"Mass(미사)와 acre(에이커, 영국 영지)야. 이어서 읽어 봐. 신앙과 부귀가 Massacre —학살로 변해 버려."

노리미즈는 검사의 아연한 얼굴을 보더니,

"하지만 필시 그것만의 의미는 아니겠지. 어쨌든 이 갑주 기사의 위치에서 나는 더 분명한 무언가를 발견해낼 생각이야."

그런 다음 이번에는 급사장에게 물었다.

"그런데 어젯밤 7시에서 8시 사이에 이 갑주 기사에 대해 목격한 사람은 없었나요?"

"없습니다. 공교롭게도 그 한 시간이 저희들 식사 시간이라서요."

노리미즈는 갑주 기사를 한 기 한 기 해체하고 그 주위의 그림과 그림 사이에 있는 감실 모양의 벽등(壁燈)부터 깃발에 가려진 「해부도」의 위쪽까지 조사했지만, 별 소득이 없었다. 그림의 그 부분도 배경의 끄트머리 근처에 다양한 색의 줄무늬가 복잡하게 배열된 것에 지나지 않았다. 그리고 층계참을 떠나 위층의 계단을 올라갔는데 그때 무슨 생각이 들었는지 노리미즈는 갑자기 이상한 행동을 하기 시작했다. 그는 중간까지 왔던 길을 되돌아가 원래 올라갔던 큰 계단의 꼭대기에 섰다. 그리고 호주머니에서 모눈종이로 된 수첩을 꺼내 계단의 개수를 세고 거기에 뭔가 지그재그 같은 선을 그려 넣는 것 같았다. 결국 검사도 노리미즈를 따라 되돌아가지 않을 수 없었다.

"뭐, 잠깐 심리 고찰을 해 본 거야."

계단 위에 있는 급사장을 의식해서 노리미즈는 작은 소리로 검사의 질문에 대답했다.

"언젠가 내게 확신이 생기면 이야기하기로 하지. 하여튼 지금 단계로서는 그걸로 해석할 만한 자료가 무엇 하나 없어서 말이야. 단, 이것만은 말하지 않을 수 없어. 아까 계단을 올라갈 때 경찰차 같은 엔진의 폭음이 현관 쪽에서 들렸잖아. 그러자 그때 저 급사장이 그 요란한 소리에 당연히 묻힐 만한 어떤 희미한 소리를 알아듣더군. 알겠어? 하제쿠라, 보통의 상태라면 도저히 들을 수 없는 소리를 말이야."

그런 대단히 모순되는 현상을 노리미즈는 어떻게 알아낼 수 있었을까? 그러나 거기에 덧붙여 말은 그렇게 했지만 저 집사에게는 일말의 혐의도 없다면서 급사장의 이름조차 물어보려고 하지 않았다. 당연히 결론의 방향도 모호해져 이 일은 그가 내놓은 수수께끼로 남았다.

계단을 다 오르자 정면에는 복도가 있고 엄중한 요새처럼 만들어 놓은 방이 하나 있었다. 철문 뒤쪽으로 돌계단이 몇 개 있고 그 안에 금고문 같이 새카맣게 칠한 무언가가 반짝반짝 빛나고 있었다. 그런데 그 방이 고대 시계실이라는 것을 알고 수장품의 놀랄 만한 가치를 아는 노리미즈로서는 한눈에 어리석어 보일 수 있는 수집가의 신경을 수긍할 수 있었다. 복도는 그곳을 기점으로 좌우로 뻗어 있었다. 구획마다 문이 달려 있고 그 사이는 터널 같이 어두워 낮에도 감실의 등이 켜져 있다. 좌우 벽면에는 테라코타의 붉은 선이 칠해졌는데, 그것이 유일한 장식이었다. 이윽고 오른쪽 막다른 곳을 왼쪽으로 꺾어 지나온 복도의 맞은편으로 나가니 노리미즈 옆으로 좁고 짧은 복도가 있었다. 복도의 줄지어 선 기둥 아래로 일본풍의 갑옷과 투구들을 진열해 놓았다. 복도 입구는 대계단실의 원형 천장 아래에 있는 둥근 홀로 열려 있고 그 막다른 곳에 또 다른 복도가 보였다. 입구 좌우에 있는 6겹 꽃잎 모양의 벽등을 바라보면서 복도 안으로 들어가려다 노르미즈는 무엇을 보았는지 깜짝 놀라 그 자리에 섰다.

"여기에도 있군."

왼쪽의 장식용 갑주(갑옷을 넣어두는 궤 위에 설치한 것) 중에서 가장 앞에 있는 것을 가리켰다. 검은 사슴뿔 장식의 투구를 얹은 가죽 목가리개의 갑옷에 뭔가 이상한 점이 있는 모양이다. 검사는 반쯤 질린 얼굴로 되물었다.

"투구가 바뀌어 있어."

노리미즈는 사무적인 어조로 말했다.

"맞은편에 있는 것은 전부 장식용 갑주로 위에서 매달아 고정한 갑주인데 두 번째 무두질한 가죽으로 만든 값싼 갑옷에 달려 있는 것은, 목가리개를 보면 알겠지만…… 저건 신분 높은 젊은 무사들이 쓰는 사자 장식의 훌륭한 투구야. 또 이쪽 갑주는, 검은 털의 사슴뿔 장식으로 용맹함을 상징하는 건데 우아한 갑옷 위에 놓여 있다고. 이봐, 하제쿠라. 전부 이렇게 어울리지 않게 해놓다니 뭔가 부정한 의지가 숨어 있는 것 같지 않아?"

그가 이 일을 급사장에게 확인하니, 급사장은 경탄한 얼굴로 주저 없이 말했다.

"네, 그렇습니다. 어젯밤까지는 말씀하신 대로였습니다."

그리고 좌우로 여러 개 진열해 놓은 갑주 사이를 지나서 맞은편 복도로 나가자 거기는 막다른 곳으로 왼쪽은 본관 옆에 있는 나선계단 테라스로 나가는 문이었다. 오른쪽으로 다섯 번째 방이 사건 현장이었다. 두꺼운 문 양면에는 소박하고 거친 구도로 예수가 꼽추를 고쳐주는 성화가 새겨져 있었다. 그 안에 그레테 단네베르그가 주검이 되어 누워 있었다.

문을 열자 등을 돌리고 있는 스물서넛쯤 되어 보이는 여인 앞에 수사 국장인 구마시로(熊城)가 몹시 못마땅하다는 표정으로 연필에 달린 지우개를 깨물고 있었다. 그는 두 사람을 보자 늦게 온 것을 책망이라도 하듯 날선 눈초리로 쏘아보았다.

"노리미즈, 고인이라면 커튼 뒤로 가보게."

그는 몹시 퉁명스럽게 내뱉고는 여인에 대한 신문도 그만두었다. 노리미즈의 도착과 동시에 구마시로는 일찌감치 자신의 업무를 팽개쳐 버렸다. 때때로 그의 얼굴에 스치는 망연자실한 희미한 이완의 그림자를 보면 커튼 뒤에 있는 시체가 그에게

얼마나 큰 충격을 주었는지 상상하는 것은 그다지 어렵지 않았다.

노리미즈는 우선 그곳에 있는 여인에게 주의를 기울였다. 귀여운 이중턱의 둥근 얼굴로 그다지 미인이라고 할 정도는 아니지만 동그란 눈동자와 푸른 도자기처럼 투명해 보이는 눈꼬리며 밝은 다갈색 팽팽한 피부가 대단히 매력적이었다. 포도빛깔의 드레스를 입은 그녀가 먼저 자신은 고(故) 산테스 박사의 비서 가미타니 노부코(紙谷伸子)라고 인사했다. 그 아름다운 음성과는 딴판으로 얼굴은 공포로 가득한 흙빛이었다.

가미타니가 밖으로 나가자 노리미즈는 묵묵히 방안을 둘러보았다. 그 방은 널찍했으나 좀 어두컴컴하고 게다가 집기도 별로 없어서 휑하고 쓸쓸했다. 바닥 한가운데에는 고래 뱃속에 있는 요나를 묘사한 콥트직(3세기에서 8세기까지 이집트 콥트인이 처음 고안하여 발달시킨 직물.) 깔개가 깔려 있었다. 그 부분의 바닥은 색대리석과 거양옻나무 조각을 번갈아 짠 바퀴 모양의 모자이크 마루였다. 마루를 사이에 두고 양쪽 끝 바닥에서 벽에 걸쳐 호두나무와 떡갈나무를 잘라 맞추어 군데군데 상감을 아로새겨 차분한 중세풍의 윤기를 발산하고 있었다. 그리고 높은 천장은 나무 재질도 알 수 없을 정도로 시대의 흔적이 검게 배어 나와 그 언저리에서 귀기(鬼氣)라고도 할 만한 음산한 공기가 조용히 아래로 휘감아 흘렀다. 문은 지금 들어간 그 하나밖에 없고 왼쪽에 정원으로 열린 2단 덧창이 둘, 수십 개의 석재로 쌓아올린 오른쪽 벽에는 후리야기가의 문장을 가운데 새긴 커다란 벽난로가 있었다. 정면에는 검은 비로드 커튼이 납처럼 무겁게 드리워져 있었다. 또 난로에 가까운 벽 쪽에 1미터쯤 되는 받침대 위에 나체의 꼽추와 유명한 율법학자의 가부좌상(이집트 조각상)이 등을 맞대고 있고, 창가 부근은 높은 가리개로 칸막이가 세워져 있고, 그 안쪽에 긴 의자와 두세 개의 테이블이 있었다.

사람들을 떠나 구석 쪽으로 가니 오래된 묵은 곰팡이 냄새가 코를 찌른다. 난로 위에는 먼지가 수북이 쌓여 커튼을 건드리면 숨 막힐 것 같은 미세한 먼지가 비로드 올 사이에서 튀어나와 은빛으로 반짝거리며 물보라처럼 쏟아져 내려왔다. 한눈에 이 방을 오래 동안 쓰지 않았다는 것을 알 수 있었다.

이윽고 노리미즈는 커튼을 밀어제치고 안을 들여다보았다. 그 순간 그의 표정은 굳어버렸다. 등 뒤에서 검사가 반사적으로 그의 어깨를 잡은 것도 알아차리지 못했다. 또 검사로부터 전해지는 전율도 느끼지 못했다. 오로지 귀가 울리고 얼굴이 벌겋게 달아오른 그의 눈앞에 전개된 경악할 만한 것만 두고 모든 세계가 어디론가 쓱 사라져 버린 것 같았다.

보라! 저기 누워 있는 단네베르그 부인의 시신에서 성스러운 영광이 찬란하게 빛나고 있지 않는가. 마치 빛의 안개에 싸인 듯 표면에서 3센티미터쯤 되는 공간에 맑고 창백한 빛이 흘러나와 온몸을 멋지게 감싸고 음침한 어둠 속에서 몽롱하게 떠오르고 있었다. 맑고 서늘하며 경건한 기품과 우윳빛처럼 흐리고 모호한 그 빛은 깊이를 알 수 없는 신성의 계시라도 되는 듯 보였다. 추악한 죽음의 음영은 그 덕에 단정한 상으로 누그러뜨려져

실로 뭐라 말할 수 없는 조용한 분위기가 온몸을 뒤덮고 있었다. 그 몽환적인 장엄함 속에서 천사가 부는 나팔소리가 들려올 것만 같았다. 지금이라도 성스러운 종이 은은하게 울리기 시작하고 성스러운 빛이 이번에는 황금빛으로 바뀌어 퍼질지도 모른다고 생각하면, '아, 단네베르그 부인은 그 동정(童貞)을 찬양받아 최후의 황홀경에서 성녀로 맞아진 것일까' 하고 무의식중에 새어나오는 탄성을 막을 수 없었다. 그러나 동시에 그 빛은 거기 나란히 서 있는 바보 같은 세 얼굴도 비추고 있었다.

노리미즈는 간신히 제정신을 되찾아 조사를 시작했는데 덧창을 열자 그 빛은 희미해져 거의 보이지 않았다. 시신은 온몸이 딱딱하게 경직돼서 이미 사후 10시간은 충분히 경과한 것으로 보였다. 노리미즈는 조금도 흔들리지 않고 끝까지 과학적인 비판을 잊지 않았다. 그는 입안에도 빛이 있음을 확인하고 나서 시신을 뒤집어 등에 나타난 선홍색 시반을 찾아 나이프로 푹 찔렀다. 시신을 약간 옆으로 돌리자 걸쭉한 피가 묵직하게 흘러나왔다. 순식간에 시광(屍光)에 불그스름한 벽이 생겼다. 마치 안개가 갈라지듯 둘로 나뉜 틈새로 피는 구불구불 꿈틀거리며 가는 그림자처럼 비쳤다. 검사도 구마시로도 도저히 이 처참한 광경을 쳐다볼 수 없었다.

"혈액에는 빛이 없어."

노리미즈는 시신에서 손을 떼고 망연히 중얼거렸다.

"지금으로서는 뭐라고 해도 기적이라고 말할 수밖에 없지. 외부에서 당한 일이 아닌 것은 이미 분명하고 인(燐) 냄새도 없는 데다 라듐 화합물 같으면 피부에 괴저가 생기는데 입은 옷에도 그런 흔적이 없어. 바로 피부에서 나온 거라고. 그리고 이 빛에는 열도 냄새도 없어. 소위 냉광(冷光)이지."

"그렇다면 이래도 독살이라고 할 수 있을까?"

검사가 노리미즈에게 묻자 구마시로가 대답했다.

"음, 피 색깔이나 시반을 보면 알 수 있어. 명백한 청산가리 중독이야. 그런데 노리미즈 씨. 이 기묘한 문신 같은 상처는 어떻게 생겨난 것일까? 이거야말로 진기한 것을 즐기고 이상한 것에 탐닉하는 자네의 영역이 아니겠어?"

완고한 그에게는 어울리지 않는 자조적인 웃음을 흘렸다.

실로 기괴한 빛에 이어 노리미즈의 눈을 휘둥그레 만든 현상이 또 하나 있었다. 단네베르그 부인이 누워 있는 침대는 커튼 바로 안쪽에 있었는데 솔방울 모양의 꽃으로 꼭대기를 장식하고 기둥 위에 레이스로 된 천개(天蓋)를 붙인 루이 왕조풍의 마호가니 제품이었다. 시신은 거의 오른쪽 밖으로 기울어진 자세로 누워 오른손은 등 쪽으로 비튼 것처럼 손등을 엉덩이 위에 올려놓고 왼손은 침대 아래로 늘어뜨리고 있었다. 은빛 머리카락을 아무렇게나 묶고 검은 능직의 홑겹 옷을 걸쳤으며 코끝이 윗입술까지 처져 마치 유대인 같은 인상의 이 부인은 얼굴을 S자로 일그러뜨려 매우 우스꽝스러운 얼굴을 하고 죽어 있었다.

그런데 이상한 것은 양쪽 관자놀이에 나타나 있는 문양의 창상(創傷)이었다. 마치 문신을 본뜬 것처럼 가늘고 예리한 바늘 끝으로 북 그어 거죽만 교묘하게 스쳐간 찰과상이라고 할 만한

 얕은 상처였다. 양쪽 모두 지름이 3센티미터쯤 되는 원형을 이루고 있어 그 원 주위에는 짧은 선이 지네발 같은 모양으로 촘촘하게 그려졌다. 상처에는 누르스름한 혈청이 배어 나왔을 뿐인데 처연한 아름다움과는 동떨어진 바짝 말라버린 요충의 사체 같기도 하고 으스스한 편모충의 배설물 같기도 한 것이 갱년기 부인의 거친 피부를 덮고 있었다. 그리고 상처의 원인이 과연 내부에 있는지 외부에 있는지 추정하기조차 곤란할 정도로 극히 난해한 문제였다. 그러나 처참한 현미경적 모색에서 벗어난 노리미즈의 눈은 예기치 않게 검사의 시선과 마주쳤다. 암묵 속에서 어떤 소름끼치는 일을 서로 의논하지 않을 수 없었다. 왜냐하면 그 상처의 형태가 바로 후리야기 가문의 문장 가운데 일부인 피렌체시의 상징 올리브 잎사귀 스물여덟 장의 관(冠)이었기 때문이다.

## 2. 테레즈 나를 죽이다

"아무리 봐도 나로서는 그렇게밖에 생각할 수 없어."

검사는 몇 번이나 더듬거리며 구마시로에게 후리야기가(家)의 문장을 설명하고 나서 이렇게 말했다.

"왜 범인은 숨통을 끊는 것만으론 만족할 수 없었던 것일까?

어째서 이렇게 정체를 알 수 없는 짓까지 해야 했을까?"

"그런데 말이야, 하제쿠라."

노리미즈는 비로소 담배를 입에 물었다.

"그것보다 나는 지금 발견한 사실에 깜짝 놀란 참이야. 이 부인은 문신이 새겨지고 몇 초 뒤에 사망했어. 요컨대 사후도 아니고, 또 독약을 마시기 전도 아니라는 거지."

"농담하지 마."

구마시로가 저도 모르게 어이없다는 얼굴로 흥분하고 말했다.

"이것이 즉사가 아니라면 어디 자네의 설명이나 들어보지."

노리미즈는 응석받이를 달래는 듯한 어조로 말했다.

"음, 이 사건의 범인이야말로 정말로 신속할 뿐 아니라 음험하고 흉악하기 짝이 없어. 그런데 내가 말하는 이유는 아주 간단해. 처음부터 자네가 강력한 청산가리 중독이라는 것을 지나치게 과장해서 생각했어. 호흡근은 아마 순간적으로 마비되어 버리겠지만 심장이 완전히 정지하기까지는 적어도 그로부터 2분 가까운 시간이 걸린다고 봐야 해. 그런데 피부 표면에 나타나는 현상은 심장 기능이 다함과 동시에 나타나는 것이거든."

노리미즈는 거기서 잠시 말을 끊고 물끄러미 상대방을 응시하다가 다시 말을 이었다.

"그것을 알면 내 가설에 아마 이의는 없을 거라고 생각해. 그런데 이 상처는 교묘하게 표피만을 잘라냈어. 혈청만 스며 나오는 것만 봐도 명백한 사실이야. 통상 살아 있을 때 했다면 피하에 충혈이 일어나서 상처 양쪽이 부어오르기 마련인데 정말이지 이 상처에는 그런 현상이 뚜렷해. 그런데 베인 상처를 보니 거기에는 딱지가 생기지 않았어. 마치 투명한 안피지(雁皮紙) 같거든. 이건 분명한 시체에 나타나는 현상이야. 그러나 그렇게 되면 그 두 가지 현상 사이에 엄청난 모순을 불러일으켜 상처가 났을 때의 생리 상태가 도무지 설명되지 않아. 그래서 결론적으로 손톱이나 피부가 어떤 시기에 죽어 버리는지에 대해 생각해 봐야 할 거야."

노리미즈의 정밀한 관찰이 도리어 상처 모양에 대한 의문을 더욱 깊게 해 그 새로운 전율 때문에 검사의 목소리는 완전히 균형을 잃고 있었다.

"모든 것은 해부를 기다려 봐야 해. 그렇다 해도 시광 같은 초자연 현상을 일으키는 것도 모자라 그 위에 후리야기의 낙인을 찍다니…… 나로서는 이 청정한 빛이 지독히 사디스틱하게 여겨져."

"아니야, 범인은 결코 구경꾼을 바라지 않았어. 자네가 지금 느끼는 심리적 부담을 요구하는 거야. 어째서 그 놈은 그런 병리학적인 개성을 가졌을까? 게다가 그야말로 창조적이야. 하지만 그것에 대해 하일브론넬의 말을 빌리면 가장 사디스틱하고 독창적인 것은 어린아이라고 하겠지."

노리미즈는 어두운 미소를 지으면서 사무적으로 질문했다.

"그런데 구마시로, 시체에서 빛이 나오기 시작한 것은 몇 시경부터였지?"

"처음엔 스탠드에 불이 켜져 있어서 몰랐어. 하지만 10시쯤

한차례 시체를 검안하고 이 주변의 조사를 마친 다음 덧문을 닫고 스탠드를 끄자……."

구마시로는 꿀꺽 침을 삼켰다.

"그래서 성관 사람들은 물론이고, 수사관 중에도 모르는 사람이 있다는 얘기지. 그럼 지금까지 청취한 사실을 자네에게 들려주지."

그리고 개략적인 사정을 이야기하기 시작했다.

"어젯밤 성관 안에서 어떤 집회가 열렸는데 그 자리에서 단네베르그 부인이 졸도한 거야. 그것이 정각 9시였다는군. 그래서 이 방에서 간호하기로 하고 사서(司書)인 구가 시즈코(久我鎭子)와 급사장 가와나베 에키스케(川那部易介)가 밤새 붙어 있었다는군. 12시쯤 피해자가 오렌지를 먹었는데 그 속에 청산가리가 들어 있었다는 거지. 실제로 입 안에 남아 있는 과육 찌꺼기에서 다량의 독물이 검출되었어. 무엇보다도 이상한 일은 처음 입에 넣은 오렌지에 들어 있었다는 점이야. 그러니 범인은 우연히 첫 번째 시도로 표적을 맞췄다고 볼 수 있지. 다른 과일은 그대로 남아 있지만 거기에는 약물 흔적이 없어."

"그렇군, 오렌지란 말이지."

노리미즈는 천개(天蓋)가 달린 기둥을 살짝 흔들면서 중얼거렸다.

"그렇다면 수수께끼가 또 하나 늘어난 셈이군. 범인에게 독극물에 관한 지식이 전무하다는 게 되니까."

"그런데 여기 하인들 중에 이렇다 하게 의심스러운 자는 없어. 구가 시즈코나 에키스케도 단네베르그 부인 스스로 과일 접시에서 그 오렌지를 골랐다고 증언하고 있어. 게다가 이 방은 11시 반경에 자물쇠로 잠가 버렸고 유리창이나 덧문도 버섯 같이 녹이 달라붙어 외부에서 침입한 흔적은 물론 없어. 그러나 한 가지 묘한 것은 평소 부인은 같은 접시에 있던 배를 훨씬 좋아했다는 거야."

"뭐라고, 문을 잠갔다고?"

검사는 그 사실과 상처 모양 사이에 생긴 모순에 놀란 것 같았지만 노리미즈는 여전히 구마시로에게서 눈을 떼지 않고 퉁명스럽게 단언했다.

"나는 결코 그런 뜻으로 한 말이 아니야. 청산가리에 오렌지라는 가면을 씌운 것만으로도 범인의 기막힌 소질이 두려워지는 거야. 생각해 봐. 그 정도로 두드러진 이상한 냄새와 특이한 쓴맛이 나는 독극물을. 놀랍지 않아? 치사량의 10배도 넘게 썼어. 더구나 그것을 위장하려고 쓴 것이, 그런 성능이 극히 빈약한 오렌지라는 거야. 이봐, 구마시로. 그 정도로 치졸하기 짝이 없는 수단이 어떻게 이런 마법과 같은 효과를 거두었을까. 어째서 단네베르그 부인은 그 오렌지에만 손을 내밀었던 것일까? 요컨대 그 놀라운 모순이야말로 독살자의 자랑이 아닐까? 그야말로 그들에게 있어서 롬바르디아 무녀의 출현 이래 영생불멸의 토템 같은 것이겠지."

구마시로는 아연했지만 노리미즈는 다시 생각났다는 듯 물었다.

"그래서 사망한 시각은?"

"오늘 아침 8시 검시에서 사후 8시간이라고 했으니까 사망 시각도 오렌지를 먹은 시각과 딱 들어맞아. 발견한 것은 새벽 5시 반이고 그때까지 시중들었던 두 사람 모두 변고를 알아차리지 못했어. 또 11시 이후는 아무도 이 방에 들어온 사람이 없었다고 하고. 가족의 동정도 전혀 밝혀지지 않고 있지. 그리고 그 오렌지가 담겨 있던 과일 접시가 이거야."

구마시로는 그렇게 말하고 침대 밑에서 커다란 은제 접시를 꺼냈다. 직경 60센티미터 가까운 술잔 모양으로 러시아 비잔틴 특유의 생경한 선으로 표현한 아이바조프스키*의 훈족 사슴 사냥이 조각되었다. 접시 바닥에는 공상 속 파충류 한 마리가 거꾸로 서 있는데, 머리와 앞다리가 받침대가 되고 가시 돋친 몸통이 〈 자 모양으로 구부러져 뒷다리와 꼬리로 접시를 받치고 있었다. 그리고 그 〈 자 반대쪽에는 반원형의 손잡이가 붙어 있었다. 그 위에 있는 배와 오렌지는 모두 두 쪽으로 갈라져 감식 검사의 흔적이 남아 있는데 물론 독극물은 그 안에 없었던 것 같다. 그런데 단네베르그 부인을 쓰러뜨린 과일에는 뚜렷한 특징이 나타나 있었다. 그것이 다른 오렌지와는 달리 주황색이 아니라 오히려 용암색이라고 할 수 있을 정도로 붉은 빛이 강한, 알이 큰 블러드종이었다. 게다가 너무 익어 검붉은 것을 보면 마치 그것이 응고되기 시작한 선지피처럼 섬뜩하게 생각되지만, 그 빛깔

* 러시아의 해양 화가.

은 묘하게 신경을 자극할 뿐 추정의 실마리를 주는 것은 아니었다. 그리고 꼭지가 없는 것으로 미루어 거기로 걸쭉한 청산가리가 주입된 것으로 판단되었다.

노리미즈는 과일 접시에서 눈을 떼고 방 안을 둘러보기 시작했다. 커튼으로 나눠진 그 곳은 앞방과 취향이 현저하게 달랐다. 벽은 전부 회색 모르타르를 바르고 바닥에는 같은 색의 무지로 된 카펫이 깔려 있었으며 창문은 앞방의 것보다 약간 작고 조금 위쪽으로 나 있어서 내부는 훨씬 더 어두웠다. 회색의 벽과 바닥, 거기에 검은 커튼이라고 하면 그 옛날 고든 크레이그*시대의 무대 장치를 연상하겠지만, 외견상 생동감이 부족한 기조색 때문에 방을 한층 더 침울하게 했다. 여기도 역시 앞방과 마찬가지로 황폐해진 대로 놔둬 걸을 때마다 벽 위에서 겹겹이 쌓인 먼지가 떨어져 내렸다. 방 안의 집기는 침대 옆에 큰 술독 모양의 캐비닛이 있을 뿐 그 위에는 심이 부러진 연필이 달린 메모장과 피해자가 자기 전에 벗어 놓은 것 같은 근시 24도의 별갑 안경, 거기에 그림이 그려진 비단 갓이 달린 스탠드가 놓여 있었다. 근시 안경도 그 정도면 다만 윤곽이 흐릿할 뿐 사물의 식별에는 거의 문제가 없었을 테니 거기에는 일고의 가치도 없었다. 노리미즈는 화랑의 양쪽 벽을 감상하는 듯 천천히 걸어가는데 그 뒤에서 검사가 말을 걸었다.

* 영국의 무대 예술가. 반사실주의의 환상적 무대 디자인을 시도하였다.

"역시 노리미즈, '기적은 자연의 모든 이치 저편에 있다' 그건가."

"음, 알게 된 것은 이것뿐이지."

노리미즈는 무미한 목소리로 대답했다.

"범인은 마치 윌리엄 텔처럼 단 한 발의 화살로, 드러난 것보다 더 지독한 청산가리를 상대의 배 속에 집어넣었겠지. 요컨대 그 최종 결론에 도달하기까지 빛과 상처 모양을 내보이는 것이 필요했다는 거지. 말하자면 그 두 가지가 범행을 완성시키기 위한 보강작용이며 그 과정에 빠져서는 안 되는 심원한 학리(學理)라고 봐도 될 거야."

"농담하지 마. 공론도 도가 지나치면 곤란해."

구마시로가 기가 막혀 참견했지만 노리미즈는 태연하게 기이한 주장을 계속했다.

"하지만 자물쇠를 채운 방안으로 침입해서 1, 2분 사이에 새기지 않으면 안 되었어. 그렇게 되면 크라일은 아니지만 무리를 해서라도 불가사의한 생리를 노릴 수밖에 없었겠지. 거기에 의문은 또 뒤로 비튼 것 같은 오른손의 형태와 오른쪽 어깨에 있는 작은 열상에도 있어."

"아니야, 그런 것은 아무래도 좋아."

구마시로는 내뱉듯이 말했다.

"엎드린 채 오렌지를 삼키고 그 순간 온몸이 마비가 되었어. 단지 그뿐이라고."

"그런데 말이지, 구마시로, 아돌프 헨케의 오래된 법의학서를 보면 한 매춘부가 팔을 몸 아래 깔고 모로 누운 자세로 독약을 마셨는데 그 순간 충격을 받아 오히려 마비된 쪽의 팔이 움직이면서 병을 창에서 강으로 던져 버렸다는 재미있는 사례가 실려 있거든. 그러니까 일단은 최초의 자세를 재현시켜 볼 필요가 있다고 생각해. 그리고 시체의 빛은 아브리노의 『주교기적집(聖僧奇蹟集)』을 보면……"

"그렇겠지, 성직자라면 살인하고 관계가 있을 테니까."

구마시로는 노골적으로 무관심한 척 했지만 갑자기 신경질적인 손놀림으로 호주머니에서 뭔가를 꺼내려고 했다. 노리미즈는 돌아보지도 않고 등 뒤로 소리를 질렀다.

"그런데 구마시로, 지문은 어떻게 했지?"

"설명을 다 하자면 끝도 없어. 게다가 어젯밤 이 빈방에 피해자가 들어올 때 침대를 청소하고 바닥을 진공청소기로 치웠다는 거야. 공교롭게도 발자국 하나도 남아 있지 않다는 이야기지."

"음, 그렇군."

노리미즈가 멈추어 선 곳은 막다른 벽 앞이었다. 거기에는 보통 사람이라면 얼굴 정도에 상당하는 높이에, 최근 뭔가 액자 모양의 물건을 떼어낸 흔적이 아주 뚜렷하게 남아 있었다. 그런데 거기에서 원래의 위치로 되돌아온 노리미즈가 스탠드에서 무엇을 찾아냈는지 느닷없이 검사를 돌아보며 말했다.

"하제쿠라, 창문을 닫아 주게."

검사는 어이없는 표정이었으나 그래도 그의 말대로 했다. 노리미즈는 다시 시신의 요사스러운 빛을 받으면서 스탠드의 불을 켰다. 그러자 비로소 검사는 그 전구가 최근에는 거의 볼 수 없는 카본 전구라는 것을 알았다. 아마 급하게 임시방편으로 마련한 가구들을 오래도록 그대로 방치했으리라 짐작할 수 있었다. 노리미즈의 눈은 그 붉그레한 빛 속에서 스탠드 갓이 그리는 반원을 잠시 쫓다가 방금 발견한 액자의 흔적이 있는 벽에서 30센티미터 정도 앞의 바닥에 뭔가 표시를 했다. 방은 다시 원래대로 돌아가 창으로부터 우윳빛 외광이 들어왔다. 검사는 창문 쪽으로 참고 있던 숨을 후 하고 내쉬었다.

"도대체 무슨 생각으로 그러는 거야?"

"뭐랄까, 내 가설이라는 것도 실은 불안정하니까, 시험 삼아 눈에는 보이지 않았던 인간을 만들어내 보려는 거지."

노리미즈는 변덕스러운 어조로 말했지만 그 말끝을 되받아치기라도 하듯 구마시로가 종이 한쪽을 내밀었다.

"이거면 자네의 잘못된 가설이 부숴지고 말겠지. 굳이 괴로워하면서까지 그런 가공의 것을 만들어낼 필요는 없어. 이봐요, 어젯밤 이 방에는 사실 상상도 할 수 없는 인물이 몰래 들어와 있었던 거야. 오렌지를 입에 넣는 순간 그것을 알아챈 단네베르그 부인이 우리에게 알리려고 했던 거지."

그 종이 위에 쓰여 있는 문자를 보고 노리미즈는 심장이 꽉 죄어드는 것 같은 느낌이 들었다. 검사는 오히려 어이가 없다는 듯이 외쳤다.

"테레즈! 이건 자동인형이잖아?"

"그렇고말고. 여기에 그 상처 모양을 결부시키면 설마 환각이라고 하지는 않겠지"

구마시로는 떨리는 목소리로 낮게 말했다.

"실은 침대 밑에 떨어져 있었는데 그것을 이 메모와 대조해 보고 나는 온몸에 소름이 끼치는 것을 느꼈어. 범인은 분명 인형을 이용한 것이 틀림없어."

노리미즈는 변함없이 충동적인 냉소주의를 발휘했다.

"과연 토우 인형에 악마학이라니—범인은 인류의 잠재적 비판을 노린 거야. 하지만 드물게 보는 고풍스러운 서체군. 마치 아이리시 문자나 페르시아 문자 같아. 하지만 자네, 이것이 피해자의 자필이라는 증거는 있는 거야?"

"물론이지."

구마시로는 어깨를 으쓱하며 말을 이었다.

"실은 자네들이 왔을 때 있던 그 가미타니 노부코라는 여자가 내게는 마지막 감정인이었던 셈이야. 그러니까 단네베르그 부인에게 이런 버릇이 있었다는 거야. 연필의 중간쯤을 새끼손가락과 약지에 끼워 그것을 비스듬하게 해서 엄지와 검지로 쥐고 글씨를 썼다는군. 그런 까닭에 부인의 필적을 좀처럼 흉내 낼 수 없었다고 해. 게다가 이 스친 자국이 연필의 부러진 심과 딱 맞아떨어진다고."

검사는 부르르 몸을 떨었다.

"죽은 자의 무서운 폭로가 아닌가? 그런데 노리미즈, 자네 생각은?"

"음, 아무래도 인형과 상처를 떼 놓고 생각할 수는 없겠어."

노리미즈도 시무룩한 얼굴로 중얼거렸다.

"이 방은 왠지 밀실 같은 데가 있으니까 가능하다면 환각이라고 말하고 싶어. 하지만 현실적으로 점점 그쪽으로 끌려가고 있어. 아니, 오히려 인형을 조사해 보면 상처 모양의 수수께끼를 풀 답이 그 기계 장치에서 파악될지도 몰라. 뭐니 뭐니 해도 이렇게 계속 캄캄한 가운데 요사스러운 도깨비불만 보여주고 있으니까 말이야. 빛이라면 아무리 희미한 것이라도 바라던 참이 아닌가. 어쨌든 가족 심문은 다음에 하고 우선 인형부터 조사하기로 하지."

그리하여 인형이 있는 방으로 가기로 하고 사복형사에게 열쇠를 가져오라고 했는데 얼마 안 되어 그 형사는 흥분하여 돌아왔다.

"열쇠를 분실했답니다. 그리고 약물실 열쇠도요."

"안되면 때려 부수기라도 해야지."

노리미즈가 단호한 표정을 지었다.

"하지만 그렇게 되면 조사할 방이 두 군데가 되어 버려."

"약물실도 말인가?"

이번에는 검사가 놀란 듯이 말했다.

"보통 청산가리란 건 초등학생의 곤충 채집 상자에도 있잖아?"

노리미즈는 아랑곳없이 일어나 문 쪽으로 가면서 말했다.

"그게 말이야. 범인의 지능 검사 같은 거야. 즉 계획의 깊이를 재볼 수 있는 것이 열쇠를 분실한 약물실에 남아 있을 것 같아."

테레즈 인형이 있는 방은 대계단의 뒤편에 해당하는 위치로, 사이에 복도를 하나 두고 마침 「해부도」의 바로 뒤에 있는 복도의 막다른 곳이었다. 문 앞에 이르자 노리미즈는 의심스러운 얼굴로 눈앞의 부조(浮彫)를 살펴보기 시작했다.

"이 문의 그림은 「헤롯왕 베들레헴 영아 학살도」라는 거야. 이것하고 시체가 있는 방의 「꼽추치료도」 두 장은 유명한 오토 3세의 복음서 속에 있는 삽화지. 그렇다면 거기에 뭔가 연결점이라도 있는 것 아니야?"

노리미즈는 고개를 갸우뚱하면서 시험 삼아 문을 밀었지만 문은 미동도 하지 않았다.

"망설일 필요 없어. 이렇게 되면 때려 부술 수밖에 없잖아?"

구마시로가 거친 소리로 말하자 노리미즈는 급히 가로막았다.

"부조를 보니 갑자기 아까운 생각이 들어. 게다가 울리는 진동으로 흔적이 사라져도 안 되니까. 밑에서 널빤지를 살짝 뜯어내는 게 어때?"

이윽고 문 밑에 뚫린 네모난 구멍으로 잠입하자, 노리미즈는 손전등을 켰다. 둥근 빛에 비치는 것은 벽과 마루뿐으로 무엇 하나 가구다운 것은 보이지 않았다. 그런데 오른쪽 가장자리서부터 방을 한번 다 돌아보았을 즈음 뜻밖에도 노리미즈의 바로 옆, 문 오른편에 있는 벽에서 어둠이 깨졌다. 그리고 거기에서 훅 하고 솟구쳐 나오는 귀기와 함께 테레즈 시뇨레의 옆얼굴이 나타났다. 그런 공포는 누구라도 경험하는 일이지만, 이를테면 대낮에도 낡은 사당 같은 데 가서 격자문에 걸린 노(能)*의 가면을 보

---

* 일본의 전통 가무극. 노멘이라고 하는 가면을 쓰고 공연한다.

고 있으면 머리가 곤추설 것 같은 으스스한 감각에 사로잡히지 않던가. 하물며 이 사건에 괴이한 분위기를 자아내는 바로 그 테레즈가 퇴락한 방의 어둠 속에서 갑자기 떠올랐으니 그 순간 세 사람이 헉하고 숨이 막힌 것도 무리가 아니었다.

창에 희미한 섬광이 비쳐 덧문의 윤곽이 명료하게 떠오르자 멀리서 땅이 흔들리는 것 같은 천둥소리가 크게 들려왔다. 그런 처참한 분위기 속에서 노리미즈는 의연하게 눈앞의 괴이한 인형을 뚫어지게 바라보았다. 아, 이 생명 없는 인형이 고요한 밤중에 복도를……

스위치를 찾아 누르자 방이 밝아졌다. 테레즈 인형은 키 160센티미터 정도의 밀랍 인형으로 격자모양의 장식을 붙인 청람색 스커트에 같은 색 상의를 입고 있었다. 그 모습에서 받은 느낌은 귀엽다기보다도 오히려 이단적인 아름다움이었다. 반달 모양을 한 루벤스풍 눈썹과 입술의 양 끝이 치켜 올라간 입은 원래 음란한 상으로 알려져 있다. 그런데 묘하게도 이 인형은 동그스름한 코와 조화를 이루어 처녀의 동경을 나타내고 있었다. 그리고 정교한 윤곽으로 둘러싸여 곱슬거리는 금발을 늘어뜨린 얼굴은 트레비 유장의 미인 테레즈 시뇨레를 정확히 복제했다. 빛을 받은 얼굴은 지금이라도 혈관이 비쳐 보일 것 같이 아주 생생하게 빛났지만, 거인과 같은 체구와 얼굴의 부조화가 두드러져 보였다. 몸의 균형을 맞추기 위해 어깨 밑으로 엄청나게 크게 만든 탓에 발바닥은 보통 사람보다 세 배는 커 보이는 넓이였다.

고증이라도 하려는 듯 노리미즈는 한순간도 인형에게서 시선을 떼지 않았다.

"마치 골렘이나 철의 처녀로밖에 생각되지 않는군. 이것이 코페츠키의 작품인 모양인데, 글쎄, 몸체의 선은 프라하보다 바덴바덴의 한스바스트(독일의 꼭두각시인형)에 가깝다고 해야겠지. 이 간결한 선에는 다른 인형에서는 찾아볼 수 없는 무한한 신비가 있어. 산테쓰 박사가 본격적인 인형 장인한테 부탁하지 않고 이것을 거대한 마리오네트로 만든 것은 과연 그 사람다운 취미라고 생각해."

"인형 감상은 다음에 차분히 하기로 하고."

구마시로는 못마땅한 듯 얼굴을 찌푸렸다.

"그보다 노리미즈, 자물쇠가 안쪽에서 걸려 있어."

"응, 놀라운 일이 아닌가? 하지만 설마 범인이 이 인형을 원격 조정했을 리는 없겠지."

자물쇠 구멍에 꽂혀 있는 장식 달린 열쇠를 보며, 검사는 소름이 끼쳤던 모양이다. 그는 발치에서 시작하여 바닥의 발자국을 따라갔다. 흔적도 없이 뒤엉켜 있는 문 입구에서 정면 창가에 걸친 바닥에는 크고 편평한 모양의 발로 두 번 왕복한 네 줄의 자국이 나 있고, 그것 말고는 문 입구에서 인형이 있는 곳까지 한 줄의 발자국이 이어져 있을 뿐이었다. 그러나 무엇보다 놀라운 점은 가장 중요한 인간의 흔적이 없다는 것이었다. 검사가 갑자기 괴상한 소리를 지르자 노리미즈가 짓궂게 웃어넘기며 말했다.

"어쩐지 미덥지 않아. 처음에는 범인이 인형의 보폭대로 걸어서 그 위를 다음에 인형이 밟도록 한다. 그러면 자기의 발자국을 지워 버릴 수가 있잖아? 그리고 그다음부터는 그 발자국 위를 밟으면서 드나드는 거지. 그러나 어젯밤 이 인형이 있던 최초의 위치가 혹시 문 입구가 아니었다면 어젯밤 이 방에서 한 발짝도 나가지 않았다고 할 수 있지."

"그런 터무니없는 증거가 어디 있어? 도대체 족적의 앞뒤를 무엇으로 증명한다는 거야?"

구마시로는 짜증을 억누르는 듯한 소리로 말했다.

"그것이 홍적세의 감산이라는 거야. 왜냐하면 최초의 위치가 문 입구가 아니라면 네 줄의 발자국에 일관된 설명을 붙일 수 없기 때문이야. 다시 말해 문 입구에서 창가로 향해 있는 두 줄 중 하나가 제일 마지막에 남게 되거든. 그래서 가령 처음에 인형이 창가에 있었는데 먼저 범인의 발자국을 밟으면서 방에서 나갔다가 다시 원래의 위치로 돌아왔다고 가정해 보잔 말이야. 그러면 이어서 또 한 번 이번에는 문에 자물쇠를 채우기 위해 걸어야 하지 않겠어? 그런데 본 바와 같이 그것이 문 앞에서 현재 있는 위치 쪽으로 돌고 있으니까 남은 한 줄의 발자국이 전혀 소용없는 것이 되어 버려. 그러므로 왕복 한 번을 범인의 발자국을 없애기 위한 것이라면 거기에서 왜 창 쪽으로 다시 한 번 돌아오지 않으면 안 되었을까. 창가에 놓아 두지 않으면 왜 인형이 자물쇠를 채울 수가 없었을까!"

"인형이 자물쇠를 잠가?"

검사는 기가 막히다는 듯 소리쳤다.

"그럼 누가 했단 말이야?"

무심코 노리미즈는 열띤 어조로 말했다.

"그러나 그 방법이라면 여전히 새로운 아이디어는 아니야. 10년을 하루 같이 범인은 실을 사용하고 있었어. 그러면 내가 생각한 걸 한번 실험해 볼까?"

그리고 열쇠를 먼저 문 안으로 집어넣었다. 하지만 그가 열흘쯤 전에 세인트 알렉세이 성당의 지나이더실(室)에서 거둔 성공이 과연 이번에도 재연될 수 있을지 없을지—그것이 몹시 걱정되었다. 왜냐하면 그 고풍스러운 자루의 긴 열쇠는 손잡이에서 많이 튀어나와 지난번의 기교를 재현하는 일은 거의 기대하기 어려웠기 때문이었다. 두 사람이 지켜보는 가운데 노리미즈는 긴 실을 준비시켜서 그것을 바깥에서 열쇠 구멍에 넣어 처음에는 열쇠의 고리 모양 왼쪽을 감고 나서 이어 밑에서 위로 걸어 올려 오른쪽을 감았다. 그리고 이번에는 위에서 고리 모양의 왼쪽 끝으로 잡아당겨서 나머지를 검사의 몸에 감고 그 실 끝을 다시 열쇠 구멍을 통해서 복도 쪽으로 드리웠다. 그러고 나서 노리미즈가 말했다.

"우선 하제쿠라를 인형이라고 가정해서 인형이 창가에서 걸어오는 것으로 하자고. 그러나 그에 앞서 범인은 처음에 인형을 놓을 자리를 정확하게 측정해야 해. 어떻게든 문턱에서 왼발이 멈추도록 조정할 필요가 있어. 왜냐하면 왼발이 그 위치에서 멈추면 이어서 오른발이 움직이기 시작해도 다리가 중도에 문턱에 걸려 버리지 않겠어? 그래서 후반부의 여력이 그 발을 축으로 회전을 일으켜 인형의 왼발이 차츰 뒤로 물러나겠지. 그리고 완전히 몸을 옆으로 돌리면 이번에는 문과 평행으로 나아가게 돼."

그리고 구마시로에게는 문 밖에서 두 가닥의 실을 잡아당기게 하고 검사는 벽의 인형을 향해 걷도록 했다. 그러는 동안에 문 앞을 지나 열쇠가 뒤쪽에 있으면 노리미즈는 구마시로로 하여금 그쪽의 실을 세게 잡아당기게 했다. 그러자 검사의 몸이 팽팽해진 실을 밀고 가 고리 모양의 오른쪽이 잡아당기면서 눈앞에서 열쇠가 돌아갔다. 그리고 문고리가 돌아감과 동시에 실은 열쇠 근처에서 뚝 하고 끊어져 버렸다.

이윽고 구마시로는 두 가닥의 실을 쥐고 나타났는데 그는 안타까운 듯 한숨을 내쉬었다.

"노리미즈, 자네는 정말 미스터리한 사람이야."

"하지만 과연 인형이 이 방에서 나갔는지 어쨌는지 그것을 명백하게 증명할 방법은 없어. 저 여분의 발자국만 해도 내 고찰만으로는 아직 모자라."

노리미즈는 마지막으로 문제를 점검하고 나서 인형의 옷 뒤에 있는 호크를 풀어 좌우로 몸통 덮개를 활짝 열어 체내의 기계 장치를 들여다보았다. 그것은 수십 개의 시계를 모아 놓은 정도로 극히 정교한 것이었다. 크기가 다양한 수많은 톱니가 줄지어 겹쳐 있는 사이에 몇 단이나 자동으로 작용되는 복잡한 조종기가 있고, 여러 관절을 움직이는 가느다란 놋쇠 막대기가 후광처럼 방사선을 만들어내고 그사이에 나선으로 감긴 돌기와 제동기가 보였다.

　구마시로는 계속해서 인형의 전신을 냄새 맡거나 확대경으로 지문과 손가락 모양을 찾았지만 무엇 하나 그의 신경에 와 닿는 단서는 없었다. 노리미즈는 그 일이 끝나기를 기다렸다가 말했다.

　"어차피 인형의 성능은 거의 뻔해. 걷고 멈추고 손을 흔들고 물건을 쥐었다 놓았다 하는 정도지. 가령 이 방에서 나갔다 하더라도 그 상처 모양을 새긴다는 것은 터무니없는 망상이야. 이제 단네베르그 부인의 필적도 슬슬 환각에 가까워지는 걸까."

　예상한 대로의 결론을 말했지만 그의 마음에는 희미해져 가는 인형의 그림자를 대신하여 도저히 지워버릴 수 없는 의문이 남았다. 노리미즈는 말을 이었다.

　"그런데 구마시로, 범인은 어째서 인형이 자물쇠를 잠근 것처럼 보이려고 했을까? 하긴 사건을 점점 신비스럽게 보이려는 수작이었겠지. 아니면 자기의 우월함을 뽐내고 싶어서였을지도 모르고, 그러나 인형의 신비를 강조하고자 했다면 오히려 그런 잔재주를 부리는 것보다도 문을 활짝 열어젖히고 인형의 손가락에 오렌지즙이라도 묻혀 놓는 편이 효과적이지 않았을까? 아아, 범인은 어째서 나한테 실과 인형의 기교를 선물로 놓고 간 것일까?"

　노리미즈는 잠시 회의에 젖은 것 같은 표정을 지었다가 곧 그런 눈빛을 지웠다.

　"아무튼 인형을 움직여 보기로 하지."

이윽고 인형은 매우 완만한 속도로 특유의 기계적인 서투른 모습으로 걷기 시작했다. 그 덜커덕거리며 걸을 때마다 속삭이는 것 같은 전동음이 위잉 위잉 아름답게 울렸다. 그것은 분명 금속선이 진동하는 소리로 인형의 어딘가에 그런 장치가 있어, 몸통 빈 공간 속에서 공명을 일으키는 것이 틀림없었다. 이렇게 노리미즈의 추리에 의해 인형을 재단하는 이유가 거의 밝혀졌는데, 지금 들은 이 음향이야말로 바로 그것을 좌우할 열쇠처럼 생각되었다. 이 중대한 발견을 마지막으로 세 사람은 인형의 방에서 나왔다.

처음에 노리미즈는 계속해서 계단 아래의 약물실을 조사하겠다고 말했는데 갑자기 예정을 바꾸어 옛날 갑옷을 진열해 놓은 아치 모양의 통로로 들어갔다. 그리고 원형 홀로 연결된 문가에 서서 물끄러미 앞쪽을 응시하였다. 홀 맞은편에는 놀랍게도 신을 모독하는 프레스코화 두 점이 벽면을 차지하고 있었다. 오른쪽 그림은 수태고지를 그린 것으로 어딘가 빈혈기가 있어 보이는 성모 마리아가 왼쪽 끝에 서 있고, 오른쪽에는 구약 성서의 성인들이 모여 있는데 그들은 모두 손바닥으로 두 눈을 가리고 있었다. 그사이에 선 야훼가 욕망 어린 눈으로 성모 마리아를 지그시 바라보고 있었다. 왼쪽 그림은 「갈보리 산의 다음 날 아침」이라고 할 만한데, 오른쪽 끝에 사후강직을 극명한 선으로 나타낸 십자가의 예수가 있고 그를 향하여 겁먹은 듯 비굴한 모습의 사도들이 조심조심 다가가는 광경이 그려져 있었다. 노리미즈는 생각을 고쳐먹은 듯 꺼낸 담배를 갑 속에 도로 넣고 엉뚱한 질문을 했다.

"하제쿠라, 보데의 법칙*을 알고 있나? 해왕성 이외의 행성의 거리를 간단한 배수공식으로 나타내는 것 말이야. 혹시 알고 있으면 그것을 여기서 어떻게 해 볼 수 없을까?"

"보데의 법칙?"

검사는 엉뚱한 질문에 놀라 되물었다. 거듭되는 노리미즈의 이해할 수 없는 언동에 검사는 씁쓸한 표정으로 구마시로와 눈을 마주쳤다.

"그렇다면 저 두 그림에 대한 자네의 의견을 비판해 봐야 하겠는데. 어때, 그 신랄한 성서관은? 아마 저런 그림을 좋아했을 것 같은 포이어바흐**란 사나이는 자네처럼 요설가(饒舌家)는 아니었을 것 같아."

그러나 노리미즈는 검사의 말에 미소를 흘리고 복도를 나왔다. 시체가 있는 방으로 돌아오자 놀라운 보고가 기다리고 있었다. 급사장 가와나베 에키스케가 어느 틈엔가 자취를 감추었다는 것이다. 어젯밤 사서인 구가 시즈코와 함께 단네베르그 부인의 시중을 들었고 구마시로가 제일 의심했던 자여서 에키스케의 실종 소식을 듣자 그는 자못 만족스러운 듯이 양손을 비비면서 말했다.

"가만 보자, 10시 반에 내가 신문을 마쳤고 그 후에 감식반원이 장문(掌紋)을 뜨러 갔다니 그로부터 현재 1시까지 사이에 일

* 태양계 행성의 태양계 중심으로부터의 위치에 대한 법칙.
** 19세기 독일의 철학자. 유물론적 인간 중심의 철학을 제기했다.

어난 일이군. 그렇지? 노리미즈. 이건 에키스케를 모델로 했다는 이야기잖아."

구마시로는 문 옆에 있는 조각상 두 개를 가리켰다.

"나는 진작에 알고 있었어. 그 난쟁이 꼽추가 이 사건에서 어떤 역할을 했는지 말이야. 하지만 얼마나 바보 같은 놈인가. 그 녀석은 남들의 눈길을 끌 만한 자신의 신체적 특징에 생각이 미치지 않았던 거야."

노리미즈는 경멸하듯이 상대를 보고 있었다.

"그렇게 되나?"

한마디로 반대 의견을 암시하고는 노리미즈는 조각상이 있는 쪽으로 걸어갔다. 그리고 율법 학자의 좌상과 등을 대고 있는 꼽추 앞에 서서 말했다.

"이런 이런, 이 꼽추는 정상이 되어 버렸네. 이상한 우연의 일치가 아닌가. 문에 새겨진 부조에서는 예수한테 치료받고 있었는데 안으로 들어오니 말끔히 다 나아 버린 거야. 그리고 이 남자는 아마 벙어리가 틀림없을 거야."

그는 마지막 한 마디를 아주 강한 어조로 말했는데 갑자기 악한을 연상시키는 표정을 지으며 신경질을 부렸다. 그러나 그 조각상에는 특별히 이상한 점이 없었고, 머리가 편평하고 큰 꼽추가 가늘게 처진 눈초리에 교활한 웃음을 머금고 있는 것에 지나지 않았다. 그동안 무엇인가를 적던 검사는 노리미즈를 손짓으로 불러 탁상에 있는 종잇조각을 보여주었다. 거기에는 다음과 같은 검사의 질문이 조목조목 적혀 있었다.

1. 노리미즈는 대계단 위에서 보통으로는 도저히 들을 수 없는 음향을 집사가 들었다는 것을 안다고 했다. 그 결론은?
2. 노리미즈는 아치 모양의 통로에서 무엇을 보는가?
3. 노리미즈가 스탠드에 불을 켜고 바닥을 계측한 것은?
4. 노리미즈는 테레즈 인형의 방 열쇠에 왜 역설적인 해석을 하려고 애썼는가?
5. 노리미즈는 왜 가족들의 심문을 서두르지 않는가?

다 읽고 나서 노리미즈는 빙그레 웃더니 1, 2, 5 밑에 줄을 치고 해답을 썼다.

'혹시 만에 하나라도 내게 행운이 있어서 범인을 지목할 인물이 발견될지도 몰라서(제2 또는 제3의 사건)'이라고 이어서 썼다. 검사가 깜짝 놀라 얼굴을 들자 노리미즈는 다시 제6의 질문이라는 표제를 달아 다음 한 줄을 써넣었다.

6. 갑주 기사는 어떤 목적으로 계단 아래에서 떠나야 했던가?

"그것은 자네가 벌써……"
검사는 눈을 크게 뜨고 반문했는데 그때 문이 조용히 열리고 맨 처음으로 불려온 사서 구가 시즈코가 들어왔다.

## 3. 시광이 없다면

구가 시즈코의 나이는 쉰두세 살쯤 되어 보였는데 일찍이 본적이 없는 단아한 풍모를 갖춘 부인이었다. 마치 끌로 마무리라도 한 것처럼 매우 섬세한 얼굴선을 보고 있으면 쉽게 얻을 수 없는 반듯한 외모라는 말밖에 나오지 않았다. 그 얼굴이 때때로 긴장하면 노부인의 강철 같은 의지가 나타나 조용한 은둔의 그늘 속에서 불꽃이 활활 타오르는 듯한 느낌이 들었다. 노리미즈는 무엇보다도 먼저 이 부인의 정신적인 깊이와 온몸에서 배어 나오는 엄숙하기까지 한 카리스마에 압도당하지 않을 수 없었다.

"당신은 이 방에 어째서 가구가 적은지 묻고 싶으시지요?"

시즈코가 처음 한 말이었다.

"지금까지 방을 비워 놓았던 까닭은?"

시즈코의 말이 끝나기도 전에 검사가 끼어들어 물었다.

"그보다도 열지 않는 방이라고 하시는 편이……"

시즈코는 거리낌 없이 정정하고 기모노 띠 사이에서 꺼낸 가는 담배에 불을 붙였다.

"실은 들으셨겠지만 변사 사건이 세 번이나 연달아서 이 방에서 일어났기 때문입니다. 그래서 산테쓰 님의 자살을 마지막으로 이 방을 영구히 닫아 버리기로 했습니다. 이 조각상과 침대만이 예전부터 있던 가구라고 할 수 있습니다."

노리미즈는 복잡한 표정을 지으며 말했다.

"그 열지 않는 방을 어젯밤에는 왜 열었던 겁니까?"

"단네베르그 부인의 명령이었습니다. 겁에 질리셔서 어젯밤 최후의 피난처를 여기에서 찾으셨지요."

처연함이 서린 말을 시작으로 시즈코는 먼저 성관 안에 가득했던 이상한 분위기에 대해 말하기 시작했다.

"산테쓰 님이 돌아가시고 나서 가족 모두가 마음의 안정을 찾지 못했습니다. 그때까지 말다툼 한 번 없었던 외국인 네 분도 차츰 말수가 줄어들고 서로 경계하는 것 같은 태도가 날로 더해 갔습니다. 그리고 이달에 들어와서는 아무도 여간해서는 방에서 나가는 법이 없고 더욱이 단네베르그 님의 상태는 거의 광적이라고밖에 할 수 없었습니다. 식사마저 신뢰하고 계시던 저와 에키스케 말고는 아무한테도 맡기지 않으셨습니다."

"그 공포의 원인을 부인은 어떻게 보십니까? 개인적인 암투라면 몰라도 그 네 사람에게 유산 문제는 없을 텐데요."

"원인은 모르지만 그분들이 자신의 생명에 위협을 느끼고 있었던 것만은 확실합니다."

"그 분위기가 이달 들어서 더 심해졌다는 것은?"

"글쎄요. 제가 스베덴보리*나 존 웨슬리(침례교 창시자)라면 몰라도."

시즈코는 비꼬더니 계속해서 말을 이어갔다.

"단네베르그님은 그런 고약한 것으로부터 어떻게든 벗어나

---

* 스웨덴의 신학자이자 과학자. 성운가설을 제창하고, 천계 및 지계에 대해 신비주의를 주장한 인물.

보려고 얼마나 애쓰셨는지 모릅니다. 그리하여 그 결과 그분의 지도로 어젯밤 신의심문(神意審問) 모임이 있었던 것입니다."

"신의심문이라니요?"

검사에게는 시즈코의 검정 일색의 기모노가 어떤 압박감으로 다가왔다.

"산테쓰 님은 이상한 것을 남기셨습니다. 마클렌부르크 마법의 하나라던데 교수형으로 죽은 사람의 손목을 초에 절여 말린─영광의 손(hand of glory) 손가락 하나하나에 교수형에 처한 죄인의 지방으로 만든 시체 초를 세워 놓습니다. 그리고 거기에 불을 붙이면 사심이 있는 자는 자지러져 정신을 잃어 버린다고 합니다. 그런데 그 모임이 시작한 것은 어젯밤 9시 정각, 참석한 사람은 주인님이신 하타타로 님 외 네 분과 저와 가미타니 노부코 씨였습니다. 하긴 오시카네 부인(쓰다코)이 잠시 머무르셨지만, 어제는 아침 일찍이 돌아가셨습니다."

"그러면 그 빛은 누구를 비추었습니까?"

"그게 바로 단네베르그 님이었습니다."

시즈코는 목소리를 낮추며 전율했다.

"그 다시 없을 빛은 낮의 빛도 아니고 밤의 빛도 아닙니다. 지익 지익 그르렁거리는 쉰 소리를 내며 타기 시작하자 퍼져가는 불꽃 속에서 으스스한 분홍색의 뭔가가 꿈틀거리더군요. 그것이 하나둘 불이 붙는 동안 우리는 모두 제정신을 잃고 하늘로 쑥 올라가는 기분이 되었습니다. 그런데 불이 다 붙었을 때 숨 막힐 것 같은 괴로운 순간을 겪었습니다. 그때 단네베르그 님은 끔찍한 형상으로 앞을 쏘아보며 뭔가 무서운 말을 외치셨습니다. 그분의 눈에 의심할 바 없이 뭔가가 비친 것입니다."

"무엇이 말입니까?"

"아, 산테쓰, 하고 외쳤습니다. 그러더니 그 자리에서 푹 쓰러졌습니다."

"아니, 산테쓰라고요?"

노리미즈도 잠시 창백해졌다.

"하지만 그 아이러니는 너무나 극적이군요. 다른 여섯 사람 중에서 사악한 존재를 발견하려다 오히려 자신이 쓰러지다니. 어쨌든 영광의 손을 내 손으로 한 번 더 점화시켜 봐야겠어요. 그러면 무엇이 산테쓰 박사를……"

노리미즈는 본문으로 돌아와 냉정하게 쏘아붙였다.

"그렇게 하면 그 여섯 사람이 개처럼 자기가 토한 자리로 돌아온다고 생각하시는 겁니까?"

시즈코는 베드로의 말을 빌려 통렬하게 응수했다. 그리고 이어서 말했다.

"하지만 제가 어리석게 미신을 맹신하는 사람이 아니라는 것은 이제 차차 알게 되실 겁니다. 그런데 그분은 얼마 후에 의식을 회복하셨습니다만, 핏기를 잃은 얼굴에 폭포처럼 땀을 흘리며 절망적으로 몸부림치면서 '드디어 때가 왔어. 아, 오늘밤이야말로'라고 떨리는 목소리로 말씀하셨습니다. 그리고 저와 에키스케에게 이 방으로 옮겨 달라고 하신 겁니다. 아무도 상황을 모르는 방이라야 한다고 하시며 당장 눈앞에 닥친 공포에서 어떻게든 벗어나려 하시는 마음을 저는 알 수 있었습니다. 그런데 그럭저럭 10시가 다 되었을 즈음이었나, 과연 그날 밤 그분의 공포는 실현된 것입니다."

"그런데 그 무엇이 산테쓰라고 외치게 했을까요?"

노리미즈는 다시 의문을 제기했다.

"실은 부인이 죽어가면서 테레즈라고 쓴 메모가 침대 밑에 떨어져 있었어요. 그러니까 환각을 일으킬 만한 생리적으로나 정신적으로 무슨 이상 같은 거라도……? 그런데 당신은 불펜의 책을 읽은 적이 있나요?"

그때 시즈코의 눈에 반짝 이상한 빛이 나타났다.

"그렇습니다. 오십세 변질설(五十歲變質説)이라는 것도 이 경우에는 분명히 하나의 설이 될 수 있겠지요. 게다가 겉으로는 알 수 없는 간질 발작도 있을 수 있으니까요. 하지만 그때는 정신이 아주 말짱했습니다."

시즈코는 단정적으로 말하고 나서 말을 이었다.

"그리고 그분은 11시 무렵까지 주무셨는데 잠에서 깨어나자 목이 칼칼하다고 하셨기 때문에 그때 그 과일 접시를 에키스케가 거실에서 가져왔습니다."

구마시로의 눈이 바쁘게 움직이는 것을 알아챈 시즈코는 다시 말했다.

"아, 당신은 변함없는 스콜라파시군요. 그때 그 오렌지가 있었는지 묻고 싶으시겠지요? 그러나 인간의 기억력이라는 것은 그렇게 여러분께 편리한 것만은 아닙니다. 첫째 어젯밤은 자지 않왔다고 생각하지만 옆에서 선잠 정도는 잤을 거라고 속삭이는 사람도 있답니다."

"그렇군요. 이것도 마찬가지입니다. 성관 사람들이 모두 다 어젯밤은 드물게 숙면을 했다고 하니까요."

노리미즈 역시 씁쓸하게 웃으면서

"그래서 11시라고 하면 그때 누가 왔답니까?"

"네, 하타타로 님과 노부코 씨가 용태를 보려고 오셨습니다. 그런데 단네베르그 님은 과일 말고 뭔가 음료를 마시고 싶다고 하셔서 에키스케가 레모네이드를 가져왔습니다. 그러자 그분은 신중하게도 독은 없는지 맛을 보라고 명하신 겁니다."

"허허, 무서운 신경이군요. 그럼 누가?"

"노부코 씨가 맛을 보았습니다. 단네베르그 님도 그것을 확인하고 안심이 되셨는지 석 잔이나 거푸 마실 정도였으니까요. 그러고 나서 잠이 드셨기 때문에 하타타로 님이 침실 벽에 걸린 테레즈 액자를 떼어 노부코 씨와 함께 들고 가셨습니다. 아니, 테레즈는 이 성관에서 불길한 악령처럼 여겨 왔는데 유독 단네베르그 님이 몹시 싫어하셔서 하타타로 님이 거기에 신경 써 주신 것은 아주 현명한 배려였다고 할 수 있습니다."

"그러나 침실에는 어디에도 숨겨진 장소가 없으니까 그 액자와 인형 사이에 무슨 관계가 없을까?"

검사가 옆에서 한 마디 끼어들었다.

"그것보다 그 마시고 남은 것은?"

"벌써 씻어 버렸을 겁니다. 하지만 그런 질문을 하신다면 헤르만(19세기 독극물 학자)이 비웃을 거예요."

시즈코는 노골적으로 조소하는 표정이었다.

"만일 그것으로 안 된다면 청산가리를 제로로 만드는 중화제를 말씀드릴까요? 설탕이나 회반죽으로는 탄닌으로 가라앉힌 알칼로이드를 차와 함께 마실 수는 없겠지요. 그리고 12시가 되자 단네베르그 님은 문을 잠그고 열쇠를 베개 밑에 넣고 나서 과일을 가져오게 하여 그 오렌지를 드신 겁니다. 오렌지를 드실 때도 아무런 말씀이 없으셨고 그 후에는 소리도 없이 잘 주무시는 것 같아서 우리는 칸막이 아래에 긴 의자를 놓고 그 위에 누웠습니다."

"그럼 그 전후에 희미한 방울 소리 같은 걸 듣지 못했나요?"

시즈코가 듣지 못 했다고 부정하자 검사는 담배를 내던지더니 중얼거렸다.

"그러니까 액자는 없어졌고 부인은 테레즈의 환각을 봤다는 거지. 그리고 완전한 밀실이 되어 버렸다면 관자놀이에 난 상처와 엄청난 모순이 생겨 버려."

"그렇지. 하제쿠라."

노리미즈가 조용히 말했다.

"나는 그 이상의 미묘한 모순을 발견했어. 아까 인형의 방에서 세운 가설이 이 방으로 돌아오자 갑자기 반전이 되어 버린 거야. 이 방은 열지 않는 방이라고 했지만 실제론 오랫동안 끊임없이 드나든 것이 있었어. 그 뚜렷한 흔적이 남아 있어."

"말도 안 돼."

구마시로는 깜짝 놀라 외쳤다.

"열쇠 구멍에는 오래전에 녹이 슬어서 처음 열 때는 열쇠가 꽂히지도 않았다고 하던데. 게다가 인형의 방과는 달리 튼튼한 태엽으로 돌아가는 쇠붙이니까 아무리 생각해봐도 실로 조종될 거 같지도 않고, 물론 입구의 바닥이나 벽에도 비밀 문이 없다는 것은 이미 반향 측정기로 확인했어."

"그러니까 자네는 아까 내가 꼽추가 나왔다고 하니까 비웃었던 거야. 자연이 무엇 때문에 인간의 눈에 띄는 장소 따위에 흔적을 남기겠어."

노리미즈는 모두를 조각상 앞으로 데리고 갔다.

"대체로 유년기부터 꼽추가 된 사람은 상부 늑골이 울퉁불퉁 염주 모양인데 이 조각상의 어디에 그런 게 있나? 그래도 시험 삼아 이 두꺼운 먼지를 한번 털어 보게."

그러자 먼지가 눈사태처럼 떨어져 내렸다. 답답하게 콧구멍이 막히면서도 휘둥그레진 사람들의 눈은 분명히 그것을 조각상의 첫 번째 갈비뼈에서 확인할 수 있었다.

"그러면 염주 모양의 뼈 위로 불거진 먼지를 판판하게 고르는 것이 있어야 하겠지. 하지만 아무리 정밀한 기계를 쓰더라도 사람 손으로는 도저히 할 수 없는 일이야. 자연의 섬세한 힘이어야 해. 바람과 물이 몇만 년이나 걸려서 암석에 거인상을 새겨 넣듯이 이 조각상에도 닫힌 3년 동안 꼽추를 낮게 한 것이 있었던 거야. 이 방에 끊임없이 숨어들어온 인물은 언제나 이 앞 받침대 위에 초를 놓았을 거야. 그러나 그 흔적 따위는 어떻게든 감쪽같이 속였다 하더라도 그때부터 하나의 증표가 되는 상징이 만들어졌어. 불꽃이 흔들리면서 생기는 미묘한 기운이 제일 불안정한 위치에 있는 염주 모양의 뼈에 쌓인 먼지를 아주 조금씩 떨어트려 갔던 거야. 안 그래, 하제쿠라? 조용히 귀를 기울이고 있으면 뭔가 차벌레 같은 아름다운 정 소리가 들려오는 것 같지 않아? 가끔 이런 베를렌의 시(詩)가……"

"그렇군."

검사가 거칠게 말을 되받아쳤다.

"하지만 그 2년이라는 세월이 어제 하룻밤을 증명한다고는 할 수 없잖아?"

그러자 노리미즈는 잽싸게 구마시로를 돌아보며 말했다.

"아마 자네는 콥트직 아래는 살펴보지 않았을걸."

"도대체 그 밑에 무엇이 있다는 거야?"

구마시로는 눈을 동그랗게 뜨고 외쳤다.

"데드 포인트라는 것은 결코 망막 위나 음향학만으로는 알 수 없어. 프리먼은 직물의 올 틈으로 특수한 조가비 가루를 몰래 집어넣는다고 했지."

노리미즈가 조용히 카펫을 말자 그 바닥에는 수직으로는 보이지 않지만 모자이크의 수레바퀴 모양의 수가 늘어남에 따라 희미하게 다른 모양의 흔적이 나타났다. 그 색대리석과 거양옻나무의 줄무늬 위에 남은 것은 바로 물 묻은 흔적이었다. 전체 길이가 60센티미터쯤 되는 금화 비슷한 덩어리 모양이지만 자세히 보면 주위는 무수한 점으로 둘러싸였고 그 속에 다양한 형태의 선과 점이 모여 있었다. 그리고 그것이 발자국 같은 모양으로 번갈아 커튼 쪽을 향해 있고 앞으로 갈수록 옅어졌다.

"아무래도 원형을 회복하기는 어렵겠어. 테레즈의 발도 이렇게 크지는 않아."

구마시로는 완전히 현혹되어 버렸다.

"요컨대 음화(陰畵)라고 보면 되는 거야."

노리미즈는 딱 잘라 말했다.

"콥트직은 바닥에 밀착되지 않은 데다 거양옻나무에는 팔미트산이 많이 함유되어 탄수성이 있을 거야. 표면에서 안쪽으로 스며든 물이 가는 털에서 방울져 떨어지는데 그 밑에 거양옻나무가 있으면 물은 물방울이 되어 튕겨 나가 버려. 그리고 그 반동으로 가는 털이 차츰 위치를 바꾸어 가니까 몇 번이고 반복하는 동안 결국에는 물방울이 거양옻나무로부터 대리석 쪽으로 옮겨가겠지. 그러니 대리석 위에 있는 중심에서 제일 먼 선을 거꾸로 더듬어 가서 그것이 거양옻나무와 만나는 점을 연결하면 거의 원형의 선이 나오는 거지. 즉 물방울을 피아노 건반 삼아 털이 론도를 추는 거야."

"그럴듯해."

검사는 고개를 끄덕였다.

"그런데 이 물은 대체 무엇일까?"

"그것이 어젯밤에는 한 방울도……"

시즈코가 말하자 그것이 노리미즈는 재미있다는 듯 웃는다.

"아니, 그것이 기노 하세오(紀長谷雄) 경의 고사지요. 요괴 아가씨가 물이 되어 사라져 버렸다는*."

하지만 노리미즈의 해학은 결코 그 자리에 한정된 우스갯소리는 아니었다. 노리미즈의 말대로 원형을 만들어 구마시로가 테레즈 인형의 족형과 보폭을 대조해 보니 놀랄 만큼 일치하였다. 몇 번이나 추정하는 가운데 기이한 등장과 퇴장을 반복했지만, 정체를 알 수 없는 물을 밟고 나타난 인형의 존재는 엄연한 사실이라고 할 수밖에 없었다. 그리고 철벽같은 문과 아름다운 전동음 사이에 더 큰 모순이 가로놓이고 말았다. 그리하여 자욱한 담배 연기와 수수께끼의 속출로, 그러잖아도 너무나 긴박한 분위기에 검사는 어지간히 흥분해 버린 듯 창문을 활짝 열어젖히고 돌아왔다. 노리미즈는 흘러나오는 하얀 연기를 바라보면서 다시 자리에 앉았다.

"그런데 구가 씨. 과거의 세 가지 사건에는 지금 언급하지 않더라도 대체 이 방이 어째서 이렇게 우의적인 물건들로 가득 차 있을까요? 그 율법 학자 조각상 같은 것도 명백히 미궁의 암시가 아닙니까? 그것은 확실히 마리에트**가 크로코딜로폴리스***에 있는 미궁의 입구에서 발견한 것이니까요."

"그 미궁은 아마 앞으로 일어날 사건의 암시일 거예요."

* 기노 하세오의 설화집에 나오는 이야기. 하세오가 요괴와의 내기에서 이겨 절세미인을 얻었는데 요괴가 100일 동안 그녀를 건드리지 말라고 하였다. 하세오는 80일 만에 그녀를 안았고 그 결과 미녀는 물이 되어 사라졌다.
** 오귀스트 마리에트. 프랑스의 고고학자. 이집트의 멤피스 피라미드 지구와 샤카라 유적지 등을 발굴했다.
*** 이집트 파이윰 지역. 로마 시대에 제작된 파이윰 미라가 출토되었다.

시즈코는 조용히 말했다.

"아마 마지막 한 사람까지도 살해당하겠지요."

노리미즈는 놀라서 잠시 상대의 얼굴을 물끄러미 바라보다가 시즈코의 말을 잠꼬대처럼 되뇌었다.

"아니 적어도 세 가지 사건까지는…… 그렇다면 구가 씨, 부인은 아직 어젯밤의 신의심문의 기억에 취해 있는 겁니다."

"그것은 하나의 증표에 지나지 않아요. 저는 벌써 이 사건이 일어나리라는 것을 미리 알고 있었어요. 한 번 맞혀 볼까요? 시신은 아마 정결한 영광의 빛에 둘러싸여 있을 거예요."

두 사람의 기문기담에 어리둥절해하던 참이라 검사와 구마시로에게 그 말은 바로 청천벽력이었다. 아무도 알 리 없는 그 기적을 이 노부인은 어떻게 알고 있었다는 말인가. 시즈코는 계속해서 말했다. 하지만 그것은 노리미즈에 대한 비수 같은 질문이었다.

"그런데 시체에서 영광의 빛이 발하던 예를 알고 계십니까?"

"주교 워터와 아레초, 변증파의 막시무스, 아라고니아의 성 라케르…… 네 사람쯤 더 있었던 걸로 압니다. 그러나 그런 것은 결국 기적 매매자의 악업에 지나지 않을 겁니다."

노리미즈도 냉정하게 응수했다.

"그것은 분명한 해석이라고 할 수 없습니다. 그리고 1872년 12월 스코틀랜드 인버네스 목사의 시광 사건은?"*

노리미즈는 시즈코의 모멸적인 언사에 다소 거친 어조로 대답했다.

"그 사건은 이렇게 해석하고 있습니다. 목사는 자살했고, 다른 두 사람은 목사에게 살해당했다고. 그래서 그것을 순서대로 말하면 처음에 목사는 스티븐을 죽이고 그 시체를 쓰지 않는 벽돌 가마에 넣어 높은 온도에서 부패를 촉진시켰습니다. 그리고 그동안 미세한 구멍을 무수하게 뚫은 가벼운 배 모양의 관을 만들어 그 속에, 충분히 부패했음을 확인한 시체를 넣고 거기에 긴 끈으로 추를 달아 호수 바닥으로 가라앉혔지요. 물론 며칠도 안 되어 배 속에 부패 가스가 부풀어 오르면서 관도 떠올랐다고 봐야 하겠지요. 그래서 목사는 그날 밤 추의 위치로 장소를 계측해 얼음을 깨고 수면에 떠 있는 관의 구멍으로 시체의 복부를 찔러 가스를 발산시키고 거기에 불을 붙였습니다. 아시다시피 부패 가스에는 메탄 같은 차가운 가연성 물질이 다량 들어 있습니다. 때문에 거기서 생긴 인광이 달빛을 받아 구멍 가장자리에 생긴 음영을 지워 버려 활주 중인 아내가 구멍에 빠져 들어간 것입니다. 아마 물속에서 머리 위의 관을 피하려고 발버둥쳐 보았겠지만 결국 아내는 기력이 다해 호수 속으로 깊이 가라앉고 말았습니다. 그리하여 목사는 자신의 관

* (서구 아시리엄 의사 신보) 월코트 목사는 아내 애비게일과 친구 스티븐을 동반하여 스티븐 소유의 벽돌 공장 부근의 빙하호 카트린으로 여행을 떠났다. 그런데 3일째 되던 날 스티븐이 자취를 감추고, 다음 해 1월 11일 달 밝은 밤에 호수에 나간 목사 부부도 결국 그날 밤 돌아오지 못하였다. 밤중에 마을사람 4, 5명의 빗속에 달이 진 뒤 호수 위에서 아득히 먼 곳에서 영광으로 빛나는 목사의 시신을 발견했으나 두려움에 날이 밝기를 기다렸다. 목사는 타살로 판명되었고, 치명상은 좌측에서 두개골로 파고든 총상이었으나 총기는 발견되지 않았다. 시신은 얼음 구덩이에 있었고 이후 영광의 빛은 사라졌다. 그날 밤 실종된 부인은 스티븐과 함께 끝내 종적을 찾을 수 없었다.

자놀이를 쏜 권총을 관 위에 떨어뜨리고 그 위에 자기도 쓰러졌기 때문에, 그 인광(燐光)에 싸인 시체를 마을 사람들이 '영광의 빛'으로 오인한 것도 무리는 아니지요. 그런 동안 가스의 양이 줄면서 부양성을 잃은 배 모양의 관은 권총을 실은 채 호수 밑바닥에 누워 있는 아내 에비게일의 시체 위에 가라앉았습니다. 한편 목사의 시체는 빙벽이 사지를 받쳐 주어 그대로 얼음 위에 남아 이윽고 빗속에서 얼음으로 뒤덮여갔습니다. 아마 살해 동기는 아내와 스티븐의 밀통이었겠지만, 애인의 시체를 덮개 삼아 구멍을 덮어 버리다니 얼마나 악마적인 복수입니까? 그러나 단네베르그 부인의 경우는 그런 난잡한 목격 현상은 아닙니다."

다 듣고 나서 시즈코는 약간 놀란 기색을 보였지만 그다지 안색은 변하지 않았다. 그녀는 품속에서 두 번 접힌 두루마리 형태의 고급 종이를 꺼냈다.

"보세요. 산테쓰 박사가 그린 이것이 흑사관의 악령입니다. 영광의 빛은 까닭 없이 나온 것이 아닙니다."

거기에는 반으로 접은 오른쪽에 이집트 배 한 척이 그려져 있고, 왼쪽에는 여섯 개의 그림마다 박사 자신이 사각형의 후광을 두르고 서서 옆에 있는 이상한 시체를 바라보고 있었다. 그리고 그 밑에 그레테 단네베르그 부인부터 에키스테까지 여섯 명의 이름이 적혀 있고, 뒷면에는 무서운 살인 방법을 예언한 다음의 글귀가 쓰여 있었다.

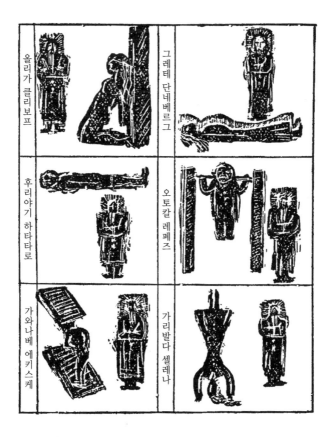

그레테는 영광으로 빛나며 살해될 것이다.

오토칼은 매달려 살해될 것이다.

가리발다는 거꾸로 매달려 살해될 것이다.

올리가는 눈을 가리고 살해될 것이다.

하타타로는 허공에 떠 살해될 것이다.

에키스케는 틈새에 끼어 살해될 것이다.


"참으로 끔찍한 묵시로군요."

어지간한 노리미즈도 떨리는 목소리로 말했다.

"사각의 후광은 분명 생존자의 상징이었지요. 그리고 그 배 모양은 고대 이집트인이 사후 세계로 상상하던 불가사의한 사자(死者)의 배라고 생각합니다만."

노리미즈의 말에 시즈코는 침통한 얼굴로 고개를 끄덕였다.

"그렇습니다. 사공 하나 없이 큰 연못 가운데 떠 있다가 사자가 배에 타면 명하는 대로 배의 여러 장치가 저절로 움직여서 간다고 합니다. 그리고 사각형 후광과 눈앞의 사자는 어떤 관계라고 생각하십니까? 결국 박사는 영원히 이 성관 안에 살아 있는 것입니다. 그리고 그 의지에 따라 저절로 움직이는 사자의 배가 바로 저 테레즈 인형입니다."

# 제2장

# 파우스트의 주문

## 1. 물의 정령 운디네여, 굽이쳐라

구가 시즈코가 제시한 여섯 장면의 묵시도는 처참하고 냉혹한 내용을 담고 있으면서도 외관상으로는 극히 고아하고 소박한 선으로 매우 유머러스하게 그려져 있었다. 그러나 이 사건에 그것이 모든 요소의 바탕을 이루고 있음이 틀림없었다. 아마 이때 판단을 잘못하면 이 두꺼운 벽은 수천 번의 신문 검토 뒤에도 나타날 것이다. 그리고 그 자리에서 진전을 가로막을 것이 분명했다. 시즈코가 놀랄 만한 해석을 더 하고 있는 동안에도 노리미즈는 턱을 가슴에 붙이고 말없이 깊은 생각에 잠겼지만 필시 내면의 고뇌는 그의 경험을 초월한 것이었으리라고 생각되었다. 사실 처음부터 범인이 없는 살인 사건―이집트 거룻배와 주검의 그림이 관련된 도해법은 도저히 부정할 수 없었다. 잠시 후의외의 것에 생각이 미친 그의 얼굴에는 점점 생기가 넘치고 격렬한 표정이 두드러졌다.

"알겠습니다……. 그러나 구가 씨, 이 그림의 원리에 결코 그런 스베덴보리 신학*은 없습니다. 제정신이 아닌 것 같은 부분이 오히려 논리 형식은 정연합니다. 또 모든 현상에 통한다는 공간 구조의 기하학 이론이 역시 이 속에서도 절대 불변의 단위가 되고 있습니다. 그러므로 이 그림은 우주 자연계의 법칙과 대조할 수가 있다면 당연히 거기에 추상되는 것이 없을 리 없겠지요."

노리미즈가 느닷없이 전인미답이라고 할 수 있는 초경험적인 추리 영역으로 들어가 버리자 어지간한 검사도 아연했다. 수학적 논리는 모든 법칙의 지도 원리라고 하지만 그『비숍 살인 사건』**에서조차 리만 크리스토펠의 텐서***는 단순한 범죄 개념을 나타내는데 지나지 않았지 않나. 그런데도 노리미즈는 그것을 범죄 분석의 실제에 응용하여 공막한 사유 추상의 세계로 빠져 들려고 한다…….

"아, 저는……."

시즈코는 노골적으로 비웃었다.

"그것으로 로렌츠 수축 강의를 듣고 직선을 비뚤어지게 그렸다는 바보 같은 이과 학생의 이야기가 생각나는군요. 그럼 민코

---

* 「묵시록 해석」 및 「아르카나 코이레스티아」에서, 스베덴보리는 출애굽기 및 요한묵시록의 자의 해석에 견강부회도 이만저만이 아닌 수독법을 사용해 그 두 경전이 후세의 수많은 역사적 대사건을 예언한다고 주장했다.
** 밴 다인의 추리소설.
*** 독일의 수학자 리만과 크리스토펠의 수학 이론으로 공간의 곡률을 나타내는 단위.

프스키의 4차원 세계에 제4 용적*을 보탠 것을 한번 해석해 주시겠습니까?"

노리미즈는 그녀의 비웃음에도 아랑곳하지 않고 말을 계속했다.

"그런데 우주 구조 추론사(宇宙構造推論史) 중에서 제일 화려한 페이지라고 하면 우선 저 가설 결투, 공간 곡률에 관한 아인슈타인과 반 지터 간의 논쟁이 아닐까요? 그때 지터는 공간 고유의 기하학적 성질에 따른다고 주장했는데 동시에 아인슈타인의 반태양설도 반박했습니다. 그런데 구가 씨, 그 둘을 대비시켜 보면 거기에 묵시도의 본류가 나타납니다"

그는 미친 듯이 말을 쏟아 내고는 다음과 같이 그림을 그리며

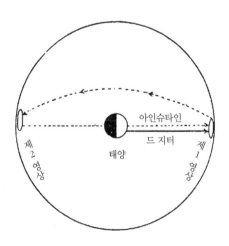

---

* 입체적(立体積) 중에 영질(靈質)만이 삼투적으로 존재할 수 있다는 공극(空隙).

설명하기 시작했다.

"그럼 먼저 반태양설부터 말하자면, 아인슈타인은 태양에서 나온 광선이 구형(球形) 우주의 가장자리를 돌아 다시 원점으로 되돌아온다고 합니다. 그래서 처음으로 우주의 극한에 도달했을 때 거기에서 제1의 상을 만들고 그리고 몇백만 년의 여행을 계속하여 구(球)의 외연을 돌고 나서 이번에는 그 반대편에 있는 대칭점까지 와 거기에서 제2의 상을 만든다는 것입니다. 그러나 그때에는 이미 태양은 사멸하여 하나의 암흑성에 불과하겠지요. 결국 그 영상과 대칭하는 실체가 천체로서 현존 세계에는 없는 것입니다. 어떻습니까, 구가 씨? 실체는 사멸하였음에도 과거의 영상이 나타난다는 말이죠. 그 인과 관계가 마치 산테쓰 박사와 여섯 사자의 관계와 닮아 있지 않습니까? 아닌 게 아니라 한쪽은 Å(옹스트롬, 1밀리미터의 천만 분의 1)이고, 또 한쪽은 1억조 마일(트리온)이겠지만, 그런 대조도 세계 공간에 있어서는 고작 하나의 미소선분(微小線分)의 문제에 지나지 않습니다. 그래서 지터는 그 가설을 이렇게 정정했습니다. 멀어질수록 나선 모양 성운의 스펙트럼선이 붉은 쪽으로 이동해 가기 때문에 거기에 따라 광선의 진동 주기가 느려진다고 추정한 것이지요. 그렇기 때문에 우주의 극한에 이를 무렵에는 광속이 제로가 되어 거기에서 진행이 뚝 그치게 된다는 의미입니다. 그러므로 우주 가장자리에 비치는 상은 오직 하나이며 아마 실체와는 다르지 않을 테지요. 그래서 우리는 그 두 이론 중에서 묵시도의 원리를 택해야 합니다."

"아아, 미칠 것 같은 이야기군."

구마시로는 비듬을 박박 긁으면서 중얼거렸다.

"자, 이젠 슬슬 천국의 연화대*에서 내려오라고."

노리미즈는 구마시로의 재미있는 농담에 쓴웃음을 지었으나 계속해서 결론을 말했다.

"물론 태양의 심령학에서 벗어나 지터의 설을 인체 생리상으로 옮겨 보는 것입니다. 그러면 우주의 반경을 가로질러 긴 세월을 지나도 실체와 영상은 달라지지 않는다는 그 이론이 인간 생리에서 무엇을 의미할까요? 예를 들면 여기에 병리적인 잠재물이 있어 그것이 발생부터 생명의 종언에 이르기까지 성장도 소멸도 하지 않고 항상 변함없는 모습을 유지한다고 하면……."

"그렇다면?"

"그것이 특이체질이라는 겁니다."

노리미즈는 의기양양하게 단언했다.

"아마 그중에는 심근질 비대 같은 것이나 혹은 경뇌막 시상 봉유 유합증이 없다고도 할 수 없겠지요. 하지만 그것을 대칭적으로 추상화할 수 있다는 것은 즉, 인체 생리 속에도 자연계의 법칙이 순환하기 때문입니다. 실제로 하네만 학파(체질액 학파)는 생리 현상을 열역학의 범위에 도입하려고 했습니다. 그러므로 무기물에 불과한 산테쓰 박사에게 불가사의한 힘을 준다든가 인형에게 텔레파시 능력이 있다고 상상하게 한 것은 결국 범

---

* 불교의 부처, 보살 등이 앉는 연꽃으로 된 대좌. 극락세계에 있다고 한다.

인의 교활한 교란책에 지나지 않습니다. 아마 이 그림 속 사자의 배 등에도 시간 진행이라는 의미밖에 없을 겁니다."

특이체질. 논쟁의 화려한 불꽃에만 매료되어 그 아래 이와 같은 음산한 색깔의 부싯돌이 있으리라고는 꿈에도 생각지 못한 일이었다. 구마시로는 신경질적으로 손바닥의 땀을 닦으면서 말했다.

"과연, 그렇다면야……. 가족 외에 또 에키스케를 포함시킨 건 왜일까?"

"그렇지, 구마시로."

노리미즈는 만족한 듯이 고개를 끄덕였다.

"그러니까 수수께끼는 도형의 본질에는 없고 오히려 그린 사람의 의지 속에 있는 거라고. 아무리 봐도 이 의학의 환상은 얄팍한 양심의 경고문은 아니야."

"하지만 매우 유머러스한 형태가 아닌가?"

검사는 이의를 제기했다.

"그래서 노골적인 암시도 완전히 익살스러운 것이 되고 말았어. 범죄를 조성하는 것 같은 분위기는 추호도 없어 보여."

검사의 항변에 노리미즈는 차근차근 자기의 주장을 설명했다.

"과연 유머나 조크는 일종의 생리적 세척에는 틀림없지. 그러나 감정의 배출구가 없는 인간에게 그것은 다시 없는 위험한 것이거든. 대체로 하나의 세계, 하나의 관념밖에 없는 인간은 한번 흥밋거리가 생기면 거기에 편집적으로 경도되어 오로지 역설적 형태로만 감응을 찾으려고 한단 말이야. 그 도착 심리에 대해서

인데, 만일 도착 심리가 이 그림의 본질이라면 그것을 마지막으로 관찰은 그 자리에서 뒤틀려 버리지. 그리고 양식에서 개인의 경험 쪽으로 옮겨지고 말아. 즉 희극에서 비극으로 바뀌는 거지. 그래서 그때부터는 미치광이처럼 자연도태의 흔적을 좇기 시작하여 냉혈적인 무서운 사냥 심리만 남는 거야. 그래서 하제쿠라, 나는 손다이크*는 아니지만 말라리아나 황열병보다 벼락이나 캄캄한 밤이 더 무서운 것 같아."

"아아, 범죄 징후학……."

시즈코는 여전히 냉소주의를 발휘하며 말했다.

"대체로 그런 것은 단지 순간적인 직감에만 필요한 것으로 여겼는데요. 그런데 에키스케에 관한 얘깁니다만 그 사람은 거의 가족의 일원이나 마찬가지였답니다. 아직 7년밖에 안 되는 저 같은 사람과는 달리 고용인이라는 것은 말뿐, 어려서부터 마흔네 살이 된 지금까지 죽 산테쓰 님과 함께 살아 왔기 때문이에요. 게다가 이 그림은 물론 색인에 실려 있지 않은 데다 절대로 사람들의 눈에 띄지 않았다는 것은 단언할 수 있습니다. 산테쓰 님이 돌아가신 뒤 누구 하나 손댄 적이 없이 먼지투성이의 미정리 도서 밑에 묻혀 있어서 저조차도 작년 말까지는 전혀 몰랐을 정도입니다. 그리고 댁의 설명대로 범인의 계획이 이 묵시도에서 출발한 것이라면 범인의 산출은, 아니 이 뺄셈은 아주 간단한 것이 아닐까요?"

* 미국의 심리학자. 동물의 행동과 학습 과정을 연구하여 '학습의 시행 착오설'을 제창했다.

이 불가사의한 노부인은 갑자기 이해하기 어려운 당돌한 태도로 나왔다. 노리미즈도 일순 당황한 듯했으나 곧 소탈한 태도로 돌아가 대수롭지 않게 말했다.

"그럼, 그 계산에는 무한 기호를 몇 개나 붙이면 될까요?"

이렇게 말하더니 이어서 놀라운 말을 쏟아냈다.

"하지만 아마 범인조차도 이 그림만을 필요로 하지 않았을 거라고 생각합니다. 부인은 다른 반쪽은 모르시는가요?"

"다른 반쪽이라니…… 누가 그런 망상을 믿는답니까!"

시즈코가 저도 모르게 히스테릭하게 외치자, 노리미즈는 비로소 그의 과민한 신경을 분명히 밝혔다. 묵시도의 도해라고 할지 그림의 나머지 반쪽이라고 할지 노리미즈의 직관적 사유의 깊숙한 데서 방출되는 것은 이미 인간의 감각적 한계를 초월해 있었다.

"모르신다니 말씀드리지요. 다분히 기발한 상상으로밖에 생각하지 않으시겠지만 실은 이 그림은 둘로 나누어진 절반에 지나지 않습니다. 여섯 도형의 표현을 초월한 곳에 그 심오한 뜻이 내재되어 있습니다."

구마시로는 놀라서 이렇게 저렇게 그림의 네 가장자리를 접어서 맞추어 보았다.

"노리미즈, 신소리는 그만하게. 너비가 넓은 칼날 모양은 하고 있지만 매우 정확한 선이야. 도대체 어디에 뒤에서 자른 흔적이 있다는 거요."

"아니. 그런 것은 없어."

노리미즈는 대수롭지 않게 받아넘기고 전체가 ⊟의 모양을 하고 있는 묵시도를 가리켰다.

"이 형태가 일종의 기호인 거야. 원래 죽은 자의 은밀한 등장이란 음험하기 짝이 없기 때문에, 방법까지도 실로 비틀려 있어. 그래서 이 그림도 보이는 대로 전체가 돌도끼의 칼날 같은 형태이지? 그런데 오른쪽 귀퉁이에 비스듬히 자른 데가 실은 심오한 의미를 가지고 있지. 물론 산테쓰 박사에게 고고학의 조예가 없었다면 문제가 되지 않았겠지만 이 형태와 부합되는 것이 나르메르 메네스 왕조* 무렵의 피라미드 앞 상형문자 중에 있어. 먼저, 왜 이렇게 옹색하고 부자연스럽기 짝이 없는 형태 안에 박사가 그려야 했는지를 생각해 봐."

노리미즈는 묵시도의 여백에 연필로 ⋂의 꼴을 그렸다.

"구마시로, 이것이 1/2을 나타내는 콥틱 분수라고 한다면 나의 상상도 그다지 망상만은 아니지 않겠어?"

노리미즈는 말을 맺고 나서 시즈코에게 말했다.

"물론 사어(死語)에 나타난 우의적인 모양이라는 것은 언젠가 정정될 경우가 있겠지요. 하지만 어쨌든 그때까지는 이 그림에서 범인을 찾아내는 것만은 피하고 싶습니다."

그동안 께느른하게 허공만 쳐다보던 시즈코의 눈에 진리를 추구하고자 하는 격렬한 열정이 불타올랐다. 그녀는 노리미즈의 맑고 아름다운 사유의 세계와는 달리 어마어마한 음영으로 가

---

* 이집트 제1왕조 초대 파라오.

득한 묵직한 추리를 척척 쌓아올려 실증적으로 심오한 주장을 밝히려고 했다.

"역시 독창적인 것은 평범하지 않군요."

시즈코는 혼잣말처럼 중얼거리더니 다시 원래의 냉혹한 표정으로 돌아가서 노리미즈를 보았다.

"그러니 실체가 가상보다 화려하지 않은 것은 당연한 거예요. 그러나 그런 행족의 장의용 기념물보다도 혹시 그 사각의 후광과 사자의 배를 실제로 목격한 사람이 있다고 하면 어떻게 하시겠어요?"

"그 사람이 부인이라면 나는 하제쿠라에게 말하여 기소하도록 하지요."

노리미즈는 끄떡도 하지 않았다.

"아니예요, 에키스케랍니다."

시즈코는 조용히 되받았다.

"단네베르그 님이 오렌지를 드시기 15분쯤 전이었는데 에키스케는 그 전후에 10분 정도 방에서 나가 있었어요. 그것은 나중에 들으니 이렇게 된 것이더군요. 마침 신의심문회가 시작되어 한창이던 무렵인데 그때 에키스케가 뒤쪽 현관 돌층계 위에서 있으니 뜻밖에 2층 중앙에 그의 눈에 무언가 보였답니다. 그때 모임이 있던 방 오른쪽 옆의 돌출 창문에 누가 있는지 시커먼 사람 그림자가 섬뜩하게 움직였다는 겁니다. 그리고 그때 땅 위로 뭔가 떨어뜨린 것 같은 희미한 소리가 나서 그것이 마음에 걸려 견딜 수가 없어서 보러 갔답니다. 그런데 에키스케가 발견한 것은 주변에 흩어져 있는 유리 파편들뿐이었습니다."

"그럼 에키스케가 그 장소로 가기까지의 경로를 물어보았습니까?"

"아니요."

시즈코는 고개를 내저었다.

"게다가 노부코 님은 단네베르그 님이 졸도하시자 곧 옆방에서 물을 가져왔을 뿐 그밖에는 아무도 자리에서 움직인 분이 없었습니다. 이 정도로 말씀드리면 제가 이 묵시도에 바보처럼 집착하는 이유를 아실 겁니다. 물론 그 그림자가 우리 여섯 사람 것은 아니었습니다. 그렇다고 고용인이 범인일 수는 없지요. 그러므로 이 사건에 무엇 하나 남아 있지 않다 해도 지극히 당연한 것이 아닐까요?"

시즈코의 진술은 다시 찬바람을 일으켰다. 노리미즈는 잠시 담배의 빨간 끄트머리를 들여다보고 있더니 이윽고 짓궂은 미소를 띠며 말했다.

"과연 그렇군요. 그러나 니콜 교수 같은 실수투성이 선생도 이 것만은 멋지게 말하지 않았던가요? 결핵 환자의 혈액 속에는 뇌에 마비를 일으키는 것이 있다고."

"아, 언제까지 댁은……."

시즈코는 기가 막혀서 일단 큰소리를 냈으나 곧 의연한 태도로 돌아갔다.

"그렇다면 이것을……. 이 종이가 유리 위에 떨어져 있었다고 하면 에키스케의 말에 신빙성이 있겠지요."

시즈코는 이렇게 말하면서 호주머니에서 무엇인가를 꺼냈다. 그것은 빗물과 진흙에 젖은 메모 조각이었는데, 거기에는 검은 잉크로 다음과 같은 독일어 문장이 적혀 있었다.

Undinus sich winden(운디누스 지히 빈덴)

"이것으로는 도저히 필적을 알아볼 수 없어. 마치 게가 그려 놓은 글자 같군. 노리미즈는 실망한 듯이 중얼거렸으나 이윽고 두 눈을 반짝이며 말했다.

"이거 묘한 변화가 있어. 원래 이 구절은 '물의 정령이여, 굽이 쳐라'인데 여기에서는 여성인 Undine에 us를 붙여서 남성으로 바꾼 거군요. 그런데 이것이 어디에서 끌어온 말인지 아세요? 그러니까 이 성관의 장서 중 그림의 『고대 독일 시가 걸작에 대하여』든가 파이스트의 『독일어 사료집』이든가."

"유감이지만 그것은 모릅니다. 언어학에 관한 것은 다음에 알려 드리겠습니다"

시즈코는 의외로 솔직하게 대답하고 그 글귀의 해석이 노리미즈의 입에서 나오기를 기다렸다. 그러나 그는 종잇조각에 눈을 고정한 채 쉽게 입을 열려고 하지 않았다. 그 침묵의 틈을 노려 구마시로가 말했다.

"어쨌든 에키스케가 그 장소로 간 것에 대해서는 더 중대한 의미가 있습니다. 자, 무엇이든지 다 감추지 말고 말해 주시오. 그 사람은 이미 마각을 드러냈으니까요."

"글쎄요, 그 밖의 사실이라고 하면 아마 이것뿐일 것입니다."

시즈코는 여전히 빈정거리는 듯한 태도로 말했다.

"그 사이에 제가 이 방에 혼자 있었다는 것뿐입니다. 하지만 어차피 의심을 받는다면 처음에 당하는 것이 대개의 경우 다음엔 아무것도 아닌 것이 되거든요. 게다가 노부코 님과 단네베르그 님이 신의심문회가 시작되기 두 시간 전쯤에 논쟁을 하셨습니다만, 그런저런 일들은 사건의 본질과는 아무 상관도 없지 않겠어요? 첫째 에키스케가 모습을 감추었다는 것도 아까 로렌츠의 수축 이야기나 마찬가지 일이겠지요. 그 이과생과 닮은 도착 심리를 댁들의 공감 신문이 만들어낸 것입니다."

"그렇게 되는가요?"

시큰둥하게 중얼대면서 노리미즈가 얼굴을 들었는데, 어딘가 어떤 사건의 가능성을 암시받은 것처럼 음울한 그림자를 띄우고 있었다. 그러나 시즈코한테는 은근한 어조로 말했다.

"어쨌든 여러 가지 단서를 제공해 주셔서 감사합니다. 그러나 결론을 말한다면 매우 유감천만입니다. 부인의 훌륭한 유추 논법도 결국 나한테는 그럴싸한 것으로밖에 보이지 않습니다. 그러므로 가령 인형이 눈앞에 나타난다고 하더라도 나는 그것을 환각으로밖에 보지 않을 것입니다. 첫째 그런 비생물학적인 힘의 존재를 모릅니다."

"그것은 차차 알게 되실 거예요."

시즈코는 마지막으로 다짐이라도 시키려는 듯한 어조로 말했다.

"실은 산테쓰 님의 일정표 속에—그것은 자살하시기 전달인 작년 3월 10일입니다만—거기에 이런 기록이 있습니다.

'나는 숨기지 않으면 안 되는 은밀한 힘을 구하여 얻었으니, 이날 마법서를 태우다.'

이미 무기물이 되어 버린 그분의 유해에는 일고의 가치도 없지만 어쩐지 저에게는 무기물을 유기물로 바꾸는 불가사의한 생체 조직이라고 할 만한 어떤 것이 이 건물 안에 숨겨져 있을 것만 같은 생각이 들어서 참을 수 없습니다."

"그것이 마법서를 태운 이유지요."

노리미즈는 무엇인가를 암시하고 나서 말을 이었다.

"하지만 잃은 것은 재현하면 되지요. 그러면 다시 부인의 수리 철학을 살펴보도록 합시다. 현재의 재산 관계와 산테쓰 박사가 자살한 당시의 상황 말입니다."

노리미즈는 간신히 묵시도의 문제에서 벗어나 다음 질문으로 옮겨 갔는데 그때 시즈코는 노리미즈를 응시한 채 몸을 일으켰다.

"아니요, 그것은 집사인 다고(田郷) 씨가 적임자일 것입니다. 그분은 그 당시 발견자이고 무엇보다 이 성관에서는 리슐리외(루이 13세 때의 재상, 주교)라는 말을 들을 정도였으니까요."

그리고 문 있는 데로 두세 걸음 걷다가 갑자기 멈춰 서서 노리미즈를 돌아보며 말했다.

"노리미즈 씨, 주어진 것을 취하는 데도 고상한 정신이 필요합니다. 그리고 그것을 잊은 사람에게는 훗날 반드시 후회할 때가 올 것입니다."

시즈코의 모습이 방에서 나가자 논쟁이 휩쓸고 간 방은 마치 방전 후의 진공 상태처럼 공허했다. 다시 퀴퀴한 곰팡내 나는 침묵에 싸여 숲에서 들려오는 까마귀의 울음소리와 고드름 떨어지는 희미한 소리까지도 들리는 정적이 지배했다.

이윽고 검사는 목을 두드리면서 말했다.

"구가 시즈코는 실상만 쫓고 당신은 추상의 세계에 빠져 있어. 그러나 말이지, 결국 전자는 자연의 이치를 부정하려 했고 후자는 그것을 법칙적으로 경험과학의 범주로 규제하려고 하지. 노리미즈, 이 결론에는 대체 어떤 논법이 필요한 거지? 나는 유령학이 될 것으로 생각하는데……."

"하지만 하제쿠라, 그것이 내 몽상의 결론이 될 거야. 그 묵시도와 이어진 그림, 아직 아무도 본 적이 없는 반쪽이 있다, 바로 그것이지."

꿈꾸는 듯 노리미즈는 거의 아무 감동도 없이 말했다.

"그 내용이 아마 산테쓰가 책을 불태운 행위를 비롯하여 이 사건의 모든 의문을 풀어줄 것이야."

"뭐야, 에키스케가 보았다는 사람 그림자까지도 말인가?"

검사는 놀라서 외쳤다. 그러자 구마시로는 진지하게 수긍하더니 노골적으로 경탄의 빛을 보이며 말했다.

"응, 그 여자는 결코 거짓말은 하지 않아. 다만 문제는 그 진상을 어느 정도의 진실로 에키스케가 전했는가 하는 것이야. 하지만 얼마나 미스터리한 여자인가. 자기 스스로 범인의 영역으로 다가가려고 하다니."

"아니, 마조히스트일지도 몰라."

이렇게 말하며 노리미즈는 편안한 자세로 앉아 태평스럽게 회전의자를 삐걱삐걱 울렸다.

"본래 가책이라는 것에는 이루 말할 수 없는 어떤 매력이 있다는 게 아니겠어? 그 증거로 세빌리아의 나케라는 수녀가 있었는데 그 여자는 종교재판에서 가혹한 신문을 받은 뒤에 개종보다는 환속을 바란다고 했다니까 말이야."

노리미즈는 의자를 돌리다가 휙 방향을 바꾸어 다시 정면을 바라보며 말했다.

"물론 구가 시즈코는 박식하기 짝이 없어. 하지만 그녀는 색인(索引) 같은 여자야. 모든 기억이 장기판 조각처럼 정확하게 배열되어 있는 것에 지나지 않아. 그렇지, 그야말로 정확성은 비길 데가 없지. 그래서 독창성이나 발전성과는 인연이 없는 거야. 첫째, 그렇게 문학에 감각이 없는 여자에게서 어떻게 비범한 범죄를 계획할 만한 공상력이 나오겠나?"

"도대체 문학이 이 살인 사건과 무슨 관계가 있단 말이야?"

검사가 따졌다.

"그것이 저 '물의 정령이여, 굽이쳐라'는 의미야."

노리미즈는 비로소 문제의 그 구절을 밝히려는 태도로 나왔다.

"그 구절은 괴테의 『파우스트』 중에서 삽살개로 둔갑한 메피스토펠레스의 마력을 깨부수려고 저 만능 박사가 외운 주문 속에 있어. 물론 그 시대를 풍미한 칼데아 오망성술의 한 부분으로 불의 정령 샐러맨더·물의 정령 운디네·바람의 정령 실피드·땅의 정령 코볼트, 이 네 정령을 부르는 거야. 그런데 그것을 시즈코가 몰랐다니 수상하지 않나? 대체로 이런 고풍스러운 집 서가에 반드시 모습을 나타내는 것이라면 우선 사변학(思辨學)으로 볼테르, 문학으로는 괴테야. 그런데 그 여자는 그런 고전문학에 조금도 흥미를 느끼지 않았어. 그리고 또 한 가지, 그 구절에는 섬뜩한 의사 표시가 담겨 있다고."

"그것은⋯⋯."

"첫째로 연쇄 살인이라는 암시야. 범인은 이미 갑옷 기사의 위치를 바꾸어, 살인을 선언했지만 이쪽이 더 구체적이야. 살해될 사람의 수와 그 방법까지 분명하게 말하고 있잖아. 그런데 파우스트의 주문에 나타난 정령의 수를 알면 그것이 확 가슴에 와 닿겠지. 왜냐하면 하타타로를 비롯해 네 명의 외국인 중 한 사람이 범인이라면 죽는 사람의 최대 한도는 당연히 네 명이 아니면 안될 테니까. 그리고 이것이 살인 방법과 관련되어 있다는 것은 최초로 물의 정령을 제시하고 있기 때문이야. 설마 자네는 인형의 족형(足形)을 만들어 깔개 밑에서 나타난 그 이상한 물의 흔적을 잊지는 않았겠지?"

"그러나 범인이 독일어를 알고 있는 사람이라는 것은 확실한 것 같아. 게다가 이 구절은 그다지 문헌학적인 것도 아니거든."

검사의 말에 노리미즈는 자못 놀란 듯한 표정으로 말했다.

"장난이 아니야. '음악은 독일의 예술이다'라는 말이 있어. 이 성관에서는 그 노부코라는 여자조차 하프를 타는 모양이야. 게다가 극히 불가해한 성별의 전환도 있기 때문에 결국 언어학 장서 외에는 그 주문을 판단할 방법이 없다고 생각해."

구마시로는 끼고 있던 팔짱을 축 내려 풀고 그에게 어울리지도 않은 탄성을 질렀다.

"아, 하나에서 열까지 조소적이지 않나!"

"그렇지. 아무리 생각해 봐도 범인은 우리의 상상을 초월하고 있어. 그야말로 자라투스트라와 같은 초인이라고. 이 불가사의한 사건을 이제까지처럼 힐베르트 이전의 논리학으로 풀 수는 없어. 그 한 예가 그 물의 흔적인데, 그것을 진부한 잔여법으로 해석하면 물이 인형의 몸통 안에 있는 발음장치를 무효로 만들었다는 결론이 되지. 하지만 사실은 결코 그렇지가 않아. 더구나 전체가 몹시 다원적으로 구성되어 있지. 아무 단서가 없어. 오리무중인 가운데 섬뜩한 수수께끼만 우글우글 넘쳐 있어. 게다가 죽은 사람이 묻힌 땅 밑 세계에서도 끊임없이 종이뭉치 같은 것이 획획 부딪쳐 오는 거야. 그러나 그 속에 네 가지 요소가 포함되어 있는 것만은 알지. 하나는 묵시도에 나타나 있는 자연계의 섬뜩한 모습이고 그 다음은 아직 알려지지 않은 종이 반쪽을 중심으로 하는 사자의 세계야. 그리고 세 번째가 이미 일어난, 세 번에 걸친 변사 사건이지. 그리고 마지막이 파우스트의 주문을 축으로 발전하고자 하는 범인의 실제 행동인 거야."

잠시 말을 끊은 노리미즈의 어두운 얼굴이 갑자기 밝은 빛을 띠었다.

"그렇군, 하제쿠라, 자네가 이 사건의 각서를 작성하면 좋겠는데. 애당초 『그린 살인 사건』*이 그렇지 않았나? 끝날 무렵에 밴스가 각서를 만들자 그렇게도 난관에 부딪혔던 사건이 그와 동시에 기적적으로 해결을 보았지. 그러나 그것은 결코 작가의 궁여지책이 아니었어. 밴 다인은 팩터를 결정하는 것이 얼마나 절실한 문제인가를 가르치고 있는 거야. 그러니 무엇보다 먼저 해야 할 일이 바로 그거지. 팩터 말이야. 필경 이 아리송한 의문 가운데서 몇 가지 요인을 끄집어 내는 데 있는 거라고."

검사가 각서를 만드는 동안 노리미즈는 15분쯤 방에서 나가 있다가 사복형사 한 명을 앞세워 돌아왔다. 그 형사는 성관 안을 구석구석 수색했지만 에키스케를 찾지 못하여 끝내 헛수고가 되고 말았다는 내용을 보고했다. 노리미즈는 눈썹을 찌푸리며 말했다.

"그럼, 고대 시계실과 갑주가 있는 회랑도 살펴보았나?"

"그런데 거기는……."

사복형사가 고개를 내저었다.

"어젯밤 8시에 집사가 잠근 상태 그대로고 열쇠도 분실하지 않았습니다. 그리고 그 복도에는 홀 쪽으로 난 문 중 왼쪽 문 하나가 열려 있을 뿐입니다."

"음, 그렇군."

* 밴 다인의 추리소설.

노리미즈는 일단 고개를 끄덕였다.

"그럼 중단하기로 하지. 결코 이 건물 밖으로 나가지는 않았을 테니까."

서로 모순된 이상한 결론을 내놓자 구마시로는 놀라 말했다.

"농담하지 마. 자네는 이 사건을 현란하게 포장하고 싶겠지만, 뭐라고 해도 에키스케의 입에서밖에 해답은 나오지 않아"

구마시로는 지금이라도 성관 밖에서 들려올 것 같은 난쟁이 꼽추의 발견 소식에 기대를 걸었다. 결국 에키스케의 실종은 구마시로가 생각한 대로 기정사실이 되어 버렸다. 노리미즈는 문제의 유리조각이 있다는 주변 조사와 다음 증인으로 집사인 다고 신사이(田郷真斎)를 부르도록 지시했다.

"노리미즈, 자네 또 회랑에 갔었나?"

사복형사가 사라지자 구마시로가 반쯤 놀리듯 물었다.

"아니야, 이 사건의 기하학량을 확인한 거야. 산테쓰 박사가 묵시도를 그리고 그 알려지지 않은 반쪽을 암시한 것에 대해 거기에 뭔가 방향이 있어야 되지 않겠어?"

노리미즈는 무뚝뚝하게 대답했는데 이어 놀라운 사실이 그의 입에서 튀어나왔다.

"그래서 단네베르그 부인을 미친 사람처럼 만든 무서운 암류(暗流)가 있었다는 것을 알게 됐어. 실은 전화로 이곳 면사무소에 물어보았더니 놀랍게도 그 네 명의 외국인은 작년 3월 4일에 귀화하여 후리야기의 호적에 산테쓰의 양자, 양녀로 입적이 되어 있었어. 게다가 아직 유산 상속 절차도 마치지 않았더군. 결국 이 성관은 정통 계승자인 하타타로의 손에 들어가지 않는 거야."

"이건 놀라운 일인데?"

검사는 펜을 내던지고 아연해했으나 곧 손가락을 꼽아보고 말했다.

"아마 절차가 늦어진 것은 산테쓰의 유언장 때문이기도 하지만 법정 기한이 이제 2개월밖에 남지 않았어. 그것이 끝나면 유산은 국고로 들어가고 말겠지."

"그렇다고 해서 거기에 혹시 살인 동기가 있다고 하면 파우스트 박사의 주문인, 저 오망성* 원의 의미를 알게 되겠지. 그러나 어느 하나의 각도라는 것은 틀림없지만 네 사람의 귀화 입적과 같은 뜻밖의 일이 있을 정도이니까. 그 깊이는 보통의 것이 아니야. 아니, 오히려 나는 경솔하게 수긍해서는 안 되는 까닭을 알고 있어."

"대체 무엇을 말인가?"

"아까 자네가 질문한 것 가운데 (1), (2), (5)항에 해당되는 거야. 갑옷 기사가 계단 복도 위로 올라가 있고, 집사는 들리지 않은 소리를 듣고 있으며, 그리고 회랑에는 보데의 법칙이 여전히 해왕성만을 증명하지 못하게 말이지."

그런 놀라운 도그마를 내던지고 노리미즈는 검사가 적어 놓은 메모를 집어 들었다. 거기에는 사견이 섞이지 않은 사실의 배열만이 정확히 기술되어 있었다.

---

* 펜타그램. 5개의 선분이 교차하는 도형. 원래 성스러움을 의미하지만 사탄학에서 도형을 뒤집어 사악함을 상징하기도 한다.

1. 시체 현상에 관한 의문(생략)

2. 테레즈 인형이 현장에 남긴 흔적에 관하여(생략)

3. 사건 발생 전 당일의 동정

① 새벽, 오시카네 쓰다코 성을 떠남.

② 오후 7시부터 8시. 갑옷 기사의 위치가 계단 복도 위로 바뀌고 일본식 투구 두 개도 서로 바뀜.

③ 오후 7시경. 고 산테쓰의 비서 가미타니 노부코가 단네베르그 부인과 논쟁을 했다고 함.

④ 오후 9시. 신의심문회 중 단네베르그는 졸도하고 그 무렵 에키스케는 그 옆방 창가에서 이상한 사람 그림자를 목격했다고 함.

⑤ 오후 11시. 노부코와 하타타로가 단네베르그를 문병. 그때 하타타로는 벽에 걸린 테레즈 액자를 가져갔고, 노부코는 레모네이드를 시음함. 또 청산가리를 주입한 오렌지가 든 것으로 추측되는 과일 접시를 에키스케가 가져온 것은 그때이지만 문제의 오렌지에 관해서는 아직 증명된 것이 없음.

⑥ 오후 11시 45분. 에키스케는 앞에서 말한 그림자가 떨어뜨리는 것을 보려고 뒤뜰 창가로 가 유리 파편과 함께 파우스트의 한 구절이 적힌 종이 조각을 주움. 그 사이 실내에는 피해자와 시즈코만 있었음.

⑦ 자정 무렵 피해자가 오렌지를 먹음.

그리고 시즈코, 에키스케, 노부코 이외 네 명의 가족에게는 기록할 만한 동정 없음.

4. 과거의 흑사관 변사 사건에 관하여(생략)

5. 지난 1년간의 동향

① 작년 3월 4일 네 명의 외국인 귀화 입적.

② 같은 달 10일 산테쓰는 일정표에 의문의 기록을 남기고 그 날 마법서를 태움.

③ 4월 26일 산테쓰 자살.

그 후 저택 사람들은 불안에 떨고, 마침내 피해자는 신의심 문법으로 범인을 밝혀내려 함.

6. 묵시도 고찰(생략)

7. 동기의 소재(생략)


다 읽고 나서 노리미즈가 말했다.

"이 각서 가운데 1번 시체 현상에 관한 의문은 3번 안에 다 담겨 있다고 생각해. 겉보기로는 아무것도 아닌 것 같은 시간의 나열에 불과하거든. 그러나 피해자가 오렌지를 먹은 경로만이라도 반드시 핀스렐 기하 공식 정도 되는 것이 꼭꼭 채워져 있음에 틀림없어. 그리고 산테쓰의 자살이 4명의 귀화 입적과 책을 태운 직후에 일어난 것에도 주목할 가치가 있다고 생각해."

"아니. 자네의 심오한 해석 같은 것은 아무래도 좋아."

구마시로는 토해내는 듯한 어조로 말했다.

"그런 것보다 동기와 인물의 행동 사이에 대단한 모순이 있어. 노부코는 단네베르그 부인과 논쟁을 했고, 에키스케는 알고 있는 대로야. 거기에 또 시즈코는 에키스케가 밖으로 나가 있는

동안에 무슨 짓을 했는지 몰라. 그런데 자네가 말하는 파우스트 박사의 원은 바로 남아 있는 네 명을 가리키고 있어."

"그럼, 저만은 안전권 내에 있는 겁니까?"

그때 등 뒤에서 이상한 쉰 소리가 났다. 세 사람이 깜짝 놀라 뒤를 돌아보니 거기에는 집사인 다고 신사이가 어느새 들어와 활달한 미소를 띠며 내려다보고 있었다. 그러나 신사이가 마치 바람처럼 소리도 없이 세 사람의 등 뒤에 나타날 수 있었던 것도 당연하다. 하반신 불수의 이 늙은 사학자는 마치 부상병이 사용하는 고무바퀴로 미끄러지듯 굴러가는 수동 휠체어를 타고 있었기 때문이다. 신사이는 꽤 저명한 중세 사학가로 70세에 가까운 노인이었다. 이 성관의 집사로 근무하는 한편 몇 권의 저술을 발표하여 세상에 알려진 인물이다. 수염이 없고 불그레한 얼굴에는 관골이 튀어나오고 하악골이 이상하게 발달한 대신 콧방울 언저리가 움푹 꺼져 있었다. 그 모양이 추하고 괴상하기보다는 오히려 탈속적인, 마치 신선도나 12신장 가운데 있을 법한 실로 이색적인 용모였다. 그리고 머리에 인도식 모자를 쓴 것이라든지, 그 모든 것이 한마디로 괴상했다. 그러나 어딘가 타협할 줄 모르는 완고하고 고루한 인상을 주었다. 전체적으로 딱딱한 갑각류를 연상시키는 모습이지만, 시즈코 같은 깊은 사색이나 복잡한 성격의 냄새는 찾아볼 수 없었다. 더욱이 휠체어는 앞바퀴가 작고 뒤에는 초기 자전거에서나 볼 수 있었던 엄청나게 큰 바퀴로 기동력과 제동력을 조정하도록 되어 있었다.

"그런데 유산의 배분에 대해서인데요."

구마시로가 신사이의 인사에도 답례하지 않고 성급하게 말문을 열자 신사이는 불손한 태도로 모른 체했다.

"허, 4명의 입적을 아십니까? 아닌 게 아니라, 사실이긴 하지만 그것은 그 사람들에게 물어보는 것이 좋겠지요. 나로서는 도무지 그런 점은……."

"하지만 벌써 개봉된 것이 아닙니까? 유언장의 내용만은 털어놓는 것이 좋을거요."

구마시로는 제법 노련하게 넘겨짚어 보았지만 신사이는 전혀 동하는 기색이 없다.

"뭐요, 유언장……. 허허, 이건 처음 들어본 소리요"

초장부터 가볍게 받아넘기며 벌써 구마시로와 사이에 살기등등한 암투가 시작되었다. 노리미즈는 처음에 신사이를 한번 훑어봄과 동시에 무엇인가 묵상에 잠기는 듯했다. 이윽고 의욕에 넘친 눈길을 던지며 말했다.

"하하, 선생은 하반신을 못 쓰시는군요. 과연 흑사관의 모든 것이 내과적은 아니지요. 한데 선생은 산테쓰 박사의 죽음을 발견하신 모양인데 아마 그 하수인이 누구인지도 알고 계시겠지요?"

이 말에 신사이뿐만 아니라 검사와 구마시로도 함께 아연할 수밖에 없었다. 신사이는 두꺼비처럼 양팔을 세우고 반신을 내밀며 포효하듯이 소리를 질렀다.

"바보 같으니, 자살로 밝혀진 것을……. 당신은 검시 조서를 보셨지 않소?"

"그래서 더욱 그래요"

노리미즈는 다그쳤다.

"선생은 그 살해 방법까지도 알고 계실 것 같은데. 애당초 태양계의 내행성 궤도 반지름이 어떻게 그 노의학자를 죽였을까요?"


## 2. 카리용 찬송가


"내행성 궤도의 반지름?"

신사이는 너무나 엉뚱한 한마디에 현혹되어 금방 할 말을 잃고 말았다. 노리미즈는 엄숙한 태도로 계속했다.

"그렇지요. 물론 사학자인 당신은 중세 웨일스를 풍미한 발다스 신경(信經)을 아실 겁니다. 그 도리데(9세기 레겐스부르그의 주교 마법사)의 흐름을 따른 주법경전의 신조는 무엇이었습니까(우주에는 모든 상징이 널리 퍼져 있다. 그래서 그 신비적인 법칙과 배열의 묘의는 감추어진 사상을 사람에게 알리고 혹은 미리 고지한다)?"

"그러나 그것이……."

"요컨대 그 분석과 종합의 이치를 말하는 겁니다. 나는 어느 증오할 만한 인물이 박사를 죽인 미묘한 방법을 알아내면서 비로소 점성술과 연금술의 묘미를 알게 되었습니다. 확실히 박사는 방 한가운데에서 발을 문 쪽에 두고 심장에 꽂힌 단검의 칼자루를 꽉 쥐고 쓰러져 있었습니다. 그러나 입구의 문을 중심으로 해서 수성과 금성의 궤도 반지름을 그리면 그 안에서 타살의 모

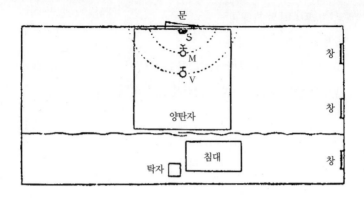

든 증거가 사라져 버립니다."

노리미즈는 방의 약도에 별도와 같은 이중의 반원을 그리고 나서 말을 이었다.

"그런데 그 전에 꼭 알아 두어야 하는 것은 행성의 기호가 어느 화학기호에 해당하는가 하는 것입니다. 비너스가 금성이라는 것은 아시겠지만 동시에 구리를 나타냅니다. 또 머큐리는 수성인 동시에 수은의 이름도 됩니다. 그러나 고대 거울은 청동(비너스)으로 된 박막 뒤에 수은(머큐리)을 칠해서 만들었어요. 그러면 그 거울에, 즉 이 그림에서는 금성의 후방에 해당하는데 거기에는 당연히 커튼 뒤에서 쫓아온 범인의 얼굴이 비치겠지요. 왜냐하면 금성의 반지름을 수성의 위치로까지 축소한다는 것은 훌륭한 살인 기교임과 동시에 범행이 행해진 방향과 박사와 범인의 움직임까지 동시에 나타내기 때문입니다. 그리고 범인은 차츰 그것을 중앙의 태양 위치로까지 축소해 갔습니다. 태양은 당시 산테쓰 박사가 죽음을 맞이한 위치였습니다. 그러나 뒷면의 수은이 태양과 만났을 때 대체 무슨 일이 일어났겠습니까?"

아아, 내행성 궤도 반지름의 축소를 비유로 하여 노리미즈는 무엇을 말하려는 것일까? 검사와 구마시로도 근대 과학의 정수에 훤한 노리미즈의 추리 속에 설마 연금술사의 어두운 세계가 전기 화학(前期化学) 특유의 유사율의 원리와 함께 나타나리라고는 생각지 못했다.

"그런데 다고 씨, S라는 글자가 무엇을 나타내고 있을까요?"

노리미즈는 기세를 늦추지 않고 계속했다.

"첫째는 태양이고, 그리고 유황입니다. 그런데 수은과 유황의 화합물은 붉지 않은가요? 태양은 붉고 또 핏빛입니다. 요컨대 문 근처에서 산테쓰의 심장은 터진 것입니다."

"뭐요, 문 근처라고……? 이거 무슨 터무니없는 소리를."

신사이는 미친 듯 팔걸이를 치면서 말했다.

"당신은 꿈을 꾸고 있어. 그야말로 실상을 뒤집는 소리야. 그때 피는 박사가 쓰러진 주위에서만 흐르고 있었어요."

"그것은 일단 줄어든 반지름을 범인이 곧 원래의 위치로 되돌렸기 때문이지요. 그리고 한 번 더 S자를 보는 겁니다. 어때요, 있지요. 악마 회의의 날, 율법학자……, 그렇습니다. 바로 율법학자인 것입니다. 범인은 저 조각상처럼……."

노리미즈는 거기서 일단 입을 다물고 지그시 신사이를 바라보면서 다음에 뱉을 말과의 시간적 간격을 가슴속으로 은밀히 재고 있는 것 같았다. 그런데 느닷없이 적당한 때에 날카롭게 말했다.

"저 조각상처럼 서서 걸을 수 없는 인간, 그가 범인입니다."

그러자 이해할 수 없는 이상한 현상이 신사이에게 일어났다. 처음에는 상체가 꿈틀거린다 싶더니 두 눈을 부릅뜨고 입을 나팔 모양으로 열어 마치 뭉크의 노파에게서나 볼 수 있는 무참한 형상이 되었다. 그리고 끊임없이 침을 삼키려는 듯 애를 쓰더니 간신히 말을 꺼냈다.

"자, 내 몸을 좀 보라고. 이런 불구자가 어떻게……?"

그는 겨우 목쉰 소리를 쥐어짜냈다. 그러나 신사이에게는 확실히 목에 무슨 이상이 생긴 것처럼 그 뒤에도 계속 호흡 곤란으로 괴로워하며 이상하게 말을 더듬었는데 고통이 심해 보였다. 그 모습을 노리미즈는 이상하리만치 차가운 눈으로 보면서 말을 이어갔다. 그런데 그 태도에는 여전히 그런 것까지 염두에 둔 듯 자신의 말 템포에 빈틈없는 주의를 기울였다.

"아니, 그 불구라는 점 때문에 살인을 저지를 수 있었습니다. 나는 댁의 육체가 아니라 그 휠체어와 카펫만 보고 있습니다. 아마 벤베누토 첼리니(르네상스 시대의 금속공으로 놀랄 만한 살인자)가 카르도나초가의 팔미에리(롬바르디아 제일의 검객)를 쓰러뜨렸다는 이야기를 알고 계시겠지만 솜씨로는 당해내지 못할 첼리니는 처음에 카펫을 느슨하게 깔아 놓고 중간에 그것을 확 당겨 팔미에리가 발목을 접질려 비틀거릴 때에 칼로 찌른 것입니다. 그러나 산테쓰를 쓰러뜨리기 위해서는 그 카펫을 응용한 르네상스기의 칼솜씨가 결코 한바탕 낭만은 아니었습니다. 결국 내행성 궤도 반지름의 신축(伸縮)이라는 것은 요컨대 당신이 행한 카펫의 그것에 지나지 않았던 거지요. 자, 그럼, 범행의 실제를 설명할까요?"

이렇게 말하고 나서 노리미즈는 검사와 구마시로에게 힐책하는 듯한 시선을 보냈다.

"도대체 어째서 문짝의 부조를 보고도 자네들은 꼽추의 눈이 움푹 팬 것을 알아차리지 못했지?"

"과연 타원형으로 움푹하군."

구마시로는 곧 일어나서 문을 살펴보았는데 아닌 게 아니라 노리미즈가 말한 대로였다. 노리미즈는 그 말을 듣고 회심의 미소를 지으며 신사이를 향해 다그쳤다.

"이봐요. 다고 씨. 그 우묵한 위치가 마치 박사의 심장 언저리에 해당하지 않는가요? 게다가 타원형이라 칼자루 머리라는 것을 분명하게 알 수 있습니다. 그렇다면 마땅히 천수를 즐기는 것 외에 자살할 동기가 하나도 없고, 더욱이 그날은 애인의 인형을 안고 젊은 시절의 추억에 잠겨 있던 박사가 어째서 문가로 떠밀려서 심장이 뚫려 있었을까요?"

신사이는 소리를 내기는커녕 아직도 증상이 이어져 그야말로 탈진 상태가 되었다. 백지장처럼 변한 얼굴에서는 기름 같은 땀방울이 떨어지고 도저히 바로 보기 어려운 처참한 몰골이었다. 그런데도 노리미즈는 잔인한 추궁을 그만두려고 하지 않았다.

"그런데 여기에 기묘한 역설이 있습니다. 그 살인이 오히려 온몸이 멀쩡한 사람에게는 불가능한 것입니다. 왜냐하면 거의 소리를 내지 않는 수동 휠체어의 기동력이 필요했기 때문이지요. 먼저 카펫을 밀어 주름을 잡아 놓았다가 결국에는 박사를 문에 부딪히게 한 것입니다. 당시 방은 어두컴컴하여 오른쪽 커튼의 그늘에 당신이 숨어 있는 것도 모르고 박사는 커튼 왼쪽을 젖히고 하인이 날라 온 인형을 침대 위에서 보다가 문을 잠그려고 문으로 향했을 겁니다. 그런데 그를 좇아 당신의 범행은 시작되었지요.

먼저 그 이전에 카펫의 맞은편 끝단을 압정으로 고정시키고 인형 옷에서 은장도를 뽑아듭니다. 박사가 등을 보이자 카펫의 끄트머리를 처들어 세로 부분을 발판으로 밀어서 속도를 가했습니다. 카펫에 주름이 생겨 그 기복이 차츰 높이를 더한 것입니다. 그리고 등 뒤에서 발판을 박사의 오금에 충돌시켰어요. 그러자 주름이 옆에서부터 무너져 거의 겨드랑이 밑에까지 높아졌겠지요. 그와 동시에 이른바 엔드라시크 반사가 일어나 그 부분에 가해진 충격이 상박근에 전도되어 반사운동을 일으켰기 때문에 자연히 박사는 무의식중에 양팔을 수평으로 올렸겠지요. 그 양 겨드랑이로 박사를 뒤에서 껴안고 오른손에 쥔 칼로 심장 위를 가볍게 찌르고 곧 손을 떼었을 거요.

그러자 박사는 무심코 반사적으로 단검을 쥐려고 했기 때문에 간발의 차이로 두 손이 교차하다 이번에는 박사가 칼자루를 쥐어 버립니다. 그리고 그 순간에 뒷문에 충돌하여 자기가 쥔 칼의 날이 심장을 관통한 것입니다. 요컨대 고령으로 걸음이 더딘 박사에게 카펫에 주름을 만들면서 소리 없이 뒤쫓을 수 있는 속력과 그 기계적인 추진력. 그리고 칼자루를 쥐도록 하기 위해 양

팔을 자유롭게 해 놓아야 되기 때문에 무엇보다도 먼저 오금을 자극하여 엔드라시크 반사를 일으키지 않으면 안 됩니다. 그런 모든 요소를 구비하고 있는 것이 이 수동 휠체어이며 그 범행은 순식간에 소리를 낼 겨를도 없을 만큼 놀랍게 빠른 속도로 이루어진 것입니다. 그러므로 불구인 당신이 아니고는 아무도 박사에게 자살의 흔적을 남기고 숨을 거두게 할 수 없었을 것입니다."

"그러면 카펫의 주름은 무엇 때문이지?"

구마시로가 옆에서 물었다.

"그것이 내행성 궤도 반지름의 수축이 아닌가! 일단 끝까지 말아놓은 것을, 이번에는 주름의 제일 윗부분에 박사의 목을 맞추어서 카펫을 원래대로 잡아당긴 거야. 그래서 박사의 시체는 칼자루를 꽉 쥔 채 방 한가운데로 끌려왔지. 물론 빈 방이지만 잠겨 있지는 않았으니까, 거의 흔적은 남지 않았고. 사후에는 절대로 단단히 쥘 수 없는 거야. 하지만 대개 검시관이란 비밀스러운 이상한 매력에 감수성이 결핍되어 있지."

그때 이 살기에 넘친 음울한 방의 공기를 흔들며, 고풍스러운 성가를 연주하는 쓸쓸한 카리용* 소리가 울려 퍼졌다. 노리미즈는 아까 첨탑 안에 종이 있는 것은 보았지만, 그것이 카리용이라는 것은 알아차리지 못했다. 그러나 그 이상한 대조에 마음을 빼앗기려는 순간, 그때까지 팔걸이에 엎드려 있던 신사이가 필사적인 노력으로 띄엄띄엄 미미한 소리를 쥐어짜냈다.

---

* 많은 종을 음계 순서대로 달아 놓고 치는 악기.

"거짓말이야……. 산테쓰 님은 역시 방 한가운데서 죽어 있었어……. 그러나 이 영광스러운 일족을 위해……나는 세간의 이목이 두려워 그 현장에서 제거한 것이 있었어……."

"무엇을 말이오?"

"그것은 흑사관의 악령인 테레즈 인형이었소……. 등 뒤에 업힌 것처럼 시체 밑에 깔려 단검을 쥔 산테쓰 님의 오른손 위로 왼손을 포개고 있었기 때문에…… 그래서 옷에서 흘러나온 출혈이 적었고…… 나는 에키스케에게 명하여……."

검사와 구마시로도 이젠 자지러질 듯한 경악의 빛은 나타내지 않았지만 이미 생존의 세계에는 있을 리 없는 불가사의한 힘의 소재가 현상 하나하나마다 짙어가는 것을 느꼈다. 그러나 노리미즈는 냉정하게 단언했다.

"이 이상은 어쩔 수 없어요. 나도 이보다 더 나아가는 것은 불가능하니까요. 박사의 시체는 이미 흙이나 다름없는 무기물이 되었고 이제 기소를 결정할 이유라고 하면 당신의 자백밖에 없으니까요."

노리미즈가 그렇게 말을 마칠 때였다. 성가 소리가 멈추는가 싶더니 갑자기 뜻밖에도 아름다운 현악 소리가 고막을 울리기 시작했다. 여러 벽 건너 저쪽 멀리에서 네 개의 현악기가 혹은 장엄한 합주를 하고 때로는 속삭이는 시냇물처럼 제1바이올린이 「사마리아의 평화」를 연주했다. 그것을 듣자 구마시로는 화가 난 듯이 쏘아붙였다.

"뭐야 저건? 가족 한 사람이 죽었다는데……."

"오늘은 이 성관의 설계자인 클로드 딕스비의 기일이라서……."

신사이가 숨을 헐떡이며 대답했다.

"성관 연대기에 귀국선을 타고 가던 중 랑군에서 몸을 던진 딕스비의 추억이 담겨 있답니다."

"과연, 소리 없는 진혼곡이란 말이죠?"

노리미즈는 황홀해져 말했다.

"어쩐지 존 스테이너의 작풍과 닮은 것 같아. 하제쿠라, 나는 이 사건으로 저런 사중주단의 연주를 듣게 될 줄은 생각지도 못했어. 자, 예배당으로 가 봅시다."

그리고 그는 사복형사에게 신사이의 간호를 명하고 방을 떠났다.

"자네는 어째서 마지막 한 걸음을 남겨두고 추궁을 그만둔 건가?"

구마시로가 재빨리 힐책하려 하자, 뜻밖에도 노리미즈는 폭소를 터뜨렸다.

"그럼, 그것을 진정으로 여겼나?"

검사와 구마시로는 순간 조롱당했구나 싶었지만 그토록 정연했던 논리에 도저히 그대로 믿을 수가 없었다. 노리미즈는 웃음이 터져 나오는 것을 참아가며 말을 이었다.

"솔직히 말해 그건 내가 제일 싫어하는 협박 신문이었지. 신사이를 보는 순간 직감한 것이 있어서 급조해낸 것이었지만 진짜 목적은 딴 데 있었던 거지. 다만 신사이보다도 정신적으로 우월한 자리를 차지하고 싶었을 뿐이야. 이 사건을 해결하기 위해 우선 그 완고한 껍질을 부술 필요가 있었거든."

"그럼, 문이 움푹 팬 것은?"

"2 더하기 2는 5라는 거지. 그것이 이 문의 음험한 성질을 들추어 냈어. 또 그와 동시에 물의 흔적도 증명하는 거야."

그야말로 입이 딱 벌어질 만한 역전이었다. 쾅 하고 정수리를 얻어맞은 것처럼 어리둥절한 두 사람에게 노리미즈는 지체 없이 설명하기 시작했다.

"물로 문을 연다고. 결국 이 문을 열쇠 없이 열기 위해서는 물이 없어서는 안 되는 것이지. 그럼 처음에 그것이라고 유추한 것을 말하기로 하지. 맘스버리 경이 쓴 『존 디 박사 귀설(鬼説)』이라는 고서가 있어. 거기에는 마법 박사 디의 이상한 수법이 많이 적혀 있는데 그중에서 맘스버리 경을 경탄시킨 보였다 안 보였다 하는 문의 기록이 실려 있거든. 그것이 나한테 물로 문 여는 방법을 알려 줬어. 물론 하나의 신앙 요법이지만 먼저 디는 학질 환자를 간병인과 함께 한 방으로 들여보내고 열쇠를 간병인에게 주어서 문을 잠그도록 했어. 그리고 약 한 시간 뒤에 문을 열면 자물쇠가 채워졌는데도 문은 둔갑이라도 한 듯이 쓱 열려 버리지. 거기서 디 박사는 결론을 내렸어. 귀신 붙은 판*은 달아났다고. 문 부근에서 양 냄새가 나자 환자는 정신적으로 치유되어 버린 거지. 이봐, 구마시로. 그 양 냄새 속에 디 박사의 사술이 들어 있었어. 한데 자네는 아마 람프레히트 습도계에도 있듯이 머

---

* 그리스 신화에 등장하는 자연과 목축의 신. 상체는 인간, 하체는 산양의 모습을 하고 있다.

리털이 습도에 의해 늘었다 줄었다 할 뿐만 아니라 그 정도가 길이에 비례한다는 사실도 알고 있겠지. 그래서 시험 삼아 그 신축 이론을 고리의 미묘한 움직임에 응용해 보라고. 아는 바와 같이 나선으로 된 고리는 원래 하프팀버(반목조 주택) 특징이라고 하는데, 대체로 편평한 놋쇠 지레의 끝에 따로 떨어져 있고 그 지레의 상하에 의해 받침점에 가까운 각체의 두 변에 따라 오르내리는 장치라네. 받침점에 가까울수록 오르내리는 내각이 작아진다고 하는 것은 간단한 이치라서 쉽게 알 수 있지. 그래서 고리의 받침점에 가까운 한 점을 묶어서 고리가 내려가 있을 경우 수평이 되도록 펴놓고, 그 선의 중심과 닿을락 말락하게 머리카락으로 묶은 추를 놓는다고 가정하자고. 그리고 자물쇠 구멍으로 뜨거운 물을 부어 봐. 그러면 당연히 습도가 높아져서 머리카락이 늘어나 추가 끈 위에 더해져 끈은 활 모양이 되어 버리겠지. 따라서 그 힘이 고리의 최소 내각에 작용하여 쓰러진 것이 일어나 버리지. 그래서 디 박사는 양의 오줌을 사용했을 거야. 또 이 문으로서는 꼽추의 눈 뒤가 아마 그 장치에 필요한 구멍이 되었을 것이므로 그 얇은 부분이 자주 되풀이 되는 건습 때문에 움푹 패었을 것이 분명하거든. 요컨대 그 장치를 만든 것이 산테쓰이고 그것을 이용하여 오랫동안 드나든 인물이 범인으로 상상이 간단 말이야. 어때, 하제쿠라? 이것으로 아까 인형의 방에서 범인이 어째서 실과 인형의 트릭을 남겨 놓았는지 알겠지? 겉으로 드러난 트릭만을 탐색하면 이 사건은 영원히 문 하나에 가려져 버리고 말아. 이쯤 되면 서서히 위티구스 주법의 분위기가 무르

익어가는 느낌이 들지 않아?"

"그럼 인형은 그때 넘친 물을 밟았다는 말이 되나?"

검사는 목이 죄이는 듯했다.

"이제 그 다음은 방울 소리뿐이군. 이것으로 인형을 동반한 범인의 존재는 마침내 확정되었다고 보아도 상관없겠어. 그러나 자네의 신경이 번뜩일 때마다 그 결과가 자네 의향과는 반대 형태로 나타났지 않아? 그것은 대체 어떻게 된 노릇이야?"

"응, 나 역시 잘 모르겠어. 마치 함정 속을 걷고 있는 느낌이야."

노리미즈에게 착잡한 모습이 보였다.

"나는 그 점이 양쪽으로 통하고 있지 않나 하는 생각이 들어. 지금 신사이의 혼란은 어때? 그것은 결코 간과해서는 안 돼."

바로 이것이다 하는 듯이 구마시로가 말했다. 그러자 노리미즈가 쓴웃음을 지으며 말했다.

"그런데 말이야, 실은 내 협박 신문에는 묘한 얘기지만 일종의 생리 고문이라고 할 수 있는 것이 따르고 있어. 그것 때문에 비로소 그런 멋진 효과가 생긴 거라고. 그런데 2세기 아리우스 학파*의 신학자 필리레이우스는 이런 이론을 주장했지. '영기(靈氣)는 호기(呼氣)와 함께 몸 밖으로 탈출하는 것이니 그 공허를 치라'고. 또 '비유로는 동떨어진 것을 선택하라'고. 그야말로 지당한 말이야. 그래서 내가 내행성 궤도 반지름을 밀리미크론적인 살인 사건에 결부시킨 것도 궁극적으로는 공통된 팩터를 쉽

* 성부와 성자는 다르며 예수의 인성을 주장하여 이단으로 몰림.

게 알아차리지 못하도록 하기 위해서였지. 그렇지 않은가? 에딩턴*의 『공간, 시간 및 인력』이라도 읽어본 날이면, 그 속의 숫자에 전혀 대칭적인 관념이 없어져 버려. 그리고 비네 같은 중기의 생리적 심리학자조차도 허파에 숨이 가득할 때의 정신적 균형과 그 질량적인 풍부함을 말하고 있어. 물론 그런 경우 나는 바로 숨을 쉬려고 할 때만 격정적인 말을 결부시켰지만 또 그와 동시에 혹시 모를 생리적인 충격도 노렸던 거야. 그것은 후두후근축닉(喉頭後筋搐搦)이라는 지속적인 호흡 장애를 말하지. 뮐만은 그것을 『노년의 원인』이라는 저서에서 근질골화(筋質骨化)에 따르는 충동 심리 현상이라고 설명하고 있어. 물론 간헐적인 것임은 분명하지만 노령자가 숨 쉬는 도중에 조절력을 잃으면 실제 신사이에게서 본 것과 같이 무참한 증상을 일으키기도 해. 그래서 심리적으로나 기질적으로 내게는 별로 맞지 않는 그 두 가지를 던져 본 셈이지. 어쨌든 그런 허점투성이 주장으로 상대의 모든 생각을 방해하려는 것과 또 하나는 거세술이야. 그 단단한 껍질을 열어 내가 반드시 들어야 할 것이 있었기 때문이지. 요컨대 나의 권모술수란 것은 어떤 행위의 전제에 지나지 않지만 말이야."

"무서운 마키아벨리로군. 하지만 그렇다는 것은?"

검사가 의욕적으로 묻자 노리미즈는 살짝 웃었다.

"농담하나, 자네가 먼저 했잖아? 1, 2, 5의 질문을 잊었나? 게

* 영국의 천체물리학자.

다가 그 리슐리외 같은 실권자는 형사들이 흑사관의 심장을 엿보지 못하게 하지. 그래서 말이야, 그 사람이 진정주사에서 깨어날 때, 경우에 따라서는 이 사건이 해결될지도 모르는 거야."

노리미즈는 여전히 막연한 것을 암시할 뿐, 열쇠 구멍에 뜨거운 물을 부어 실험 준비를 하고서는 연주대가 있는 1층의 예배당으로 갔다. 살롱을 가로질러 음악 소리가 십자가와 방패 모양의 부조가 붙은 큰 문 너머까지 들려왔다. 문 앞에는 한 명의 하인이 서 있었는데, 노리미즈가 문을 조금 열자 차갑고 넓은 공간이 쓸쓸한 기운에 흔들리면서 느긋하면서도 활달한 공기를 느끼게 했다. 그것은 묵직한 장엄함만이 가지는 알 수 없는 매력이었다. 예배당 안에는 갈색 증기의 미립자가 자욱하고 연무가 낀 듯 어둠 속에 약하고 평온한 광선이 어딘가 희미한 꿈속처럼 에워쌌다. 그 빛은 제단의 촛불에서 온 것으로 삼각기둥 모양을 한 대형 촛대 앞에는 유향이 피워져 그 연기와 빛이 불화살처럼 죽 늘어선 작은 원주(円柱)를 따라 올라가서 머리 위 멀리 부채꼴로 만나는 천장 언저리까지 뻗어 있었다. 기둥에서 기둥으로 반사하여 묘한 화음을 만드는 음악 소리……. 이제라도 금빛 찬란한 제의를 입은 사제들이 회랑 사이로 나타날 것 같았다. 그러나 노리미즈에게는 이 분위기가 죄를 묻는 것같이 섬뜩하게만 여겨졌다. 제단 앞에는 반원형의 연주대가 설치되고 거기에 도니미크 수도회의 흑백 수도복 차림을 한 악사 네 명이 무아의 황홀경에 빠져 있었다.

오른쪽 끝의 다듬지 않은 거석같이 보이는 첼리스트 오토칼 레베즈의 불룩한 뺨은 반달 모양의 수염이라도 길러야 어울릴 듯했고, 표주박 모양의 머리는 체구에 비해 작았다. 아무래도 낙천가로 보이는데 더욱이 첼로가 기타 정도로밖에 보이지 않았다. 그 옆 자리는 비올라 주자인 올리가 클리보프 부인인데, 치켜 올라간 눈썹에 눈초리가 매섭고 갈고리 모양의 가느다란 코가 어딘지 준엄한 인상을 주었다. 들리는 바로 그녀의 기량은 그 유명한 독일의 대연주자인 클루티스도 능가한다고 한다. 그래서인지 연주 태도 역시 거만한 기백과 묘하게 으스대는 과장된 면이 엿보였다. 그런데 그 옆의 가리발다 셀레나 부인은 모든 면에서 클리보프와는 대조적이었다. 살갗이 납빛으로 투명해 보이고 그러잖아도 얼굴 윤곽이 작은데 온유하고 완만한 상으로 아담한 체격이었다. 검은 자위가 크고 시원스러운 눈인데도 응시하는 것 같은 예리함이 없다. 이 부인에게는 전체적으로 우울한, 어딘가에 겸손한 성격이 숨어 있는 것 같았다. 이들 세 사람의 나이는 40대 중반으로 짐작되었다.

그리고 마지막으로 제1바이올린을 연주하는 사람이 이제 겨우 17세가 된 소년인 후리야기 하타타로였다. 노리미즈는 일본 제일의 아름다운 청년을 보는 것 같은 느낌이었다. 그러나 그 아름다움이란 연극배우나 기생오라비 같은 미남으로 어느 선 어느 음영으로 보아도 사색적인 깊이나 수학적인 정확성은 찾아볼 수 없었다. 왜냐하면 예지의 표징이 될 만한 것이 결여되어 사진에서 본 산테쓰 박사처럼 단정한 이마에 나타난 위엄이 없기 때문이었다.

노리미즈는 도저히 들을 수 없을 것으로 여겼던 이 신비스러운 악단의 연주를 듣게 되었지만 헛되이 도취되지는 않았다. 왜냐하면 악곡의 마지막 부분에 이르자 두 바이올린이 약음기를 끼웠다는 사실을 알았기 때문이다. 그 때문에 저음의 현만 억세게 누른 듯한 음을 냈고, 그 음색은 천국의 영광으로 끝을 맺는 장엄한 피날레라기보다 오히려 지옥에서 울려오는 공포와 탄식의 신음과도 같아 실로 기이하게 들렸다. 막을 내리기 전 노리미즈는 문을 닫고 옆에 있는 하인에게 물었다.

"자네는 늘 이렇게 보초를 서나?"

"아니요, 오늘이 처음입니다."

하인 자신도 알 수 없다는 듯한 표정을 지었지만 그 이유는 말하지 않아도 알 것 같았다. 그러고 나서 세 사람은 천천히 걸어가는데 노리미즈가 말문을 열었다.

"바로 이 문이 지옥문인 거야."

"그러면 그 지옥은 문 안이야, 밖이야?"

검사가 반문하자 그는 호흡을 크게 하고 나서 매우 연극적인 몸짓을 하면서 말했다.

"밖이지. 그 네 사람은 분명히 겁에 질려 있어. 만일 그것이 연극이 아니라면 내 상상과 부합되는 데가 있어."

진혼곡 연주는 계단을 다 올라갔을 때에 끝이 났다. 그리고 잠시 아무 소리도 들리지 않았다. 그러고 나서 세 사람이 문을 열고 사건 현장 앞을 지나 복도로 나갔을 때였다. 다시 카리용이 울리기 시작하여 이번에는 라수스의 성가를 연주하기 시작했다.

밤에는 놀라운 것이 있네

낮에는 날아드는 화살

어두울 때 퍼지는 역병

한낮에 닥쳐오는 재앙

하나 그대 두려워할 것 없네

_(다윗 시편 제91편)


노리미즈는 작은 소리로 중얼거리면서 성가에 맞춰 장례 행렬의 속도로 걸었다. 그러나 그 음색은 되풀이되는 구절마다 약해져 그와 함께 노리미즈의 얼굴에도 우려의 빛이 더해갔다. 그리고 세 번째로 되풀이되었을 때, '어두울 때……,'라는 이 한 절은 거의 들리지 않았으나 다음의 '한낮에……'의 절에 이르자 이상스럽게도 같은 음색이면서도 배음이 나왔다. 그리고 마지막 절은 끝내 들을 수 없었다.

"과연 자네 실험은 성공한 거야."

검사가 눈을 크게 뜨며 잠긴 문을 열었지만 노리미즈만은 정면 벽에 등을 기댄 채, 어두운 표정으로 허공을 응시했다. 그러다 이윽고 중얼거리듯이 작은 소리로 말했다.

"하제쿠라, 갑옷이 있던 회랑으로 가 봐야겠어. 거기 있는 갑옷 속에 틀림없이 에키스케가 살해당해 있을 거야."

두 사람은 그 말을 듣고 무심코 펄쩍 뛰었다. 아, 노리미즈는 어떻게 카리용 소리로 시체의 소재를 알았단 말인가?

## 3. 에키스케는 틈새에 끼어 죽을 것이다

노리미즈는 바로 앞에 있는 회랑으로 가지 않고 홀을 돌아 예배당 천장과 맞닿은 종루 계단 밑으로 가서 멈췄다. 그리고 수사관 모두를 그 장소로 소집해, 그곳을 비롯해서 옥상에서 성벽 위 보루까지 보초를 세우고 첨탑 밑 종루를 주시하도록 했다. 이렇게 해서 2시 30분 정각에 카리용의 연주가 끝나고 정확히 5분 뒤, 물 샐 틈 없는 철저한 포위망이 이루어졌다. 이제 사건은 이것으로 끝나는 것은 아닐까 하는 생각이 들 정도로 일이 신속하고 총력을 기울여 결말을 보기 위한 긴장 속으로 몰아갔다. 하지만 물론 노리미즈의 뇌를 들여다보지 않는 한 그가 과연 무엇을 꾀하는지 예측할 수 없었다.

그렇지만 독자 여러분은 노리미즈의 행동이 의표를 넘어섰다는 점을 알 것이다. 과연 적중할 것인가 아닌가는 별문제로 치더라도, 그야말로 인간의 한계를 벗어날 정도의 비약이었다. 카리용 소리를 듣고 에키스케의 시체가 회랑에 있다고 예측하는가 하면, 그 다음 행동으로 종루를 노리고 있다.

그러나 캄캄하고 복잡하게 뒤얽힌 것을 과거의 언동에 비추어보면 거기에는 한 가닥의 맥락이 통하고 있다는 것을 발견할 수 있다. 왜냐하면 처음은 검사의 질문 각조에 답한 내용이었으며, 그 뒤 집사인 다고 신사이에게 잔혹한 생리 고문을 강행하면서까지 그리고 또 그 뒤 자기 입으로 말한 엄청난 역설이 그것을 말해준다. 물론 그 공변법* 같은 인과관계는 다른 두 사람에게도 즉각 전달되었다. 그리고 신사이의 진술을 듣지 않았더라도 그 놀라운 내용이 이 기회에 분명해지지 않았을까 생각되었다. 그러나 지시를 끝내고 난 다음 노리미즈의 태도는 너무 의외였다. 도로 원래의 어두운 표정으로 돌아가 회의적인 혼란의 그림자가 어른거렸다. 그리고 회랑 쪽으로 걸어가다가 느닷없이 토해낸 노리미즈의 탄성이 두 사람을 경악시켰다.

"아, 전혀 알 수 없게 돼 버렸어. 에키스케를 죽인 범인이 종루에 있었다면 저 정도로 적확한 증명이 아무 의미도 없게 된다고. 솔직히 말하면 내가 현재 알고 있는 인물 이외의 한 사람을 염두에 두고 있었는데, 그 사람이 엉뚱한 자리에 나타나 버렸어. 설마 별개의 살인은 아닌 것 같은데 말이야."

"그럼 무엇 때문에 우리를 끌고 다닌 거야? 처음에 자네는 에키스케가 살해되어 회랑에 있다고 했어. 그러고서 그 입구 밑에서 엉뚱하게 종루를 지키게 한 거야. 뭐가 이래. 전혀 무의미한 전환이 아닌가 말이야."

검사가 화가 나서 소리쳤다.

"그렇게 놀랄 일은 아니야."

노리미즈는 입을 비쭉하며 웃음을 띠고 대꾸했다.

"바로 카리용으로 연주된 성가 때문이야. 연주자가 누군지는 모르지만 차츰 소리가 약해지더니 마지막 절은 결국 연주되지 않았어. 게다가 마지막에 들린, '한낮에는……'의 대목이 이상하

* 어떤 문제에서 복수의 사례에서 공통된 요소가 동시에 변화했을 때, 변화한 요소는 그 원인, 결과, 혹은 공통된 원인의 결과일 가능성이 높다.

게도 배음(倍音, 도레미파와 마지막 도를 기본음으로 한 한 옥타브 위의 음계)을 냈어. 알겠나, 하제쿠라? 이것은 대체로 일반적인 법칙이 아니라고 생각해."

"그렇다면 일단 자네의 해석이나 들어 볼까."

구마시로가 끼어들자 노리미즈의 눈에 이상한 광채가 나타났다.

"그게 바로 악몽인 거야. 무서운 신비가 아닌가 말이야. 어떻게 산문적으로 풀 수 있는 문제냐고."

그는 일단 열광적인 말투였으나 차츰 마음을 가라앉히고 설명했다.

"한데 우선 에키스케가 이미 이 세상 사람이 아니라고 하면, 물론 몇 초 후에는 그 엄연한 사실이 밝혀지겠지만 그렇게 되면 전체 가족 수에 하나의 음수가 남아 버린다고. 그래서 최초는 4인 가족이지만 연주를 마치고 바로 예배당을 나섰다고 해도 종루까지 올라올 시간적 여유가 없어. 신사이는 모든 면에서 제외해도 좋아. 그러면 남은 것은 노부코와 구가 시즈코가 되지만 카리용의 연주가 일시에 뚝 그친 것이 아니고 차츰 약해져 갔다는 것을 생각하면 그 두 사람이 함께 종루에 있었을 것으로는 상상도 되지 않아. 물론 그 연주자에게 무슨 이상이 발생한 것이 틀림없지만 마침 그때 성가의 마지막에 들린 소절이 희미한 소리지만 배음을 냈어. 말할 것도 없이 카리용의 이론상 배음은 절대로 불가능한 거지. 그렇다면 구마시로, 이 경우에 종루에는 한 사람의 연주자 외에 또 한 사람, 기적적인 연주를 할 수 있는 누군가가 있어야 한다는 말이지. 아, 그놈은 어떻게 종루에 나타났을까?"

"그렇다면 어째서 먼저 종루를 살펴보지 않는 거지?"

구마시로가 따지고 들자 노리미즈는 약간 떨리는 목소리로 말했다.

"실은 그 배음에 함정이 있는 것 같은 느낌이 들어서였어. 뭔지 미묘한 자기 폭로 같았거든. 그것을 내 신경에만 전달한 것에도 어쩐지 무슨 수작이 있는 것 같아서 말이야. 첫째 범인이 그 정도로 범행을 서둘려야 할 이유를 모르겠어. 게다가 구마시로, 우리가 종루에서 어물거리고 있는 동안 1층에 있는 네 사람은 거의 무방비 상태였잖아? 도대체 이렇게 넓은 성관 내부는 어느 곳이나 허점투성이야. 어떻게 막을 방법이 없어. 그래서 기왕에 일어난 일은 어쩔 수 없지만 새로운 희생자가 발생하는 것만은 어떻게든지 막아야 된다고 생각했네. 즉 나를 괴롭히는 두 가지 관념에 각각의 대책을 강구해 놓은 셈이지."

"음, 또 유령이란 말인가?"

검사는 아랫입술을 깨물며 중얼거렸다.

"모두가 정도를 벗어난 미치광이 짓 같아. 마치 범인은 바람처럼 우리 앞을 지나가며 나 보란 듯이 우롱하고. 어때, 노리미즈? 이 초자연적인 현상은 대체 어떻게 된 거지? 이제 서서히 시즈코의 가설 쪽으로 정리해 가는 것이 어떨까?"

아직 현실로 다가오지 않았음에도 모든 사태가 한 방향을 가리키고 있었다. 이윽고 활짝 열린 회랑 입구가 눈앞에 펼쳐졌는데 막다른 홀로 열려 있던 한쪽 문이 어느새 닫혀 내부는 암흑에 가까웠다. 그 차갑게 다가오는 공기 속에서 희미하게 피비린내가 끼쳐 왔다. 수사를 개시한 지 아직 4시간밖에 되지 않았는데도 노리미즈 일행이 암중모색을 계속하는 동안 범인은 은밀하게 움직이며 벌써 제2의 사건을 감행한 것이다.

노리미즈는 곧 홀의 문을 열어 빛이 들어오게 한 뒤 왼쪽에 진열된 갑주들을 살펴보았다. 그리고 바로 한가운데 있는 하나를 가리켰다. 그것은 녹황색 갑옷으로, 거기에 다섯 개의 뿔 장식을 한 투구와 비사문천*이 수놓인 팔 덮개, 갑옷 안에 입는 옷, 다리 보호대, 신발까지 갖춘 본격적인 무장의 그것이었다. 얼굴에서 목에 이르는 부분은 목가리개와 검게 칠해진 사나운 가면으로 가려져 있었다. 그리고 등에는 해와 달이 그려진 지휘용 부채를 걸치고 겨드랑이에는 용호의 깃발이 꽂혀 있었다. 그러나 주목해야 할 현상으로 녹황색 갑옷을 중심으로 좌우의 전부가 똑같이 틀어져 있을 뿐 아니라 그 옆 부분도 번갈아 하나 걸러 하나씩 어긋나 있었다. 즉, 오른쪽, 왼쪽, 오른쪽 하는 식으로 투구와 갑옷이 어울리지 않게 맞추어져 있었다. 노리미즈가 가면을 벗기자 거기에 에키스케의 처참한 얼굴이 나타났다. 과연 노리미즈의 비범한 투시가 적중한 것이다.

그뿐만 아니라 단네베르그 부인의 시광에 이어 이 난쟁이 꼽추는 기괴하기 짝이 없이 갑주를 입은 채 공중에 매달려 죽었

---

* 불교 사천왕 중 하나. 불법의 수호신. 일본에서는 칠복신 중 하나로 출세, 개운, 번성, 지혜를 대표한다.

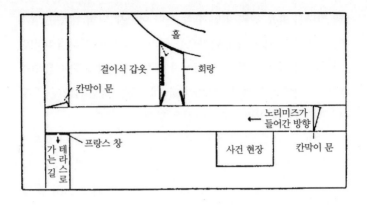

다. 아, 여기에도 또 범인의 현란한 장식벽이 유감없이 발휘된 것이다.

처음 눈에 띈 것은 목에 난 칼에 찔린 두 줄기의 창상이었다. 상처를 자세히 설명하면 전체 모양이 마치 두 이(二)자 같고, 그 위치는 갑상연골에서 가슴뼈에 걸친 전경부였으나 상처가 쐐기 모양이어서 단검에 찔린 것으로 추측하였다. 또 깊이 팬 형상이 ∐꼴을 하고 있는 것도 기묘했다. 상처 위쪽은 처음 기관의 왼쪽을 6센티미터 정도의 깊이로 찌르고 나서 칼을 뽑아 이번에는 옆으로 얕게 찌른 뒤 돌려서 오른쪽으로 다시 푹 찌르고 칼을 뽑은 것이다. 아래쪽 상처도 대체로 같은 모양인데 그 방향만은 밑으로 어슷하게 나 있으며 상처 끝은 흉곽 쪽으로 향해 있었다. 그러나 모두 대동맥이나 장기에는 닿지 않았고 또 아주 교묘하게 기도를 비켜갔기 때문에 물론 즉사시킬 정도는 아니었던 것이 분명하다.

천장과 갑옷을 묶어 매달아 놓은 두 줄의 삼끈을 끊고 시체를 갑옷에서 빼 내려고 하자, 이상한 것이 나타났다. 그때까지는 목 보호대에 가려 알 수 없었는데, 이상하게도 에키스케는 갑옷을 옆으로 입고 있었다. 즉 몸을 넣는 왼편 겨드랑이쪽을 뒤로 하고, 삐어져 나온 등의 융기를 황골의 갈라진 틈 속에 집어넣은 몰골이었다. 상처에서 흘러나온 거무스름한 피는 바지에서 신발 속으로 떨어지고 체온도 싸늘하게 식어 아래턱뼈부터 경직이 시작된 것으로 보아 죽은 지 2시간은 지난 것 같았다.

그러나 시체를 끌어내어 보니 깜짝 놀랄 일이 있었다. 왜냐하면 전신에 걸쳐 뚜렷하게 질식 징후가 나타났고 경련의 흔적이 온몸뿐만 아니라 두 눈과 배설물, 그리고 흘린 피에서도 한눈에 생생하게 알 정도로 처참하게 남아 있었다. 또 그 모습이 실로 무참하기 짝이 없어 사투할 때의 격렬한 고통과 고뇌가 엿보였다. 그러나 기도 안에서 숨을 막히게 하는 물질은 발견되지 않았고 구강 역시 폐색의 흔적이 없을 뿐만 아니라, 목을 죈 흔적도 찾아볼 수 없었다.

"그야말로 라자레프(성 알렉세이 사원에서 죽은 자)의 재현이로군."

노리미즈는 신음하는 듯한 소리를 냈다.

"이 상처는 죽은 뒤에 낸 거야. 그건 칼을 뽑은 단면을 보아도 알 수 있어. 일반적으로는 칼로 찌르자마자 뽑으면 혈관 단면이 수축되어 버리는데 이것은 축 늘어진 채 벌어져 있잖아? 게다가 이만큼 뚜렷한 특징을 가진 질식 시체를 본 적이 없어. 잔인하고도 끔찍하기 짝이 없군! 아마 상상을 초월한 무서운 방법을 쓴 것이 틀림없어. 그리고 질식의 원인인 무언가가 에키스케에게 서서히 다가갔던 거야."

"그것을 어떻게 알 수 있나?"

구마시로가 미심쩍은 듯이 묻자, 노리미즈는 그 처참한 내용을 분명히 밝혔다.

"요컨대 사투 시간은 징후의 정도와 비례하는데, 이 시체는 법의학에 새로운 사례를 만들어 준 것 같아. 그 점을 생각하면 어떤 식으로 에케스케가 서서히 질식해 갔는가를 상상할 수밖에 없지 않겠어? 아마 그 동안 에키스케는 처참한 몸부림으로 어떻게든 죽음의 쇠사슬에서 벗어나려고 발버둥친 것이 틀림없어. 그러나 갑옷의 무게 때문에 몸이 말을 듣지 않아 더는 어떻게 할 수가 없었겠지. 그래서 별 수 없이 최후의 순간이 오기를 기다리는 동안 아마 어렸을 때부터 현재까지 기억이 전광석화처럼 지나갔을 거야. 그렇잖아. 구마시로, 인생을 살면서 이만큼 비참한 시간이 또 있을까? 그리고 이만큼 심각한 고통을 안겨 준 잔인한 살인 방법이 또 있을까?"

그때까지도 무덤덤하던 구마시로도 무심코 눈을 가리고 싶은 광경을 상기하며 부르르 몸을 떨며 말했다.

"그런데 에키스케는 스스로 이 안으로 들어갔을까? 아니면 범인이……."

"모르지, 그것을 알면 살해 방법도 알 수 있겠지. 첫째 비명을 지르지 않았다는 게 의문이야."

노리미즈가 한마디 하자 검사는 투구의 무게로 납작해진 시체의 머리를 가리키며 자신의 가설을 꺼냈다.

"나는 어쩐지, 투구의 무게하고 어떤 관계가 있을 것 같은 생각이 들어. 물론 상처와 질식의 순서가 바뀐다면 문제는 없지만 말이지……."

"그렇지."

노리미즈는 상대의 말에 수긍했다.

"일설에는 두개골의 산토리니 정맥은 외부의 힘을 받으면 얼마 뒤에 혈관이 파열한다고 해. 그때는 뇌가 압박받기 때문에 질식 비슷한 징후로 나타난다는 거야. 하지만 이 정도로 현저한 것은 아니야. 대체로 이 시체는 그렇게 급작스러운 죽음을 당한 것이 아니야. 천천히 조금씩 닥쳐왔어. 그러니까 직접적인 사인으로는 목가리개에 의미가 있지 않나 싶어. 물론 기도를 짓누를 정도는 아니지만 경부의 대동맥에 상당한 압박을 받았어. 그러면 에키스케가 왜 비명을 지르지 않았을까, 알 것 같은 느낌이 들잖아?"

"음, 그렇다면……."

"결과는 충혈이 아니고 반대로 뇌빈혈을 일으켰던 거야. 더욱이 그리징어라는 사람은 거기에 간질 같은 경련을 동반한다고도 말했어."

노리미즈는 아무렇지도 않은 듯이 대답했지만 어딘지 역설을 고민하는 것 같았고 쓸쓸하고 어두운 그림자가 엿보였다. 구마시로는 결론을 말했다.

"어쨌든 창상이 사인과 관계가 없다고 하면 이 범행은 아마 이상심리의 산물이 아니겠어?"

"아니, 어째서?"

노리미즈는 고개를 억세게 내저었다.

"이 사건의 범인만큼 냉혈적인 인간이 없는데 어떻게 타산이 아닌 자신의 흥미만으로 움직이겠어?"

그리고 지문과 핏방울을 조사하기 시작했지만 거기에서는 하나도 얻은 것이 없었다. 특히 갑옷 내부 말고는 한 방울의 피도 발견하지 못했다. 조사를 마치고 나서 검사는 노리미즈에게 물었다.

"자네는 어떻게 에키스케가 여기서 살해된 것을 안 거야?"

"물론 카리용 소리 때문이지."

노리미즈는 대수롭지 않게 대답했다.

"요컨대 밀*이 말한 잉여 추리인 셈이야. 애덤스가 해왕성을 발견한 것도 잔여 현상은 어떤 미지의 것이 나타나기 위한 전조라는 원리와 연관되었다고 할 수 있어. 이봐, 에케스케 같은 괴물이 모습을 감추었는데도 찾을 수 없었지. 그것은 배음 외에 또하나 카리용 소리에 이상한 데가 있었기 때문이지. 문으로 차단된 현장의 방과는 달리 복도에는 공간이 건물 안으로 통하고 있었으니까."

"그렇다면······."

"그때 소리의 잔향(殘響)이 적었기 때문이야. 대체로 종에는 피아노처럼 진동을 멈추게 하는 장치가 없어서 이 정도 잔향이

* 영국의 철학자이자 경제학자.

뚜렷한 것은 없어. 게다가 카리용은 하나하나의 음색과 음계도 달라서 거리가 가까운 곳이나 같은 건물 안에서 들으면 뒤에서 뒤로 이어서 나는 소리가 서로 뒤섞여 마침내는 불유쾌한 소음으로밖에 들리지 않게 돼. 그것을 샤르슈타인은 삼색원의 회전에 비유하여 처음에 빨강과 녹색을 동시에 받고 그 중앙에 노랑을 감지하는 것 같지만 종국에는 온통 잿빛밖에는 보이지 않는다고 했어. 그야말로 지당한 말이거든. 더구나 이 성관에는 군데군데 원형의 천장과 곡선의 벽 등 공기 기둥을 이루는 부분도 있어서 나는 혼돈스러운 것을 상상했지. 그런데 아까는 그렇게도 맑은 소리가 들려온 거야. 바깥 공기 속으로 흩어지면 자연히 잔향은 희박해지기 때문에 그 소리는 분명히 테라스와 연결된 프랑스식 창문으로 들려왔어. 그것을 깨닫고 나는 무의식중에 깜짝 놀란 거야. 왜냐하면 어딘가 건물 속에서 퍼져 나오는 소음을 차단하는 것이 있어야 하기 때문이지. 칸막이문은 앞뒤가 다 닫혀져 있었으니 남은 것은 회랑의 홀 쪽으로 열려 있는 문 하나밖에 없지 않겠어. 그러나 아까 두 번째로 갔을 때는 확실히 왼쪽에 진열된 갑옷 하나를 내가 펴 놓고 온 것이 기억났어. 게다가 그곳은 다른 의미에서 나의 심장이나 마찬가지니까 절대로 손을 대지 않도록 당부해 놓았어. 물론 그 문이 닫혀 버리면 이쪽은 방음 장치가 잘 되어서 소리를 거의 차단하는 셈이 되지. 그러니 우리에게 들리는 소리는 테라스를 통해서 들려오는 강한 기본음 하나밖에는 없지 않겠어?"

"그러면 무엇이 그 문을 닫은 거야?"

"에키스케의 시체였어. 삶에서 죽음으로 옮겨가는 처참한 시간 속에서 에케스케 스스로는 도저히 어떻게 할 수 없는 이 무거운 투구를 움직인 거야. 보이는 바와 같이 좌우가 전부 비스듬하게 틀어졌고 그 방향이 하나 걸러 왼쪽, 오른쪽, 왼쪽으로 되어 있잖아? 즉 중앙의 녹황색 갑옷이 회전했기 때문에 그 팔보호대가 옆에 있는 어깨덮개를 옆에서 밀어 그 갑옷이 회전하고 차례차례 그 파동이 마지막까지 전해진 거지. 그리고 마지막 어깨덮개가 손잡이를 두드려 문을 닫아 버린 거고."

"그럼, 이 갑옷을 회전시킨 것은 뭐야?"

"그건 투구와 갑옷의 뼈대야."

노리미즈는 안의 옷을 벗겨 굵은 고래 힘줄로 만든 황골을 손으로 가리켰다.

"하지만 에케스케가 이 갑옷을 통상의 방식으로 입으려고 했다면 먼저 등의 혹이 걸리지 않겠어. 그래서 처음에 나는 에키스케가 갑옷 안에서 자신의 튀어나온 등을 어떻게 처치했을까 생각해 보았지. 그러자 마음에 짚이는 것이 있었는데 갑옷 옆의 트임 쪽으로 등을 돌려 뼈대 속에 등을 넣으면 되는 거지. 즉 그런 형태를 떠올려 본 셈인데 병약한 데다 힘도 없는 에키스케에게는 도저히 그만한 무게를 움직일 힘이 없었을 거야."

"갑옷의 뼈대와 투구?"

구마시로는 의아한 듯이 몇 번이나 되풀이했는데 노리미즈는 아무렇지도 않게 결론을 말했다.

"그럼 내가 투구와 갑옷의 뼈대라는 이유를 말하지. 요컨대 에키스케의 몸이 공중에 뜨면 갑옷 전체의 중심이 그 위쪽으로 옮겨가. 그뿐만 아니라 한쪽으로 쏠리게 돼. 대체로 정지해 있는 물체가 자동적으로 운동을 일으키는 경우는 질량의 변화나 중심점의 이동 말고는 없어. 그런데 그 원인이 실제로 투구와 뼈대에 있었던 거야. 자세히 말하면 에키스케의 자세는 이렇게 되어야 하겠지. 정수리에는 투구의 중압이 가해지고 튀어나온 등은 뼈대의 반원 속에 꼭 끼어 발이 공중에 떠 있는 자세로 말이야. 말할 나위도 없이 몹시 고통스러운 자세가 된 것이 틀림없어. 그래서 의식이 있는 동안은 어딘가에서 떠받쳐 주니까 건디었겠지만 그동안은 중심이 아랫배 언저리에 있다고 보아도 상관없겠지. 한데 의식을 잃어버리면 떠받치는 힘이 없어져서 수족이 공중에 떠서 중심이 뼈대 쪽으로 옮겨졌을 거야. 즉 에키스케 자신의 힘이 아니라 그의 체중과 자연의 법칙이 결정한 현상이지."

노리미즈의 초인적인 해석력은 새삼스러운 것이 아니었지만, 순간적으로 그만한 것을 어떻게 추론해 냈을까 생각하니 노련한 검사나 구마시로조차 정수리가 찡하게 마비되는 것 같았다. 노리미즈는 말을 계속했다.

"그런데 사망 시각 전후에 누가 어디서 무엇을 하고 있었는가를 알면 좋겠는데. 그러나 그건 종루 조사를 마치고 나서도 괜찮으니까…… 먼저 구마시로, 하인 중에서 마지막으로 에키스케를 본 사람을 찾아줄 수 없겠나?"

구마시로는 이윽고 에키스케 또래의 하인을 데리고 돌아왔다. 그 사나이의 이름은 고가 쇼주로(古賀庄十郎)라고 했다.

"자네가 마지막으로 에키스케를 본 것은 몇 시쯤이었지?"

노리미즈가 대뜸 말을 꺼냈다.

"저는 시간뿐 아니라 저는 에키스케 씨가 이 갑옷 속에 있었던 것도 알고 있습니다. 그리고 죽었다는 것도……."

불쾌한 듯이 시체에서 얼굴을 돌리면서도 쇼주로는 뜻밖의 말을 토해냈다.

검사와 구마시로는 충격으로 눈이 휘둥그레졌으나 노리미즈는 부드러운 소리로 다시 말했다.

"그럼, 처음부터 차근차근 말해 보라고."

"시작은 확실히 11시 반쯤으로 생각됩니다."

쇼주로는 그다지 주눅 들지 않은 태도로 답변을 시작했다.

"예배당과 탈의실 사이의 복도에서 사색이 된 그를 우연히 만났습니다. 그때 에키스케 씨는 너무나 운이 나빠서 맨 처음으로 혐의자가 되어 버렸다고 손톱색까지 변해 버린 것 같은 소리로 푸념을 늘어놓았어요. 제가 흘끗 보았더니 눈이 너무나 충혈되어 있어 열이 있냐고 물었더니 어떻게 열이 나지 않겠느냐고 하면서 제 손을 잡아 자기의 이마에 갖다 대는 겁니다. 38도 정도는 되는 것 같았습니다. 그러고 나서 터벅터벅 살롱 쪽으로 갔습니다. 아무튼 그의 얼굴을 본 것은 그것이 마지막이었습니다."

"그런 다음 자네는 에키스케가 갑옷 속으로 들어가는 것은 보지 못했나?"

"네, 여기 있는 갑옷이 모두 흔들리고 있었기 때문에…… 아마 그것이 1시 조금 지나서였던 것으로 생각됩니다만 보시는 바와 같이 홀 쪽 문이 닫혀서 내부는 캄캄했습니다. 그런데 금속 장식이 움직이는 희미한 빛이 눈에 들어왔습니다. 그래서 갑옷을 하나하나 점검했는데 그중에서 녹황색 방패 뒤에서 그의 손바닥이 잡힌 것입니다. 그 순간 저는 하하, 이것은 에키스케야 하는 생각이 번뜩 들었습니다. 도대체 그런 작은 사람이 아니면 누가 갑옷 속에 몸을 숨길 수 있겠습니까? 그래서 '이봐요, 에키스케 씨'하고 불러 보았습니다만 대답이 없었습니다. 그러나 그 손이 몹시 뜨거웠는데 아마 40도는 되는 것 같았습니다."

"아, 1시가 지나서도 아직 살아 있었단 말이지?"

검사가 무의식중에 탄성을 질렀다.

"그렇습니다. 그런데 또 묘한 일이 있었습니다."

쇼주로는 무엇인가를 암시하는 말을 이어갔다.

"그 다음은 2시에 있었던 일인데 처음 카리용이 울릴 때였습니다. 다고 님을 침대에 눕히고 나서 의사한테 전화를 걸러 가는 도중이었습니다. 다시 한번 이 갑옷 있는 데로 와 보았더니 이번에는 에키스케 씨의 숨소리가 묘하게 들렸습니다. 저는 어쩐지 기분이 나빠져서 그곳을 나와 형사님한테 전화를 했습니다. 돌아오는 길에 또 이번에는 대담하게 손을 만져 보았습니다. 그런데 불과 10분도 채 안 되었는데 웬일일까요? 그 손은 마치 얼음같이 차가워져 숨도 완전히 멎어 버린 것입니다. 저는 깜짝 놀라서 달아났습니다."

검사와 구마시로도 어느새 말할 기운도 사라진 듯 보였다. 쇼주로의 진술에 의해 그토록 열띤 법의학의 높은 탑이 무참하게 무너져 버린 것만 아니라 홀 쪽으로 열려 있던 문이 닫힌 때가 1시 조금 지나서였다면 노리미즈가 제시한 완만한 질식설도 근본적으로 뒤집힐 수밖에 없었다. 에키스케가 고열에 시달렸다는 것을 안 시각만으로도 사망 추정 시간에 의혹이 생기는데, 한 시간이라는 차이는 너무나 치명적이었다. 그뿐만 아니라 쇼주로가 제시한 증언에 따라 추정해 보자면 에키스케는 불과 10분 동안에 알 수 없는 어떤 방법에 의해 질식되었고 더욱이 그 뒤에 목이 찔렸다고 봐야 한다. 상상하기 어려운 혼란 속에서 노리미즈만은 강철 같은 침착함을 보였다.

"2시라고 하면 그때 카리용으로 모테트*가 연주되고 있었는데……. 그럼 그때부터 찬송가가 울릴 때까지는 30분 정도의 시간이 있었으니까, 전후 상황을 비추어 볼 때 시간적으로 빈틈이 없어. 혹시 종루에 가 보면 아마 에키스케의 사인이 무엇인지 알 수 있을지 몰라"

노리미즈는 독백처럼 중얼거렸다.

"그런데 에키스케에게는 갑주에 대한 지식이 있었던가?"

"네, 손질은 전부 그 사람이 다했고, 가끔 갑옷에 대해 아는 바를 자랑스럽게 이야기했습니다."

쇼주로를 보내고 나서 검사는 기다렸다는 듯이 말했다.

"좀 기발한 상상일지 모르지만 말이야. 에키스케는 자살한 것이고, 이 칼자국은 범인이 그 후에 낸 게 아닐까?"

* 중세 르네상스 시대 종교 음악으로 주로 사용되던 무반주 다성 성악곡.

"그럴까?"

노리미즈는 어이없다는 표정으로 말을 이었다.

"그렇다면 갑옷은 혼자 입었을지 모르지만, 도대체 투구의 끈을 매준 것은 누구지? 그 증거를 다른 것과 비교해 보면 알지 않아? 모두 옛날의 전통적인 방식으로 했어. 그런데 이 투구만은 갑주에 대해 잘 아는 에키스케라고는 생각할 수 없게 전통적인 방식을 벗어나 있어. 내가 지금 그걸 쇼주로에게 물어본 이유는 역시 당신과 같은 발상에서였지."

"하지만 남자들이 흔히 쓰는 매듭이잖아."

구마시로가 강력하게 말했다.

"뭐야, 섹스턴 블레이크* 같은 소리를 하는군."

노리미즈는 경멸하는 시선으로 보더니 말했다.

"설사 남자 매듭이든 남자가 신은 여자의 신발 자국이든 그런 것이 바닥을 모르는 이 사건에서 무슨 소용이 있어? 무엇이 되었건 다 범인의 이정표에 지나지 않는 거잖아."

잠시 노리미즈는 말이 없더니 혼잣말처럼 '에키스케는 틈새에 끼어 살해될 것'이라고 중얼거렸다.

묵시도에서 에키스케의 죽음을 예언했던 그 구절은 모두의 뇌리에 새겨졌지만 이상하게 입 밖에 내는 것을 저어하는 힘이 있었다. 노리미즈의 말을 따라서 검사도 같은 소리를 반복했다. 그 소리가 또 이 우중충한 공기를 더욱더 음산하게 만들었다.

---

* 19세기 영국에서 탄생한 가공인물. 명탐정으로 수많은 작가의 작품에 등장했다.

"아, 그런 거라고, 하제쿠라. 그것이 투구와 갑옷의 뼈대였어."

노리미즈는 매우 차갑게 말을 이었다.

"그러니까 일견 도깨비 법의학 같아도 이 시체에는 초점이 두 개 있는 것 같아. 오히려 본질적인 의문은 에키스케가 자신의 의지로 갑옷 속으로 들어갔는지, 그리고 왜 갑옷을 입었는가, 즉 이 갑옷 속으로 들어가기 전후의 사정과 범인이 살인을 저질러야 했던 동기가 문제야. 물론 우리에게 도전하는 의미도 있겠지만."

"바보 같으니."

구마시로는 분노를 담아 외쳤다.

"손바닥으로 어떻게 해를 가릴 수 있겠나? 뻔히 들여다보이는 범인의 자위책이야! 에키스케가 공범이라는 것은 이미 결정적이야. 이것이 단네베르그 사건의 결론이 아닌가?"

"왜? 합스부르크 가의 궁정 음모도 아닌데 말이야."

노리미즈는 다시 직관적인 수사국장을 조소했다.

"공범을 이용해 독살을 꾀한 범인이라면 이미 지금쯤 자네는 조서의 진술을 받고 있어야 되는 것 아닌가?"

그러고 나서 그는 복도 쪽으로 걸어 나가며 말을 이었다.

"자, 이제부터 종루로 가서 내 요행수를 보도록 하지."

그때 유리 파편이 있는 주변의 조사를 마친 사복형사가 약도를 가지고 왔다. 노리미즈는 약도에 싸인 딱딱한 물체를 만져 보기만 하고 곧 호주머니에 넣더니 종루로 향했다. 2단으로 꺾인 계단을 다 올라가자 그곳은 거의 반원으로 된 열쇠 모양의 복도로, 중앙과 좌우에 문이 세 개 있었다.

구마시로와 검사도 비장하게 긴장을 하고 함정 깊숙이 웅크리고 있을지도 모를 이상한 초인의 모습을 상상하며 숨을 죽였다. 그런데 이윽고 오른쪽 끝의 문이 열리자 구마시로는 무엇을 보았는지 주르르 오른쪽으로 달려갔다. 벽 근처에 있는 카리용 건반 앞에는 아니나 다를까, 가미타니 노부코가 쓰러져 있었다. 더구나 연주 의자에 앉은 모습 그대로 위를 보면서 오른손에는 단단히 단도를 쥐고 있었다.

　"아, 이 사람이."

　구마시로는 정신없이 노부코의 어깻죽지를 짓눌렀는데 그때 노리미즈가 중앙의 문을 거의 넋 나간 사람처럼 바라보고 있다는 것을 깨달았다. 미색 도료 속에 네모난 하얀 종잇조각이 두둥실 떠올랐다. 가까이 가서 보고 검사와 구마시로는 무의식중에 몸이 움츠러들었다. 그 종잇조각에는……

Sylphus Verschwinden(바람의 정령이여, 사라질지어다)

# 제3장

# 흑사관 정신병리학

# 1.실피드 바람의 정령······ 엘리어스는?

Sylphus Verschwinden(바람의 정령이여, 사라질지어다)

카리용실에 있는 세 개의 문 중 가운데 문 위에 하얀색으로, 다시 파우스트의 오망성 주문의 한 구절이 붙어 있었다. 그들을 비웃기라도 하듯 주문의 구절에는 실프(Sylphe)라는 여성 명사를 또 남성 명사로 바꾸어 고대 아일랜드어처럼 네모진 고딕 문자로 써 놓았다. 그뿐만 아니라 필자의 성별은커녕 터럭 같이 가는 선에까지 필적의 특징을 알아볼 수 없었다. 그 긴밀한 포위망을 어떻게 숨어서 빠져나갔는지, 또 노부코가 범인이라면 노리미즈가 기지를 발휘해 취한 포위망을 뚫고 절체절명의 조치를 취한 것일까······. 어쨌든 여기에서 얄궂은 배음을 연주한 악마가 누구인지 결정짓지 않으면 안 되었다.

"이것은 의외야. 실신한 게 아닐까?"

노부코의 온몸을 대충 형식적으로 살펴보고 나서 노리미즈는 구마시로의 구두를 흘끔 보더니, 상태를 설명했다.

"미미하지만 심장 박동도 들리고 호흡도 가늘게 이어지고 있어. 그리고 동공 반응도 확실하고."

그러자 바로 지금까지 범인은 노부코라고 하던 구마시로도 자기의 경솔한 행동을 후회했다. 왜냐하면 가미타니 노부코는 단도를 쥐고 '이 사람을 보라'는 듯 뒤로 몸을 젖히고 있었기 때문이다. 그때까지는 유령의 대담한 암약에 홀려 뒤얽혀 날뛰는 무수한 물결 마루를 볼 뿐, 사건의 표면에는 용의자라고 할 그림자조차 나타나지 않았다. 거기에 한 줄기 거품이 쑥 솟아올랐지만 곧 수면에 부서지더니 또다시 느닷없이 나타난 것은 무엇일까. 현재 눈앞에서 보는 가시연꽃이다.

구마시로마저 한때의 흥분이 식어감에 따라 온갖 의심에 사로잡혀 경계를 시작한 것도 무리가 아니었다. 완전히 의표를 벗어난 지금의 상황을 보고는 도리어 반대의 견해가 유력해져 가는 게 아닌가. 에키스케의 목을 벤 것으로 보이는 단검을 굳게 쥔 노부코는 '이것이야,'라고 말하는 것처럼 보였다. 하지만 그 전에 엄밀히 밝혀야 할 일이 있었다. 그녀가 실신하기까지 어떤 일이 있었는지 밝히지 않으면 안 된다. 결론은 그것 하나였다. 부두르 왕비가 부르면 비가 되어 내려오는 흑인의 남근처럼 마침내 이 사건의 도착(倒錯)도 극에 달한 것이다.

이제 이쯤에서 카리용실의 대체적인 모습을 설명해 둘 필요가 있을 것 같다. 앞에서도 설명한 것처럼 그 방은 예배당의 돔과 접한 종이 있는 첨탑 맨 밑에 있었다. 계단을 올라가면 거의 반원을 이루는 열쇠 모양의 복도가 나오는데, 복도 중앙, 곧 반원의 정점과 그 좌우에 세 개의 문이 있었다. 실내로 들어가서 알아차린 것이지만, 그 왼쪽 끝의 문 하나만 열려 있었다. 그 방의 벽면을 실내에서 보니 음향학적으로 설계된 것임을 알 수 있었다. 한마디로 말해 거대한 가리비로 凹 모양의 타원형이라고 하면 맞을지 모르겠다. 아마 여기에 카리용을 갖출 때까지는 4중주단의 연주실이었을 텐데 외관상으로 보아 중앙 문 위치도 부자연스러울 뿐 아니라 벽도 뒤에서 잘라 만든 것 같은 흔적이 남아 있었다. 벽의 높이도 아주 높아 거의 3미터를 넘을 정도였다. 그 벽에서 맞은쪽 벽까지 휑한 측백나무 패널로 둘러싸여 있었다. 그리고 벽을 파낸 형태의 공간이 있었는데, 거기에 카리용의 건반이 놓여 있었다. 33개의 종들이 각각의 음계로 조율되어 천장에 매달려 있었는데, 건반과 페달의 움직임에 따라 그 쓰임새는 달랐으리라. 그 옛날 칼뱅이 즐겨 들었고, 네덜란드 운하의 물로 풍차가 저절로 움직이고, 쓸쓸한 수도원 소리를 냈을 것이다. 음향학적인 구조는 천장에도 미치고, 타원형의 벽면에서 건반에 걸쳐 완만한 경사를 이루고 있다. 더욱이 그것이 마치 울림판처럼 중앙에 둥근 구멍이 뚫렸고 그 위는 각주모양으로 생긴 공간이었다. 그리고 그 양 끝이 아까 앞마당에서 본 12궁의 장미창이었다. 게다가 황도상의 별자리가 그려진 그림 하나하나가 본판에서 교묘한 구조로 떨어져 있기 때문에 그 주위에는 한 변만 빼고 가느다란 틈이 나 있어 공기의 파동에 따라 희미하게 진동한다. 그 소리는 어쩐지 유리 하모니카 같기도 했다. 어쨌든 그 좁은 공간을 통과하는 소리는 필시 약음기라도 설치한 듯 부드러워졌다. 카리용 특유의 잔향이나 협화음을 이루는 소리라면 아무리 빨리 연주하더라도 어느 정도까지는 혼란을 막을 수 있다. 이 장치는 33개의 종들과 마찬가지로 베를린의 파로히얼 교회를 본떴는데 파로히얼 교회에서는 반대로 음향 장치가 교회 내부를 향하고 있다. 이렇게 해서 노리미즈의 조사는 장미창 부근에까지 미쳤지만, 겨우 알아낸 것은 첨탑으로 올라가는 쇠사다리가 그 바깥쪽을 지나간다는 사실 하나뿐이었다.

얼마간 시간이 지나자 사복형사에게 문밖에 서 있도록 지시하고 노리미즈는 이런저런 궁리를 하며 건반을 눌러 보았다. 그는 무엇보다 근본적 의문인 배음을 증명하려고 했지만 허사였다. 결국 카리용으로 연주할 수 있는 음계가 두 옥타브에 지나지 않는다는 것과 아까 들었던 배음이 그 위의 음계였다는 그 두 가지 사실이 분명해졌을 뿐이었다. 일찍이 성 알렉세이 교회의 종소리에도 이것과 비슷한 괴이한 현상이 일어난 적이 있었다. 하지만 그것은 단순한 기계 문제로, 즉 흔들리는 종의 순서에 문제였을 뿐이다. 그런데 이번에는 그와는 달리 30여 개의 음계를 결정하는, 바꾸어 말해 물질 구성의 근본이라고 할 수 있는 종의 질량에 애초부터 근본적인 의혹이 담겨 있다. 그러므로 이것을 끝까지 파 보면 결국 종의 주조 성분을 부정하든가 아니면 악기 소리를 허공에서 붙잡는 정령 같은 존재가 있는 것은 아닐까 하는 극단적인 결론에 도달하게 될 수밖에 없었다. 마침내 이렇게 배음의 신비가 확정되자 노리미즈는 갑자기 피로감이 엄습해 더 이상 입을 열 기력조차 없어 보였다. 그러나 생각하기에 따라서는 그보다 더 의심쩍은 점이 많은 노부코의 실신에 한 번 더 신경을 혹사할 의무가 남아 있었다. 그 무렵 이미 해도 기울어 장대한 성관은 희미한 어둠 속으로 사라져가고 창문으로 조금 들어오는 미미한 빛만이 차가운 공기 속에서 침침하게 흔들리고 있었다. 그 사이 때때로 날개와 같은 그늘이 스쳐 가는데 아마 큰 까마귀 떼가 창밖을 지나 첨탑 위 흔들리는 종으로 돌아가기 때문일 것이다.

그런데 노부코의 상태에 관해서도 더 자세히 설명할 필요가 있다고 생각한다. 노부코는 둥근 회전의자에 앉은 채 하반신은 조금 왼쪽을 향하고 상반신은 그와 반대로 약간 오른쪽으로 기울어 등 뒤로 푹 몸을 젖히고 있다. 그 이등변삼각형 비슷한 형상만 봐도 그녀가 연주 중에 그 자세 그대로 뒤로 쓰러진 게 분명했다. 그러나 이상하게도 전신에 걸쳐 터럭 하나 상처가 없고 다만 마루에 부딪힐 때 생긴 것 같은 피하출혈의 흔적이 후두부에 미세하게 남아 있을 뿐이었다. 또 중독이라고 할 만한 징후도 찾아볼 수 없다. 두 눈은 뜨고 있지만 활기 없이 흐린 상태이고 표정에도 긴장한 데가 없으며 게다가 아래턱만 벌리고 있는 것으로 보아 어딘가 메스껍기라도 한지 불쾌한 표정이었다. 온몸은 단순 실신 특유의 징후만 보였고 경련의 흔적도 없이 젖은 솜처럼 늘어져 있었다. 그러나 미심쩍은 것은 희미하게 기름기가 도는 단검만은 꽤 단단히 쥐고 있어 팔을 올려 흔들어 보아도 손에서 떨어지지 않았다. 아무래도 실신의 원인은 노부코의 몸 안에 있다고밖에 생각할 수 없었다. 노리미즈는 마음속으로 결정한 바가 있는지 노부코를 안아 올린 사복형사에게 일렀다.

"본청의 감식의사에게 이렇게 말해주게. 첫째 위세척부터 해주고, 그리고 나서 위 속의 잔여물과 소변 검사를 하고 부인과적인 관찰을 해 달라고, 또 한 가지는 압통점과 근반사를 잘 살펴보도록."

노부코가 아래층으로 옮겨지자 노리미즈는 담배 한 모금을 쭉 빨고 나서 자신 없는 소리로 중얼거렸다.

"아, 이 국면은 내가 도저히 수습할 수 있을 것 같지 않아."

"하지만 노부코의 몸에 나타난 것만 보면 아주 간단해. 그러니 제정신이 돌아오면 모두 다 알게 되겠지."

검사는 아무렇지도 않게 말했지만 노리미즈는 회의에 가득 찬 얼굴로 한숨만 내쉬었다.

"아니야. 복잡하다는 점은 여전해. 오히려 단네베르그 부인이나 에키스케보다도 난제일지도 몰라. 그것이 고약하게도 징후로 볼 만한 것이 없기 때문이지. 전혀 아무것도 아닌 것 같으면서 오히려 모순투성이야. 여하튼 전문가의 감식을 구하기로 하자고. 나 같은 얕은 지식으로 어떻게 이런 괴물 같은 소녀를 판단할 수 있겠나? 근각전도(筋覺傳導)의 법칙도 이미 뒤죽박죽 엉망진창인걸."

"하지만 이렇게 단순한 것을……"

구마시로가 이의를 제기하려고 하자 노리미즈는 즉시 그것을 가로막았다.

"하지만 내장에도 원인이 없고 중독을 일으킬 만한 약물도 찾아내지 못하는 날에는 그야말로 '바람의 정령, 전갈자리로 사라지다'가 되어 버려."

"무슨 말을 하는 거야. 도대체 어디에 외부 원인이 있다는 거야? 게다가 경련도 없고 명백한 실신 아닌가."

이번에는 검사가 으르렁거리며 대들었다.

"자네는 단순한 것도 비비꼬아서 보기 때문에 곤란해."

"물론 명백히 실신이지. 그래서 문제가 되는 거야. 정신병리학의 영역에 속한 것이라면 옛 문헌 『유증 감별(類症鑑別)』한 권으로 충분히 정리해 버릴 수 있지. 물론 간질이나 히스테리 발작도 아니야. 또 심신전도(엑스터시)라면 표정으로도 짐작이 가고 가사 상태나 병적인 반수면도 절대 아니야."

그렇게 말하고 나서 노리미즈는 잠시 천장을 쳐다보다가 이윽고 단조로운 가성으로 말했다.

"그런데 하제쿠라, 실신하면 말초신경에도 전달되지만 신경들은 제각각 멋대로의 방향으로 움직이거든. 대체 어째서일까? 그래서 나는 이런 신념도 가지게 되었어. 이를테면 단검을 쥐고 있던 것에 유리한 설명이 붙는다고 해도 말이지. 그래도 배음의 신비가 벗겨지지 않는 한, 실신의 원인에 의도적이라는 의혹을 끼워 넣을 수밖에 없어. 어때?"

"그건 신화 같은 소리야. 자, 좀 쉬는 게 좋겠어. 자네는 너무 지쳤어"

구마시로는 아예 받아들이려고도 하지 않았으나 노리미즈는 아직도 꿈을 꾸는 것처럼 말을 계속했다.

"그래. 구마시로, 사실 그것은 전설에 지나지 않아. 네겔라인의 『북유럽 전설학』 가운데 옛날 유랑악사가 노래를 부르면서 다녔다는 제킹겐 후작 뤼데스하임의 이야기가 실려 있지. 시대는 프레드릭 제5차 십자군 뒤의 일이지만, 좀 들어봐. 음유시인 오스왈드는 베니토신(사리풀잎, 진정제)을 넣은 술을 마시자마자 류트를 안고 사시나무처럼 떨기 시작하더니 마침내 왕비 게르트루드의 무릎에 쓰러진 거야. 뤼데스하임은 미리 칼푸스 섬의 마술사 레베도스로부터 베니토신에 대한 이야기를 들었으므로 바로 머리를 쳐 시체와 함께 불태워 버렸다고 해. 이건 유랑악사 중 시왕(詩王)이라 불리는 이우페시수스가 지었다고 하는데, 역사가 벨포레가 십자군에 의해 북유럽으로 유입된 아랍 칼데아 주술의 첫 번째 문헌이라고 했지. 그것을 키워 꽃피운 것이 파우스트 박사였고 그 사람이야말로 중세 마법 정신의 화신이라고 할 만하지."

"그래?"

검사는 짓궂게 웃었다.

"5월이 오면 사과꽃이 피고 성안 우유 가게에는 욕망을 부르는 기운이 찾아들겠지. 그랬거나 저쩼거나 남편은 십자군에 가 있고. 남편이 집을 비우는 동안 정조대 열쇠를 만들어서 마님이 서정시인과 춘정을 즐기는 것도 어쩔 수 없는 일이겠지. 하지만 말이야, 그 방향을 살인 사건 쪽으로 바꿔 봐."

노리미즈는 약간 미소를 지어 보이면서 침통한 어조로 되받았다.

"한심하군, 하제쿠라 자네는 검사 주제에 병리적 심리 연구를 소홀히 하고 있어. 만일 그렇지 않다면 『고대 덴마크 전설집』 같은 역사시에 나타나 있는 요술 정신이나 그중 매독성 간질병에 걸린 인물들이 예증으로 많이 인용되어 있어. 그 정도는 당연히 알고 있어야지. 그런데 이 뤼데스하임 이야기는 별도로 인증되지 않았지만 메르헨의 『몽롱 상태』를 읽어 보면 시로 노래한 오스왈드의 실신 상태가 과학적으로 설명되어 있지. 그중 '단순실신' 편에 이렇게 적혀 있어. 실신하면 대뇌작용이 일방적으로 응집하기 때문에 의식은 바로 사라지고 전신이 둥둥 뜨는 것 같은 부양감이 생긴다. 그러나 한편 소뇌의 작용이 정지하는 것은 조금 후의 일이기 때문에 그 두 가지가 서로 역학적으로 작용하여 짧은 시간 동안 전신에 파동을 받는 것 같은 동요를 일으킨다는 거야. 그런데 노부코의 몸은 그때에 자연의 법칙을 무시하고 도리어 반대 방향으로 움직였던 거야."

그는 노부코가 앉았던 회전의자를 획 뒤로 젖히며 회전축을 가리켰다.

"그런데 하제쿠라, 내가 지금 자연의 법칙 어쩌고 과장된 말을 했지만 고작 이 의자의 회전을 두고 한 말에 지나지 않아. 나선 방향은 여기서 보는 것과 같이 오른쪽 나사야. 그리고 굴대가 완전히 나사 구멍으로 들어가 버려서 오른쪽으로 낮아져 가는 회전은 이미 한계에 와 있지. 그러나 노부코의 팔다리 모양을 생각하면 허리를 깊숙이 빼서 그 아래의 다리 부분은 조금 왼쪽으로 향하고 상반신은 그와 반대로 오른쪽으로 약간 기울어져 있었어. 바로 그 형태는 약간 왼쪽으로 돌아가면서 쓰러졌다는 것을 말해주지. 이것은 명백히 변칙적인 거야. 왜냐하면 왼쪽으로 회전하면 당연히 의자가 올라오지 않으면 안 되기 때문이지."

"그런 모호한 논리는 곤란해."

구마시로가 난색을 보이자 노리미즈는 모든 관찰점을 제시하면서 모순을 밝혔다.

"물론 현재 이 상태를 처음부터 그랬다고는 생각지 않아. 그러나 예를 들어 나선에 여유가 있었다면 실신할 때 옆으로 흔들린 것만 생각하고 그 외에 중량이라고 하는 수직으로 작용하는 힘이 있다는 것을 잊어서는 안 돼. 그 힘 때문에 흔들리면서도 차츰 회전 방향이 결정되는 거야. 요컨대 진폭이 내려가는 오른쪽으로 커지는 게 당연하지 않겠어? 그리고 한 가지 안을 더 내놓는다면, 이번에는 오른쪽으로 크게 한 번 회전하고 나서 현재의 위치에서 나선이 막혔다고 가정하는 거야. 하지만 회전하는 동안에 당연히 원심력이 작용하겠지. 따라서 회전이 정지되었을 때 노부코는 도저히 저런 정좌나 마찬가지인 자세를 유지할 수 없다고 생각해. 그래서 구마시로, 의자의 나선과 노부코의 다리 상태를 대조해 보면 거기에 놀라운 모순이 나타나는 거야."

"아, 의도적인 실신……"

검사는 혼란스러운 듯 한숨을 내쉬었다.

"그것이 만일 진실이라면 그린 가의 아더*겠지. 그래서……."

노리미즈는 뒷짐을 지고 뚜벅뚜벅 걸어 다니면서 말을 계속했다.

"나라고 이유 없이 위세척이나 소변 검사를 시키지는 않아. 물론 문제는 그런 의도성이 발견되지 않는 경우에 있지만."

그리고는 건반 앞에 멈춰 서서 건반을 손바닥으로 힘껏 내리누르면서 다른 가설이 있음을 암시했다.

"이런 거야. 카리용의 연주에는 여성 이상의 체력이 필요해. 간단한 찬송가라도 세 번이나 되풀이하면 대개 녹초가 되어 버리지. 그래서 그때 음색이 점점 약해졌는데 아마 그게 원인이지 않았나 싶어."

"그럼, 피로가 실신의 원인이었다는 거야?"

구마시로는 숨을 가쁘게 몰아쉬며 물었다.

"응, 피로할 때의 증언을 믿지 말라고 슈테른이 말할 정도니까. 거기에 어떤 예상 밖의 힘이 작용했다면 바로 절호의 상태가 됐을 것이 틀림없어. 다만 이 모든 것이 배음 발생의 원인이 증명된 다음의 일이야. 그것은 확실히 알리바이 중 알리바이가 아닐까?"

"그러면 노부코의 연주 기술로 말인가?"

---

* 밴 다인의 『그린 살인 사건』.

검사가 놀라서 반문했다.

"나는 도저히 그 배음을 종만으로 증명된다고 생각지 않아. 그보다는 단검을 노부코에게 쥐여준 사람이 있는가를 생각해 봐야 해."

"아니야, 실신하면 도저히 그렇게 단단히 쥘 수 없어."

노리미즈는 다시 걷기 시작하더니 몹시 기운 없는 목소리로 말했다.

"물론 거기에 다른 가설도 있기 때문에 나는 전문가의 감정을 부탁한 거야. 게다가 에키스케의 죽음과도 시간상으로 겹쳐. 하인 쇼주로는 숨이 끊어진 지 한 시간 후로 여겨지는 2시에 에키스케의 숨소리를 분명히 들었다고 진술했어. 하지만 그 시각에는 노부코가 모테트를 연주하고 있었어. 그렇다면 마지막 찬송가를 연주하기까지 20분 남짓 동안에 에키스케의 목을 베고 노부코를 실신시켰다고 봐야 해. 나는 그에 대한 반증이 나오지 않을까 그것만 걱정하고 있어. 대체로 포위형을 만들어 짜낸 결과라는 것이 2-1=1이라는 해답이 아닌가. 그러나 배음이…… 배음이?"

물론 그 이상의 혼돈은 저편에 있었다. 노리미즈는 필사적으로 정신을 집중해 노부코 문제를 풀려고 했다. 일찍이 『콘스탄스 켄트 사건』이나 『그린 살인 사건』 등의 교훈이 이 경우에 반복적인 관찰을 부추겨 왔기 때문이다. 하지만 온갖 형태로 분열하고 있는 당착은 노리미즈의 분석적인 개개의 가설에도 확고한 신념을 구축시킬 수 없다. 어쨌든 외견상으로는 역설이나 반어를 그럴듯하게 구사한 장대한 수사로 뒤덮여 있다. 하지만 가설을 내세우는 한편으로 새로운 회의가 일어나 그는 저주받은 네덜란드 사람처럼 고달픈 방황을 거듭했다. 그리고 마침내 문제가 배음에 부딪히자 노리미즈는 다시 다른 가설로 돌아오지 않을 수 없었다. 갑자기 그는 하늘에서 떨어진 영감이라도 받은 것처럼 이상한 빛을 두 눈에 띠며 멈춰 섰다.

"하제쿠라, 자네의 그 한마디가 아주 좋은 암시를 주었어. 자네가 배음은 종만 가지고는 증명할 수 없다고 한 말은 결국 연주에서 오컬티즘에 대신할 다른 무엇을 찾으라는 의미잖아. 즉, 어딘가 다른 곳에 음향석이나 목편 악기 같은 것이 있으면 그것을 음향학적으로 증명하라는 의미도 된단 말이야. 그것을 깨닫고 나는 옛날 마그덴부르크 수도원의 수수께끼라고 했던 「게르베르투스의 탐부르(월금)*」이라는 고사를 생각해냈어."

"게르베르투스의 탐부르라고?"

검사는 노리미즈의 갑작스러운 말에 당황할 수밖에 없었다.

"도대체 탐부르라는 것이 종의 수수께끼와 무슨 관계가 있다는 거야?"

"그 게르베르투스란 실베스터 2세를 가리키는데. 그 주법전을 만든 위티구스의 사부야."

노리미즈는 기백이 넘치는 소리로 외쳤다. 그리고 바닥에 비친 어슴푸레한 그림자를 응시하면서 몽환적인 운(韻)을 만들며

---

* 터키를 중심으로 중근동, 동유럽 등지에서 사용하는 류트류의 현악기.

계속해서 말했다.

"그런데 펜클라이크(14세기 영국의 언어학자)가 편찬한 『트루베르* 역사시 집성』 속에 게르베르투스에 관한 괴담이 실려 있어. 물론 당시의 사라센 혐오 풍조 때문에 게르베르투스를 마치 요술쟁이처럼 취급하고 있지만, 그 한 구절을 발췌해 볼까? 일종의 연금술에 대한 서정시라고 할 수 있지."


게르베르투스 알데바란을 쳐다보며
덜시머(평금)**를 연주하네
처음 낮은 현을 튕기고는 침묵하네
그리고 얼마 뒤
옆에 있는 탐부르는 사람 없이도 울리네
귀신 들린 소리처럼 높은 현음으로 대답하네
그리되면
주변 사람은 귀를 막고 달아나네


"그런데 키제베텔의 『고대 악기사』를 보면 탐부르는 장선(腸線: gut)악기***이지만 10세기의 덜시머에 이르면 장선 대신 금속선이 사용되었는데 그 소리가 마치 현대의 글로켄슈필(철금)****

* 중세 유럽에서 봉건 제후의 궁정을 찾아다니며 스스로 지은 시를 낭송하던 음유 시인.
** 공명 상자에 금속선을 치고 조그마한 해머로 쳐서 연주하는 현악기.
*** 현악기의 줄을 동물의 창자로 만든 악기.
**** 실로폰.

에 가깝다고 해. 그래서 나는 그 괴담을 분석해 본 적이 있었지. 그래서 말이야, 구마시로. 중세의 비문헌적 역사시와 살인 사건 간의 관계를 여기에서 충분히 음미해 보고 싶다고 생각하는데."

"흠, 아직도 남았어?"

구마시로는 침으로 젖은 담배와 함께 토해내듯이 말했다.

"이젠 뿔피리나 갑옷은 아까의 벤베누토 첼리니*로 다 끝난 줄 알았는데."

"있고말고. 그것이 역사가 빌라레가 엮은 『니콜라 에 잔느』야. 잔 다르크 앞에 서면 고문관들도 부들부들 떨리기 시작한다는, 참으로 기괴하기 짝이 없는 이상신경을 그려내고 있어. 그 심리를 후세의 재판 정신병리학의 쟁쟁한 학자들이 어째서 인용하지 않는가를 나는 매우 이상하게 생각할 정도야. 그런데 이 경우는 매우 요술적인 공명 현상에 착안한 거지. 즉 그것을 피아노에 비유하여 말한다면 처음의 🎼건반을 소리가 나지 않도록 가볍게 누르고 나서 🎼의 건반을 세게 치고 그 음이 그칠 무렵에 🎼의 건반을 누른 손가락을 떼면 그때부터 묘한 음색으로 🎼의 소리가 분명하게 나오지. 물론 공명 현상이야. 즉 🎼의 소리 중에는 그 배음 곧 2배의 진동수를 가진 🎼 소리가 포함되어 있기 때문이지만 그런 공명 현상을 종(鐘)에서 찾는다는 것은 이론상 전혀 불가능할지도 몰라. 그렇지만 거기에서 또 중요한 암시를 이끌어낼 수가 있어. 그것이 의음(擬音)인데 구마시로,

* 16세기 이탈리아 조각가. 음악가.

자네 실로폰에 대해 알고 있지. 즉 건조한 나무조각이나 어떤 종류의 돌을 때리면 금속성의 음향을 낸다고 하지. 고대 중국에는 편경* 같은 향석악기(響石樂器)나 팬 피아노 같은 편판 타악기(扁板打樂器)가 있었고, 고대 잉카의 테포나스틀리(teponaztli)**나 아마존 인디언의 칼날 모양 향석도 알려져 있어. 그러나 내가 목표로 하는 것은 그런 단음적인 것이나 음원을 노출한 형태의 것이 아니야. 그런데 자네들은 이런 놀라운 사실을 듣고 어떻게 생각하나. 공자는 순(舜)나라의 운학(韻学) 중에 일곱 가지 소리를 내는 나무 기둥이 있다는 것을 알고 망연자실했다는군. 또 페루 토르크시로의 유적에도, 트로이의 제1층 도시 유적(기원전 1500년, 즉 함락 당시) 중에도 같은 기록이 남아 있어…… ”

노리미즈는 다양한 사례를 거론한 다음 이런 역사적 사실에 대한 과학적 해석을 하나하나 살인 사건의 현실적 시각에 부합시키려고 했다.

“어쨌든 마법 박사 디의 비밀 문도 있을 정도니까. 이 성관에 그 이상으로 기교 주술의 습작이 남아 있지 않다고는 할 수 없겠지. 반드시 영국인 건축 기사 딕스비의 첫 설계를 개수한 곳에 산테쓰 박사의 위티구스 주법 정신이 담겨 있는 게 틀림없어. 요컨대 기둥 하나나 가로대에라도 말이야. 그리고 벽에 두른 장식선이나 복도 벽면의 붉은 선까지도 주의를 기울여야 한다고 생각해.”

* 타악기. ㄱ자 모양의 돌 16개를 두 단으로 된 나무틀에 매달아 놓고 치는 악기다.
** 고대 멕시코 아스테카 시대(15~16세기경)에 사용한 원통형 목제 북. 사람과 동물조각이 정교하게 장식되어 있다.

"그럼, 자네는 이 성관의 설계도가 필요하겠군."

구마시로는 기가 막혀 크게 소리질렀다.

"응, 저택의 모든 게 필요해. 그러면 아마 범인의 비약적인 알리바이를 타파할 수 있지 않을까 싶어."

노리미즈는 되묻듯이 말하고 이어서 두 개의 궤도를 명시했다.

"아무튼 끝없는 여행 같지만 바람의 정령을 찾는 길은 이 두 가지밖에 없어. 즉 결과적으로 게르베르투스식 공명 연주법이 재현된다면 물론 문제없이 노부코가 의도적으로 실신했다고 해도 될 거야. 또 뭔가 의음적인 방법이 증명된다면 범인은 노부코에게 실신을 일으킬 만한 원인을 주고 그런 연후에 종루에서 사라졌다고 할 수 있지. 어쨌든 배음이 울린 그때 그 자리에는 노부코 말고는 아무도 없었어. 그것만은 분명한 사실 아닌가?"

"아니야, 배음은 부수적인 것이야."

구마시로는 반대의 견해를 밝혔다.

"요컨대 자네의 난해한 기호벽(嗜好癖)이 혼란만 일으키고 있어. 모든 게 논리 형식의 문제에 지나지 않잖아. 노부코가 실신한 원인만 밝혀내면 굳이 자네처럼 처음부터 돌벽 속에 머리를 처박을 필요는 없다고 생각해."

"그런데 구마시로."

노리미즈는 짓궂게 되받아서 말했다.

"아마 노부코의 답변만 기대한다면 우선 이런 정도로 끝나지 않을까 생각하네만. 기분이 나빠져서 그 후의 일은 전혀 몰라요— 하고. 아니 그뿐이 아니야. 그 배음 속에는 실신의 원인을 비롯해서 단검을 쥐고 있었던 사연이나 아까 내가 지적한 회전 의자의 모순에 이르기까지 온갖 의문이 감추어져 있음에 틀림 없어. 경우에 따라서는 에키스케 사건의 일부까지도 상관이 있을지 모른다는 생각이 들어."

"음, 확실히 심령주의로군."

검사가 침울하게 중얼거리자, 노리미즈는 끝까지 자신의 가설을 강조했다.

"아니야. 그 이상이지. 대체로 악기의 심령 연주는 그다지 드문 일이 아니야. 슈레이더의 『생체자기설(生体磁気説)』 한 권만 해도 스무 가지에 가까운 사례를 들고 있어. 그러나 문제는 음의 변화에 있는 거야. 그런데 성 오리게누스도 탄복해 마지않았다는 천고의 대마술사 알렉산드리아의 안티오쿠스도 물풍금을 원격 연주했다고 하지만 그 음조에 관해서는 전혀 기록이 없어. 또 예의 알베르투스 매그너스(13세기 말, 엘부르그 도미니크 교단의 신부. 연금 마법사로 유명하며 또 논리 철학자, 중세의 저명한 물리학자, 특히 심령술사로서는 타의 추종을 불허함)가 휴대용 풍금으로 연주한 것도 같은 일이지. 그리고 근세에 이르러서는 이탈리아의 대영매 유저피어 파라디노가 금망(金網) 속에 넣은 아코디언을 연주했지만 핵심이 되는 음색에 관해서는 미치광이 학자 프라마리온조차 말한 바가 없어. 결국, 심령 현상도 시공간에는 군림할 수 있지만 물질 구조에만은 아무런 영향도 미치지 못한다는 것을 알 수 있어. 그런데 구마시로, 그 물질 구성의 근본이 보기 좋게 무너져 버린 거야. 아, 얼마나 무서운 녀석인가. 바람의 정령―공기와 소리의 요정―, 이 녀석은 종을 치고는 달아나 버렸어."

결국 배음에 대한 노미리즈의 추정은 명확하게 인간의 사유와 창조의 한계를 긋는 데 그치고 말았다. 그러나 범인은 그마저 훌쩍 뛰어넘어 아무도 꿈에도 생각하지 않았던 초심령적인 기적을 행하였다. 그래서 뒤엉킨 그물을 간신히 벗어났는가 싶으면 눈앞의 벽은 이미 구름으로 뒤덮여 있다. 그렇게 되면 노부코의 진술에도 그다지 기대할 수 없다는 것은 말할 필요도 없다. 하지만 따로 노리미즈가 제시한 불가사의한 배음에 도달하는 두 가지 길에도 만에 하나 요행을 생각해 볼 뿐, 불안만 가득했다. 드디어 카리용실을 나와 단네베르그 부인의 방으로 돌아오자 부인의 시체는 이미 해부를 위해 떠나고 없었다. 그 음침한 방 안에는 아까 가족의 동태 조사를 지시받은 사복형사만 혼자 오도카니 기다리고 있었다. 그 집 하인들의 입에서 나온 조사 결과는 다음과 같았다.

후리야기 하타타로. 정오 점심 후 다른 가족 세 사람과 살롱에서 회담하고 1시 50분 모테트 신호와 함께 모두 예배당으로 가 진혼곡을 연주하고 2시 35분, 예배당에서 다른 세 명과 함께 나와 자기 방으로 들어감.
올리가 클리보프(위와 같음)
가리발다 셀레나(위와 같음)

오토칼 레베즈(위와 같음)

다고 신사이. 1시 30분까지는 하인 두 명과 함께 과거의 장례 기록 중에서 뽑아 적는 일을 했는데, 심문을 마친 후에는 자기 방에서 드러누움.

구가 시즈코. 신문 후 도서실에서 나오지 않음. 그 사실을 책 나르는 소녀가 확인해 줌.

가미타니 노부코. 정오에 점심을 자기 방으로 가져오게 한 후로는 복도에서 본 사람도 없고 자기 방안에만 틀어박혀 있는 것으로 추측됨. 1시 반쯤 종루 계단을 올라가는 모습을 목격한 사람이 있음.

이상은 사실과 다름없음.


"노리미즈, 다마스커스로 가는 길은 딱 이 길 하나뿐이야."

검사는 구마시로와 시선을 맞추고 자못 희열에 젖은 것처럼 손을 비볐다.

"보라고. 모든 것이 노부코를 가리키고 있지 않아?"

노리미즈는 조사서를 호주머니에 집어넣은 손으로 아까 작은 복도에서 받은 유리 조각과 그 부근의 약도를 꺼냈다. 그러나 그것을 펼친 순간, 실로 이 사건에서 몇 번째 만나는 경악이 그들의 눈에 들어왔다. 두 개의 발자국이 찍힌 약도에 싸인 것은 뜻밖에도 사진 건판(乾板)의 파편이었다.

## 2. 죽은 영혼들이 모이는 곳

요오드화 은판. 이미 감광이 된 건판을 앞에 놓고 노련한 노리미즈조차 말을 잇지 못했다. 이번 사건과는 이상하게 동떨어진 대조를 보였기 때문이었다. 아무리 그간에 겪은 우여곡절을 처음부터 지금까지 음미해 보아도, 도대체 건판이라는 감광물질이 표식으로 형상화한 부분은 물론 거기에 투사하여 은유하는 듯한 하이픈 하나도 찾아낼 수 없었다. 실제로 범죄 행위와 관계가 있다면 아마 신이 빚어낸 일인지도 모른다. 잠시 죽음과도 같은 침묵이 계속되었다. 그 사이에 하인이 난로에 장작을 집어넣어 방 안이 훈훈해지자 노리미즈는 불길을 바라보면서 가만히 탄식했다.

"아, 마치 드래곤의 알 같군."

"대체 무엇에 필요했던 것일까?"

검사는 비약이 심한 노리미즈의 말에 평이하게 대답하며 스위치를 돌렸다.

"설마 촬영용은 아니겠지."

구마시로는 갑자기 실내가 밝아지자 눈을 껌벅거리면서 말했다.

"아니, 유령은 사실일지도 몰라. 첫째 에키스케가 목격했다고 하는데 어젯밤 신의심문회가 한창일 때 옆방의 창문 근처에서 뭔가가 움직였는데, 그 그림자가 지상으로 무엇을 떨어뜨렸다는 거 아니야? 더구나 그때 일곱 사람 중 방에서 나간 사람이 아무도 없었지. 도대체 2층 창문에서 떨어뜨렸다면 이렇게 잘게 깨질 리가 없을 텐데."

"음, 그 유령은 아마 사실일 거야. 그러나 그 놈이 그 뒤에 죽었다는 것도 역시 사실이겠지."

노리미즈는 훅 하고 담배 연기를 동그랗게 불어내며 뜻밖의 가설을 내뱉었다.

"하지만 단네베르그 사건과 그 이후의 것을 두 가지로 구분해 봐. 내가 가지고 있는 그 역설이 깨끗하게 사라져 버리지 않는가 말이야. 즉 바람의 정령은 물의 정령이 있다는 것을 알고 그걸 죽인 거야. 그 두 주문(呪文)이 연속되어 있는 것에 결코 현혹되면 안 돼. 단, 범인은 한 사람이야."

"그럼, 에키스케 외에도 말인가?"

구마시로가 깜짝 놀라 눈이 휘둥그레지자 검사가 그를 말리며 노리미즈를 나무라듯이 바라보았다.

"괜찮아, 내버려 둬. 자기 공상에 이끌려 휘둘리고 있으니까."

"아무래도 자네의 가설은 앙팡 테리블* 같아. 자연스러움과 평범함을 싫어하지. 풍류적인 기교에는 결코 순수성이나 양식이 없는 거야. 실제로 아까도 자네는 꿈과 같은 의음을 가지고, 그 배음을 해석하는 공상을 하고 있어. 그러나 노부코의 연주가 비슷한 아주 작은 소리라도 거기에 겹쳐졌다면 어떻게 할 거야?"

"이거 놀랐는데! 자네가 벌써 그런 나이가 되었나?"

익살스러운 얼굴을 한 노리미즈는 짓궂은 미소를 지으며 말

---

* 프랑스 문학가 장 콕토의 소설 제목. '무서운 아이'라는 뜻으로 사용됨.

했다.

"대개 헨젠이나 에이윌트도 그랬지만 서로 청각 생리에 대한 논쟁을 하면서도 이것 하나만은 확실히 인정했어. 즉 자네가 말한 경우에 해당되는 일이지만……. 예들 들어 비슷한 음색으로 작은 소리가 둘이 겹친다고 하더라도 음계가 낮은 쪽은 내이(內耳)의 고막에 진동을 일으키지 않는다는 거야. 그런데 노년에 노화가 오면 그 반대가 되어 버리는 거지"

노리미즈는 그렇게 검사를 몰아붙이고 나서 다시 시선을 건판 위로 떨어뜨리며 복잡한 표정을 지었다.

"하지만 이 모순적인 산물은 어때? 나로서도 이 조합의 의미를 전혀 모르겠어. 그러나 찡하고 울려오는 것이 있어. 그것이 묘한 소리로 '자라투스트라는 이렇게 말했다―는 거지."

"도대체 니체가 어쨌다는 거야?"

이번에는 검사가 놀라서 말했다.

"아니야, 슈트라우스의 교향시도 아니라고. 그건 조로아스터교(자라투스트라가 창시한 페르시아의 고행 종교)의 주법 강령이야. 신으로부터 받은 빛은 그 근원인 신마저도 쓰러뜨린다는 거지. 물론 그 주문의 목적은 접신의 법열을 노리고 있어. 결국 기아입신(飢餓入神)을 할 때 그 논법을 계속하면 고행승에게 환각의 통일이 일어난다는 말이지."

노리미즈는 그답지 않은 신비설을 내뱉었으나 말할 나위도 없이 깊이를 알 수 없는 이성의 그늘에 숨어 있는 것을 바로 그자리에서 평가할 수는 없었다. 그러나 노리미즈의 말을 신의심문회에서 벌어진 이변과 대조해 보면 시체 양초의 불빛에 비친 건판이 단네베르그 부인에게 산테쓰의 환상을 보이고 의식을 빼앗은 것이 아닐까 하는 깊고 오묘한 암시가 차츰 농후해져 갔다. 마침 그때 의외로 그것을 조금 구체적으로 암시하고는 노리미즈가 일어섰다.

"그러나 이것으로 드디어 신의심문회의 재현이 절실한 문제가 되었어. 자, 뒷마당으로 가서 이 약도에 그려진 두 개의 발자국을 조사해 보기로 할까?"

그런데 가는 도중 아래층의 도서실 앞까지 오자, 노리미즈는 못 박힌 것처럼 멈춰 섰다. 구마시로는 시계를 보며 말했다.

"4시 20분이야. 이제 슬슬 어두워지고 있어. 언어학 장서라면 다음에 봐도 되잖아?"

"아니야. 진혼곡 악보를 보는 거야."

노리미즈가 단호하게 말해 다른 두 사람을 당혹스럽게 했다. 하지만 그것으로 두 사람은 아까 연주하다 마지막 부분에서 약음기를 달아 악상을 무시해 버린 이해할 수 없는 두 바이올린 소리에 노리미즈가 강하게 집착하고 있다는 것을 알았다. 노리미즈는 등 뒤에서 손잡이를 돌리며 말했다.

"구마시로, 산테쓰라는 인물은 실로 위대한 상징파 시인이야. 이 웅장한 성관도 그 남자에게는 고작 〈그림자와 기호로 만들어진 창고〉에 불과했던 거야. 마치 천체처럼 많은 기호를 흩뿌려 놓고 그에 대한 유추와 종합으로 어떤 하나의 무서운 것을 암시하려고 했어. 그러니 그런 안개 속에서 사건을 바라보았자 무엇을 알 수 있겠어? 그 정체를 알 수 없는 성격은 끝까지 밝혀내야만 해."

그 마지막 도달점이 묵시도의 알려지지 않은 그림 반쪽을 의미한다는 사실도…… 또 그 한 점에 집중해 가는 것이 얼마나 그의 마음을 초조하게 내몰고 있는지 충분히 상상하고도 남음이 있었다. 문을 열자 거기에는 아무도 없었지만 노리미즈는 눈앞이 아찔해지는 듯한 현기증에 휩싸였다. 사방의 벽면은 곤다르* 식 패널로 나뉘어 있고 벽 꼭대기에는 채광층이 둘러싸인 채 이오니아식 여인상 기둥이 늘어서서 천장의 아치를 머리 위로 받치고 있었다. 그리고 채광층에서 들어오는 광선이 「다나에의 금우수태」**를 묵시록의 장로 24인이 둘러싸고 있는 천장화에 뭐라 형용할 수 없는 엄숙한 생동감을 안겨 주었다. 더구나 바닥에 틸르리식의 글자를 새긴 서재 가구가 놓여 있는 것이나 전체적인 기조색으로서 유백색 대리석과 반다이크 브라운의 대조를 꾀한 점 등 그 모든 것이 도저히 일본에서는 거의 찾아볼 수 없는 18세기식의 훌륭한 서재 구조였다.

텅 빈 도서실을 가로질러 막다른 곳에 빛이 들어오는 문을 열자 그곳은 호사가들의 부러움을 살 만한 후리야기의 서고였다. 20층 남짓으로 구분된 서가의 맨 끝에 책상이 있고 거기에 구가

---

* 에티오피아 암하라 주의 도시. 악숨(Aksum)의 전통에 포르투갈의 영향이 가미된 건축 양식이 특색이다.
** 청동탑에 갇힌 아르고스 공주 다나에에게 제우스가 금비로 변신하여 내려와 페르세우스를 임신하게 한다. 이 장면을 레옹 프랑수아 코메르가 그림으로 남겼다.

시즈코의 짓궂은 입이 기다리고 있었다.

"어머, 이 방까지 오시다니! 성과는 없으셨나 봐요."

"사실 그렇습니다. 그 이후로 인형이 나타나지 않는 대신 유령이 연달아 출몰했지요."

노리미즈는 선수를 빼앗겨 쓴웃음을 지었다.

"그렇겠지요. 아까는 또 묘한 배음이 들렸어요. 하지만 설마 노부코 씨를 범인으로 몰지는 않으시겠지요?"

"어, 그 배음을 알고 계셨어요?"

노리미즈는 약간 눈을 깜빡거렸는데 오히려 탐색하는 듯한 시선으로 상대를 보며 말했다.

"그러나 이 사건 전체의 구성만은 알게 되었소. 부인이 말한 민코프스키*의 4차원 세계입니다."

전혀 동요하는 빛을 보이지 않고 이어서 본론을 꺼냈다.

"그래서 그 지난 일들을 조사해 보려는데 확실히 진혼곡의 원보는 있겠지요?"

"진혼곡이요?"

시즈코는 의아한 얼굴을 했다.

"그것을 보고 대체 어떻게 하시려는지?"

"그럼 아직 모릅니까?"

노리미즈는 약간 놀란 표정을 보이며 엄숙한 어조로 말했다.

"실은 피날레가 가까워지자 두 바이올린이 약음기를 달았습

---

* 러시아 출신 수학자. 상대성이론의 시공간 개념을 논했다.

니다. 그러니까 오히려 나는 베를리오즈의 「환상교향곡」이라도 듣는 기분이 들었어요. 분명히 거기에는 교수대에 오른 죄인이 지옥으로 떨어지는 순간의 우레 소리를 들려주는 부분에 우박 같은 팀파니 독주가 있지요. 거기에서 나는 산테쓰 박사의 소리를 들은 것 같은 느낌이 들었어요."

"어머나, 당치도 않은 오산이에요."

시즈코는 비웃음을 참으며 말했다.

"그건 산테쓰 님이 지으신 게 아니에요. 웨일스의 건축 기사인 클로드 딕스비의 자작곡이랍니다. 어쨌든 그런 것에 신경 쓰시다니 또 한 명의 죽은 영혼이 늘었다는 말씀이시군요. 하지만 댁의 대위법적 추리에 꼭 필요한 것이라면 어떻게든 찾아오겠습니다."

노리미즈가 잠시 멍해진 것도 결코 무리가 아니었다. 그가 존 스테이너(20세기 초 병으로 죽은 음악과 교수)의 작곡으로 짐작하고 거기에 산테쓰가 어떤 의도로 수정을 가했다고 생각한 진혼곡이 다른 사람도 아닌 이 성관의 설계자인 딕스비의 곡이었던 것이다. 귀국하던 중 배에서 투신자살했다는 웨일스의 건축 기사가 이 불가사의한 사건에도 무슨 관련이 있지 않을까. 그러나 노리미즈가 처음부터 죽은 사람의 세계에 파고드는 일을 게을리하지 않은 것은 역시 뛰어난 통찰력의 결과라고 해야 할 것이다.

시즈코가 원보(原譜)를 찾는 동안 노리미즈는 서가를 훑어보며 후리야기의 경탄할 만한 소장서를 하나하나 기억에 남길 수 있었다. 그것이 흑사관에 정신생활의 전부를 차지하리라는 것은 말할 나위도 없지만 어쩌면 이 서고의 어딘가에 끝을 알 수 없는 신비한 사건의 근원이 숨어 있는지도 몰랐다. 노리미즈는 즐비한 책의 제목을 재빨리 훑어보면서 잠시 동안 종이와 가죽의 훈훈한 냄새에 도취되었다.

먼저 1676년(슈트라스부르크)판 플리니우스의 『만유사(万有史)』 30권과 고대 백과사전의 짝으로 나온 『라이덴고 문서』가 노리미즈의 탄성을 자아냈다. 이어서 솔라누스의 『사자신지장(使者神指杖)』을 비롯하여 울브리지, 로슬린, 롱드레 등의 중세 의학서로부터 버코, 아르노, 아그리파 등이 기호어(記号語)로 쓴 연금약학서(錬金薬学書), 일본 것으로는 나가타 지소쿠사이(永田知足斎)*, 스기타 겐파쿠(杉田玄伯)**, 하라 난요(原南陽)*** 등의 네덜란드 역서를 비롯해 고대 중국 것으로는 수나라의 『경적지 옥방지요(経籍志玉房指要)』 『두꺼비 도경(蝦蟇図経)』 『선경(仙経)』 등의 방술의심방(房術医心方)이 있었다. 그 밖에 『수슈르타(susrta)』, 『차라카 삼히타(charaka samhita)』 등 브라만**** 의학서, 아우프레히트의 『카마수트라』 산스크리트어 원본. 그리고 1920년대 한정판으로 유명한 『생체해부요강』, 하트만의 『소뇌 질환 징후학』 등의 부류에 이르기까지 그야말로 1,500권의 의학서가 모여 있었다. 다음으로 신비 종교에 관한 책도 꽤 많았다.

* 나가타 도쿠혼(永田 徳本). 에도 초기의 의사.
** 에도 시대 난학(蘭学)의 선구자.
*** 에도 후기의 의사.
**** 인도의 사성 계급(四姓階級) 중 가장 높은 승려 계급. 범천의 후예로 제사와 교법을 다스린다.

런던아시아협회의 『공작왕주경(孔雀王呪経)』 초판, 태국 황제 칙간의 『아따나티야 경전』, 블룸필드의 『크리슈나 아유르베다』를 비롯해 슐라긴트바이트, 칠더스 등의 산스크리트 밀교 경전류. 거기에 유대교의 비경 성서(非経聖書), 묵시록, 전도서 중에서 특히 노리미즈의 눈길을 끈 것은 유대 교회 음악의 희귀본으로서 프로베르거의 『페르디난드 4세의 죽음에 대한 비탄』 원보와 성 블라디오 수도원의 뛰어난 수사본으로 전해진 희귀서, 베살리오의 『신인혼혼(神人混婚)』이 은밀히 바다를 건너 후리야기의 서고에 수장된 사실이었다. 그리고 라이첸슈타인의 『밀의종교』라는 대작에서 드 루즈의 『장제주문(葬祭呪文)』, 또 포박자의 『하람편(遐覽篇)』, 비장방(費長房)의 『역대 삼보기(歷代三宝記)』 『노자 화호경(老子化胡経)』 등의 선술(仙術) 신서에 관한 것도 보였다. 그러나 마법책은 키제르베터의 『스펑크스』, 베르너 대주교의 『잉겔하임 주술』 등 70여 종에 이르지만, 대부분은 힐드의 『악마의 연구』 같은 연구서로 정작 중요한 책은 산테쓰가 태워 버렸으리라 짐작되었다.

또 심리학에 속한 부류로는 범죄학, 병적 심리학, 심령학에 관한 저술이 많고 코르치의 『의양(擬佯) 기록』, 리브먼의 『정신병자의 언어』, 파티니의 『납질요요성(蝋質撓拗性)』 등 병적 심리학 외에 프랜시스의 『죽음의 백과사전』, 슈렝크 노칭의 『범죄심리 및 정신병리적 연구』, 과리노의 『나폴레옹의 얼굴』, 카리에의 『빙착(憑着) 및 살인 자살 충동 연구』, 크라프트 에빙의 『재판 정신병학교 교과서』, 보덴의 『도덕적 질환의 심리』 등 범죄학서. 그리고 심령학에도 마이어스의 대작『인격 및 그 후의 존재』, 새비지의『원감술(遠感術)은 가능한가』, 게를링의『최면 암시』, 슈타르케의 기서『영혼 생식설』까지 포함한 방대한 장서였다. 그리고 의학, 신비 종교, 심리학의 부문을 지나서 고대 문헌학의 서가 앞에 서서 핀란드의 옛 시『칸텔레타르』원본, 바라문 음리학서『상기타 라트나카라』,『구르룬 시편』, 삭소 그라마티쿠스의『덴마크사』등으로 시선을 옮겼을 때였다. 시즈코가 간신히 진혼곡의 원보를 가지고 나타났다. 그 악보는 짙은 갈색으로 변색되어 오히려 앤 여왕만 눈에 띄고 가사는 거의 알아볼 수 없었다. 노리미즈는 악보를 받아들자마자 재빨리 마지막 페이지를 펼쳐 보았다.

"아, 옛날의 성음부 기호로 적었군."

낮게 중얼거리더니 노리미즈는 악보를 아무렇게나 탁자 위로 내던졌다. 그리고 시즈코에게 말했다.

"그런데 구가 씨, 당신은 이 부분에 어째서 약음기 부호를 붙였는지 알겠어요?"

"모르겠는데요."

시즈코는 비꼬며 웃었다.

"콘 소르디노(con sordino)에는 약음기를 붙여라 그 밖의 의미가 있을까요? 아니면 호모 후지(homo huge, 사람의 아들이여 도망가라)라고나 할까요?"

노리미즈는 구가의 신랄한 비웃음에도 움츠러들지 않고 도리어 활기찬 소리로 말했다.

"아니, 도리어 '이 사람을 봐요' 하는 쪽이겠지요. 이것은 바그너의 『파르시팔』*을 보라'라고 말하고 있는 겁니다."

"파르시팔이라고요!"

시즈코는 노리미즈의 이상한 말에 당황했지만, 그는 그 문제는 언급하지 않고 다른 질문을 했다.

"그리고 또 한 가지, 염치없지만 레서의 『사후 기계적 폭력의 결과에 관하여』가 있으시다면…"

"아마 있을 거예요."

시즈코는 잠깐 생각한 다음 말했다.

"혹시 급하시다면 저쪽에 있는 제본할 잡서 중에서 찾아보시지요."

시즈코가 가리킨 오른쪽의 쪽문을 올리자 그 안의 서가에는 재장정을 필요로 하는 책들이 아무렇게나 처박혀 있었다. 다행히 ABC 순으로 놓여 있어 노리미즈는 U 쪽을 처음부터 찬찬히 훑어보았다. 이윽고 그의 얼굴에 산뜻한 빛이 떠오른다 싶더니 "이거야." 하면서 간소한 흑포 장정의 책을 한 권 꺼냈다.

보라, 노리미즈의 두 눈에는 이상한 광채가 가득했다. 이 보잘것없는 한 권의 책이 과연 무엇을 가져다 줄 것인가? 그런데 표지를 열자 뜻밖에도 그의 얼굴이 경악의 빛으로 싹 변했다. 그리고 무심코 바닥에 책을 떨어뜨렸다.

"왜 그래?"

* 바그너의 오페라. 그리스도의 성배와 성창을 주제로 한 음악.

검사가 깜짝 놀라며 다가섰다.

"표지만 레서의 명저야."

노리미즈는 아랫입술을 꾹 깨물었으나 떨리는 소리는 그치지 않았다.

"그런데 책 내용은 몰리에르의 『타르튀프』*야. 봐, 도미에의 표지 그림에서 저 악당 녀석을 비웃고 있잖아."

"앗, 열쇠가 있어!"

그때 구마시로가 이상한 소리로 외쳤다. 그가 마루에서 그 책을 집어 들자 마침 책 중간쯤에서 도끼 비슷한 모양의 금속이 눈에 띄었기 때문이다. 꺼내 보았더니 동그란 모양의 작은 패가 달려 있고 거기에는 약물실이라고 쓰여 있었다.

"타르튀프와 분실한 약물실의 열쇠라······."

노리미즈는 멍한 소리로 중얼거리더니 구마시로를 돌아보며 말했다.

"이 패의 의미는 그렇다 치고 도대체 범인의 이런 연극 조의 행동은 어떻게 생각해?"

구마시로는 노리미즈에게 화풀이를 하며 악담을 했다.

"하지만 배우는 이쪽이라고 하고 싶을 정도야. 처음부터 속셈도 모르는 채 비웃음만 사고 있지 않나!"

"그런 음탕한 주교 이야기가 아니야."

하제쿠라 검사는 구마시로를 달래듯이 가벼운 경구까지 썼으

---

* 몰리에르의 산문 희극. 위선적인 독신자(篤信者) 타르튀프의 악행을 폭로함으로써 편협한 신앙심의 위험을 경고하고 있다.

나 도리어 그것이 오싹한 결론을 끄집어내고 말았다.

"사실 완전히 코다 후작 맥베스라고 말하고 싶어. 어째서 그놈이 유령도 아니면서 노리미즈가 짐작한 것을 그전에 숨길 수가 있다는 거야?"

"응, 그야말로 깨끗한 패배야. 실은 나도 부끄럽고 창피하게 여기고 있어."

노리미즈는 왠지 시선을 내리깔고 신경질적인 어조로 말했다.

"아까 나는 열쇠를 분실한 약물실에 범인을 짐작할 만한 것이 있다고 했어. 또 에키스케의 사인(死因)에 나타난 의문을 풀려고 레서의 책을 생각해냈지. 그런데 그 결과, 뭔가 알아내기는커녕 도리어 이쪽에서 범인이 만들어 놓은 책략에 걸려들고 말았어. 하지만 이런 식으로 우리를 비웃을 수 있는 한 수를 숨겨 놓은 것을 보면 의외로 그 책에도 내가 생각한 것처럼 본질적인 기술은 없을지도 모르겠어. 어쨌든 에키스케의 살해도 처음부터 계획 속에 들어 있었던 거야. 어떻게 그 사인에 나타난 모순이 우연이라는 건가?"

노리미즈는 그가 레서의 저술을 지목한 이유를 밝히지 않았지만 어쨌든 거기에 이르기까지의 그들의 진로가 무기력한 데다 범인의 신경 섬유 위를 걷고 있었다는 것은 확실했다. 그뿐만 아니라 여기서 확실히 범인이 장갑을 던졌다는 것도, 또 상상을 뛰어넘은 그 초인성(超人性)도 이것 하나로 충분히 뒷받침되었다고 할 수 있다. 이윽고 원래의 서고로 돌아오자 노리미즈는 미정리 서고에서 일어난 일을 분명하게 밝히지는 않고 시즈코에게 물었다.

"마침내 사건의 파동이 이 도서실에도 미쳐 왔군요. 최근 이쪽문을 지나간 인물을 기억합니까?"

"어머, 그런가요? 지난 일주일 동안에는 단네베르그 님뿐인 것 같아요."

시즈코의 답변은 거짓말이라고밖에 생각되지 않을 정도로 의외였다.

"그분은 뭔가 알고 싶은 것이 있었는지 미정리 서고 속을 열심히 뒤져 보시는 것 같았습니다."

"어젯밤은 어땠습니까?"

구마시로는 참지 못하겠다는 듯이 물었다.

"그게 하필이면 단네베르그 님을 시중드는 바람에 도서실을 잠그는 일을 깜빡 잊어버렸거든요."

대수롭지 않게 대답하고 시즈코는 노리미즈에게 얄궂은 미소를 보였다.

"그런데 당신한테 현자의 돌을 선물하고 싶은데 크니 파의 『생리적 필적학』은 어떨까요?"

"아니, 보고 싶은 것은 오히려 말로의 『파우스트 박사의 비극』이 좋지요."

이 책의 이름은 주문의 본질을 모르는 상대의 냉소를 반격하는데 충분했지만 또 그 밖에도 로스코프의 『민속본(Volksbuch) 연구』, 발트의 『히스테리성 수면 상태에 관하여』, 워즈의 『왕가의 유전』도 빌려 보고 싶다고 말한 뒤, 그들은 도서실을 나왔다.

그리고 열쇠가 손에 들어온 김에 계속해서 약물실을 조사하기로 했다.

약물실은 위층의 뒤뜰 쪽에 있어 일찍이 산테쓰의 실험실로 쓰였던 것 같다. 오른쪽에 빈 방을 사이에 두고 신의심문회가 열렸던 방으로 이어져 있다. 그러나 거기에는 약물실 특유의 이상한 냄새가 감돌 뿐, 그곳 바닥에는 증명할 방법이 없는 슬리퍼 흔적만이 종횡으로 남아 있고 그밖에는 아무것도 남아 있지 않았다. 따라서 그들에게 남은 일이라면 열 칸 남짓한 약품 선반들과 약통 속을 살펴보고 약병이 움직인 흔적과 병에 남은 양을 확인하는 정도가 다였다. 하지만 두껍게 쌓인 먼지가 오히려 그 조사를 쉽게 진행하도록 해주었다. 처음 눈에 띈 것은 병마개가 벗겨진 청산가리였다.

"응, 좋아. 그럼, 그 다음……."

노리미즈는 일일이 적었는데 이어서 나온 세 가지 약명을 듣자 그는 이상하게 눈을 깜빡이며 회의적인 표정을 지었다. 왜냐하면 황산 마그네슘에 요오드포름, 클로랄 하이드레이트 등은 너무나 흔한 약이 아닌가. 하제쿠라 검사도 괴이한 듯이 고개를 숙이고 혼자 중얼거렸다.

"설사약, 살균제, 수면제야. 범인은 이 세 가지로 무엇을 하려고 했을까?"

"아니야, 금방 내버렸을 거야. 그런데 그걸 우리가 마시게 된 셈이지"

노리미즈는 여기에서 또 그가 즐겨 쓰는 비극적 준비라는 괴상한 말을 꺼냈다.

"뭐라고, 우리가 말이야?"

구마시로가 기겁하여 외쳤다.

"그럼. 익명의 비평에는 독살 효과가 있다고 하지 않던가?"

노리미즈는 아랫입술을 꽉 깨물었는데 실로 의표를 벗어난 관찰에 대해 말했다.

"그래, 먼저 황산 마그네슘 말인데 물론 내복하면 설사약이 틀림없어. 그러나 그것을 모르핀에 섞어서 직장에 주사하면 상쾌하고 몽롱한 수면을 일으켜. 그다음 요오드포름에는 기면성 중독을 일으키는 성분이 있어. 그리고 클로랄 하이드레이트는 다른 약물로는 도저히 잠을 잘 수 없는 이상 항진의 경우에도 순식간에 혼수상태가 되도록 할 수 있어. 그러니 새로운 희생자에게 필요한 건 아니야. 완전히 범인의 조소벽이 낳은 산물에 지나지 않아. 요컨대 이 세 가지 약으로 우리가 겪고 있는 곤혹스러운 상태를 풍자하는 셈이야."

눈에 보이지 않는 유령이 이 방에도 기어들어 와서 내내 그랬듯이 노란 헛바닥을 내밀어 옆을 가리키며 비웃었다. 조사는 그대로 계속되었는데 결국 수확은 두 가지에 불과했다. 그 하나는 산화납이 든 큰 병에 개봉한 흔적이 있다는 것과 또 하나는 다시 죽은 자의 비밀이 드러난 일이었다. 그것은 자칫 못 보고 지나칠 뻔했는데, 깊숙이 들어 있는 빈 병의 옆면에 산테쓰 박사의 필적으로 다음과 같은 글귀가 적혀 있었다.

딕스비, 있는 곳을 암시했지만 끝내 알리지 않고 이 세상을 떠나다.

요컨대 산테쓰가 구하려던 것은 어떤 약물이었을 것이다. 그러나 그것이 무엇인가 하는 것보다도 노리미즈의 흥미는 오히려 아무런 의미도 없어 보이는 빈 병 쪽으로 기울어졌다. 그는 거기에 한없는 신비감을 느꼈다. 그것은 황량한 시간의 시일 것이다. 이 알맹이 없는 유리그릇이 끊임없이 무언가를 기대하면서도 허무하게 수십 년을 보내 버렸고, 더구나 아직도 채워지지 않았다. 즉 산테쓰와 딕스비 간에 모종의 다툼이 있었던 것 같았다. 또 산화연 같은 제고제(製膏劑)에 작용한 범인의 의지도 이 경우 수수께끼로 남을 수밖에 없었다. 이상의 두 가지에서 사건의 은폐와 노출 양면에 부딪혀 중대한 암시를 받았지만 노리미즈를 비롯한 세 사람은 결말을 뒤로 미루고 약물실을 떠나야 했다.

이어서 어젯밤 신의심문회가 열렸던 방을 조사했는데, 이 성관에서는 드물게 장식이 없는 방으로 분명히 처음에는 산테쓰의 실험실로 설계되었던 것이 틀림없다. 넓이에 비해서 창이 적고 방 주위 벽을 납으로 마무리했다. 콘크리트 바닥 위에는 어젯밤 모임에서 쓴 것으로 보이는 싸구려 카펫이 깔려 있었다. 또 정원 쪽으로 창문이 하나 있고 그 밖에는 왼쪽 구석 벽 위에 둥근 환기창이 하나 빠끔 뚫려 있을 뿐이었다. 그리고 벽 전체를 검은 커튼으로 둘러쳐 놓아 그러잖아도 음침한 방이 한층 더 어두컴컴해져 도저히 어떻게 할 도리가 없는 침울한 공기가 떠돌고 있었다. 말라비틀어진 영광의 손 하나하나의 손가락 위에 시체 초를 올리고 그것이 기이한 소리를 내며 타기 시작할 때—끔찍한 환상이 아직도 미약한 빛이 되어 이 방 어딘가에 남아 있을 것 같았다. 그 방을 한번 돌아보고 나서 노리미즈는 왼쪽 옆에 있는 빈방으로 갔다. 그곳은 어젯밤 에키스케가 신의심문회가 한창일 때 사람 그림자를 보았다는 베란다가 있는 방이었다. 그 방은 넓이나 구조가 앞방과 거의 비슷했으나 창이 네 군데나 있어서 방 안은 비교적 밝았다. 마루에는 발이 굵은 마직물을 깔고 그 위에 쓸데없는 가구류가 하얀 먼지를 뒤집어 쓴 채 높이 쌓여 있었다. 노리미즈의 시선이 문가에 있는 수도에 멈췄다. 어젯밤 누군가가 물을 썼는지 수도꼭지에 지렁이처럼 고드름 서너 줄기가 늘어져 있었다. 말할 것도 없이 그것은 어젯밤 단네베르그 부인이 실신하자 곧바로 물을 가져왔다는—가미타니 노부코의 행동을 뒷받침하는 것에 지나지 않았다.

"어쨌든 문제는 이 베란다야."

구마시로는 오른쪽 끝 창가에 서서 실망한 듯 중얼거렸다. 그 창문 바깥에는 아라베스크 문양의 고풍스러운 베란다가 연결되어 있었다. 거기에서는 뒤뜰의 화원과 채소밭을 사이에 두고 멀리 잘 다듬어진 우아한 나무울타리가 바라보였다. 어둑어둑한 하늘 끝자락에 어스레한 잿빛 잔광만이 감돌 뿐 울타리 위쪽에는 벌써 어둠이 밀려왔다. 그리고 때때로 사이를 두고 휘잉 불어오는 바람에 삐걱거리는 소리가 허공에 울리며 덧문은 쓸쓸하게 흔들리고 눈발이 하나둘 길 위에서 부서져 간다.

"하지만 유령은 산테쓰만이 아니잖아?"

하제쿠라 검사가 반응했다.

"또 한 사람 늘어난 셈이지. 하지만 딕스비라는 사내는 대단한 건 아니야. 아마 그 녀석은 폴터가이스트겠지."

"천만에, 녀석은 거대한 악령이야."

노리미즈는 뜻밖의 말을 했다.

"그 약음기 기호에는 중세 미신의 형상을 한 무시무시한 힘이 깃들여 있어."

악보에 대한 지식이 없는 두 사람으로서는 노리미즈의 설명을 기다릴 수밖에 없었다. 노리미즈는 담배를 한 모금 깊게 들이마시고 나서 말했다.

"물론 '약음기를 단다(Con sordino)'는 것에는 별 의미가 없지만 거기에는 하나의 예외가 있어. 그것은 아까 시즈코를 당황하게 한「파르시팔」이지. 바그너는 그 악극 속에서 프렌치 호른의 약음기 기호로 +라는 부호를 사용했어. 그런데 그것은 감실의 십자가 표시이기도 하고 또 수론점성학(數論占星學)에서는 세 행성의 별자리 연결을 나타내기도 하지."

노리미즈는 손가락으로 손바닥에 그린 그 기호의 세 구석에 딱 +자가 될 만한 위치에 점을 세 개 찍었다.

"그러면 대체 그 감실이라는 것은 어디에 있지?"

하제쿠라 검사가 반문하자 노리미즈는 좀 심각한 모습으로 창밖으로 귀를 기울였다.

"안 들리나, 저것이? 바람이 그치는 사이 추가 종에 닿는 소리가 나한테는 들리는데."

"과연 그렇군."

그렇게 말은 했지만 구마시로는 등골이 오싹해지면서 자신의 이성의 힘을 의심하지 않을 수 없었다. 잎이 스치는 소리에 뒤섞여 가볍게 울리는 트라이앵글처럼 맑은 소리가 희미하게 들렸다. 그 소리는 바로 침엽수로 둘러싸여 있어 아무것도 없다고 여겼던 뒤뜰의 오른쪽 구석에서 울려오는 소리였다. 그러나 그것은 신경의 병적인 작용도 아니고, 요사스러운 독기의 조화라고밖에 달리 볼 도리가 없었다. 노리미즈는 이미 그곳에 무덤이 있었음을 알고 있었다.

"아까 창문 너머로 굵은 너도밤나무 기둥이 두 개 보이길래 그게 관주문*이라는 걸 알았어. 언젠가 단네베르그 부인의 관이 그 아래 멈출 때 이 위에서 종이 울려오겠지. 하지만 그 이전에 나는 다른 의미로 그 묘지를 찾아가 봐야겠어. 왜냐하면 저 +기호 - 딕스비가 악상을 무시하면서까지 암시해야만 했던 것이 무엇인지, 그것을 알기 위해서는 무덤과 종루의 12궁 말고는 다른 방도가 없기 때문이야."

그러고 나서 일행이 뒤뜰로 나오는 동안 눈이 꽤 세차게 내려서 서둘러 발자국 조사를 끝내야 했다. 먼저 노리미즈는 좌우에서 걸어온 두 줄의 발자국이 합쳐진 자리에 서서 거기에서부터 왼쪽에 걸친 한 줄을 쫓아가기 시작했다. 거기는 마침 유령이 움

* 관을 내리는 묘지 입구의 문.

직였다는 베란다 바로 밑이었는데, 그 부근에 또 하나의 흔적이 뚜렷하게 남아 있었다. 가장 최근에 그 부근의 마른 잔디를 태운 듯한 흔적이었다. 새까맣게 눌어붙은 재가 어젯밤부터 내린 비로 질척질척해져 그 위에 은빛 안장 같은 형태로 중앙의 앱시스가 비치고 있었다. 그뿐만 아니라 타고 남은 부분이 여러 가지 모양으로 군데군데 노랗게 남아 있어 마치 타다 만 시체의 부패한 피부를 보는 것처럼 섬뜩한 느낌이었다.

그런데 그 두 줄의 발자국에 대해 자세하게 말하면, 노리미즈가 처음 살피기 시작한 왼쪽은 길이가 20센티미터쯤 되는 남자 발자국으로 매우 몸이 왜소한 인물로 여겨졌다. 전체가 평평하고 튀어나온 데도 없는 모양으로 보아 특정 용도에 쓰이는 고무장화로 추정되었다. 그것을 따라가 보니 본관 왼쪽 끝에 이어서 지은 '원예 창고'라는 팻말이 붙은 샬레식(스위스 산악 지방의 알펜 양식)으로 멋을 낸 나무창고에서 시작되고 있었다. 또 하나는 길이가 26, 27센티미터 정도로 이것은 보통 사람에게 맞는 남자용 덧신 자국이었다. 본관의 오른쪽 끝에 가까운 출입문에서부터 시작되어 앱시스 바깥을 활 모양으로 돌아 현장에 이르렀는데, 두 발자국은 모두 건관 조각이 떨어져 있던 장소 사이를 왕복하고 있었다.

노리미즈는 호주머니에서 줄자를 꺼내어 하나하나 신발 자국에 대고 재기 시작했다. 덧신 쪽은 보폭이 약간 짧을 뿐, 이렇다 할 특징 없이 아주 정연했다. 그러나 발자국의 찍힌 모양에는 의심스러운 데가 있었다. 즉 발가락 끝과 뒤꿈치, 양쪽 끝만 푹 꺼져 있어 안쪽으로 치우쳐 굽은 안짱다리 모양이었는데 이상하게도 그 양쪽 끝이 가운데로 갈수록 얕아졌다. 또 고무장화로 보이는 쪽은 형상의 크기에 비례하여 보폭이 좁고 가지런하지 않을 뿐 아니라 뒤꿈치 쪽에 중심이 실린 것같이 눈에 띄게 힘이 들어간 자국이 남아 있었다. 또 전체의 폭도 아주 작은 차이지만 하나하나가 달랐다. 게다가 발가락 끝부분을 가운데와 비교하면 균형상 약간 작은 듯 그것이 좀 부자연스러워 보였다. 그 부분의 자국이 특히 선명하지 않고 형상의 차이도 그 언저리가 가장 심했다. 그리고 앞으로 가는 고무장화 발자국은 건물을 따라가며 있는데 돌아오는 길에는 원예 창고까지 곧장 가려고 했는지 7, 8보를 걸어서 타다 남은 건초 잿더미 바로 앞까지 와서 10센티미터 정도밖에 안 되는 띠 모양의 잿더미를 넘어간 흔적이 남아 있었다. 그런데 거기에서 두 걸음째가 되면 마치 건물이 큰 자석이나 된 듯이 갑자기 보행이 번갯불 모양으로 꺾어져 거기에서 옆으로 뛰어서 건물에 바싹 붙어서 가다가, 이번에는 오면서 생긴 선을 따라 출발점인 원예 창고로 돌아왔다. 또한 걸음을 돌릴 때는 오른발로 몸을 틀어 왼발이 먼저 땅에 닿는 데 비해, 마른 잔디를 넘은 신발 자국은 왼발로 틀어 오른발을 먼저 내디디고 있었다. 그뿐만 아니라 두 개의 신발 자국 어느 것에도 건물에 발을 들인 것 같은 흔적은 남아 있지 않았다.

이상 설명한 모두 50보 가까운 신발 자국에는 주위에서 작은 틈으로 스며든 흙탕물이 바닥에 잠길 듯 말 듯 괴어 있을 뿐, 자국의 각도는 아직도 선명하게 유지되고 있었다. 즉 비로 흐트러

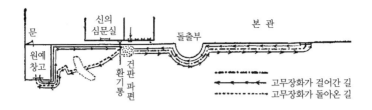

본 관

문 | 신의 심문실 | 돌출부

원예 창고 | 건판 파편 | 환기통

←─ ←── ←─ 고무장화가 걸어간 길
••••••••→ 고무장화가 돌아온 길

진 자국은 조금도 나타나지 않았다. 그렇다면 신발 자국이 새겨진 것은 어젯밤 비가 내리다 그친 11시 반 이후임이 틀림없다. 더구나 신발 자국 두 개의 시작과 끝을 증명해 주고 있었다. 그것은 건판의 파편을 중심으로 두 신발 자국이 합류하는 부근에 한 군데 덧신이 다른 신발 자국 위를 밟은 흔적이었다. 따라서 덧신을 신은 인물이 온 시각이 고무장화로 여겨지는 쪽과 동시이거나 혹은 그 뒤라는 것이 분명해졌다.

이어서 노리미즈의 조사가 원예 창고에도 미친 것은 당연하지만 샬레식 오두막은 바닥이 없는 적목 구조로 내부의 문 하나로 본관과 통하고 있었다. 원예 창고 안은 각종 원예 용구와 해충 구제용 분무기 따위가 어수선하게 놓여 있었다. 노미리즈는 본관으로 드나드는 문 쪽에서 장화 한 켤레를 찾아냈다. 앞이 나팔 모양으로 벌어졌고 허벅지의 절반쯤까지 올라오는 고무장화였다. 더욱이 밑바닥에 묻어 있는 진흙 속에서 사금같이 반짝이는 것은 건판의 미세한 알갱이였다. 그뿐만 아니라 나중에 그 고무장화는 가와나베 에키스케 것으로 판명되었다.

그러고 보면 독자 여러분은 이 두 가지 신발 자국에 여러 의문이 생겼겠지만 특히 어떤 하나의 놀라운 모순에 봉착하리라 생각된다. 또 신발 자국 서로의 시간 관계로 추리해 보아도 깊은 밤 이슥한 시각에 두 인물은 무슨 일을 저질러졌을까? 아마 그 편린조차 짐작할 수 없을 것이다. 물론 노리미즈 역시 원형을 회복하기는커녕 이 얽히고설킨 수수께끼에는 의혹을 풀 한마디 말조차 꺼낼 수 없었다. 그러나 노리미즈는 심중에 얼핏 떠오른 바가 있는 듯 감식반원에게 신발 자국의 조형을 뜨도록 지시하고 나서 다음 사항의 조사를 사복형사에게 의뢰했다.

1. 근처의 마른 잔디는 언제 태웠는가?
2. 뒤뜰 쪽 모든 덧문에 달린 고드름 조사.
3. 야간 당번에게 어젯밤 11시 반 이후 뒤뜰에서의 상황 청취.

그러고 나서 얼마 후 어둠 속을 밝히는 붉은 등이 움직였다. 노리미즈 일행이 등을 빌려 채소밭 뒤에 있는 묘지로 갔기 때문이다. 그 무렵에는 눈이 본격적으로 내리고 거센 바람이 탑 위에서 피리라도 불 듯 윙윙대더니 갑자기 회오리바람을 일으켜 지면에 쏟아졌던 눈발이 다시 춤추듯이 솟아올라 그러잖아도 희미한 등불이 가는 길을 막았다. 이윽고 처참한 자연의 힘과 싸우고 있는 상수리나무 숲이 나타나고 그사이에 두 개의 관주문 기둥이 보였다. 거기까지 오자 머리 위 천장에 달린 종 고리에서 이라도 가는 듯 삐걱거리는 소리가 들리고, 진동 없는 종을 치는 추 소리가 미친 새와 같은 음산한 소리를 냈다. 묘지는 거기서부터 시작되어 작은 자갈길 막다른 곳에 딕스비가 설계한 무덤이 있었다.

　무덤 주위는 요한과 독수리, 루가와 날개를 단 송아지 같은 십이사도의 동물을 새긴 철책으로 둘러싸였고 그 중앙에 거대한 석관이 놓여 있었다. 그러면 여기서 묘지 내부를 상세하게 설명하도록 하겠다. 대체로 생갈 성당(스위스 콘스탄스 호반에 있는 6세기에 아일랜드 수도사들이 건설한 성당)이나 남웨일스의 펜 브로크 성당 등에도 노지식(露地式) 석관을 모방한 것이 현존하는데 거기에는 뚜렷한 차이점이 있었다. 왜냐하면 묘지의 나무로 전형적인 마가목이나 비파 등이 아니라 무화과·측백나무·호두나무·자귀나무·식나무·편도·쥐똥나무 등 일곱 그루가 다음 그림과 같은 위치에 배치되었다. 또 그 나무들에 둘러싸인 중앙의 석관은 움브리아의 우는 남자를 새긴 약연석(藥研石) 대좌와 그 위에 놓인 흰 대리석의 관 뚜껑 등 매우 기묘한 구조로 되었다. 전통적으로는 문장이나 혹은 사람, 단순한 십자가를 새기는 것이 통례였으나 석관에는 음악을 전통으로 하는 후리야기가의 상징으로 프살테리움(三角琴)*을 새겼다. 그 위에는 단철로 된 그리스 십자가와 못 박힌 예수를 놓았다. 더욱이 예수 또한 기이했는데, 목을 왼쪽으로 조금 기울이고, 양손의 손가락을 뒤집어 위를 향해 틀어 올리고, 나란히 놓은 발끝이 자못 고통을 참고 있는 듯 안쪽으로 완전히 젖혀져 있었다. 거기에 갈비뼈가 훤히 들여다보여 어딘가 빈혈기를 띤 쇠약한 모습이었는데 그 모든 것

---

\* 12~15세기경 유럽에서 사용된 치터형의 발현 악기.

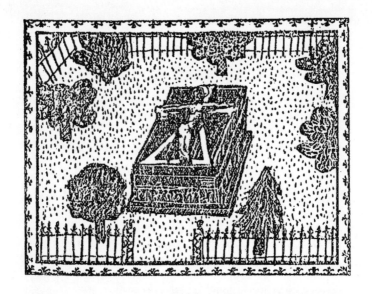

이 카타콤 시대와 매우 비슷했지만 한편으로는 오히려 활 모양으로 굳어진 히스테리 환자의 형상을 보는 듯해—어딘가 정신병리학적 느낌에 압도되었다. 대강 관찰을 끝낸 노리미즈는 열병 환자 같은 눈으로 검사를 돌아보았다.

"하제쿠라, 캠벨의 말을 빌리면 중증의 실어증 환자라도 남을 저주하는 말은 마지막까지 남겨 놓았다고 하지 않아? 또 모든 인간은 기력이 쇠해 반항할 힘을 잃었을 때 그 격정을 와해시키는 것은 오컬트(초자연적 현상) 말고는 없다고 하지. 분명 이것은 저주야. 무엇보다 딕스비는 웨일스인이라는 사실을 기억해야 해. 아직도 악마교인 발더스의 유풍이 남아 있어. 뮈레다치 십자가풍의 이교(異敎) 취미에 도취하는 자가 있다는 그 웨일스 태생이란 말이야."

"도대체 자네는 무슨 말을 하고 싶은 거야?"

하제쿠라 검사가 섬뜩해져서 외쳤다.

"실은 하제쿠라, 이 석관은 보통 것이 아니야. 보스라(사해 남쪽) 황야에서 낮에는 하이에나가 지키고 밤에는 마신을 불러냈다는 유령 집회의 표식이지."

노리미즈는 눈썹의 눈을 털면서 말했다.

"하지만 나는 유대 교도도 리비족(유대교에서 사제가 되는 일족)도 아니니까 말이야. 눈앞에 유령 집회의 표식을 바라보고 있어도 그것을 모세처럼 무너뜨려야 할 의무는 없다고 생각해."

"그렇다면"

구마시로는 찌르듯이 말했다.

"아까 약음기 기호의 해석은 어떻게 된 거야?"

"그래, 구마시로. 역시 내 추리가 맞았어."

노리미즈는 + 기호가 가져다준 의미를 해설하기 시작했다.

"내가 예상한 세 행성의 연결이 정확하게 암시되고 있어. 먼저 묘지의 나무 배치를 봐. 아부알리 이후의 점성학에서는 제일 앞에 있는 측백나무와 무화과가 토성과 목성의 소관으로, 맞은쪽 중앙에 있는 자귀나무는 화성의 상징으로 보네. 또 그것은 독말풀, 오레고니아, 앱샌트 등 초목류로도 나타낼 수 있지만……. 애당초 이 세 외행성의 집합에 어떤 의미가 있는가 하면 모르렌바이데 같은 흑마술적 점성학에서는 그것이 변사(變死)의 표징이야. 그런데 자네들, 11세기 독일의 닉스교(뮘멜 호수의 정령으로 기독교도를 몹시 싫어한 요정 닉시를 예배하는 악마교)를 알고 있나? 그 악마 교단에 속한 독약 업자들은 그 세 행성의 집합을 쥐오줌풀(마타릿과의 약용 식물로 간질, 히스테리 경련 등에 특효가 있는 작물로 학자의 별로 일컬어지는 목성의 상징이 됨.), 독인삼(산형과의 독초로 코닌을 다량으로 함유, 운동신경 마비를 일으키기 때문에 마술사의 별로 일컬어지는 토성의 상징이다.), 촉양천(가지과의 동명독초로 그 잎에 특히 솔라닌, 둘카라민을 포함해 작열감을 일으키는 동시에 중추신경을 마비시키기 때문에 화성의 상징이 되었다.) 등 세 가지 풀로 나타내어 그것들을 처마에 달아 은밀히 독약의 소재를 암시했다고 하거든. 후세에 이르러 세 종류의 나뭇잎으로 바뀌었다는데 그럼 그 세 그루의 나무를 거느린, 삼각형으로 엇갈린 것은 무엇일까?"

등불의 검붉은 빛이 얕게 눈이 쌓인 성상의 음영을 가로세로로 흔들어 뭐라 말할 수 없이 오싹함을 주었다. 또 그 빛은 노리미즈의 콧구멍과 입안을 이상할 만큼 확대해 정말 중세의 이교 정신을 말하는 사람에게 어울리는 용모로 보이게 했다. 그런데 구마시로가 이의를 제기했다.

"그런데 호두나무, 편도, 쥐똥나무, 식나무 네 그루라면 결국 정사각형이 되는 거 아냐?"

"아니, 그것은 물고기야."

노리미즈는 엉뚱한 소리를 했다.

"이집트의 대점성가인 넥타네부스는 해마다 나일강의 범람을 알려주는 물고기자리를 ♓이 아닌 ⚼라는 기호로 표시했어. 지금 자네가 말한 정사각형이 소위 페가수스자리의 커다란 정사각형이야. 페가수스자리의 마르카브와 다른 두 별에 안드로메다자리의 알페라츠 별을 합쳐 이루어진 정사각형이 바로 그것이지. 그리고 이 프살테리움을 트라이앵글자리라고 한다면 그 중앙에 놓인 성상은 페가수스와 트라이앵글 사이에 있는 물고기자리가 아닐까? 그런데 1524년에도 당시 유명한 점성 수학자인 슈퇴플러가 재홍수설을 주장했을 정도로 세 행성이 물고기자리와 연결되는 천체 형상을 나타내 대재앙의 전조로 여겼던 거야. 그러나 재앙을 인위적으로 만들려는 자체가 저주가 아닌가. 그러니 이걸 봐. 실은 아까 도서실에서 본 맥도넬의 범영사전에 낯선 인장이 찍혔는데 이제 생각해보니 그것이 딕스비의 표시인 것 같아. 그것으로 미루어 추리하면 아마 이 석관도 그 남자의 괴상한 취미와 병적인 성격을 말하는 것이 분명해."

노리미즈가 성상(聖像) 주위에 덮인 눈을 털어내자 단철로 된 십자가 위에 드러난 처참한 온몸에 볼수록 불가사의한 변화가 나타났다. 그것은 혹시 그가 마법이라도 쓰지 않았나 의심할 만큼 인간 세계에는 있을 법하지 않는 기괴한 부호였다. 책형을 당한 몸이 머리에서 발끝까지 하얗게 ♈ 모양으로 되어 버렸기 때문이다. 그러나 노리미즈는 조용히 성상에 나타난 수수께끼 같은 기호에 대해서 설명하기 시작했다.

"하제쿠라, 흑마술은 이교와 그리스도교를 잇는 연결 부호라고 보들레르가 말했지. 그야말로 이것은 조복주어(調伏呪語)에 쓰는 범인인 ♈자인 거야. 또 트라이앵글의 ✖를 닮은 것은 저주 조복의 흑색 삼각로(黑色三角爐)에 빠져서는 안 되는 적시법(積柴

法) 모양이지. 틸더스의『주법사』에는 불공견색신변진언경(不空羂索神変真言経)의 해석이 실려 있는데, 그에 따르면 ㇳ은 불의 제단에 불의 신을 부르는 금강불이라고 한다네. 그 글자 조각을 ✖ 형태로 쌓아 올린 섶나무 아래에 두고 거기에 불을 붙여 수크라 아유르베다의 주문 ꒐(옴)✖(아)𝕸(갸)𝕽(나우)ꒊ(에이) 𝕬(소와)ꒌ(카)를 외우면 천고의 대서사시『마하바라타』*에 나오는 비사문천의 4대 귀장, 즉 건달파대력장군, 대룡중, 구반차대신장군, 북방야차귀장군, 이 네 장군이 비사문천의 통솔에서 벗어나 비밀리에 내려오고 또한 서사시『라마야나』에 나오는 나찰 나한도 열 개의 머리를 흔들며 악신이 되어 나타난다는군. 그래서 내가 만약 불교 비밀 문자의 탐닉자라면, 밤마다 이 묘지에서 눈에 보이지 않는 부호 주술의 불을 피우고, 흑사관 성루 위를 방황하는 검은 기운이 있다고 결론을 내리겠지. 하지만 나로서는 그것을 일종의 심리분석으로밖에 해석할 수 없어. 그리고 딕스비라는 신비스러운 성격을 가진 남자가 생전에 지녔던 의지라고 추리하고서 멈추고 싶어. 왜냐하면 구마시로, 나는 이미 위험을 깨닫고 심령학 저술로는 로지의『레이먼드』, 보르만의『델스코테홈』개정판 이후로 읽지 않은 데다 또『요괴평전』전집을 태워 없앴을 정도니까."

마지막에 이르자 노리미즈는 무쇠 같은 유물론자의 본령을 발휘했다. 하지만 팽팽히 당겨진 악기의 현 같은 그의 신경을 건

* 고대 인도의 산스크리트 대서사시.

드리는 것은 그 즉시 유추의 꽃잎이 되어 활짝 피었다. 겨우 하나의 약음기 기호로 이 성관 사람들에게조차 생면부지의 고인이었던 클로드 딕스비의 놀라운 심리를 밝혀낸 것이다. 잠시 후 노리미즈 일행은 묘지를 나와 눈보라 속에서 본관 쪽으로 걸어갔다. 수사는 밤에도 계속되어 마침내 흑사관에서 신비의 핵심을 이루는 외국인 음악가 세 사람과 마주하였다.


## 3. 어리석은 자, 뮌스터베르크[*]!


일행이 다시 원래의 방으로 돌아오자 노리미즈는 지체 없이 신사이를 불러오라고 명했다. 얼마 후에 발이 불편한 노인은 휠체어를 타고 왔는데, 이전의 생기는 간데없고 아까 받은 가책 때문에 얼굴은 흙빛으로 떠 있어 마치 딴 사람처럼 보이는 초췌한 모습이었다. 이 노사학자는 손가락을 신경질적으로 떨면서 어딘지 걱정스러운 표정으로 신문을 다시 받는 데 대한 두려움을 뚜렷이 나타냈다. 노리미즈는 자기가 잔인한 심리 고문을 하였음에도 짐짓 시치미를 떼며 안부를 묻고는 이야기를 시작했다.

"다고 씨, 실은 이 사건이 일어나기 전부터 나는 알고 싶은 것이 있었어요. 그것은 살해된 단네베르그 부인을 비롯한 외국인 네 사람에 관한 것인데 대체 왜 산테쓰 박사는 그 사람들을 어려

[*] 후고 뮌스터베르크. 유대계 독일인 심리학자·철학자. 산업심리·재판심리·심리요법 등 응용심리학 분야를 개척했다.

서부터 양육해야 했던 겁니까?"

"그것을 알면……"

신사이는 휴 하고 안도의 빛을 띠었는데 아까와는 달리 솔직하게 진술하기 시작했다.

"이 성관이 세상 사람들에게 도깨비집 같다는 말까지는 듣지 않겠지요. 아실지 모르지만, 저 네 분은 아직 젖도 떼기 전 아주 어려서부터 각각 본국에 있는 산테쓰 님의 친구들이 보냈다고 합니다. 그러나 일본에 도착한 뒤 40여 년이란 세월 동안 확실히 잘 먹고 잘 입고 수준 높은 교육과정을 거쳐 길러졌던 만큼 그들은 외견상 충분히 궁정 생활을 누리고 살았다고 할 수 있겠지요. 하지만 내가 보기에는 오히려 고귀한 벽으로 둘러싸인 감옥이라고 하는 편이 적합한 표현이 아닌가 생각합니다. 마치 그것은 『헤임스크링글라』(오딘 신으로부터 시작된 고대 노르웨이 왕의 역대기)에 있는 주교 테오리디아르의 집사랑 똑같아요. 그 당시 날마다 받는 조세 때문에 평생을 돈 계산만 했다는 자엑스 영감과 마찬가지로 저 네 분도 이곳에서 한 발자국도 나가지 못했습니다. 그런데 오랜 습관은 무서운 것이라 이제는 오히려 본인들이 남과 접촉하는 것을 싫어하는—이른바 대인 공포증이라고 할 만한 경향이 심해졌습니다. 1년에 한 번의 연주회에서조차 초청한 비평가들에게 연주대 위에서 묵례만 할 뿐 연주가 끝나면 지체 없이 자기 방으로 들어가 버리는 식입니다. 그분들이 어떻게 어려서부터 이 성관에 오게 되었는지, 그리하여 쇠 조롱 속에서 초로의 나이가 되었는지는 이제 지나간 옛이야기에 불과

합니다. 다만, 그런 기록만을 남긴 채 산테쓰 님은 모든 비밀을 무덤 속으로 가져가신 거지요."

"아, 로브* 같은 일을……"

노리미즈는 익살스럽게 탄식했다.

"지금 당신은 저들의 대인 공포증을 식물 트로피즘처럼 생각하시는군요. 그러나 아마 그것은 단위의 비극이겠지요."

"단위라고요? 물론 4중주단으로서는 한 단위를 이룬 셈이겠지만."

신사이는 단위라는 노리미즈의 말에 심오한 뜻이 숨어 있음을 몰랐다.

"그런데 그분들을 만나 보셨던가요? 어느 분이나 냉정한 금욕주의자입니다. 설사 거만하고 냉혹하기는 해도 그만큼 깔끔한 인격은 진정한 고독 외에는 바라지 않을 겁니다. 그래서 일상생활에서는 서로가 친밀하다고 할 정도도 아니고, 젊어서부터 밀접한 생활을 하면서도 연애 소동 한번 일어나지 않았던 겁니다. 더욱이 서로 접근하고자 하는 의식이 없기도 하지만 감정의 충돌 따위는 그들 간에는 물론 인종이 다른 우리들에 대해서도 여태껏 본 일이 없을 정도입니다. 어쨌든 그 네 분이 제일 친애의 정을 느낀 인물이라면 역시 산테쓰 님이라고 해야겠지요."

"그런가요, 박사한테……."

일단 노리미즈는 의외라는 표정이었으나 담배 연기를 리본

---

* 미국의 실험 생물학자. 뇌생리학 분야를 비롯하여 수정 현상 등 생리 현상 전반에 대한 물리 화학적인 연구로 많은 공적을 남겼다.

모양으로 뿜어내면서 보들레르를 인용했다.

"그러면 우선 그 관계라는 것이 '내 그리운 마왕이여 O moncher Belzebuth' 인가요?"

"그렇습니다. 그야말로 '나 그대를 찬양하리 Je t'adore'지요."

신사이는 약간 동요했지만 노리미즈 못지않은 대구로 장단을 맞추었다.

"그러나 어떤 경우는 멋쟁이와 아첨꾼은 밀치락달치락 북적대고…… A Beau and Witling perish'd in the Throng"

잠시 생각에 잠기던 노리미즈는 포프의 「머리카락을 훔친 자(The Rape of the Lock)」라는 시를 읊기 시작하더니 갑자기 멈추고 「곤자고 살해」(『햄릿』 중에서) 라는 독백을 끌어냈다.

"결국 '그대 한밤중 어둠 속에서 캔 풀의 고약한 악취여 Thou mixture rank, of midnight weeds colleted'일까요."

"아니, 천만에요. '세 번 마신의 저주에 시들고 독기에 물드다 With Hecate's ban thrice blasted, thrice infected'는 것은 결코……"

고개를 저으며 대답한 신사이는 이상한 억양으로 거의 운율을 잃어버렸다. 그뿐만 아니라 왠지 당황하여 다시 읊었으나 도리어 점점 더 창백해지기만 했다.

"한데 다고 씨, 어쩌면 내가 환각을 보고 있는 것인지도 모르지만 이 사건에 '그런데 천상의 문은 닫혀 but the ethereal gate closed'로 여겨지는 면이 있는데"

노리미즈는 문이라는 한 글자를 밀턴의 『실락원』 중에서 루시

퍼의 추방을 그린 구절로 말했다.

"하지만 이와 같이"

신사이는 반가워하면서도 어딘가 묘하게 딱딱한 태도로 대답했다.

"'숨겨진 문도 없고 상판도 비밀 계단도 없습니다! 그러니 확실히 '다시 열어야 할 일 없네 not long divisible'이지요."

"하하하, 아니 도리어 '이상한 공상에 남자는 자신이 임신할 수 있다고 믿네 Men prove with child, powerful fancy works'일지도 모르지요."

그 순간 노리미즈가 폭소를 터뜨리자 그때까지 음울하고 뭔가 묘하게 긴박했던 공기가 우연찮게 누그러졌다. 신사이도 홀가분한 얼굴로 대답했다.

"그보다 노리미즈 씨, 이것을 저는 '처녀는 항아리가 되었다고 여기어 세 번 소리 높여 마개를 찾았노라 And maids turn'd bottles, call aloud for corks thrice'라고 생각합니다만."

이 기이한 시문의 응답에 옆에 있던 두 사람은 어리둥절했지만 구마시로는 답답한 듯이 곁눈질을 하며 사무적인 질문을 던졌다.

"그런데 묻고 싶은 것은 유산 상속 아닌가요?"

"그것이, 불행하게도 확실하지 않습니다."

신사이는 침울한 얼굴로 대답했다.

"물론 그 점이 이 성관에 어두운 그림자를 던져 주고 있다고 해야겠지요. 산테쓰 님은 돌아가시기 2주일쯤 전에 유언장을 작성하여 성관의 큰 금고 안에 보관하도록 지시하셨습니다. 그리고 열쇠를 암호와 함께 쓰다코 님의 부군인 오시카네 도키치 박사에게 맡기셨는데 무슨 조건이 있는지 아직 개봉하지 않았습니다. 저는 상속 관리인으로 지정되었다는 조항 외에 본질적으로 전혀 힘이 없는 사람입니다."

"그럼 유산 배분에 관계가 있는 사람들은요?"

"그것이 이상하게도 하타타로 님 외에 4명의 귀화해 입적된 분들이 함께 들어가 있습니다. 그러나 인원은 그 5명뿐이지만 내용에 대해서는 아는지 모르는지, 아무도 일언반구조차 않고 있습니다."

"정말 놀랐어."

검사는 요점을 적다가 연필을 내던지며 말했다.

"하타타로 말고 단 하나인 피붙이를 제외했다니. 거기에는 무슨 불화 같은 원인이……"

"그런 것은 없었습니다. 산테쓰 님은 쓰다코 님을 제일 사랑하셨어요. 또 그 뜻밖의 권리가 네 분에게는 아닌 밤중에 홍두깨 같은 것이었습니다. 특히 레베즈 님 같은 이는 '이게 꿈은 아닌가요?'라고 말할 정도였으니까요."

"그럼, 다고 씨. 빨리 오시카네 박사에게 다녀가라는 부탁해 주세요."

노리미즈는 조용히 말했다.

"그렇게 하면 어느 정도 산테쓰 박사의 정신 감정도 가능하겠지요. 그럼 이제 돌아가셔도 됩니다. 그리고 이번에는 하타타로

씨를 불러 주시겠습니까?"

신사이가 나가자 노리미즈는 검사 쪽으로 몸을 돌렸다.

"이제 자네한테 두 가지 일이 생겼군. 오시카네 박사에게 소환장을 보내는 일과 또 하나는 예심 판사에게 가택 수색 영장을 발부받는 일이지. 한데 우리의 편견을 떨쳐 버리려면 이 경우, 유언장의 개봉 말고는 다른 방법이 없겠어. 어차피 오시카네 박사도 바로 승낙해 주지는 않겠지만."

"그런데 자네와 신사이가 한 그 시문 문답 말인데."

구마시로가 솔직하게 따져 물었다.

"그건 도대체 어떤 도락주의(dilettantism)의 산물이야?"

"아니야. 그렇게 순환론적인 것일 리 있겠어? 내가 엉뚱한 착각을 했거나 아니면 융이나 뮌스터베르크가 왕바보가 되든가 둘 중 하나겠지."

노리미즈는 모호한 말로 이렇게 얼버무려 버렸는데 그때 복도 쪽에서 휘파람 소리가 들려왔다. 그 소리가 그치자 문이 열리고 하타타로가 나타났다. 그는 아직 17세에 지나지 않았으나 태도가 매우 어른스럽고 누구나 성년기를 앞두고 조금 남아 있기 마련인 동심 따위는 추호도 찾아볼 수 없었다. 그런데 유독 잘생긴 용모를 무너뜨리고 있는 것이 침착하지 못한 눈과 좁은 이마였다. 노리미즈는 정중하게 의자를 권하면서 말했다.

"저는 그 『페트루슈카』*가 스트라빈스키의 작품 중에서 제일

---

* 스트라빈스키의 발레 음악. 인형들이 생명을 얻은 뒤 벌어지는 환상적인 이야기를 담고 있다.

좋다고 생각합니다. 무서운 원죄 철학이 아닙니까? 인형에게마저 무덤이 입을 벌리고 기다리고 있으니까요."

하타타로는 처음부터 전혀 예기치 않았던 말을 듣고는 그 창백하고 매끈하게 뻗은 몸이 갑자기 굳어지는가 싶더니 신경질적으로 침을 삼켰다.

노리미즈는 이어서 말했다.

"하지만 당신이 휘파람으로 「유모의 춤」 부분을 불어도 거기에 따라 테레즈 인형이 움직이는 것은 아닙니다. 게다가 또 어젯밤 11시쯤 당신이 가미타니 노부코와 둘이서 단네베르그 부인을 찾아갔고 곧 침실로 들어갔다는 것도 알고 있습니다."

"그렇다면 무엇을 묻고 싶으신가요?"

하타타로는 충분히 변성기가 온 음성으로 반항기를 띠며 반문했다.

"요컨대 당신들에게 부과된 산테쓰 박사의 의지에 대해서입니다."

"아, 그것이라면"

하타타로는 희미하게 자조 섞인 흥분을 보였다.

"확실히 음악 교육을 시켜준 것만은 감사하고 있습니다. 그렇지 않았더라면 벌써 미쳐 버렸겠지요. 그래요. 권태·불안·회의·퇴폐, 그것으로 나날을 보냈으니까요. 누가 이런 압사당할 것 같은 우울 속에서 구닥다리 연극 의상 같은 사람들과 함께 살 수 있겠습니까? 사실 아버지는 저한테 인간이 겪는 참혹한 고난의 기록을 남기도록 그것만을 위해서 근근이 삶을 이어가는 방법을 가르쳐 준 것입니다."

"그러면, 그 밖의 모든 것은 귀화하여 입적한 네 사람이 빼앗아 갔다는 것인가요?"

"아마 그렇다고도 할 수 있겠지요."

하타타로는 묘하게 주눅 든 어조로 말했다.

"아니, 사실 아직 그 이유가 명확하지는 않습니다. 어쨌든 그레테 님을 비롯한 네 사람의 의지가 거기에 영향을 준 것은 아니니까요. 그런데 앤 여왕 시대의 이런 경구를 아십니까? 배심원이 주교의 저녁 식사를 대접받기 위해서는 죄인 한 명이 교수형을 당해야 한다는. 애당초 아버지란 인물은 그 주교 같은 남자였습니다. 영혼 밑바닥까지 비밀과 책략으로 둘러싸인 분이라 견딜 수가 없었지요."

"한데 하타타로 씨, 거기에 이 성관의 병폐가 있는 겁니다. 언젠가 사라지겠지만 당신인들 박사의 정신 해부도를 가지고 있을 리는 없겠지요."

상대의 맹신을 달래듯이 말하고 나서 노리미즈는 다시 사무적인 질문을 던졌다.

"그런데 입적에 관한 일을 박사에게서 들은 것은 언제쯤인가요?"

"아버지가 자살하기 2주일쯤 전이었습니다. 그때 유언장이 작성되었는데 아버지는 저와 관계된 부분만 읽어 주셨습니다."

하타타로는 갑자기 침착성을 잃었다.

"하지만 노리미즈 씨, 나에게는 그 내용을 말씀드릴 자유가 없습니다. 입 밖에 내는 즉시 내 지분을 상실하게 됩니다. 그것은 다른 네 사람도 마찬가지로, 역시 자신에 관한 것밖에는 모릅니다."

"아니 결코 그렇지는 않습니다."

노리미즈는 타이르듯 부드러운 음성으로 말했다.

"대체로 일본 민법은 그런 점이 매우 관대하답니다."

"그러나 안 됩니다."

하타타로는 새파랗게 질린 얼굴로 단호하게 말했다.

"무엇보다도 나는 아버지의 눈이 무서웠습니다. 그 메피스토펠레스 같은 인물이 훗날 어떻게든 무슨 형태로든 음험한 제재 방법을 남겨 두지 않았겠습니까? 그레테 씨가 살해된 것도 틀림없이 그런 점에서 무슨 잘못을 저지른 게 분명합니다."

"그럼 보복이라는 말입니까?"

구마시로가 날카롭게 추궁했다.

"그렇습니다. 그러니 내가 말할 수 없는 이유는 충분히 아시겠지요? 그뿐만 아니라 우선 재산이 없으면 나에게는 생활이라는 것이 없게 되니까요."

하타타로는 태연히 말하고 나서 일어섰다. 그리고 바이올린 연주자 특유의 가늘고 빛나는 손가락을 탁자 끝에 나란히 짚고 몹시 격렬한 말투로 마지막 말을 했다.

"더 이상 물어볼 말은 없다고 생각하는데 나 역시 그 이상의 대답은 불가능합니다. 그러나 이 일만은 똑똑히 기억해 두십시오. 성관 사람들이 테레즈 인형을 악령이라고 하는 것 같은데 나로서는 아버지가 악령이라고 생각합니다. 아니, 확실히 아버지는 이 성관 안에 아직도 살아 있을 겁니다."

하타타로는 유언장의 내용에 대해서는 극히 조금만 언급했을 뿐, 시즈코에 이어 다시 흑사관 사람 특유의 병적 심리를 강조했다. 하타타로는 진술을 마치고는 쓸쓸하게 인사하고서 문 쪽으로 걸어갔다. 그런데 그가 가는 길에 이상한 것이 기다리고 있었다. 문가에까지 오자 웬일인지 그는 그 자리에 못이라도 박힌 듯 선 채로 앞으로는 한 발짝도 나아가지 못했다. 그의 동작에는 단순한 공포와는 달리 몹시 복잡한 감정이 묻어 있었다. 왼손을 문 손잡이에 얹은 채 한쪽 팔을 축 늘어뜨리고 불안한 시선으로 전방을 응시했다. 분명히 그는 무엇인가 문 건너편에 피하고 싶은 것을 의식하고 있는 것 같았다. 이윽고 하타타로는 얼굴이 몹시 굳어지면서 추악한 증오를 드러냈다. 그리고 떨리는 목소리로 외쳤다.

"크, 클리보프 부인……당신은……."

그 순간 문이 바깥쪽에서 열렸다. 그리고 두 명의 하인이 문턱 양쪽에 서기가 바쁘게 그 사이로 올리가 클리보프 부인의 반신이 거만하고 위엄에 찬 태도로 나타났다. 그녀는 담비 깃이 달린 펜싱복 같은 노란 재킷 위에 소매가 없는 벨벳 외투를 입고 오른손에는 눈먼 오리온과 올리바레스 백작(1585~1645, 스페인 필립 4세 시기의 재상)의 가문 문장이 새겨진 호사스러운 지팡이를 짚고 있었다. 그 흑색과 황색의 대조가 그녀의 붉은 머리에 강렬한 색감을 부여해 온몸이 격정적인 불꽃에 싸인 듯한 느낌을 주었다. 머리를 아무렇게나 끌어 올리고 귓불이 머리와 45도 이상이나 떨어져 있어 그 상단이 마치 준열한 성격 그 자체처럼 날카로웠다.

이마는 조금 벗어졌고 기품 있는 잿빛 눈동자는 시신경이 노출되기라도 한 것처럼 날카롭게 응시하고 있었다. 그리고 광대뼈에서 아래로 벼랑처럼 가파르게 미끈했다. 곧장 내리뻗은 콧마루도 콧방울보다도 길게 내려와 어딘지 책략적이고 비밀스러운 느낌을 주었다. 하타타로는 그녀를 지나치면서 어깨 너머로 뒤돌아보며 말했다.

"올리가 씨, 안심하세요. 모두 다 듣던 대로였어요."

"알겠어요."

클리보프 부인은 느긋하게 눈을 반쯤 뜨고는 알아들었다는 몸짓을 하면서 대답했다.

"하지만 하타타로 씨, 가령 혹시 내가 먼저 불려가는 경우도 생각했어야지요. 당신도 틀림없이 우리와 마찬가지로 행동하셨을 거예요."

클리보프 부인이 '우리'라고 복수 명사를 쓰는 게 좀 이상했지만 그 까닭은 잠시 후에 밝혀졌다. 문가에 서 있었던 사람은 그녀 혼자만이 아니라 이어서 가리발다 셀레나 부인, 오토칼 레베즈 씨가 나타났기 때문이다. 셀레나 부인은 가지런한 털에 우아한 세인트 버나드의 목줄을 잡고 있었는데 키나 용모 등 모든 것이 클리보프 부인과는 대조적인 모습이었다. 짙은 녹색 스커트에 밴드로 선을 두른 조끼를 입고, 거기에 팔꿈치까지 퍼진 새하얀 리넨 깃, 머리에는 아우구스티누스 수도회의 수녀가 쓰는 것 같은 하얀 두건을 쓰고 있었다. 누구든지 그 우아한 모습을 본다면 이 부인이 체사레 롬브로소*가 격정적 범죄의 도시로 지목한 이탈리아 남부 브린디시 출신으로 보이지는 않을 것이다. 레베즈 씨는 프록코트에 회색 바지, 거기에 날개 모양의 칼라를 달고 맨 마지막으로 거구를 흔들면서 나타났다. 아까 예배당에서 멀찌감치 바라볼 때와는 달리 가까이서 본 느낌은 오히려 고민이 많고 마음속 깊은 어딘가에 억눌린 감정이라도 있는 듯 몹시 음침한 인상의 중년 신사였다.

　세 사람은 마치 성찬식 행렬처럼 느릿느릿 걸어왔다. 그 광경은 마치 18세기 뷔르템부르크나 케른텐 근방의 조촐한 궁정생활을 방불케 하여 지금이라도 트럼펫이 울리고 라이딩 팀파니가 연주되며 정숙할 것을 외치는 의장관이 나타날 것만 같았다. 한편, 따라온 하인들의 수에서 그들의 병적인 공포를 엿볼 수가 있었다. 또 방금 하타타로와의 사이에 벌어진 추악한 암투를 생각하면 뭔가 범죄 동기라도 있을 것 같은 거무죽죽한 물이 요동치는 느낌도 들었다. 하지만 무엇보다도 조사 결과, 이 세 사람에게는 처음부터 정황상 의심이 끼어 들 여지가 없었다. 이윽고 클리보프 부인이 노리미즈 앞에 서자 지팡이 끝으로 탁자를 치면서 명령조의 억센 음성으로 말했다.

　"우리는 부탁하고 싶은 일이 있어서 왔어요."

　"그것이 뭡니까? 아무튼 앉으세요."

---

* 이탈리아의 의학자이자 범죄인류학파의 창시자.

노리미즈가 약간 머뭇거린 것은 그녀의 명령적인 말투 때문이 아니었다. 멀리서 보았을 때 홀바인의 「마가렛 와이엇」(헨리 8세의 전기 작가. 타머스 와이엇 경의 여동생)의 얼굴과 닮았다고 생각한 클리보프 부인의 얼굴이 가까이서 보니까 마치 마맛자국처럼 추한 주근깨투성이였기 때문이다.

"실은 테레즈 인형을 태워 주셨으면 해서요"

클리보프 부인이 딱 잘라서 말하자 구마시로가 깜짝 놀라 크게 소리쳤다.

"뭐라고요? 고작 인형 하나를 가지고, 그것은 또 어째서입니까?"

"그게 단순한 인형일 뿐이라면 죽은 물건이겠지요. 어쨌든 우리는 방어 수단을 찾지 않으면 안 돼요. 즉 범인의 우상을 없애 달라는 것입니다. 한데 당신은 레벤스팀의 『미신과 형사 법전』(키프로스 왕 피그말리온으로부터 시작된 우상 신앙을 기록한 범죄에 관한 책. 로마인 마그네지오로도 병칭되는 주세페 아르초는 역사상 아주 유명한 반음양으로, 남녀 조각상 2기를 가지고 남자가 될 때는 여성상으로, 여자일 때는 남성상으로 상시 예배를 드렸다. 그리고 사기, 절도, 싸움 등을 일삼았는데 어느 남성상을 깨뜨리자 그 불가사의한 이중인격이 신체적으로도 소실되었다고 전해진다.)을 읽어 보신 일이 있나요?"

"아, 주세페 아르초 이야기를 말씀하시는 거지요?"

그때까지 노리미즈는 뭔가를 깊이 생각하는 표정을 하고 있다가 비로소 대화에 합류했다.

"바로 그렇습니다."

클리보프 부인은 득의양양한 얼굴을 끄덕이며 다른 두 사람에게 의자를 권하고 나서 말을 이었다.

"나는 어떻게든지 심리적으로라도 범인의 결행력을 무디게 하고 싶어요. 잇따라 일어나는 참극을 막는 데 이제 당신들 힘만 기다리고 있을 순 없어요."

이어서 셀레나 부인이 입을 열었다. 그녀는 양손을 머뭇머뭇 가슴에 대고 오히려 애원하는 듯한 태도로 말했다.

"아니요, 심리적으로 토템 정도의 얘기가 되겠지요. 그 인형은 범인에게 그야말로 군터 왕의 영웅(니벨룽겐의 노래 중 군터 왕을 대신해 브룬힐트 여왕과 싸운 지그프리트 이야기)인 거예요. 앞으로도 큰 범죄가 일어날 때는 틀림없이 범인은 음흉한 책략 속에 숨어 있고 저 프로방스 사람만이 모습을 드러내고 말 거예요. 하지만 에키스테와 노부코 씨와 달리 우리는 무방비 상태로 있지는 않겠어요. 그러니 설사 실패하더라도 붙잡힌 것이 인형이라면 또 다음 기회가 없다고도 할 수 없겠지요."

"그렇지. 어차피 세 사람의 피를 보기까지 이 참극은 끝나지 않을 겁니다."

레베즈 씨는 부석부석한 눈꺼풀을 껌벅이면서 슬픈 듯이 말했다.

"그런데 우리에게는 의무적인 계율이 있기 때문에 이 성관을 떠나 재난을 피하는 일은 불가능합니다."

"그 계율 말인데요, 좀 말해 줄 수 있을까요?"

검사가 기회를 놓칠세라 파고들었지만 그 말을 클리보프 부인이 당장 가로막고 나섰다.

"아니요, 우리에게는 그것을 말할 자유가 없답니다. 그런 무의미한 탐색을 하시는 것보다도……"

그녀는 느닷없이 격렬하게 떨리는 목소리로 시구를 비통하게 읊었다.

"아, 이렇게 우리는 암담한 나락 속에서 화염의 바다를 헤매고 있습니다. 그런데 당신들은 어째서 그런 호기심만 가지고 새로운 비극을 기다리고 있는 겁니까?"

노리미즈는 세 사람을 번갈아 바라보고 있다가 이윽고 다리를 고쳐 앉으며 차가운 미소를 지었다.

"그렇소. 그야말로 영원히 끝나지 않습니다."

노리미즈는 갑자기 미치지 않았나 싶을 정도의 말을 내뱉었다.

"그런 잔혹하고 영원한 형벌을 과한 사람도 고인이 된 산테쓰 박사입니다. 아마 하타타로 씨가 한 말을 들으셨겠지만 박사야말로 자신을 아버지라 부르는 소리에 큰 기쁨으로 내려다보고 있었습니다."

"어머, 아버님이요?"

셀레나 부인은 자세를 가다듬고 노리미즈를 다시 보았다.

"그렇습니다. '죄와 재난의 깊이를 뚫고 내 십자가의 추를 드리워지리라' 이니까요."

노리미즈가 자찬조로 휘티어의 시를 인용하자 클리보프 부인은 냉소하는 표정으로 되받았다.

"아니에요, '하지만 미래의 심연은 그 십자가로 잴 수 없을 만큼 깊도다'랍니다"

하지만 곧 냉혹한 표정의 부인은 발작적으로 경련을 일으키면서 말했다.

"하지만 아, '반드시 얼마 후 그 사나이는 죽도다'이겠지요. 당신들은 에키스케와 노부코 씨 두 사건으로 이미 무력함을 폭로했으니까요."

"그렇소."

간단히 고개를 끄덕였으나 노리미즈는 점점 도전적으로 더욱 신랄하게 말했다.

"그러나 누구든지 최후의 시간이 이제 얼마나 남았는지 재는 것은 불가능하겠지요. 아니, 도리어 어젯밤 같은 경우는 '저기 서늘한 은신처에 이상한 것이 엿보듯이 보네'라고 생각하는데요."

"그 인물은 무엇을 보았을까요? 나는 그런 시구를 전혀 모릅니다만."

레베즈 씨가 흠칫흠칫 겁먹은 말투로 묻자 노리미즈는 교활한 미소를 지었다.

"그런데 레베즈 씨, '마음도 검고, 밤도 검고, 약도 잘 듣고 솜씨도 뛰어나다'랍니다. '그 장소가 때마침 사람도 없었으니'였지요."

그렇게 말하는 표정은 언뜻 빤히 들여다보이는 허세 같기도 하고, 또 일부러 이면에 숨겨진 가시 돋친 계략을 드러내는 것 같기도 했다. 그러나 그의 교묘한 낭송은 묘하게 근육이 딱딱해지고 피가 얼어붙는 듯한 오싹한 분위기를 조성하고 말았다. 클리보프 부인은 그때까지 가슴에 장식한 튜더식 장미를 만지작거리던 손을 탁상에 얹고는 노리미즈를 도전적인 시선으로 응시하였다. 그러나 그사이 왠지 모를 일말의 위기를 품은 듯한 침묵 때문에 문밖에서 거칠어진 눈보라의 울부짖음이 똑똑히 들려 한결 더 처참하게 보였다. 잠시 후 노리미즈가 입을 열었다.

"그러나 원문에는 '또 한낮에 들불이 흩어질 만큼 해가 불타오를 때'로 되어 있습니다. 거기는 이상하게도 한낮이나 밝을 때는 보이지 않고 밤에도 캄캄하지 않으면 볼 수 없는 세상이지요."

"캄캄한 데서만 보인다?"

레베즈 씨는 경계심을 잊은 듯이 반문했다.

노리미즈는 그 말에는 대답하지 않고 클리보프 부인 쪽으로 돌아섰다.

"그런데 그 시문이 누구의 작품인지 아십니까?"

"아니요, 모릅니다."

클리보프 부인은 조금 생경한 태도로 대답했으나 셀레나 부인은 노리미즈의 오싹한 암시에 무관심한 듯 조용하게 물었다.

"구스타프 팔케의 「자작나무 숲」이 아닌가요?"

노리미즈는 만족한 듯이 고개를 끄덕이고 함부로 담배 연기를 동그랗게 불어내면서 묘하게 짓궂은 웃음을 띠었다.

"그렇습니다. 바로 『자작나무 숲』입니다. 어젯밤 이 방 앞 복도에서 확실히 범인은 이 자작나무 숲을 보았을 겁니다. 그러나 '그는 꿈꾸었으나 그대로 할 수는 없었다'였어요."

"그러면 그는 죽은 자의 방을 친한 이가 드나들 듯이 돌아왔다는 말씀이시군요."

클리보프 부인은 갑자기 명랑하게 떠들기 시작하더니 레나우의 「가을의 마음」을 읊었다.

"아니, 매끄럽게 간다—가 아니라 그 녀석은 비틀거리며 간 것이지요. 하하하."

노리미즈는 폭소를 터트리면서 레베즈를 돌아보고 말했다.

"그런데 레베즈 씨, 물론 그때까지는 '그 슬픈 나그네 동반자를 찾아냈노라'였으니까요."

"그, 그것을 알고 있으면서"

클리보프 부인은 참을 수 없다는 듯 벌떡 일어나서 지팡이를 거칠게 흔들며 외쳤다.

"그러니까 우리는 그 반려자를 태워서 없애 달라는 거예요."

그런데 노리미즈는 자못 찬성하지 않는 듯이 담뱃불만 바라보며 대답하지 않았다. 그러나 옆에 있는 검사와 구마시로에게는 언제 멈출지 끝이 없는 노리미즈의 상념이 이쯤에서 가까스로 정점에 도달한 것 같은 느낌을 주었다. 하지만 노리미즈의 노력은 그칠 기색이 없었고, 이 심령극에 있어 어디까지나 비극적인 전개를 꾀하려 하였다. 그는 침묵을 깨고 대들 듯이 날카로운 어조로 말했다.

"그런데 클리보프 부인, 나는 이 미치광이 광대극이 인형이나 태워서 끝나리라고는 도저히 생각할 수 없어요. 사실 더 음험하고 몽롱한 수단으로 따로 조종된 인형이 있답니다. 애당초 프라하의 세계 마리오네트 연맹에서도 최근 『파우스트』를 상연한다는 기록이 없으니까요."

"파우스트라고요! 아, 저 그레테 님이 임종 직전 쓰셨다는 글

말인가요?"

레베즈 씨는 적극적으로 대화에 끼어들었다.

"그렇소. 첫 번째 막이 물의 정령 운디네, 두 번째 막이 바람의 정령 실피드였어요. 이제도 그 가련한 실피드가 놀랄 만한 기적을 일으키고 달아나 버린 겁니다. 게다가 레베즈 씨, 범인은 slyphus라는 남성으로 바뀌었는데 당신은 그 바람의 정령이 누구인지 아십니까?"

"뭐라고, 내가 그걸 안다고? 이제 서로 장난은 그만두도록 하지요."

레베즈는 반격을 당한 것처럼 당황했으나 그때 불손하기 짝이 없었던 클리보프 부인의 태도에 갑자기 얼어붙은 듯한 그림자가 비쳤다. 그리고 아마 충동적으로 일어난 듯, 어딘가 그녀답지 않은 소리로 말했다.

"노리미즈 씨, 나는 보았어요. 그 남자를 확실히 본 거예요. 어젯밤 내 방에 들어온 것이 아마 바람의 정령이 아니었나 생각해요."

"뭐요. 바람의 정령을?"

구마시로의 무뚝뚝한 얼굴이 갑자기 굳어졌다.

"그러나 그때 문은 잠겨 있었잖아요."

"물론 그랬어요. 그것이 이상하게도 열린 거예요. 그리고 키가 크고 몹시 야윈 남자가 어두컴컴한 문 앞에 서 있는 것을 보았지요."

클리보프 부인은 이상하게 혀가 꼬부라진 것 같은 목소리로 말을 계속했다.

"나는 11시쯤 침실로 들어가 분명히 문을 잠갔어요. 그러고 나서 잠시 졸다가 눈을 뜨고 머리맡의 시계를 보려고 했는데 어떻게 된 일인지 가슴 언저리가 잠옷으로 꽉 눌린 것처럼, 또 머리를 잡아당기는 것같이 아무리 애써도 머리를 움직일 수가 없는 거예요. 평생 머리를 풀고 자는 습관이 있는데, 이때는 누군가 머리를 움켜잡아 당기고 있는 것 같이 등줄기에서 머리끝까지 저려 오면서 소리도 나오지 않고, 몸을 꼼짝도 할 수 없었어요. 그러자 등 뒤에서 살랑살랑 차가운 바람이 일어나고 미끄러지듯이 희미한 발소리가 아래쪽으로 멀어져 갔어요. 그리고 그 발소리의 주인은 문 앞에서 내 시야에 들어왔답니다. 그 사나이가 뒤돌아본 거지요."

"그게 누구였나요?"

그렇게 묻고 검사는 무의식중에 숨을 죽였다.

"아니요, 모르겠더군요."

클리보프 부인은 안타까운 듯이 한숨을 내쉬며 말했다.

"스탠드 불빛이 거기까지는 미치지 않았거든요. 하지만 윤곽만은 알 수 있었어요. 키가 5피트 4, 5인치쯤 되고 날씬하고 깡마른 체격 같았어요. 그리고 눈만……."

이렇게 그녀가 설명한 모습은 어딘지 모르게 하타타로를 떠올리게 했다.

"눈?"

구마시로는 거의 관성적으로 한마디 끼어들었다. 그러자 클리보프 부인은 갑자기 거만한 태도로 돌아갔다.

"확실히 바제도병 환자의 눈을 어두운 데서 보고 작은 안경으로 착각했다는 얘기가 있지 않아요?"

그렇게 비아냥거리더니 클리보프 부인은 잠시 기억을 더듬으며 계속해서 말했다.

"아무튼, 그런 말은 감각 외의 신경으로 들어주셨으면 해요. 굳이 말하자면 그 눈이 진주처럼 빛났다고 할 수밖에 없어요. 그리고 그 모습이 문 저편으로 사라지자 손잡이가 쓱 움직이고 발소리가 희미하게 왼쪽으로 멀어져 갔습니다. 겨우 제정신이 돌아왔는데 어느새 머리가 풀리고 나는 비로소 목을 자유롭게 움직일 수가 있었답니다. 그때 시각은 12시 반이었는데 그로부터 다시 문을 고쳐 잠그고 손잡이를 옷장에 묶었어요. 하지만 그러고 나서는 다시 눈을 붙일 수가 없었지요. 그런데 아침이 되어 살펴보았지만 방안에는 이렇다 할 이상이 하나도 없는 거예요. 그러니 분명히 그 인형사의 소행임이 틀림없어요. 그 교활한 겁쟁이는 눈을 뜨고 있는 나에게 손가락 하나 건드릴 수가 없었던 거지요."

결론적으로 큰 의문을 하나 남겼지만 클리보프 부인의 읊조리는 듯한 조용한 소리는 옆에 있는 두 사람에게 악몽 같은 것을 안겨 주었다. 셀레나 부인이나 레베즈 씨나 양손을 신경질적으로 깍지를 끼더니 말할 기력조차 잃은 것 같았다. 노리미즈는 잠에서 깨어난 것처럼 황급히 담뱃재를 털더니 셀레나 부인 쪽으로 얼굴을 돌렸다.

"그런데 셀레나 부인, 그 뜨내기는 곧 신문하기로 하고, 그런데 고트프리트의 이런 말을 아십니까? '내가 곧 악마와 하나 됨을 어느 누가 방해할 수 있으랴. 하지만 그 단검……'"

다음 구절로 넘어가자 셀레나 부인은 금세 혼란을 일으킨 듯 첫음절부터 시 특유의 선율을 잃어버렸다.

"'그 단검의 각인에 내 몸은 전율하도다'던가요? 아, 어째서 당신은 또 그런 것을 물으십니까?"

셀레나 부인은 차츰 흥분하더니 몸을 부들부들 떨면서 외치는 것이었다.

"있잖아요, 당신들은 열심히 찾고 계시겠지요. 하지만 그 남자를 어떻게 알 수 있겠어요? 아니 결코 절대로 알아내지 못할 거예요."

노리미즈는 담배를 입속에서 굴리며 오히려 잔인하게 보이는 미소를 띠고 상대를 바라보며 말했다.

"나는 당신의 잠재적인 비판을 별로 원하지 않아요. 그런 바람의 정령이 하는 무언극 따위는 아무래도 좋아요. 그보다 이것은 '어디에 사는지, 그대 어두운 음향'인 겁니다"

디 메일의 『늪 위』를 인용했는데 시선은 여전히 셀레나 부인에게서 떼려고 하지 않았다.

"아, 그럼 그……"

클리보프 부인은 묘하게 주눅 든 것 같은 말투로 대답했다.

"글쎄, 그렇지만요. 노부코 씨가 잘못해서 아침 찬송을 두 번 반복한 것은 아시지요? 실은 오늘 아침에 그이는 다윗의 시편 91번 찬송을 한 번 쳤는데 낮에는 진혼곡 뒤에 「불이여, 우박이여, 눈이여, 안개여」를 칠 셈이었던 거예요."

"아니, 저는 지금 예배당 내부의 일을 말하고 있는 겁니다."

노리미즈는 냉혹하게 그녀의 말을 끊었다.

"실은 이것을 알고 싶은 겁니다. '그때 거기에 확실히 있는 것은 장미였도다, 그 부근에는 새소리 그치고 들리지 않았도다'였으니까."

"그럼 장미 유향을 피운 것 말인가요?"

레베즈 씨도 묘하게 어색한 말투로 상대를 살피듯 바라보면서 말했다.

"올리가 씨가 후반부 꽤 지나서 잠깐 연주를 중지하고 유향을 피운 것인데, 이제 그만 그 웃기는 심리극은 그만두시지요. 우리는 당신들한테 인형의 처치에 대한 뜻만 전하면 되니까요."

"아무튼 내일까지 생각해 보겠습니다."

노리미즈는 딱 잘라서 말했다.

"그러나 결국 우리는 사람을 보호하는 일을 하는 사람들이니까요. 호위라는 점에서는 저 마법 박사가 손가락 하나 까딱하지 못하게 할 것입니다."

노리미즈가 그렇게 말을 끝냄과 동시에 클리보프 부인은 노골적으로 울분이 남았음을 드러내며 성급하게 두 사람을 재촉해 일어났다. 그리고 노미리즈를 증오에 찬 눈으로 내려다보며 비통한 어조로 쏘아붙였다.

"할 수 없군요. 어차피 당신들은 이 학살의 역사를 통계적인 숫자로밖에 생각하지 않으니까요. 아니요, 우리의 운명은 알비교도(남프랑스, 알비에서 일어난 신종교, 마니교의 영향을 받아 신약 성서의 모든 것을 부정하여 교황 이노센트 3세가 주창한 신십자군에 의해 1209년에서 1229년까지 약 47만 명이 죽음에 이른다.)나 웨트리얀카 군민(1878년 러시아령 아스트라칸의 흑사병 창궐기에 포병을 비롯한 군대가 웨트리얀카군을 포위선으로 봉쇄, 공포 발사 및 총살로 위협했다. 이때 군민은 도망하지 못하고 대부분 흑사병으로 죽었다)과 다름없는 처지가 될지도 모르지요. 하지만 혹시 대책이 가능하다면…… 아, 그것을 할 수 있다면 이제부터는 우리 힘만으로 할 거예요."

"아니, 천만의 말씀."

노리미즈는 즉시 비꼬며 응수했다.

"그런데 클리보프 부인, 확실히 성 암브로시오였던가요? '죽음은 악인에게도 또한 유리하도다'라고 했지요."

목줄을 잊어버린 세인트 버나드견이 구슬픈 듯이 울면서 셀레나 부인의 뒤를 쫓아간 것을 마지막으로 세 사람이 나갔다. 그때 사복형사 하나가 아까 지시받은 뒤뜰의 조사를 마치고 왔다. 그는 조사서를 노리미즈에게 건네주고 나서 결과를 보고했다.

"단검은 역시 그것 하나뿐이었습니다. 그리고 본청의 오토보네 의사에게는 지시대로 전했습니다."

노리미즈는 또 첨탑에 있는 12궁의 장미창을 촬영하도록 지시한 뒤, 사복형사를 내보냈다. 구마시로는 당혹스러운 얼굴로 가벼운 한숨을 내쉬었다.

"아, 또 문이랑 열쇠인가. 범인은 주술사야, 자물쇠 장수야? 도대체 어떤 놈이란 말인가? 반대로 존 디 박사의 비밀 문이 그리 흔하게 있을 리도 없고."

"놀랐는데."

노리미즈는 짓궂은 미소를 던졌다.

"그런 거 어디에 창작적인 기교가 있단 말이야? 하기야 이 성관에게 한 걸음이라도 밖으로 나가면 물론 놀라운 의문이 되는 것은 틀림없어. 그렇지만 아까 자네도 서고 안에서 범죄 현상학에 관한 훌륭한 책들을 보았지. 요컨대 그 문이 잠기지 않도록 한 기교라는 것이 이 성관의 정신생활에서 일부를 이루는 것이라고, 본청으로 돌아가 주석(노리미즈가 주석이라고 한 것은 『예심 판사요람』 중 범인의 직업적 습성이란 장에서, 아페르트의 『범죄의 비밀』에서 인용한 일례라고 생각한다. 예전에 심부름꾼이었던 열쇠공이 어느 은행가의 방에 잠입해 방과 침실 사이에 있는 문이 잠기지 않도록 미리 열쇠 구멍에 교묘하게 세공한 나무조각을 넣어 두었다. 그 때문에 은행가가 취침 전에 문을 잠그려고 할 때 열쇠가 돌아가지 않았다. 이에 은행가는 문이 이미 잠긴 것으로 착각하였고, 범인의 계획은 그대로 성공했다고 한다.)이라도 보면 그것으로 뭐든지 알게 되겠지."

노리미즈가 아예 다시 설명하려고도 하지 않고 그대로 불가 피한 결론으로 접어 버린 것은, 평소 만사 검토적인 그를 아는 두 사람에 있어서 아주 놀라운 일이었음에 틀림없다. 하지만 필경 노리미즈가 서고에서 이 사건의 깊이와 신비에 대해 헤아려 얻은 결과였을 것이다. 검사는 다시 노리미즈의 풍류적인 심문 태도를 따지고 들었다.

"나는 레베즈는 아니지만 당신한테 부탁하고 싶은 건 이젠 행동에 나서 달라는 거야. 그런 연애 시인 취향의 노래 자랑은 그만하고, 이제 슬슬 클리보프 부인이 넌지시 암시한 하타타로의 유령을 음미해 보는 게 어때?"

"농담도."

노리미즈는 익살을 부리듯 아무렇지 않은 태도였으나 그 얼굴에는 여느 때의 환멸 어린 우려의 빛이 말끔히 사라졌다.

"천만의 말씀, 나의 심리극은 끝났지만 그것은 역사적인 갈등의 표현인 거야. 한데 내가 맞붙은 것은 그 세 사람이 아니야. 뮌스터베르크라고. 역시 그 녀석은 터무니없는 바보였어."

그때 경시청 감식의(鑑識醫) 오토보네 고안이 들어왔다.

# 제4장

# 시와 갑주와 환영 조형

# 1. 고대 시계실로

노부코의 진찰을 마치고 들어온 오토보네는 쉰을 훨씬 넘긴 노인으로 호리호리하게 마른 데다가 얼굴을 사마귀 같았지만, 번득이는 눈과 기개 어린 대머리가 인상적이었다. 경시청에서 가장 노련한 의사로 특히 독극물 감식에서 그 방면의 책을 대여섯 권 낼 정도였으며 물론 노리미즈하고도 잘 아는 사이였다. 그는 자리에 앉기가 바쁘게 허물없이 담배를 청하더니 한 모금 맛있다는 듯이 빨고 나서 말했다.

"이봐, 노리미즈. 내 판단으로는 유감스럽게도 지각상실이야. 도대체 회전의자가 어떻게 되었든 간에 저 창백하고 투명한 잇몸만 보아도 그냥 단순 실신이라고 단언할 수 있지. 내 자리를 걸어도 좋다고 생각해. 그런데 이쪽에서 구마시로 씨에게 꼭 한마디 하고 싶은 게 있는데, 그녀가 흉기인 단검을 쥐고 있었다는 말을 듣고 나는 숫자 맞추기 카드의 뒷면을 본 것 같은 기분이 들었어. 그녀의 실신은 실로 음험하고 수상쩍어. 지나치게 잘 맞춰진 것 같아."

"그렇군."

노리미즈는 실망한 듯이 고개를 끄덕였다.

"아무튼 자세히 들어봐야겠어. 어쩌면 그 속에서 자네의 실수가 튀어나올지도 모르니까 말일세. 한데 자네의 검출법은?"

오토보네는 군데군데 전문용어를 섞어가면서 극히 사무적으로 자신의 소견을 말했다.

"물론 흡수가 빠른 독극물이 있기는 해. 거기에 특이체질을 가진 사람이라면 중독량보다 훨씬 적은 스트리크닌으로도 굴근진전증(屈筋震顫症)이나 간헐강직증과 유사한 증상을 일으키는 경우가 있어. 그러나 중독이라고 할 만한 말초적 소견이 없는 데다 위 속 내용물이 거의 위액뿐이더군. 이건 좀 수상쩍어. 하지만 그녀가 소화가 잘되는 음식을 먹고 두 시간쯤 후에 쓰러졌다면 위가 비었다고 의심할 것까지는 없지. 그리고 소변 검사에도 별 문제가 없고, 정량적으로 증명할 것도 없어. 다만 인산염이 너무 많을 뿐. 나는 그 원인을 심신 피로의 결과로 판단하는데, 어때?"

"명료하군. 그 엄청난 피로가 없었다면 나는 노부코를 관찰하지 않고 버려두었을 거야."

노리미즈는 무엇인가를 암시하며 상대의 말에 긍정했다.

"그런데 자네가 쓴 시약은 그것뿐인가?"

"천만에. 결국 헛수고가 되고 말았지만 나는 노부코의 피로한 상태를 조건으로 어떤 부인과적 관찰을 시도해 봤지. 노리미즈, 오늘 밤의 법의학적 의의는 페니로열(Pennyroyal, 허브의 일종으로 해충 제거에 쓰임) 하나로 끝난다고 할 수 있지. 페니로열 영점 영 몇 그램을 임신 중이 아닌 건강한 자궁에 주입시키면 복용 후 한 시간 정도 뒤에 격렬한 자궁 마비가 일어나지. 그리고 거의 순간적으로 실신과 비슷한 증상이 나타나네. 그런데 그 성분인 올레움 헤데오메 아피올(Oleam Hedeamae Apoil)조차 검출되지 않았어. 물론 그 여자는 아직 부인과적 수술을 받은 흔적이 없을 뿐만 아니라 중독에 대한 장기의 특이성을 보인 데도 없어. 그래서 노리미즈 군, 나의 독물 사례집은 이것이 전부지만, 결론으로 한마디 하라고 한다면 저 실신의 형법적 의의는 오히려 도덕적 감정에 있다고밖에 할 수 없어. 요컨대 고의냐 자연 발생이냐 하는 문제라고."

오토보네는 테이블을 탁 치면서 자신의 의견을 강조했다.

"아니, 그것은 순수한 정신병리학이야."

노리미즈는 어두운 얼굴로 대답했다.

"그런데 경추는 살펴보았지? 나는 퀸케는 아니지만 '공포와 실신은 경추의 통각이다'라고 한 것은 지당하다고 생각하는데."

오토보네는 담배 끝을 꾹 깨물더니 오히려 놀란 표정을 지었다.

"응, 나도 얀 레그의 『병적 충동 행위에 대하여』나 자네의 『험촉야(驗觸野)』 정도는 읽었어. 어쨌든 제4경추에 압박을 받을 경우, 충동적으로 숨을 들이마시면 횡격막에 경련으로 수축이 일어나지. 그러나 여기서 중요한 것은 그 여자가 꼽추가 아니라는 거지. 그 전에 꼽추 한 사람이 살해당했다면서."

"그런데 말이야."

노리미즈는 숨이 가쁜 듯 말했다.

"물론 확실한 결론은 아니야. 아마 회전의자의 위치나 불가사의한 배음 연주를 생각한다면 일고의 가치도 없겠지. 하지만 한 가지 가설로서 나는 히스테리성 반복 수면에 생각이 미쳤어. 그것을 실신 과정에 적용시켜 보고 싶어."

"물론 노리미즈, 원래 나는 비환상적 동물이야."

오토보네는 현혹을 뿌리치려는 듯한 표정으로 익살스럽게 되받았다.

"대개 히스테리 발작 중에는 모르핀에 대한 항독성이 높아지는 법이야. 그러나 어떤 식으로든 피부가 축축해지는 것은 어쩔 수 없는 일이야."

여기에서 오토보네가 모르핀을 예로 들어 항진신경의 진정 운운 한 말은 물론 노리미즈에 대한 풍자였지만, 그것은 그때그때 인간의 사유 한계를 넘어 보려는 그의 공상을 두고 한 말이었다. 왜냐하면 히스테리성 반복 수면이라는 병리학적 정신 현상은 실로 희귀병 중에서도 희귀병에 속했기 때문이다. 일본에서도 1896년 8월 후쿠라이(福來) 박사의 발표가 최초의 기록이다. 실제 사원이나 병적 심리를 즐겨 다루는 고시로 우오타로(小城魚太郎, 당시 활동한 탐정소설가)의 단편 중에도, 살인을 계획한 한 형무소 의사가 원래 일개 노동자에 지나지 않았던 그의 환자에게 의학용어를 들려주고 그것을 다음 발작 중에 말하게 하여 자신의 알리바이에 이용한다는 작품도 있다. 자기 최면적인 발작이 일어나면 자신이 행동하고 또 들은 말 가운데 가장 새로운 부분을 그것과 똑같이 재연하여 말했다. 이러한 이유로 '히스테리성 무(無) 암시 후(後) 최면 현상'이라는 별칭으로 부르는데 오히려 이 현상의 실체에 걸맞은 표현으로 여겨진다. 그러니 오토보네가 내심 노리미즈의 예민한 감각에 흥분하면서도 겉으로는 통렬한 익살로써 이의를 제기한 것도 무리는 아니었다. 그 말을 듣자 노리미즈는 일단 자조 어린 탄식을 하고는 그로서는 드물게 광적인 흥분을 드러냈다.

"물론 희귀한 현상이지. 그러나 그걸 언급하지 않고 어떻게 실신한 노부코가 단검을 쥐고 있는 상황을 설명할 수 있겠나? 이봐, 오토보네. 앙리 피에롱은 피로로 인한 히스테리성 지각상실의 예를 수십 가지나 들고 있어. 그리고 저 노부코라는 여자는 오늘 아침에 이미 연주해서 그때는 할 리가 없는 찬송가를 실신 직전에 재연했다는 거야. 그러니 그때 뭔가의 이유로 배가 눌렸다고 하면 그 때문에 무의식 상태에 빠진다는 샤르코의 실험을 믿고 싶어지지 않겠어?"

"그럼 자네가 경추에 신경을 쓴 이유도 거기에 있었나?"

오토보네는 어느새 끌려 들어가고 말았다.

"그래. 어쩌면 자신이 나폴레옹이나 된 것처럼 환상을 보고 있는지도 모르지. 하지만 아까부터 나는 마음에 짚이는 게 있어. 자네는 이 사건에 지크프리트와 경추의 관계가 있다고는 생각하지 않나?"

"지크프리트라고?"

여기에는 어지간한 오토보네도 어안이 벙벙해졌다.

"하긴 귀납적으로 머리가 돌아버린 남자라면, 표본이 될 만한 사람 한 명은 나도 알고 있어."

"아니, 결국은 비율의 문제야. 그러나 나는 지성에도 마법의 효과가 있다고 믿어."

노리미즈는 충혈된 눈에 몽상의 그림자를 드리우며 말했다.

"그런데 강렬한 가려움증에 전기 자극과 같은 효과가 있는 것을 알고 있나? 또 마비된 부분에 지각이 있으면 거기에 격렬한 가려움증이 생기는 것도 아마 알루츠의 저술을 읽어서 알고 있겠지? 그런데 자네는 노부코의 경추에 타박상 같은 흔적이 없다고 했어. 하지만 오토보네, 여기에 딱 한 가지, 실신한 인간에게 반응 운동을 일으키게 하는 방법이 있어. 생리상 결코 단단하게 쥘 수 없는 손가락을 이상한 자극으로 움직일 방법이 있는 거야. 그리고 그것이 지크프리트+나뭇잎이라는 공식으로 나타나는 거지."

"과연."

구마시로는 비아냥거리면서 고개를 끄덕였다.

"아마 그 나뭇잎이라는 것이 돈키호테라는 거겠지."

노리미즈는 한번 가볍게 탄식하고는 더욱 정신을 집중하여 신의 조화 같은 노부코의 실신에 대해 절망적인 저항을 꾀했다.

"자, 들어봐. 아마 악마적인 유머일 테니까. 에테르를 스프레이로 살갗에 뿌리면 그 부분의 감각이 삼투되어 없어지지. 그것을 실신한 사람의 온몸에 뿌리면서 손의 운동을 담당하는 제7, 제8경추에 해당되는 부분만 마치 지크프리트의 나뭇잎\*처럼 남겨 두는 거야. 왜냐하면 실신하면 피부의 촉각을 잃게 되지만 내부의 근각이나 관절 감각, 게다가 가려움증에는 자극되기 쉽기 때문이지. 그러면 당연히 그 자리에 극심한 가려움증이 일어나. 그리고 그것이 전기 자극과 같이 경추신경의 그 부분을 자극하여 손가락에 무의식적인 운동을 일으킬 것이 틀림없어. 결국 이 사실 한 가지로 노부코가 어떻게 단검을 쥐었는가 하는 점에 대한 근본적인 공식을 파악한 것 같은 느낌이 들어. 오토보네 선생, 자네는 고의인지 자연발생인지라고 했지만 나는 고의인지 에테르를 대신할 그 무엇인지를 말하고 싶은 거지. 아무래도 그것을 밝혀내기까지는 여전히 섬세하고 미묘한 분석적 신경이 더 필요해."

얼굴에 갑자기 몹시 고통스러운 그림자가 드리워지는가 싶더니 노리미즈는 전혀 다른 가라앉은 목소리로 중얼거렸다.

"아, 말해 버렸군. 그러나 결국 회전의자의 위치는……, 그 배음 연주는 어떻게 된 거지?"

그러고 나서 잠시 노리미즈는 담배 연기가 흘러가는 것을 바라보며 흥분을 가라앉히는 것 같더니, 이윽고 오토보네를 향해서 화제를 바꾸었다.

"그런데 자네한테 부탁한 노부코의 서명은 받았나?"

---

\* 〈니벨룽겐의 노래〉에서 지크프리트가 용의 피에 몸을 담가 불사의 몸이 되지만 나뭇잎이 붙어 있던 부분만 피가 묻지 않아 약점이 되었다는 이야기.

"그런데 말이야. 이건 충분히 질문할 만한 가치가 있어. 어째서 자네는 노부코가 깨어나는 그 순간에 자기 이름을 쓰게 한 거야?"

오토보네가 말하면서 꺼낸 종이에 갑자기 세 사람의 시선이 집중되었다. 거기에는 가미타니가 아닌 후리야기 노부코라고 적혀 있었기 때문이다. 노리미즈는 잠깐 눈을 깜빡거리더니 그가 던진 파문을 해설했다.

"아, 오토보네. 나는 노부코의 서명을 정말 갖고 싶었어. 그렇다고 내가 롬브로소라는 건 아니지만 말이야. 물의 정령이나 바람의 정령을 알려고 클레베의 『필적학』까지 동원할 필요는 없지만 말이야. 사실 종종 실신에 의해 기억상실을 초래하는 경우도 있거든. 그래서 만약 노부코가 범인이 아니라면 이대로 망각 속에 묻혀 버리지나 않을까 하고 실은 내심 그것을 두려워하고 있었지. 그런데 나의 시도는 『마리아 브루넬의 기억(한스 그로스의 『예심판사요람』 중에 잠재의식에 관한 한 예를 들고 있다. 즉 1893년 3월, 바이에른 디트킬헨의 교사 부르넬가(家)에서 두 아이가 살해되고 부인과 하녀는 중상을 입는 사건이 발생했는데 주인인 브루넬이 용의자로 구속된 사례를 말한다. 그런데 부인이 깨어나 심문조서에 서명을 하면서 마리아 브루넬이라 쓰지 않고 마리아 구텐베르크라고 썼다. 구텐베르크란 성은 부인의 결혼 전 성도 아니고 게다가 부인은 정신을 차린 후에도 그 이름에 대해 기억하지 못했다. 즉 그 후 잠재의식 속에 묻혀 버린 것이다. 조사가 진행됨에 따라 그 이름은 하녀의 정부라는 것이 밝혀져 바로 범인으로 체포되었다. 즉, 마리아 구텐베르크라고 썼을 때 끔찍한 범행을 당할 때 알게 된 범인의 얼굴이 머리 부상과 실신으로 상실되었지만 각성 후 몽롱한 상태에서 우연히 잠재의식으로 나타난 것이다.)에서 유래한 거야."

"마리아 브루넬……"

그 이름만으로 떠오르는 것이 있는 모양인지, 세 사람의 표정에는 일치된 것이 나타났다. 노리미즈는 새 담배를 입에 물었다.

"그래서 말이야, 오토보네. 내가 노부코가 눈을 떴을 때 서명을 받으라고 한 것도 요컨대 마리아 브루넬 부인과 같은 몽롱한 상태를 노려 운이 좋으면 자칫 사라져 버릴지도 모르는 잠재의식을 기록하려고 한 거야. 그런데 역시 그녀도 법심리학자의 사례집에서 벗어나지 못했군. 그렇잖아? 노부코의 선례는 오필리어에게서 찾을 수 있겠지. 하지만 오필리어는 미쳐 버린 뒤 단순히 어린 시절 유모에게서 들은 '내일은 발렌타인의 날'이라는 노래를 기억해 낸 데 지나지 않아. 하지만 노부코는 후리야기라는 매우 드라마틱한 성을 붙여서 무시무시한 아이러니를 보여준 거야."

그 서명에는 무서운 흡인력이 있었다. 모두가 한참을 주시하고 있는데 성질 급한 구마시로가 먼저 입을 열었다.

"결국 구텐베르크＝후리야기 하타타로인 거야. 이걸로 클리보프 부인의 진술이 딱 맞아떨어진 거라고. 자, 노리미즈, 자넨 하타타로의 알리바이를 깨야 해."

"아니야, 이 결론은 곤란해. 여전히 후리야기 X라고."

검사는 쉽게 수긍하려 하지 않았다. 그리고 넌지시 산테쓰의 불가사의한 역할을 암시하자 노리미즈도 거기에 수긍하고는 이보다 심한 아이러니는 없다는 듯 착잡한 표정을 지었다. 사실 노부코의 서명이 유령 같은 잠재의식이라고 한다면 아마 노리미즈의 승리일 것이다. 하지만 만약 단순히 일시적인 정신적 착오라면 그야말로 추리를 넘어선 괴물이 분명하다. 오토보네는 시계를 보면서 자리에서 일어났다. 이 독설가는 한마디 비아냥 없이 사라질 위인이 아니었다.

"이제 오늘밤은 더 이상 죽은 자도 나오지 않겠지. 그러나 노리미즈, 문제는 공상보다 논리적 판단력 여하에 달려 있어. 이 두 가지 요소가 조화를 이루면 자네도 나폴레옹이 될 수 있을 걸세."

"아니, 톰슨(덴마크의 사학자. 바이칼호 남단 오르콘 강 상류에 있던 돌궐인의 옛 비문을 판독함) 정도로 만족해."

노리미즈는 지지 않고 맞받아쳤다. 그리곤 이어서 갑자기 심상치 않은 풍운을 불러일으켰다.

"물론 나한테 대단한 사학의 조예는 없지만, 이 사건에서는 오르콘을 능가하는 비문을 읽을 수 있지. 자네는 잠시 살롱에서 금세기 최대의 발굴을 기다려 주게."

"발굴?"

구마시로는 깜짝 놀랐다. 노리미즈가 마음속으로 무슨 생각을 하는지 알 길이 없지만, 양미간에 나타난 단호한 결의만 보아도 바야흐로 건곤일척의 커다란 승부수를 던지려는 것은 분명했다. 이윽고 이 답답하리만치 긴박한 분위기 속으로 오토보네와 엇갈리듯 다고 신사이가 불려왔다. 노리미즈는 지체 없이 단도직입적으로 물었다.

"솔직히 질문드리겠습니다만, 당신은 어젯밤 8시부터 8시 20분 사이에 성관 안을 순회하고 그때 고대 시계실을 잠갔다고 했는데 그 무렵부터 자취를 감춘 사람이 한 명 있었을 겁니다. 다고 씨, 어젯밤 신의심문회 때 이 성관에 있었던 가족 수는 분명히 5명이 아니라 6명이었지요?"

그 순간 신사이는 온몸이 감전된 듯 부들부들 떨었다. 그리고 무엇인가 매달리고 싶은 것이라도 찾는 양 사방을 두리번거리더니 갑자기 태도를 바꾸어 뻔뻔하게 말했다.

"호오, 이 눈보라 속에서 산테쓰 님의 유해를 발굴하시겠다구요? 당신들이 영장을 가지고 계신 것 같지는 않습니다만."

"아니, 필요하다면 그깟 법률쯤 어길 수도 있지요."

노리미즈는 냉정하게 응수했다. 그러나 이 이상 신사이와의 대화는 필요 없다고 판단하고는 솔직하게 자신의 가설을 설명하기 시작했다.

"애초에 당신이 처음부터 순순히 입을 열 거라고 꿈에도 기대하지 않았습니다. 그래서 내가 먼저 그 사라진 한 사람을 포괄적으로 증명해 보이겠습니다. 그런데 당신은 맹인의 청촉각표형(聽觸覺標型)이라는 단어를 아십니까? 맹인은 시각 이외의 모든 감각을 구사하여 그 하나하나 전해져 오는 분열된 정보를 종합한답니다. 그래서 자신에게 접근해 오는 물체의 조형을 읽어 내려 하지요. 그렇지 않습니까, 다고 씨? 물론 내 눈에 그 인물의 모습이 비쳤을 리는 없습니다. 더욱이 소리도 듣지 못한 데다 그에 관한 사소한 정보도 들은 적이 없지요. 하지만 이 사건의 시작과 동시에 어떤 원심력이 작용하여 그 힘이 관계자의 원 밖으로 밀려난 한 사람이 있었습니다. 나는 처음으로 이 성관에 발을 들여놓았을 때 이미 어떤 전조라고 할 수 있는 것을 느꼈습니다. 급사장의 행위에서 그것을 간파할 수 있었습니다."

"그럼, 내가 물어본……."

검사는 이상하게 흥분하여 소리쳤다. 그리고 자기의 의혹이 풀려가는 것을 깨달았다. 노리미즈는 검사에게 미소로 대답하고 말을 계속했다.

"요컨대 이 심리 무언극에 의하면 처음 급사장의 안내로 대계단을 올라갔을 때 모든 일이 시작된 것입니다. 그때 마침 경찰차의 엔진 소리가 요란하게 울렸는데, 그는 내 구두가 바닥에 닿아 삐걱거리며 희미한 소리를 내자 웬일인지 앞서 걸어가면서도 몸을 움츠리더니 옆으로 피하더군요. 그것을 본 나는 무의식 중에 뭔가 짚이는 것이 있었답니다. 그래서 계단을 다 올라갈 때까지 시험 삼아 두세 번 같은 동작을 해보았는데 그때마다 급사장도 같은 동작을 되풀이하더군요. 이 무언의 동작은 확실히 뭔가를 말해 주고 있습니다. 그래서 나는 추측했지요. 시끄러운 엔진 소리에 당연히 들리지 않았어야 할, 아니 통상의 상태로는 절대로 들을 수 없는 소리를 들었기 때문이라고, 그러나 그것은 기적이 아닙니다. 의학 용어로 윌리스 징후라고 해서 격심한 소음과 동시에 나는 미세한 소리도 들을 수가 있다는 청각의 병적인

과민 현상에 지나지 않습니다."

노리미즈는 천천히 담배에 불을 붙여 한 모금 빨더니 계속해서 이야기했다.

"말할 것도 없이 그 징후는 어떤 정신 장애의 전조로 오는 것입니다. 하지만 치헨의『공포심리』같은 책을 보면 극도의 공포감에 몰릴 때의 생리 현상으로서 그에 관한 다수의 실험적 연구를 예로 들고 있습니다. 특히 가장 흥미를 끄는 것은 돈도르프의『죽음·가사 및 조기 매장』중 한 사례일 겁니다. 확실히 1826년에 보르도의 주교 돈네가 급사하자 의사가 그의 죽음을 확인하고 관에 넣어 장례를 치르게 되었습니다. 그런데 도중에 던네가 관 속에서 살아난 것입니다. 그러나 목소리를 낼 수 없어 구조를 청하지도 못하던 그는 혼신의 힘을 다해 관 뚜껑을 조금 밀어냈지만 곧 그대로 탈진하여 관 속에서 꼼짝할 수 없었습니다. 그런데 산 채로 매장되는, 말로 표현할 수 없는 공포 속에서 마침 장엄한 성가의 합창이 울려 퍼지는데 그의 친구 두 사람이 은밀히 나누는 이야기를 들었다는 겁니다."

그러고 나서 노리미즈는 그 현상과 이 사건의 실체를 연결했다.

"그렇게 되면 물론 이 경우, 하나의 의문이 생깁니다. 대개 하인이란 방관적인 흥분을 느낄 수는 있지만 아직 현장에 도착하지도 않은 수사관이 뭔가 질문할 낌새를 느꼈다고 거기에 하등의 공포를 느낄 리가 없습니다. 그래서 그때 나는 어떤 사건의 전제라고나 할까, 섬뜩한 예감이 들었습니다. 말하자면 신경과민의 드라마틱한 유희라고나 할까, 뭐라 표현하기 어려운, 어딘가 기이한 분위기를 느낀 것입니다. 그것이 명료하지 않았기 때문에 더욱 기를 써서라도 다가가려 했답니다. 그러다 곧 그것이 당신의 함구령이 낳은 결과라는 것을 알게 됨과 동시에 굳이 숨기려고 한 운명적인 한 사람과 그의 키까지 알 수 있었습니다."

"키를?"

신사이도 놀라서 눈이 휘둥그레졌다. 그때 세 사람은 일찍이 경험해 보지 못한 흥분에 휩싸였다.

"그렇습니다. 그 투구 앞에 붙은 별장식이 '이 사람을 보라'고 말하고 있습니다."

노리미즈는 의자를 끌어당기면서 조용히 말했다.

"아마 당신도 들으셨겠지만 회랑에 있는 고대 갑주 중, 홀 쪽 문가에 있는 붉은 가죽끈으로 묶은 화려한 갑옷 위에 거친 검정 털의 사슴뿔을 장식한 투구가 올려져 있었습니다. 또 그 앞줄에 걸려 있는 수수한 가죽 갑옷에는 아름다운 사자자리 별이 장식된 투구가 있었지요. 그 두 개를 같이 놓고 볼 때 누군가 바꾸어 놓았음이 분명합니다. 그뿐만 아니라 그 바꿔치기가 어젯밤 7시 이후에 일어났다는 것도 급사장의 증언으로 확인되었습니다. 그러나 바꿔치기는 매우 섬세한 심리를 반영합니다. 홀 맞은편에 있는 두 벽화와 함께 비로소 본체를 드러낸 것입니다. 아시는 바와 같이 오른쪽의 것은 「무염시태」로 성모 마리아가 왼쪽 끝에 서 있고, 왼쪽의 「갈보리 산의 아침」은 오른쪽 끝에 예수를 못 박은 십자가가 서 있습니다. 즉 그 두 투구를 서로 바꾸지 않으면 마리아가 십자가에 못 박힌다고 하는 말도 안 되는 이상한 현상이 나타나기 때문입니다. 그러나 그 원인은 쉽게 밝혀낼 수 있었습니다. 다고 씨, 홀의 문가에는 겉면에 편평한 무광 유리와 볼록한 무광 유리를 번갈아 끼워 만든 육각형 벽등이 있었지요. 실은 붉은 가죽끈 갑옷을 향하는 편평한 유리에서 기포를 하나 발견했습니다. 그런데 안과에서 쓰는 코키우스 검안경 장치를 아십니까? 평면 반사경의 한가운데 아주 작은 구멍이 뚫고 그 반대편 축에 오목한 거울을 놓아 그곳에 모인 광선을 평면경의 작은 구멍으로 안저(眼底)에 보내는 것이지요. 이번 경우에는 천장의 샹들리에 빛이 오목 판면에 모아져 그것이 앞쪽의 평면판에 있는 기포를 지나서 맞은쪽에 있는 투구의 별 장식에 비쳤던 것입니다. 결국 그것을 알면 투구의 강렬한 반사광을 받게 되는 위치를 기초로 해서 눈높이를 측정할 수 있겠지요."

"그런데 그 반사광이 어쨌다는 겁니까?"

"다름 아닌 복시(複視) 증상이 일어납니다. 최면 중에도 안구를 옆에서 누르면 시준선(視準線)이 혼란을 일으켜 복시가 생기는데 옆에서 오는 강렬한 광선으로도 같은 효과를 낳습니다. 그 결과 앞쪽에 있는 성모 마리아가 십자가와 겹쳐 마치 마리아가 십자가형을 받는 것 같은 착시가 일어나는 거지요. 말할 것도 없이 그 위치를 바꾼 사람은 여성입니다. 왜냐하면 그런 성모 마리아의 십자가형과 같은 환각은 첫째 여성으로서 가장 비참한 귀결을 의미합니다. 또 한편으로 하늘에서 내려다보고 있는 것 같은 의식에 사로잡혀 심판이나 형벌이라고 하는 기묘하게도 원시적인 공포가 찾아들었을 테니까요. 대체로 그런 종교적 감정

어쩌고 하는 것은 일종의 본능적 잠재물이니까요. 아무리 위대한 지적 능력이 있다 해도 쉽게 극복할 수 있는 것이 아닙니다. 직관적이기는 하지만 결코 사변적이지는 않습니다. 원래 형벌 신일신설(刑罰神—神説, 야훼이즘)은…… 가톨릭주의는 성 아우구스티누스가 '영접형벌설'을 주장했을 때 이미 개인을 초월해 벗어날 수 없는 힘에 도달해 버렸으니까요. 그러므로 의지와 상관없이 그 엄청난 마력은 순식간에 정신의 균형을 깨뜨려 버립니다. 특히 연약하고 변화에 민감한, 뭔가 이상한 계획을 결행하려고 할 때의 심리 상태로는 그 충격에 아마 잠시도 버티지 못하겠지요. 다고 씨, 그런 동요를 막기 위해서 그 여성은 두 개의 투구를 바꾸어 놓은 것입니다. 그런데 별 장식의 높이로 대충 키를 측정해 보면 5피트 4인치입니다. 키가 이 정도인 여성은 도대체 누구겠습니까? 말할 것도 없이 고용인들이라면 귀중한 장식품을 함부로 바꾸려 하지 않을 거고, 네 명의 외국인은 물론, 노부코나 구가 시즈코도 다 1, 2인치 정도 작습니다. 그런데 다고 씨. 그 여성은 아직 이 성관 안에 숨어 있습니다. 아, 대체 그녀는 누구일까요?"

재삼 신사이의 자백을 재촉했지만 상대는 여전히 말이 없었다. 노리미즈의 목소리에 도전적인 열정이 어렸다.

"그러자 내 뇌리에서 하나의 이미지가 차츰 커다란 역설로 자라났는데, 아까 당신의 입으로 겨우 그 진상을 말해 주셨지요. 그리하여 나는 결론에 도달하였습니다."

"뭐라고요, 내가 뭘?"

신사이는 어이가 없다기보다 갑자기 바뀐 상대의 말투에 조롱당한 것 같아 분개했다.

"그것이 당신이 가진 유일한 장애 같군요. 왜곡된 공상 때문에 상식을 벗어난 겁니다. 나는 거짓 신호에 놀라지 않을 거요."

"하하하, 거짓 신호라."

노리미즈는 갑자기 폭소를 터뜨렸지만 다시 차분하고 세련된 어조로 말했다.

"아니, '상처 입은 암사슴은 울면서 가라, 무정한 수사슴은 뛰어노나니' 쪽이 좋겠지요. 그러나 아까 당신은 내가 「곤자고 살인」(〈햄릿〉에 나오는 연극. 연극 속 연극) 중에서 '한밤 어둠 속에 꺾은 풀의 지독한 악취여'라고 했더니, 그 다음 구절인 '세 번 마녀의 저주에 시들고 독기에 물드도다(With Hecate's ban thrice blasted, thrice infected)'라고 답하셨지요. 그때 어떻게 세 번(thrice) 다음의 운율을 놓치셨지요? 또 무슨 이유로 그것을 다시 말할 때 With Hecates를 1절로 하여 Ban과 thrice를 합치고 또 수상쩍게도 그 Banthrice를 말하면서 당신은 갑자기 창백해졌습니다. 물론 저는 문헌학의 고등 비평을 하려는 것은 아닙니다. 이 사건의 발단처럼 실로 겉만 번지르르한, 세 번 마녀의 저주, 그 다음 구절을 당신 입에서 나오게 하려고 했답니다. 요컨대, 시어에는 특히 강렬한 연합 작용이 나타난다는 블루덴의 가설을 표절하여 그것을 살인 사건의 심리 실험에 색다른 형태로 응용하려고 한 것입니다. 소위 무장을 숨긴 시의 형식이라고나 할까요. 그것으로 당신의 신경 운동을 음미하려고 했는데 결국 그 속에서 하나의 유령 같은 악센트를 잡아내었습니다. 그런데 버베지(에드먼드 킨 이전의 셰익스피어 전문 명배우)는 셰익스피어의 작품에 운율적인 부분, 다시 말해 그리스식 양적 운율법이 많음을 지적했어요. 즉, 하나의 긴 음절이 양에 있어서 두 개의 짧은 음절과 같다는 원칙으로 거기에 두운, 각운, 강음을 안배하여 억양의 조화를 이루는 시 형태의 음악적 선율을 만들어낸 것입니다. 그러므로 한 마디라도 그 낭송법을 어기면 운율 전체의 절이 혼란을 일으키겠지요. 그러니 당신이 thrice에서 막혀 그 다음 운율을 그르친 것은 결코 우연한 사고가 아닙니다. 그 한 마디에는 적어도 비수 같은 심리적 효과가 있기 때문입니다. 당신은 그 단어가 나를 자극한다는 것을 깨닫자마자 당황하여 바꾸어 말했던 것이지요. 하지만 다시 읊을 때는 지금 말한 운율을 무시하지 않으면 안 되었습니다. 바로 그걸 제가 노렸는데, 오히려 수습하기 어려운 혼란만 불러일으키고 말았지요. 왜냐하면 당신 한테 앞의 Ban에 thrice를 붙인, 밴시라이스(Banthrice)는 밴시(Banshee. 아일랜드 전설에 나오는 죽음을 예고하는 요정)가 사람이 죽을 때 노인 모습으로 나타난다는데 바로 그 밴시(Banshrice)처럼 들리기 때문이지요. 다고 씨, 제가 들먹인 '한밤 어둠 속에'라는 구절에는 이런 식으로 이중, 삼중의 함정이 있었던 거지요. 물론 저는 당신이 이 사건에서 밴시 같은 역할을 했다고는 생각하지 않습니다. 하지만 그 마녀가 저주한 독에 물든 세 번이란 도대체 무엇을 의미하는 것일까요. 단네베르그 부인…… 에키스케…… 그리고 세 번째는?"

그렇게 말하고 나서 노리미즈는 한참 상대를 똑바로 보았는데 신사이의 얼굴은 차츰 몽롱한 절망의 빛으로 싸여갔다. 노리미즈가 계속해서 말했다.

"그리고 나는 그『곤자고 살인』의 '세 번'을 다시 한 번 도마 위에 올려 이번에는 반대로 내려가는 곡선으로 관찰했습니다. 그리고 마침내 그 한마디에 진술의 심리를 철두철미 지배하고 있는 무서운 힘이 있음을 확인할 수 있었습니다. 그러기 위해 포프의『머리카락 도둑』중 가장 익살스러운 '이상한 공상으로 남자 스스로 임신할 수 있다고 믿나니(Men prove with child, as powerful fancy works)'를 인용해 조금도 다른 뜻이 없음을 당신에게 암시했던 것입니다. 그런데 그 다음 구절인, '처녀는 항아리가 된 줄 알고, 세 번 소리를 질러 마개를 찾았도다(And maids turn'd bottles, call aloud for corks thrice)'고 대답한 당신은 그 속에 thrice라는 글자가 있는 것을 거의 의식하지 않은 것처럼 태연하게 극히 본격적인 낭송법으로 읊지 않았습니까? 물론 그것은 이완된 심리 상태에 나타나기 쉬운 맹점입니다. 게다가 전후의 두 현상을 대비해 보면 같은 thrice라도『곤자고 살인 』에 나타난 것과『머리카락 도둑』의 그것과는 심리적 영향에 있어서 현저한 차이가 있음을 알 수 있었습니다. 그래서 나는 더 확실한 결론을 내리기 위해 이번에는 셀레나 부인으로부터 어젯밤 이 성관에 있었던 가족의 수를 알아내려고 했습니다. 그런데 내가 말한 고트프리트의 '나 이제 곧 악마와 하나 됨을 누가 방해할 수 있으리'에 대해, 셀레나 부인은 그 다음 구절인 '단검의 각인에 내 몸은 무서워 떨리도다(Sech stempel schrecken geht durch mein gebein)'라고 대답했습니다. 하지만 무슨 일인지 단검(sech)이라는 부분에서 당황한 기색을 보이더니 급기야 단검의 각인(Sech stempel)이라고 두운을 울려 하나의 음절로 말해야 하는 것을 sech와 Stempel 사이에 간격을 두어 그다음 운율을 엉망으로 만들어 버린 것입니다. 어째서 셀레나 부인은 그렇게 엉터리로 낭송했을까요? 그건 말할 것도 없이 여섯 번째 신전(Sechstempel)이라고 들릴까 봐 두려웠기 때문입니다. 그 전설의 후반에 나오는 '신의 성채'(현재의 메츠 부근)의 영주가 부리는 마법으로 발푸르기스의 숲속에 나타난다는 여섯 번째 신전, 그곳에 들어간 사람은 두 번 다시 볼 수 없다고 하지요. 그러므로 셀레나 부인이 은연중에 암시한 그 여섯 번째의 인물이라는 것은……, 아니 어젯밤 이 성관에서 갑자기 사라진 여섯 번째 사람이 있었다는 사실은, 내 신경에 비친 당신들 두 사람의 이미지만으로도 이미 부정할 여지가 없었어요. 이렇게 하여 나는 보지도 않고 알아낼 수 있었습니다."

신사이는 더는 못 참겠는지 팔걸이를 쥔 두 손을 부들부들 떨기 시작했다.

"그럼 당신 마음속에 있는 그 인물이란 도대체 누구입니까?"

"오시카네 쓰다코입니다."

노리미즈는 곧바로 당당하게 말했다.

"일찍이 그녀는 일본의 모드 아담스라고 불리던 대여배우였습니다. 5피트 4인치는 바로 그녀의 키지요. 다고 씨, 당신은 단네베르그 부인의 변사를 발견하고 나서 어젯밤부터 모습을 나타내지 않은 쓰다코 부인에게 당연히 의혹의 눈길을 돌렸겠지요. 그러나 영광스러운 일족 중에서 범인이 나오지 않도록 어떤 조치를 취해야 할 필요성을 절박하게 느꼈을 겁니다. 그래서 모두에게 함구령을 내리고 부인의 소지품을 어딘가 눈에 띄지 않는 곳에 감추었을 겁니다. 물론 그런 지배적인 조치를 취할 수 있는 인물은 다고 씨밖에 없습니다. 이 성관의 실권자를 제쳐두고 달리 어디서 그런 사람을 구할 수 있겠습니까?"

오시카네 쓰다코……. 그 이름은 사건의 범위를 벗어난 인물인 만큼 청천벽력 같은 소리였다. 노리미즈의 신경 운동이 미묘한 방출을 계속하여 다다른 절정이 이것이었던가. 그러나 검사도 구마시로도 얼굴이 마비라도 된 듯 쉽게 말이 나오지 않았다. 왜냐하면 이것이 설령 노리미즈의 신기가 빚어낸 것이라고 하더라도 도저히 진실로 받아들일 수 없을 정도로 오히려 공포에 가까운 가설이었기 때문이다. 신사이는 휠체어가 넘어질 정도로 몸을 흔들며 격렬하게 홍소를 터뜨렸다.

"하하하, 노리미즈 씨. 말도 안 되는 소리는 그만두시오. 당신이 말한 쓰다코 부인은 어제 아침 일찍 이 성관을 떠났어요. 도대체 어디에 숨어 있다는 겁니까? 사람이 들어갈 만한 데는 지금까지 샅샅이 뒤져 보았을 것 아닙니까? 혹시 어디에 숨어 있다면 내가 앞장서서 범인으로 끌어내 보이지요."

"천만에요. 범인은커녕……."

노리미즈는 냉소를 머금고 말을 되받았다.

"대신 연필하고 메스가 필요합니다. 그건 나 역시 한번은 쓰다코 부인을 바람의 정령으로 생각한 적이 있었지요. 그런데 다고 씨, 이 또한 비통하기 짝이 없는 에피소드랍니다. 그녀는 시체가 되어서도 갈채를 받을 수 있는 시기를 놓쳐 버렸으니까요. 그것이 어젯밤 8시 이전이었던 것입니다. 그 무렵 쓰다코 부인은 이미 멀리 정령계로 떠나갔습니다. 그래서 그녀야말로 단네베르그 부인 이전의, 즉 이 사건에 있어 최초의 희생자였던 것입니다."

"뭐요, 살해되었다고?"

신사이는 마치 감전이라도 된 것 같은 충격을 받았다. 그리고 무심코 반사적으로 반문했다.

"그, 그럼, 그 시체는 어디에 있습니까?"

"아, 그걸 들으면 당신은 아마 순교자적인 기분이 들 거요."

노리미즈는 잠시 연극적인 탄식을 토해내더니 단호하게 말했다.

"사실, 당신은 자신의 손으로 시체가 있는 방의 무거운 철문을 잠그었으니까요."

그 순간 세 사람의 얼굴에서 모든 감각이 싹 가신 것도 무리가 아니었다. 노리미즈는 이 사건이 자신의 환상 유희라도 되는 것처럼 한 마디 한 마디 토해낼 때마다 기발한 상승을 더해갔다. 그리고 마침내 그 정점에 이르자 세 사람은 감각적 한계를 보인 것이다. 노리미즈는 이 북유럽식 비극의 다음 막을 올렸다.

"그런데 다고 씨, 어젯밤 7시 전후라고 하면 마침 고용인들의 식사 시간이었다고 하더군요. 또 회랑에서 투구가 뒤바뀐 때하고도 맞아떨어지는데, 아무튼 그 전후에 대계단의 양 옆에 있던 두 기의 중세 갑옷 무사가 한 걸음에 계단을 뛰어올라가서 『해부도』 앞을 막아선 거지요. 그러니 그 한 가지만으로도 쓰다코 부인의 시체가 고대 시계실 안에 있다는 것이 증명된답니다. 자, 논리보다 증거니까 지금 저 철문을 열어 주십시오."

그리고 고대 시계실로 가는 어두운 복도는 얼마나 길었는지! 아마 창문을 억세게 뒤흔드는 바람이며 눈도 그들의 귀에는 들리지 않았을 것이다. 열병 환자처럼 충혈된 눈으로 비틀대며 앞으로 나아가는 세 사람에게 있어 극히 침착한 노리미즈의 걸음은 무척이나 답답했을 것이다. 이윽고 최초의 철책문이 좌우로 열리고 옻칠을 해 검은 거울처럼 빛나는 철문이 나타났다.

신사이는 몸을 구부려 열쇠를 꺼내 오른쪽 문손잡이 밑에 있는 철제 상자를 열고 그 속의 문자판을 돌리기 시작했다. 오른쪽으로 왼쪽으로 그리고 또 오른쪽으로 틀자, 희미하게 빗장 열리는 소리가 났다. 노리미즈는 문자판의 섬세한 세공을 들여다보며 말했다.

"오, 이것은 빅토리아 왕조에서 유행했던 마리너스 컴퍼스(문자판 둘레에 잉글랜드 근위용 기병 연대의 네 왕의 문장이 새겨져 있다)군"

어딘지 모르게 실망한 듯한 허탈한 목소리였다. 열쇠의 성능에 대하여 거의 신빙성을 두지 않은 노리미즈로서는 아마 이 이중으로 닫힌 철벽이 그의 마음속에 도사리고 있는 어떤 하나의 관념을 전복시킨 것이 분명해 보였다.

"글쎄요, 이름은 모릅니다만 잠근 순서의 반대로 세 번 문자를 맞추면 문이 열리는 장치입니다. 즉 잠글 때의 마지막 문자가 열 때의 처음 문자가 되는 셈인데, 이 문자판의 조작법과 철제 상자의 열쇠에 대해서 아는 사람은 산테쓰 님이 돌아가신 뒤론 저밖에 없습니다."

다음 순간 침을 삼킬 새도 없이 모두 숨 막히는 긴장감을 느낀 것은 노리미즈가 양쪽의 손잡이를 잡고 육중한 철문을 양쪽으로 열기 시작했기 때문이었다. 내부는 칠흑같이 어둡고 움막처럼 축축한 공기가 차갑게 다가왔다. 그런데 어떻게 된 일인지 도중에 노리미즈가 느닷없이 동작을 멈추고 전율을 느끼는 듯 굳어져 버렸다. 그러나 그 모습은 무엇엔가 귀를 기울이고 있는 것 같았다. 똑딱똑딱 진자 소리와 함께 땅 밑에서 울려오는 것 같은 이상한 소리가 흘러 들어왔다.


## 2. Salamander soll gluhen(불의 요정 살라만더여, 불타올라라)


그러나 노리미즈는 다시 몸을 움직여 양쪽 문을 활짝 열었다. 안에는 기묘한 모양을 한 고대 시계가 양쪽 벽에 죽 늘어서 있었다. 밖에서 들어오는 어스름한 빛이 방 안의 어둠과 만난 언저리에는 몇 개의 숫자판 유리 같은 것이 섬뜩한 느낌의 비늘처럼 빛나며 희미한 빛 속을 떠돌았다. 곳곳에서 움직이고 있는 긴 장방형 진자가 끊임없이 맥박과도 같은 명멸을 반복하고 있었기 때문이다. 이 무덤 속 같은 음침한 공기 속에서 시대의 먼지를 뒤집어 쓴 정적과 갖가지 초침 소리가 아직도 끊이지 않는 것은 아마 누구 한 사람 가슴이 답답하면서도 숨을 내쉬지 않은 까닭이리라. 그런데 그때 한가운데 큰 상감 기둥 위에 놓인 인형 시계가 갑자기 태엽 풀리는 소리를 내면서 고풍스러운 미뉴에트를 연주하기 시작했다. 오르골이 연주하는 우아한 음색이 침울한 귀기를 깨자 다시 모두의 귀에 질질 끌리는 것 같은 묵직한 음향이 들려왔다.

"불을 켜!"

구마시로는 겨우 제정신이 돌아온 듯 고함을 질렀다. 신사이가 벽의 스위치를 누르자 과연 노리미즈의 놀라운 추측은 적중했다. 안에 있는 긴 캐비닛 위에 쓰다코 부인이 양손을 가슴 위에 모으고 길게 누워 있었다. 그녀의 생사는 네 사람의 주사위 눈에 걸려 있었던 것이다. 그 단정한 아름다움은 그야말로 도자기로 빚은 베아트리체 조각상이라고밖에 할 수 없었다. 그러나 바닥을 긁는 묵직한 음향은 바로 쓰다코 부인이 누워 있는 근처에서 들려왔다. 섬뜩하고 땅을 진동시킬 듯한 코고는 소리, 그것도 병적으로 가르랑거리는 소리와 뒤섞여……. 아, 노리미즈가 시체라고 추측했던 쓰다코 부인은 아직 살아 있는 것이 아닌가. 피부는 완전히 생기를 잃고, 체온은 죽은 사람에 가까울 정도로 내려갔지만 호흡은 미미하게 내쉬고, 미약하나마 심장이 뛰고 있다. 그리고 얼굴을 빼고는 전신이 미라같이 모포로 감싸여 있었다. 그때 오르골의 미뉴에트 소리가 그치자 두 동자 인형은 번갈아 오른손의 망치를 들어 올려 차임벨을 두드렸다. 8시를 알린 것이다.

"포수클로랄이야."

노리미즈는 내쉬는 숨을 확인하고 얼굴을 떼면서 힘찬 소리로 말했다.

"동공도 줄어들었고 냄새도 틀림없어. 그래도 살아 있어서 다행이야. 그래, 구마시로. 쓰다코 부인이 회복되면 이 사건의 어딘가에 서광이 비칠지 몰라."

"그렇군. 약물실 조사도 헛수고는 아니었어."

구마시로는 벌레라도 씹은 것 같은 얼굴로 말했다.

"하지만 덕분에 엉뚱한 비보를 듣게 되었어. 굉장한 환멸이 느껴지는군. 저 동판화처럼 확실한 동기를 가진 여자가 왜 이런 바보 같은 짓을 하지? 자네가 영매라도 한번 불러 보는 게 어때?"

사실 구마시로가 말한 것처럼 유산 분배에서 유일하게 제외된 사람으로서 가장 유력한 동기를 가진 오시카네 쓰다코 부인은 어딘가 여리고 깨지기 쉬운 사람처럼 보였다. 그러던 참에 흉악한 인물로 나타났을 뿐만 아니라 노리미즈의 추측을 뒤엎고 이번에는 알 수 없는 혼수상태에 빠져 미묘한 추리를 요구하는 것이었다. 이 예측을 불허하는 역전은 구마시로뿐 아니라 모두가 견딜 수 없는 사건임이 틀림없었다. 검사도 화가 난 듯 한숨을 쉬면서 말했다.

"그저 놀라울 뿐이야. 겨우 스무 시간 남짓한 사이에 두 명의 사자와 두 명의 환자가 나왔어. 어쨌든 문제가 되는 것은 문자판

을 돌려 문을 열기 전이야. 그 전에 범인은 혼수상태가 된 쓰다코를 여기로 옮겨 놓았겠지."

그리고 노리미즈를 확신에 찬 표정으로 보면서 말했다.

"하지만 노리미즈, 약의 양을 대충 알면 그것을 삼킨 시간도 짐작할 수 있지? 거기에 나는 뭔가 있을 거라는 생각이 들어. 이 혼수상태에는 틀림없이 몇 겹의 비밀이 있음이 분명해"

검사 역시 쓰다코 부인에 얽힌 동기의 확고한 무게에 이끌렸다. "맞아."

노리미즈는 만족한 듯이 고개를 끄덕였다.

"그러나 약의 양 따위는 아무래도 좋아. 무엇보다 문제가 되는 것은 범인에게 이 사람을 죽일 의사가 없었다는 사실이야."

"뭐라고, 죽일 의사가 없었어?"

검사는 무의식중에 그 말을 큰소리로 따라 하다 바로 이의를 제기했다.

"하지만 약의 양을 잘못 젤 수도 있을 수 있잖아?"

"하제쿠라, 이 사건에는 약의 양이 근본적인 문제는 아니야. 다만 잠들도록 해서 이 방에 내던져 놓기만 하면 그것이 그대로 치사량이 되어 버려. 다량의 클로랄에는 체온을 낮추는 뚜렷한 성능이 있어. 게다가 이 방은 돌과 금속으로 둘러싸여 몹시 온도가 낮지. 그러니 창문을 열어 바깥 공기가 들어오게만 하면 이 방의 기온은 얼어 죽기 딱 맞는 조건이 되지 않겠어? 그런데 범인은 그런 가장 안전한 방법을 선택하지 않았을 뿐만 아니라, 보다시피 미라처럼 감싸서 이해할 수 없는 보온 조치까지 했어."

여전히 노리미즈는 기괴하기 짝이 없는 수수께끼 속에서 또다시 새로운 의문을 끄집어내었다.

그런데 과연 그의 말처럼 창문의 걸쇠에는 석순처럼 녹이 슬었고 더욱이 청소가 되어 있는 실내에는 사소한 흔적마저 남아 있지 않았다. 노리미즈는 실려 나가는 쓰다코 부인을 물끄러미 배웅하면서 어딘가 섬뜩한 얼굴로 말했다.

"아마 내일 하루만 지나면 충분히 심문을 견딜 수 있을 것 같은데. 그러나 이것 하나만은 어떻게 되든 기억하고 있어야 해. 어째서 범인이 쓰다코 부인의 자유를 빼앗아 가두었는가. 내 지나친 생각인지 모르겠지만. 그런 수단을 취하게 된 음험한 술책이 어쩌면 부인이 의식을 회복하여 처음 입을 열 때 불쑥 나오지 않을까 하는 생각이 들어. 아무래도 균열이 있다 싶으면 거기에는 어김없이 함정이 있으니까."

신사이는 노리미즈의 놀라운 폭로에 불과 그 10여 분 사이에 몰라볼 정도로 초췌해졌다. 힘 빠진 손으로 휠체어를 밀면서 뭔가 말하고 싶은 듯 애원하는 표정을 지었다.

"알고 있어요, 다고 씨"

노리미즈는 가볍게 제지하고 말했다.

"당신이 취한 조치에 대해서는 내가 구마시로 씨에게 잘 부탁해 놓지요. 그런데 오시카네 쓰다코 부인의 모습이 보이지 않게 된 것은 어젯밤 몇 시 무렵이었지요?"

"그게 꽤 늦어서였을 겁니다. 아무튼 신의심문회에 빠졌기 때문에 그때 처음 알게 되었습니다."

신사이는 겨우 안도의 빛을 띠고 말했다.

"저녁 6시께 부군인 오시카네 박사한테서 전화가 걸려 왔습니다. 어젯밤 9시 급행으로 큐슈대학의 신경학회에 간다는 말씀을 하셨던 모양인데 그때 하인 한 사람이 쓰다코 님이 전화실에서 나오시는 것을 본 것을 마지막으로 아무도 보지 못했습니다. 또 이 전화 건은 자택에 확인했을 때 그쪽에서 알려준 겁니다."

"그렇군요. 6시부터 8시라. 어쨌든 그 사이의 동정을 개인별로 조사해야겠어. 조사하다 보면 화승총이라도 날아들지 모르지만 말이지."

구마시로가 거의 직관적으로 말하자, 노리미즈는 놀란 듯이 되돌아보았다.

"농담하나? 과연 자네는 체력이 좋군. 그러나 그 미친 시인이 하는 짓에 어떻게 알리바이 어쩌고 하는 진부한 생각을 할 수 있겠나?"

구마시로의 말을 무시하고 노리미즈는 외눈안경이라도 있었으면 좋겠다는 표정으로 즐비하게 늘어놓은 신기한 고대 시계들에 시선을 돌렸다.

거기에는 칼데아의 로서스 해시계와 비스마르크 섬 다크다크 회의 종려사 시계. 물시계 종류로는 우선 톨레미 왕조의 역대 이집트 왕과 오시리스 마트의 여러 신, 거기에 세바우 나이우의 뱀신까지 틀에 새겨 넣은 크테시비우스형을 비롯하여 5세기 아바르족(인도 서역의 민족. 6세기 말 돌궐족 때문에 코카서스로 쫓겨감)의 주발형 시계에 이르기까지 10여 종이 있었다. 그리고 호엔슈

타우펜가의 조상인 프레드릭 폰 뷔렌의 문장이 새겨진 희귀한 디아볼로형 모래시계 등이 눈길을 끌었다. 또 기름 시계와 화승 시계 같은 중세 스페인에서 자취를 감춘 것으로는 피어리 파샤 (1571년 베네치아 공화국과 레번트에서 해전을 일으킨 술탄의 사위) 로부터의 전리품과 프랑스 구교도의 수령 기즈 공작 앙리(성 바르톨로뮤 축일에 신교도를 학살한 인물)가 헌상한 시계가 눈에 띄었다. 그리고 초기 이래의 중추시계가 스무 가지나 되었는데 특히 눈에 띈 것은 거대한 해적선 옆면에 시계 같은 장식을 붙인 것으로, 새겨진 글을 보니 머천트 어드밴처러스 사에서 윌리엄 세실 경(엘리자베스 왕조 이래 한자 상인을 탄압한 정치가)에게 보낸 것이었다. 아마 이 정도면 고대 시계의 수집으로 세계에서 유례를 찾기 어려운 경지일 것이다. 그러나 그 중앙에 왕좌처럼 군림하는 시계는 황동받침에 오스만식 망루와 인어가 상감된 패널, 그 위에 코트레이식 탑 모양을 한 인형 시계를 얹은 것이었다. 근세 시계에 있는 눈금판이 없고 탑 위의 둥근 테두리 안에 차임벨이 하나 있었는데, 그것을 사이에 두고 네덜란드 하를럼 근방의 민속 의상을 입은 남녀 한 쌍의 동자 인형이 마주보고 있었다. 그리고 30분마다 그때까지 자동적으로 감긴 태엽이 풀리면 동시에 내부의 오르골이 울리기 시작하였다. 연주가 끝나면 두 동자 인형이 번갈아 막대를 들어 올려 차임벨을 두드려서 정해진 시각을 알리는 구조였다.

노리미즈가 옆에 있는 문을 열자, 위는 오르골 장치고 그 밑은 시계의 기계실이었다. 그때 뜻밖에도 노리미즈는 문 뒤쪽에 기

묘한 글씨로 쓴 전각(篆刻)을 발견했다. 즉 오른쪽 문에는……

덴쇼 14년 5월 19일(로마력 예수 탄생 이래 1586년), 에스파냐 왕 필립 2세로부터 클라비쳄발로와 함께 이것을 받다.

또 왼쪽 문에도 다음과 같은 글이 새겨져 있었다.

덴쇼 15년 11월 27일(로마력 예수 탄생 이래 1587년), 고어 예수회 성 바오로 성당에서 프란시스코 사비에르 성인의 유골을 이 유물함에 담아 동자의 한쪽 팔로 삼다.

그야말로 그것은 예수회 순교의 역사가 흘린 선혈의 시 중 하나였을 것이다. 이후 그 사비에르 성인의 유골은 중요한 반전을 이루는데, 그때 노리미즈는 다만 유구한 역사에 맞닥뜨려, 마치 거대한 손바닥에 꽉 쥐어진 것처럼 뭐라고 형용할 수 없는 압박감을 느꼈다.

잠시 그 전각문을 쳐다보던 노리미즈는 꿈이라도 꾸는 듯 나지막한 소리로 중얼거렸다.

"아, 그렇게 되었지요. 확실히 중국 상천도(광동성 양자강 주변)에서 죽은 사비에르 성인은 아름다운 미라가 되었겠지요. 정말 그 유골과 유물함이 동자 인형의 오른팔이었나요?"

그리고 갑자기 태도를 바꾸어 신사이에게 물었다.

"그런데 다고 씨, 언뜻 보기에 먼지가 없는데 이 시계실은 언제쯤 청소했습니까?"

"바로 어제였습니다. 1주일에 한 번씩 하니까요."

고대 시계실을 나오자 신사이는 무엇보다도 먼저 그를 무참한 패배로 몰아붙인 의혹을 풀지 않으면 안 되었다. 노리미즈는 신사이의 물음에 무미건조한 미소를 지었다.

"그렇다면 당신은 디나 그레이엄의 흑경 마법을 아십니까"

그렇게 먼저 확인하고 나서 담배 연기를 내뿜더니 말하기 시작했다.

"아까도 말한 대로 그 열쇠라는 것이 계단의 양 끝에 있던 중세의 두 갑주 무사입니다. 물론 장식용으로 대단한 무게는 아닙니다만 그건 아시는 바와 같이 7시 전후, 때마침 하인들의 식사 시간을 노려 급히 계단 복도까지 뛰어올라갔습니다. 게다가 쌍방이 다 긴 깃발을 들고 있었는데 내가 처음에 그 깃발이 바뀐 것을 근거로 추리하면서 범인이 살인 선언을 했다고 해석했습니다. 그런데 좀 신경 쓰이는 것이 있어서 일단 두 깃발과 그 뒤에 있는 가브리엘 막스의 「해부도」를 비교해 보았습니다.

물론 그림 속 두 인물에는 쓰다코 부인의 소재를 가리키는 단서가 없었는데 그때 문득 두 깃발이 그림의 윗부분을 가리고 있다는 것을 깨달았습니다. 거기에는 다마스쿠스로 가는 길을 가리켜 주는 이정표가 있었지요. 결국 그 주변 일대의 언뜻 보기에는 붓을 내던지기라도 한 것 같이 갖가지 색이 선이나 덩어리 모양으로 어우러진 부분, 바로 그것이 이정표였던 것입니다. 한데 점묘법 이론을 아십니까? 색과 색을 섞는 대신 원색의 섬세한 선과 점을 번갈아 늘어놓고 그것을 어떤 일정한 거리를 두고 바라보면 비로소 보는 사람의 시각 속에서 그 분해된 색채가 합쳐지는 것을 말합니다. 물론 조금이라도 앞뒤로 차이가 나면 금세 통일은 깨지고 화면은 말할 수 없는 혼란에 빠지고 맙니다. 요컨대 루앙 대성당의 문을 그릴 때 모네가 쓴 수법인데, 그것을 한층 더 양식화했을 뿐 아니라 이론적으로 한 단계 더 나아간 수법이 그 그림 속에 숨겨져 있었습니다."

노리미즈는 거기까지 말하고 철문을 닫게 했다.

"그럼 한번 실험을 해볼까요, 저 혼란스러운 여러 가지 색 속에 무엇이 숨겨졌는지? 먼저 구마시로, 그 벽에 있는 스위치 세 개를 눌러 봐."

구마시로가 재빨리 노리미즈가 말하는 대로 하자, 먼저 『해부도』 위에 있는 불이 꺼지고 이어서 오른쪽에 있는 드 트루아의 「1720년 마르세이유의 페스트」 위쪽에서 오른쪽으로 비스듬히 비추고 있는 불 하나도 꺼졌다. 이제 층계참에 남아 있는 빛은 왼쪽의 제라르 다비드의 「시삼네스 박피 사형도」 옆에서 나와 「해부도」를 수평으로 비추는 불빛 하나뿐이었다. 그런데 그 스위치는 계단 아래에 있었다. 그러자 그때까지 보이던 차분한 그림이 사라지고 갑자기 「해부도」 전면이 눈부시도록 강렬하게 빛나기 시작했다. 마지막 스위치 하나를 더 누르자, 머리 위의 등이 꺼졌다. 그때 노리미즈가 손뼉을 탁 치며 외쳤다.

"이제 됐어. 역시 내 추측대로야."

하지만 한참 동안 눈에 불을 켜고 앞의 그림을 샅샅이 살펴보았지만 세 사람의 눈에는 강한 빛만 보일 뿐 아무것도 찾지 못했다.

"대체 어디에 무엇이 있다는 거야?"

바닥을 걷어차며 구마시로는 갑자기 거칠게 화를 냈다. 그러나 그때 무심코 신사이가 뒤쪽의 철문을 돌아보더니 구마시로의 어깨를 엉겁결에 붙잡았다.

"앗, 테레즈다!"

그것은 바로 마법이 아닐까 의심될 정도로 이상하기 짝이 없는 불가사의한 현상이었다. 앞에 있는 그림이 눈부실 정도로 빛나고 있음에도 불구하고 그 윗부분이 반사된 뒤의 철문에는 대체 어디에서 비치는지 뚜렷하고 확실한 선으로 용모가 단정하고 예쁜 젊은 여자의 얼굴이 나타났다. 더욱 섬뜩한 것은 틀림없이 그 모습은 흑사관에서 악령처럼 여기는 테레즈 트레비유였다. 노리미즈는 사람들의 경악에 아랑곳없이 그 요사스러운 환영의 원인을 밝혔다.

"아시겠지요, 다고 씨? 혼란한 색채가 저 거리까지 오면 비로소 통일성을 나타내는 겁니다. 그러나 그 점묘법 이론은 단순히 분열된 색채를 통합하는 거리를 보여줄 뿐이랍니다. 물론 색채만으로는 몽롱한 무언가가 이 철문으로 비치는 데 그치겠지요. 실은 그 기초 이론 위에 몇 가지 기교가 더 필요합니다. 그것은 바로 20세기 초 매독균 염색법으로 샤우딘과 호프만이 고안한 '암시야 조휘법(暗示野照輝法)'입니다. 원래 매독균은 무색투명하기 때문에 보통의 투시법으로는 현미경으로 그 실체를 볼 수가 없었어요. 그래서 하나의 안으로 현미경 밑에 검은 배경을 깔고 광원을 바꾸어 수평으로 광선을 비추었는데 그 결과 비로소 투명한 균만 반사하는 광선을 볼 수가 있었습니다. 요컨대 이 경우, 왼쪽의 「시삼네스 박피사형도」의 옆에서 수평으로 비추는 광선이 거기에 해당합니다. 그러면 물론 색채에서 광도 쪽으로 본질이 옮겨가 버립니다. 그러므로 황색이나 황록색같이 비교적 광도가 높은 빛깔이나 대비 현상에서 고유의 색 이상의 광도를 내는 색채는 아마 흰빛에 가까울 정도로 빛날 테고 또 그 이하의 색은 단계적으로 차츰 어두워질 것이 틀림없습니다. 광도의 차이는 이 흑경에 비치면 더욱 결정적으로 나타납니다. 실제로 끈끈한 그림물감을 썼다면 전체적으로 빛나는 현상이 일어나지 않으면 안 됩니다. 그러나 색조를 빼앗아 그 광채를 흡수해 버릴 뿐 아니라 흑과 백의 단색화로 확연하게 구분해 버리는 것이 바로 이 검은 문, 즉 흑경입니다. 그러므로 아무리 비슷한 색이라도 광도가 가장 높은 것과 대비하면 어느 정도 어두워질 것이 틀림없으므로 거기에 테레즈의 얼굴이 저렇게 확실한 선으로 뚜렷하게 나오게 되지요. 그렇지 않습니까, 다고 씨? 댁은 역사학자 홀크로프트나 고서 수집가인 존 핀커튼의 저서를 읽으셨겠지만 일찍이 마법박사 디나 그레이엄이 어리석은 민중을 현혹시킨 흑경 마법도 알고 보면 본질은 고작 이 정도에 불과합니다. 그러면 스위치 세 개를 다 눌러 이 일대가 암흑이 되면 어째서 테레즈 이미지가 나타나야만 했을까요?"

노리미즈는 잠깐 숨을 돌려 담배에 불을 붙이더니 다시 뚜벅

뚜벅 걸어 돌아다니며 이야기를 계속했다.

"그것을 알려면 파사현정(破邪顯正)의 눈으로 봐야겠지요. 아마 산테쓰 박사는 세계적인 수집품을 보호하기 위해 문자판을 철제 상자 속에 넣는 것만으로는 불안했을 겁니다. 그래서 이런 대단히 연극적인 장치를 몰래 설치해 놓은 것입니다. 왜냐하면 생각해 보세요. 지금 켰다 껐다 한 세 등은 항상 켜 놓지 않던가요? 그래서 설령 이 방에 침입하려는 사람이 있다면 들키지 않으려고 우선 가까이에 있는 세 스위치를 눌러 이 일대를 암흑으로 만들지 않으면 안 되겠지요. 그리고 나서 철문을 연다면 그때까지 머리 위의 불빛으로 보이지 않았던 영상이 갑자기 문 위에서 섬뜩한 모습으로 빛나기 시작하겠지요. 그러나 등 뒤에 있는 「해부도」는 그 위치에서 보기만 해도 그저 색채가 분열되어 있을 뿐이고 더욱이 눈부실 만큼 온통 빛나기 때문에 어디에 그 영상의 근원이 있는지 모른 채 결국 깜짝 놀랄 괴이한 현상만 보았을 겁니다. 결국 담이 작고 의심 많은 범인은 한번 쓰디쓴 경험을 하고서 겁에 질리고 말았겠지요. 그래서 어젯밤 몰래 갑주 무사를 떼메고 올라가 두 깃발로 문제의 부분을 가렸던 것입니다. 그렇지요, 다고 씨? 확실히 이것만은 바람의 정령이 한 일 가운데 제일 서투른 희극이 아니었을까요?"

노리미즈가 말을 끝내자 검사는 차가워진 손등을 비비면서 다가와 말했다.

"멋지군, 노리미즈. 당신은 톰센 정도가 아니고, 앙투안 로시뇰(사상 최고의 암호 해독가, 루이 13, 14세를 섬기고 특히 추기경 리슐리외의 총애를 받음)이야."

"아, 그것은 바람의 정령의 장난이 아니던가."

노리미즈는 암담한 표정으로 한숨지었다.

"그자는 시인 부아 로베르에게 암호도 아닌 『파우스트』의 문장으로 야유를 당한 거라고."

○ ○ ○

이렇게 사건이 일어난 첫날은 산더미 같이 쌓인 모순 속에서 끝이 났다. 그러나 다음 날 아침이 되자 모든 신문은 이 사건으로 1면을 큼직하게 장식하여 일본 초유의 신비한 살인 사건이라며 자못 선정적인 기사로 떠들썩하게 보도했다. 게다가 사건 발생 초기인데도 벌써 탐정소설가까지 끌어들여 거기에 장황한 추리적 감상을 늘어놓았다. 그러한 언론의 행태를 보면 후리야기 가문 사람들의 끝없는 신비와 관련지어 이 사건을 흥미 위주의 저널리즘으로 몰아가려는 것 같았다.

하지만 노리미즈는 종일 서재에 틀어박혀 그날 하루는 끝내 흑사관을 찾지 않았다. 아마도 유언장을 개봉하도록 후쿠오카에서 소환된 오시카네 박사의 귀경이 그 다음 날 오후라는 것과 쓰다코 부인의 예후가 아직 신문을 견딜 만한 상태가 아니라는 것, 이 두 가지 일이 결정적인 이유가 된 성싶었다. 하지만 지금까지의 예에 비추어 보아 노리미즈가 조용히 숙고한 끝에 하나의 결론에 도달하고자 하는 시도로 추측되었다. 물론 그날 오전 중에 법의학 교실에서 부검 발표가 있었다. 그중에서 요점을 뽑아보면 단네베르그 부인의 사인은 명백한 청산가리 중독으로 약물의 양 역시 놀랍게도 0.5그램으로 계측되었다. 하지만 제일 주목해야 할 시광과 창상은 모두 원인 불명으로 단지 단백뇨가 발견되었다는 것에 그치고 말았다. 그리고 에키스케의 사망 추정 시각은 노리미즈의 추리대로였지만 이례적인 완만한 질식의 원인이나 사망 시각과 어긋나는 맥박과 호흡에 관해서는 그야말로 갑론을박이 벌어졌다. 특히 에키스케가 꼽추였다는 점에서 편견이 많은 것 같았다. 그중에서도 이미 고전이나 마찬가지인 캐스퍼 리먼의 '자가 교사법' 따위를 끄집어내어 사후 자상이 생기기 전 에키스케가 스스로 질식을 꾀한 것이 아니냐는, 억측 섞인 항간의 다른 주장이 나올 정도였다. 그런데 그 다음 날인 1월 30일 아침, 노리미즈는 갑자기 각 언론사 앞으로 하제쿠라 검사와 구마시로 수사국장 입회하에 에키스케의 사인을 발표하겠다고 통지했다.

노리미즈의 서재는 극히 간소하여 그저 겹겹이 쌓인 책더미로 둘러쌓을 뿐이었으나, 그래도 세간에 널리 알려졌다. 왜냐하면 그 벽면에 현재는 매우 희귀한 예술품으로 높이 평가받고 있는 1668년판 〈런던 대화재〉 동판화가 걸려 있기 때문이다. 여느 때 같으면 동판화를 배경으로 자신의 가장 별난 취미인 동서고금의 대화재사에 대해 도도하게 열변을 토했을 터인데, 그날은 그럴 수 없었다. 노리미즈가 발표문 초안을 손에 들고 문을 열자 안에는 30명쯤 되는 기자들이 몸도 움직일 수 없을 만큼 꽉 들어차 있었다. 노리미즈는 술렁이는 소리가 진정되는 것을 기다려 초고를 읽기 시작했다.

먼저 후리야기 가문의 급사장 가와나베 에키스케의 시체를 발견한 전후의 전말을 대략 설명하겠다. 오후 2시 30분, 회랑의 걸이식 갑주 속에서 정식으로 갑옷을 착용한 채 질식하여 사후 인후부에 두 줄의 ⊔ 모양을 한 자상을 입고 숨이 끊어진 그를 발견하였다. 시신의 여러 징후는 죽은 지 2시간 이내임을 분명히 증명했는데 그 질식은 완만하게 진행된 것으로 보이며 경로도 전혀 알 수 없다. 더구나 같은 고용인 중 한 사람은 1시 조금 지났을 무렵에 피해자가 고열에 시달리는 것을 알았고 동시에 맥박이 뛰는 것도 확인했다고 한다. 그뿐만 아니라 시체를 발견하기 겨우 30분 전인 정각 2시에 피해자의 호흡소리를 들었다는, 참으로 기이하기 짝이 없는 사실을 진술했다. 따라서 앞서 말한 사실에 기초하여 여기에서 사견을 밝히고자 한다. 최초 원인 불명의 질식은 기계적 흉선사(胸腺死)라기보다 흉선에 어떤 기계적 압박을 외부에서 가한 것으로 본다. 즉 가와나베 에키스케는 성년에 달해서도 발육이 멈추지 않는 흉선을 가진 일종의 특이체질이 틀림없다. 그리하여 목 장식으로 경동맥을 강하게 죈 결과 뇌빈혈을 일으켜 그대로 가벼운 혼수상태에 빠진 것과, 투구를 옆으로 씌웠기 때문에 갑옷 흉판의 틀이 쇄골 상부를 강하게 압박해 그 압력이 왼쪽 무명정맥에 가해진 것이 주된 사인이라고 할 수 있다. 따라서 거기에 흘러드는 흉선정맥에 피가 몰리고 그것이 흉선에도 영향을 주어 울혈비대를 일으켜 자연히 기관을 조임으로써, 장시간에 걸쳐 서서히 질식이 진행된 결과, 죽음에 이른 것으로 추정한다. 그런데 해부 소견 발표에는 흉선에 대한 기록이 아무것도 없다. 그렇게 불문에 부치고는 있으나 이상의 사실은 불가사의한 피해자의 호흡과 중대한 인과관계가 있다. 더욱이 그 요점을 언급하자면, 어째서 경쟁한 법의학자들이 두 자창이 모두 굵은 동맥을 피해 흉강 쪽으로 정맥만을 베었다는 사실을 모른단 말인가. 거기에 인간 생리의 대원칙을 뒤집는 범인의 간계가 숨어 있음은 물론이다. 그런데 칼로 ⊔ 모양으로 벤 자창의 목적은 다름이 아니라, 비대한 흉선을 끊어서 수축시키고 사후 동맥수축(죽은 뒤에 곧 동맥을 끊어도 출혈이 없지만 잠시 후 동맥수축에 의한 펌프 작용으로 혈액을 정맥으로 보냄)으로 흘러나온 혈액을 흉강 내에 채워 폐를 압박하여 남은 공기를 토해내게 한 것으로 보인다.(사후 남은 공기에 대해서는 바그너, 맥두걸 등의 실험에서 약 20입방인치로 계산했다) 다음으로 사후 맥박 및 고열에 대해서는 교수-회전-추락으로 이어지는 일본 형사 기록에도 상당한 문헌이 있을 뿐 아니라 하트만의 명저『생매장』만 보아도 유명한 테라 베르겐의 기적(심장 마사지로 심음을 일으키고 고열이 났다는 팔러슬레벤 지방의 부인)이나 헝가리 아스바니의 교수형 시체(15분간 회전하는 채로 방치한 후 시체를 내려 보니 그 후 20분이나 맥박과 고열이 이어졌다는 1815년 빌바우어 교수의 발표) 등에서 볼 수 있듯이 질식사 후에 회전과 같은 운동을 시체가 계속할 경우, 고열이 나고 맥박이 뛰는 예가 전혀 없는 것도 아니다. 에키스케의 경우, 바로 사후 갑주의 회전이 시체 발견의 한 원인으로 증명되지 않는가. 따라서 앞서 말한 것을 종합해 봤을 때 에키스케가 죽은 것은 역시 오후 1시 전후였으며 그가 어떻게 갑옷을 입었는가 하는 점과 어떻게 갑주 착용법을 알았는가 하는 따위는 물론 이 경우에 문제가 되지 않는다. 에키스케는 힘이 없고 병약하기 때문에 남의 힘을 빌리지 않고는 도저히 할 수 없는 일로 추정한다. 그러나 이번 발표가 그 저 사인의 추정에 한정되어, 사건을 해결하는 데 아무런 진전도 보여주지 못한 것을 수사 관계자로서 충심으로 유감스럽게 생각하는 바이다.

노리미즈의 낭독이 끝나자 참고 있던 숨을 모두 한꺼번에 내쉬었다. 그리고 흥분으로 잠시 소란했으나 이윽고 구마시로가 쫓아내듯이 기자들을 내몰고 나니 다시 여느 때처럼 세 사람만의 세계로 돌아왔다. 노리미즈는 잠시 묵묵히 생각하고 있더니 모처럼 홍조를 띤 얼굴로 말했다.

"이봐, 하제쿠라. 마침내 나는 어떤 결론에 도달했어. 모든 공식은 도저히 알 수 없지만 말이지. 그러나 하나하나 일어난 사고부터라도 공통된 요인을 알 수 있다면 어떻겠나?"

노리미즈는 두 사람의 얼굴에 휙 스쳐간 경악의 빛을 흘깃 보며 말했다.

"자네는 이 사건의 의문 일람표를 만들어 주었지. 그러면 각 항목에 내 가설을 부연해 가도록 하지."

검사가 침을 삼키면서 호주머니에서 메모를 꺼낼 때였다. 문이 열리더니 하인이 한 통의 속달을 노리미즈에게 주고 갔다. 노리미즈는 그 봉투를 뜯어 내용을 한번 훑어보더니 특별한 반응을 보이지 않고 말없이 봉투를 탁자 앞쪽으로 내던졌다. 하지만 그걸 본 검사와 구마시로는 순간 전율에 사로잡혀 버렸다.

보라, 파우스트 박사에게서 온 세 번째 편지가 아닌가! 거기에는 여느 때처럼 다음 문장이 적혀 있었다.

Salamander soll gluhen. (불의 정령이여, 불타올라라)

# 제5장

제3의 참극

## 1. 범인의 이름은 뤼첸 전투 전몰자 속에

Salamander soll gluhen. (불의 정령이여, 불타올라라)

흑사관을 시커먼 날개로 뒤덮고 있던 보이지 않는 악귀가 세 번이나 파우스트 박사를 흉내 내어 오망성 주문의 한 구절을 보내왔다. 그 사실에 구마시로는 누구보다도 말로 표현할 수 없는 모욕을 느꼈다. 사실 구마시로는 부하에게 지시해 남은 네 사람을 철통같이 보호하고 있었다. 그런데도 범인은 무적을 자랑하듯이 편집광적인 실행을 선언하고 단네베르그 부인과 에키스케에 이어 세 번째의 참극을 예고하지 않는가. 그렇다면 구마시로가 만든 인간 장벽은 어떻게 되는 것일까. 범죄의 속행을 불가능하게 할 정도로 거의 완벽한 성채도 범인에게는 냉소에 부칠 티끌에 지나지 않는 것이 아닌가. 그뿐만 아니라 얼씬만 해도 파멸을 의미하는 결정적 위험을 무릅쓰면서까지 감행하려고 하는, 미치지 않고는 생각도 할 수 없는 결의를 표명하였다. 그 대담무쌍함에 세 사람이 잠시 말을 잃었던 것도 무리가 아니었다.

그날은 모처럼 쾌청한 날씨였다. 부드러운 햇살이 벽면을 장식한 「런던 대화재」그림의 아래 부분인 브릭스턴 부근을 비추더니 점차 템스강을 넘어 일대를 검은 연기로 뒤덮인 킹스크로스 쪽으로 기어 올라갔다. 반면 실내 공기는 두드리면 쇳소리라도 날 것 같은 긴장감이 감돌았다. 노리미즈는 뭔가 승산이 있는 것 같은 얼굴로 차분히 눈을 감고 묵상에 잠기면서도 끊임없이 미소를 띠고 무슨 생각을 하는지 고개를 끄덕였다. 잠시 후 구마시로가 무리하게 힘을 주며 말을 꺼냈다.

"나는 신사이는 아니니 거짓 신호에 놀라지는 않아. 그 무분별한 자의 행동도 마침내 이것으로 끝이야. 하지만 생각해 봐. 지금 내 부하들이 그 네 사람의 주위를 철통같이 에워싸고 있어. 한편으론 동시에 범인의 행동도 기록하는 셈이지. 하하, 노리미즈. 이 무슨 아이러니란 말인가. 우리가 범인에게도 경호를 붙이지 않았다고 장담할 순 없지."

하제쿠라 검사는 여전히 우울한 얼굴로 구마시로의 과신에 반대 의견을 내놓았다.

"천만에. 그 네 사람을 따로따로 떼어 놓아 보았자, 이 참극은 끝날 것 같지 않아. 인간의 힘으로서는 도저히 막을 수 없다는 생각이 든다고. 사실 나는 누군가 알 수 없는 인물이 흑사관 어딘가에 숨어 있다는 느낌 때문에 견딜 수가 없어."

"그럼 자네는 딕스비가 랑군에서 죽은 게 아니라는 거야?"

구마시로는 눈을 부릅뜨고 몸을 쑥 내밀었다.

"어쨌든 농담은 그만둬. 그렇게 산테쓰의 유해가 마음에 걸린다면 이 사건이 대충 마무리되는 대로 무덤을 파헤쳐 보면 어떨까?"

"음, 신경이 날카로워진 탓인지도 몰라. 하지만 결코 소설 같은 공상은 아니야. 결국 이 신비로운 사건이 거기까지 갈 것 같은 기분이 들 뿐이야."

그 말을 끝으로 검사는 자신의 잠꼬대 같은 소리를 입 밖에 내지 않았지만 거기에는 등 뒤에서 쫓아오는 악몽 같은 불가사의한 힘이 잠재되어 있었다. 비교적 몽상적인 노리미즈마저도 그 딕스비의 생사 여부와 산테쓰의 유해 발굴이라는 두 가지 문제를 두고 잠시나마 골머리를 앓은 것은 사실이었다. 검사는 의자를 쑥 뒤로 밀어 젖히고 다시 탄식을 계속했다.

"아, 이번에는 불의 정령인가! 그러니까 권총이나 대포란 말이지. 아니면 케케묵은 스나이더 총이나 42파운드 포라도 들이댈 작정인가?"

노리미즈는 그때 갑자기 눈을 뜨더니 흥미가 생긴 듯 상체를 테이블 위로 쑥 내밀었다.

"42파운드 캐넌포라고! 바로 그거야, 하제쿠라. 자네가 그걸 의식하고 말했다면 대단한 일이야. 이번 불의 정령은 지금까지처럼 음험하고 모호한 것은 아니라고 생각해. 틀림없이 범인의 고전 취향으로 볼 때 로드만의 둥근 탄환이 혜성처럼 하얀 연기를 뿜어내면서 작렬하겠지?"

"아, 여전히 호탕한 오페레타인가? 그렇다면 아무런들 어때!"

구마시로는 지긋지긋하다는 듯이 혀를 찼지만 다시 고쳐 앉았다.

"하지만 논거가 있는 것이라면 한번 듣고 싶은데."

"물론 있고말고."

노리미즈는 소탈하게 고개를 끄덕였는데 그 얼굴에는 억제할 수 없는 흥분의 빛이 나타났다.

"그건 이번 불의 정령이야말로 물의 정령, 바람의 정령 같이 성별을 바꾸지 않았다는 것이야. 그런데 오망성 주문에 나오는 물의 정령, 바람의 정령, 불의 정령, 흙의 정령, 이 넷은 물질 구조의 4대 요소를 대표하는 거지. 말할 것도 없이 중세의 연금술사가 상상했던 원소 정령이 분명해. 그리고 지금까지는 물의 정령과 문을 열어준 물, 바람의 정령과 배음 연주라는 식으로, 말하자면 요소적인 부합밖에 알지 못했지만 일단 거기에 성별 전환과 관련된 해석을 더하면 어딘가 신비주의 밀교 같은 것이 바로 공식화되는 거야. 이봐, 구마시로. 어째서 그 문을 열기 위해 물의 정령을 남성형인 운디누스로 바꾸어야 했을까? 거기에 범죄 방정식의 일부가 정밀하게 투영되었는데 어째서 우리는 지금까지 간과했던 건지!"

"뭐라고, 범죄 방정식?"

노리미즈의 뜻밖의 말에 구마시로는 가슴에 담뱃재가 다 떨어지는 것도 모르고 고함을 질렀다. 그러나 대체로 진리라는 것은 왕왕 더 없는 건강부회의 우스꽝스러운 희극에 불과한 때가 있다. 더구나 언제나 그것은 평범하기 짝이 없는 모습으로 발밑에 떨어져 있지 않던가. 이어서 노리미즈가 폭로한 이야기가 얼마나 두 사람을 어리둥절하게 만들었는지.

"한데 자네는 스필딩 호수의 운디네(물의 정령)를 그린 뵈클린의 장식화를 본 적이 있나? 울창한 전나무 숲 밑에 빙하호의 물이 어둡게 빛나는데, 마치 점토에 짙은 남색을 녹아들게 한 것처럼 끈적하게 괴어 있어. 그 수면에 이무기의 등이 아닌가 싶은 금빛을 띤 아름다운 머리털이 수초처럼 옆으로 길게 뻗쳐 있는 거야. 하지만 구마시로, 나는 전문 감정가가 아니니까 굳이 사냥꾼의 오두막이나 울퉁불퉁한 자연의 다리 따위를 끌어내서까지 자네에게 명상을 강요하고 싶지는 않아. 그렇게 물의 정령을 남성으로 바꾸어 버리면 제일 먼저 변하는 것이 무엇일지 그걸 묻고 싶을 뿐이야."

노리미즈는 희미하게 홍조를 띤 얼굴로 오망성의 결함을 지적하는 메피스토펠레스의 대사(원에 한 군데 오류가 있었기 때문에 그 틈을 노려 메피스토가 파우스트의 주술을 깨뜨리고 침입했다)를 인용했다.

"신중하게 보라. 저 주문은 완전하지 않다. 보다시피 바깥쪽을 향한 모서리가 조금 열렸나니."

"그렇군. 머리카락과 자물쇠의 각도에 물! 이거야, 박학다식한 선생께 인사 올립니다. 많은 땀을 흘리신 성과지요."

검사도 마찬가지로 멋들어진 말투로 메피스토펠레스의 대사로 장단을 맞췄지만 범인과 노리미즈에게 두 가지 의미로 압도되어 버렸다⋯⋯. 그날 밤 단네베르그 부인이 시체가 된 방문에는 자물쇠 구멍에 부어 놓은 물의 습도에 따라 머리카락이 수축해 자동으로 여닫히는 디 박사의 비밀 문 장치가 숨겨져 있었다. 그런데 그 장치에 필요한 물과 모발이 고대 칼데아의 주문 속에 숨겨져 있었던 것은 그렇다 치고, 그 이상 놀라운 일은 따로 있었다. 그 장치를 역학적으로 큰 효과를 내도록 한 빗장의 각도가 설계도 같이 정밀하게 오망성의 봉쇄를 깬 메피스토펠레스의 대사 속에 나타났던 점이다. 그렇게 되면 물론 그 방정식은 이 사건 최대의 의문이라 할 바람의 정령에 대해서 추궁하지 않으면 안 되었다. 그러나 그 해답을 찾은 검사의 얼굴에는 애처롭기까지 한 실망한 빛이 나타났다.

"그럼, 카리용실의 실피드(바람의 정령)이 배음 연주와 어떤 관계가 있는 거야? 그 람다($\lambda$)는? 델타($\theta$)는?"

검사가 숨차게 묻자 노리미즈는 갑자기 태도를 바꾸어 침울한 표정으로 고개를 내저었다.

"농담이 아니야. 어떻게 그것이 그런 유희적 충동의 산물이 될 수 있겠나? 거기에는 악마가 가진 가장 엄숙한 얼굴이 나타나 있네. 그렇지 않나, 하제쿠라? 끔찍한 유머는 몰두와 혹사로부터 나오지. 그러니 저 실피드의 유머는 지금 같은 논리 추구만으로 해결될 문제가 아니야. 틀림없이 운디누스와는 전혀 다르게 난폭하고 환상적이겠지. 게다가 원래 실피드란 것은 눈에 보이지 않는 바람의 정령이니까 말이야. 따라서 이렇다 할 특징도 없는 셈이지."

오히려 그렇게 냉혹하게 쏘아붙이고 나서 노리미즈는 구마시로를 돌아보더니 만면에 살기를 띠며 말했다.

"결국 범인의 냉소벽이 자기 무덤을 파고 만 거지. 시험 삼아 운디누스와 성별이 바뀌지 않은 살라만더(불의 정령)을 비교해 봐. 반드시 그 해답은 앞의 둘과는 전혀 다른 범행 형식임에 틀림없어. 범인은 은밀한 수단을 빌리지 않고 당당하게 모습을 드러내어 브라켄베르크 화약 기술의 진수를 발휘하겠지. 물론 가늠쇠와 방아쇠를 줄로 연결하여 반대쪽으로 자동 발사되도록 하지는 않을 거고 땀으로 줄어든 뢰트링겔 종이를 손가락에 감아 방아쇠에 가짜 지문을 남기려는 비열한 수단도 취하지 않을 거야. 말하자면 일체의 음흉한 술책을 배척하는 기사도 정신이지. 그러나 만약 우리에게 이에 대한 대비가 없이 앞서의 두 사건에서 나타난 복잡 미묘한 기교에 익숙해진 눈으로 보면 반드시 착각을 일으키기 마련이지. 결국 거기에 범인이 노리는 반대 암시가 있다는 것인데……. 이번에야말로 우리가 비웃어줄 차례야."

물론 그 한마디는 앞으로의 경호 방식에 결정적인 지침을 준 것이나 다름없었다. 이렇게 노리미즈의 지능이 다음 범죄에서 완전히 범인의 기선을 제압한 것같이 보이는 데다 특히 살라만더의 구절은 범인을 파멸로 몰고 갈 단서처럼 보였다. 하지만 이제까지 노리미즈와 범인 사이에 되풀이되어 온 권모술수의 발자취를 돌아볼 때 그의 추리만으로 아직 속단할 수는 없지 아닐까. 그러나 오망성 주문에 대한 그의 탐문은 그것으로 끝나지 않았다.

"그러나 아직도 나는 오망성 주문에 더 깊이 내재하는 핵심이 있다고 믿어. 단순한 범행 동기라기보다는 이 사건의 원인과 관련된 더 심오한 것이 있을지도 몰라. 아니, 좀 더 넓은 의미로 말한다면 흑사관 밑에는 전면에 걸쳐 몇 가닥 비밀의 뿌리가 있어. 그것이 얽히고설켜 서로 겹쳐 있는 각각의 형상을 어떤 동기로 알 수 있지 않나 생각했지. 그래서 시험 삼아 여러 각도에서 하나하나 그 주문을 비쳐 보았지."

거기까지 말하고는 노리미즈도 피로한 기색으로 어제 하루 종일 쏟아 부은 처절한 노력에 대해서 이야기했다.

그에 따르면, 범인을 일종의 만물박사로 믿고 있는 노리미즈는, 우선 전설학을 고찰했다. 아나톨 르 브라즈의 『브리튼 전설학』과 굴드의 『올드 닉』까지 섭렵하여 성별 전환이라는 심오한 가설에 잠재된 범죄 동기에 부합하는 요소를 중부 유럽의 사신 전설에서 찾아내려 했다. 또 쉐라하우헨의 『슈바르츠부르크 성』 등에서 정령의 명칭에 관한 어원학적 변천을 알아보려고도 했다. 즉 물의 정령과 수마(水魔)사이에 공통점이 있다면 여신 프레이야(즉 니케아 혹은 닉스와 한 몸으로 선악 양면을 지닌 오딘 신의 아내)의 화신이라고 하는 백부인 전설 속에서 기묘한 이중인격성을 발견할 수 있지 않을까 생각했기 때문이다. 또 『폴크스 부흐(Volks Buch)』와 고트프리트의 신비시(神秘詩), 하겐이나 하이스테르바흐, 그리고 괴테의 『파우스트』 초고와 제2고, 제3고의 비교도 시도해 보았다. 그러나 결국 그 초고에는, 제2고 이하에는 확연하지 않은 흙의 정령(엘데가이스트. 즉 운디네, 실피드, 살라만더, 코볼트를 부리는 대자연의 정령)이 장대한 철학적 모습을 나타냈을 따름이었다. 그러나 이 오망성 주문에 관한 노리미즈의 해설은 차라리 강연에 가까웠다. 그래서 바짝바짝 긴박감이 더해 갈수록 공기가 차츰 나른해지고 등에 햇살을 받은 두 사람 사이에는 훈훈한 구름처럼 졸음이 오기 시작했다. 검사가 얄궂은 탄식을 하며 말했다.

"아무튼 이거 한 가지는 말해 두지. 이 자리가 화약탑이라는 사실 말이야. 어쨌든 그런 이야기는 한가할 때 장미 정원에서나 해주면 좋겠는데."

그런데 다음 순간 노리미즈의 얼굴에 환하게 광채가 어리더니 갑자기 강철 채찍 같이 섬뜩한 신음으로 가라앉은 분위기를 일소시켰다. 그는 맛있는 듯이 담배를 두세 모금 빨고 나서 말했다.

"그러지 마. 그렇게 훌륭한 마왕의 의상을 화약 탑이나 포벽 속에 두어서야 되겠나, 하제쿠라, 고생하면서 마법사를 고찰한 것이 결국 헛수고는 아니었어. 골치 아프게 고민했던 오망성 주문의 정체가 뜻밖에 루이 13세 때 기밀 내각사에서 발견된 거야. 바꾸어 말하면 당시 적당한 거리를 두었지만, 신교도의 보호자인 구스타프 아돌프(스웨덴 왕)와 대치하던 사람이 그 유명한 추기경 리슐리외였지. 그 음흉하기 짝이 없는 암약 속에서 이 사건의 본질이 이루어진 셈이야. 그런데 하제쿠라, 당신은 리슐리외 기밀내각의 내용을 알고 있나? 암호 해독가인 프랑수아 비에트와 로시뇰은? 연금술사 겸 암살자인 오틸리에는? 문제는 이 악당 주교 오틸리에인데…… 아, 얼마나 섬뜩한 일치인지! 피해자의 이름도 범인의 이름도, 저 용기병들의 왕을 쓰러뜨린 뤼첸 전투의 전몰자 중에 있으니 말이야."(1631년 스웨덴 왕 구스타브 아돌프는 독일 신교도들을 비호하기 위해 구교 연맹과 프러시아에서 전투를 벌여 라이프치히, 레흐를 공략하고 발렌슈타인 군대와 루첸에서 싸운다. 전투 결과는 그의 승리였지만 전후 진중에서 오틸리에가 조종한 일개 경기병에게 저격당했다. 암살자는 작스 로엔베르크 제후에 의해 그 자리에서 사살되었다. 때는 1632년 12월 6일)

그 순간 검사와 구마시로는 자기들로서는 어찌할 수 없는 현혹의 소용돌이 속에 휘말리고 말았다. 범인의 이름, 그것은 곧 이 사건이 막을 내린다는 것을 의미한다. 그러나 동서고금의 범죄 수사를 두루 섭렵해본들 역사적 사실에 의해 범인이 지목되어 사건이 해결되었다는 신화 비슷한 사례가 이제껏 한 건이라도 있었던가. 그리하여 두 사람은 너무나 놀란 나머지 당황했는데 특히 검사가 맹렬한 비난의 기색으로 실행 불가능한 세계에 몰두하는 노리미즈를 매몰차게 몰아붙였다.

"아, 또 자네의 병적인 정신착란이 도진 건가? 아무튼 신소리는 그만둬. 투구나 총포 따위로 사건을 해결할 수 있다면, 역사상 전례가 없는 그 증명 방법이나 한번 들어 보지."

"물론 형법적 가치로서는 완전한 것은 아니지."

노리미즈는 담배 연기를 옆으로 길게 내뿜으며 조용히 말했다.

"그러나 가장 의심해야 할 얼굴이 우리를 현혹했던 많은 의문 속에 흩어져 있어. 그 하나하나에서 공통된 인자를 발견해 그것들을 어느 한 점으로 귀납하고 종합할 수가 있다면 어떨까? 또 그렇게 된다면 자네들은 굳이 그것을 우연의 산물이라고만 생각하지 않겠지."

노리미즈는 탁자를 쾅 치면서 강조했다.

"그런데 나는 이 사건을 유대교적인 범죄라고 단정하는데, 어떻게 생각해?"

"유대교……? 아, 자네 또 무슨 소리를 하는 거야?"

구마시로는 눈을 끔벅거리며 괴로운 듯 쉰 목소리를 짜냈다. 그는 아마 시끄러운 악기들의 불협화음을 듣는 심정이었을 것이다.

"그래, 구마시로. 자네는 유대인이 아라비아숫자 대신 히브리 글자인 아레프 ℵ 부터 요드 ℷ 를 붙인 시계의 문자판을 본 적이 있나? 그것이 유대인의 신조라네. 의식과 율법을 엄격하게 지키고 잃어버린 왕국의 전례를 따르는 일이지. 아, 나 역시 그렇지 않은가. 어떻게 지금까지 토속 인종학으로 이 너무나 풀기 어려운 문제를 해결해 보려고 한 건지. 어쨌든 하제쿠라가 쓴 의문 일람표를 기초로 그 섬뜩한 시리우스의 시차(관찰자의 위치 이동에 의한 물체의 변위. 별의 시차)를 계산해 나가자고."

노리미즈의 눈에서 빛이 사라졌다. 그는 테이블 위의 노트를 펼치고 의문 일람표를 읽기 시작했다.

1. 네 명의 외국인 악사에 관하여

피해자 단네베르그 부인을 비롯한 네 명의 외국인이 어떤 이유로 어렸을 때 외국에서 오게 되었는가, 또 그 이해하기 어려운 귀화 입적에 관하여는 사소한 조사도 허락되지 않음. 아직도 철벽같이 막혀 있음.


2. 과거 흑사관에서 일어난 세 사건

같은 방에서 세 번에 걸쳐 일어난 하나같이 동기 불명인 자살 사건에 관하여 노리미즈는 완전히 관찰을 포기한 것 같다. 특히 작년의 산테쓰 사건은 신사이를 협박하는 소재가 되기는 했지만 과연 그의 견해처럼 본 사건과 전혀 별개의 것이라 할 수 있을까. 노리미즈가 흑사관의 도서 목록 중에서 위드의 『왕가의 유전』을 찾아낸 것은 과거 연쇄 사건을 유전학적으로 고찰하려는 것이 아닐까.


3. 산테쓰와 흑사관의 건축 기사 클로드 딕스비의 관계

산테쓰는 딕스비에게 어떤 약물을 받아 약물실 안에 보관하려 했으나 얻지 못한 것으로 보임. 그 의지를 작은 병 하나에 남겨 두었음. 또 노리미즈는 관대에 새겨진 십자가를 해독해 딕스비가 품은 저주 의지를 증명했음. 이상 두 가지 사실을 종합해 볼 때 흑사관을 짓기 전 이미 산테쓰와 딕스비 간에는 모종의 기이한 관계가 있었던 것으로 짐작됨.

## 4. 산테쓰와 위티구스 주법

딕스비의 설계를 산테쓰는 건설 후 5년째 되는 해에 개수했음. 그때 디 박사의 비밀 문과 흑경 마법의 이론을 응용한 고대 시계실의 문을 설치한 것으로 보임. 그런데 산테쓰의 이상한 성격으로 미루어 볼 때 중세 이단적인 장치가 앞서 서술한 두 가지에만 한정되었을 것 같지는 않음. 그리고 사망 직전에 주법서를 태운 것이 오늘날 분규와 혼란의 원인이 되었다고 추측되는데 어떻게 생각하는가?

## 5. 사건 발생 전의 분위기

네 명의 귀화 입적, 유언장 작성에 이어 산테쓰의 자살에 봉착하자 돌연 비릿한 안개 같은 공기가 차오르기 시작함. 그리고 해가 바뀜과 동시에 그 공기는 마침내 점점 더 험악해졌다고 함. 굳이 그 원인이 유언장을 둘러싼 정신적 갈등에만 있는 것으로 보이지 않음.

## 6. 신의심문회 전후

단네베르그 부인은 시체 양초가 점화됨과 동시에 산테쓰를 부르짖으며 졸도함. 또 그때 에키스케는 옆방의 발코니에서 수상한 사람 그림자를 목격했다고 함. 그러나 참석자 중에는 아무도 방 밖으로 나간 사람이 없었음. 그리고 그 방 바로 밖 지상에는 인체 형성의 원리를 무시한 두 줄의 신발 자국이 찍혀 있고, 그 합류점에 어떤 용도에 쓰이는지 전혀 알 수 없는 사진 건판의 파편이 흩어져 있었음. 이상 네 가지 수수께끼는 시간적으로 큰 차이는 없지만 각기 동떨어져 있어 도저히 하나의 사건 정황으로 묶을 수 없음.

## 7. 단네베르그 사건

시광과 후리야기의 문장이 새겨진 자상. 그야말로 현실을 초월한 신비한 사건이다. 더욱이 노리미즈는 자상을 내는 데 걸린 시간이 겨우 1, 2분에 지나지 않는다고 함. 또 그의 가설에 의하면 그 두 가지 현상을 0.5그램의 청산가리(거의 독살이 불가능하다고 여겨질 정도의 양)를 포함한 오렌지가 피해자의 입 속으로 들어가기까지의 과정에 맞추고 있음. 즉 불가능한 것을 가능하게 하는 보강 작용이며 그 결과의 발현이라고 추리함. 그러나 그의 관찰에 잘못이 없다고 하더라도 그것을 증명하여 범인을 적발하는 것은 신이나 할 수 있는 일이 아닐까? 더구나 가족의 동향에는 특기할 만한 것이 없고 오렌지가 나온 경로도 전혀 알 수가 없음.

테레즈 인형. 임종에 즈음하여 단네베르그 부인은 악령 취급받는 산테쓰 부인의 이름을 종이에 적었음. 그리고 현장의 깔개 밑에는 문을 열 때 사용한 물을 밟은 인형의 발자국이 생생하게 찍혀 있음. 그러나 그 인형에는 특수한 음향 장치가 있는데 시중을 든 구가 시즈코의 귀에는 그 방울 소리가 들리지 않았다고 진술했음. 물론 노리미즈는 인형이 있던 방의 상황에 뭔가 의문을 느꼈지만 확신한 것은 아니었다. 부정과 긍정의 경계는 그 아름다운 트릴 소리에 있다고 해도 과언이 아님.

## 8. 묵시도 고찰

노리미즈가 묵시도를 특이체질도로 추정한 것은 현명하다. 왜냐하면 몸의 위아래 양 끝이 짓눌린 에키스케의 그림에 나타난 구도가 그의 시체에도 나타났기 때문이다. 그러나 노부코가 기절한 모습이 셀레나 부인의 그림과 비슷해 보이는 것은 어째서일까. 또 노리미즈가 상형문자를 해석해 묵시도의 나머지 반쪽이 더 있다고 하는 것은 가령 논리적이라고 하더라도 매우 실재성이 빈약하고 결국 그의 광기가 낳은 추론으로밖에 생각할 수 없음.

## 9. 파우스트의 오망성 주문 (생략)

## 10. 가와나베 에키스케 사건

가와나베 에키스케의 사인을 규명한 노리미즈의 추리는 동시에 에키스케에게 갑주를 입힌 곳에 범인이 있다고 지적하고 있음. 그것을 시간적으로 따져보면 노부코만 알리바이가 성립되지 않음. 더구나 노부코는 에키스케의 목을 벤 단검을 쥐고 실신했고 또 기적으로밖에 생각할 수 없는 배음이 그녀가 연주한 모테트의 마지막 한 절에서 시작되었음. 그 밖에 의문의 초점은 과연 범인이 에키스케를 공범자로서 살해했는가 여부인데 물론 쉽게 추리할 것은 아님. 결국 그 복잡다난한 사건이 너무나 기이하다는 것을 미루어 생각해 보건대 차츰 노부코의 실신은 범인의 장난스러운 연기라는 것으로 정리할 수 있음. 그러나 공평하게 논한다면 아직도 가미타니 노부코는 가장 의심해야 될 유일한 사람이라는 사실은 말할 것도 없음.


## 11. 오시카네 쓰다코가 고대 시계실에 갇힌 일

이것이야말로 참으로 놀라운 일이 아닐 수 없음. 노리미즈가 시체가 되었을 것으로 추정한 쓰다코는 이해할 수 없는 보온 장비에 감싸여 혼수상태로 살아 있었음. 물론 그녀가 어째서 자택을 떠나 흑사관에 기거했는지 추궁할 필요는 없지만, 범인이 쓰다코를 살해하지 않았다는 점에서 노리미즈는 무서운 함정이 있음을 예감함. 그러나 에키스케가 신의심문회의 도중 옆방 발코니 가장자리에서 목격한 그림자는 절대로 쓰다코가 아님. 왜냐하면 그날 밤 8시 20분에 신사이가 고대 시계실의 문자판을 돌려 철문을 봉쇄했기 때문임.


## 12. 그날 밤 12시 30분, 클리보프 부인의 방에 침입한 인물은?

에키스케 목격담—저녁에 발코니에 나타난 요사스럽고 불가시적인 인물이 밤이 이슥하여 클리보프 부인 방에도 모습을 드러냄. 부인의 말로는 분명 남자였으며 더구나 모든 특징이 키는 다르지만 하타타로를 가리킨다고 함. 그렇다면 노부코가 깨어난 순간에 쓴 사인에 후리야기라는 성을 쓴 것은 어떻게 보아야 할까? 그것을 구텐베르크 사건에서 선례를 찾아볼 수 있는 잠재의식으로 해석한다면, 노부코를 쓰러뜨렸다는 실피드의 정체는 하타타로가 가장 유력함. 그리고 그 추정이 노부코의 노골적인 실신 모습과 모순된다는 것이 이 사건 최대의 난제가 아닐까?

## 13. 동기에 관한 고찰

모든 것이 유산을 둘러싸고 얽힌 사건임. 첫 번째 요점은 외국인 네 명의 귀화 입적으로 하타타로의 전체 상속이 불가능해졌다는 사실임. 다음으로 하타타로 이외에 유일한 핏줄인 오시카네 쓰다코를 제외시켰다는 점을 주목할 필요가 있음. 따라서 하타타로와 세 외국인 사이에는 이미 회복하기 어려울 정도의 거리가 생겼지만 무엇보다 커다란 이 모순은 어떻게 할 도리가 없음. 즉 동기를 가진 자에게는 현상적인 혐의가 없고 그 반대로 노부코처럼 범인으로 의심되는 사람에게는 동기의 그림자조차 찾아낼 수가 없음.

다 읽고 난 노리미즈는 노트를 테이블에 펼쳐 놓고 먼저 그 제7항(시광과 자상 항목)의 의문을 짚었다. 그때는 난간의 작은 창으로 들어오는 햇살이 「런던 대화재」 그림의 템스강 바로 위까지 올라와 머리 위의 검은 연기에 어마어마한 생동감을 자아내기 시작했다. 그렇잖아도 입술이 터지고 침이 말라 검사와 구마시로는 오로지 노리미즈가 언급한 괴상하고 상하가 전도된 세계가 공중제비를 넘다 몽상의 날개를 잃어버리는 순간을 꿈꾸었다. 묘하게 살기 어린 분위기 속에서 노리미즈는 새 담배에 불을 붙이며 천천히 입을 열었다.

"한데 먼저 그 불가사의한 시광과 상처 말인데, 문제는 여전히 그 순환론적인 형식에 있어. 그 오렌지가 어떤 경로를 거쳐 단네베르그 부인의 입 안으로 들어갔는가 하는 과정이 명확해지지 않는 한 여전히 실증적인 설명은 불가능해. 그렇지만 시광이나 상처의 발생과 비슷한 범죄상 미신이 유명한『유대인 범죄의 해부적 증거론(골드펠트 저)』에 기록되어 있어"

노리미즈는 그렇게 말한 후 서가에서 한 권의 책을 꺼냈는데, 그 책에는 유대인의 범죄 풍습이 간략한 예주로 기록되어 있었다.

1819년 10월의 어느 날 밤, 보헤미아령 쾨니히그래츠에 사는 부유한 농부가 침대 위에서 심장이 찔린 뒤 실내에서 불길이 치솟아 시체와 함께 타 버린 참사가 일어났다. 때마침 지나가던 사람이 있었는데 그날 밤 11시 30분에 커튼 사이로 피해자가 십자를 긋는 모습을 목격했다고 진술했다. 그렇게 되자 사건 발생 시각이 11시 반 이후가 되어 가장 유력한 동기를 가진 인물로 지목된 유대인 제분업자가 알리바이를 인정받아 혐의를 벗었다. 따라서 사건은 미궁에 빠지고 말았다. 그로부터 반 년 뒤, 프라하 시의 보조 헌병 데니케가 범인의 간계를 폭로해 최초 용의자인 유대인 제분업자가 체포되었다. 발각의 단서는 함무라비 법전의 해석에서 시작된 유대인 고유의 범죄 풍습에 있었다. 즉 시체 또는 피해를 본 자리를 에워싸고 초를 세워 비추면 그것으로 범죄가 영구히 발각되지 않는다는 미신이 단서였던 것. 물론 그 초가 화재의 원인이었음은 말할 것도 없다.

아아, 노리미즈는 어쩌자고 그런 활기 없는 예증을 들고 나온 것인가. 하지만 이어서 그가 그 예증에 사건을 더해 해답을 정리하자 홀연히 그 독창적인 추리 속에 과연 사건의 지지부진함을 무너뜨릴 만한 빛이 들었다.

"그런데 그 글만으로는 헌병 데니케의 추리 과정을 전혀 알수 없지만 나는 그에 대한 해석을 시도해 봤지. 시체를 둘러싼 초는 실제로 다섯 자루였어. 게다가 시체가 십자가를 긋도록 하기 위해서는 초로 시체를 둘러싸는 게 아니라 죽창처럼 한쪽을 깎은 짧은 초 네 자루를 주위에 세우고 그 중앙에 절반쯤 밀랍을 제거해 심만 길게 한 한 자루를 놓아야 해. 풍향계의 네 날개 방향을 서로 다르게 했을 때 어떤 현상이 일어날지 생각해 보게. 결국 이 경우, 어슷하게 깎은 쪽 부분을 서로 다른 방향으로 세웠기 때문에 불을 붙이면 열을 받은 초의 증기가 경사를 타고 어슷하게 날아오르지. 따라서 저마다 깎인 방향이 다르기 때문에 그 위쪽으로 디아볼로($\bowtie$) 모양의 기류를 일으키는 거야. 그 기류가 중앙의 긴 심지를 회전시켜 그 빛이 그리는 그림자로 시체의 손이 십자가를 긋는 한 착각을 일으킨 것이지. 그러니 시광과 상처의 원인을 추리해 가면 반드시 신의심문회까지 거슬러 올라가야 하는 거야. 보헤미아의 코니그래츠에서 붙인 촛불 속에 단네베르그 부인에게만 나타난 산테쓰의 환영이 숨어 있던 것이 아닐까? 어때, 하제쿠라? 우연 속에서 가끔 수학적 법칙이 튀어나올 때도 있어. 왜냐하면 원래 상수란 것은 항상 최초의 출발형식은 가정이지만 뒤에 불변의 인수를 결정하니까 말이야."

노리미즈의 얼굴에 일단 혼란스러운 어두운 그림자가 나타났지만, 그는 다시 말을 이어 시광에 관하여 지리적으로도 기묘한 우연의 일치가 있음을 분명히 했다. 그러나 그런 동떨어진 대조

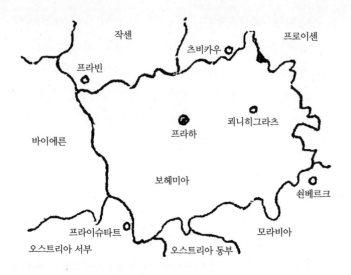

작센

츠비카우

프로이센

프라빈

쾨니히그라츠

바이에른

프라하

보헤미아

쇤베르크

프라이슈타트

모라비아

오스트리아 서부

오스트리아 동부

는 결과적으로 분란을 조장하는 결과가 되었다.

"다음으로 나는 가톨릭 성직자에 관한 시광 현상에 주목했지. 그런데 아벨리노의 『주교 기적집』을 읽어 보면 신교도와 구교도의 갈등이 가장 첨예했던 1625년부터 1630년까지 5년 동안, 쇤베르크(모라비아령)의 도이바텔, 츠비카우(프로이센)의 글로고, 프라이슈타트(오스트리아)의 아르노르딘, 프라빈(작센령)의 무스코비테스 등 모두 네 명의 몸에서 사후 빛을 발했다는 기록이 남아 있어. 거기에 말이야, 구마시로, 우연치고는 도저히 이해할 수 없는 공통점이 있어. 그 네 지점을 이어보면 거의 정확한 정사각형이 되고, 그 정사각형이 쾨니히그래츠 사건이 일어난 보헤미아령을 둘러싸고 있기 때문이지. 아, 그것은 무슨 현상일까? 나는 말을 하면 할수록 점점 모르겠어. 그러나 시체를 비추는 유대인의 풍습만은 범인의 미신적 표상으로 삼을 수 있을 것 같아."

노리미즈는 천장으로 고개를 돌려 올려다보며 무기력하게 한숨을 내쉬었다. 그 소리를 들은 검사는 희망이 완전히 사라져 버렸다. 그는 입가가 비틀어질 만큼 냉소를 띠고, 등 뒤의 서가에서 월터 하트의 『구스타프 아돌프』를 꺼냈다. 그리고 연달아 책장을 넘기더니 무엇인가를 발견한 듯 펼친 페이지에 손가락을 대고 노리미즈를 돌아보았다. 실로 노리미즈의 광적인 산책을 풍자한, 검사의 통렬한 비아냥이었다.

바이마르 제후 빌헬름의 오합지졸들은 아른하임과의 경쟁에 패배하여 왕의 지원을 늦추었다. 더욱이 노이언호벤 성내에서 그것을 통렬히 비난하는 소리가 높았으나 빌헬름 제후는 안색조차 바꾸지 않았다.

그것만으로는 성이 차지 않았는지 검사는 집요하게 독설을 퍼부었다.

"아아, 참으로 슬픈 이야기가 아닌가, 바로 책만 뒤지는 자네가 일으킬 만한 착란이겠지만. 물론 그 경탄스러운 현상은 어린애 장난에 지나지 않아. 도대체 뭐가 심오하다는 거야. 유희적 산책이라고 할 가치도 없어. 자네가 만약 카리용실에서 있었던 일에 정확한 해법도 내놓지 못한다면 이제 더 이상의 연설은 그만두게."

"그런데 말이야, 하제쿠라."

노리미즈는 상대의 냉소에 조용히 미소로 답하며 말했다.

"범인이 유대인이 아니라면 그때 어떻게 노부코에게 납굴증(일종의 경직증. 이 발작은, 돌연 의식을 앗아가고 환자의 전신을 경직시켜 그 자신의 의지에 의한 운동을 전혀 불가능하게 한다. 그러나 외부의 운동에는 전혀 저항이 없어 마치 유연한 밀랍이나 고무 인형처럼 수족이 외부에 의해 움직인 위치에 계속 멈춰 있다. 그래서 납굴증이라는 흥미로운 병명이 붙었다.)을 일으킬 수 있겠어? 어느 순간 노부코는 마치 조각처럼 경직되어 버렸어. 그러니 회전의자의 위치는 물론 문제가 되지 않아."

"납굴증이라고?"

그 말에는 검사도 탁자를 거칠게 뒤흔들며 고함을 칠 수밖에 없었다.

"빌어먹을, 자네 궤변도 도를 넘어 이제는 우스꽝스럽군. 노리미즈. 그건 희귀병 중에서도 아주 희귀한 병이지 않아?"

"물론 문헌에만 있는 드문 병인 것은 틀림없지."

노리미즈는 일단 수긍했지만 그 목소리에는 어딘가 조롱하는 것 같은 여운이 섞여 있었다.

"그렇지만 그렇게 드문 신경 배열을 가령 인위적으로 만든다고 하면 어떻게 되겠나? 한데 자네는 근식상실(筋識喪失)이라는 듀센이 만든 용어를 알고 있나? 히스테리 환자의 발작 중에 눈을 감게 하면 마치 납굴증처럼 온몸에 경직이 일어나지. 요컨대 유대인 특유의 어떤 풍습을 제외하면 그 병리적 서커스를 시키는 것은 불가능하다고 하는 거야"

노리미즈는 그렇게 놀라운 결론을 냈다.

"아, 노부코와 히스테리인가……? 과연 자네의 투시안은 상당해. 다만 문제를 정신병원 말고 다른 쪽으로 옮기자고"

그때까지 묵묵히 담배만 피우던 구마시로는 갑자기 얼굴을 들고 그답지 않게 흥미로운 말을 했다. 그러자 노리미즈는 생각지도 않았던 병리 해부를 흑사관의 건물에 시도하면서 끝까지 그 가능성을 강조했다.

"아니, 구마시로. 나야말로 이 사건이 흑사관에서 일어난 일이라는 점에 주의를 환기하고 싶어. 대체로 범죄는 동기에서만 시작되지는 않아. 특히 지적인 살인 범죄는 비뚤어진 내면에서 저질러지는 경우가 많지. 물론 그렇게 되면 일종의 사디즘적 형태를 띠는데 종종 감정 외에도 어떤 감각적 착각에서 해방되지 못하고 더구나 끊임없이 억압을 당하는 경우에 발생하는 예가 있어. 바로 흑사관 같은 음울한 건물에 내가 말하는 그런 비도덕적인, 오히려 악마적인 성능이 매우 풍부하다고 할 수 있어. 한데 그 엄숙한 얼굴을 한 못된 장난꾼이 도대체 어떻게 인간 신경의 배열을 변형시켜 가는지, 여기에 마침 적합한 예가 있어."

그 기발한 추론에서 독단으로 보이는 옷을 벗기기 위해 노리미즈는 먼저 예증을 들었다.

"이건 20세기 초 괴팅겐에서 일어난 사건인데 오토 브레멜이라는, 어디로 보나 베스트팔렌 사람다운 예민한 소년이 그 지역 도미니크 수도원 부속학원에 입학한 거야. 그런데 보네베식 아치가 낮게 드리워진 어둡고 억압적인 분위기의 건물에서 느껴지는 압박감이 곧 사춘기 소년의 연약한 신경을 갉아먹었지. 건물 안팎에 광도의 차이가 심한 나머지 처음에 그는 때때로 우연이라고 하기에는 너무나 이상한 잔상을 보곤 했어. 급기야 소년의 증상은 환청이 들릴 정도로 심각해졌는데, 소년의 방 창밖에 있는 철로를 통과하는 열차 소리가 끊임없이 되풀이해서 들렸기 때문이지. 그 소리는 마치 Resend Blehmel(미치광이 브레멜)이라고 외치는 것처럼 들렸거든. 그러나 아들의 증상에 놀란 부친이 자택으로 데려간 덕분에 브레멜의 정신 상태는 간신히 붕괴를 면했어. 그건 거의 기적이라고 할 수 있어. 기숙사를 나오자마자 환시와 환청이 나타나지 않았고, 얼마 후에는 건강한 청춘을 되돌릴 수가 있었으니까. 구마시로, 자네는 형법가가 아니니까 혹여 모를 수도 있지만 교도소의 건축 양식에 따라서 구금성 정신병이 속출하기도 하고 전혀 발생하지 않기도 하는 모양이야."

노리미즈는 거기까지 말하고 담배를 꺼내어 한 대 피웠다. 그리고 여전히 지식의 탑에서 내려오지 않고 계속해서 더욱 신랄한 사례를 인용하기 시작했다.

"시대는 16세기 중엽 필립 2세 때의 일인데 이 사례는 피를 선호하는 사디즘의 이례적인 표본이라고 할 수 있어. 스페인 세비야 종교재판소에 포스콜로라는 젊은 사제 재판관이 있었어. 그런데 그의 심문이 너무 둔한 데다 만성절에 하는 이단 화형 행렬에도 공포를 느끼는 상태였기 때문에 어쩔 수 없이 종교재판

차장인 스피노자는 그를 고향 산토니아 장원으로 돌려보냈지. 그런데 한두 달이 지나서 스피노자는 포스콜로에게 이런 편지를 받았어. 동봉한 종잇조각에 그려진 마츠오라타(중세 이태리에서 카니발 때 벌어지는 가장 잔인한 형벌)를 형구화한 것을 보고 깜짝 놀랐지.

'세비야의 재판소에는 십자가와 고문용 형구가 나란히 있습니다. 하지만 신이 만약 지옥에 불을 붙여 영원히 타오르기를 원한다면 먼저 재판소 건물에서 회교식 높은 아치를 내몰아야 합니다. 나는 산토니아에 와서부터 옛날 게티아인이 남긴 어둡고 낡은 장원에 살았는데 실로 이 장원은 특별한 성질을 가졌습니다. 그 장원 자체가 이미 인간의 온갖 고뇌를 깊이 생각하는 사상을 나타내고 있습니다. 나는 여기에서 여러 가지 혹형을 결합하고 비교해 마침내 그 방면에서 가장 완벽한 기술자가 되었습니다.'

어때, 구마시로. 애당초 무엇이 이렇게 처참한 독백을 하도록 했을까? 어째서 피를 좋아하는 포스콜로의 습성이 잔인한 고문용 형구가 진열된 재판소에서는 일어나지 않고 아름다운 비스케이만의 자연 속에서 생겨났을까? 그 세비야 종교재판소와 산토니아 장원의 건축 양식의 차이를 이 사건에서도 결코 간과해선 안 된다고 나는 단언하고 싶네."

노리미즈는 여기까지 말하고 격렬한 기세를 접었다. 그리고 이상 두 가지 예를 흑사관의 실제에 적용시켜 그 양식 속에 숨어 있는 무서운 마력을 밝혀내려고 시도하였다.

"실제로 나는 사실 한 번밖에 가 보지 않았고 더구나 그것도 그렇게 날씨도 안 좋았을 때였지만 흑사관의 건축 양식에 여러 가지로 평범하지 않은 현상이 나타났음을 깨달았어. 물론 그런 감각적 착각에는 도저히 포착할 수 없는 불가사의한 힘이 있지. 요컨대 그것에 줄곧 사로잡혀 있던 나머지 결국 병리적 개성을 낳게 된 것이지. 그러니까 구마시로, 나는 이렇게까지 말할 수 있어. 흑사관 사람들은 아마 그 정도에는 차이가 있겠지만 엄밀한 의미에서 심리적 신경 병자가 아닌 사람은 없다고."

누구나 경중은 있겠지만 정신의 어느 한 구석에 반드시 신경 병적인 것이 숨어 있음이 분명하다. 그것을 척결하여 범죄 현상의 초점으로 배열하는 데에 노리미즈의 수사 기법과 비교할 수 있는 것은 없었다. 하지만 이 경우 노부코의 히스테리성 발작과 유대식 범죄는 도저히 일치될 수 없을 정도로 동떨어진 것이 아닌가?

(하지만 발트슈타인의 좌익 군영은 왕의 우익보다 훨씬 널리 흩어져, 왕이 빌헬름에게 명하여 전열을 가다듬게 하였다. 그때 빌헬름은 다시 과실을 저질러 대포 사용을 늦추었다.)

검사는 여전히 노리미즈를 둔중한 빌헬름에 빗대며 비꼬았는데 구마시로는 참지 못하겠다는 듯 입을 열었다.

"아무튼 로스차일드든 로젠펠트든 상관없으니까, 그 유대인의 얼굴이라도 한 번 보여줘. 게다가 자네, 노부코의 발작을 설마 우연한 사고로 돌릴 생각은 아니겠지?"

"천만에. 그렇다면 노부코는 어째서 아침에 연주한 찬송가를 그때 다시 쳤겠나?"

노리미즈는 어조를 높여 반박했다.

"알겠나, 구마시로? 그녀는 엄청난 체력이 필요한 카리용으로 찬송가를 세 번이나 연주했어. 그러면 모소의 『피로』를 인용하지 않더라도 신경병 발작이나 최면 유발에는 매우 취약한 좋은 조건이 된단 말이야. 거기에 그녀를 몽롱한 상태에 빠트린 원인이 있었던 거지."

"그러면 그 괴물의 이름은 뭐라는 거야? 애당초 종루의 사자 명부에는 망자의 이름이 하나도 적혀 있지 않잖아."

"괴물은커녕 물론 인간도 아니야. 그건 카리용 건반이야."

노리미즈는 탕 하는 장식음을 들려주며 이번에도 두 사람의 의표를 벗어난 이야기를 꺼냈다.

"이건 일종의 착시 현상인데, 예를 들면 한 장의 종이에 직사각형의 구멍을 뚫어 그 뒤에서 둥글게 자른 종이를 움직여 봐. 그 원은 빠르게 움직일수록 차츰 타원으로 되어 가는데 이와 똑같은 현상이 상하 두 단으로 된 건반에 나타났던 거야. 그런데 여기에 자주 쓰는 하단의 건반이 있다고 치고. 그 끊임없이 오르내리는 건반을 상단의 움직이지 않는 건반과의 사이에서 바라보면 그 하단 건반의 양 끝이 상단 건반의 그늘에 묻히는 것처럼 왜곡되어 차츰 가늘어져 가는 것처럼 보이게 돼. 결국 원근감에

의한 착시가 일어나면 그때까지 피
로 때문에 조금 몽롱해진 상태였다
가 한번에 정신을 잃은 거지. 물론
그래서 고유(固有)의 발작을 일으킨

거야. 그러니 구마시로, 내게 한마디로 말하라고 한다면 그때 노
부코에게 세 번 반복하라고 시킨 자가 바로 범인이라고 할 거야."

"하지만 자네의 이론은 결코 논리적이지 않아."

구마시로는 바로 이때다 싶은지 날카롭게 지적했다.

"대체 그때 노부코의 눈을 감게 한 것은 뭐지? 밀랍인형처럼
온몸에 납굴증이 나타난 과정을 설명하지 않았잖아."

노리미즈는 거만하게 미소를 지으며 상상력이 빈곤한 상대가
안타깝다는 듯 보더니 곧 탁상에 놓인 종이에 위의 그림을 그리
며 설명했다.

"구마시로, 이건 '고양이 앞발'이라고 하는 유대인 범죄자들이
흔히 쓰는 특유의 매듭이야. 그래서 이 매듭 하나에 회전의자에
모순을 나타낸 근식상실—그 납굴증과 비슷한 상태를 만들어낸
요소가 있었어. 보다시피 아래쪽 끝을 잡아당기면 매듭이 차츰
밑으로 내려가지. 하지만 매듭에 끼어 있는 물체가 벗어나면 끈
은 홀렁 풀어져 한 줄이 되어 버려. 그러니까 범인은 미리 건반
의 사용 횟수와 처음에 묶을 높이를 측정하고 나서 그 건반과 종
을 치는 타봉을 연결하는 끈의 위쪽에 단검 자루를 매어 놓은 거
야. 그러면 연주가 진행됨에 따라 단검이 돌면서 매듭이 차차 밑
으로 내려갔겠지. 노부코가 몽롱한 상태로 연주하는 그때, 두 번

째 찬송가쯤에서 그녀의 눈앞에서 칼날의 빛이 번뜩이면서 꼬인 끈이 풀리듯 단검이 아래로 내려온 거야. 즉 명멸하는 빛으로 눈꺼풀을 수직으로 쓰다듬어 감게 한 거지. 그것을 현혹조작이라고 하는데 최면에 걸린 여인의 눈을 감게 하는 리에주아의 수법이야. 그래서 눈꺼풀이 감김과 동시에 납굴증처럼 근육의 조절 능력을 상실한 몸이 금세 중심을 잃어 그 자리에서 조각과도 같이 뒤로 쓰러진 거지. 그 찰나에 열쇠와 끈을 뒤쪽에서 내챘기 때문에 단검이 매듭에서 튀어나와 바닥에 떨어졌어. 물론 노부코는 발작이 진정되면서 깊은 혼수에 빠져들고 말았지만."

검사의 표독스러운 경멸을 되갚은 노리미즈는 갑자기 비통한 표정을 지었다.

"그런데 말이야. 노부코는 어떻게 그 단검을 쥐게 되었을까? 또 그 기괴하기 짝이 없는 배음 연주는 어떻게 일어난 거지? 그런 한계 밖의 일에는 아직 손가락 하나 대보지 못했어."

맥없이 한숨을 내쉬던 노리미즈는 다시 지친 표정을 떨치고 마침내 씩씩하게 외쳤다.

"아니 나는 시리우스의 시차를 계산하는 거야. 또 델타($\delta$)도 있고 크시($\xi$)도 있어! 그것들을 한 점으로 귀납하여 종합해 버리기만 하면 되는 거야."

그러자 분위기가 뜨겁게 달아올랐다. 오랫동안 노리미즈와 같이 지낸 두 사람은 사건 해결이 코앞으로 다가왔다는 것을 감각적으로 느낀 모양이다. 구마시로는 노리미즈의 눈을 똑바로 보면서 얼굴을 바짝 들이대며 물었다.

"그렇다면 솔직하게 흑사관의 괴물을 지적해 봐. 자네가 말하는 유대인이란 도대체 누구를 말하는 거지?"

"경기병 니콜라스 브라에야."

노리미즈는 뜻밖의 이름을 말했다.

"한데 그는 구스타프 아돌프 왕이 란스타드 시에 입성할 때, 유대인 문 옆에서 벼락에 놀라 날뛰는 말을 진정시킨 공으로 왕에게 접근했어. 그래서 하제쿠라, 무엇보다도 브라에의 용맹무쌍한 전적을 살펴봐야 해."

노리미즈는 검사가 보고 있던 하르트의 『구스타프 아돌프』를 받아들고는 뤼첸 전투의 마지막에 가까운 페이지를 가리켰다. 그와 동시에 검사와 구마시로의 얼굴에 경악의 빛이 번뜩이고 지나갔다. 검사는 음 하고 신음을 내며 무의식중에 물고 있던 담배를 떨어뜨렸다.

전투는 9시간에 걸쳐 계속되어 스웨덴군의 사상자는 3천에 달했다. 연맹군은 7천 명을 남기고 패주했는데 밤의 어둠이 추격을 막아 주었다. 그날 밤 부상병들은 밤새도록 땅에 누워 잠들었다가 새벽에 서리가 내려 모조리 얼어 죽었다. 그에 앞서 일몰 후에 브라에는 오헴 대령을 따라 전투가 가장 치열했던 네 곳의 풍차 지점을 순찰하던 중, 그의 날랜 저격의 표적이 될 자들을 지적했다. 베르투르트 발슈타인 백작, 프루다 공작 겸 대수도원장 바헨하임……

거기까지 읽고 구마시로는 얼굴이라도 한 대 얻어맞은 듯 홱 몸을 뒤로 물렸다. 말도 쉽게 나오지 않았다. 검사는 잠시 꼼짝도 않고 있었으나 이윽고 거의 들리지도 않는 모기 소리로 다음 구절을 읽기 시작했다.

"디트리히슈타인 공작 단네베르그, 아마르티 공작령 사령관 셀레나, 아, 프라이베르히 법관 레베즈……."

침을 꿀꺽 삼키고 나서 흐릿한 눈으로 노리미즈를 쳐다보았다.

"아무튼 노리미즈, 자네가 꺼내온 이 요정 동산의 광경을 좀 설명해 줘. 아무래도 배역의 의미를 전혀 모르겠어. 어떻게 뤼첸 전투를 배경으로 흑사관의 학살이 일어날 수 있지? 게다가 기우일지도 모르지만 나는 여기에 이름이 나오지 않은 하타타로와 클리보프, 두 사람 중에 범인이 있을 것 같은 생각도 들어."

"응, 몹시 악마적인 잔악한 장난이야. 생각하면 할수록 섬뜩해. 첫째, 이 대단한 연극을 꾸민 작자가 결코 범인은 아니야. 즉, 이 줄거리는 저 오망성 주문의 본체인 거지. 뤼첸 전투에서는 경기병 브라에와 그 모체인 마법 연금술사 오틸리에라는 암살자의 관계가 이 사건에서는 범인 +X(플러스 엑스)라는 공식으로 바뀐 거지."

노리미즈는 이 요술 같이 딱 들어맞는 해석을 부득불 사건 해결 뒤로 미루었다. 하지만 이어서 두 눈에 처절한 기운을 띠고 흑사관의 악마를 가리켰다.

"그런데 오틸리에가 보낸 자객이 바로 그 브라에라는 것을 알았으니 이제는 그의 본성을 밝힐 필요가 있지. 그건 바로 이중의 배신이야. 구교도에게 대항해서 비교적 유대인에게 온건했던 구스타프 왕을 암살한 것은 신교도한테서 받은 은혜와 그의 종족에 대한 충성이라는 두 가지 의미에서 저지른 이중의 배신이 아닌가 말이야. 결국 하트의 역사책에는 나오지 않지만 프로이센 왕 프리드릭 2세의 전기 작가 다바는 경비병 브라에가 브로크 출신의 폴란드계 유대인이라고 폭로했어. 그리고 그의 본명은 루리에 크로프마크 클리보프라는 거야!"

그 순간 모든 것이 일시에 정지한 것 같았다. 마침내 가면이 벗겨지고 이 광기 어린 연극은 끝났다. 항상 심미성을 잊지 않는 노리미즈의 수사법이 여기에서도 또 초기 화약 기술과 연관된 종교전쟁으로 장식되어 화려하기 짝이 없는 결말을 만들어냈다. 그러나 검사는 아직도 반신반의하는 얼굴로 담배를 입에서 뗀 채 멍하니 노리미즈를 바라보았다. 그 모습에 노리미즈는 빈정거리는 듯 웃으며 하트의 역사책을 뒤져 그 페이지를 검사에게 내밀었다.

구스타브 왕의 사후, 바이마르 제후 빌헬름의 선봉 총기병이 호이에스베르다에 나타나자 비로소 그가 슐레지엔에 야심이 있음을 알게 되었다.

"이봐, 하제쿠라. 바이마르 제후 빌헬름은 사실 비틀린 유머의 괴물이었던 거야. 그러나 클리보프가 그렇게 쌓아올린 장벽도 나의 파성추(성벽, 성문 등을 부수기 위한 공성 병기)에는 결코 난공

불락이 아니지"

등 위에 있는 〈런던 대화재〉의 검은 연기를 불꽃처럼 물들이는, 햇빛을 머리에 받으면서 노리미즈는 범인 클리보프를 도마 위에 올려놓고 구체적인 해석을 시도했다.

"처음에 나는 클리보프를 토속 인종학적으로 관찰했어. 물론 이스라엘 사제나 체임벌린의 저술까지 언급하지 않아도 그 붉은 체모나 주근깨 그리고 콧마루의 생김새가 모두 아모레안 유대인(유럽인에 가장 가까운 유대인 모습)의 특징임을 명백히 지적할 수 있어. 그러나 그것을 더욱 확실하게 하는 요소가 유대 왕국 회복이라는 유대인 특유의 믿음이지. 유대인은 흔히 그 문양을 커프스 단추나 넥타이핀에 쓰는데 그 다윗의 별(✡) 문양이 클리보프의 가슴 장식에서는 튜더 장미의 여섯 꽃잎 모양으로 나타나 있어."

"하지만 자네의 논지는 매우 모호해."

검사는 부정적인 얼굴로 이의를 제기했다.

"마치 희귀한 곤충 표본을 보는 것 같은 느낌이지만 클리보프 개인의 실체적 요소에 대해서는 조금도 언급이 없었어. 나는 자네 입에서 그 여자의 심장 박동과 호흡의 향기를 맡아 보고 싶어."

"그게 바로 「자작나무 숲」(구스타프 팔케의 시)이야."

노리미즈는 간단히 내뱉고는 언젠가 세 명의 외국인 앞에서 했던 기이한 이야기를 또다시 가볍게 반복했다.

"우선 처음의 그 묵시도를 기억해 봐. 클리보프 부인은 천 조각으로 두 눈이 가려져 있었지. 그래서 그 그림을 내 주장대로 특이체질의 도해라고 해석하면 결국 묵시도에 그려진 죽음의 양상은 클리보프 부인이 가장 빠지기 쉬운 상태임에 틀림없어. 한데 하제쿠라, 눈이 가려져서 죽는 모습은 바로 척수로(脊髓癆)*였음을 의미하지. 비교적 눈에 띄지 않은 제1기의 징후가 10여 년에 걸쳐 계속되는 경우도 있어. 하지만 그중에서도 제일 뚜렷하게 나타나는 증세가 바로 롬베르크 징후야. 두 눈이 가려지든가 갑자기 사방이 캄캄해지든가 하면 온몸이 중심을 잃고 비틀거리는 거지. 그것이 그날 밤 늦게 복도에서 일어났지. 즉 클리보프 부인이 단네베르그 부인이 있는 방으로 가기 위해 칸막이 문을 열고 그 앞의 복도로 들어간 거야. 알다시피 양쪽 벽에 설치된 장방형 벽감 안에서 등불이 켜져 있었어. 그래서 자기 모습이 드러나지 않도록 우선 칸막이 문 쪽에 있는 스위치를 끈 거야. 물론 캄캄해진 그 순간 그때까지 전혀 신경 쓰지 않았던 롬베르크 징후가 일어난 거지. 그런데 그렇게 몇 번이나 비틀거리는 사이 장방형 벽등의 그림자가 망막 위로 몇 겹이나 겹친 거야. 하제쿠라, 여기까지 말했으니 더 이상 설명할 필요는 없겠지? 클리보프 부인이 간신히 몸을 추슬러 바로 섰을 때 그녀의 눈앞에 펼쳐진 어둠 속에서 무엇이 보였을까? 그 수없이 늘어선 벽등의 잔상이란 다름 아닌 팔케가 노래한 그 섬뜩한 자작나무 숲이야. 더구나 클리보프 부인은 그것을 스스로 고백했어."

* 매독 감염에 의한 척수 장애.

"뭐야, 설마 그 여자의 복화술까지 자네가 간파한 줄은 몰랐어."

구마시로는 힘없이 담배를 버리고 마음속의 환멸을 드러냈다. 거기에 노리미즈는 조용히 미소를 지어 답했다.

"그런데 구마시로, 어쩌면 그때 나에게는 아무 소리도 들리지 않았을지도 몰라. 그저 클리보프 부인의 두 손만 들여다보고 있었으니까."

"뭐야, 그 여자 손을?"

이번에는 검사가 놀라 말했다.

"하지만 32면상의 불상이나 밀교의 의궤에 관한 이야기라면 전에 적광암(작가의 전작 『몽전 살인 사건』)에서 들었네."

"아니, 같은 조각의 손이라도 나는 로댕의 「대성당」을 말하는 거야."

여전히 노리미즈는 연극조로 기이하기 짝이 없는 이야기를 툭 내던졌다.

"그때 내가 자작나무 숲이라는 말을 꺼내자 클리보프 부인은 두 손을 합장하듯이 살며시 모으고 테이블에 얹었어. 물론 밀교에서 말하는 주문의 표시가 아니더라도 적어도 로댕의 대성당에 가까운 것이지. 특히 오른쪽 손바닥의 무명지를 꺾은, 몹시 불안정한 모습이었지. 나는 줄곧 클리보프 부인의 심리에서 표출되는 무언가를 찾던 차라 그걸 보고 절로 무릎을 쳤지. 왜냐하면 셀레나 부인이 '자작나무 숲'이라고 해도 까딱도 하지 않았던 그 손이 내가 그 다음 구절로 '그는 꿈꾸도다'라고 하면서 그 남자라는 의미를 흘리자 이상하게도 안정을 잃고 넷째 손가락을 이상하게 떨더니 갑자기 말수가 많아졌기 때문이야. 아마 거기에 나타난 몇 가지 모순은 도저히 어쩌지 못할 정도로 전도된 것이 틀림없어. 도대체 긴장에서 해방된 다음이 아니라면 어떻게 흥분이 겉으로 나타날 수 있었겠나?"

잠깐 말을 끊고 노리미즈는 창문의 빗장을 풀어 방안 가득한 연기를 내보내고 나서 말을 계속했다.

"그런데 보통 사람과 신경이상자는 말초신경에 나타나는 심리 표출이 전혀 반대인 경우가 있어. 예를 들면 히스테리의 발작 중에 그대로 방치하면 환자의 수족이 제멋대로 움직이지만 일단 어딘가에 주의를 돌리게 하면 그 부분의 운동이 딱 멈춰 버리는 거야. 요컨대 클리보프 부인에게서 나타난 것은 그 반대의 경우였는데 아마 그 여자는 마음의 불안을 행동에 나타내지 않으려고 애썼던 거지. 한데 내가 '그는 꿈꾸도다'라고 한 한마디에서 우연히 긴장이 풀리면서 그동안 억눌렸던 감정이 한꺼번에 방출되어 자신의 손까지 의식할 만한 여유가 생긴 거야. 그제야 비로소 오른쪽 넷째 손가락이 불안정한 심리를 드러냈고, 그래서 이해할 수 없는 손의 떨림이 일어난 거야.

하제쿠라, 어두워져야 보이는 자작나무 숲을 그 여자는 자기의 손가락 하나로 무심코 고백한 거지. 그 '자작나무 숲'에서 "그는 꿈꾸도다'로 내려가는 곡선 속에 아무 유감없이 클리보프 부인의 심리가 완전히 드러난 것이겠지. 하제쿠라, 언젠가 자네는 시문 문답을 트루바르 취향의 노래 자랑이라고 한 적이 있었지. 하지만 오히려 그것은 심리학자 뮌스터베르크, 아니 하버드의 실험심리학 교실에 대한 논박인 거야. 거대한 전기 계기나 기록계 따위를 꺼내봤자 아마 냉혹한 범죄자에게는 터럭만 한 효과도 없을 거야. 더구나 생리학자 베버처럼 자기 스스로 심장의 박동을 멈추게 하고 폰타나처럼 홍채를 자유자재로 수축할 수 있는 인물을 만나는 날에는 그 기계적 심리 실험이 도대체 무슨 소용이 있겠어? 그러나 나는 손가락 하나의 움직임이나 시문의 자구 하나로 진실을 캐내고 시문으로 거짓말까지 꾸며내면서 범인의 심리를 드러내게 한 거야."

"뭐라고, 시문으로 거짓말을?"

구마시로가 꿀꺽 침을 삼키며 따지자 노리미즈는 살짝 어깨를 으쓱하더니 담뱃재를 떨어뜨렸다. 그의 추리는 이제 이 참극이 끝나지 않았나 하는 생각이 들 정도로 논리정연하였다. 노리미즈는 먼저 그 전제로 유대인 특유의 자기방어적인 허언증을 지적했다. 처음에 《미시네 토라 경전(14권의 유대교 경전)》에 있는 이스라엘 왕 사울의 딸 미칼의 고사(이스라엘 왕 사울의 딸 미칼은 부친이 남편 다윗을 죽이려는 것을 알고 계책을 세워 남편을 피신시켰다가 그 사실이 들통나자 미칼은 다음과 같이 거짓 증언을 했다. "다윗이 만일 자신을 보내주지 않으면 저를 죽이겠다고 하여 할 수 없이 그를 피신시켰습니다." 사울은 딸의 죄를 용서했다.)부터 시작하여 차츰 현대로 내려와서 게토(유대인 제한 거주지) 안에 조직된 장로 조직(동족 범죄자를 비호하기 위해 증거 인멸, 상호 부조적인 거짓말을 하는 장로 조직)에까지 이르렀다. 그리고 마지막으로 노리미즈는 그것을 민족적 성벽이라고 단정했다. 그런데 이어서 허언증에 바람의 정령과의 밀접한 교섭이 드러났다.

"그래서 유대인은 거짓말에 일종의 종교적인 허용을 인정했던 거야. 즉 자기를 방어하는 데 필요한 거짓말만은 허락해야 한다는 거지. 그러나 물론 나는 그것만 가지고 클리보프를 재단하려는 게 아니야. 나는 어디까지나 통계상의 숫자라는 것을 경멸해. 하지만 말이야, 그 여자는 이야기를 꾸며내서는 실제 보지도 못한 인물이 침실에 침입했다고 했지. 암, 그것만은 사실이지."

"아, 그게 거짓말이라니!"

검사는 눈썹을 치켜 올리며 외쳤다.

"그럼 자네는 그 일을 어떤 종교회의에서 알아냈나?"

"뭐야, 그런 산문적인 질문은!"

노리미즈는 힘주어 대답했다.

"법심리학자인 슈테른에게 『진술의 심리학』이라는 책이 있어. 거기에 브레슬라우 대학 선생이 예심 판사에게 한 경구가 있지. '심문 중의 용어에 주의하라.' 왜냐하면 우수한 지능범은 상대가 하는 말 속에서 하나하나의 단어를 종합하여 그 자리에서 거짓말을 꾸며내는 재주가 비상하기 때문이지. 그래서 그때 나는 그 분자적 연상과 결합력을 역으로 이용하기로 했어. 그리고 시험 삼아 레베즈에게 바람의 정령에 관한 질문을 던졌지. 왜냐하면 내가 그전에 도서실을 조사할 때, 포프, 팔케, 레나우 등의 시집을 최근에 누군가 봤다는 것을 알게 되었거든. 즉 포프의 『머리카락 도둑』에는 바람의 정령에 관해 거짓말하기에 적당한 기술이 있었기 때문이야. 물론 내가 찾고 있었던 것은 범인의 내면 심리였어. 그 책 속에 있는 바람의 정령에 대한 인상을 하나로 모아 범인의 모습이 떠오르도록 연극을 한 거야. 결코 그 미친 시인이 단순히 하나의 추억을 그리는 걸로 만족하지 않을 것이라고 생각했기 때문이지. 거기에서 나는 마른침을 삼켰어. 그리고 그 음흉하고 냉혹하기 짝이 없는 클리보프의 진술 속에서 마침내 범인의 모습을 파악할 수 있었어."

노리미즈의 얼굴에는 사뭇 그때의 흥분을 되새기려는 듯 피로의 빛이 떠올랐다. 하지만 그는 말을 이어 마침내 클리보프 부인을 범인으로 지적하는 『머리카락 도둑』의 글에 해석의 메스를 들이댔다.

"한데 그 해답은 아주 간단한 거야. 『머리카락 도둑』의 제2절에는 바람 정령의 부하인 요정이 네 명 나와. 그 첫 번째가 크리스피사(Crispissa)인데 머리를 빗는 요정이야. 그건 클리보프 부인의 젖은 머리를 수상한 사나이가 붙들어 맸다는 대목에 해당해. 그다음은 지피레타(Zephyretta), 즉 산들바람인데, 그 사나이가 문 쪽으로 멀어져 간다는 부분에 나와. 세 번째는 모멘틸라(Momentilla), 즉 시시각각 움직이는 것으로 눈을 뜨고 부인이 보려고 했다는 베갯머리의 시계를 가리키지. 그리고 마지막이 브릴리안테(Brilliant), 이것은 바로 빛인데 클리보프 부인은 수상한 사나이를 설명하면서 눈이 진주처럼 빛났다고 했지. 하지만 그것은 다르게 해석할 수도 있어. 진주가 예로부터 백내장을 가리키는 고어라는 사실을 생각하면 오른쪽 눈의 백내장 때문에 무대를 떠난 오시카네 쓰다코 부인이 떠오르지. 하지만 어쨌든 그런 클리보프 부인의 심리를 더욱 확실하게 하는 것이 있었어. 요컨대 앞서 말한 네 가지의 기지수(旣知數)가 어느 한 점을 향해 모이는데……, 그것은 다름 아닌 부인 고유의 병리 현상, 곧 척수로인 거야. 그때 클리보프 부인은 눈을 떴을 때 가슴 언저리에서 잠옷 양 끝자락이 고정된 것 같은 느낌이었다고 했어. 하지만 그 병 특유의 윤상감각(흉부를 원형 고리 같은 것이 짓누르고 있는 것처럼 느끼는 증세)을 생각하면 그런 거창한 진술을 한 이유가 혹시 일상적으로 경험하는 감각에서 나온 것이 아닌가 의심되지. 그걸 나는 그런 거짓말을 꾸며낸 근본적인 상수라고 믿어."

구마시로는 가만히 생각에 잠겨 담배를 피우는데 이윽고 노리미즈를 보는 눈에 비난의 기색이 강하게 서려 있었다. 그러나 그는 그답지 않게 조용히 말했다.

"그렇군, 자네가 말하는 이론은 잘 알겠어. 하지만 무엇보다도 우리가 바라는 것은 한 가지라도 완전한 형법적 의의를 가진 것이야. 요컨대 시리우스의 최대 시차보다도 그것을 구성하는 물질의 내용인 거지. 바꾸어 말하면 각각의 범죄 현상에 대한 자네의 견해를 말해 달라는 거야."

"그렇다면."

노리미즈는 만족한 듯이 고개를 끄덕이고 나서 책상 서랍에서 사진 한 장을 꺼냈다.

"드디어 마지막 카드를 꺼낼 차례군. 이 사진은 카리용실 위에 있는 12궁 원화창인데 나는 보자마자 금방 알아차렸어. 이

검은 선은
필자가 보기 쉽게 가필한
별자리 모양

흰 선은
카리용의 여운을
완화하기 위한 틈새

것 역시 관대의 십자가와 마찬가지로 설계자인 클로드 딕스비가 남긴 암호라는 것을. 왜냐하면 통상적으로 춘분점이 있는 양자리가 원의 중심이 되는데 여기서는 염소자리가 대신하고 있어. 또 가로세로로 뒤섞이는 지그재그의 빈틈에도 카리용의 여운을 완화하는 성능 외에 무슨 의미가 있어야 한다는 생각을 했기 때문이야.

그런데 구마시로, 원래 12궁이라는 것은 옛날부터 흔한 미신상의 산물에 불과한 거야. 첫째, 문자 암호가 아니기 때문에 정작 중요한 키워드를 발견하는 데 필요한 자료가 여기에는 전혀 주어지지 않았어. 그러나 나는 랑지에(맥베스, 지베르쥬 등과 어깨를 나란히 하는 암호학 분야의 대가. 1918년 『Cryptohraphie』를 발표)는 아니지만 '가정한다'는 관용어는 해독가에게는 바로 금과 옥조나 마찬가지라고 생각해. 왜냐하면 처녀자리(♍)니 사자자리(♌)니 하는 것처럼 12궁 고유의 부호가 있는데 나는 거기에 유대식 해석법을 대입해 봤지. 요컨대 1881년 유대인 대학살 때 폴란드 그로지스크 마을의 유대인이 12궁에 빛을 맞추어 이웃 마을에 위급함을 알렸다는 사실이 있을 정도이니……. 게다가 부크스토르프의 『히브리어 약해』를 보면 아트바쉬법, 아르밤법, 아트바크법을 비롯하여 천문산수에 관한 수리법이 적혀 있어. 거기에 또 그때 히브리의 천문가가 사자자리의 큰 낫 모양이라든가 처녀자리의 Y자 모양 등에 히브리 문자의 어떤 것을 대입했다는 기록이 남아 있지. 물론 그중에는 현재 알파벳의 어원을 이룬 것도 있어. 하지만 12궁 전부가 되면 그런 형체적 부호로 적혀 있지 않은 네 가지가 있어. 거기에서 나는 뜻밖의 장애에 부딪쳐 버렸어. 그러나 유대식 암호법을 역사적으로 더듬어 가면 16세기에 이르러 유대 노동조합과 프리메이슨 결사(많은 사람이 아는 명칭이지만 이 결사의 본체는 비밀회의에 있고, 그것이 명백하게도 유대인 단체라는 것은 메이슨교회 바닥에 '다윗의 별'을 그리고 또 그것이 자와 컴퍼스로 이루어진 메이슨의 상징의 모체가 되며, 또 신문 부고란을 장식하는 여덟 개의 별 형태가 유대교회의 스테인드글라스에 쓰이고 있음을 봐도 명백하다)의 암호법 중에 빠진 부분을 메우는 요소가 있었어. 구마시로, 놀라운 것은 이 12궁 속에 유대 암호법 역사의 모든 것이 들어 있다는 사실이야. 그렇게 되면 그 불가해한 인물 클로드 딕스비가 웨일스 태생의 유대인이었다는 데 이의가 없을 거야. 바꿔 말해 이 사건에는 눈에 보이는 세상과 눈에 보이지 않는 세상, 두 세상에 거쳐 유대인 두 명이 나타났다는 뜻이지."

노리미즈는 별자리 하나하나에 히브리 문자를 대입해 가면서 12궁을 해독하기 시작했다. 즉 궁수자리의 활에는 **ധ**(신), 전갈자리에는 **ϟ**(라메드), 처녀자리의 Y자형에는 **ツ**(아인), 사자자리의 큰 낫모양에는 **ϟ**(요드), 쌍둥이자리의 어깨동무를 한 쌍둥이에는 **ϓ**(헤), 물론 황소자리는 주성 알데바란의 히브리 명칭 '신의 눈' 그대로 제1위인 **ℵ**(알레프)가 된다. 그리고 물고기자리는 칼데아 상형문자에 물고기모양의 어원이 있어서 **ϟ**(눈). 그리고 마지막 물병자리의 물병 모양이 **ϟ**(타우)가 되면 그것으로 형체적 해독은 모두 끝난다. 그리고 그 8개의 히브리 글자를 각 어원을 이루는 현재의 ABC로 바꾸어 가면 결국 S.L.Aa, I, H. A.N.T가 된다. 또 12궁에는 염소자리·천칭자리·게자리·양자리 등 네 별자리가 남는다. 거기에 노리미즈는 다음 그림과 같은 프리메이슨 ABC를 대입했다.

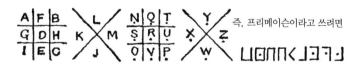

즉, 프리메이슨이라고 쓰려면

표에 따르면 염소자리의 L형이 B, 천칭자리의 ☐형이 D, 게자리의 ⊙형이 R, 그리고 양자리의 ∏형이 E가 된다. 그것을 노리미즈는 다시 프리메이슨 암호의 또 다른 방법인 지그재그식(지그재그 기법— 이 방법은 아테네의 전술가 에네아스가 자신의 저작인《폴리오르케테스》제33장에 기재한 것에 비롯한다. 모눈종이에 ABC를 임의로 배열하여 그것을 상대에게 미리 알려둔 후 그것을 연결한 지그재그선으로 통신한다)을 써서 염소자리의 B에서 시작하는 선상의 빈틈을 찾아 갔다. 그리고 마침내 혼란을 정리하여 알파벳 암호의 배열을 맞추었다. 거기에서 검사와 구마시로는 갑자기 미로의 저쪽에서 암흑계를 비추는 한 줄기의 광명을 발견했다. 그 성스러운 빛은 이 사건에서 범죄 현실로 나타난 열 가지가 넘는 비합리성을 반드시 뒤집을 것이 틀림없었다. 노리미즈의 경탄할 만한 해석으로 절망적으로만 보였던 흑사관 살인 사건은 마침내 대단원에 들어선 것일까? 왜냐하면 그 해답이 Behind Stairs(비하인드 스테어스), 즉 대계단의 뒤편이었기 때문이다.

해독을 마치자 노리미즈는 조용히 말했다.

"그래서 대계단의 뒤편이라는 의미를 탐색해 보았지만 거기에는 의혹이 끼어들 만한 여지가 거의 없었어. 테레즈 인형을 들여놓은 방과 그 옆에 딸린 작은 방밖에 없기 때문이야. 게다가 아마 그 해답도 옛 시대의 비밀 축성 방식에 지나지 않는다고 생각해. 비밀 문, 갱도. 하하하, 대체 무슨 생각으로 딕스비가 12궁에 암호를 남겼는지, 그런 것은 여기에서 문제가 되지 않아. 자, 이제 빨리 흑사관으로 가서 클리보프에 대한 보완 작업을 해야겠어."

노리미즈가 피우던 담배를 재떨이에 비벼 끄자 검사는 소녀처럼 얼굴을 붉히며 노리미즈에게 말했다.

"아, 오늘 자네는 로바쳅스키(비유클리드 기하학의 창시자)같군. 정말이지 시리우스의 최대 시차를 계산해 냈지 않은가!"

"아니, 그 공로라면 슈니츨러에게 양보해야지. 알리바이, 증거 수집, 검출……. 이제 그런 것은 빈 제4학파 이후의 수사법에서 의미가 없어. 중요한 것은 심리 분석이야. 범인의 신경병적 천성을 탐사하고 그 미친 세계를 하나의 심상 거울로 관찰하는, 그 두 가지가 있을 뿐이야. 그렇지 않나, 하제쿠라. 마음은 하나의 광활한 나라가 아니겠어? 그것은 혼돈이기도 하고 또한 아주 사소한 물건일 수도 있어."

노리미즈는 연극이라도 하듯 슈니츨러를 즉흥적으로 바꿔 읊조리고 나더니 노리미즈는 크게 기지개를 하고 일어섰다.

"자, 구마시로 씨. 대단원의 커튼을 올리라고. 아마도 이번 막이 나의 대관식이 되겠지."

그런데 그때 의외의 장소에서 갈채가 일었다. 갑자기 전화벨이 울리는 그 순간을 경계로 사태가 급전해 버렸다. 클리보프 부인에게로 도출된 노리미즈의 초인적 해석도 이 끝을 알 수 없는 공포스러운 비극에서는 고작 한바탕 막간극에 지나지 않았다. 노리미즈는 조용히 수화기를 내려놓았다. 그리고 핏기가 싹 가신 얼굴로 두 사람을 보며 뭐라고 말할 수 없는 비통한 어조로 말했다.

"아, 나는 슐라이어마허(독일 정치가)도 아닌데 열성을 다해 고행을 자청했건만, 또다시 피투성이 연극이라니. 그것도 하필이면 클리보프가 저격을 당했다는군."

햇살을 이고 어둑해진 〈런던 대화재〉 그림을 노리미즈는 멍하니 바라보았다. 마치 그가 쌓아올린 장대한 지식의 탑이 맥없이 무너지는 참상을 바라보는 것 같았다. 노리미즈의 역사적 철군, 이것이야말로 수사 사상 공전의 후퇴라고 할 만한 스펙터클이 아니겠는가.


## 2. 공중에 떠서……살해당하다


노리미즈가 클리보프 부인과 유대인 학살을 연관지어 열심히 12궁 암호를 해독하던 무렵이었다. 사복형사들이 방패처럼 둘러싸고 있던 흑사관에 범인이 어떻게 그 틈새를 비집고 숨어들어 왔는지 세상에 다시없을 기묘한 참극이 일어났다. 사건 발생 시각 2시 40분. 피해자 클리보프 부인은 앞뜰이 바라보이는 본관 중앙, 즉 첨탑 바로 밑의 2층 무구실(武具室) 안에서 때마침 오후의 햇살을 온몸에 받으며 창가의 탁자에 기대어 책을 읽고 있었다. 그때 갑자기 등 뒤에서 누군가가 장식품의 하나였던 핀란드식 석궁을 발사했다. 다행히도 그 화살은 그녀의 머리를 살짝 스쳐 지나갔다. 그러나 화살은 머리카락을 휘어 감았고 강력한 직진력은 순간적으로 그녀를 공중에 매달아 그대로 바로 앞에 있는 덧문에 명중시켰다. 그 힘에 클리보프 부인은 공처럼 창밖으로 내동댕이쳐졌다. 그러나 구부정한 화살촉이 창살 사이에 단단히 박힌 데다 또 화살촉 끝에 엉겨 붙은 머리카락이 도무지 풀리지 않아 부인의 몸은 그 한 발의 화살에 낚여 허공에 매달렸다. 그리고는 허공에서 몸이 팽이처럼 빙글빙글 회전했다. 참으로 단네베르그 부인과 에키스케에 이어 피비린내 나는 동화 같은 풍경이 아닐 수 없었다. 범인은 끝 모를 요술 같은 마력을 구사하여 이날 또 클리보프 부인을 마리오네트를 놀리듯 농락했다. 그리고 변함없이 오색찬란한 법칙과 관능을 넘어선 신화극을 유감없이 연출했다. 클리보프 부인의 붉은 머리가 햇살에 흔들리며 빙빙 돌아가는 모습은 마치 불타오르는 팽이 같았으며 화가 난 고르곤(메두사의 목)의 머리털을 방불케 할 만큼 처참하기 짝이 없는 몰골이었다. 그리고 그때 클리보프 부인이 무아지경에서 한 손으로 창틀을 붙잡지 않았다면, 도중에 화살이 부러져 결국 세 길이 넘는 높이에서 땅으로 곤두박질쳐 박살이 나고 말았을 것이다. 그러나 비명을 듣고 달려온 사람들에 의해 클리보프 부인은 바로 끌려 올라왔다. 하지만 머리카락이 무참하게 뽑힌 데다가 모근에서 흐르는 피로 혼수상태가 되어 쓰러진 그녀의 얼굴은 온통 피범벅이었고, 원래의 모습을 찾아 볼 수 없을 지경이었다.

그 참극이 벌어진 지 불과 35분 뒤에 노리미즈 일행은 흑사관에 도착했다. 성관에 들어서기가 바쁘게 노리미즈는 바로 클리보프 부인의 병상을 위문했다. 때마침 의사에게 치료를 받고 의식을 회복한 그녀에게서 사건 내용을 띄엄띄엄 들을 수 있었다. 그러나 그 이상의 진상은 혼돈 저편에서 범인이 쥐고 있었다. 그 때 그녀는 창문을 정면으로 하고 의자의 등을 문 쪽으로 돌리고 있어서 자연히 등 뒤에 있는 사람을 볼 수 없는 상태였다. 또 그 방으로 들어오는 좌우의 복도에는 사복형사가 한 사람씩 감시의 눈을 번뜩이며 길목을 지키고 있었지만, 그곳을 출입한 사람은 아무도 없었다. 다시 말해 그 방은 거의 밀폐된 빈 상자나 마찬가지였다. 적어도 형체를 갖춘 생물이라면 사복형사의 눈을 피해 절대로 그 방을 출입할 수 없다. 노리미즈는 청취를 마치자 클리보프 부인의 병실에서 나와 바로 문제의 무구실을 조사했다.

그 방은 정면에서 볼 때 정확히 본관 정중앙에 해당하고 두 개의 앱시스 사이에 있다. 유리창이 두 개 있는데 다른 것과 달리 18세기 말기 양식으로 된 상하 2단 개폐식이었다. 또 실내 역시 북방 고트풍으로 현무암을 쌓아올린 석조로, 주위 벽은 한 아름이나 되는 네모진 각석으로 만들었다. 그것이 어둡고 거칠지만 테오도리크 황제 시대의 중후한 양식을 방불케 했다. 실내에는 진열품 외에 거대한 석제 테이블과 천개 없는 긴 의자가 하나 있을 뿐이었다. 더구나 벽을 장식하는 여러 시대의 고대 무기류는 그 암담한 분위기를 한층 더 무겁게 하였다. 그다지 상고 시대의 물건은 없었지만 모르가르텐 전투 당시의 소형 방사식 투석기, 둔전병이 상비했던 사다리, 중국 원나라 시대 투화기 같은 대형 무기류부터 휴대용 안장 모양 방패 등 열두세 가지 방패,

테오도시우스 황제의 철편, 아라곤 시대의 철퇴, 게르만 도리깨, 노르만 양식의 대형 창을 비롯해 16세기 창에 이르기까지 10여 종의 창극류, 또 보병용 도끼 및 서양식 검도 시대별로 있었다. 특히 버건디 낫과 자바겐 검은 진귀한 것이었다. 곳곳에 누샤텔 갑주와 맥시밀리언형, 거기에 파르네스와 바이야르형 등 중세의 갑주가 진열되어 있고, 총기로는 초기의 총포류 두세 가지가 있었다. 그러나 진열품을 돌아보는 동안 노리미즈는 그가 아끼는 글로스의 『고대군기서』를 가져 오지 않은 것을 몹시 안타까워했다. 때론 한숨을 내쉬며 눈을 가늘게 뜨고 섬세한 조각과 문장에 다가서서 열심히 들여다보는 모습으로 보아 그가 직무를 잊을 정도로 갖가지 전쟁 도구들이 주는 매력에 푹 빠진 게 틀림없었다. 그러나 실내를 다 돌고 겨우 물소의 뿔과 해표로 장식한 바이킹식 투구 앞에 다다랐을 때, 그는 옆쪽 벽면에 있는 이상한 공간을 바라보다 눈을 돌려 바로 앞 바닥에서 석궁을 하나 집어 들었다. 총 길이가 1미터나 되는 핀란드식 무기로, 화약을 채운 화살을 적의 요새에 발사해 살상과 화재를 일으키는 잔혹한 무기였다. 석궁의 구조는 대략 다음과 같다. 활에 달린 활시위를 중앙 손잡이까지 끌어당긴 다음 손잡이를 옆으로 눕혀 발사하는 장치로, 초기 화포처럼 줄을 감아서 쓰는 방식에 비해 아주 유치한 13세기 무기가 틀림없었다. 바로 이 석궁에서 발사된 화살때문에 클리보프 부인은 생사가 걸린 서커스를 연기한 것이다.

그런데 그 석궁은 노리미즈의 가슴께 정도 높이의 벽에 걸려

있었다. 마침 그때 구마시로가 석제 테이블 위에 있던 화살을 가져왔다. 화살대는 둘레가 2센티미터 남짓하고 청동 화살촉은 네 갈래로 갈라져 황새 깃털로 만든 오늬(화살의 머리를 활 시위에 끼도록 에어 낸 부분)는 딱 봐도 강인하고 흉포하기 짝이 없어 보였다. 클리보프 부인을 매달고 날아갈 만큼 그 위력이 대단할 것이라고 충분히 짐작할 수 있었다. 그뿐만 아니라 활과 화살에 지문은커녕 손이 닿은 흔적조차 없었다. 게다가 자연 발사설은 구마시로가 먼저 언급하긴 했으나 처음부터 전혀 가능성이 없었다. 왜냐하면 사건 발생 직전, 그 석궁은 화살을 시위에 메긴 채 창문을 향해 걸려 있었고, 그런 조작은 여성이라도 굳이 어렵지 않게 할 수 있었기 때문이다. 구마시로는 먼저 당시 반쯤 열렸던 오른쪽 덧문에서 석궁이 걸려 있던 벽면에 걸쳐 손가락으로 직선을 그었다.

"노리미즈, 높이는 아주 적당하네만 덧문까지 각도가 완전히 25도 이상이나 차이가 난다고. 혹시 뭔가의 원인으로 저절로 발사되었다고 한다면 벽면과 평행으로 구석에 있는 기마용 갑주에 맞아야 하는 것 아니야? 범인은 틀림없이 웅크리고 앉아 이 석궁을 쐈을 거야."

"하지만 범인은 표적을 맞추지 못했어. 나는 그 점이 무엇보다도 이상해."

손톱을 깨물면서 노리미즈는 시무룩한 얼굴로 중얼거렸다.

"첫째 거리가 가까워. 게다가 이 석궁에는 가늠쇠가 있어. 그때 클리보프는 등을 돌리고 앉아 의자에서 목만 내놓고 있었어. 뒤통수를 노리는 것은 아마 윌리엄 텔이 바늘로 사과를 찌르는 것보다 쉬웠을걸."

"그러면 노리미즈, 자네는 대체 무슨 생각을 하는 거야?"

그때까지 뭔가 기대하고 있던 검사는 주위의 벽을 살피고 다니면서 회반죽에 갈라진 틈이라도 찾아보려고 했다. 하지만 별 소득 없이 돌아와 노리미즈에게 날카롭게 따져 물었다. 그러자 노리미즈는 갑자기 창가로 걸어와 창 너머 앞쪽에 있는 분수를 가리키며 말했다.

"문제는 저 분수란 말이야. 저것은 바로크 시대에 유행한 악취미의 산물인데 저기에는 수압이 이용되고 있어. 누군가 일정한 거리 안으로 가까이 다가오면 그 근처의 군상에서 불시에 물보라가 솟아오르도록 장치가 되어 있거든. 한데 이 창유리를 보면 아직도 생생하게 물거품의 흔적이 남아 있어. 그렇다면 바로 얼마 전에 저 분수에 접근하여 물보라가 솟아오르게 한 사람이 있었다는 것을 의미하지. 물론 그것뿐이라면 그다지 수상할 것도 없겠지. 그런데 오늘은 미풍도 없는 날씨야. 그러니 물거품이 여기까지 어떻게 날아왔나 하는 의문이 생겨. 하제쿠라, 그게 또 참 재미있는 예제가 아니겠어?"

말을 이어가던 노리미즈의 얼굴에 금세 어두운 그림자가 보이더니 그는 과민하게 눈을 반짝거렸다.

"어쨌든 라이프니츠 학파에게 묻는다면 '오늘의 범죄 상황은 극히 단순하나니'라고 할 거야. 어떤 자가 요괴처럼 잠입해서 그 붉은 머리 유대인 노파의 뒤통수를 노렸다고. 그리고 잘못 쏘자 마자 사라져 버렸다고 하겠지. 물론 그 지극히 불가사의한 침입에는 저 Behind Stairs(대계단의 뒤편)이라는 한마디가 한 가닥 희망을 안겨 주겠지. 하지만 내 예상이 빗나가지 않는 한, 가령 현상적으로 해결이 된다고 해도 말이야. 오늘 사건을 계기로 해서 이 사건을 덮은 베일이 더욱 두터워질 것 같아. 저 물보라를 신비스럽게 표현한다면 물의 정령 운디네가 불의 정령 살리만 더를 대신하여 잘못 쐈다고 해야겠지."

"또 요정 타령인가. 하지만 도대체 그런 것을 진정으로 믿고 하는 말이야?"

검사는 담배를 꾹 깨물면서 비난의 화살을 날렸다. 노리미즈는 손가락 끝을 신경질적으로 움직여 창문틀을 두드리면서 말했다.

"그렇고말고. 그 사랑스러운 심술꾸러기는 차츰 묵시도의 계시까지 무시하는 경향이 있어. 요컨대 흑사관 살인 사건의 근원인 텍스트마저 농락하고 있다고. 가리발더는 거꾸로 매달려 살해당하리라. 그 계시는 노부코의 실신으로 나타났지. 그리고 눈이 가려져 살해당해야 할 클리보프가 하마터면 허공에 떠서 죽을 뻔했어. 그때 하늘 높이 솟은 분수의 물보라는 보이지 않는 손에 이끌렸던 거야. 그리고 이 방의 창으로 음산하게 밀려왔던 거야. 알겠나, 하제쿠라? 그것이 이 사건에 얽힌 악마학이라는 말일세. 병적이면서 게다가 이만큼이나 공식에 부합하는 것들이 우연히 모일 수 있을까?"

그 문제는 이전에 검사가 의문 일람표 속에 덧붙였을 정도로 본체와 동떨어져 붙잡을 수 없는 안개 같은 것이었다. 그러나 노리미즈가 이렇게 분명하게 지적하고 나니 이 사건의 범죄 현상보다도 그 속에서 희미하게 떠도는 독기 같은 것이 오히려 더 오싹하게 다가왔다. 그때 문이 열리고 셀레나 부인과 레베즈가 사복 형사들의 호위를 받으며 들어왔다. 들어오는 순간 세 사람의 침울한 모습을 훑어본 듯 유순해 보이던 셀레나 부인이 변변한 인사도 하지 않고 한 손으로 석제 테이블을 거칠게 치면서 말했다.

"아, 여전히 고상하고 오붓한 모습들이군요. 노리미즈 씨, 당신은 그 흉악한 인형을 부리는 쓰다코 님을 조사해 보았나요?"

"뭐라고요? 오시카네 쓰다코를?"

그 말에 노리미즈도 놀란 모양이었다.

"그럼 당신네를 죽이겠다고 말이라도 했나요? 아니, 사실 그분에게는 도저히 깨뜨릴 수 없는 알리바이가 있습니다."

그 말에 레베즈가 끼어들었다. 여전히 손을 비비면서 아부하듯 느리고 부드러운 어조로 말했다.

"노리미즈 씨, 그 알리바이라는 것이 우리에게는 심리적으로 쌓여 있지만요. 들으셨겠지만 그분은 부군도 있고 자택도 있는데도 한 달 전부터 이 성관에서 머물고 있습니다. 그럴 만한 이유도 없는데 자기 집을 떠나서 무엇 때문에……, 아니 어린애 같은 상상이지만."

"아니, 그 어린애 말입니다. 대개 인생에서 어린애만큼 사디즘적인 것은 없다고 말하지 않던가요?"

노리미즈는 날카롭게 레베즈를 비꼬았다.

"레베즈 씨, 언젠가 분명히 '거기 있는 것은 장미, 그 주변에는 새소리 멈춰 들리지 않네'라고 레나우의 〈가을의 마음〉에 대해 물으셨지요. 하하, 기억나십니까? 그러나 나는 한마디 주의를 드리고 싶은데 이다음이야말로 댁이 살해당할 차례라는 것입니다"

어쩐지 예언을 방불케 하는 노리미즈 특유의 역설이 숨어 있어 섬뜩하기까지 한 말이었다. 그 순간 레베즈에게 충동적인 고민의 빛이 떠올랐다. 그러나 침을 꿀꺽 삼키고 안색을 회복하여 말했다.

"완전히 그것과 똑같습니다. 정체모를 존재의 접근이라는 것은 드러난 협박보다 더 공포감을 주지요. 그러나 우리에게 침실의 빗장을 지르거나 또 요새처럼 경비를 강화하게 한 원인은 결코 어제오늘의 이야기가 아닙니다. 실은 어젯밤의 신의심문회와 같은 사건이 그전에도 한 번 있었으니까요."

레베즈는 긴장된 얼굴로 방금 노리미즈와 교환했던 무언극을 까맣게 잊은 듯이 말을 계속했다.

"그것은 산테쓰 님이 돌아가신 지 얼마 되지 않은 작년 5월 초였습니다. 그날 밤은 하이든의 C단조 4중주곡 연습을 교회에서 하기로 했습니다. 그런데 곡이 진행되는 동안 갑자기 그레테 님이 뭔가 작은 목소리로 외치는가 싶더니 오른손에 든 활을 마루에 떨어뜨리고 왼손도 점점 축 늘어뜨리면서 열린 문 쪽을 물끄러미 보는 것이었습니다. 물론 우리 세 사람은 그것을 알고 연주를 중지했어요. 그러자 그레테 님은 왼손에 든 바이올린을 거꾸로 들어 문 쪽을 가리키면서 '쓰다코 씨, 거기 누구예요?' 하고 외치더군요. 아니나 다를까, 문 밖에서 쓰다코 님이 나타났지만 그분은 전혀 알지 못하는 얼굴로 '아니요, 아무도 없어요'라고 했습니다. 그런데 그 말을 듣고 그레테 님이 뭐라고 했는지 아세요? 거친 목소리로 우리의 피를 단숨에 얼어붙게 하는 말을 외친 것입니다. '분명히 거기에 산테쓰 님이……'라고요."

레베즈가 이렇게 말하자 셀레나 부인은 공포에 질려 온몸을 움츠리며 레베즈의 두 팔을 꽉 붙잡았다. 레베즈는 위로하듯이 그녀의 어깨를 끌어안고 마치 비밀의 깊이를 모르는 사람을 비웃는 듯한 눈초리로 노리미즈를 보았다.

"물론 나는 그 의문에 대한 해답이 신의심문회의 사건으로 나타났다고 믿고 있습니다. 아니, 원래 신령주의와는 인연이 먼 분이었지요. 그런 신비스럽고 괴이한 암합이란 것에도 반드시 교정 공식이 있을 거라고 생각하셨지요. 아시겠습니까, 노리미즈 씨? 댁이 찾고 있는 장미의 기사는 두 번에 걸쳐 이상하게도 그곳에 있었습니다. 말할 것도 없이 바로 쓰다코 님입니다."

그동안 노리미즈는 말없이 바닥만 보고 있었는데 마치 어떤 사건의 가능성을 예기하고 있는 것처럼 얕은 한숨을 흘렸다.

"어쨌든 앞으로 레베즈 씨께는 특별히 엄중하게 호위를 붙이겠습니다. 당신께 다시 〈가을의 마음〉을 질문한 것을 사과드립니다."

좀처럼 볼 수 없는 이상한 이야기를 하면서 그는 문제를 사무적인 방향으로 돌렸다.

"그런데 오늘 사건이 터졌을 때는 어디에 계셨습니까?"

"네, 내 방에서 조콘다(세인트 버너드견의 이름)를 목욕시키고 있었습니다"

셸레나는 당당하게 대답하고 나서 레베즈를 보고 말했다.

"분명히 레베즈 님은 분수 쪽에 계셨지요."

그때 레베즈의 얼굴에는 심상찮은 당황의 그림자가 스쳤다.

"아니, 가리발다 님, 화살촉과 오늬를 거꾸로 하면 석궁의 시위가 끊어져 버리잖아요?"

레베즈는 그렇게 부자연스럽게 높은 웃음소리로 얼버무렸다. 두 사람은 장황하게 쓰다코의 행동에 대해 가혹한 비판을 늘어놓고서 방을 나갔다. 두 사람의 모습이 저쪽으로 사라지자 그와 엇갈려서 사복형사가 들어와 하타타로 이하 네 사람의 알리바이를 보고하였다. 그에 따르면 하타타로와 구가 시즈코는 도서실에, 이미 건강이 회복된 오시카네 쓰다코는 아래층 살롱에 있었다는 사실이 증명되었다. 하지만 이상하게 이때에도 노부코의 동정만이 밝혀지지 않고 아무도 그녀를 보았다는 사람이 없었다. 이상의 조사를 사복형사로부터 다 듣고 나서 노리미즈는 몹시 복잡한 표정을 띠고 이날 세 번째의 기이한 가설을 내놓았다.

"하제쿠라, 나는 레베즈의 장렬한 모습이 자꾸만 계속해서 신경 쓰여. 그의 심리는 참으로 착잡하기 짝이 없어. 누구를 감싸려는 기사도 정신인지도 모르겠고. 또 그런 심각한 정신적 갈등이 이미 그에게 광인의 경계를 넘어서게 하는지도 몰라. 그러나 무엇보다도 가능성이 많은 것은 그가 운구차에 실려 가는 모습이야."

별로 특별한 데도 없는 레베즈의 언동에 색다른 해석을 하며 분수대의 군상을 보더니 노리미즈는 서둘러 꺼내려던 담배를 도로 집어넣었다.

"그럼 이제부터 분수를 조사하기로 하지. 범인이라는 의미에서가 아니라 오늘 사건의 주역은 레베즈가 틀림없어."

분수 꼭대기에는 황동으로 만든 파르나스 군상이 세워져 있고 물 받침 사방에 디딤돌이 있었다. 거기에 발을 대면 군상의 머리 위에서 각각의 방향으로 네 줄기의 물이 높이 솟아올랐다. 물이 솟아오르는 시간은 10초 정도. 그런데 디딤돌 위에 축축한 흙이 묻은 신발 자국이 선명하게 남아 있어, 그것을 따라가 보니 레베즈는 각각의 디딤돌을 단 한 번씩만 밟으며 복잡한 경로로 오갔다는 것으로 밝혀졌다. 즉 처음에는 본관 쪽에서 걸어가 제일 정면에 보이는 디딤돌 하나를 밟고, 그다음에는 그 맞은편 디딤돌을, 세 번째에는 오른쪽 디딤돌을 밟고, 마지막으로 왼쪽에 있는 디딤돌을 밟는 것으로 끝났다. 그러나 그 복잡한 행동의 의미가 도대체 어디에 있는지, 노리미즈조차 전혀 짐작하지 못했다.

그러고 나서 본관으로 돌아오자 세 사람은 그저께 신문실로 사용한 '열지 않는 방', 곧 단네베르그 부인이 살해된 방에서 먼저 첫 심문자로 노부코를 부르기로 했다. 노부코를 기다리는 동

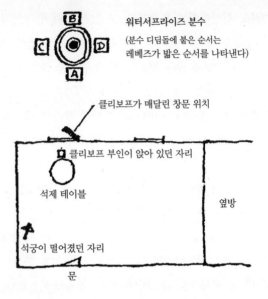

워터서프라이즈 분수

(분수 디딤돌에 붙은 순서는
레베즈가 밟은 순서를 나타낸다)

클리보프가 매달린 창문 위치

클리보프 부인이 앉아 있던 자리

석제 테이블

옆방

석궁이 떨어졌던 자리

문

안 왠지 모르게 노리미즈의 신경에 거슬린 것은, 수십 년 전부터
이 방에 군림하면서 몇 번이고 폐쇄와 개방을 거듭하면서 유혈
참사까지 수차 목격해 온 저 침대였다. 그는 커튼 밖에서 얼굴
만 들이밀었을 뿐인데 무의식중에 감전이라도 된 듯 선 채로 움
직이지 못했다. 지난번에는 조금도 느끼지 못했던 이상한 충동
에 사로잡혔기 때문이다. 시체가 하나 사라졌을 뿐 커튼으로 나
뉜 공간에는 이상한 생기가 감돌았다. 시체가 사라지고 구도가
바뀌어 순수한 각과 각, 선과 선의 교착을 바라보면서 일어난 심
리적 영향일지도 몰랐다. 하지만 그것과는 왠지 다른 느낌으로,
똑같은 냉기라도 살아 있는 물고기의 비늘에 닿는 듯 어딘가 그

부근의 공기에서 미미한 심장 고동 소리라도 들려올 것 같았다. 말하자면 생체조직을 조종하는 불가사의한 힘이 느껴졌다. 그러나 검사와 구마시로까지 들어오자 노리미즈의 환상은 흔적도 없이 날아가 버렸다. 역시 구도의 탓이 아닐까? 노리미즈는 이때만큼 침대를 자세히 바라본 적이 없었다.

천개를 받치는 네 기둥 위에는 솔방울 모양을 한 장식물이 붙어 있고, 그 아래 전체적으로 놀라운 솜씨로 15세기 베네치아의 함선이 장식되어 있었다. 그리고 뱃머리 한가운데에 목 없는 '브란덴부르크의 독수리'가 강풍을 거스르며 날개를 활짝 펼치고 있었다. 그런 일견 역사적인 광경이 기묘하게 배합되어 이 마호가니 침대를 장식하고 있었다. 노리미즈가 막 그 목 없는 독수리 부조에서 고개를 들었을 때, 조용히 손잡이를 돌리는 소리가 나더니 가미타니 노부코가 들어왔다.

# 제6장

# 산테쓰를 매장하던 밤

## 1. 그 철새……, 둘로 갈라진 무지개

가미타니 노부코의 등장, 이 사건의 최고 클라이맥스였다. 그와 동시에 요사스러운 기운으로 둘러싸인 세계와 인간의 한계를 가르는 마지막 한 선이기도 했다. 왜냐하면 사건과 관련된 인물은 클리보프 부인을 마지막으로 모조리 다 체로 걸러내 버리고, 결국 노부코만이 유일하게 남아 있는 한 점 희망이었기 때문이다. 더구나 전에 카리용실에서 그녀가 연출한 모습은 모호하여 도저히 인간의 표정으로 볼 수 없었다. 어떤 기교와 변칙으로도 제어할 수 없는, 바꾸어 말해 원초적인 표현을 가장 강렬하게 드러난 연극용 가면이 틀림없었다. 그러므로 여기에서 혹시 노리미즈가 노부코를 심문하고도 사건의 방향을 잡지 못하는 날에는 사건의 대단원에 어둡고 흉악한 커튼을 내리고 말 것이다. 아니, 그렇게 되면 범죄 사건마다 등장하는 이무기 같은 괴물,

즉 사건이 진행됨에 따라 변하는 양상이 명백하게 악마의 초자연적인 힘으로 귀결되는 것을 노리미즈로서도 도저히 막을 도리가 없을 것이다. 그래서 노부코의 창백한 얼굴이 문가에 나타나자 방 안의 공기가 이상하리만큼 긴장했다. 노리미즈조차 자제할 수 없는 묘한 신경질적 충동이 치밀어왔다. 온몸을 차가운 손톱으로 긁는 것처럼 초조해지는 것을 어떻게 할 수 없었다.

노부코의 나이는 스물서너 살이지만 탄력적이며 오동통하고 얼굴이나 몸매의 윤곽이 플랑드르파의 여인과 비슷했다. 하지만 일본인으로서는 드물게 얼굴에 섬세한 음영이 가득해 그녀의 내면적 깊이를 여실히 말해주는 것 같았다. 그뿐만 아니라 가장 인상적인 것은 초롱초롱 포도알 같은 두 눈으로, 지적인 열정이 마치 영양처럼 재빠르게 줄달음쳐 오는 한편 그녀의 정신세계 속에 웅크리고 있는 듯한 이상한 병적인 빛도 담고 있었다. 전체적으로 노부코에게는 흑사관 사람들 특유의 이상하게 어둡고 끈적끈적한 점액질 같은 분위기를 찾아볼 수 없었다. 그러나 사흘에 걸친 절망과의 싸움과 처참한 고뇌 때문인지 노부코는 볼품없이 초췌했다. 이미 걸을 기력도 없어 보였고 헐떡이는 듯 가쁜 호흡으로 쇄골과 목의 연골 사이를 빠르게 오르내리는 것까지 세 사람이 앉은 자리에서 똑똑히 보였다. 그러나 비틀대며 걸어와 자리에 앉자 노부코는 흥분을 가라앉히려는 듯 두 눈을 감고 두 팔로 가슴을 단단히 감싸며 한동안 미동도 하지 않았다. 검정색 투피스에 크게 드러난 띠무늬 옷깃이 마치 책형용 창 같은 모양으로 그녀의 목을 감싸고 있다. 우연히 만들어진 그 이색적인 구도에서 묘하게 중세의 문초를 받는 듯한 분위기를 자아냈다. 그러한 분위기는 떡갈나무와 모난 돌로 둘러싸인 침울한 죽음의 방 주위로 소용돌이처럼 흔들리며 퍼져갔다. 이윽고 노리미즈의 입술이 미세하게 움직이며 침묵을 깨려는 순간, 선수라도 치려는지 갑자기 노부코가 두 눈을 크게 떴다. 그리고 그녀의 입에서 느닷없는 말이 튀어나왔다.

"저, 고백하겠어요. 카리용실에서 정신을 잃었을 때 분명히 단검을 쥐고 있었어요. 또 에키스케가 죽음을 당하기 전후에도, 그리고 오늘 클리보프 님의 사건이 났을 때도 이상하게도 저에게만 알리바이가 없어요. 아니, 저는 처음부터 이 사건의 대단원에 서 있었답니다. 그러니 여기서 아무리 쓸데없는 문답을 되풀이해 봐야 결국 국면 전환에는 전혀 도움이 안 될 거예요."

노부코는 몇 번이나 더듬거리며 크게 숨을 들이마셨다.

"게다가 저에게는 정신장애가 있어서 가끔 히스테리 발작이 일어나요. 네, 그렇지요. 구가 시즈코 님에게 들었는데 범죄 정신병리학자인 크라프트 어빙은 니체의 말을 빌려 천재의 배덕적 약탈성을 강조했어요. 중세기 전체를 통틀어 가장 고귀한 인간성의 특징은 환각, 바꿔 말해 깊은 정신적 착란 능력에 있다고. 호호, 그렇지 않나요? 모든 요소가 한데 모여 지나치게 명료해요. 이제 제가 범인이 아니라고 주장하기도 지긋지긋하네요."

그것은 어딘가 그녀의 목소리가 아닌 것 같았다. 거의 자포자기한 것처럼 보였다. 그러나 묘하게 어린애가 시위를 하는 것 같았다. 절망에서 벗어나려고 발버둥 치는 처참한 노력이 그대로 보였다. 말을 마친 노부코는 온몸을 딱딱하게 긴장시키던 인대가 확 풀리는 듯 피로한 기색을 띠었다. 그때 노리미즈가 부드러운 음성으로 물었다.

"아니, 그럴 필요는 없어요. 만약 당신이 카리용실에서 본 인물의 이름만 댄다면."

"누구를 말하라고요?"

노부코는 아무것도 모른다는 얼굴로 앵무새처럼 되물었다. 그러나 뒤이어 보이는 표정은 의아하다기보다 잠재한 어떤 공포감이 떠오르는 것 같았다. 하지만 성미 급한 구마시로는 더 이상 참고 있을 수 없는지 재빨리 노부코가 몽롱한 상태에서 한 서명(구텐베르크 사건에서 선례를 찾아볼 수 있는 잠재의식적 서명)에 관한 이야기를 꺼냈다. 그리고 간단히 설명하고는 노부코가 입을 열도록 준엄하게 다그쳤다.

"알겠습니까? 우리가 묻고 싶은 것은 오직 그것뿐입니다. 아무리 당신을 범인으로 단정하고 싶지 않아도 결국 결론이 뒤바뀌지 않는 한 도리가 없어요. 요컨대 요점은 두 가지뿐이고 그밖에 다른 것은 물을 필요가 없습니다. 이것이야말로 당신에게는 일생의 부침을 결정하는 운명의 고비입니다. 중대한 경고라는 의미를 잊지 말기를……."

침통한 얼굴로 구마시로가 먼저 절박하게 다짐을 하자 뒤를 이어 하제쿠라 검사가 타이르듯이 말했다.

"물론 그런 경우에는 아무리 선천적인 허언증 환자라도 제외될 수 없습니다. 그렇더라도 제정신이 돌아올 때가 있으니까요.

자, 그 X의 값을 말해 주십시오. 후리야기 하타타로……, 그렇지요? 아니, 대체 그건 누구입니까?"

"후리야기…… 글쎄요."

작은 소리로 중얼거릴 뿐 노부코의 얼굴은 점점 창백해졌다. 마음속으로 갈등하는 듯한, 보기에도 무참한 고투였다. 그러나 대여섯 번 마른침을 삼키는 사이 문득 지적인 생각이 떠오른 듯 노부코는 떨리는 소리로 말했다.

"아, 그분에게 볼일이 있으신가요? 그렇다면 건반이 들어 있는, 오목한 벽 천장에 박쥐가 매달려 겨울잠을 자고 있었어요. 그리고 커다란 흰개미가 한두 마리 살아 있는 것도 알고 있어요. 동면하는 동물의 향성을 아신다면…… 빛만 비추면 그 동물들은 얼굴을 돌려 뭐든지 말해 주지 않을까요? 아니면 이 사건의 공식대로 산테쓰 님이었다고 말씀드릴까요?"

노부코는 굳은 결의를 분명하게 밝혔다. 그녀는 자기의 운명을 희생해서라도 어떤 일에 침묵을 지키고자 하였다. 그러나 말을 마치자 왠지 마치 무서운 선고라도 기다리는 것처럼 딱딱하게 굳어 버렸다. 아마 그녀 자신도 조롱으로 가득한 자신의 말에, 저도 모르게 귀를 가리고 싶은 충동을 느꼈을 것이다. 구마시로는 입술을 꾹 깨물고 증오스러운 표정으로 상대를 노려보았다. 그때 노리미즈의 눈이 이상하게 번득이더니 팔짱을 낀 채 탁자에 올려놓았다. 그리고는 아주 그다운 괴상한 질문을 던졌다.

"아, 산테쓰…… 그 흉조의 쟁기, 스페이드 킹 말입니까?"

"아닙니다. 산테쓰 님이라면 하트 킹이시지요"

노부코는 반사적으로 대답하고는 크게 한숨을 한 차례 내쉬었다. 순간적으로 노리미즈의 눈이 과민하게 깜박였다.

"그래, 하트라면, 애무와 신뢰를 뜻하던가요? 그럼, 그 일러바친다는 박쥐 말인데, 대체 그것은 어느 쪽에 붙어 있었지요?"

"그것이, 건반의 중앙에서 보면, 바로 머리 위에 있었어요."

노부코는 머뭇거리지 않고, 자제하는 태도로 대답했다.

"그런데 그 옆에는 좋아하는 먹이인 개미가 있었어요. 그러나 그 개미가 끝까지 침묵을 지키고 있는 한, 아무리 잔인한 박쥐라도 공연히 해치려고는 하지 않겠지요. 그런데 그 풍자는 실제로 반대였어요."

"아니, 그런 동화 같은 꿈이라면, 다시 천천히 보여 주시지요…… 이번에는 감방 안에서 말이죠."

구마시로가 독살스럽게 비아냥거리자, 노리미즈는 그를 타이르듯 쏘아보며 노부코에게 말했다.

"상관하지 말고 계속하세요. 원래 나는 셸리의 아내(메리 고드윈—시인 셸리의 후처로 『프랑켄슈타인』의 작가) 같은 작품은 질색입니다. 내장의 분비를 촉진시키는 감각에는 이젠 질렸으니까요. 그런데 그 박쥐의 하얀 털은 왜 흔들렸을까요? 그것이 카리용실의 어떤 장면에서, 댁에게 바람을 보냈을까요?"

"사실을 말씀드리면, 그 개미는 끝내 박쥐의 먹이가 되고 말았습니다. 왜냐하면 저에게 그 어려운 일을 명한 것이 클리보프 님이었거든요……. 그것도, 저 혼자서 그 거대한 함선의 노를 저으라고 말이에요."

그 순간 차가운 분노가 노부코의 얼굴을 스쳐갔지만, 곧 흔적도 없이 사라져 버렸다. 그녀는 계속해서 말했다.

"여느 때 같으면 레베즈 님이 치시던 육중한 카리용을 여자인 저에게, 그것도 세 번씩이나 반복해서 치라고 하신 거예요. 그래서 처음 찬송가를 반쯤 연주했을 때 벌써 손발이 저리고, 시야가 차츰 몽롱해졌습니다. 그 증상을 구가 님은 '미약한 광망'이라고 하시더군요. 병리적으로 정열이 파손된 상태라구요. 그럴 때는 반드시 극단적으로 도덕 감각이, 마치 군마같이 귀를 쫑긋 세우면서 몸을 일으킨다고 하셨어요. 더구나 그것은 최고로 순수한 행복의 순간이며, 윤리학이긴 하나 결코 도덕적이지 않고, 또 살인 충동을 거부할 수 없다고 하셨어요. 아아, 이러면 당신이 생각하시는 시적인 고백이 되려나요?"

노부코는 구마시로에게 차가운 멸시가 담긴 시선을 보내고는 당시의 기억을 끌어냈다.

"아마, 이런 현상의 일부에 해당되겠지요. 스스로 무엇을 연주하는지 정신없는 중에 차가운 바람이 제 얼굴을 슬쩍 스치고 지나간 것만은 이상하게 똑똑히 느낄 수 있었어요. 이른바 냉통이라고나 할까, 그런 감각이었어요. 그것이 끊임없이 명멸하면서 계속 자극했기 때문에, 간신히 찬송가를 세 번까지 칠 수 있었어요. 그리고 잠시 쉬는 동안에도 마찬가지였어요. 아래층 교회에서 들려오는 진혼곡 소리가 첼로, 비올라의 낮은 현부터 사라지기 시작하여, 차츰 귀에서 멀어져 갔는데……. 그러다 선율이 다시 들려오더니 이번에는 방 안 가득히 널리 퍼져갔어요. 그 율동적인 리듬이 마치 메트로놈 소리처럼 정확하게 반복되면서 차츰 피로의 고통을 덜어 주었답니다. 그리고 아주 천천히 저를 기분 좋은 졸음 속으로 끌려들어 갔지요. 그래서 곡이 끝나고 손발이 다시 움직이기 시작한 뒤에도 제 귀에 종소리는 들리지 않고 소리 없는 그 기분 좋은 리듬만이 끊임없이 들려왔답니다. 그런데 그때였습니다. 갑자기 뭔가 제 오른뺨을 후려쳤어요. 얼굴이 부어오르는 듯 화끈거리더군요. 그때 몸이 오른쪽으로 꺾이고 바로 정신을 잃어버렸어요. 그 순간이었지요……. 제가 천장에서 개미를 본 것은요. 그런데 오늘 아침에 가 보았더니, 그 개미는 어느새 사라지고 박쥐만 무심히 매달려 있더군요.”

노부코의 진술이 끝나는 순간 세 사람의 시선이 우연찮게 서로 교차하였다. 더구나 거기에는 설명할 수 없는 곤혹스러운 빛이 감돌았다. 왜냐하면 노부코가 발작을 일으키도록 카리용 연주를 명한 인물이 다른 사람도 아닌, 바로 조금 전에 아이러니하게 역전극을 연출한 클리보프 부인이었기 때문이다. 그뿐만 아니라 노부코가 말한 대로 정말 오른쪽으로 쓰러졌다면 당연히 회전의자에 대한 의문이 더 커질 수밖에 없다. 구마시로는 교활하게 눈을 가늘게 뜨면서 물었다.

“그래서 당신을 오른쪽에서 습격한 사람이 있었다고 합시다. 마침 거기에는 계단 위 막다른 곳에 문이 있었지요. 어쨌든 쓸데없는 자기희생은 그만두는 게…….”

“아니요. 저야말로 그런 위험한 게임에 휘말리는 것은 사절하겠어요.”

노부코는 어디까지나 자기의 의지를 관철하겠다는 태도를 분명히 했다.

"질색이에요……. 그런 무서운 용에게 다가간다는 것은요. 하지만 좀 생각해 보세요. 설사 제가 그 인물의 이름을 지적한다고 해도, 그런 천박한 전제만으로 어떻게 그 신비스러운 힘에 가설을 세울 수 있겠어요? 오히려 저는 단검이라는 중대한 요점에 여러분의 법률적 심문을 요구하고 싶어요. 아니, 저 자신도 정황상 범인이라고 믿고 있을 정도예요. 게다가 오늘 사건만 해도 그렇잖아요? 그 붉은 머리 원숭이가 화살을 맞은 사냥 장면에서조차 나만 알리바이라고 할 만한 게 없어요."

검사는 주의 깊은 눈으로 들었는데, 마음속으로 이 아가씨는 의외로 나이에 비해 다루기 어렵겠다고 생각했다.

"그것이 또 엄숙한 문제가 아닐까요?"

노부코는 입가를 일그러뜨리더니 묘하게 의미심장한 몸짓을 했다. 이마에 흐르는 비지땀이 내적 갈등을 보여주는 것 같았다. 절망에서 벗어나려고 얼마나 발버둥치고 있는지. 이미 노부코는 혼신의 힘을 다 쏟아 부었는지 피로한 기색이 눈꺼풀의 무거운 움직임으로도 드러났다. 그러나 그녀는 거침없이 말했다.

"도대체 클리보프 님이 살해당했다 해도 슬퍼할 사람은 아무도 없을 거예요. 정말이지 살아 있는 것보다 죽는 편이 훨씬 낫다고 생각하는 사람이 많을 거예요."

"그럼, 누구인지 이름을 말해 주시오."

구마시로는 사람을 농락하는 것 같은 이 아가씨의 태도를 경계하면서도, 무심코 그 말에 이끌리고 말았다.

"가령 클리보프 부인의 죽음을 바라는 사람이 있다면?"

"예를 들면 제가 그런걸요."

노부코는 거리끼는 기색도 없이 바로 대답했다.

"왜냐하면 제가 우연히 그 이유를 만들어 버렸기 때문이에요. 예전에 집안일이긴 하지만, 산테쓰 님의 유고를, 비서인 제 손으로 발표한 적이 있었어요. 그런데 그중에, 흐멜니츠키 대박해에 관한 상세한 기록이 들어 있었어요. 그것이……"

노부코는 말을 시작하다 말고 느닷없이 충동적인 표정을 짓더니 입을 꾹 다물어 버렸다. 그리고 잠시 말을 할까 말까 고민하는 듯 하더니 이윽고 입을 열었다.

"그 내용은 도저히 제 입으로는 말씀드릴 수가 없어요. 하지만 그때부터 제가 얼마나 처참한 처지가 되었는지 몰라요. 물론 그 기록은 그 자리에서 클리보프 님이 찢어버렸지만, 그 후 그분은 멋대로 저를 적대시했답니다. 오늘도 역시 그랬어요. 고작 창문을 열라고 불러 놓고는 그 위치로 열기까지 몇 번이나 올렸다 내렸다 했는지 아세요?"

흐멜니츠키 대박해. 그 내용은 세 사람 중, 노리미즈 혼자만 알고 있었다. 즉 17세기에 빈번했다고 전해진 코카서스의 유대인 박해 중에서 가장 심했던 것으로, 이를 계기로 카자흐족과 유대인 간에 잡혼이 이루어졌다. 그러나 클리보프 부인이 유대인이라는 사실을 노리미즈가 이미 간파했다고 해도, 찢어 버렸다는 기록의 내용에 왠지 모르게 관심이 가는 것은 당연했다.

그때 사복형사 한 사람이 들어와서 쓰다코의 남편 오시카네 박사가 여행에서 돌아왔다는 소식을 전했다. 오시카네 박사에게는 유언장을 개봉하기 위해 급히 소환을 명했기 때문에, 여기에서 일단 노부코의 신문은 중단하지 않으면 안 되었다. 그래서 노리미즈는 또 단네베르그 사건을 뒤로 미루고 빨리 노부코의 알리바이에 관해서 물어보았다.

　"한데, 지나간 문제는 다음에 다시 조사하기로 하고…… 오늘 사건이 일어났을 때 당신은 어째서 자기의 알리바이를 증명하지 못한 거지요?"

　"이래서 두 번이나 불운을 겪게 되나 봐요."

　노부코는 좀 푸념조로 슬픈 듯 말했다.

　"저는 그때 수피정(본관 왼쪽 끝에 있는 정자) 안에 있었거든요. 그곳은 계수나무 울타리로 둘러싸여 아무 데서도 보이지 않는 곳이에요. 게다가 클리보프 님이 매달린 무구실 창문도, 그 둘레에만 계수나무 울타리로 가려져서 그런 서커스 같은 일이 있었다는 것도 저는 전혀 몰랐어요."

　"그래도 부인의 비명은 들었을 것 아닙니까?"

　"물론 들었어요."

　노부코는 거의 반사적으로 말이 떨어지기가 무섭게 대답했다. 그러나 곧 혼란스러운 표정을 짓더니 갑자기 떨리는 목소리로 말했다.

　"그렇지만 도저히 저는 수피정을 떠날 수 없었어요."

　"그건 또 어째서요? 대체로 그런 행동이 근거도 없이 혐의를 더 받게 만드는 거요."

구마시로는 호기라도 포착한 듯이 준엄하게 파고들었지만, 노부코는 입술을 떨면서 양손으로 가슴을 끌어안고 간신히 격정을 억눌렀다. 그러나 그 입에서는 얼음처럼 차가운 말이 튀어나왔다.

"아무래도 말씀드릴 수가 없어요. 이 일은 몇 번 되풀이하셔도 마찬가지예요. 그보다 마침 클리보프 님이 비명을 지르기 직전에, 저는 창문 옆에서 정말 이상한 것을 보았답니다. 무색투명한 것이 빛나고 있었어요. 그런데 형체도 뚜렷하지 않고 마치 기체 같았어요. 한데 이상한 것이 창문 위 허공에서 나타나 둥둥 떠서 비스듬하게 창문 안으로 들어가더라구요. 그 순간 클리보프 님이 찢어질 듯이 비명을 지르셨어요."

노부코는 생생한 공포의 빛을 띠고 노리미즈의 얼굴을 살피듯이 들여다보았다.

"처음 저는 레베즈 님이 계셨기 때문에 분수 물보라인 줄 알았어요. 하지만 생각해보니 바람 한 점 없는데 물보라가 날아갈 리 없지 않겠어요?"

"흠, 또 도깨비짓이라고?"

검사는 얼굴을 찌푸리고 중얼거렸다. 하지만 동시에 이것도 노부코의 거짓말인가 하고 덧붙인 것도 당연한 일이었다. 그러나 구마시로는 굳은 결의를 보이며 일어나 엄중하게 노부코에게 말했다.

"아무튼 요 며칠 동안 고뇌하며 불면에 시달렸겠지만, 오늘 밤부터는 다리를 쭉 뻗고 실컷 자도록 조치하겠습니다. 그게 바로 형사 피고인의 천국이라는 거지요. 포승으로 당신의 손목을 꽉 묶어 놓으면 온몸에 나른한 빈혈이 일어나서 결국 꾸벅꾸벅 졸음이 올 거요."

그 순간 노부코는 시선을 밑으로 뚝 떨어뜨리면서 두 손으로 얼굴을 가리고 탁자 위에 엎드렸다.

경찰차를 부르려고 구마시로가 수화기를 들었을 때였다. 노리미즈는 무슨 생각을 했는지 전화선이 이어진 플러그를 벽에서 쑥 뽑아 노부코의 손바닥에 얹었다. 그러고 나서 어리둥절해하는 세 사람을 흘겨보며 그의 생각을 말했다. 아아, 사태는 다시 역전되어 버린 것이다.

"사실 당신에게는 불운한 그 도깨비가 나에게 시상을 가져다 주었소. 이것이 봄이라고 한다면, 저 부근은 꽃가루와 향기의 바다가 되겠지요. 그러나 잎사귀가 마르는 한겨울에도, 저 분수와 수피정이 만드는 자연 무대, 그것 때문에 당신의 알리바이를 인정할 수밖에 없군요. 당신과 클리보프 부인도, 저 철새……무지개의 구원을 받은 것이요."

"아, 무지개라니요……? 무슨 말씀을 하시는 거예요?"

노부코는 갑자기 용수철처럼 몸을 일으켜, 눈물 젖은 아름다운 눈으로 노리미즈를 보았다. 한편 무지개는 검사와 구마시로를 절망의 심연으로 떨어뜨렸다. 아마 그 순간 두 사람은 무력함을 직감하였을 것이다. 하지만 노리미즈가 보여준 짙은 채색에 품격 높은 그림에는 매료될 수밖에 없는 신비한 힘이 있었다.

노리미즈는 조용히 말했다.

"무지개……, 그것은 실로 가죽 채찍 같은 무지개였습니다. 그러나 범인을 흉내 내거나 구가 시즈코의 현학적인 가면을 쓰고 있는 동안은 그것에 가려 무지개를 볼 수 없었습니다. 나는 진심으로 극심한 고난을 겪은 당신의 처지를 동정합니다."

"그럼 구가 님의 말을 빌린다면 동기 변화인가요? 그렇지요. 하지만 그런 변장은 벌써 씻어내 버렸는걸요. 위선이나 현학……, 그런 악덕은 분명 저에게는 너무나 무거운 의상일 뿐이에요."

첫날부터 쌓이고 쌓였던 울분이, 그녀의 제어력을 뛰어넘어 일시에 쏟아져 나왔다. 노부코의 몸이 마치 새끼 사슴처럼 뛰어올라 두 팔을 들어 올리더니 주먹을 귓불에 붙였다. 그녀는 팔을 좌우로 흔들면서 희열에 들뜬 눈동자로 허공에 어떤 글자를 쓰는 것 같았다. 뜻밖에 찾아든 환희에 노부코는 광기에 빠져 버린 것이다.

"아아, 너무나 눈부셔요……. 저는 이 빛이, 언젠가는 반드시 올 것이라고……. 그것만은 굳게 믿고 있었지만……. 하지만 그 암담한……."

말을 꺼내다가 노부코는 보고 싶지 않다는 듯이 눈을 딱 감고 고개를 미친 듯 흔들었다.

"정말 뭐라도 해서 보여 드리고 싶어요. 춤을 추든지 물구나무서기를 하든지."

그녀는 일어나 4분의 3박자에 맞추어 빙글빙글 돌면서 춤을 추었다. 그리고는 두 손으로 테이블을 짚고, 흘러내린 머리를 왈가닥처럼 휙 뒤로 넘기며 말했다.

"하지만 카리용실의 진상과, 수피정에서 나올 수 없었던 일만은 묻지 말아 주세요. 아셨어요? 이 성관의 벽에는 불가사의한 귀가 있답니다. 비밀을 폭로했다가는 언제까지 댁의 동정을 얻을 수 있을지 모르게 될 거예요. 자, 그럼 다음 신문을 시작해 주세요."

"아니, 이제는 물러가도 됩니다. 단네베르그 사건에 관해 참고로 물어볼 말은 있지만."

노리미즈는 그렇게 말하고, 기쁨에 겨워 흥분이 가실 줄 모르는 노부코를 돌려보냈다.

지루한 침묵과 날카로운 검은 그림자. 그녀가 떠난 후 실내는 마치 태풍이 한 차례 지나친 것처럼 뭐라 표현할 수 없는 비통한 공기로 가득했다. 왜냐하면 노부코를 놓아줌으로써 그들은 이미 이 세상에서 범인을 찾을 희망을 잃었기 때문이다. 흑사관 밑바닥을 관통하는 저 어마어마한 흐름, 사소한 범죄 현상 하나하나에까지 그림자를 드리우는 대마력으로 사건의 동향은 무턱대고 흘러가고 있었다. 구마시로는 얼굴에 노기를 띠고 잠시 이를 갈다 갑자기 노리미즈가 뽑은 플러그를 마루에 내동댕이쳤다. 그리고 벌떡 일어나서 거칠게 방 안을 돌아다녔다. 노리미즈는 태연하게 말했다.

"알겠어, 구마시로. 이로써 마침내 제2막이 끝났네. 물론 문자 그대로 미궁과 혼란과 분규로. 그러나 아마 다음 막이 열려 레베즈가 등장하면 갑자기 이 사건은 파국으로 치닫게 되겠지."

"해결……? 말도 안돼. 나는 이제 사표를 내던질 기력조차 없네. 아마 처음부터 이랬겠지. 제2막까지는 지상의 장면이고, 제3막부터는 신령이 강림하는 세계라고 말이지."

구마시로는 침통한 어조로 중얼거렸다.

"어쨌든 이제부터는 자네가 소장한 16세기 전기본 인큐내뷸러*나 뒤져야겠지. 그리고 우리의 묘비문을 짓고."

"음, 그 인큐내뷸러 말인데, 실은 그와 비슷한 공론이 하나 있어."

검사는 침통한 태도를 잃지 않고, 따지듯이 험악하게 노리미즈를 보며 몰아세웠다.

"이봐, 노리미즈. 무지개 밑으로 건초를 실은 마차가 지나갔다. 그리고 나막신을 신은 아가씨가 춤을 추었다. 그러면 이 사건에는 인간은 한 명도 없는 게 아닌가? 아무리 생각해도 나로서는 이 목가적인 풍경의 의미를 모르겠어. 도대체 그 무지개라는 것에 어떤 현상을 갖다 붙이려는 건가?"

"천만의 말씀. 그것은 결코 문헌도 시도 아니야. 물론 유추나 예시도 아니지. 실제로 진짜 무지개가 범인과 클리보프 부인 사이에 나타난 거야."

노리미즈가 여전히 몽상에서 벗어나지 못하는 열띤 눈동자를 돌렸을 때, 문이 조용히 열렸다. 그리고 비쩍 마르고 성마른

---

* 구텐베르크 성서를 필두로 하여 1500년까지 만들어진 인쇄물들을 일컫는 명칭.

얼굴을 한 구가 시즈코가 아무런 예고도 없이 나타났다. 그 순간 숨 막힐 것 같은 어떤 압박감이 느껴졌다. 아마 이 학식이 풍부하며 중성적인 강렬한 개성을 지닌 신비론자는, 인간에게서는 범인을 찾을 길 없는 이 기이한 사건을 한층 더 암담하게 만들 것이 틀림없었다. 시즈코는 가볍게 묵례를 하고 여느 때나 마찬가지로 냉담하게 말했다. 그러나 그 내용은 몹시 격렬했다.

"노리미즈 씨, 나는 완전히 반대로 생각합니다. 하지만 당신은 그 철새라는 것을, 물론 그대로 믿고 있지는 않으시겠지요?"

"철새라니요?"

노리미즈는 기이한 소리에 눈을 부릅뜨고 곧바로 반문했다. 조금 전에, 자기가 무지개의 표상이라고 한 말을, 우연인지는 모르겠지만 시즈코가 다시 말했기 때문이었다.

"그래요. 살아남은 철새 세 명 말이지요."

시즈코는 내뱉듯이 말하고 물끄러미 노리미즈의 얼굴을 똑바로 보았다.

"요컨대 그들이 어떤 방어책을 쓰든지 쓰다코 님은 절대로 범인이 아니에요. 나는 어디까지나 그것을 주장하고 싶어요. 더구나 그분은 오늘 아침 겨우 일어나시기는 했지만 아직 심문에 응할 만큼 회복한 상태가 아닙니다. 잘 아시지요? 클로랄의 초과량이 대체 어떤 증상을 일으키는지 말이에요. 도저히 오늘 하루만에 빈혈과 시신경의 피로에서 회복되기는 어려우실 겁니다. 아니, 저는 그분이 메리 스튜어트(16세기 스코틀랜드의 성녀와 같은 여왕. 후에 엘리자베스 여왕에 의해 1587년 2월 1일 단두대에 오른

다) 같은 운명을 맞이할까 봐 걱정이 되어서……. 즉 당신의 편견이 두려운 거예요."

"메리 스튜어트?"

노리미즈는 갑자기 흥미를 느낀 듯이 상반신을 탁자 위로 쑥 내밀었다.

"그렇다면 그 지나치게 선량한 선인 말입니까? 아니면 엘리자베스 여왕의 권모술수를…… 저 세 사람이……."

"그것은 똑같은 의미예요."

시즈코는 냉정하게 대답했다.

"잘 아시겠지만 쓰다코 님의 부군인 오시카네 박사는, 자신이 경영하는 자선 병원 때문에 거의 사재를 탕진하셨어요. 그래서 앞으로 사업을 계속 유지하기 위해서 어떻게든 쓰다코 님을 밀어붙여서라도 반드시 다시 주목을 받도록 해야 했어요. 아마 그분이 받는 갈채가, 의약에 목말라 하는 몇만이나 되는 환자들에게는 축복이 되겠지요. 정말이지 남에게 은혜를 베풀면 보답이 온다지만, 한편으로는 '문에 선 자는 다른 사람에게 방해가 된다'는 말도 있답니다. 노리미즈 씨, 당신은 이 솔로몬의 잠언이 무슨 의미인지 아시나요? 그 문, 요컨대 이 사건에 처참한 빛을 쏟아붓는 그 열쇠 구멍이 있는 문을 말하는 거예요. 거기에, 흑사관 영생의 비밀을 밝힐 열쇠가 있답니다."

"그것을 좀 더 구체적으로 말씀해 주시지 않겠습니까?"

"그러면 프리츠 슐츠(19세기 독일의 심리학자)의 정신맹아설(광신적 정신과학자 특유의 가설로, 일종의 윤회설이다. 즉, 사후 육체에서 벗어난 정신은 무의식 상태로 영원히 존재한다. 그것은 대단히 낮은 존재로 의식을 표현할 수는 없지만 일종의 충동 작용을 낳는 힘이 있다고 한다. 그리고 생사의 경계를 넘나들며 때때로 잠재의식 속에서 나타난다고 하는데, 이런 유의 학설 중 가장 합리적이다)을 알고 계신가요? 저 역시, 확실한 논거 없이 주장하지는 않아요"

시즈코는 거만하게 미소 지으며 다시 이 사건에 찬바람을 불러일으켰다.

"뭐, 뭐라고요, 정신맹아설?"

노리미즈는 갑자기 험상궂은 얼굴로 말을 더듬으며 소리쳤다.

"그러면, 그 논거는 어디에 있습니까? 당신은 어째서 이 사건에 생명불멸론을 주장하는 것입니까? 그렇다면 산테쓰 박사가 아직도 불가사의한 생존을 이어가고 있단 말입니까? 아니면 클로드 딕스비가……"

정신맹아, 그 섬뜩한 한마디가 처음에는 시즈코의 입에서 나오고, 이어 노리미즈가 불사설이라는 주석을 붙였다. 물론 그 두 점의 맥락을 찾는다면 두 가설의 줄기는 이 사건의 밑바닥, 어둠 속에서 자라 소리도 없이 퍼져나가 차츰 경계를 넓혀가고 있음에 틀림없다. 그러나 때가 때인 만큼 검사와 구마시로로서는 이제 그 공포와 공상이 눈앞에서 현실이 되는 것만 같아 무심결에 심장이 오그라들었다. 그러나 한편, 시즈코도 노리미즈가 딕스비를 언급하자 마치 수수께끼라도 던져진 듯 회의적인 표정을 지으며 그것에 단단히 사로잡힌 것 같았다. 대체로 집착이 강한 인물은, 하나의 의문에 사로잡혀 버리면 거의 무의식에 가까운 방심 상태가 되어 이상하고 우발적인 동작을 나타낸다. 그 때문인지 시즈코는 왼쪽 중지에 낀 반지를 뽑아 손가락에 빙빙 돌리더니, 또 반지를 꼈다 뺐다 하면서 자못 신경질적인 동작을 되풀이했다. 그러자 노리미즈가 눈을 묘하게 번득였다. 그러더니 말이 끊긴 틈을 타 벌떡 일어났다. 그리고 뒷짐을 지고 뚜벅뚜벅 걷다가 이윽고 시즈코의 뒤로 와 갑자기 폭소를 터뜨렸다.

"하하, 엉뚱한 소리도 정도 문제지. 그 스페이드 킹이 아직도 살아 있다니."

"아니요, 산테쓰 님이라면 하트 킹이십니다."

시즈코는 거의 반사적으로 외쳤으나, 그와 동시에 흠칫 공포에 사로잡힌 표정으로 갑자기 반지를 새끼손가락에 꼈다. 그리고 크게 한숨을 내쉬며 말했다.

"내가 정신맹아라고 말한 것은 하나의 우화로 말씀드린 거예요. 부디 그것을 곧이곧대로 받아들이지 말아 주세요. 도리어 그 의미는, 에크하르트(1260년~1329년. 에르푸르트의 도미니크 수도사. 중세 최대의 신비주의자로 알려진 범신론 신학자)가 말한 영성 쪽에 가까울지도 모르겠어요. 아버지로부터 아들로 인간의 종자가 반드시 한번은 유전하지 않으면 안 되는 생사의 경계, 즉 암흑 속에 폭풍우가 휘몰아치는 저 황야 말이에요. 좀 더 구체적으로 말할까요? '우리가 악마를 보지 못하는 것은 그 모습을 우리의 초상 속에서 찾으려 하지 않기 때문이다.' 물론 이 사건의 가장 깊은 신비는 그런 초본질적인, 형용하거나 내용을 표현할 수 없는, 저 철학 속에 담겨 있습니다. 노리미즈 씨, 그것은 지옥의 기둥도 뒤흔들 정도로 혹독한 형벌이거든요."

"잘 알겠습니다. 그런데 그 철학의 결론에서 나는 한 가지 의문을 발견했답니다."

노리미즈는 눈썹을 치켜 올리며 의기양양하게 되받았다.

"보세요, 구가 씨? 성 스테파노 조약에서조차 유대인에 대한 대우는 마지막 일부를 완화하는 데 그쳤습니다. 그런데 어째서 박해가 가장 심했던 코카서스에서 상당한 면적의 토지 소유가 허락되었을까요? 요컨대 문제가 되는 것은, 그 정체를 모르는 음수에 있습니다. 그러나 그 지주의 딸이자 이 사건에 등장하는 유대인은 결국 범인이 아니었습니다."

그때 시즈코가 곧 쓰러지기라도 할 듯이 온몸을 떨기 시작했다. 한동안 헐떡거리며 가쁜 숨을 몰아쉬더니 간신히 힘없이 외쳤다.

"아아, 무서운 분……"

그러나 이어서 이 불가사의한 여인은 더는 못 참겠다는 듯이 범인의 범위를 알려주었다.

"이제 이 사건은 끝난 것이나 마찬가지예요. 요는, 그 음수의 원입니다. 동기를 단단히 싸고 있는 그 오망성의 원에는, 어떤 메피스토펠레스라도 숨어들어 갈 수 있는 여지가 없답니다. 그래서 방금 말한 황야의 의미를 아신다면, 더 이상 드릴 말씀이 없습니다."

이렇게 말하고 벌떡 일어서는 시즈코를 노리미즈가 서둘러 제지했다.

"그런데 구가 씨, 그 황야라는 것은 독일 신학의 빛이 아닙니까? 하지만 그 운명론은 일찍이 타울러*나 조이제**가 탐닉한 거짓의 빛입니다. 나는 당신이 말한 정신맹아설에서 한 가지 놀라운 임상적인 묘사를, 듣기만 해도 미칠 것 같은 괴이한 점을 발견했습니다. 당신은 왜 산테쓰 박사의 심장에 대해 생각했습니까? 그 악마를…… 하트 킹이라니. 하하, 구가 씨, 나는 라바터는 아니지만 인간의 내면을 외모로 파악할 수 있는 법을 터득했습니다."

산테쓰의 심장이라니, 시즈코뿐 아니라 검사와 구마시로까지 순간적으로 화석이 된 것처럼 굳어져 버렸다. 분명 마음의 지주를 밑바닥부터 뒤흔드는 전율이었다. 어쩌면 이 사건에서 가장 큰 전율을 느끼게 한 대목일 것이다. 그러나 시즈코는 짐짓 비웃음의 빛을 띠고 말했다.

"그러면 당신은 그 스위스의 목사처럼 인간과 동물의 얼굴을 비교해 보려는 겁니까?"

노리미즈는 천천히 담배에 불을 붙이고 나서, 그의 미묘한 심경을 밝혔다. 그러자 그때까지 백화제방의 형태로 분산되었던 불합리한 것들이, 순식간에 그 한 곳으로 달라붙었다.

"어쩌면 신경과민의 소산일지도 모르지만 어쨌든 당신은 산테쓰 박사를 하트 킹이라고 하셨지요. 물론 나는 거기에서 기이

---

* 에크하르트, 조이제와 함께 중세 독일의 신비주의자. 도미니크 수도사. 무(無)로 화한 혼의 저변에 신의 빛이 탄생한다고 주장했다.
** 독일의 가톨릭 정통파 신학자. 인간의 마음을 신의 피조물이라고 해석했다.

한 느낌을 받았습니다. 왜냐하면 마침 그것과 똑같은 말을 노부코 씨에게서도 들었기 때문입니다. 아마 그 우연에는 이 사건의 마지막 카드가 될 만한 가치가 있을 겁니다. 이제까지 우리가 더듬어온 추리의 정통을, 뿌리에서부터 뒤엎어 버릴 정도의 괴물일지도 모르지요. 특히 당신의 경우에는 거기에 팬터마임 같은 심리 작용까지 수반되었기 때문에 저는 거기에 힘입어 한층 더 깊이 댁의 심리를 파헤칠 수 있었습니다. 그런데 빈(Wien) 신(新)심리학파에 따르면, 그것을 징후 발작이라고 하는데 목적 없이 무의식적인 운동을 계속하는 동안 의식의 기저에 깔린 것이 나타나기 쉽다고 합니다. 남에게 들키고 싶지 않은 자기 마음속 깊이 숨겨 놓은 것이 어떤 형태로 밖으로 표출되거나, 아니면 거기에 어떤 암시적 충동을 주면 그에 따른 연상 반응이 종종 언어 속에 나타난다는 겁니다. 그 암시적인 충동이라는 것은, 이를테면 제가 산테쓰를 스페이드 킹이라고 부른 표현이지요. 그런데 그 전에 딕스비라고 한 제 한마디가 딕스비의 정체를 모르는 당신의 마음을 사로잡았지요. 그래서 무의식중에 반지를 뺐다 끼었다 하기도 하고, 또 뱅뱅 돌리기도 하는 등 발작 징후가 당신에게 나타난 것입니다. 그래서 나는 마음이 흔들리도록 조금의 시간을 드렸지요. 막간을요. 그것은 단순히 연극만이 아니라 특히 신문할 때도 필요합니다. 구가 씨. 범인은 각본가이기는 해도 절대로 배우의 행동에 대해서는 한 줄 지문도 남기지 않았습니다. 그런 의미에서 수사관은 무엇보다도 좋은 연출가가 되어야 합니다. 말이 길어지는 점 용서하세요. 그리고 무엇보다 사과드리고 싶은 것은 제가 허락도 받지 않고 당신의 마음속 깊은 곳까지 침입했습니다……."

그리고 노리미즈는 새 담배를 꺼내 물고 자랑스럽게 자신이 연출한 상황을 설명해 나갔다.

"그러나 그 막간은 혼란스럽기 그지없었습니다. 그중에는 여러 가지 심리 현상이 +자 모양으로 몰려 있어, 마치 소나기구름처럼 뭉게뭉게 의식 속을 떠다니고 있지요. 그 상태는 조그만 충동만 주어도 맥없이 무너질 정도로 연약하답니다. 그래서 나는 스페이드 킹이라는 표현을 썼지요. 왜냐하면, 정신 전체를 하나의 유기체라고 한다면 당연히 거기에서 물리적으로 생겨나는 것이 있어야 되지 않겠어요? 저는 매우 암시적인 그 한마디로 뭔가 반응이 나오기를 기대했습니다. 그러자 아니나 다를까 당신은 제 말을 하트 킹이라고 고쳐 불렀지요. 바로 그 하트 킹 말입니다. 저는 그때 광란에 가까운 기이한 계시를 받았습니다. 그런데 이어서 당신은 두 번째 충동을 보였고 갑자기 절도를 잃고 무심결에 반지를 새끼손가락에 끼고 말았지요. 설마 제가 그때 당신의 얼굴에 나타난 공포의 빛을 놓칠 리 있겠습니까?"

날카롭게 말을 끊은 노리미즈의 얼굴에 섬뜩한 기운이 감돌았다.

"아니, 저야말로 더욱 더 끔찍한 공포에 짓눌렸습니다. 왜냐하면, 트럼프를 보면 그 인물상은 모두 아래위 동체가 왼쪽으로 비스듬하게 맞춰져 있고, 각각 중요한 심장 부분이 상대의 아름다운 조끼 아래 숨겨져 있기 때문입니다. 그리고 그 그림에는 잃어

버린 심장이 오른쪽 상단에 낙인찍혀 있지 않습니까? 그렇게 되면 지나친 생각일지 모르지만, 그 속에서 빛나는 처참한 빛을 어떻게 간과할 수 있겠습니까? 아, 심장은 오른쪽에 있구나. 그러니까 혹시, 하트 킹이라는 한마디를 당신의 심상이 말해 주듯이 해석하여, 산테쓰 박사가 오른쪽에 심장을 가진 특이체질이라고 한다면 말입니다. 어쩌면 그것이 지리멸렬하게 흩어진 불합리한 모든 것을 이 기회에 일소해 버리는 서광이 될 수도 있겠지요."

이 놀랄 만한 추정은 이전에 오시카네 쓰다코를 발굴한 실적에 이어 실로 이 사건 중 두 번째 대단한 연극이었다. 그 초인적인 논리에 매료되어 검사와 구마시로는 얼굴에 마비라도 일으킨 듯 쉽게 말도 나오지 않았다. 물론, 거기에는 한 가지 불안한 요소가 있었다. 하지만 곧 노리미즈는 예증을 들어 그 가설에 섬뜩한 생기를 불어넣었다.

"그런데 만약 그것이 사실이라면 우리는 도저히 태연히 있을 수는 없습니다. 그 당시 산테쓰 박사는 왼쪽 가슴의 좌심실, 그것도 거의 끄트머리 부분을 찔렸는데, 자살이라는 정황이 너무나 뚜렷했기 때문에 부검을 요구하지도 않았습니다. 그렇게 되자 첫 번째 의문은 왼쪽 폐의 하엽부를 관통한 정도로 과연 즉사했을까 하는 것이었지요. 그 증거로 외과 수술이 비교적 유치했던 남아전쟁 당시에도 후송 거리가 짧으면 대부분 완쾌했거든요. 그렇지, 그 남아전쟁 때……."

노리미즈는 담배 끝을 꾹 씹더니, 음성을 낮추고 오히려 두려움에 가까운 표정을 보였다.

"그런데 메이킨스가 편찬한 『남아전쟁 군진의학집록』이라는 보고서가 있는데, 거기에 산테쓰의 경우와 유사한 기적을 예로 들고 있어요. 전투 중 오른쪽 가슴 상부를 사벨(Sabel, 허리에 차는 서양식 칼)에 찔린 용기병이 그로부터 60시간 뒤에 관 속에서 다시 살아났다는 겁니다. 그러나 편저자인 유명한 외과 의사 메이킨스는 거기에 대하여 다음과 같이 견해를 밝혔습니다. '사인은, 사벨의 칼등으로 상대정맥을 압박해 혈관이 일시적으로 죄는 바람에 심장으로 흘러 들어가는 혈량이 격감한 데 있다. 그러나 시체의 위치가 달라질 때마다 울혈로 팽창된 혈관이 유동하면서 그로 인해 일종의 물리적 영향을 받았을 것이다. 요컨대 그 작용이란, 종종 시체의 심장을 소생시키기도 하는 일종의 마사지였을 것으로 보인다. 왜냐하면, 원래 심장이란 것은 이학적 장기이며, 또한 브라운 세카르 교수의 말처럼 아마 숨이 끊어지는 동안에도 청진이나 촉진으로는 도저히 청취할 수 없는 미세한 고동이 이어졌을 것이 틀림없기 때문이다. (파리대학 교수 브라운 세카르와 강사 시오는 인체의 심장을 열어 심장이 계속 뛴다는 사례 수십 개를 보고했다. 즉 심장이 충분한 힘을 갖는다는 증명이며, 바꿔 말해 그것은 완전한 심동의 정지에 대한 반증이다. 물론 이 고동은 외부에서 들리지 않는다)' 그렇다면 구가 씨, 나는 이 무서운 의혹을 어떻게 해야 되겠습니까?"

노리미즈는 이렇게 산테쓰의 심장 위치가 다르다는 사실에서 죽은 사람의 소생이라고 하기보다는 과학적 논거가 더욱 확실한 가설을 피력했다. 그러나 그때 마음속으로 처참한 암투를 계

속하던 시즈코에게 갑자기 필사적인 기색이 번뜩였다. 어디까지
나 진실에 대하여 양심적인 그녀는 공포고 불안이고 다 제쳐 버
렸다.

"아, 모든 것을 말씀드리지요. 과연 산테쓰 님은 오른쪽에 심
장을 가진 특이체질이었습니다. 그렇지만 무엇보다도 저는 산테
쓰 님이 자살하시는데 오른쪽 폐를 찌른 의지가 의심스러웠습
니다. 그래서 저는 시험 삼아 시신의 피하에 암모니아 주사를 놓
았습니다. 그러자 피부에 분명히 생체 특유의 붉은색이 뚜렷이
떠오르지 않겠습니까? 게다가 또 얼마나 끔찍한 일인지. 매장한
다음 날 아침 그 줄이 끊어져 버린 거예요. 저는 도저히 산테쓰
님의 묘지를 찾아갈 용기가 나지 않았습니다."

"그 줄이라는 것은 무엇입니까?"

검사가 날카롭게 되물었다.

"그것은 이렇게 된 이야기입니다."

시즈코는 질문에 곧 대답했다.

"사실 산테쓰 님은 서둘러 빨리 매장되는 것을 몹시 두려워하
셨던 분이셨습니다. 그래서 이 성관 건설 당시 대규모의 지하 묘
를 만들고 거기에 은밀히 코르니체 카르니츠키(러시아 황제 알렉
산더 3세의 시종)식과 비슷한 조기 매장 방지 장치를 설치해 놓았
답니다. 그래서 관을 매장하던 날 밤, 나는 한숨도 자지 않고 그
벨이 울리기만을 밤새도록 기다렸어요. 그런데 그날 밤은 아무
일도 없이 지나갔습니다. 밤새 큰 비가 내렸고 날이 밝기를 기다
려 이튿날 아침 다시 한번 확인하기 위해 뒤뜰의 무덤을 보러 갔

습니다. 그 주위에 있는 칠엽수 숲 속에 벨을 울리는 스위치를 숨겨 놓았기 때문이지요. 그런데 어찌된 일인지 그 스위치 사이에 곤줄박이 새끼가 끼어들어 가 손잡이를 당기는 줄을 끊어 버린 거예요. 아, 그 줄은 분명히 지하의 관 속에서 끌어온 것이었는데."

"그러고 보니, 그렇군요."

노리미즈는 침을 삼키고 조금 기세를 올려 물었다.

"그 사실을 알고 있는 사람은 대체 누구누구입니까? 산테쓰의 심장 위치와 조기 매장 방지 장치의 소재를 알았던 사람은?"

"확실히 저하고 오시카네 선생 둘뿐이랍니다. 그러니까 노부코 씨가 말한 하트 킹 어쩌고 한 것은 틀림없이 우연에 지나지 않는다고 생각해요."

그렇게 말하고 나서 갑자기 시즈코는 마치 산테쓰의 보복을 두려워하는 듯 공포 어린 기색을 드러냈다. 그리고 왔을 때와는 다른 돌변한 태도로 구마시로에게 신변 경호를 요청한 뒤 방에서 나갔다. 큰 비가 내린 밤…… 그것이 무덤에서 나와 방황한 모든 흔적을 지워 버렸을 것이다. 그리고 만일 산테쓰가 살아 있다면 사건을 미궁으로 몰아넣은 불가사의한 전도 전부를 그대로 현실 세계로 옮길 수 있다. 구마시로는 흥분하여 거칠게 고함을 질렀다.

"뭐든지 할 수 있는 것은 다 해봐야 돼. 자, 노리미즈, 영장이야 있든 없든 이번에는 산테쓰의 묘부터 발굴하는 거야."

"아니야, 아직도 수사의 정통성을 의심하기에는 이르다고 생각해."

노리미즈는 어쩐지 마뜩찮은 얼굴로 주저했다.

"그도 그럴 것이, 한번 생각해 봐. 방금 시즈코는 그것을 알고 있는 사람이 자기하고 오사카네 박사밖에 없다고 하지 않았어? 그렇다면, 그 사실을 알 리 없는 레베즈가 어째서 산테쓰 이외의 인물에게 무지개를 보여서 그렇게 놀라운 효과를 거두었을까?"

"무지개?"

검사는 화가 치민 듯이 중얼거렸다.

"이봐, 노리미즈. 산테쓰의 특이체질을 발견한 자네를, 나는 아담스나 르베리에라고 생각했을 정도야. 그렇지 않아? 이 사건에서는 산테쓰가 해왕성 같은 존재라고. 첫째, 그 별은 우주 공간에 여러 가지 불합리한 것을 흩뿌리고 난 다음에야 발견되었으니까."

"농담하지 마. 어째서 그 무지개가 그런 개연성이 모자란다고 할 수 있겠어? 우연이나…… 아니면 레베즈의 아름다운 몽상이겠지. 바꾸어 말해 그 사나이의 고상한 고전 어학 정신이라고."

노리미즈는 여전히 괴상하기 짝이 없는 말을 했다.

"이보게, 하제쿠라. 분수의 디딤돌 위에 레베즈의 발자국이 남아 있었지? 그것을 먼저 운문으로 해석할 필요가 있어. 처음 네 개의 디딤돌 중에서 본관을 향한 돌 하나를 밟고 다음에 그 맞은편 돌 하나를, 그리고 마지막에 왼쪽, 오른쪽으로 끝이 났어. 하지만 그 순환에서 가장 중요한 점이라면 우리가 간과했던 다섯 번째 발자국이야. 바로 처음에 밟은 본관으로 가는 첫 번째 디딤돌이야. 결국 레베즈는 한 바퀴를 다 돌아서 원래의 자리로 돌아왔기 때문에 처음 밟은 디딤돌을 두 번 밟게 된 거지."

"그런데 결국 그게 어떤 현상을 일으켰다는 거야?"

"즉, 우리에게 노부코의 알리바이를 인정하게 했고, 또 현상적으로 보면 허공으로 치솟는 물보라에 대류를 일으킨 거야. 1에서 4까지 순서를 생각했을 때 제일 마지막으로 치솟은 오른쪽 물보라가 제일 높고, 계속해서 그 이하의 순서대로 거의 물음표 형태로 낮아졌을 거야. 거기에 다섯 번째 물보라가 솟아올라갔으니 그 힘으로 점점 낮아지고 있던 4개의 물보라가 다시 그 형태 그대로 상승해 갔겠지. 그러면 당연히 마지막 물보라와 사이에 대류 현상이 일어나야 했어. 그것이 저 미동도 하지 않는 공기 속에서 다섯 번째 물보라를 움직이게 한 거야. 즉, 1에서 4까지라는 것은 마지막에 솟아오른 수증기를 어느 한 점으로 보내기 위해, 다시 말해 수증기의 방향을 하나로 정하기 위해 필요했던 거지."

"그래, 그것이 무지개를 만들어낸 수증기라는 말이군."

검사는 손톱을 깨물면서 고개를 끄덕였다.

"그렇군. 그것 한 가지로 노부코의 알리바이가 성립된다는 거지. 그녀는 이상한 기체가 창문 안으로 들어간 것을 보았다고 했으니까."

"그런데 하제쿠라. 그 장소가 창문이 열린 부분이 아니었던 거야. 그때 가로대를 수평으로 올린 채 창문이 반쯤 열려 있었던 건 알겠지. 즉 분수의 수증기는 그 가로대 틈새로 들어간 거라고."

노리미즈는 차분하게 바꿔 말하고는 이어서 그는 그 무지개에게 화를 입은 유일한 인물을 지적했다.

"그렇지 않으면 그런 강렬한 색채의 무지개가 결코 나타날 리가 없어. 왜냐하면 공기 중 수증기를 중심으로 생긴 게 아니라 가로대 위에 서린 이슬에서 생겼기 때문이야. 결국 문제는 일곱 색깔의 배경을 이루는 무지개에 있었던 셈인데…… 그러나 이상적인 조건이 그 무지개를 보는 각도에 있었어. 바꾸어 말하면 석궁이 떨어져 있던 곳, 즉 당시 범인이 있던 위치를 말하는 거야. 더구나 저 외눈박이 대스타가……."

"뭐라고, 오시카네 쓰다코?"

구마시로는 당황하여 소리쳤다.

"응, 무지개의 양쪽 끝에는 황금 항아리가 있다고들 하지. 우리는 아마 그 무지개만은 잡을 수가 있겠지. 왜냐하면 구마시로, 대체로 무지개는 시반경(視半經) 약 42도에서 먼저 빨간색이 나타나거든. 물론 그 위치가 석궁이 떨어졌던 장소지. 또 그 빨간색을 클리보프 부인의 붉은 머리에 대칭하게 되면, 자칫 표준을 그르치기 쉬운 강렬한 빛이 상상되지. 하지만 가까운 거리에서 보는 무지개는 둘로 갈라져 보이는 데다 그 색은 희뿌옇고 흐리다네."

노리미즈는 일단 입을 다물었다가 곧 의기양양하게 미소를 지으며 말했다.

"그런데 구마시로, 오시카네 쓰다코에게만은 결코 그렇지가 않아. 왜냐하면, 외눈으로 보는 무지개는 하나밖에 없기 때문이야.

명암이 짙기 때문에 색채가 아주 선명해서 옆에 있는 같은 색의 물체도 전혀 구분할 수 없거든. 아, 그 철새. 그것은 일단 레베즈의 러브레터가 되어 창문으로 날아들었어. 그리고 우연히 클리보프 부인의 붉은 머리에 엉켰고 그로 인해 표적을 잘못 쏠 만한 결함이 있는 사람이라면 쓰다코 말고는 없지 않아?"

"그렇군. 그런데 자네, 지금 무지개를 레베즈의 러브레터라고 했지?"

노리미즈의 말을 듣더니 검사가 자기 귀가 의심스럽다는 듯 물었다. 노리미즈는 개탄스럽다는 태도로 특유의 심리 분석을 시작했다.

"아, 하제쿠라. 자네는 이 사건의 어두운 일면밖에 모르는군. 자네는 그 붉은 머리 클리보프가 허공에 매달리기 직전에 노부코가 창가에 나타난 것을 잊어 버렸나? 레베즈는 그 모습을 보고 노부코가 무구실에 있는 줄 알고 분수 옆에서 그의 이상인 장미를 노래한 거지. 그런데 자네는 「솔로몬의 아가(雅歌)」 마지막 구절을 알고 있나? '내 사랑하는 자여, 청컨대 서둘러 달리기를. 향기로운 산 위에 올라 사슴처럼, 새끼 사슴처럼.' 신에 대한 동경을 연정 속에 간절히 담은 그야말로 세계 최고의 연가인데 사랑하는 자의 마음을 무지개에 빗대어 노래하고 있어. 그 일곱 가지 빛깔, 보들레르에 의하면 열광적인 아름다움이고, 또한 차일드는, 무지개에서 가톨릭의 장중한 영혼에 대한 열망이 태어난다고 노래했지. 또 그 포물선을 근세의 심리 분석학자들은 썰매로 경사면을 활주할 때의 심리에 비유하지. 그래서 무지개를 연애 심리의 표상으로 삼는 거야. 하제쿠라, 그 일곱 빛깔은 정묘한 색채 화가의 팔레트라고 할 수 있지 않을까? 그리고 피아노 건반 하나하나에도 해당하는 것이고, 게다가 무지개의 포물선은 채색법이자 선율법이나 대위법으로도 볼 수 있어. 왜냐하면 움직이는 무지개는 시반경 2도씩의 차이로 그 시야에 들어오는 색깔을 바꾸기 때문이야. 요컨대 레베즈는 운문으로 된 러브레터를 무지개에 빗대어 노부코에게 보낸 거지."

그에 따르면 노리미즈는 처음 레베즈가 무지개를 만든 것을 다른 누군가를 비호하려고 한 기사적인 행위로 보았다. 하지만 더 깊이 파고들어가 마침내 그것이 연애 심리로 귀착되어 버리자, 필연적으로 클리보프 부인을 제대로 맞추지 못한 것을 우연한 사건으로 돌릴 수밖에 없었다. 그러나 검사와 구마시로는, 그어느 것 하나 실증적인 추리가 아니었으므로 반신반의하기보다 왜 노리미즈가 무지개처럼 몽상적인 현상에 집착하여 정작 중요한 산테쓰의 무덤을 발굴하지 않는지 그것이 무엇보다도 초조했다. 특히 레베즈의 연정이 이제 와서 이 사건 최후의 비극을 야기하리라고는 전혀 생각지도 못했으며, 또 노리미즈가 오시카네 쓰다코를 범인으로 몰았던 일에 어떤 중대한 암시적 관념이 숨어 있을 줄은 물론 몰랐다. 이리하여 일단 절망적으로 보였던 사건은 단시간의 심문을 거쳐 다시 새로운 기복을 되풀이했다. 이어서 현상적으로 모든 희망이 걸린, 대계단의 뒤(비하인드 스테어스)를 조사하기로 했다. 그때가 5시 30분이었다.

## 2. 대계단의 뒤에……

노리미즈가 12궁에서 끌어낸 해답, 즉 대계단의 뒤에는 그 장소와 어울리는 작은 방 두 개가 있었다. 하나는 테레즈 인형을 놓아 둔 방이고, 또 하나는 그 방과 나란히 있는 가구 하나 없는 빈방이었다. 노리미즈는 먼저 두 번째 방을 골라 손잡이를 잡았는데 문이 잠겨 있지 않아 소리도 없이 열렸다. 구조상 창이 하나도 없어 방 안은 칠흑처럼 캄캄했다. 그리고 고여 있어 탁하고 차가운 공기가 으스스하게 다가왔다. 구마시로가 손전등을 비추면서 벽 옆으로 걷는 동안, 뜻밖에 무슨 소리를 들었는지 뒤따르던 검사가 갑자기 멈춰 섰다. 그는 뭔가 섬뜩한 느낌을 받았는지 숨을 죽이고 귀를 기울이더니 노리미즈에게 낮게 떨리는 목소리로 속삭였다.

"노리미즈, 자네는 저 소리가 들리지 않아? 옆방에서 방울을 흔드는 것 같은 소리가 들리잖아. 가만히 들어봐. 어때? 저건 분명 테레즈 인형이 걷는……."

과연 검사의 말대로 구마시로가 밟는 육중한 구두 소리 대신 찌르릉 찌르릉 희미하게 떨리는 소리가 들려왔다. 생명 없는 인형의 걸음……. 그야말로 간담을 서늘하게 하는 경악스러운 상황이었다. 그러나 그렇게 되면 당연히, 인형 쪽에 있는 누군가를 상상하지 않을 수 없었다. 그 순간 세 사람은 일찍이 느껴 보지 못한 흥분의 절정에 이르렀다. 이제는 주저할 때가 아니다. 구마시로가 광포한 바람을 일으키며 손잡이를 부서져라 잡아당긴 순간, 노리미즈는 무슨 생각이 났는지 갑자기 우렁찬 소리로 폭소를 터뜨렸다.

"하하 하제쿠라, 자네가 말한 해왕성이 실은 이 벽 속에 들어 있다네. 한데 그 별은 애초부터 다 아는 숫자가 아니었거든. 기억을 살려 보라고. 고대 시계실에 있던 인형 시계의 문에, 대체 뭐가 새겨져 있었나. 400년 전의 지지와 세이자에몬이 필립 2세로부터 받았다는 클라비 쳄발로는 그 후 어디 있는지 아무도 몰랐어. 아마 저 소리는 낡은 현이 진동으로 떨리는 소리겠지. 처음에는 무거운 인형이 옆방의 벽을 따라 걸었어. 그리고 이번에는 구마시로지. 결국 대계단 뒤에 있는 해답은 이 옆방과 경계에 있는 벽을 말하지."

그러나 벽면에는 아무리 살펴보아도 비밀의 문이 숨겨진 흔적 같은 것은 없었다. 어쩔 수 없이 벽 일부를 부수기로 했다. 구마시로는 먼저 음향을 확인하고 나서 알맞은 자리에 손도끼를 휘둘러 벽을 내리쳤다. 그러자 과연 숱한 현이 시끄럽게 울리는 소리가 났다. 부서진 나무토막이 떨어지고 판자를 떼어내자 패널 아래에서 차디찬 공기가 흘러나왔다. 그곳은 두 벽면 사이에 있는 빈 공간이었다. 그 순간 악귀의 비밀 통로를 어둠 속에서 잡아낸 것 같은 느낌이 들어, 세 사람이 동시에 침 삼키는 소리가 들렸다. 나무 떨어지는 소리와 함께 악기의 현소리가 미친 새처럼 처참한 음향을 울려 댔다. 구마시로가 주위의 패널을 부수기 시작했기 때문이다. 이윽고 한 귀퉁이에서 먼지투성이가 되어 빠져나온 구마시로가 숨을 헐떡거리다가 크게 한숨을 내쉬고는 노리미즈에게 책 한 권을 건네주었다. 그리고 녹초가 되어 힘없는 목소리로 말했다.

"아무것도 없어. 비밀 문이고, 비밀 계단이고, 덮개고. 겨우 이 책 한 권이 수확이야. 아아, 이 따위가 12궁 암호법이라니!"

노리미즈도 충격에서 쉽게 벗어나지는 못했다. 분명히 그것은 무거운 추로 이중으로 눌린 실망을 의미했기 때문이다. 그러면 어떻게 이렇게 되었을까. 딕스비가 설계자였다는 사실로 보아 거의 의심할 여지가 없었던 비밀 통로를 발견하는 데 실패하고 말았다. 그와 동시에 사건 당초 단네베르그 부인이 자필로 고발했던 인형의 범행이라는 가정을 겨우 줄 하나로 붙들고 있던 떨림 소리의 소재가 밝혀졌다. 그래서 이 자리에서 확실하게 저 무시무시한 프로방스 유령의 그림자를 인정하지 않을 수 없었다. 그러나 원래의 방으로 돌아와 책을 펼친 노리미즈는 두려움에 몸을 움츠렸다. 하지만 눈에는 경탄하는 빛이 뚜렷하게 나타났다.

"아아, 놀라운 일이 아닌가? 이것은 홀바인의 『죽음의 무도(舞蹈)』라는 책이야. 그것도 이제는 희귀본이 된 1538년 리옹 초판본이야."

그 책에는 40년이 지난 오늘에 이르러 흑사관에서 일어난 음산한 죽음의 무도를 예언하는 듯 딕스비의 마지막 의지가 명료하게 나타나 있었다. 갈색 송아지 가죽으로 장정된 표지를 펼치자 뒷면에는 잔느 드 츠이제르 부인에게 바치는 홀바인의 헌정사가 있고, 그다음 장에 1530년 바젤에서 뤼첸브르그가 홀바인의 디자인을 목판으로 제작했다는 사실을 증명하는 문장이 실려 있었다. 그러나 책장을 넘기며 죽음의 신과 해골들을 담고 있는 수많은 판화를 좇는 동안, 노리미즈의 눈은 문득 어떤 한 점에 못 박혔다.

그 왼쪽 페이지에는, 해골이 큰 창을 휘둘러 기사를 찔러 죽이는 그림이 있고, 또 오른쪽에는 많은 해골이 나팔과 피리를 불며 북을 치기도 하고, 승리에 도취하여 난무하는 광경이 그려져 있었다. 그런데 그 위쪽에 다음과 같은 영문이 적혀 있었다. 잉크의 빛깔로 보아, 처음 보는 딕스비의 자필이 틀림없었다.

Quean locked in Kains. Jew yawning in knot. Knell karagoz!
Jainists underlie below inferno.
매춘부는 카인의 패거리에게 갇히고, 유대인은 난제를 놓고 조소하네. 불길한 종소리는 인형(카라고즈-터키의 꼭두각시)을 깨우고, 자이나 교도(불교의 한 종파)들은 지옥 밑바닥에 눕게 되리라.

그리고 다음과 같은 글이 이어졌다. 문맥으로 보아 『창세기』를 조롱하는 내용이었다.

여호와 신은 남녀추니였도다. 태초에 스스로 쌍둥이를 낳으셨노라. 처음에 태에서 나온 생명은 여자로 이브라고 부르고, 뒤에 나온 생명은 남자로 아담이라고 하셨다. 그런데 아담은 태양을 향할 때 배꼽 위는 태양을 따르고 등 뒤로 그림자가 생겼는데 배꼽

아래는 태양을 거역하여 앞쪽으로 그림자가 드리워지더라. 이 기이한 일을 보고 신은 매우 놀라 아담을 두려워하여 아들로 삼았지만, 이브는 보통 사람과 다르지 않아 계집종으로 삼았도다. 마침내 이브와 잠자리를 같이하니 이브는 아이를 배어 딸을 낳은 뒤 죽었다. 신은 그 딸을 하계에 내려보내 사람의 어머니로 삼으셨도다.

노리미즈는 그 글을 잠깐 훑어보기만 했지만, 검사와 구마시로는 한참을 끙끙거리며 몇 분이나 들여다보았다. 그러나 곧 쓸데없는 것이라는 듯 테이블 위로 내던졌다. 글에 담긴 딕스비의 저주에 무섭게 다가오는 의지가 느껴진 것은 사실이다.

"과연 명백한 딕스비의 고백인데, 이 정도로 무서운 독기가 있을 수 있나?"

검사는 무심코 떨리는 소리로 노리미즈를 보았다.

"확실히 이 글에 나오는 매춘부란 테레즈를 가리키는 말이겠지. 그럼 테레즈, 산테쓰, 딕스비의 이 삼각관계의 귀결은 당연히 '카인의 패거리에게 갇히고'라는 구절로 명료해지지. 딕스비는 우선 이 성관에 난제를 던져 놓고 나서 그 지그재그로 얽힌 매듭 속에서 비웃었던 거야."

검사는 신경질적으로 손가락을 깍지를 끼고, 천장을 쳐다보았다.

"아아, 그다음은 '불길한 종소리로 인형을 깨우고'가 아닌가? 안 그래, 노리미즈? 딕스비라는 이 정체 모를 사나이는 이 성관의 동양인들이 지옥의 밑바닥으로 줄줄이 굴러떨어져 가는 광경까지도 미리 알고 있었던 모양이야. 즉, 이 사건의 원인은 멀리 40년 전에 있었던 거지. 이미 그 사나이는 그때 사건의 배역을 단역까지도 정해 놓았던 거야."

딕스비의 의지가 무서운 저주인 것은 그가 그 내용을 적는데 홀바인의 『죽음의 무도』를 인용한 것만 보아도 분명하지만, 그보다도 더 무섭게 여겨지는 것은 그가 집요하게도 암호를 몇 겹이나 준비한 사실이었다. 추측해 보건대 딕스비는 아마 어딘가에 또 하나의 놀랄 만한 계획을 남겨 두었으리라. 그리고 그것이 빚어낼 불운을 난해한 암호로 가려 사람들이 그것을 풀려고 괴로워하는 모습을 은밀히 옆에서 지켜보며 비웃으려는 게 아닐까 싶었다. 즉, 암호의 난이도는 이 사건의 진전에 정비례하는 것이 아닐까? 그러나 노리미즈는 그 글에서 딕스비답지 않게 기초적인 문법조차 무시하고 있다는 점과 또 관사가 없다는 점을 지적했다. 하지만 다음 창세기 비슷한 기이한 글에 이르자, 그 두 문장이 연관된 곳은 물론, 모든 것이 마치 안개에 뒤덮인 것처럼 보였다. 그러고 나서 노리미즈는 오시카네 박사에게 유언장의 개봉을 부탁하기 위해 아래층 살롱으로 내려갔다.

살롱 안에는 오시카네 박사와 하타타로가 마주 앉아 있었는데, 일행을 보자 일어나서 맞이하였다. 의학 박사 오시카네 도키치는 50대에 접어든 신사로, 곱게 빗어 넘긴 옅은 반백의 머리에 잘 어울리는 갸름한 윤곽에 이목구비도 단정한 인상이었다. 전체적으로 인도주의자 특유의 몽상가까지는 아니지만 포용력이 풍부한 인물로 보였다. 박사는 노리미즈를 보고 공손하게 묵례를 하고 그의 아내를 죽음의 위기에서 구해 준 일에 몇 번이나 감사 인사를 했다. 모두가 자리에 앉자 먼저 박사가 흥미 없는 듯이 말을 꺼냈다.

"대체 어떻게 된 일입니까, 노리미즈 씨? 이러다 모두 원소로 되돌아가는 것 아닙니까? 대체 범인은 누구입니까? 아내는 그 유령을 보지 못했다고 하더군요."

"그렇습니다. 그야말로 신비한 사건입니다."

노리미즈는 뻗었던 다리를 굽히고 한쪽 팔꿈치를 테이블 위에 얹었다.

"그래서 지문을 채취하거나 줄을 끊어 봐도 아무 소용도 없습니다. 요컨대 저 심오한 구조를 명백히 밝히지 않고는 사건 해결이 불가능합니다. 결국 현장 검증가나 몽상가가 될 시기가 된 것 같습니다."

"아니, 원래 나는 그런 철학 문답이 서투른 사람입니다."

박사는 눈을 깜빡이면서 경계하듯 노리미즈를 보았다.

"한데, 당신은 방금 줄이라고 하셨지요? 하하, 그것이 무슨 영장하고 관계가 있습니까? 노리미즈 씨, 나는 이대로 가만히 법률의 위력을 방관하고 싶군요."

박사는 이렇게 말하면서 유언장 개봉에 동의하지 않겠다는 의향을 내비쳤다.

"그건 말할 것도 없습니다. 가택수색 영장 같은 것은 가지고 있지 않습니다. 하지만 한 사람의 사직 정도로 끝난다면 우리는 법률을 어기는 것쯤 문제가 아닙니다."

구마시로는 밉살스럽게 박사를 노려보며 단호한 결의를 보였다. 갑작스레 살벌해진 분위기 속에서 노리미즈가 조용히 말했다.

"그렇습니다. 바로 한 가닥 줄 말입니다. 즉 문제는 산테쓰 박사를 매장하던 그날 밤에 있었습니다. 분명히 당신은 그날 밤 이 성관에 묵으셨지요. 그런데 그때 만약 그 줄이 끊어지지 않았더라면, 이번 사건은 일어나지도 않았을 것입니다. 아아, 그 유언장이……. 그렇게 되면, 산테쓰 일생일대의 정신적 유물이 될 수 있었을 텐데."

오시카네 박사의 얼굴이 순식간에 창백하게 변했는데, 줄의 진상을 모르는 하타타로는 부자연스럽게 웃으며 중얼거리듯 말했다.

"아, 나는 석궁의 활시위를 말하는 줄 알았습니다."

하지만 박사는 노리미즈의 얼굴을 뚫어져라 바라보면서 대들 듯이 물었다.

"무슨 말씀이신지 모르겠지만, 결국 그 유언장 내용이 뭔지 질문하신 겁니까?"

"나는 지금은 백지라고 믿고 있습니다."

노리미즈는 눈을 부릅뜨고 뜻밖의 말을 던졌다.

"좀 더 자세하게 말하면 그 내용은, 어느 시기에 백지로 변했다는 겁니다."

"말도 안 되는, 무슨 그런 소리를 하는 겁니까?"

박사의 놀란 표정이 금세 증오로 바뀌었다. 그리고 염치도 없이 뻔히 들여다보이는 수작을 부리는 상대를 찬찬히 응시하더니, 갑자기 무슨 생각이 들었는지 조용히 담배를 내려놓고 말했다.

"그러면 유언장을 작성한 당시의 상황을 들려 드려서 당신의 그런 망상을 없애 드리지요……. 그날은 분명 작년 3월 12일이 었는데, 갑자기 선생이 나를 부르시기에 무슨 일인가 했더니 우연히 유언장 생각이 나서 그 자리에서 유언장을 작성하겠다고 말씀하셨어요. 그리고 나하고 둘이서 서재로 들어가 나는 멀리 떨어진 의자 맞은편에 앉아 선생이 한창 초안을 적는 것을 바라보았습니다. 옥타보 판형 편지지에 두 장쯤 쓰셨는데, 다 쓰고 나서 그 위에 금가루를 뿌리고 봉인하셨습니다. 아마 당신은 그 분이 모든 것을 옛날 방식으로 하신다는 것을, 요컨대 그 복고 취미를 아실 겁니다. 그 일을 마치자 유언장을 금고 서랍 속에 넣고 그날 밤은 방 안팎에 엄중하게 보초를 세웠습니다. 발표는 다음 날 하기로 했지요. 그런데 다음 날 아침이 되자, 가족이 죽 늘어선 앞에서 선생은 무슨 생각이었는지 느닷없이 그중 한 장을 찢어 버리셨습니다. 그리고 그 갈기갈기 찢어진 것에 불을 붙여 재로 만들어 그것을 비 내리는 창밖으로 내던져 버렸지요. 그 주도면밀함과 유언장의 재현을 두려워하는 모습만 보아도, 그 내용은 의심할 여지없이 기이하고도 치열한 비밀이었음에 틀림 없습니다. 그리고 남은 한 장을 단단히 봉한 뒤 금고 속에 보관하고 사후 만 1년이 되면 열어 보라고 나한테 명하셨습니다. 그런데 이 금고를 열 때가 아직 되지 않았어요. 노리미즈 씨, 나는 아무래도 고인의 뜻을 어길 수가 없습니다. 그러나 결국 법률이라는 것은 바보짓에 불과하지요. 아무리 비밀로 가득한 장엄하고 화려한 아름다움이 있다 해도 그 무례한 방식은 결코 용서하지 않을 테니까요. 좋소, 나는 여러분이 하시는 대로 어디까지나 방관하겠습니다."

박사는 승자라도 된 듯 단언했으나 아까부터 끊임없이 어른 거리던 불안한 기색이 갑자기 얼굴 전체로 퍼졌다.

"하나, 당신이 한 말은 듣고만 있을 수는 없군요. 알겠습니까? 작성한 그날 밤은 엄중한 감시로 지켰다, 그리고 선생은 태워 버리고 남은 한 장을 금고에 보관했다, 비밀번호와 열쇠로 잠그고."

그렇게 말하며 박사는 호주머니에서 암호표와 열쇠를 꺼냈다. 그리고 그것을 거칠게 털썩 테이블 위에 놓았다.

"어떻습니까? 노리미즈 씨. 재치 있는 말이나 유머로는 그 문을 열 수 없을 겁니다. 아니면, 용철제라도 쓰렵니까? 어쨌든 댁이 그렇게 괴상한 말을 한 데는 물론 상당한 논거가 있겠지요."

노리미즈는 담배 연기를 둥글게 천장으로 내뿜으며 모른 체하며 말했다.

"아니, 참으로 기묘한 일입니다. 실제 오늘 나는 줄과 선이라는 것에 몹시 운명적으로 맺어진 느낌입니다. 요컨대 그때도 아직 끊어지지 않았다는 사실이 유언장의 내용을 지워 버린 원인이라고 믿고 있습니다."

노리미즈의 의중에 숨어 있는 것은 막연해서 알 수 없었지만, 그 말을 들은 박사는 전신이 감전이라도 된 듯 떨면서, 뭔가 어떤 한 가지 사실 때문에 노리미즈에게 완전히 압도당한 것처럼 보였다. 그리고 핏기가 가신 굳은 얼굴로 잠시 말없이 있더니 이윽고 일어나서 비장한 결의를 담아 말했다.

"좋소, 당신의 오해를 풀기 위해서는 어쩔 수 없군요. 나는 선생과의 약속을 깨고, 오늘 여기에서 유언장을 열어 보지요."

그리고 두 사람이 돌아올 때까지 누구 한 사람 입을 여는 이가 없었다. 저마다 머릿속으로 각인각색의 상념이 소용돌이치고 있었다. 검사와 구마시로는 사건의 진전을 기대했고, 또 하타타로는 그 유언장 속에 뭔가 자기에게 불리한 입장을 일거에 뒤집어 버릴 것이 나오기를 간절히 기대하는 것 같았다. 잠시 후 두 사람이 다시 모습을 드러냈다. 노리미즈는 손에 큰 봉투 하나를 들고 있었다. 그런데 모두가 주시하는 가운데 봉투를 열고 내용을 훑어보는 노리미즈의 얼굴에 안타까운 실망의 빛이 나타났다. 아아, 이번에도 또 한 가닥 희망의 빛이 사라져 버린 것이다. 유언장에는 전혀 다른 언급이 없이 다음 몇 줄이 적혀 있을 뿐이었다.

1. 유산은 하타타로 및 그레테 단네베르그 이하 4인에게 균등하게 배분한다.

2. 또 이미 이 성관의 영구적 금기인 성관 밖으로의 외출·연애·결혼을 어기거나 아울러 이 유언장의 내용을 발설하는 자는 즉각 그 권리를 박탈한다. 단, 상속 권리를 잃은 재산은 다른 이들에게 균등하게 배분한다.

   이상은 구두로도 각자에게 전달했음.

하타타로도 마찬가지로 낙담한 기색을 보였으나, 역시 어린 그는 곧 두 손을 크게 벌리고 희열을 만끽했다.

"이겁니다, 노리미즈 씨. 이제야 겨우 저는 자유로워졌습니다. 사실, 저는 어딘가 구석에 구멍을 파고, 거기에 대고 고함을 쳐 볼까 하고도 생각했습니다. 하지만 생각해 보면 만약 그런 짓을 했다가는 그 무서운 메피스토펠레스가 용서하지 않겠지요."

이리하여 마침내 두 사람의 승부는 오시카네 박사의 승리로 돌아갔다. 그러나 내용을 백지라고 주장한 노리미즈의 참뜻은 결코 그렇지 않았던 것 같았다. 물론 그 한마디는 박사를 억누른 정체를 알 수 없는 계략에는 쓸모가 있었다. 아마 내심으로는 묵시도의 알 수 없는 반쪽을 간절히 바랐을 것이다. 큰 기대를 걸었던 1막을 이쯤에서 허무하게 내릴 수밖에 없었다. 그런데 이상하게도 승리를 자랑해야 할 박사는 여전히 신경질적으로 묘하게 주눅 들린 목소리로 말했다.

"이제 겨우 내 책임은 끝났군요. 그러나 뚜껑을 열어보나마나 결론은 이미 뻔합니다. 문제는 배분율의 증가에 있으니까요."

그리하여 노리미즈 일행은 살롱에서 나가기로 했다. 노리미즈는 박사에게 여러 가지로 폐를 끼친 데 대해 누누이 사과를 하고 나와 이층을 지나다가 무슨 생각이 났는지 갑자기 혼자 노부코의 방으로 들어갔다.

노부코의 방은 복숭아빛 패널에 금빛 포도 넝쿨 모양을 장식한 퐁파두르 양식에 조금 치우쳐 있어 밝은 느낌을 주는 서재 같은 구조였다. 왼쪽에 좁고 긴 서재로 들어가는 통로가 있고, 오른쪽 도라지색 커튼 뒤에 침실이 있었다. 노부코는 노리미즈를 보더니 마치 예상하고 있었다는 듯이 침착하게 의자를 권했다.

"이제 슬슬 오실 때가 되었다고 생각했어요. 이번에는 틀림없이 단네베르그 님에 대해 질문하려고 하시지요?"

"아니, 결코 문제는 그 시광이나 창상에 있는 게 아닙니다. 물론 청산가리에는 딱 맞는 중화제가 없으니 당신이 단네베르그 부인과 같은 레모네이드를 마셨다고 해도 굳이 그것을 문제 삼을 가치가 없겠지요."

노리미즈는 그녀를 안심시키기 위해 먼저 그렇게 전제하였다.

"당신은 그날 밤, 신의심문회 직전에 단네베르그 부인과 말다툼을 하셨던 모양이던데?"

"네, 그렇습니다. 그렇지만 그것 때문이라면 도리어 제가 할 말이 있어요. 저는 그분이 왜 화를 내셨는지 전혀 짐작이 가지 않아요. 사실 이렇게 된 일이에요."

노부코는 주저하지 않고 바로 대답했는데 전혀 상대의 기색을 살피는 기색도 없었다.

"마침 저녁 식사 후 한 시간쯤 지났을 때, 도서실에 반납해야 되는 카이젤 스베르히의 『성 우르술라기』를 책장에서 꺼내려고 할 때였어요. 갑자기 어지러워져서 들고 있던 책을 떨어뜨렸는데 그게 마침 구석에 있는 건륭제 시대 대형 유리 화병에 부딪힌 거예요. 그런데 그때부터가 이상했어요. 요란한 소리가 났지만, 그렇게 꾸지람을 들을 정도로 큰 문제는 아니었거든요. 그런데 단네베르그 님이 바로 오셔서는……. 저는 아직까지도 도무지 이해가 되지 않아요."

"아니, 부인은 아마 댁을 꾸짖은 게 아니었을 겁니다. 화를 내고 웃고 한탄하고…… 하지만 그 대상이 된 것은 인간이 아니라 자신이 느낀 감각이었지요. 그렇게 의식이 비정상적으로 분열된 상태, 그것은 때때로 일종의 변질자에게 나타나는 것이니까요."

노리미즈는 노부코의 긍정을 기대하듯이 물끄러미 그녀의 얼굴을 지켜보았다.

"그런데, 사실은 결코……."

노부코는 진지한 태도로 딱 잘라 부정했다.

"그때의 단네베르그 님은 편견과 광란의 괴물이나 다름없었답니다. 게다가 수녀 같이 경건한 분이 떨리는 소리로 몸부림치면서 제 신상을 잔인하게 들춰내셨습니다. 마구간집 딸……천민이라고요. 다쓰미가와 학원의 보모라고도……, 그건 그만두고라도 저를 기생식물이라고까지 매도하셨어요. 저로서도 얼마나 괴로웠던 일이었는데……. 비록 산테쓰 님 생전에 자비를 베풀어주셨더라도, 언제까지나 쓸모없이 이 성관에 신세를 지고 있다는 것이 얼마나……."

소녀다운 비애가 분노로 바뀌었지만, 노부코는 눈물에 젖은 볼 언저리가 겨우 진정되자 입을 열었다.

"그러니 제가 아직도 이해할 수 없다는 의미가 무엇인지 아시겠지요? 그분은 저의 실수로 일으킨 소음에는 전혀 언급이 없었어요."

"나 역시 완전히 당신의 처지에 동정합니다."

노리미즈는 위로하듯 말했는데, 내심 그는 뭔가를 기대하는 눈치였다.

"그런데 당신은 단네베르그 부인이 이 문을 열었을 때 그 모습을 보셨습니까? 대체 그때 당신은 어디에 있었습니까?"

"어머, 어울리지 않는 말씀이시군요. 마치 전기심리학파의 구식 탐정 같으시군요."

노부코는 노리미즈의 질문에 깜짝 놀란 표정을 지었다.

"마침 그때 방에 없었어요. 벨이 고장 나서 집사실에 화병을 치워 달라고 부탁하러 갔거든요. 한데 돌아와 보니, 단네베르그 부인이 침실 안에 계시지 뭐예요."

"그럼 그전부터 커튼 뒤에 숨어 있던 것을 몰랐던 게 아닙니까?"

"아니요, 아마 저를 찾으려고 침실 안으로 들어오신 것 같아요. 그 증거로 그분 모습이 커튼 사이로 언뜻 보였을 때, 단네베르그 님은 오른쪽 어깨를 조금 내밀고 그대로 잠시 서 계셨으니까요. 그러다가 옆에 있던 의자를 끌어 당겨 커튼 사이에 앉으셨지요. 어때요, 노리미즈 씨? 저는 산테쓰님을 비롯해서 흑사관의 정령주의를 한 번도 언급한 적이 없어요. 정직은 최상의 방책이라고 하니까요."

"고맙습니다. 이제 더 이상 질문은 없습니다. 그런데 한마디 충고해 드리지요. 설령 이 사건의 동기가 성관의 유산에 있다 하더라도 자기방어를 위해서 충분히 주의하시는 것이 좋을 겁니다. 특히 이곳 가족들과는 되도록 가까이하지 마세요. 언젠가 알게 되겠지만 그것이 지금 무엇보다도 좋은 방책이니까요."

노리미즈는 의미 있는 경고를 남기고 노부코의 방을 나왔다. 그런데 그때 그는 이상하게 열띤 눈으로 문 오른쪽 패널에 시선을 던졌다. 거기에는 그가 들어가면서 이미 발견한 사실이지만 문에서 90센티미터쯤 떨어진 곳에 나뭇결이 가늘게 갈라져 튀어 나와 있고 거기에 거무스름한 섬유 같은 것이 붙어 있었다. 그런데 독자 여러분은 단네베르그가 입고 있던 옷 오른쪽 어깨에 찢어진 자국이 한 군데 있었던 것을 기억하는지. 거기에도 쉽게 풀리지 않는 의문이 있었다. 왜냐하면 보통 상상할 수 있는 이런저런 자세로 들어갔다면, 당연히 옆으로 90센티미터 정도 움직여야 하는 그 나뭇결에 오른쪽 어깨가 닿을 리 없기 때문이다.

노리미즈는 어두운 복도를 혼자 조용히 걸어갔다. 도중에 그는 걸음을 멈춰 서서 창문을 열고 바깥 공기 속으로 크게 숨을 내쉬었다. 바깥 풍경은 대단히 심오했다. 하늘 어딘가에 달이 떠 있는 듯 어슴푸레한 빛이 전망탑과 성벽과 그것을 뒤덮고 있는 활엽수들에 내리비쳤다. 그러한 효과로 마치 눈앞에 보이는 일대가 바닷속처럼 푸르게 정체된 것 같았다. 또 그 야경이 바람에 씻겨 물결처럼 남쪽으로 퍼져갔다. 그러는 동안 노리미즈의 뇌리에 문득 어떤 생각이 스치더니 이내 점차 커져 갔다. 그는 여전히 그 자리를 떠나지 않고, 스치는 숨마저 두려워하는 듯, 조용히 귀를 기울였다. 그로부터 10여 분이 지나고, 어디선가 뚜벅뚜벅 걷는 발소리가 들려왔다. 그 소리가 차츰 귀에서 멀어져 가자 그제야 노리미즈는 몸을 간신히 움직이더니 다시 노부코의 방으로 들어갔다. 그곳에서 2, 3분 있나 했더니 다시 복도로 나와 이번에는 그 뒤에 있는 레베즈의 방 앞에 섰다. 문손잡이를 당겼을 때, 노리미즈는 자신의 추측이 적중했음을 깨달았다. 왜냐하면 문을 연 순간 우울한 염세주의자 레베즈와 눈이 마주쳤기 때문이었다. 기이한 열정으로 이글대며 마치 야수처럼 거칠게 숨을 내쉬며 부딪쳐 오는 시선이었다.

# 제7장

# 노리미즈, 마침내 놓치다!

## 1. 사비에르 성인의 손이……

일부러 노리미즈가 소리를 죽이고 문을 연 순간이었다. 레베즈는 난로 옆 흔들의자에 앉아 얼굴을 두 팔꿈치 사이에 묻고 관자놀이를 두 주먹으로 꽉 누르고 있었다. 그로맨(미국의 영화배우)처럼 가르마를 탄 긴 은발 아래 광포한 빛이 어린 두 눈이 붉은 장작불을 물끄러미 응시하였다. 일찍이 보지 못했던 격정이 여느 때 같으면 우울한 염세주의자처럼 보였을 레베즈를 뒤덮고 있었다. 그는 연신 귀밑머리를 쥐어뜯으며 거칠게 숨을 몰아쉬었다. 그때마다 깊이 팬 주름이 실룩거리며 얼굴을 옥죄어 당겼다. 마치 요괴와 같은 추악한 모습에 도저히 그 머릿속에 평온이나 조화 같은 개념이 존재할 것 같지 않았다. 분명, 레베즈의 마음속에는 어떤 광적인 집착이 있음에 틀림없었다. 그 집착이 이 중년 신사를 짐승처럼 숨차게 헐떡거리며 미치도록 부추긴 것 같았다.

그러나 노리미즈를 보자 그 눈에서 번뇌의 그림자가 사라지더니, 레베즈는 산채만 한 몸집으로 비틀대며 벌떡 일어섰다. 마치 또 다른 레베즈가 나타난 게 아닐까 싶도록 놀라운 변화였다. 의외라든가 혐오스러워하는 태도는 아니었으나 여전히 희뿌연 안개에 둘러싸인 것 같았다. 하지만 가려서 보이지 않는 얼굴 반쪽에는 아주 교활하게 움직이는 한쪽 눈이 있을 것 같은, 여느 때처럼 망연하고 섬뜩한 인상이었다. 노리미즈의 무례를 책하려는 준엄한 기색 역시 찾아볼 수 없었다. 레베즈의 기이한 성격은 문자 그대로 괴물이라고밖에 달리 평할 방법이 없었다.

그 방은 번개무늬 부조에 모스크 양식을 가미한 투박한 스타일로 벽에서 천장까지 평행하게 주름이 나 있었다. 그 수많은 주름이 만나 격자를 이루는 천장 한가운데에 열세 개의 촛불 모양을 한 고풍스러운 상들리에가 달려 있었다. 그리고 묘하게 요기 어린 누르스름한 빛이 가구들을 비추었다. 노리미즈는 노크하지 않은 것을 정중하게 사과하고 나서 레베즈 앞에 놓인 긴 의자에 앉았다. 그러자 레베즈가 먼저 노련하게 헛기침을 하더니 입을 열었다.

"방금 유언장을 개봉하셨다지요? 그러면 이 방에 오신 것도 제게 그 내용을 알려 주고자 함이 아닌가요? 하하, 한데 노리미즈 씨, 확실히 그것은 바보 같은 게임입니다. 이제야 하는 말이지만 사실, 개봉은 곧 유언 실행을 뜻합니다. 요컨대 유언장은 기한의 도래를 나타내는 의미밖에 없고 그 내용은 즉각 실행해야만 합니다.”

“그렇군요……. 과연 그대로라면 편견은커녕 착각도 일으킬 여지가 없습니다. 그러나 레베즈 씨, 마침내 그 유언장 이외에 제가 심연의 동기를 찾아냈습니다.”

노리미즈는 미소 속에 묘한 가시 돋친 저의를 숨기고 상대를 보았다.

“그런데 거기에 꼭 당신의 협조가 필요해서 말입니다. 실은 그 심연 속에서 이상한 동요가 울려오는 것을 들었습니다. 아아, 그 동요, 그것은 사실 환청이 아니었습니다. 물론 그 자체로는 몹시 비논리적인 것으로 결코 그것만으로는 측정할 수가 없습니다. 그러나 그 그림자를 좇아 관찰해 가면 우연히 그 가운데서 하나의 상수를 발견하게 될 겁니다. 레베즈 씨, 그 값을 당신이 결정해 주시면 좋겠습니다만…….”

“뭐요, 이상한 동요라고?”

놀란 레베즈는 난로의 붉은 불에서 노리미즈의 얼굴로 시선을 돌렸다.

“아, 알겠습니다. 노리미즈 씨, 일단 그 속이 다 들여다보이는 연극은 그만 집어 치웁시다. 어째서 당신같이 용감무쌍한, 마치 켁스홀름의 척탄병 같은 분이 뭐가 아쉬워서 하필 그런 비참한 목가라니……. 하하, 용감한 이여! 바라건대 위풍당당하기를!”

상대의 술수를 간파하고 레베즈는 통렬하게 비꼬면서 냉큼 경계의 장벽을 쌓아 버렸다. 그러나 노리미즈는 까딱도 하지 않고 상대를 빤히 쳐다보면서 점점 더 냉정해져 갔다.

"그렇군요. 제 연주가 어쩌면 좀 지나치게 감성적이었는지 모르겠습니다. 하지만 이렇게 말하면 제 얕은 지식을 비웃으시겠지만, 사실 저는 아직도 『디스코르시』(16세기 전반 피렌체의 외교가 마키아벨리가 지은 음모의 역사)도 읽지 않았습니다. 그래서 보시는 바와 같이 개방적이고 함정이나 술수 따위도 없습니다. 이번 기회에 차라리 사건의 귀추를 말해 당신이 모르시는 부분까지 알려 드리겠습니다. 그리고 나서 다시 동의를 구하도록 하지요."

노리미즈는 상대를 응시한 채 팔꿈치를 무릎 위에서 움찔거리며 상체를 숙였다.

"그런데, 이 사건의 동기에는 세 가지 조류가 있습니다."

"뭐라고요? 동기에 세 가지 조류가…… 아니, 분명히 그것은 하나일 텐데요. 노리미즈 씨. 당신은 쓰다코를, 유산 분배에서 빠진 그 사람을 잊으셨습니까?"

"아니, 그건 제쳐두고 먼저 제 이야기부터 들어 보십시오."

노리미즈는 상대의 말을 막고, 먼저 딕스비에 대해 말했다. 그리고 12궁 암호의 해독을 비롯하여 홀바인의 『죽음의 무도』와 거기에 적힌 저주를 설명했다.

"요컨대, 그 문제는 40여 년 전, 일찍이 산테쓰가 외유할 당시에 생긴 비사였습니다. 거기에 따르면 산테쓰, 딕스비, 테레즈이 세 사람 사이에 요란한 삼각관계가 있었다는 것이 밝혀졌습니다. 그리고 아마 그 결과, 딕스비는 유대인이라는 이유로 실연당했을 겁니다. 그러나 그 후 딕스비에게 뜻밖의 기회가 찾아왔습니다. 바로 흑사관의 건축이었지요. 아시겠습니까, 레베즈 씨?

그럼 실연당한 딕스비는 무엇으로 복수를 했을까요? 그 독기 어린 무서운 의지가 이루어낸 형체는……. 가장 먼저 떠오르는 게 세 번에 걸쳐 일어난 변사 사건일 것입니다. 모두 동기가 불명하다는 점이, 참으로 괴이함을 시사합니다. 또 흑사관 건설 후 5년째 되던 해, 산테쓰는 내부를 개조했습니다. 아마 딕스비의 보복이 두려워 취한 조치였겠지요. 그러나 무엇보다도 놀라운 것은 딕스비가 40여 년 후인 오늘을 예언하면서 괴이한 글 속에 인형의 출현을 남겼다는 사실입니다. 아, 독기를 품은 딕스비의 의지가 아직도 흑사관 어디엔가 남아 있다는 느낌이 들지 않습니까? 더구나 그것은 분명히 인지를 뛰어넘은 불가사의한 현상이라고밖에 볼 수 없습니다. 아니, 나는 더 노골적으로 말해야겠어요. 랑군에서 투신했다는 딕스비의 최후도, 그 진위 여부를 따져볼 필요가 있다고."

"음, 딕스비……. 그분이 혹시 정말 살아 계시다면, 올해로 꼭 80세가 됩니다. 한데 노리미즈 씨, 당신이 동요라고 한 것은 결국 그것을 말하는 겁니까?"

레베즈는 여전히 비웃는 태도를 바꾸지 않았다. 그러나 노리미즈는 상관하지 않고 냉정하게 다음 항목으로 옮겨갔다.

"말할 것도 없이, 딕스비의 터무니없는 망상과 제 기우가 우연히 일치했는지도 모릅니다. 하지만 산테쓰가 쓴 다음 문장을 보면 그 누구도 지나친 생각이라고 여길 수 없는 묘사가 실로 기묘한 생기를 띠고 다가옵니다. 물론, 산테쓰가 유산 배분에 대해서 취한 조치는 명백한 동기 중 하나입니다. 또 거기에는 하타타로부터 쓰다코에 이르기까지 다섯 사람이 저마다 다른 이유로 포함되어 있습니다. 그러나 그 밖에 또 하나 미심쩍은 점은 다름 아닌 유언장에 있는 제재 조항인데, 사실상 거의 실행 불가능한 내용이기 때문입니다. 그렇잖아요, 레베즈 씨? 가령 연애와 같은 심리적인 것을 어떻게 입증할 수가 있겠습니까? 그 점에 산테쓰의 이해할 수 없는 의지가 엿보이는 것 같더군요. 따라서 제 견해로는 그것이야말로 개봉이 가져온 새로운 의혹이라고 해도 될 것입니다. 더구나 그것은 단독으로 분리된 것이 아니고, 어떻게든 하나의 맥락으로……. 따로 제가 내재적 동인이라고 부르는 것이 있어 그 두 점 사이를 오가고 있는 게 아닌가 생각합니다. 그래서 레베즈 씨, 나는 눈 딱 감고 노골적으로 말씀드리겠는데, 어째서 당신들 네 명의 고향과 신분이 공식 기록과 다릅니까? 예를 들어 클리보프 부인은 표면상으로 코카서스 지주의 다섯째 딸이라고 하는데, 사실은 유대인이 아닙니까?"

"음, 대체 그것을 어떻게 아셨습니까?"

레베즈는 엉겁결에 눈을 부릅떴지만 이내 평소 표정으로 돌아갔다.

"아니, 그것은 아마 그분만의 이례적인 경우일 겁니다."

"그러나 일단 불행한 우연이 드러난 이상 끝까지 그것을 추적해야 하지요. 그뿐만 아니라, 다른 한편으로 그 사실과 대조적으로 이 가문의 특이체질을 암시하는 시체 그림이 있습니다. 또 그것을 네 분이 어렸을 때 일본으로 데려왔다는 사실과 관련시켜 보면, 거기에서도 분명하게 산테쓰의 비정상적인 의도가 명백히 보일 겁니다."

노리미즈는 거기에서 잠시 말을 끊고 크게 심호흡을 하더니 계속해서 말했다.

"그런데 레베즈 씨, 여기에서 저 스스로 머리가 어떻게 된 것이 아닌가 싶은 사실이 있습니다. 이제까지 망상에 불과했던 산테쓰 생존설을 거의 확신할 수 있다는 것입니다."

"뭐라고요, 그게 무슨 말입니까?"

순간 레베즈의 온몸에서 단숨에 감각이 사라져 버렸다. 그 충격의 강도는 눈꺼풀까지도 경직시킬 정도여서 레베즈는 벙어리처럼 알 수 없는 소리를 냈다. 그 뒤 그는 몇 번이나 되물어 간신히 노리미즈의 설명을 이해하고는 열병 환자처럼 온몸을 떨기 시작했다. 그리고 일찍이 누구에게도 보여준 적이 없을 정도로 공포와 고뇌의 빛에 젖어들었다.

"아아, 역시 그랬었군. 움직이기 시작하면 결코 멈추려고 않겠지."

낮은 소리로 신음하듯 중얼거리다가 문득 무슨 생각을 했는지, 레베즈의 눈이 반짝반짝 빛났다.

"이상하군, 대체 이 무슨 놀라운 우연의 일치란 말인가? 아아, 산테쓰의 생존……. 확실히 이 사건의 첫날 밤에 지하 묘지에서 되살아나온 것이 틀림없어. 노리미즈 씨, 그것이 아직 나타나지 않은 '코볼트여, 수고하라.' 즉 저 오망성 주문의 네 번째 글귀에 해당하는 것이 아닐까요? 아닌 게 아니라, 우리 눈에는 보이지 않았겠지요. 하지만 그 카드는 이미 운디네에 앞서 우리가 알지 못하는 사이에 이 무서운 비극의 서막에 등장한 것입니다."

레베즈는 절망한 듯 이상한 표정을 지었다. 흥미로운 레베즈의 해석에 노리미즈도 솔직하게 고개를 끄덕였는데, 곧 강한 목소리로 말했다.

"그런데 레베즈 씨, 나는 유언장과 불가분의 관계가 있는, 또 하나의 동기를 발견했습니다. 그것은 산테쓰가 남긴 금제 중 하나인 연애 심리입니다."

"뭐요, 연애……. 아니, 평소의 당신 같으면 그것을 연애 욕구라고 하시겠지요."

레베즈는 부르르 떨더니 노리미즈를 증오하듯 쏘아보며 반문했다. 노리미즈는 냉소를 띠며 말했다.

"그렇군요……. 하지만 당신처럼 연애 욕구 어쩌고 하면, 더더욱 그 단어에 형법적 의미를 보태는 것 아닙니까? 그러나 저는 그 전제로 우선 산테쓰의 생존과 코볼트와의 관계를 언급하지 않을 수 없군요. 과연 그 마법적 효과는 아주 큰 것이 틀림없습니다. 그러나 레베즈 씨, 저는 결국 그것이 비례의 문제가 아닌가 생각합니다. 당신은 아마 그 부합을 무한 기호로 해석하여 영원히 악령이 사는 눈물의 계곡이라는 정도로 이 사건을 믿고 계시지요. 하지만 저는 그와 반대로 이미 선량한 수호신 그레이트 헨이 파우스트 박사에게 손을 내민다는 것을 알고 있습니다. 그러면 왜 그럴까요? 저는 그 악귀에게 희생당하지 않은 인물이 아직 몇 사람 더 남았다고 생각합니다. 그러므로 그만한 지성과 통찰력을 갖춘 범인이라면 이쯤 해서 범행을 계속하는 데 위험을 느껴야 마땅하겠지요. 아니, 그뿐만이 아닙니다. 이제 범인에게는 더 이상 시체의 수를 늘려야 할 이유가 없습니다. 요컨대 클리보프 부인의 저격을 마지막으로 그 시체 수집벽이 아주 깨끗이 소멸되어 버렸기 때문입니다. 그럼 여기에서 레베즈 씨, 제가 수집한 심리 표본을, 하나 보여 드리겠습니다. 즉, 법심리학자인 한스 리펠은 동기를 고찰할 때 주관을 반영하라고 했습니다. 하지만 저는 동기에 대해서도 어디까지나 계량적 방법입니다. 그리고 사건 관련자의 심리를 이미 철저히 다 조사했습니다. 그에 따르면, 범인의 근본 목적은 오직 한 가지, 단네베르그 부인에게 있었다고 할 수 있습니다. 그러므로 클리보프 부인이나 에키스케 사건은, 실제 동기를 은폐하기 위한 연막전술로 장난기까지 내보인 것입니다. 물론 노부코의 경우는 가장 음흉하고 흉악하기 짝이 없는, 그 악귀 특유의 교란책이라고밖에 할 수 없습니다."

노리미즈는 그제야 담배를 꺼냈는데, 목소리에 넘쳐흐르는 악마적 여운만은 도저히 숨길 수 없었다. 이어서 그는 놀라운 결론을 털어놓았다.

"그러니까 그것이 오늘 노부코에게 무지개를 보여준 심리이고, 또 그 이전에는 댁과 단네베르그 부인과의 은밀한 연애 관계였습니다."

아아, 레베즈와 단네베르그 부인과의 관계. 그것은 신조차 몰랐을 것이다. 바로 그 순간 레베즈는 죽은 사람처럼 창백해졌다. 충격으로 목구멍이 떨리더니 소리도 쉽게 나오지 않았다. 그리고 목덜미의 인대를 채찍처럼 꺾어 마치 조각상처럼 엉뚱한 데를 쳐다보았다. 참으로 긴 침묵이었다. 창문 너머 힘차게 용솟음치는 분수 소리가 들려오고, 물보라가 별을 가로질러 아스라이 빛났다. 사실 처음에는 노리미즈가 자주 써먹는 수법이라고 생각하여 철저하게 경계했음에도, 의표를 꿰뚫은 그의 투시력이 마침내 담을 뛰어넘어 승패의 향방을 일거에 결정지어 버렸다. 이윽고 레베즈는 힘없이 얼굴을 들었다. 거기에는 조용한 체념의 빛이 어른거렸다.

"노리미즈 씨, 저는 원래 비환상적인 동물입니다. 그러나 당신에게는 어딘가 유희적인 충동이 많군요. 그래요, 무지개를 보낸 것은 인정하겠습니다. 그러나 저는 결코 범인이 아닙니다. 단네베르그 부인과의 관계란 것은 실로 충격적인 비방입니다."

"아니, 안심하십시오. 이보다 두 시간 전이었다면 몰라도 지금은 그 금제는 이미 효력을 상실했습니다. 이제는 아무도 당신의 지분 상속을 방해할 수 없습니다. 그보다 문제가 되는 것은, 그 무지개와 창문에……."

레베즈는 곤혹스러운 가운데도 수심에 젖은 표정으로 말했다.

"아닌 게 아니라, 그때 노부코가 창가에 보였기 때문에, 역시 무구실에 있다고 생각하여 무지개를 보냈습니다. 그러나 하늘의 무지개는 포물선, 이슬방울의 무지개는 쌍곡선입니다. 그러므로 무지개가 타원형을 이루지 않는 한 노부코는 제 품속에 뛰어들지 않는다고요."

"하지만 여기에 묘하게 맞아떨어지는 부분이 있습니다. 저 악마의 화살 말인데, 그것이 클리보프 부인을 매달고 돌진하여 꽂힌 자리도 역시 같은 창문이었습니다. 즉 당신의 무지개가 들어간 덧문의 문살이었지요. 이봐요, 레베즈 씨 인과응보라는 것은, 반드시 복수의 신이 정한 인간의 운명에만 적용되는 게 아닙니다."

어딘가 섬뜩한 말투로 슬금슬금 몰아가자, 일단 레베즈는 온몸을 웅크리고 가냘프게 한숨을 내쉬었다. 그러나 곧 반발하는 태도로 돌아섰다.

"하하, 쓸데없이 공연한 소리는 그만하시오. 노리미즈 씨. 저라면 그 화살이 뒤뜰 채소밭에서 날아왔다고 하겠어요. 왜냐하면 지금 순무가 한창이거든요. '오늬는 순무, 화살대는 갈대'라는 민요를 당신도 아시겠지요?"

"그렇습니다. 이 사건 역시 그래요, 순무는 범죄 현상, 갈대는 동기입니다. 레베즈 씨, 그 두 가지 요소를 다 구비한 사람이라면 역시 당신밖에는 없어요."

갑자기 무자비한 태도로 다그치는 노리미즈의 온몸에는 활활 타오르는 불꽃이 둘러싸인 것 같았다.

"물론 단네베르그 부인은 타계한 사람이고, 노부코도 입을 열리 없습니다. 그러나 사건 첫날 밤 노부코가 꽃병을 깼을 때, 당신은 분명히 그 방으로 가셨지요."

레베즈는 무의식중에 당황해 팔걸이를 잡은 한쪽 손을 이상하게 떨기 시작했다.

"그럼 제가 노부코에게 구애한 것이 들통나서 지분을 잃지 않으려고 단네베르그 님을 죽인 것이라고요? 천만에, 그것은 당신이 멋대로 꾸민 이야기겠지요! 당신은 삐뚤어진 공상 때문에 상식의 궤도를 벗어났어요!"

"레베즈 씨, 그 방정식은 당신이 여러 번 부딪혀 보아서 아실 텐데요. 거기 있는 것은 장미, 그 주변에서 '새소리 사라져 들리지 않네.' 즉 레나우의 『가을의 마음』 중 한 구절이지요."

노리미즈는 조용하고 세련된 태도로 그의 실증법을 설명했다.

"이제는 아시겠지만 저는 사건 관계자를 비추는 마음의 거울로 사실 시를 활용합니다. 그래서 수많은 상징을 흩뿌려 놓았습니다. 다시 말해 거기에 맞는 부호라든가 반응 따위를 징후로 해석하여 심층 심리를 헤아려 보려고 한 거지요. 자, 그 레나우의 시 말인데, 나는 그 시를 이용해 일종의 독심술에 성공했습니다. 심리학 용어로 연상 분석이라고 하여, 그것을 라이헤르트 같은 후기 법심리학자들은 예심 심문에도 쓰라고 권고했습니다. 왜냐하면 다음과 같은 뮌스터베르크의 심리 실험이 있기 때문인데……. 먼저 소동(Tumult)이라고 쓴 종이를 피험자에게 보여주고, 그 직후에, 철로(railroad)라고 귀에 속삭이면 그 종이에 쓰인 글자를, 피험자는 터널이라고 대답한다는 것입니다. 요컨대 연상 중에 외부에서 유기적인 힘이 작용하면 일종의 착각이 일어나기 때문이지요. 하지만 저는 거기에 독자적인 해석을 가하여 그 공식, 즉 Tumult + railroad = tunnel을 역으로 응용하여, 먼저 1을 상대의 심리 상태로 보고 미지수를 2와 3으로서 밝혀내려 했습니다. 그래서 먼저 '거기에 있는 것은 장미'라고 한 뒤 당신이 말한 한 구절 한 구절을 검토해 보았습니다. 그러자 당신은 제 안색을 살피며 '그렇다면 장미 유향을 태운다면'이라고 하셨지요. 저는 그때 신경을 날카롭게 찌르는 충격을 느꼈습니다. 왜냐하면 가톨릭이나 유대교에도 유향이라면 보스웰리아와 튜리페라 두 종류밖에 없기 때문입니다. 물론 혼합 향료는 종교 의식에서 허용하지 않습니다. 요컨대, 장미 유향이라는 단어는 당신 마음속 깊이 숨겨둔 비밀이 미치는 유기적인 영향이 틀림없다는 결론에 도달했습니다. 분명히 그 단어는 뭔가 다른 진실을 말하려 했습니다. 그러나 그것이 무엇인지는 조금 전 노부코가 방을 비웠을 때를 노려, 그 방을 다시 조사하기까지는 알 길이 없었지요."

노리미즈는 천천히 담배에 불을 붙여 한 모금 빨고 나서 말을 계속했다.

"그런데 레베즈 씨, 그 방의 서재에는 양쪽으로 책장이 늘어서 있더군요. 그리고 노부코가 휘청거리다가 꽃병에 떨어뜨렸다는 『성 우르술라기』는 입구 바로 옆에 있는 책장 상단에 있었습니다. 하지만 그 책은 몸의 중심을 잃을 만큼 무거운 것이 아니었어요. 문제는 오히려 그 옆에 꽂힌 한스 쇤스페르거의 『예언의 훈연 (Weissagend rauch)』에 있었습니다. 그것을 발견하고 저는 그 우연한 적중에, 무심코 섬뜩한 느낌마저 들었습니다. 왜냐하면 그 『예언의 훈연』에는, 마침 뮌스터베르크의 실험과 동일한 방정식이 포함되어 있기 때문입니다. Tumult + Railroad = tunnel의 공식이 딱 'Weissagend rauch + Rosen = Rosen Weihranch'에 적

응되는 것이지요. 요컨대 『예언의 훈연』이라고 말할 때 그때 당신의 뇌리에 떠오른 장미가 하나의 관념을 유도했고 거기에서 장미 유향이라는 단어가 의표면에 나타난 것입니다. 이렇게 제 영상 분석은 완성되었고, 당신이 그 책 제목을 잠시도 뇌리에서 떨치지 못하는 이유를 알게 되었습니다. 왜냐하면 다시 그 방을 자세히 관찰했더니, 노부코 씨가 꽃병을 쓰러뜨리게 된 진상이 밝혀지고 거기에 당신의 존재가 나타났기 때문입니다."

노리미즈는 먼저 그가 설계한 세계를 설명하고 나서, 문제의 초점을 노부코의 행동으로 옮겼다. 그리고 특유의 독특하고 미묘한 생리적 해석을 늘어놓았다.

"그래서 『예언의 훈연』의 존재가 명확해지면 자연히 노부코의 거짓말은 성립되지 않습니다. 그녀는 비틀거리다 『성 우르술라기』를 떨어뜨려 꽃병이 쓰러졌다고 했습니다. 하지만 그 꽃병이 입구 맞은편 끝에 있었기 때문에, 그때 노부코의 자세와 꽃병의 위치를 생각하면 도저히 이해되지 않아요. 우선 노부코가 왼손잡이가 아닌 이상 『성 우르술라기』를 오른손으로 던져 그것이 머리 위로 넘어가 꽃병에 부딪힌다는 것은 도저히 불가능합니다. 그래서 나는 엘보 마비를 생각했습니다. 위팔을 높이 들면 어깨의 쇄골과 척추 사이에 근육이 부풀어 올라 그 정점에 상박신경의 한 지점이 나타납니다. 그 한 점에 강한 타격을 가하면 상박부 아래로 격렬한 반사운동이 일어나 바로 마비가 됩니다. 아니 사실 그 현장에도 엘보 마비를 일으키기에 딱 맞는 조건이 갖춰져 있었어요. 마침 그 두 권이 있었던 자리가 두 손을 올려야 겨우 닿는 높이였기 때문입니다. 그런데 레베즈 씨, 그렇게 노부코 씨의 거짓말을 정정해 가는 동안 문득 나는, 당시 그 방에서 일어난 실상을 그려낼 수 있었습니다. 노부코 씨가 『성 우르술라기』를 꺼내려고 오른손을 책장 상단에 뻗었을 때였습니다. 그때 침실 쪽 어디에선가 무슨 소리가 난 겁니다. 노부코 씨는 책을 든 채 뒤를 돌아보다가, 뒤에 있는 책장 유리문을 본 것입니다. 그때 그녀의 눈에 침실에서 나온 인물의 모습이 비쳤습니다. 깜짝 놀란 나머지 노부코 씨는 나란히 있던 『예언의 훈연』을 건드렸고, 천 페이지도 넘는 데다 목각 표지가 달린 육중한 책이 노부코 씨의 오른쪽 어깨에 떨어진 겁니다. 그리고 순식간에 일어난 격렬한 반사운동으로, 오른손에 들고 있던 『성 우르술라기』를 머리 너머로 넘겨 왼쪽에 있던 꽃병에 내동댕이친 것이겠지요. 그렇지 않습니까, 레베즈 씨? 그렇게 되면 그 『예언의 훈연』으로 심적 검증을 한 가지 할 수 있습니다. 즉 그때 침실에 숨어 있던 인물에게 하나의 허수를 붙일 수가 있는 거지요. 허수…… 그러나 리만은 그 허수를 통해 공간의 특질을 단순히 3배로 확장된 면적에서 구해내고 있지 않습니까? 아니, 솔직히 말하지요. 그때 침실에서 나온 당신은 소음을 듣고 노부코 쪽으로 가서, 바닥에 떨어진 『예언의 훈연』을 제자리에 꽂았습니다. 그리고 방에서 나가는 모습을 단네베르그 부인에게 들켰기 때문에, 산테쓰가 죽은 뒤 은밀한 관계에 있었던 부인을 격노하게 한 것입니다. 그러나 한편으로는 지분 상속에 관한 금제가 있기 때문에 어지간한 부인도 그것을 까놓고 말할 수

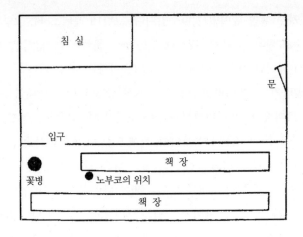

는 없었던 것이지요."

노리미즈가 설명하는 동안 레베즈는 주먹 쥔 두 손을 무릎 위에 올린 채 가만히 듣고만 있었다. 그러나 그 고요한 표정은 상대의 말이 끝난 뒤에도 변하지 않았다. 레베즈는 차갑게 쏘아붙였다.

"과연 동기는 그것으로 충분합니다. 그러나 지금 당신에게 무엇보다도 필요한 것은, 단 한 가지라도 완전한 형법적 의의를 찾는 일입니다. 이번에는 범죄 현상에 당신의 추리를 요구하는 바입니다. 노리미즈 씨, 그 고리 어디에서 제 존재를 증명할 수 있습니까? 아닌 게 아니라 제게 그 『예언의 훈연』은 영원히 기억으로 남겠지요, 또 무지개를 보내서, 노부코에게 내 마음을 고백하려고 했습니다. 그러나 도저히 그것만으로는 저와 메피스토펠레스의 계약이⋯⋯. 아니, 이제 저는 당신의 그 현학주의에 구역

질이 납니다."

"물론입니다, 레베즈 씨. 그러나 댁의 작시가 혼돈 속에서 한 줄기 빛이 되었습니다. 실은 이 사건의 피날레는 그 무지개에 나타난 파우스트 박사의 모든 참회에 있었으니까요. 아니, 솔직히 말하지요. 물론 그 일곱 색은, 시나 이미지가 아니라 참으로 흉악무도한 칼날의 빛이었습니다. 그렇지 않습니까? 레베즈 씨. 당신은 클리보프 부인을, 그 무지개의 수증기로 저격하지 않았습니까?"

노리미즈는 갑자기 험악한 얼굴로 광기 어린 말을 토해냈다. 그 순간 레베즈는 화석처럼 굳어버렸다. 느닷없이 머리 위에서 번뜩여온 뜻밖의 감정은 아마 레베즈가 그때까지 상상도 못했을 것이다. 현혹, 경악, 물론 그 찰나에 레베즈가 모든 지성을 잃어버린 것은 말할 것도 없다. 그런데 상대가 그렇게 망연자실하는 모습에 노리미즈는 오히려 잔인하게 반응했다. 노리미즈는 손아귀에 든 먹잇감을 즐기는 듯이 느긋하게 입을 열었다.

"사실 그 무지개는 아이러니하고 우스꽝스러운 괴물이었습니다. 그런데 당신은 동고트 왕 테오도리크를, 저 라벤나 성의 비극을 아십니까?"

"음, 처음에 쏜 활이 빗나갔어도 테오도리크에게는 활에 버금가는 단검이 있었지요. 그러나 나는 고행자도 순교자도 아닙니다. 오히려 그런 정죄 윤회 사상은 제가 아니라 파우스트 박사에게 하셔야지요."

레베즈가 떨리는 목소리로 만면에 증오의 빛을 띠며 말한 것은, 그 라벤나 성의 비극에 클리보프 사건을 방불케 하는 장면이 있었기 때문이다.

(기원후 493년 3월, 로마 섭정 오도아케르는 동고트 왕 테오도리크 와의 전투에 패해 라벤나 성에서 농성한 끝에 마침내 평화조약을 요청 했다. 그 조약 석상에서 테오도리크는 가신에게 명해 하이데크룩의 활 로 오도아케르를 쏘게 했지만, 시위가 느슨해 목적을 달성하지 못하고 부득이 검으로 찔러 죽였다)

"그러나 그 무지개의 고발만은 어쩔 도리가 없어요."

노리미즈는 다시 쉬지 않고 몰아붙이며 무서운 기세로 말했다.

"그러나 당신이 오도아케르의 암살 고사에서 옛사람의 지략 을 배웠다니 대단합니다. 아시겠지만 테오도리크가 준비한 활의 시위는 탁제목 섬유로 짠 하이데크룩 왕(북독일 게르만족의 한 족 장)에게서 뺏은 전리품이었습니다. 그런데 그 탁제목이라는 식 물 섬유에는 온도에 따라 조직이 신축하는 특성이 있습니다. 따 라서 차가운 북독일에서 따뜻한 중부 이탈리아로 오면서 그토 록 무서운 북방 야만족의 살인 무기도 그만 그 성능을 잃어버 린 것입니다. 그래서 클리보프 부인을 쏜 석궁의 시위를 보았을 때 나는 이상한 예감이 들었어요. 그리고 탁제목의 신축을 인공 적으로도 이용할 수 있지 않을까 생각했습니다. 그렇지요, 레베 즈 씨. 그때 석궁은 벽에 걸려 있었고, 화살을 메긴 채로 약간 위 쪽에서 방향을 돌려 놓았어요. 그리고 그 높이도 딱 우리의 가슴 언저리 높이였고요. 그런데 여기에서 주의해야 할 점은 그것을 받치고 있는 못의 위치입니다. 대가리가 납작한 못이 셋 있었는데 그중 둘은 활시위를 묶은 매듭 쪽에, 나머지 하나는 발사하는 손잡이 바로 밑에서 활대를 지탱하고 있었어요. 물론 그 위치에서 자동 발사되도록 하기 위해서는, 20도가량 벽과 간격을 두어야 하지요. 그 음흉한 기교란 지금 말한 각도를 만드는 것과, 사람 손을 빌리지 않고 활시위를 당겼다 놓는 것이었어요. 거기에 필요했던 것이 전에 쓰다코를 쓰러뜨린 포수클로랄이었습니다."

노리미즈는 다리를 바꾸어 꼬며, 새 담배를 꺼내고 나서 말을 계속했다.

"그런데 당신은, 에테르나 클로랄 수용액에 저온성이 있는 것을, 다시 말해 그것이 닿은 면의 온도를 빼앗는다는 것을 아십니까? 이 경우 시위를 꼰 탁제목 섬유 세 가닥 중에서 한 가닥에 클로랄 수용액을 발라 두는 것입니다. 거기에 분수에서 자욱한 수증기가 날아와 수용성 마취제 포수클로랄이 차가운 물방울로 변해 그 한 가닥 섬유는 차츰 오그라들었습니다. 물론 그 힘이 사수가 되어, 활을 잡아당기기 시작한 것은 말할 것도 없습니다. 그러면 그에 따라 다른 수축되지 않은 두 가닥이 풀리고 그것이 확장될수록 활의 위치가 내려갑니다. 그렇게 아래로 처지면서 반동이 더욱 강한 위쪽 매듭이 못에서 벗어납니다. 그렇게 활의 위쪽이 벌어지면서 그에 따라 활대의 손잡이 부분도 옆으로 쓰러지면서 못에 눌려 화살은 벽에서 빠진 각도 그대로 발사되었습니다. 그리고 발사에 따른 반동으로 활은 바닥에 떨어졌는데, 수증기가 다 증발하면서 오그라든 활시위가 원상태로 돌아왔다는 것은 설명할 필요도 없겠지요. 그러나 레베즈 씨, 원래 그 트

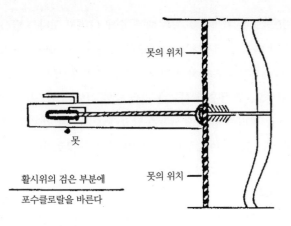

못의 위치 —

못

활시위의 검은 부분에
포수클로랄을 바른다

못의 위치 —

릭의 목적은 굳이 클리보프 부인의 생명을 빼앗는 데 있었던 것
이 아니었습니다. 그저 당신의 알리바이를 조금 더 굳히기만 하
면 되었으니까요."

그 사이 레베즈는 진땀을 줄줄 흘리며 야수처럼 핏발 선 눈으
로 노리미즈의 장광설에 파고들 틈을 노렸지만 마침내 그 정연
한 이론에 압도되고 말았다. 그러나 그런 절망이 몰아세운 듯 레
베즈는 일어서서 주먹으로 가슴을 치며 처참한 몰골로 울부짖
었다.

"노리미즈 씨, 이 사건의 악령은, 바로 당신이요! 미리 말해 두
지만 당신은 혓바닥을 놀리기 전에 먼저 『마리엔바트의 애가』라
도 한번 읽어 봐야겠군요. 알겠습니까? 여기에 영원히 한 여성
만을 찾고자 하는 사람이 있다고 합시다. 그 정신의 체관적 아름
다움은 야심, 반항, 분노, 혈기 같은 감정을 봇물처럼 씻어내 버

립니다. 그런데 당신은 거기에 수치나 처벌만 그려 내려 하는군요. 아니, 그뿐만 아니지. 당신이 끌고 온 사냥꾼들이 오늘도 여기에서 야비하고 혹독한 본성을 드러내고 있지 않습니까? 하지만 사수는 분명 움직이지 않는 사냥감을……."

"그렇군, 사냥이라고요……. 그러나 레베즈 씨, 당신은 이런 미농을 아십니까? 그 산과 구름의 잔도, 노새는 안개 속에서 길을 찾고, 암굴에는 해묵은 용들이 산다네……."

노리미즈가 심술궂게 비웃었을 때, 문 쪽에서 마치 밤바람처럼 희미하게 옷깃 스치는 소리가 났다. 곧이어 차츰 복도 저편으로 사라져가는 노랫소리가 들렸다.

사냥꾼 한 패가 야영을 시작할 때
구름은 낮게 깔리고, 안개는 골짜기를 메워
밤과 땅거미가 함께 몰려오네

그것은 틀림없이 셸레나 부인의 목소리였다. 그러나 그 소리를 들은 레베즈는 상심한 듯 긴 의자에 기대어 간신히 몸을 가누었다. 그리고 머리를 뒤로 홱 젖히고 숨을 가쁘게 쉬면서 입을 열었다.

"댁은 어떤 기회에 한 사람의 희생을 조건으로 셸레나 부인을 설득한 겁니까? 이제 내게는 더 이상 해명할 기력조차 없습니다. 이제는 호위도 그만두시오. 내 피로 심판하시오, 언젠가 이 혀뿌리가 말해 줄 테니."

레베즈는 굳은 결심을 보이면서 호위마저 거절했다. 그래서 모든 무장을 풀고 알몸으로 파우스트 박사 앞에 나서겠다고 했다. 그 말에 노리미즈는 역시 아이러니하게도 승낙한다는 대답을 남기고 방을 나왔다.

그들이 대책을 강구하고 또 심문실로 쓰기도 하는 단네베르그의 방에서는 이미 저녁 식사를 마친 검사와 구마시로가 있었다. 테이블 위에는 뒤뜰의 구두 자국을 본뜬 두 석고틀과 한 켤레의 덧신이 놓여 있었다. 그것은 레베즈의 소지품으로, 그들은 뒤편 계단 밑에 있는 벽장에서 간신히 찾아냈다고 했다. 그 무렵 오시카네 박사도 집으로 돌아갔다. 식사를 마치자 노리미즈가 입을 열었다. 레베즈와의 대결 전말을 붉은 포도주를 기울이면서 들려주었다.

"과연……"

구마시로는 일단 수긍했지만 비난하는 기색이 역력했다.

"자네의 딜레탕티슴*에는 질렸어. 도대체 레베즈를 조처하는데 주저하는 건 어째서지? 생각해 봐. 지금까지 동기와 범죄 가능 여부가 다 어긋나는 바람에 그 두 가지를 동시에 증명할 수 있는 인물이 한 명도 없었지 않나? 아무튼 서곡은 끝났으니 지체 없이 막을 올려야지. 그래, 자네가 좋아하는 노래 시합도, 어떤 의미에서는 자기도취일지도 모르지만 말이야. 그러나 그 전

* 예술이나 학문 따위를 직업으로 하는 것이 아니고 취미 삼아 하는 태도나 경향.

제로 결론이 필요한 것을 잊으면 안 되지."

"천만에, 어째서 레베즈가 범인이란 말이야?"

노리미즈는 익살스러운 몸짓을 하며 폭소를 터뜨렸다. 아아, 세기의 이단아 노리미즈. 그는 그 비극적 고백을 괴상한 동기의 반전으로 뒤엎을 생각인가. 검사와 구마시로는 그 순간 조롱당했음을 깨달았지만, 그만큼 정연한 조리를 생각하면 그의 말을 곧이곧대로 믿을 수는 없었다. 이어서 노리미즈는 궤변주의의 본성을 폭로함과 동시에 앞으로 레베즈가 할 기묘한 역할을 밝혔다.

"그래, 레베즈와 단네베르그 부인과의 관계는 틀림없는 사실이야. 그러나 그 석궁의 시위가 탁제목이라면, 나는 식물학 사상, 금세기 최고의 큰 발견을 한 셈이지. 이보게 구마시로, 1753년에 베링 섬 부근에서 마지막 바다소가 도살되었어. 그러나 저 한대식물은 이미 그 이전에 사멸했어. 물론 그 석궁의 시위는 그저 흔한 대마로 만든 거야. 하하하, 그 코끼리같이 둔중한 실린더를 나는 원뿔처럼 만든 거야. 이제 마지막으로 레베즈를 새 좌표로 삼아 이 난해한 사건에 최후의 전개를 시도하려고 해."

"실성했나? 자네는 레베즈를 산 미끼로 해서 파우스트 박사를 끌어내리려는 거야?"

그토록 침착한 검사도 깜짝 놀라 덤벼들 것 같은 기색을 보이자, 노리미즈는 조금 잔인한 미소를 지으며 대답했다.

"그렇지, 도덕 세계의 수호신 하제쿠라 씨! 솔직히 말해 내가 레베즈에 대해 가장 두려워하는 것은 결코 파우스트 박사의 손톱이 아니야. 실은 그 사나이의 자살 심리라고. 레베즈는 마지막으로 이런 말을 하더군. '내 피로 심판을 한다면, 언젠가 이 혀뿌리가 말해 줄 것'이라고 말이야. 그건 왠지 레베즈가 연기하는 비장한 시대극 같아. 그 성격파 배우가 보여주는 최고의 연기가 될 것 같기도 해. 하지만 서글프긴 해도 결코 비장하지는 않아. 그 말은 『루크레티아의 능욕』이라는 셰익스피어의 서사시에 나오는, 로마의 가인 루크레티아가 타르퀴니우스에게 능욕당하고 자살을 결심한 장면에 나오는 대사이기 때문이지"

노리미즈는 은근히 불안한 기색을 보였지만 곧 눈썹을 치켜올리고 의연하게 말했다.

"그렇지만 하제쿠라. 그 대결 속에는 범인이 도저히 빠져 나갈 수 없는 위기가 포함되어 있어. 사실 내가 맞붙은 것은 레베즈가 아니야. 역시 파우스트 박사라고. 사실, 나는 아직 사건에 나타나지 않은 오망성 주문의 마지막 하나, 땅의 정령 코볼트 카드가 어디 있는지 알고 있어."

"뭐야? 코볼트 카드?"

검사와 구마시로는 기겁할 정도로 놀랐다. 그러나 노리미즈의 미간에는 도박을 한다기보다 너무나 단정적인 자신감이 서려 있었다. 그의 처절한 신경 작용이 어떤 트릭을 써서 유령의 아성에 다가갔을까? 갑작스럽게 긴박해진 분위기 속에서 노리미즈는 식어 버린 홍차를 비우고 다시 입을 열었다. 그것은 놀라운 심리 분석이었다.

"한데, 나는 골턴의 가설을 빌려 레베즈의 심리를 분석해 보았어. 그 심리학자의 명저 『인간 능력의 고찰』에 나오는 가설인데, 상상력이 뛰어난 인물은 말이나 숫자에 공감 현상이 일어나 그것과 관련된 도식을 구체적이고 명료한 형태로 머릿속에 그려낼 수가 있다는 거야. 예를 들어 숫자일 경우, 시계 숫자판이 떠오르는 것이 대표적인 예가 되지만…… 방금 레베즈가 한 말 중에 그보다 더 강렬한 표현이 나온 거야. 하제쿠라, 그 사나이는 노부코에게 구애한 결과에 대해 슬픈 어조로 이렇게 말했어. 천공의 무지개는 포물선, 이슬방울의 무지개는 쌍곡선. 하지만 무지개가 타원형이 아닌 한 노부코는 자기 품안으로 뛰어들지 않을 거라고. 그런데 그때 레베즈의 눈에 미세한 움직임이 일어났어. 그가 기하학적인 용어를 말할 때마다 어쩐지 허공에 도식을 그리는 것 같았지. 나는 그 무언극 같은 심리 표출에 놀라운 징후를 하나 발견했어. 포물선 $)$과 쌍곡선 $\langle$을 타원형으로 이어붙이면 KO가 되더군. 요컨대, 코볼트(Kobold)의 앞 두 글자 K와 O인 거지. 그래서 나는 재빨리 그에게 암시적인 충격을 주려고 Kobold에서 Ko를 뺀 나머지 넉 자인 bold와 비슷한 발음을 끌어내려 했어. 그러자 레베즈는 화살촉을 Bohr라고 하더군. 이어서 나를 야유할 때 그 화살이 뒤뜰 채소밭에서 발사되었다고 하면서 순무(rube)라는 단어를 계속 반복했어. 그래서 하제쿠라, 우연히 나는 레베즈의 의식에 떠도는 기묘한 괴물을 발견한 거야. 나는 스털링은 아니지만, 심상은 하나의 그룹이고, 또 거기에는 자유 가동성이 있다고 한 말은 지당하다고 생각해. 왜냐하면, 레베즈의 그 한마디에는 그 남자의 마음속 깊이 숨겨둔 하나의 관념이 실로 선명하게 분열되어 나타났기 때문이지. 알겠나, 하제쿠라. 처음에 KO라는 글자의 형식을 떠올리고 나서, 레베즈는 화살촉을 Bohr라 하여 마음속에서 코볼트를 의식하고 있음을 분명히 했어. 그리고 순무라는 단어를 썼는데, 거기에는 중대한 의미가 숨어 있다고. 왜냐하면 코볼트를 떠올리면 반드시 연상해야만 하는 비밀 하나가 레베즈의 뇌리에 있었기 때문이야. 그러면 시험 삼아 Bohr와 rube를 한번 합쳐 봐. 그러면 격자 책상(bold rube)이 돼……. 아아, 내 머리가 어떻게 된 걸까? 그 책상이 노부코의 방에 있는데 말이야."

코볼트 카드, 지금이야말로 사건의 피날레가 그 한 곳에 걸려 있다. 만일 노리미즈의 추리가 맞다면, 그 발랄한 아가씨는 파우스트 박사를 흉내 내야 한다. 노부코의 방으로 가는 복도가 세 사람에게는 얼마나 멀었던지. 그러나 노리미즈는 고대 시계실 앞까지 오자 무슨 생각을 했는지 갑자기 걸음을 멈췄다. 그리고 노부코의 방 조사를 사복형사에게 맡기고 오시카네 쓰다코를 불러 달라고 했다.

"뭐야. 쓰다코를 가둔 문자판에 암호라도 있다면 모를까, 그 여자는 나중에 심문해도 되잖아."

구마시로가 동의할 수 없다는 듯 짜증스러운 어조로 말했다.

"아니, 그 오르골 시계를 보려고. 사실 묘하게 신경 쓰이는 것이 있어서 그래. 그것이 나를 미치게 한단 말이야"

노리미즈가 딱 잘라 말해서 두 사람은 당황했다.

전파악기 같은 노리미즈의 미묘한 신경은, 건드리기만 하면 그 자리에서 유추의 달변으로 발휘되었다. 그래서 언뜻 보기에는 무궤도인 것 같지만, 막상 뚜껑을 열어 보면 그것이 유력한 단서가 되기도 하고, 혹은 사건의 진행에 미지의 찬란한 빛을 투사되는 경우도 많았다.

그때 쓰다코가 나타났다. 손으로 벽을 짚은 그녀는 1920년대, 특히 마테를링크의 상징적 비극 연기로 이름을 날렸던 만큼, 일찍이 무대에서 보여준 멜리상드의 모습을 연상케 했다. 마흔이 조금 넘었지만 감수성이 풍부한 청자색 눈언저리와 피부를 감싸는 도자기 같은 은은한 빛이 살짝 돌았다. 게다가 남편인 오시카네 박사와의 정신적 생활이, 그녀에게 체념의 깊이를 더하게 한 것은 물론이다. 그러나 노리미즈는 처음부터 가차 없이 이 우아한 부인을 추궁했다.

"처음부터 이런 말씀을 드리는 것은 지극히 예의에 벗어난 줄 압니다. 그러나 이 성관 사람들은 부인을 인형사라고 부르더군요. 그 인형과 실 말입니다만, 사건 당시 그건 테레즈 인형이었습니다. 또 악의 근원은 영생 윤회라는 형태로 되풀이되었습니다. 그러니 부인, 저로서는 부인께 당시의 상황을 물어 변함없이 괴담 같은 운명론을 들을 필요가 없습니다."

다짜고짜로 전혀 예기치 않았던 말을 들은 쓰다코의 야위고 해쓱한 얼굴이 갑자기 굳어졌다. 그녀는 꿀꺽 요란하게 침을 삼켰다. 노리미즈는 섬뜩한 추궁을 늦추지 않았다.

"물론 부인이 그날 저녁 6시쯤, 부군인 오시카네 박사에게 전화를 받았다는 것과 또 그 직후 기이하게도 방에서 사라지셨다는 것도 저는 이미 알고 있습니다."

"그렇다면 대체 무엇을 듣고 싶으신가요? 저는 정신을 잃고 이 고대 시계실에 갇혀 있었어요. 더욱이 그날 밤 8시 20분경에는, 다고 씨가 이 철문의 문자판을 돌렸다면서요?"

얼굴을 조금 굳히며 쓰다코는 살짝 반항조로 되물었다. 그러나 노리미즈는 철책문에서 등을 떼고 상대의 얼굴을 지긋이 쳐다보면서 마치 미친 게 아닌가 싶은 말을 쏟아냈다.

"아니, 제 마음에 걸리는 것은 이 문 밖이 아니라 오히려 안쪽입니다. 부인은 오르골이 달린 시계가 있다는 사실과, 또 그 시계에 있는 동자 인형의 오른손이 사비에르 성인의 유물함이고 시간을 알릴 때마다 차임벨을 울리는 것도 잘 알고 계시지요. 그런데 그날 밤 9시가 되어 사비에르 성인의 오른팔이 내려갔을 때 이 철문이 저절로 열렸어요."

## 2. 빛과 색과 소리, 그것이 어둠 속으로 사라질 때

아아, 사비에르 성인의 손! 그것이 이중 자물쇠로 잠긴 문을 열었다니……. 사물을 꿰뚫어 보는 노리미즈의 신경이 미묘한 방출을 거듭해 쌓아올린 높은 탑이 이것이었던가. 하지만 검사와 구마시로는 얼굴이 마비된 듯 말도 제대로 하지 못했다. 이것이 과연 노리미즈의 신기라 하더라도, 도저히 그대로 받아들일 수 없을 만큼 광기에 가까운 가설이었기 때문이다. 쓰다코는 그 말을 듣자 현기증이라도 난 듯이 쓰러지려다 가까스로 철책문을 잡고 기대섰다. 그러나 그녀는 죽은 사람처럼 창백한 얼굴로 숨이 끊어질 듯 헐떡이면서 눈을 감아 버렸다. 노리미즈는 당연하다는 듯 회심의 미소를 지으며 말했다.

"그날 밤, 기묘하게도 실과 선이 당신의 운명을 좌우했습니다. 그러나 그 방법으로는 여전히 1년 365일 변함없이…… 아니, 아무튼 제가 생각하는 것을 한번 실험해 볼까요."

그러고 나서 신사이에게 열쇠를 빌려 암호표와 문자판을 덮고 있는 철제 상자를 먼저 열고, 그다음 문자판을 오른쪽, 왼쪽, 그리고 다시 오른쪽으로 맞추자 문이 열렸다. 그러자 문 안쪽으로 뒷면이 드러난 마리너스 컴퍼스식 기계 장치가 나타났다. 노리미즈는 표면적으로는 문자판의 주위에 해당하는 장식 돌기에 실을 감아 그 끝을 고정시켰다.

"이 마리너스 컴퍼스의 특성이 당신의 트릭에 가장 중대한 요소를 이룹니다. 문자판을 문을 닫을 때와 반대 방향으로 세 번만 돌리면 빗장이 열리거든요. 또 그것을 다시 반대로 돌리면, 걸쇠가 빗장 구멍 속으로 들어가 버리지요. 요컨대 열 때의 기점은 닫을 때의 종점이며, 또 닫을 때의 기점은 열 때의 종점에 해당되는 셈입니다. 그러므로 실행은 지극히 단순하여 좌우 회전을 기록하는 장치가 있고 거기에 문자판 쪽으로 반작용을 시킬 힘만 있으면 이론상으로 채워진 빗장이 열리는 것입니다. 물론 내부에서라면 철제 상자의 열쇠는 문제가 되지 않겠지요. 그래서 그 기록 장치가 다름 아닌 저 오르골인 것입니다."

노리미즈는 실을 인형 시계 쪽으로 끌고 가서 양쪽으로 열리는 덮개를 활짝 열고, 음색을 자아내는 회전통을 시각을 알리는 장치와 연결된 꼭지에서 떼어냈다. 그리고 그 원통에 무수하게 박힌 돌기 가운데 하나에 실을 묶어 팽팽하게 잡아당기고 나서 검사에게 말했다.

"하제쿠라, 자네는 밖에서 이 암호표대로 문자판을 돌려 문을 닫아 보게."

검사가 문자판을 돌리자 오르골이 돌아가기 시작했다. 그리고 우회전에서 좌회전으로 바뀌자 실이 다른 돌기에 걸리고 결국 세 번의 조작은 훌륭하게 기록되었다. 실험이 끝나자 노리미즈는 원래대로 그 통에 시보 장치를 연결했다. 마침 8시를 20초 정도 남겨둔 시점이었다. 기계에 연결된 회전통은 태엽 돌아가는 소리를 내면서 지금까지와는 반대 방향으로 돌기 시작했다. 그때 숨을 죽이고 지켜보던 일동 모두 깜짝 놀랐다. 그 회전에 따라 문자판이 좌회전과 우회전을 정확하게 반복했기 때문이다. 그러는 사이 끼익 하고 태엽이 소리를 내자, 동시에 탑 위의 동자 인형이 오른손을 치켜들었다. 그리고는 종을 방망이로 때리자, 그 순간 초침 소리와 섞여 철문 쪽에서 어떤 소리가 명료하게 들려왔다. 아아, 문이 다시 열린 것이다. 모두들 참고 있던 숨을 토해냈다. 구마시로는 입술을 축이며 노리미즈에게 다가갔다.

"자네는 정말 불가사의한 인물이야."

그러나 노리미즈는 거기는 돌아보지도 않고 이미 체념한 표정의 쓰다코 쪽을 돌아보았다.

"그렇지요, 부인? 이 트릭의 발단은, 오시카네 박사가 부인에게 건 전화에 있었습니다. 하지만 그것을 강력하게 암시해 준 것은, 실제로 포수클로랄을 마셨는데도 불구하고 의문의 보온 도구 때문에 당신은 무사했다는 사실입니다. 마치 미라처럼 모포를 둘둘 말고 있지 않았다면, 아마 몇 시간 내로 동사했을 겁니다. 마취제를 먹었다, 그러나 살해할 의도는 없다? 그런 풀리지 않는 모순이 제 관심을 끌었지요. 그런데 그날 밤, 부인이 이 문을 열고 어디로 가셨는지 맞혀 볼까요? 대체 약물실 산화연 병 속에는 무엇이 있었을까요? 그 바래기 쉬운 약물의 색깔을 아직도 선명하게 보존해 준 것은……."

"그렇지만……."

쓰다코는 침착함을 되찾아 조용하고 무게 있는 목소리로 말했다.

"제가 갔을 때, 이미 그 약물실 문은 열려 있었어요. 게다가 포수클로랄에도 손을 댄 것 같은 흔적이 남아 있었어요. 말씀드릴 필요는 없겠지만 그 산화연 병에는, 용기에 담긴 라듐 2그램이 숨겨져 있었답니다. 전에 큰아버지한테 그 이야기를 들은 저는 남편의 병원 경영을 돕기 위해 중대한 결심을 했습니다. 그래서 한 달쯤 전부터 이 성관에서 떠나지 않고……. 아아, 그동안 제게 얼마나 많은 시선이 집중되었을까요? 그러나 그런 것도 꾹 참고 나는 끊임없이 실행할 기회만 노리고 있었어요. 그러니깐

제가 이 방에서 시도한 모든 일은 물론 어리석은 방어책의 일환이었습니다. 라듐의 분실이 드러날 때를 대비하여 가공의 범인을 한 사람 만들어 놓을 작정이었어요. 제발 노리미즈 씨, 그 라듐을 회수해 주세요. 아까 남편이 가지고 갔으니까요. 하지만 이것만은 확실히 말씀드리겠어요. 내가 훔친 것은 틀림없지만 그 범행과 동시에 일어난 살인 사건과는 결코 아무 관계도 없어요."

쓰다코 부인의 고백을 듣고 노리미즈는 잠시 말없이 생각에 잠기더니, 얼마간 이 성관에 머물도록 당부만 하고 그녀를 그대로 돌려보냈다. 구마시로가 그 조치에 불만스러운 기색을 보이자 노리미즈는 조용히 말했다.

"과연 저 쓰다코라는 여인은, 시간상으로 매우 불행한 처지에 놓여 있어. 하지만 단네베르그 사건 말고는 저 여자는 어디에도 나타난 적이 없어. 그러나 구마시로, 솔직히 그 전화 한 통에는 좀 더 깊은 의미가 있을 거야. 어쨌든 구가 시즈코와 오시카네 박사의 신원을 지체 없이 철저히 조사하도록 지시해 줘."

그때 사복형사가 노리미즈의 예측이 적중했다는 보고를 전달했다. 예상대로 코볼트 카드가 노부코 방에 있는 격자 책상 서랍에서 발견된 것이다. 노리미즈 일행은 노부코를 연행해온 방으로 돌아왔다. 문을 열자 흐느껴 우는 소리가 들렸다. 노부코는 두 손으로 얼굴을 가리고 탁자 위에 엎드려 어깨를 몹시 떨고 있었다. 구마시로는 독살스러운 말투로 그녀의 등 뒤에서 퍼붓기 시작했다.

"당신 이름이 명부에서 지워진 지 불과 네 시간밖에 안 되었어. 그런데 이번에는 무지개도 나오지 않을 거고 당신이 춤출 일도 없겠지."

"아니요."

노부코는 얼굴을 홱 돌렸는데, 만면에 식은땀이 가득했다.

"그 카드는 언제부터인지도 모르게 서랍 속에 처박혀 있었던 거예요. 나는 그것을 레베즈 님한테만 말했어요. 그러니 그분이 당신들에게 밀고한 게 분명하겠지요."

"아니요. 그 레베즈라는 인물에게는 요즘 세상에 드문 기사도 정신이 있더군요."

조용히 말하면서 노리미즈는 의아한 듯이 상대의 얼굴을 뚫어지게 바라보았다.

"사실대로 말씀해 주세요. 노부코 씨, 그 카드는 도대체 누가 쓴 것입니까?"

"저는 잘…… 잘 모릅니다."

노부코는 살려 달라는 듯한 시선으로 노리미즈를 보았다. 노부코는 땀을 점점 더 흘리며 혀가 이상하게 꼬여 발음도 정확하지 않았다. 범인 노부코가 꼼짝 못 하고 궁지에 몰리는 모습에 구마시로는 은근한 미소를 지었다. 하지만 노리미즈는 몹시 냉정한 태도로 잠시 노부코의 이마를 보았다. 관자놀이에 펄떡이며 새끼줄처럼 불거진 혈관을 응시하더니 갑자기 이마에 흐르는 땀을 닦아 주었다. 그는 눈썹을 치켜세우며 이 상황에서 도저히 예상할 수 없었던 의외의 말을 했다.

"이런, 안 되겠어! 빨리 해독제를!"

그리고 갑작스러운 사태의 반전에 뭐가 뭔지 모른 채 잔뜩 긴장한 구마시로의 등을 밀어 노부코를 황급히 옮기도록 했다.

"저렇게 땀이 나는 것을 보니 아마 필로카르핀 중독인 것 같아."

잠시 팔짱을 풀고 노리미즈는 검사를 보았다. 그러나 그 얼굴에는 또렷이 공포의 빛이 드러났다.

"어쨌든 저 여자는 코볼트 카드를 우리가 발견했다는 것을 알리 없으니, 자살 목적으로 마신 것은 아니야. 누가 먹인 거지. 그것도 결코 죽일 작정이 아니고 혼미하게 만들어 우리를 떠보고 또 노부코를 세 번째 불운에 빠뜨리려 한 것이 분명해. 하제쿠라, 삼단논법의 전제가 될지도 모르면서 어떤 사실을 비논리적이라고 단정 지을 수는 없어. 그렇다면 노부코와 필로카르핀을 전제로 해서 범인은 벽을 뚫고 바닥을 환히 들여다보는 투시안으로 우리가 숨기는 내용을 알아냈다는 거지. 아아, 참으로 무서운 일이 아닌가. 아까 이 방에서 주고받은 대화를 파우스트 박사는 이미 알고 있는 거야!"

사실 이 사건의 범인은 허상을 실재로 만드는 불가사의한 힘을 가졌는지도 모른다. 구마시로는 참을 수 없다는 듯이 숨을 들이마셨다.

"그러나 오늘의 노부코에게는 감사해도 좋을 거야. 실은 아까 내 부하가 노부코의 방을 조사할 때 그녀는 클리보프의 방에서 차를 마시고 있었다는군. 그런데 그 자리를 함께한 인물이 하나같이 동기가 되는 오망성 원에서 벗어날 수 없는 사람들뿐이었다는 거야. 어때, 노리미즈 씨? 첫 번째로 하타타로. 그리고 레베즈, 셀레나…….. 머리에 붕대를 한 클리보프도 그때는 침대 위에 일어나 있었다는 거야."

구마시로의 이야기를 듣고 모두 충격을 받지 않을 수 없었다. 이로써 범인의 범위가 명확하게 한정되어, 이제까지의 분규와 혼란이 단숨에 수습될 기미가 들었기 때문이다. 그때 검사가 그 럴싸한 제의를 내놓았다.

"나는 이것이 유일한 기회가 아닐까 생각해. 즉 범인이 필로카 르핀을 손에 넣은 경로를 명확하게 찾는 일이야. 혹시 그것이 쓰 다코라면 충분히 오시카네 박사를 통해서라고 할 수도 있지 않 겠어? 하지만 그 밖의 인물이라면 우선 그 출처가, 이 성관의 약 물실 말고는 상상할 수 없을 거야. 그래서 나는 홈스는 아니지만 다시 한번 약물실을 조사해 보면, 범인의 전투 상태를 알 수 있 지 않을까 싶은데."


검사의 제의에 따라 다시 약물실 조사가 시작되었다. 그러나 거기에는 필로카르핀의 약병은 있었지만, 누군가 손댄 흔적은 없었다. 약병의 감량은 말할 것도 없고 처음부터 한 번도 쓴 적 이 없는 듯 병 전체에 먼지만 수북이 쌓여 약장 안쪽 아주 깊숙 한 데에 묻혀 있었다. 노리미즈는 잠시 실망의 빛을 내비쳤으나, 갑자기 담배를 내던지며 크게 소리 질렀다.

"그렇지, 하제쿠라. 자네가 하도 당당하게 주장하는 바람에 나 도 눈이 멀어 나는 사소한 점을 놓쳤어. 필로카르핀은 굳이 이 약물실에만 있다고 할 수 없어. 원래 그 성분은 야보란디 잎에도 있거든. 자, 온실로 가세. 어쩌면 최근 거기에 출입한 인물의 이름을 알 수 있을지도 모르니까."

노리미즈가 지목한 온실은 뒤뜰 채소밭 너머 있었는데 그 옆에는 축사와 조류 사육장이 나란히 있었다. 문을 열자 후끈한 공기가 밀려 나왔다. 여러 가지 꽃향기가 묘하게 관능을 자극하면서 뭐라 표현할 수 없는 매혹적인 향기가 코를 찔렀다. 입구에는, 양치식물 두 그루가 있고, 축 늘어진 거대한 잎을 헤치고 나가 흙바닥 위로 내려가자 앞에는 열대식물 특유의 수액을 듬뿍 머금은 검푸른 잎이 우거졌고, 그 그늘 곳곳에 붉은빛과 연보랏빛 반점이 흩어져 있었다. 곧 불빛 속에서 개여뀌를 닮은 낯선 잎사귀가 나타났는데, 노리미즈는 그것이 야보란디라고 했다. 조사 결과 과연 그의 말대로, 줄기에서 여섯 군데 정도 최근에 잎을 뜯어간 흔적이 남아 있었다. 그것을 보고 미간을 찌푸리던 노리미즈의 얼굴에 점점 더 두려운 빛이 일렁거렸다.

"이봐, 하제쿠라. 여섯에서 하나를 빼면 다섯이 되지. 그 다섯에는 독살 효과가 있어. 그런데 지금 노부코가 일으킨 증세에는 잎 여섯 장이 다 필요하진 않아. 결국 0.01그램 정도가 함유된 잎 한 장만으로도 그 정도 발한이나 부정확한 발음을 일으킬 수 있는 거지. 그렇다면 범인이 아직도 가지고 있는 다섯 장, 그 나머지 잎에서 나는 범인의 전투 상태를 본 것 같은데."

"야아, 얼마나 무서운 놈인가!"

신경질적으로 눈을 깜박거리더니 구마시로도 떨리는 목소리로 말했다.

"나는 지금까지 독극물을 이렇게까지 음험하게 사용할 수 있으리라고는 생각지도 못했어. 냉혈한 파우스트 박사가 아니라면 이 정도로 잔혹한 짓을 어떻게 하겠어."

검사는 옆을 돌아보며 일행을 안내하는 원예사에게 물었다.

"최근 누군가 이 온실을 드나든 사람이 있었나?"

"아, 아닙니다. 최근 한 달 사이에는 아무도⋯⋯."

원예사 노인은 눈을 휘둥그레 뜨고 더듬거리며 말했지만 검사를 만족시킬 만한 대답은 아니었다. 그러자 노리미즈가 위압적인 목소리로 추궁했다.

"이봐, 사실대로 말해야 돼. 살롱에 있는 등화란의 색 배합은 자네 솜씨가 아니지?"

이 전문적인 질문은 곧 놀랄 만한 효과를 가져왔다. 늙은 원예사는 마치 자신이 활시위라도 되는 듯, 노리미즈의 일격에 무심코 입을 열고 말았다.

"하지만 고용인인 제 처지도 좀 이해해 주십시오."

원예사는 호소하는 눈빛으로 연민을 구걸하면서 머뭇머뭇 두 사람의 이름을 댔다.

"첫 번째는 그 끔찍한 사건이 일어난 그날 오후였습니다. 그때 하타타로 님이 웬일로 오셨습니다. 그리고 어제는 셀레나 님이⋯⋯ 그분은 이 카틀레야 난초를 무척 좋아하시거든요. 하지만 이 야보란디 잎을 떼어 가신 줄은 말씀을 듣기 전까지 전혀 몰랐습니다."

키 작은 야보란디 가지에 꽃이 두 송이 피었다. 가장 혐의가 희박했던 하타타로와 셀레나 부인에게도 일단 파우스트 박사의 검은 망토를 입혀 봐야 했다. 따라서 저 피에 젖은 행렬에 새로이 두 사람이 더해졌다. 이렇게 사건 발생 이틀째 날, 실로 기이하기 짝이 없는 수수께끼가 속출함으로써, 혼란의 절정을 이룬 것 같았다. 그뿐만 아니라 관계자 전부가 혐의자로 지목되었기 때문에, 그 수습이 언제까지 갈지 끝이 보이지 않았다. 속수무책으로 그들은 미로처럼 복잡한 범인의 두뇌에 조롱당하고 있을 뿐이었다.

그로부터 이틀 후, 마침 그날은 흑사관에서 1년에 한 번 있는 공개 연주회가 개최되는 날이었다. 검사와 구마시로는 노리미즈의 이틀에 걸친 검토 결과에 기대를 걸고 다시 회의를 열었다. 고풍스러운 지방법원의 구관에서 시각은 이미 3시를 지나고 있었다. 그러나 그날 노리미즈에게는 보기에도 처참한 기운이 넘쳐 있었다. 이미 결론에 도달하지 않았나 싶을 만큼 얼굴이 약간 상기되어 홍조에는 활기가 느껴졌다. 노리미즈는 가볍게 입을 축이고 나서 설명을 시작했다.

"나는 오늘 사건 현상을 하나하나 들어 분류해 가면서 설명하겠네. 먼저 이 구두 자국 말인데……."

노리미즈는 테이블에 올려놓은 석고 틀 두 개를 집어 들었다.

"물론 여기에 장황한 설명은 필요 없겠지만, 우선 고무로 만든 이 작은 원예 장화를 봐. 이것은 원래 에키스케가 늘 신고 다니던 장화인데, 원예 창고에서 나와 건판 파편이 있던 데까지 왕복했어. 그런데 보행선을 보면 발 크기보다 보폭이 몹시 좁은 데다, 전체적으로 지그재그로 움직였어. 또 발 모양에도 우리의 상상을 초월하는 의문점이 있어. 한번 생각해 보라고. 에키스케 같은 난쟁이 발에 맞는 장화인데, 그 보폭이 전부 다르지 않아? 게다가 발끝이 발바닥 가운데 쪽과 비교했을 때 전체적인 균형상 좀 작은 것 같지. 더욱이 발꿈치 쪽에 무게 중심을 두었는지 그부분에 특히 힘을 준 흔적이 남아 있어……. 또 하나 덧신 자국은, 본관 오른쪽 끝에 있는 출입문에서 시작하여, 중앙의 테라스를 활 모양으로 나 있어. 역시 이것도 건판 파편이 있던 곳 사이를 왕복했어. 그러나 그쪽은 장화보다 보폭이 좀 좁을 뿐 보선은 아주 정연하지. 의문이라면 오히려 장화 발자국에 있어. 즉, 발끝과 발꿈치의 양단이 움푹 꺼져 있고, 안으로 치우쳐 굽은 안짱다리 모양을 보여. 또, 그것이 가운데로 갈수록 깊이가 얕아지고 있어. 물론 건판 파편이 끼어서 그 두 줄의 발자국이 뭣 때문에 났는지는 이미 밝혀졌다고 해도 과언이 아니야. 더구나 시간적으로도 밤비가 내리던 11시 반 이후라는 사실이 증명되었고, 또 한 군데에서 덧신이 원예 장화를 밟고 있어, 두 사람이 그 자리에 당도한 전후 시간 관계도 분명하게 밝혀졌지. 그러니 이 정도로 의문이 풀려간다면, 우리가 결론을 내는 데 조금도 주저할 필요가 없겠지. 현실주의자인 구마시로는 벌써 알았겠지만, 그 두 가지 발 모양을 근거로 해석해 보면, 덩치가 큰 레베즈가 신은 덧신 쪽에는 그보다 더 큰 거인이 떠오르고, 또 난쟁이가 신은 원예 장화는 주인인 에키스케보다 오히려 더 작은 릴리퍼트인이나 콩알만 한 마메자에몬이 아니면 안 되기 때문이야. 말할 것도 없이 그런 인체 형성의 원리를 무시하는 것이 이 인간세계에 존재할 수 있을 것 같지가 않아. 물론 이것은 자신의 발 모양을 감추려는 간계이며, 거기에는 쉽지 않은 트릭이 숨어 있겠지. 그래서 일단 그날 밤 그 시각에 뒤뜰로 갔다는 에키스케가 남긴 발자국이 둘 중 어느 쪽인가부터 먼저 결정할 필요가 있어."

묘하게 열기를 띤 분위기 속에서 노리미즈의 해석적 신경이 크게 맥박치기 시작했다. 그리고 발자국에 대한 의문에 종횡으로 메스를 댔다.

"그런데 그 진상이라는 것이 알고 보면 매우 악마적인 장난이야. 놀랍지 않아? 거구인 레베즈의 덧신을 신은 사람이 도리어 그 절반도 안 될 것 같은 왜소한 인물이라니. 그리고 다음으로 저 스위프트(『걸리버 여행기』의 저자)가 생각나는 원예 장화 말인데, 그쪽은 우선 레베즈 정도는 아니지만 보통 사람과 그다지 다르지 않은 체구를 가진 사람임이 틀림없어. 그래서 내가 추리한 바로는, 먼저 덧신을 신은 인물이 에키스케 같은데 어때? 구마시로, 분명히 그 남자는 회랑에 있던 갑옷의 신발을 신고 그 위에 레베즈의 덧신을 억지로 신은 것이 틀림없어."

"잘 보았어. 그래, 에키스케는 단네베르그 사건의 공범자야! 그 발자국은 말할 것도 없이 독이 든 오렌지를 주고받을 때 난 것이 틀림없어. 그렇게 딱 맞아떨어지는 것을 지금, 이 순간까지 자네의 비비 꼬인 신경이 방해한 걸세."

구마시로는 거만하게 단정하고 자신의 가설과 노리미즈의 추리가 마침내 일치한 것에 몹시 만족해했다. 그러나 노리미즈는 반발하듯이 빈정거렸다.

"천만에. 어째서 저 파우스트 박사에게 조무래기 악마가 필요하겠나? 역시 악귀의 음험한 전술이었던 거야. 그래, 가령 가족 중에 냉혹하기 짝이 없는 사람이 한 명 있었다고 해보지. 그 사람이 흑사관에서 기피하는 대상일 뿐 아니라, 사실상 에키스케를 죽였다고 가정하자고. 한데 에키스케는 그날 밤 단네베르 그 부인의 시중을 들고 있었거든. 그 사실이 도저히 피할 수 없는 선입관이 되어 버린다고. 가령 그 인물에게 교묘하게 유도되어 그 건판의 파편이 있던 장소로 갔다가 그다음 날 살해당했다고 해도 당연히 에키스케는 공범자로 지목될 거야. 그리고 그가 아니라 오히려 에키스케와 친했던 인물을 주범으로 보는 것이 당연하다고 해야겠지. 원예 장화 쪽은 일단 제쳐 놓고, 클리보프 부인이 다시 생각나지 않아? 바로 그 클리보프야. 문제는 그 코카서스 유대인의 발에 있었어. 그런데 구마시로, 자네는 바빈스키 통점이라는 걸 아나? 그것은 클리보프 부인처럼 초기 척수로 환자에게서 자주 보이는 징후로, 발뒤꿈치에 나타나는 통점을 가리켜. 거기가 눌리면 도저히 걸을 수 없을 정도로 심한 통증을 느끼는데……."

그러나 그 한 마디에 무구실에서 벌어진 참극을 생각하면 먼저 광기 사태라고밖에 믿어지지 않았다. 구마시로는 놀라서 눈이 휘둥그레졌는데 검사는 그것을 무시하고 말했다.

"물론 우발적인 일임은 틀림없지만, 그렇게까지 놀랄 일은 아니야. 분명히 그 원예 장화에는 중심이 발뒤꿈치에 있었지. 아무튼 노리미즈, 문제를 동화에서 다른 쪽으로 바꾸는 게 어때?"

"그렇기는 하지만 저 파우스트 박사는 아벨스의 『범죄 현상학』이란 책에도 없는 새로운 수법을 찾아낸 거야. 만일 그 원예 장화를 거꾸로 신었다면 어떻게 될까?"

노리미즈는 비꼬는 미소를 돌려주며 말했다.

"물론, 그것이 고무로 만든 장화였기에 가능한 일이지만, 그 방법으로 말하자면 발가락 끝을 장화 뒤축에 넣기만 한 것은 아니지. 즉 발꿈치를 장화 뒤축에 다 넣지 않고, 조금 들어 올려서 발가락 끝으로 장화 뒤축을 세게 누르면서 걷는 거야. 그러면 발꿈치 밑에 깔린 장화가 자연히 반으로 접히면서 마치 받침을 댄 것 같은 모양이 되지. 따라서 장화 뒤축에 가해지는 힘이 직접 발끝으로 가지 않고, 거기에서 약간 밑으로 가지 않겠어? 그렇게 발이 작은 사람이 큰 구두를 신은 것처럼 보이는 거야. 그뿐만 아니라, 그것이 느슨해진 스프링처럼 불규칙하게 수축하기 때문에 그때마다 가해지는 힘이 달라. 그래서 어느 발자국이나 모두 조금씩이라도 차이가 나타나는 거야. 그러면 오른발로 왼쪽 장화를, 왼발로 오른쪽 장화를 신는 꼴이 되니까 가는 길이 오는 길이 되고, 돌아오는 길이 가는 길이 되어 모든 것이 거꾸로 되어 버리는 거지. 그 증거로 건판이 있었던 곳에서 돌아올 때와 건초를 넘어갈 때, 그 두 경우에 어느 쪽 발을 썼는지를 음미해 보면 되겠지. 그렇게 해 보면 이 차이를 명확하게 산출할 수 있겠지? 그렇게 되면 하제쿠라, 아무래도 클리보프 부인이 이 트릭을 써야만 했던 이유가 뚜렷해지지. 그것은 단순히 위장용 발자국을 남기려던 게 아니었어. 무엇보다도 가장 큰 약점인 발꿈치를 보호하고 발자국 때문에 꼬리를 잡히는 일이 없도록 한 거지. 그렇게 행동한 비밀이 사진 건판 파편에 있었다고 결론 내리고 싶어."

구마시로는 깜짝 놀라 담배를 입에서 떼고 노리미즈의 얼굴을 바라보았다. 그리고 이윽고 가볍게 한숨을 내쉬고 나서 말했다.

"과연⋯⋯. 그러나 파우스트 박사의 본체는 무구실의 클리보프 말고는 없어. 만일 그것을 증명할 수 없다면 자네의 희극적인 산책은 그만두는 것이 좋겠어."

그 말을 듣자 노리미즈는 압수해 온 석궁을 들고 활의 끝부분을 테이블 위로 세게 내리쳤다. 그러자 뜻밖에도 활시위에서 하얀 가루가 쏟아져 나왔다. 노리미즈는 어리둥절한 표정의 두 사람을 보며 말을 시작했다.

"역시 범인은 우리를 속이지 않았던 거야. 이 타버린 라미 가루가 바로, '불의 정령 살라만더여, 세차게 불타올라라'인 거지. 라미 가루를 토륨과 세륨 용액에 적시면 가스등 연료가 되고, 그 섬유는 질긴 대신 저온에도 쉽게 변형되지. 사실 범인은 그 섬유로 짠 실 두 가닥을 ㅐ모양으로 꼬아 시위 속에 감춰 놓았던 거야. 그런데 이건 무의식적으로 어린애들이 자주 저지르는 역학적인 문제인데, 원래 활이라는 것은 시위를 수축시켰다가 그것을 순간적으로 늘리면, 일반적으로 시위를 끌어당겨 발사하는 것이나 마찬가지 효과가 있어. 즉 범인은 미리 활시위의 길이보다 짧고 서로 길이가 다른 실 두 가닥을 이용해 짧은 실 길이에 맞춰 시위를 수축시켰어. 물론 매듭을 최대한 단단히 묶어 놓으면 외견상으로도 미심쩍은 점이 조금도 남지 않겠지. 그리고는 범인이 저 창문으로 뭔가를 끌어들였지."

"하지만 살라만더라면 그 무지개가……"

검사는 당황한 목소리로 외쳤다.

"응, 그 살라만더 말인데…… 예전에 르블랑이 물병에 빛을 투과시키는 기교를 부렸지. 하지만, 그 수법은 이미 리텔하우스의 『우발적 범죄에 관하여』라는 책에 설명되었어. 그러나 이 경우는 그 물병에 해당하는 것이 유리창의 기포였어. 즉, 그 기포가 아래위로 열리는 창문 중 안쪽 창틀 위에 있었는데, 일단 거기에 모인 태양 광선이 바깥 창틀에 있는 손잡이—알고 있겠지만 주석으로 도금한 술잔 모양의 홈에 집중되었지. 따라서 시위 근처에 초점이 생겨 당연히 벽 오른쪽에 열이 생길 수밖에 없어. 그래서 시위에 이상이 없더라도 변화하기 쉬운 라미실 쪽에서 먼저 조직이 파괴되는 거야. 그런데 거기에 범인의 기가 막힌 기교가 있었던 거지. 왜냐하면 라미실 두 가닥의 길이를 다르게 한 것과 또 그것을 시위 속에서 Ϻ모양으로 꼬아 그 교차점을 시위의 맨 끝, 즉 활을 묶는 자리에 놓았다는 사실이야. 그러면, 최초의 초점이 그 교차점보다 조금 아래로 처져서 시위보다 조금 짧은 한 가닥이 먼저 끊어져 버려. 그러면 어느 정도 시위가 느슨해지기 때문에 그 반동으로 꼰 매듭이 못에서 빠지고 따라서 활이 벽에서 벌어져 적당한 각도가 생기지. 그리고 태양의 움직임에 따라 초점이 위쪽으로 옮겨가면, 이번에는 시위와 길이를 맞춘 나머지 한 가닥이 끊어지는 거야. 그때 화살이 발사되고 그 반동으로 활이 바닥에 떨어진단 말이야. 물론 바닥에 부딪힐 때 손잡이가 발사 위치로 돌아왔지만, 원래 손잡이에 의한 발사가 아니었고 또 변질한 라미 가루도 끝내 시위에서 흘러나오지 않았던 거야. 아, 클리보프, 그 코카서스 유대인은 틀림없이 그린가의 에이더가 가진 옛 지혜를 배운 것 같아. 처음에는 아마 등받이 의자나 맞추려고 했겠지. 그런데 우연히도 그 공중곡예를 펼치게 된 거야."

그야말로 노리미즈의 독무대였다. 그러나 그 추리에는 의문이 하나 남아 있었다. 그것을 놓치지 않고 검사가 재빨리 지적했다.

"과연 자네의 이론은 환상적이야. 그리고 또 현실적으로 실증되었지. 그러나 그것만으로는 도저히 클리보프에 대한 형법적 의의가 충분하지 않아. 요컨대 문제가 되는 것은 그 이중 반사에 필요한 창문 위치야. 즉 클리보프나 노부코, 둘 중 어느 쪽의 도덕적 감정에 기인한 게 아닌가?"

"그렇다면 노부코의 연주 중 유령 같은 배음을 일으킨 것은……. 사실 하제쿠라, 그 사이에 종루에서 첨탑으로 가는 철사다리를 올라가는 자가 있었다네. 그리고 중간에 있는 12궁 원화창을 조작하여 저 유리 하모니카 같은 균열을 막아 버렸지."

노리미즈는 엄숙한 표정으로 또다시 두 사람의 의표를 찔렀다. 아아, 흑사관 사건 최대의 신비로 지목된 배음의 수수께끼는

풀린 것인가. 노리미즈는 말을 계속했다.

"그러나 그 방법을 살펴보면 그저 투영적 관찰이 있을 뿐이야. 즉 종루 꼭대기에는 둥근 구멍이 하나 있고, 그 위가 커다란 원통 모양인데 그 좌우 양끝이 12궁 원화창과 연결되어 있어. 그 원통 이론을 오르간 파이프로 옮기기만 하면 되는 거야. 왜냐하면 양 끝이 뚫린 파이프의 한쪽 끝을 막으면 거기에서 한 옥타브 높은음이 나오기 때문이지. 그러나 범인은 그 전에 종루의 회랑에도 나타났어. 그리고 세 개의 문 중 가운데 문에 실피드 카드를 붙여 몰래 닫았던 거야. 왜냐하면 하제쿠라, 자네는 이 세상에는 생물이 살 수 없는 음향 세계가 있다는 레일리 경의 말을 알고 있나?"

"뭐라고? 생물이 살 수 없는 음향 세계?"

검사는 눈을 휘둥그레 뜨고 외쳤다.

"그렇다니까. 그것이 실로 처참하기 짝이 없는 광경이거든. 그래서 나는 카리용 특유의 진동 세계라고 말하지."

노리미즈는 윽박지르듯 섬뜩한 목소리로 말했다.

"그러면 문제는 자연히 가운데 문을 어째서 닫아야 했던가에 쏠리겠지. 그러나 그 문이 있는 일대가 타원형의 벽면을 이루고 있어. 그 구조는 음향학상 오목거울 비슷한 성질을 가지고 있지. 이른바 모든 데드 포인트와는 반대로, 카리용 특유의 진동을 한 점으로 모으는 거야. 바꾸어 말하면 그 벽면이 건반 앞에 있는 노부코의 귀를 초점으로 삼는 위치에 있었다는 뜻이지. 더군다나 노부코를 쓰러뜨리고 회전의자에도 의문이 남긴 원인은 그 격렬한 진동에다 또 한 가지, 노부코의 내이(內耳)에도 있었던 것이야. 사실 아까 그녀가 한 진술은 그것을 충분히 설명한 말이었어."

"천만의 말씀. 그 여자는 오른쪽으로 쓰러진 것을 기억한다고 말했어. 하지만 그때 노부코의 자세는 왼쪽으로 돌아간 흔적을 남겼다고."

구마시로가 듣다가 반박하자 노리미즈는 천천히 담배에 불을 붙이면서 상대에게 미소를 던졌다.

"구마시로, 헤갈(독일의 범죄 심리학자, 바덴 국립병원 의사)의 사례집에는 사거리에서 충돌한 히스테리 환자가 그 방향을 반대로 진술했다는 보고가 실려 있어, 사실 그와 같이 발작 중에 받은 감각은 종종 반대로 나타나곤 하지. 그러나 이 경우 문제는 결코 그게 아니야. 발작 중에 청각이 한쪽 귀로 쏠리는 징후에도 원인이 있었던 거야. 노부코에게는 그 증상이 오른쪽 귀에 있었기 때문에 문이 닫히는 순간 일어난 그 맹렬한 진동, 즉 거의 소리를 의식할 수 없을 만큼 청각기관의 한도를 넘어선 진동이 엄습하여 그것이 내이에 작열하는 듯한 충격을 주었어. 즉 인위적으로 미로진탕증을 일으켰기 때문에 물론 그 결과, 온몸의 균형을 잃게 된 것은 설명할 필요도 없어. 그래서 열과 오른쪽 귀는 왼쪽으로라는 헬름홀츠의 법칙대로 삽시간에 온몸이 뒤틀렸던 거야. 그래서 회전이 극한에 이른 의자 위에서 그대로 왼쪽으로 기울면서 쓰러진 거지. 그러나 그것을 알았다고 해서 결코 범인을 지적할 수 있는 건 아니야. 오히려 노부코의 무고함이 더 분명해졌을 따름이지. 단지 노부코를 쓰러뜨린 마지막 일격을 파헤쳤을 뿐, 여전히 범인의 얼굴은 카리용실의 수수께끼 속에 숨어 있어. 그리고 이제 문제는 카리용실을 떠나 복도와 철사 다리로 옮겨가고 말았지. 하지만 이렇게 노부코가 범인이 아니라면 무구실의 모든 상황이 클리보프에게로 기울어져 가는 것도 어쩌면 당연하지 않겠나?"

이렇게 분석 결과가 한 점으로 모이자, 검사와 구마시로는 순간적으로 현혹의 소용돌이 속에 빠져 버렸다. 그러나 곧 구마시로는 차분함을 되찾으려는 것처럼 묵묵히 담배만 피우다가 서글프게 말했다.

"그러나 노리미즈, 모든 면에서 클리보프의 알리바이는 도저히 무너뜨릴 수 없어. 아무래도 메이슨의 『독화살의 집』처럼 갱도라도 발견되지 않는 한 이 사건의 해결은 결국 불가능하다는 생각이 들어."

"그렇다면 구마시로."

노리미즈는 흡족한 듯이 고개를 끄덕이며 호주머니 속에서 전에 보여 주었던 딕스비의 괴이한 글이 적힌 쪽지를 꺼냈다. 그러나 그것을 보고 뭔가 기이한 예감을 느낀 두 사람은 겁을 집어먹었다. 노리미즈는 조용히 말했다.

"사실, 딕스비의 암호도 이미 그 대계단의 뒤편을 가리켜 이 괴상한 글에 담긴 고백과 저주의 의지를 보여준 것으로 제 역할을 다한 셈이야. 하지만 일부러 문법을 무시한다든가 관사가 없는 점을 생각해 보면 거기에서 암호가 가진 역겨운 향기 같은 것이 느껴지지. 이봐, 구마시로. 하나의 암호에서 또 새로운 것이 나타나는 것을 새끼 딸린 암호라고 하는데, 이 두 문장이야말로 거기에 해당하는 거야. 그럼, 장황한 고심담은 그만두고, 바로 해독 방법을 설명하겠어. 원래 암호라는 것은 언뜻 전혀 닮지 않은 두 개의 기문처럼 보이지만 그중 첫 단문의 머리글자만을 늘어놓은 것이야. 그 열쇠는 또 하나의 창세기 같은 글 속에 숨겨져 있었어. 그러나 나도 처음에는 관찰을 잘못했지. 그것은 qlikjyikkkjubi 라는 모두 열네 글자로 되어 있어. 두 글자를 한 자로 하면 일곱 글자의 단어가 만들어져. ik로 이어진 부분이 두 군데나 있기 때문에 그것이 e와 s처럼 많이 쓰이는 글자를 암시하는 것 같아. 그러나 자모 하나로는 의미를 이루지 못할 것 같아 그 생각을 버렸지. 그래서 다음으로 나는 그 전문을 둘 내지 세 구절로 나누었어. 그것으로 쉽게 성공할 수가 있었지. 가운데에 k가 셋 나란히 있는 부분이 있잖아. 그 두 번째와 세 번째 사이를 끊어 주면, 당연히 두 구절로 부자연스럽지 않게 나눌 수 있어. 구마시로, 같은 글자가 세 번이나 연달아 이어지는 경우는 거의 없어. 또 중복되는 글자로 시작된 단어라는 것은 극히 적을 수밖에 없고. 그래서……."

딕스비가 적어서 남긴 불가사의한 문장 한 구절 한 구절에 노리미즈는 다음과 같이 번호를 매겼다.

(1) 여호와신은 남녀추니였도다. (2) 태초에 스스로 쌍둥이를 낳으셨노라. (3) 처음에 태에서 나온 생명은 여자로 이브라고 부르

고, 다음은 남자로 아담이라고 하셨다. (4) 그런데 아담은 태양을 향할 때 배꼽 위는 태양을 따르고 배후로 그림자가 생겼는데 배꼽 아래는 태양을 거역하여 앞쪽에 그림자가 드리워지더라. (5) 이 불가사의를 보고 신은 매우 놀라 아담을 두려워하여 아들로 삼았지만, 이브는 보통 사람과 다르지 않아 계집종으로 삼았도다. (6) 마침내 이브와 잠자리를 같이하니 이브는 아이를 가지고 딸을 낳은 뒤 죽었다. (7) 신은 그 딸을 하계에 내려보내 사람의 어머니로 삼으셨도다.

"우선 이런 식으로 나는 이 문장을 일곱 절로 나누어 보았어. 그리고 각 구절에 숨어 있는 키워드를 찾아내려고 했어. 그런데 첫 번째 문장 말인데, 나는 이 구절을 인간 창조라는 의미로 해석했지. 모든 것의 시작, 이를테면 가나다의 가, ABC의 A가 되는 거야. 그리고 두 번째 문장, 이것이 제일 중요해. 구마시로, 여기 '쌍둥이를 낳으셨노라'라고 되어 있지. 그런데 쌍둥이라고 하면, 누구나 먼저 tt나 ff나 as와 같은 문자적 해석으로 상상하기 쉽지. 그런데 이 경우는 매우 상징적인 의미가 있어. 그건 바로 모태 속 쌍둥이 형상을 가리키는 말이야. 대체로 쌍둥이가 어머니의 자궁 안에서 어떤 모양을 하고 있는지 모를 리 없지. 반드시 한 명은 거꾸로 서서 한쪽의 머리와 다른 쪽의 발이 마치 트럼프의 인물 그림처럼 머리와 발이 서로 마주 보고 있는 거야. 자, p와 d를 붙여 보게. 알파벳 중에서 완벽한 쌍둥이 모양이 이루어지지 않나? 그리고 거기에 첫 번째 문장의 해석을 보태면,

당연히 p와 d 중 하나가 알파벳의 a가 되겠지. q나 b로도 마찬가지 결과가 나와. 그래서야 해답이 쐐기문자나 고대 페르시아 문자밖에 얻지 못하겠지."

그리고 잠시 숨을 돌리고 식은 홍차를 맛없다는 듯이 마신 다음 노리미즈는 단숨에 말을 계속했다.

"그런데 세 번째 문장까지 봐야 비로소 d와 p가 구별되지. 즉, 처음에 낳은 아이가 여자이고 다음이 남자니까 머리를 밑으로 숙인 d가 이브고, p가 아담에 해당돼. 그리고 다섯 번째 문장에 있는 아들이라는 단어와 일곱 번째 문장의 어머니라는 단어를 각각 자음과 모음으로 해석하는 거야. 결국 여기까지 보면 d가 모음이고 p가 자음으로 각각 어두를 차지하는 첫 글자에 해당하지. 네 번째 문장과 여섯 번째 문장에서는 그것을 다시 정정하고 있어.

(다음 행부터 나오는 암호의 설명은, 조금 번거로워서 상호 식별을 쉽게 하기 위해 암호에 속하는 알파벳을 고딕체로 나타냈습니다. 양해 부탁 드립니다. _작가로부터)

네 번째 문장에 배꼽이라는 글자가 하나 있는데, 그것을 전체의 중심이라는 의미로 해석하는 거야. 즉 p를 자음의 첫 글자인 b에 맞추고, bcdf……의 아래로 pqrs를 맞춰 가면, n에 해당하는 h가 p부터 마지막 n까지의 어느 쪽에서 헤아려도 정확히 한가운데에 오게 되지. 그게 배꼽이라는 단어가 상징하고 있는 거야. 그러면 네 번째 문장 앞부분을 보면, 배꼽 위 그림자는 자연스럽게 등 뒤로 떨어졌다고 했으니 b로부터 n, 즉 p에서 b까지는 여전히 그대로 둬도 상관없지. 하지만 다음으로 이어지는 뒷부분을 보면 변화가 일어나. 배꼽보다 밑으로는 태양을 거슬러 앞쪽으로 그림자가 졌다는 문장은 그림자 곧 알파벳의 순서를 거꾸로 하라는 암시가 분명해. 그래서 앞부분의 배열을 그대로 따라가면 당연히 n 다음의 p에 해당하는 글자가 b 다음에 오는 c가 되지. 하지만 그것을 뒤집어서 마지막 z에 해당하는 n을 p로 대입하는 거야. 따라서 pqrs에 대한 cdfg를 nmlk……같이 끝에서부터 거꾸로 맞춰 가는 거야. 결국 자음의 암호는 다음과 같은 배열되지."

bcdfghjklmnpqrstvwxyz

pqrstvwxyzbnmlkhgfdc

그리고 이어서 여섯 번째 문장에서 이브는 아이를 가지고 딸을 낳았다는 문장에 의미가 있어. 그것은 이브 즉 d의 다음 시대, 결국 abcd로 세어서 d 다음인 e를 암시하고 있지. 그리하여 일곱 번째 문장의 해석을 더해 e가 모음의 머리글자인 a에 해당하기 때문에, aeiou를 eioua로 바꾸어 놓은 것이 결국 모음의 암호로 되어 버린 거야. 그렇게 암호를 전부 풀면 클레스틀리스 스톤(crestless stone)이 되는 거지. 그것으로 우선 해독을 마친 셈이야."

"뭐라고? 클레스틀리스 스톤?"

검사는 저도 모르게 크게 외쳤다.

"그래, 이른바 문장이 없는 돌 말이야. 자네는 단네베르그 부인이 살해당한 방에서 보지 못했나? 벽난로 말이야. 문장이 새겨진 돌로 쌓인 벽난로."

노리미즈는 그렇게 말하더니 꺼내던 담배를 다시 갑 속에 넣었다. 그 순간 모든 것이 정지해 버린 것같이 느껴졌다.

마침내 흑사관 사건의 순환론 한 귀퉁이가 무너지고 노리미즈는 그 사슬 속에서 마침내 파우스트 박사의 심장을 움켜쥐었다. 아아, 드디어 폐막인가!

그때가 마침 6시 정각이었다. 밖에는 어느새 연기 같은 안개비가 자욱하게 내리고 있었다. 그날 밤, 흑사관에서는 1년에 한 번 있는 공개 연주회가 열렸다. 해마다 그랬듯 스무 명 정도의 음악 관계자를 초청했다. 연주회장은 평소 사용하던 예배당이었는데, 특히 그날 밤 특별히 임시로 설치한 대형 샹들리에가 천장에서 빛나, 언젠가 보았던 희미하게 흔들리는 등불 아래에서 성서 낭독과 오르간 소리라도 들려올 것 같은 그윽한 분위기는 어디에서도 찾아볼 수 없었다.

하지만 부채꼴 모양을 한 돔 아래에는 여전히 중세풍 정취를 잃지 않았다. 악사들은 모두 가발을 쓴 데다가 눈이 번쩍 뜨일 만큼 화사한 붉은 의상을 입고 있었다. 노리미즈 일행이 도착할 때는 두 번째 곡이 시작되어 클리보프 부인이 작곡에 관여한 내

림 나장조의 하프와 현악 3중주 제2악장이 막 시작되었다. 하프는 노부코가 연주했는데 그 기량이 다른 세 사람, 클리보프·셀레나·하타타로보다 좀 떨어지는 것이 흠이라면 흠이겠지만, 그것을 음미할 여유도 없었다. 왜냐하면 빛과 소리가 요사스러운 환영처럼 어지럽게 펼쳐진 눈앞의 광경이 단숨에 감각을 앗아가 버리기에 충분했기 때문이다. 짧게 머리를 내린 탈레랑식 가발에 슈빙겐풍을 모방한 궁정 악사의 의상, 그 화려한 향연은 그 옛날 템스강에서 열린 조지 1세의 음악 향연, 즉 바흐의 〈수상음악(水樂)〉이 초연된 밤을 방불케 했다. 그것은 실로 불타오르는 환상이었으며 또한 현혹 속에 조용한 추억을 찾는 멈추지 않는 힘이 있었다.

노리미즈 일행은 맨 뒷줄에 앉아 도취와 평안 속에서 연주회가 끝나기를 기다리고 있었다. 그들뿐만 아니라, 누구나 그랬겠지만 이렇게 찬란히 빛나는 샹들리에 밑에서는 제아무리 파우스트 박사라 하더라도 도저히 틈을 노릴 수 없을 것 같았다. 그런데 하프의 글리산도가 꿈속의 물거품처럼 사라져가고, 하타타로의 제1바이올린이 주제 선율을 연주하기 시작한 순간, 참으로 예상치 못했던 사고가 발생했다.

갑자기 청중 사이에서 일어난 무시무시한 격동과 함께, 무대가 섬뜩한 암흑세계로 변한 것이다. 느닷없이 샹들리에가 꺼지고 색과 빛과 음이 동시에 캄캄한 칠흑으로 변했다. 그와 함께 무슨 일이 있었는지 연주대 위에서 이상한 신음이 들렸다. 이어서 털썩 마루에 쓰러지는 듯한 소리가 나는가 싶더니 현악기가 요란한 소리를 내면서 계단 아래로 굴러떨어졌다. 그리고 그 소리가 잠시 어둠 속을 흔들다 뚝 그치자 누구 한 사람 말하는 이 없이 연주회장 안은 뭐라 할 수 없는 으스스한 침묵에 휩싸였다.

신음과 추락의 울림. 분명 네 명의 연주자 중에서 한 사람이 쓰러진 것이 틀림없다. 그렇게 생각하면서 노리미즈는 숨소리를 죽이고 가만히 귀를 기울였다. 어딘가 아주 가까운 데서 흡사 여울물이 졸졸 흐르는 것 같은 희미한 소리가 들려왔다. 바로 그때 단상 일각에서 어둠을 뚫고 한 개비 성냥불이 계단을 따라 객석 쪽으로 내려왔다. 그러고 나서 극히 한순간이었지만 피가 얼어붙고 숨 막히는 뭔가가 흐르기 시작했다. 그러나 그 빛이 요괴처럼 번뜩이면서 바닥을 비추는 동안 노리미즈의 눈만은 그 위를 향해 부릅떠 날카롭게 단상을 주시하였다. 그리고 어둠 속에서 사람의 형체를 그리는 환영이 있었다.

희생자가 누구인들 그 하수인은 올리가 클리보프일 수밖에 없었다. 더구나 그 짓궂고 냉소적인 괴물은 노리미즈를 굽어보며 무참하기 이를 데 없는 참극을 한바탕 연출하고 유유히 사라졌다. 아마 이번에도 모순당착이 바늘 주머니같이 덮여 그 공포와 탄복을 반드시 네 번 되풀이하리라. 그러나 폭탄을 던질 거리는 차츰 가까워졌고 노리미즈는 벌써 상대의 심장 소리를 듣고, 나무껍질 같은 중성적인 체취를 맡을 수 있을 만큼 바짝 다가갔다. 그런데 그 순간 불꽃이 다 된 성냥이 활처럼 휘어져 부러졌다. 그러자 새된 비명이 어둠을 갈랐고, 그것이 노부코의 소리라는 것도 의식할 여유 없이 노리미즈는 곧바로 바닥의 한 점에 뚫어져라 보았다.

보라! 거기에는 유황처럼 어렴풋이 빛나는 한 폭의 띠가 있었다. 그리고 그 아래 언저리에서 불씨 몇 개가 오글거리며 나타났다 사라졌다. 그러나 그것을 본 순간 노미리즈의 표정은 얼음처럼 굳어 버렸다. 그의 눈앞에 나타난 놀라운 이 세계 외에는 좌석의 긴 의자도, 머리 위에서 교차하는 부채꼴의 돔도, 마치 태풍 속 수풀처럼 흔들리기 시작하여 그것들이 한꺼번에 그의 발밑에 펼쳐진 암흑의 심연 속으로 빠져들어 갔다. 실로 꺼져가는 불빛은 비스듬히 흘러내린 가발 틈새로 드러난 하얀 천 위에 떨어졌다. 그것은 틀림없이 무구실의 참극을 지금껏 막고 있던 이마의 붕대가 아닌가. 아아, 올리가 클리보프. 노리미즈의 두 번째 후퇴였다.

쓰러진 사람은 누구인가. 바로 노리미즈가 추정했던 범인, 클리보프 부인이었다.

# 제8장

# 후리야기 가문의 붕괴

# 1. 파우스트 박사의 엄지손가락

이리하여 이 광기어린 게임은 노리미즈의 카드를 원래대로 되돌려 버렸다. 그러나 비통한 순간이 지나가고 노리미즈는 침착함을 되찾았다. 그때 아까부터 환청이 아닌가 생각했던 물 흐르는 소리가 귓가에 들려왔다. 그 소리는 사각 기둥 같은 공간을 지나 유리창의 진동이 더해진 탓에 아까보다도 큰, 마치 지축을 뒤흔들 만큼 커졌다. 쩌렁쩌렁 울리는 엄청난 소리가 음침한 죽음의 방 공기를 흔들기 시작했다. 그야말로 중세 독일의 전설, 마녀 집회의 재현이 아닌가. 주춧돌 몇 개와 창문을 사이에 두고 분명 이 성관 어딘가에서 폭포가 쏟아지고 있다. 눈앞의 범행과 직접 관련 여부를 차치하고, 화려한 장관을 즐기는 파우스트 박사 특유의 장식벽이 있다 하더라도 그런 황당무계한 일이 현실에서 일어난다는 것은 도저히 믿을 수가 없다. 아아, 폭포의 굉음, 화려하고 그로테스크한 악몽이야말로 어떤 논리로도 견제할 방법이 없는 광기의 극치가 아닌가. 그러나 노리미즈는 그 미칠 듯한 느낌을 뿌리치고 외쳤다.

"스위치를, 불을 켜!"

그 소리에 정신이 돌아온 듯 청중은 우르르 입구로 몰려갔다. 불이 꺼짐과 동시에 바로 문을 폐쇄한 구마시로가 그 무리를 제지했기 때문에, 잠시 혼란스러워져 스위치를 켤 수 없었다. 관객의 주의가 분산되지 않도록 미리 아래층 일대를 소등해 놓았기 때문에 복도의 벽등 하나만 희미하게 켜져 있을 뿐 살롱이나 주위의 방도 모두 캄캄했다. 시끄러운 소동 속에서 노리미즈는 조용히 생각에 잠겼다. 그때 검사가 다가와서 클리보프 부인이 등 뒤에서 심장이 깊게 찔려 이미 사망했다고 일러 주었다.

그러나 그 사이에 노리미즈의 두뇌는 피아노 선처럼 팽팽해졌다. 처음부터 드러난 여러 가지 사실을 정리해보니 눈앞의 참사가 그리는 곡선에 한 줄기 커팅라인이 그려졌다. 첫째, 연주자 중에 레베즈가 없었다(청중 가운데서도 그의 모습은 찾을 수 없었다). 그리고 암전과 동시에 이 방이 밀폐되었다는 것, 곧 사건 발생 전후로 상황이 똑같다는 사실이다. 그런데 마지막으로 스위치를 누른 사람은 누군가? 가장 중요한 귀결점이 되는 소등 문제에서 뜻밖에도 노리미즈는 한 줄기 광명을 얻었다. 샹들리에가 꺼지기 직전에 나타난 쓰다코가 문가의 스위치를 지나 그 옆 구석진 자리, 맨 앞줄 의자를 차지했기 때문이다.

바로 거기에 노리미즈가 발견한 최초의 좌표가 있었다. 그것은 아벨의 『범죄현상학』에 실린 트릭의 하나로, 얼음 조각을 이용하여 덮개가 있는 스위치에 전기 장애를 일으킨 방법이다. 즉, 스위치를 덮은 절연체에 얼음 조각을 끼워 넣고 스위치를 누르면 접촉 단자가 조금 닿아도 점화가 된다. 그러나 그 직후 팔로 스위치를 치면 얼음이 부서지면서 얼음 조각이 열을 띤 접촉 단자에 닿게 된다. 그렇게 얼음이 녹은 증기가 도기 받침대에 물방울을 만들면 당연히 전기 장애가 생기면서 녹은 얼음은 사라져 버린다. 이 경우 쓰다코가 스위치 옆을 지나가면서 그런 술책을 썼다면, 당연히 그녀가 좌석에 앉을 무렵에 불이 꺼졌을 것이다. 그리고 그 공백을 틈타 여유 있게 어둠 속으로 사라질 수도 있었다.

오시카네 쓰다코, 왕년에 날렸던 이 위대한 배우는 이번 경우를 제외하고 그 어떤 연결 고리에도 모습을 드러내지 않았지만, 이미 사건 첫날밤에 고대 시계실의 철문을 내부에서 열어 단네베르그 사건에 지울 수 없는 그림자를 남겼다. 더구나 사건 용의자 가운데에서 가장 강력한 동기를 가진 그녀가 실제 맨 앞줄 좌석을 차지한 게 아닌가. 이렇게 몇 가지의 요인을 배열하는 동안 노리미즈는 자신의 호흡 속에서 피비린내 나는 비명을 느꼈다. 집사에게 촛대를 가져오게 하여 스위치 옆으로 다가갔다가 거기에서 뜻밖의 것을 발견했다. 그것은 스위치 바로 밑에 기모노를 입은 쓰다코의 것이 틀림없는 하오리(羽織)* 띠가 하나 떨어

* 기모노 위에 입는 골반이나 넓적다리까지 내려오는 일본의 전통 겉옷.

져 있었다.

"부인, 이 띠는 일단 돌려 드리겠습니다. 부인이라면 아마도 이 스위치를 끈 사람이 누군지 아시겠지요?"

쓰다코를 불러 노리미즈는 거침없이 물었다. 하지만 쓰다코는 전혀 동요하는 기색 없이 오히려 냉소를 머금고 대답했다.

"돌려주시니 받아 두겠습니다. 하지만 노리미즈 씨, 저는 이것으로 겨우 권선징악의 신이 어디 있는지 알겠네요. 어둠 속에서 신음이 들리는 순간 내 머리에 이 스위치가 문득 떠올랐거든요. 만약 남의 손을 빌리지 않고 스위치를 누르려면 반드시 그 뚜껑 안에 어떤 음험한 장치가 숨어 있어야 합니다. 또 그것이 사실이라면 아마 어둠을 틈타 범인이 그 장치를 되돌리러 오겠지요. 그렇게 생각하면 이제까지 생각도 해 보지 않았던 확신이 생기는군요. 그래서 내 등으로 이 스위치를 가리고 지금 당신이 오실 때까지 쭉 이렇게 서 있는 거예요. 그러므로 노리미즈 씨, 내가 만약 데키우스(셰익스피어의 〈줄리어스 시저〉에 나오는 브루투스의 동료)라면 이런 경우, 이 띠를 보고 이렇게 말하겠지요. 일각수(一角獸)는 나무에 속고, 곰은 거울에, 코끼리는 구덩이에게 속으리라."

그들은 부랴부랴 스위치 내부를 조사하기로 했다. 그런데 예상과 달리 장애물의 흔적이 없을 뿐만 아니라, 스위치를 켜서 전류를 통하도록 해도 샹들리에는 켜지지 않은 채 여전히 캄캄한 암흑 속이었다. 그것이 분규와 혼란의 시작이 되어 결국 예배당을 떠나 사건의 원인을 찾아야 했다. 노리미즈도 메인 스위치의 소재를 쓰다코에게 물어보기 전에 먼저 자신의 속단을 사과해야 했다. 쓰다코는 기세를 누그러뜨리고 솔직하게 대답했다.

"그 방은 복도를 사이에 두고 예배당 건너편에 있는데 예전에는 영안실로 쓰던 방이었답니다. 그러나 지금은 개조해서 잡동사니를 넣어두는 방이 되었지요."

살롱을 가로질러 복도를 지나자 요란하게 물 흐르는 소리가 점점 가깝게 들려왔다. 그리고 그들이 찾는 영안실 바로 앞에까지 오자 〈예수 대수난도〉와 성 패트릭 십자가가 걸린 문 저편에서 엄청난 기세로 쏟아지는 물소리가 들렸다. 그와 동시에 무언가 그들의 신발에 서늘하게 스며들었다.

"이크, 물이다!"

구마시로는 엉겁결에 큰 소리를 질렀는데 급히 뒤로 물러서는 바람에 비틀거리며 한 손을 왼쪽에 있는 세면대에 짚으며 몸을 가누었다. 그런데 그로써 모든 것이 분명해졌다. 즉 누군가 문 맞은쪽 벽에 나란히 늘어선 세면대 수도꼭지 세 개를 전부 틀어놓아 흘러넘친 물이 자연히 경사를 따라 흘러내린 것이었다. 그 물을 문지방에 나 있는 회반죽 틈새로 흐르게 하여 영안실 안으로 보낸 것이 틀림없었다. 문을 열려고 했지만 자물쇠가 걸려있어서 아무리 밀어도 끄떡도 하지 않았다. 구시마로가 무서운 기세로 몸을 문에 부딪쳐 보았지만, 삐꺽거리는 소리만 들릴 뿐 온몸이 공처럼 튕겨져 나왔다. 그러자 구마시로는 몸을 바로 세우고 미친 듯이 소리 질렀다.

"빨리 도끼를 가져와! 이 문을 만든 사람이 로비아든 히다리

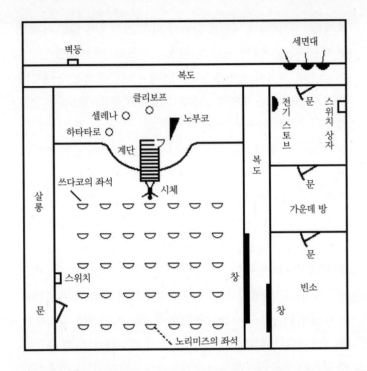

복도

세면대

벽등

클리보프 ○

셀레나 ○

노부코

하타타로 ○

계단

전기 스토브

문

스위치 상자

복도

쓰다코의 좌석

시체

문

가운데 방

살롱

스위치

창

문

빈소

문

창

노리미즈의 좌석

진고로(左甚五郎)*든 나는 무조건 박살내 버릴 거야."

그래서 도끼를 가져오자 최초의 일격이 손잡이 위 패널을 향해 가해졌다. 나무토막이 부서져 날아가고 구식 텀블러 장치가 나사못과 함께 빠졌다. 그러자 뜻밖에도 쐐기처럼 파인 틈에서 온천수 같은 자욱한 증기가 뿜어져 나왔다.

그 순간 모두 바보 같은 얼굴로 그 자리에 선 채 움직이지 못

* 일본 에도 시대 유명한 조각 명인.

했다. 뜨거운 폭포의 그늘에 설사 어떤 트릭이 숨어 있다고 해도 이 경우 큰 문제가 아니었다. 또 환상을 현실로 강요하려는 것이 파우스트 박사의 잔학한 도락일지 몰라도 눈앞에 펼쳐진 진기한 광경에는 넋을 잃고 도취될 수밖에 없을 만큼 마술적인 매력이 있었다. 문을 열자 내부는 온통 하얀 벽으로 둘러싸여 눈이 짓무를 것 같은 뜨거운 열기가 자욱했다. 그때 구마시로가 문 옆에 있는 스위치를 끄고, 또 그 밑에 있는 전기난로를 발견하고 플러그를 뽑았다. 그러자 자욱한 증기와 고온이 수그러들면서 내부의 전모가 차츰 밝혀졌다.

이 방은 영안실의 앞방에 해당하는 것으로 막다른 곳에 달린 문 안쪽 가운데 방이 가톨릭에서 농담처럼 '영혼의 무도회장'이라고 부르는 공간이었다. 그리고 구석에 뚫린 배수구에서 물이 흘러나왔다. 또 가운데 방과의 경계에는 장식은 없지만 위엄 있는 돌문이 하나 있었고, 한쪽 벽에는 고풍스러운 깃발 장식이 달린 큼직한 자물쇠가 늘어져 있었다. 문은 잠겨 있지 않아 돌문 특유의 땅이 울리는 것 같은 소리를 내며 열렸다. 그런데 이상한 것은 앞방이 숨 막힐 정도로 고온이었음에도 지금 문을 연 어둠 저 안에서는 마치 동굴처럼 차가운 공기가 흘러나왔다. 그리고 문이 활짝 열렸을 때, 그 어슴푸레한 가운데 노리미즈는 시각에 어지러운 격동을 느꼈다. 마치 백호(白毫)처럼 새하얀 빛이 눈을 세차게 때려 그는 무의식중에 바닥을 응시하면서 우뚝 서 버렸다. 그것은 결코 이 수도원 구조 특유의 어둡고 침울한 분위기 때문이 아니었다.

그곳 바닥 위에는 몇십만 마리의 하얀 지렁이를 풀어놓은 것처럼 가늘고 짧은 곡선이 어지럽게 교차하였다. 차곡차곡 쌓인 먼지 위에 난 그 곡선은 잿빛 바닥을 덮고 있었다. 그 선은 맑고 차갑지만 보기에 따라서는 섬뜩한, 묘하게 질척거리는 흰 빛을 발산했다. 그걸 보고 있으면 시야에 닿는 부분만 장엄한 문장(紋章) 같은 모양으로 허공에 떠올라 눈에 쏙 들어왔다. 그 빛은 마치 고트샬크(제1차 십자군 이전의 선발대를 이끈 독일의 수도사)가 본 성 히에로니무스의 환상 같았다. 무수한 선은 수증기가 바닥 전체에 자욱하게 쌓인 먼지 위에 새긴 섬세한 홈이 틀림없었다. 하지만 이상하게도 천장과 주위 벽면에는 이렇다 할 흔적이 남아 있지 않았다. 그뿐만 아니라 다시 바닥을 옆에서 들여다보면 마치 달 표면의 산맥이나 사막의 사구로밖에 여겨지지 않는 기복이 무수하게 이어져 있었다. 그 흔적들은 아무리 뛰어난 장인이라도 도저히 흉내 낼 수 없는 자연의 힘이 만들어낸 미묘한 세공이 분명했다.

석회석 벽돌을 쌓아 만든 방은 고난과 수도를 연상시키는 침울하면서도 엄숙한 공기가 넘쳐 있었다. 막다른 돌문 깊숙한 곳에 영안실이 있었고 그 문에는 유명한 성 패트릭의 찬미가 〈이교도의 사악한 계율에 맞서, 또 여인과 대장장이, 드루이드 주술사의 주문에 맞서〉의 전문이 새겨져 있었다.

바닥에 발자국이 없는 것으로 보아 아마 산테쓰의 장례 때도 전통적인 염을 하지는 않았던 것 같았다. 그렇게 앞방 너머로 아무도 들어간 사람이 없었다는 사실이 밝혀지자, 모든 의문이 여기에서 끝나 버렸다. 결국 세면대의 물을 틀어 계단으로 흘려보낸 목적은 아주 쉽게 짐작할 수 있었지만 다음 문제인 난로의 점화에 대해서는 그 의도를 전혀 짐작할 수 없었다. 물론 벽의 스위치는 덮개가 열려 있었고 스위치는 꺼짐 위치로 내려가 있었다. 검사는 스위치를 눌러 전류를 보내고 발밑에 뚫린 배수구를 보면서 자신의 견해를 밝혔다.

"세면대 물을 계단으로 흘려보냈다는 것은 바닥의 먼지 위에 생긴 발자국을 없애려는 의도였겠지. 그렇다면 아무래도 근본적인 의문은 이 방의 메인 스위치를 끄고 문을 잠근 뒤 밖으로 나와서 클리보프를 찌른 인물, 그 1인 2역을 한 배우가 누군가 하는 거겠지. 그러나 어찌 되었든 나로서는 레베즈가 그런 작은 악마 역할을 했다고 믿어지지 않아. 그 해답은 자네가 발견한 문장이 없는 돌에 있을 거야."

"그래, 제대로 잘 봤네."

일단 솔직하게 고개를 끄덕인 노리미즈는 이어서 우울한 빛을 보이며 말했다.

"그러나 이 경우에 오히려 레베즈의 심리극이 아닌가 싶어 걱정이 돼. 또 이 방 열쇠 행방이 의외로 모습을 보이지 않는 레베즈와 관계가 있을지도 모르고……"

노리미즈는 계속 담배를 피우면서 구마시로를 돌아보았다.

"아무튼 범인이 언제까지나 몸에 지니고 다닐 리는 없으니 우선 열쇠의 행방을 찾지. 그리고 나서 레베즈를 찾아내어 데려 오는 거야."

잠시 후 일행이 악몽에서 해방된 것 같은 기분으로 예배당으로 돌아오자 다시 샹들리에의 빛이 찬란하게 쏟아지고 있었다. 그 밑에 청중은 여기저기에서 작은 무리를 이루고 있었다. 단상의 세 사람은 저마다 원위치에서 벗어나지도 못하고 불안한 표정으로 쫓기는 짐승처럼 두려움에 떨었다. 클리보프 부인의 시체는 계단 앞쪽에 거의 고무래 정(丁)자로 쓰러져 있었다. 두 팔을 벌리고 엎드렸는데 등 왼쪽에는 칼자루로 보이는 뭉툭한 손잡이가 섬뜩하게 우뚝 박혔다. 시체의 얼굴에 공포의 흔적은 거의 없었다. 얼굴은 기묘하게 번들거렸고 죽을 때 부어오른 탓도 있겠지만 모나고 독살스러운 표정이 상당히 완화되어 보였다. 하지만 언뜻 보기에 평안한 죽음처럼 보였지만 동시에 불의의 경악이 불러온 방심 상태로도 추측해 볼 수 있었다. 그리고 말라붙은 핏자국이 손가락질하는 손 모양으로 시체의 움푹 팬 등을 가득 뒤덮었다. 그런데 섬뜩하게도 그 손가락 끝이 단상 오른쪽을 가리키고 있었다. 시체에서 나온 기름으로 번들거리는 금빛의 칼날과 궁정 악사의 붉은 의상이 이 참상 전체를 지극히 화려하게 보이게 하였다. 하지만 현장의 광경 중에서 가장 인상적이며 살인 사건과 어울리지 않는 대조적인 장면이었다.

노리미즈는 흉기의 손잡이를 자세히 조사했지만 거기에 지문의 흔적은 없었다. 손잡이 밑에는 몬페라토 가문의 문장이 새겨져 있었다. 손잡이를 뽑아보니 끝이 두 갈래로 갈라진 불꽃 모양의 창칼이었다. 그러나 범행 때 나타난 자연의 못된 장난은 가장 핵심적인 부분을 가려 버렸다. 단상에서 시체가 있는 위치에 이르기까지 전혀 핏방울이 발견되지 않았기 때문이다. 말할 것도 없이 칼을 바로 뽑지 않아 그것이 마개 역할을 해서 순간적인 출혈이 적었기 때문이었다. 그로 인해 무엇보다도 범행을 재현하는 데 빠질 수 없는 고리가 끊어져 버렸다. 결국 클리보프 부인이 단상 어디에서 찔려, 어떤 경로를 거쳐 추락했는지 그 두 가지를 연결할 방법은 없었다. 노리미즈는 검시를 마치자 청중을 밖으로 내보내고 나서 계단을 올라갔다. 그때 노부코가 먼저 악몽에 억눌린 듯한 소리로 외쳤다.

"파우스트 박사는 아직도 나를 괴롭히고 싶은가 봐요? 처음에 코볼트 카드를 제 책상 속에 넣어둔 것만으로는 모자란다는 건가요? 오늘도 저를 골라서 인신공물 세 사람 안에 끼워 넣고 있어요."

노부코는 등 뒤로 돌린 두 손으로 하프를 꽉 쥐고 억세게 흔들었다.

"그렇지 않나요, 노리미즈 씨? 당신은 클리보프 님이 연주대 어디에서 찔렸는지, 또 어느쪽에서 굴러떨어졌는지, 그것이 알고 싶으시지요?"

"아니요, 내가 혹시 기데온(암시와 은형술에 능통했다고 하는 드루이드교의 위대한 주술사)이라면 혹시 알고 있을지도 모르지요."

셀레나 부인은 벌벌 떨면서도 빈정거리는 말투로 대답했다. 그러자 하타타로가 그 말을 받아 노리미즈에게 말했다.

"실제로 그렇습니다. 공교롭게도 저희는 곤충이나 맹인만큼 공간에 대한 감각이 정확하지 않습니다. 게다가 어쨌든 옷도 똑

같았으니까요. 노부코 씨가 성냥을 그어서 얼굴을 비출 때까지
는 도대체 누가 쓰러졌는지조차 모를 만큼……. 그건 고사하고
아무 소리도 못 듣고 꼼짝도 할 수 없었다고나 할까요?"

사건의 국면이 이제 노리미즈 일행에게 불리하다고 여기는지
벌써 하타타로의 눈동자에 거만한 빛이 어렸다.

"그런데 노리미즈 씨, 대체 스위치를 끈 사람은 누구였을까
요? 그렇게 재빠르고 깨끗하게 1인 2역을 해낸 악마가?"

"뭐요? 악마라고요? 흑사관이라는 제단을 지붕으로 하고 있
는 인생 그 자체가 이미 악마적인 것이 아니겠소?"

눈앞의 조숙아를 섬뜩할 만큼 응시하면서 노리미즈는 막말을
내뱉었다.

"하타타로 씨, 실은 내가 구식 수사법, 즉 인간의 허술한 감각
이나 기억 따위에 신빙성을 두는 것을 성골이라 부르며 경멸했
습니다. 그런데 오늘 이 사건에서는 영안실의 성 패트릭을 수호
신으로 삼아 드루이드 주술사와 싸워야 했습니다. 당신은 그 위
대한 아일랜드 수도사가 데실 법(웨일스의 악마교 드루이드의 교
리로 제단 주위를 태양의 운행과 똑같이 즉, 왼쪽에서 오른쪽으로 도는
풍습)에 따라 행렬을 만들어 그것으로 드루이드 주술사를 내쫓
고 악마의 땅을 정화했다는 역사적 사실을 아십니까?"

"데실 법! 그걸 어떻게 또 당신이……."

셀레나 부인은 잔뜩 겁을 먹은 듯 얼굴을 찌푸리고 되물었다.

"하지만 총명한 성 패트릭은 포교의 방편으로 왼쪽에서 오른
쪽으로 도는 행렬을 차용한 것이 아닙니까?"

"그렇습니다. 그것이 오늘 사건에서는 핵심을 말하는 상징이 었어요. 그러나 주술의 상징을 다른 데로 옮긴다는 것은 수도사 스스로 자멸하는 일입니다."

노리미즈는 심술궂게 픽 웃고 나서 은근히 위협적인 말을 내 뱉었다. 아아, 핵심을 말하는 상징이란 무엇일까? 그 걷히지 않 은 안개 같은 화제가 묘하게 표정을 긴장시키고 피가 얼어붙을 것 같은 분위기를 만들어냈다. 그러는 동안 셀레나 부인의 눈이 이상하게 깜박거리더니 먼저 노리미즈를 보고 다시 노부코를 밉살스러운 눈으로 흘깃 훑어보고는 단상 아래 한 점으로 시선 을 떨어뜨리더니 그대로 얼어붙었다. 그곳에는 말할 수 없이 불 길한 서명이 있었다. 노리미즈가 오른쪽에서 왼쪽으로 돌아간다 고 했던 상징, 바로 그것에 해당되는 증거가 클리보프 부인의 등 에 나타난 것이다. 손가락질하는 손 모양을 한 핏자국, 그 손가 락 끝이 단상 오른쪽, 즉 노부코의 자리를 가리키고 있었다. 그 뿐만 아니라 기분 탓인지는 몰라도 어쩐지 그 모양이 하프와도 비슷해 보였다. 모두들 말할 수 없는 두려움을 느끼며 잠시 그 부호에 시선을 빼앗겼다. 이윽고 노부코는 하프에 얼굴을 묻고 어깨를 떨면서 가쁜 숨을 내쉬었다. 노리즈미는 그것으로 심문 을 중단했다. 세 사람이 나가고 나서 구마시로는 흥분한 눈으로 노리미즈를 바라보았다.

"어이구, 이거 괜찮은 부처님이신데. 이 정성들인 준비 좀 봐."

파우스트 박사의 마법과 같은 조각 솜씨에 무심코 한숨을 내 쉬었다. 검사는 참을 수 없다는 듯이 노리미즈에게 말했다.

"그럼, 결국 자네는 이 우연의 일치를 '이 사람을 보라'고 해석하는 거야?"

"천만에, 그것은 자연 그대로이며 또한 유동체야."

노리미즈는 선뜻 그렇게 단언했다. 그 갑작스러운 변설에 검사는 놀랐다.

"물론 그렇게 되면 저 세 사람은 완전히 내 꼭두각시가 되어 버리는 것이지. 조금만 더 보고 있어. 저 세 마리 심해어는 틀림없이 제 위장 속에 든 것을 내 앞에 토해낼 테니까 말이야."

노리미즈는 그가 연출하려는 심리극이 얼마나 멋진가를 설명했다.

"그래서 내가 데실 법에 비유한 진정한 의미는 바로 하타타로와 바이올린과의 관계에 있었던 거야. 자네는 눈치채지 못했나? 그 남자는 왼손잡이인데도 지금 활을 오른손에, 바이올린을 왼손에 들고 있었어. 즉 그것이 바로 '왼쪽에서 오른쪽으로'를 뜻하는 데실 법의 본질이야. 그러니 하제쿠라, 설마 그 상수가 우연한 사고는 아닐 거야."

그때 클리보프 부인의 시체가 밖으로 나가고 그와 엇갈려 사복형사 한 명이 들어왔다. 성관 전체에 걸친 수사를 끝낸 그가 가져온 보고에는 의외로 눈이 휘둥그레질 만한 것이 있었다. 영안실의 열쇠는 물론이고 레베즈가 첫 곡이 끝나고 휴식에 들어가자마자 사라져 버렸다는 것이다. 또 마침 참사가 발생한 시각에 신사이는 병석에 있었고, 시즈코는 도서실에서 원고 집필을 계속하고 있다는 사실도 알게 되었다. 이 소식을 듣고 노리미즈의 얼굴에는 심상치 않은 어두운 그림자가 깃들였다. 그는 이미 가만히 있을 수 없는 듯 초조한 발걸음으로 방 안을 서성였다. 그러다가 갑자기 멈춰 서서는 몇 초 동안 생각에 잠겼다. 노리미즈의 눈에 기이한 광채가 나타나는가 싶더니 쿵 하고 바닥을 걸어차며 그 높은 반향 속에서 환성을 질렀다.

"응, 그렇지. 레베즈의 실종이 나한테 영광을 가져왔어. 지금 우리가 당하는 수난이야말로, 그 사나이의 엄청난 유머를 이해하지 못해서였어. 이봐, 구마시로. 그 열쇠는 영안실 안에 있어. 복도 문은 안에서 잠갔어. 그리고 레베즈는 영안실 안으로 모습을 감추었지."

"뭐, 뭐라고? 자네, 미치기라도 한 거야?"

구마시로는 깜짝 놀라 노리미즈를 빤히 바라보았다. 그렇다. 가운데 방 바닥에는 발자국이 스치고 지나간 흔적이 하나도 없었다. 또 옆 복도로 난 영안실 창문은 안에서 단단히 잠겨 있었다. 그러나 마침내 노리미즈는 레베즈에게 하늘을 나는 융단을 안겨 주었다.

"그러면 앞방의 뜨거운 폭포를 만든 것은 무엇 때문이었지? 그리고 가운데 방 바닥에 아름다운 환상의 세계를 만들어 그 위에 난 발자국을 지운 이유는?"

노리미즈는 열광적인 어조로 역설하고는 마지막으로 연주대 모서리를 쾅 하고 두드렸다. 그리고 그가 밝힌 것은 저 괴상하기 짝이 없는 문장 모양으로 마침내 레베즈의 관이 되게 한 것이었다.

"구마시로, 자네는 자주 담배 연기를 뻐끔뻐끔 빨아 동그랗게 토해내는데, 그것을 기체의 리듬 운동이라고 하지. 그와 같은 현상이 양 끝의 온도와 압력에 차이가 있을 경우, 한가운데가 불룩한 램프 유리나 자물쇠 구멍 등에서도 나타나지. 그리고 그 경우 한 가지 더 주의할 것은, 가운데 방의 벽을 쌓은 석질이야. 그 석재는 바실리카 양식의 수도원을 건축할 때 흔히 사용되는 석회석인데, 오랜 세월 동안 자연히 풍화가 되었겠지. 따라서 쌓인 먼지 속에는 물에 녹는 석회분도 섞여 있을 거야. 그래서 레베즈는 먼저 앞방에 뜨거운 폭포를 만들어 수증기를 발생시켰어. 그러면 시간이 지나감에 따라 차츰 앞뒤 두 방의 온도와 압력에 차이가 생겨서 기체가 흐르기 좋은 상태가 만들어지겠지. 그리고 열쇠 구멍으로 흘러나온 원형의 증기가 가운데 방 천장을 향해 올라간 거지."

"그렇군. 도넛 모양의 수증기와 석회분이군."

검사는 마지못해 머리를 끄덕이며 희미하게 몸을 떨었다.

"그런 거야, 하제쿠라. 그렇게 증기가 천장에 쌓인 먼지에 닿으면, 가장 먼저 먼지 속 석회분에 스며들겠지. 따라서 당연히 내부에 빈 공간이 생기고 결국 버티지 못하고 바닥으로 떨어지기 마련이야. 즉 그 물질이 바닥의 발자국을 덮게 되는 것은 물론이지. 더욱이 그 마법의 테가 다량의 석회분을 흡수한 다음에 부서졌기 때문에 저 현란한 신비를 낳은 거라고. 그런데 하제쿠라. 마침 이것과 닮은 현상이 역사적으로 발견되었는데 말이야. 가령 엘보겐의 물고기 문자*의 기적이 있어……"

"그건 다음에 또 듣기로 하고……"

검사는 당황해서 사이비 역사가 노리미즈의 장광설을 막고
는, 아직도 반신반의하는 태도로 노리미즈를 바라보았다.

"과연 현상적으로는 그것으로 설명이 되지. 또 영안실 안 깊숙
한 데서 문장이 없는 돌이 일부가 나왔을지도 모르고. 그러나 설
사 그것으로 1인 2역이 해결된다고 해도 말이야. 아무래도 나로
서는 숨지 않아도 될 사람이 굳이 숨어 버린 심정을 알 수가 없
어. 혹시 그 남자는 자기 멋에 너무 도취하여 정신을 잃어버린
것이 아닐까?."

"저런, 하제쿠라. 자네는 쓰다코가 쓴 트릭을 잊었나? 그럼 시
험 삼아 영안실 문을 열지 말고 내버려 둘까? 그러면 그는 틀림
없이 우리가 돌아갈 때쯤 옆 복도로 난 스테인드글라스 창문으
로 빠져나가겠지. 그리고 분명히 그랜드 피아노 속으로라도 숨
어들어 가 수면제를 먹을 게 틀림없어. 자, 가자고. 이번에야말
로 저 고보토케 고헤이**가 매달린 덧문을 박살내야겠어."

이렇게 노리미즈는 마침내 개선가를 올리며 가운데 방 안—
성 패트릭의 찬미가를 새긴 영안실 문 앞에 섰다. 그들 세 사람
은 이미 감방 안에 갇힌 레베즈를 상상하며 그 잔인한 반응을 실
컷 즐기고 싶었다. 그런데 안쪽에서 잠겨 있어 무구실에 있는 파

---

* 1327년 카를스바트 온천이 발견되지 않았을 때, 그곳에서 십 리가 떨어진 엘보겐
외곽에 기적이 나타났다. 폐허가 된 교회 밑에서 기독교의 표상이라고 할 물고기를 뜻
하는 문자가 그리스어로 나타났다. 하지만 그것은 광천맥의 간헐적 분출에 의한 현상
으로 보인다.
** 『요쓰야 괴담』에 나오는 인물. 살해당해 문에 묶여 강에 버려진다.

성추의 힘이라도 빌리지 않고는 열릴 것 같지 않던 그 문이, 뜻밖에도 구마시로가 손을 대자 소리 없이 쓱 밀렸다. 밀폐된 방이 으레 그렇듯이 축축하고 어두운 내부의 탁하기 짝이 없는 공기와 먼지 냄새가 목을 간질였다. 손전등을 비추자 동그란 불빛 속에 몇 줄의 신발 자국이 보였다. 그 순간 어둠 저편에서 레베즈의 형형한 안광이 튀어나오고 야수처럼 헐떡거리는 숨소리가 들려왔다. 그러나 그것은 그들이 그려낸 환상이었다. 발자국은 안쪽 커튼 그림자 속으로 사라지고 맨 안쪽에 있는 관대로 이어졌다. 그때 그들은 자신도 모르게 마른침을 삼켰다. 커튼 밑자락부터 바닥 구석구석까지 전등을 비춰 봐도 관대 다리네 개만 보일 뿐, 사람 그림자는 찾아볼 수 없었다. 문장이 없는 돌……. 레베즈는 이미 이 방에서 사라지고 없는 것 같았다. 구마시로가 힘껏 커튼을 젖혔다. 그 순간 그는 누군가에게 이마를 차여 바닥에 나동그라졌다. 동시에 머리 위에서 커튼 봉이 삐걱거리는 소리가 나고 뭔가 딱딱한 물체가 검사의 가슴으로 날아왔다. 그는 엉겁결에 그것을 움켜잡았다. 구두였다. 그러나 그 순간 노리미즈의 눈은 머리 위 한 곳에 얼어붙어 버렸다. 보라, 거기에는 한쪽은 맨발 또 한쪽은 구두가 반쯤 벗겨진 채 둔한 진자처럼 흔들리는 뭔가가 있었다.

마치 뇌장(腦漿)의 냄새를 맡은 듯 인간 심리의 단서를 쫓아가던 노리미즈의 추리가 마침내 뒤집혀 버렸다. 레베즈를 발견했으나 커튼 봉에 가죽끈으로 목을 매달아 죽은 뒤였다. 폐막……. 흑사관 살인 사건은 이 어이없는 막을 끝으로 폐막을 고한 셈이다. 그렇다 하더라도 노리미즈는 이 결론이 만족스러울 리 없겠지만, 이상할 정도로 당황했다. 구마시로는 사복형사를 시켜 아래로 내린 시체의 얼굴에 전등을 비추며 말했다.

"그럭저럭 이것으로 파우스트 님의 사건은 끝난 것 같군. 결코 갈채받을 만한 종결은 아니지만 설마 이 헝가리 기사가 범인일 줄은 생각도 못했어."

관대 위는 이미 조사를 마쳤다. 관대에 남아 있는 구두 자국으로 판단하건대 레베즈는 관대의 가장자리에 올라서서 두 손으로 가죽끈을 잡고 발을 떼면서 목을 끈 속에 집어넣었다는 것은 의심할 여지가 없었다. 마치 바다짐승을 연상시키는 시체는 다른 궁정 악사와 똑같은 옷을 입고 있었는데 가슴 언저리에 토사물이 조금 묻어 있었다. 사망 추정 시간은 한 시간 안팎으로 클리보프 살해 시각과 거의 일치했다. 칼라 위부터 흔적을 남긴 가죽끈은 무참할 정도로 목덜미에 깊이 파고들었다. 물론 모든 점에서 목매고 죽은 형적이 뚜렷했다. 그것을 단적으로 입증하는 것이 거무스름한 보랏빛으로 변한 레베즈의 얼굴 표정이었다. 눈썹 양쪽 끝은 치켜 올라가고 눈 밑은 축 처졌으며 입가도 늘어졌다. 물론 그런 특징은 이른바 '폴(fall)'이라고 부르는 현상으로 거기에는 도저히 부정할 수 없는 절망과 고뇌의 빛이 가득했다. 그동안 검사는 목덜미의 칼라를 손가락으로 집어 올려 줄곧 후두부 머리털이 난 언저리를 살펴보았다.

"나는 레베즈에 대한 추문이 너무 혹독하지 않았나 싶어. 어때, 노리미즈? 이 호두 모양을 한 무참한 낙인은 밧줄이 파고든 현상과 어긋나는 것 같은데 말이야."

검사는 밧줄이 파고들어 호두 껍데기 같은 흔적이 남은 레베즈의 뒤통수를 가리켰다.

"그래, 밧줄이 위로 향하고 있군. 그렇다면 이런 결절 하나 둘 정도는 대수롭지 않은 문제지. 그런데 케케묵은 폰 호프만의 『법의학 교과서』에도 이런 예가 하나 있었어. 바닥에 떨어진 서류를 주우려고 피해자가 몸을 숙였는데, 그때 범인이 피해자의 외알 안경에 달린 비단끈으로 뒤에서 목을 졸랐다는 거지. 물론 그렇게 하면, 흔적이 위로 어슷하게 생기기 때문에 범인이 나중에 그 위에 밧줄을 대고 시체를 매달아 흔적을 지우려 했어. 그런데 목덜미에 딱 하나 결절이 남아서 결국 그게 진상을 말해줬다는 거야."

검사는 그렇게 말하고 나서 레베즈의 자살을 심리적으로 관찰하여 지금 이 국면에서 가장 아픈 곳을 건드렸다.

"그런데 노리미즈. 가령 레베즈가 메인 스위치를 끄고 우리가 모르는 비밀 통로를 지나 클리보프 부인을 찔렀다고 해도 말이지. 니틀링겐의 마법 박사 파우스트라는 위신도 있는데 그렇게 마지막을 멋없이 끝내 버리다니! 그토록 연극적 취미를 과시하던 범죄자의 최후치고는 전부 너무나도 실망스러울 정도로 단순하단 말이지."

검사는 도저히 이해할 수 없는 레베즈의 자살 심리에 깊은 혼란에 빠지고 말았다. 그는 미칠 것 같은 심정으로 노리미즈를 바라보았다.

"노리미즈, 이 수수께끼 같은 자살은 자네의 십팔번인 중세의 금욕적 찬송가부터 쇼펜하우어까지 들먹여 봐도 설명할 수 없을 것 같아. 왜냐하면 현재 범인의 범행 능력이 우리를 완전히 압도하잖아. 게다가 결말이 너무나 당돌해. 아아, 안타깝기 짝이 없을 정도로 위축되고 말았어. 이 남자의 상상력이 저 살비니(표정 연기가 과장된 이탈리아 배우의 전형) 정도의 연극으로 끝나 버리다니 믿어지지 않아. 시간의 선택을 그르치지 않으려는 것이었을까, 아니면 명예로운 죽음을 위해서였을까……. 아니야, 결코 그 어느 쪽도 아니야."

"그랬을지도 모르지."

노리미즈는 담배로 케이스를 툭툭 치면서 묘하게 뭔가를 생각하면서도 검사의 가설을 진심으로 긍정하는 것처럼 고개를 끄덕였다.

"그렇다면, 우선 자네는 피넬리트의 『연기와 용모학』이라도 한번 읽어 보는 게 어때? 이 비통한 표정은 '폴'이라고 하여, 자살자한테서만 볼 수 있어."

노리미즈가 그렇게 말하고 커튼을 세게 젖히자, 머리 위에서 봉이 울리는 소리가 났다.

"저 봐, 하제쿠라. 저렇게 들려오는 소리가 이 결절을 이상하게 보이게 한 거야. 레베즈의 중량이 갑자기 더해졌기 때문에 봉이 흔들렸고 그 반동으로 매달린 몸이 팽이처럼 돌기 시작했겠지. 물론 그에 따라 가죽끈이 둘둘 꼬여 가다 한계에 이르면 이번에는 거꾸로 돌아가면서 풀렸을 거야. 요컨대, 그 회전이 10여 번이나 반복되기 때문에 자연히 매듭이 가장 극에 달할 때 결절이 생겨. 그것이 레베즈의 목을 강하게 압박했던 거야."

그리하여 현상적으로는 완전한 설명이 된 셈이지만 어쩐지 노리미즈는 뭔가 놓치고 있다는 생각이 들었다. 그는 여전히 어두운 표정으로 담배만 내리 피우면서 생각에 잠겼다. 파우스트 박사의 또 다른 이름 오토칼 레베즈의 인생은 이렇게 연기처럼 사라졌다. 하지만 왜 그랬을까?

일단 여기에서 검시를 하기로 했는데 먼저 앞방의 문 열쇠가 레베즈의 호주머니 속에서 발견되었다. 그 직후 짓눌려 찌부러진 레베즈의 칼라를 벗겼을 때, 뜻밖에도 세 사람의 눈을 찌르는 것이 있었으니 이로써 레베즈의 죽음이 논리적으로 분명해졌다. 연골 바로 밑, 기도의 양옆에 엄지손가락 자국 두 개가 선명하게 찍혀 있었다. 더구나 그 부분에 해당하는 경추뼈가 움푹 꺼져 있었다. 레베즈의 사인은 의심할 바 없이 목 졸라 죽인 것으로, 아마 숨이 차츰 끊어져 가는 육신을 범인이 매달았다고 단정할 수밖에 없었다. 국면은 다시 완전히 반전되고 말았다. 그런데 레베즈의 목에 난 자국 중 오른 손가락 쪽에 뚜렷한 특징이 있었다. 그쪽에만 손톱자국이 선명하게 찍혔다. 그리고 손가락 끝부분이 살짝 패여 있어 뭔가 부스럼이나 흉터가 있는 것처럼 보였다. 물론 그것으로 레베즈의 자살 심리에 관한 의혹은 일소되었지만, 열쇠를 발견함으로써 의문은 더욱 깊어졌다.

이미 부정적 요소와 긍정적 요소가 모두 정리된 이 국면에서 몇 가지 도저히 뛰어넘을 수 없는 장벽이 있음이 확실해졌다. 아마 범인은 레베즈를 앞방으로 끌어들여 목 졸라 죽인 뒤 시체를 안쪽 영안실로 옮겼을 것이다. 그리고 앞방 열쇠가 피해자의 주머니 속에 있었는데 범인은 그 문을 어떻게 잠갔을까? 또, 영안실에 남겨진 발자국은 모두 레베즈의 것이었고 얼굴도 자살자 특유의 전형적인 모습이었다. 거기에 공포와 경악 같은 감정이 조금도 나타나 있지 않은 것은 어째서일까. 또, 복도 옆 창문은 상단만 투명한 유리로 되었는데 전면에 두터운 먼지가 쌓여 거기에서는 범인의 도주로를 찾을 수 없었다. 따라서 자연히 문장이 없는 돌에 모든 해답을 기대할 수밖에 없었다.

검사는 시체의 머리카락을 움켜쥐고 그 얼굴을 노리미즈에게로 돌렸다. 그리고 그가 전에 레베즈에게 가혹하게 대한 것을 비난했다.

"노리미즈, 이 상황에서 자네는 마땅히 도덕적 책임을 져야 할 거야. 그래, 그때 심리 분석으로 자네는 코볼트 카드의 소재를 알아낼 수 있었어. 또 자칫 어둠 속에 묻힐 뻔한 이 남자와 단네베르그 부인과의 연애 관계도 자네의 투시안으로 밝혀냈지. 그러나 레베즈는 자네의 궤변에 몰려 자신의 무고를 증명하려고 호위까지 거절했던 거야."

거기에는 노리미즈도 정면으로 반박할 수 없었다. 패배, 낙담, 실의…… 모든 희망이 그에게서 사라졌을 뿐 아니라 영원한 짐이 될 것 같은 어두운 그림자가 마음 한구석에 자리 잡고 말았다. 아마 그 유령은 노리미즈에게 끊임없이 이렇게 속삭일 것이

다. 네가 파우스트 박사를 부추겨 레베즈를 죽인 것이라고. 그러
나 레베즈의 숨통을 억세게 조인 두 엄지손가락의 흔적은 구마
시로에게는 기분 좋은 수확이었다. 그래서 지체 없이 가족 모두
의 지문을 채취하기로 했는데, 그때 사복형사가 고용인 한 명을
데리고 들어왔다. 그 고용인은 예전에 에키스케 사건 때에도 증
언을 한 일이 있는 고가 쇼주로라는 사나이였다. 그는 이번에도
쉬고 있던 시간에 레베즈의 알 수 없는 행동을 목격했다고 했다.

"자네가 마지막으로 레베즈를 본 것은 몇 시 정도였지?"

재빨리 노리미즈가 물었다.

"예, 확실히 8시 10분쯤 되어서였습니다."

쇼주로는 처음에는 시체를 보지 않으려고 외면했지만 일단
말을 꺼내자 조목조목 요령 있게 진술하였다.

"첫 곡이 끝나고 휴식에 들어갔을 때, 레베즈 님이 예배당에
서 나오셨습니다. 그때 저는 살롱을 빠져나가 이 방 쪽으로 복도
를 걸어오는데, 제 뒤를 따라 레베즈 님도 걸어오셨습니다. 그런
데 제가 이 방 앞을 지나서 탈의실 쪽으로 가는 모퉁이를 돌아서
휙 뒤를 보았더니 레베즈 님은 이 방 앞에 선 채 제 쪽을 물끄러
미 바라보고 계셨습니다. 그 모습이 마치 제가 사라지기를 기다
리는 것 같았습니다"

그 말에 따르면, 레베즈가 스스로 이 방에 들어왔다는 견해에
는 조금도 의심할 여지가 없었다. 노리미즈는 다음 질문으로 들
어갔다.

"그리고 그때 다른 세 사람은 어떻게 되었나?"

"그분들은 일단 각자 자기 방으로 돌아가셨던 것 같습니다. 그리고 다음 곡이 시작되기 5분 전쯤에 세 분은 함께 오셨고, 노부코 님은 그보다 몇 분 뒤에 오셨던 것으로 기억합니다."

그말을 듣고 구마시로가 끼어들었다.

"그럼 자네는 그 후에 이 복도를 지나가지 않았나?"

"예, 곧 두 번째 곡이 시작되었으니까요. 아시다시피 이 복도에는 카펫이 없어서 소리가 울리기 때문에 연주 중에는 바깥 복도로 가야 합니다."

레베즈의 미심쩍은 행동 하나를 남기고 쇼주로는 진술을 마쳤다. 그는 끝으로 문득 생각이 난 듯 이 말을 덧붙였다.

"아 참, 본청 외사과 직원이라는 분이 살롱에서 오래 기다리고 계십니다."

영안실을 나와 살롱으로 가자, 거기에는 외사과 직원 한 명이 구마시로의 부하와 함께 기다리고 있었다. 물론 그는 흑사관의 건축기사 딕스비의 생사에 관한 보고를 가지고 왔다. 경시청의 의뢰에 따라 랑군 경찰 당국이 아마 고문서까지 뒤져서 보냈을 그 회신에는 딕스비가 투신한 당시의 전말이 꽤 상세하게 적혀 있었다. 그것을 대강 말하자면, 1888년 6월 17일 새벽 5시, 페르시아 여왕호 갑판에서 선객 한 명이 투신하였다. 그의 목은 추진기에 잘려 나간 것으로 보이지만 몸체는 3시간 뒤 랑군에서 2마일 정도 떨어진 해변에 떠내려 왔다. 물론 그 시체가 딕스비임은 의류 및 소지품으로 확인하여 의심할 이유가 없었다.

다음으로 구마시로의 부하는 구가 시즈코의 신분에 관한 보고를 가져왔다. 그에 따르면 그녀는 의학 박사 야기자와 셋사이의 장녀로, 유명한 광입자 연구자인 구가 조지로와 결혼했지만 1913년 6월에 사별하였다. 물론 시즈코를 그렇게까지 조사한 이유는 언젠가 노리미즈가 그녀의 심리 분석을 통해 산테쓰의 심장에 관한 특이체질을 알아낼 수 있었기 때문이었다. 또 그녀가 조기 매장 방지 장치의 소재까지 산테쓰에게 들어서 알고 있었다면, 두 사람 사이는 고용인과 고용주의 관계를 넘어선 어떤 미묘한 일이 있지 않았나 상상해 보는 것도 당연했다. 그러나 야기자와라는 예전의 성(姓)이 눈에 띄자, 노리미즈는 갑자기 혼란스러운 표정을 지었다. 그는 보고서를 입수하기가 무섭게 아무 말도 없이 살롱을 나가서 종종걸음으로 도서실로 들어갔다.

도서실에는 아칸서스 모양의 촛대 위에 초 하나가 오도카니 켜져 있었다. 그 암울한 분위기는 평소 글을 쓸 때 시즈코의 습관인 것 같았다. 그러나 시즈코는 아무 감각도 없는 것처럼 안으로 들어오는 노리미즈를 가만히 바라보았다. 그 시선은 노리미즈에게 말을 꺼낼 기회를 주지 않았을 뿐 아니라, 검사와 구마시로에게는 일종의 공포감마저 들게 했다. 이윽고 그녀 쪽에서 먼저 띄엄띄엄, 그러나 위압적인 어조로 말을 꺼냈다.

"네, 알겠어요. 당신이 여기까지 오신 이유를……. 아마 그것 때문이겠지요. 며칠 전 그날 밤, 저는 단네베르그 님 옆에 있었잖아요? 또 그다음 참사가 일어난 뒤에도, 저는 이 도서실에서 떠난 적이 없었어요. 그래서 노리미즈 씨, 언젠가 당신이 그 역설적인 효과에 반드시 신경을 쓰실 걸로 생각했지요."

노리미즈의 눈빛이 차츰 날카로워지더니 상대의 의식을 꿰뚫을 것 같이 보였다. 그는 몸을 뒤틀어 잠깐 미소를 지었지만 그 미소는 곧 사라져 버렸다.

"아니, 결코 그런 달콤한 에피소드나 말하려고 온 것이 아닙니다. 저는 이게 마지막이라는 생각으로 온 겁니다. 그런데 야기자와 씨……"

그녀의 성을 노리미즈가 말하자 그와 동시에 시즈코는 온몸에 큰 동요를 일으켰다. 노리미즈는 추궁을 늦추지 않았다.

"분명히 당신의 아버지이신 야기자와 의학 박사는, 1888년에 두 개 두정골과 측두골 기형자의 범죄 소질 유전설을 주창하셨지요. 그러자 고인이 된 산테쓰 박사가 논박했지요. 그런데 이상하게도 그 논쟁이 1년이나 계속되어 최고조에 이른 바로 그때, 마치 무슨 묵계라도 맺은 듯이 자취를 감춘 겁니다. 그래서 저는 과거 흑사관에서 일어난 사건들을 연대순으로 배열해 보았습니다. 그런데 그 이듬해가 되는 1890년에는 저 네 명의 어린 아기들이 멀리 바다를 건너오지 않았습니까? 이봐요, 야기자와 씨. 아마 그 사이에 벌어진 일 때문에 당신이 이 성관에 오신 것 같습니다만."

"모든 것을 다 말씀드리지요."

시즈코는 침울한 눈으로 고개를 들었다. 마음의 동요가 말끔히 가신 듯, 푹 꺼져 보이는 얼굴의 굴곡이 다시 뚜렷한 음영을 드러냈다.

"아버지와 산테쓰 님이 그 논쟁을 중지하신 것은, 인간을 재배하는 실험 유전학이라는 극단적 결론에 도달했기 때문입니다. 이렇게 말하면 저 네 사람이 고작 실험용 작은 동물에 지나지 않는다는 것을 아시겠지요? 그리고 네 사람의 진짜 신분을 말씀드리면, 각각 뉴욕 엘마일라 교도소에서 사형당한, 유대인과 이탈리아인 등 이주민을 아버지로 둔 사람들입니다. 요컨대 사형수의 시체를 해부하여 특정 두개골 형태를 갖춘 자가 있으면 그때마다 교도소장 블록웨이를 통해 그 사형수의 자식을 손에 넣었답니다. 그리고 마침내 그 수가 국적이 각각 다른 네 명에 이르렀고⋯⋯ 그러니 하트포드 복음 전도사 잡지에 실린 기사와 대사관 공식 기록도 전부 산테쓰 님이 거금을 써서 하신 일이었습니다."

"그렇다면, 흑사관에 저 네 사람을 입적시켜 유산 분배로 싸우게 한 것도 결국은 논쟁의 결론을 끌어내기 위한 계획이었다는 말입니까?"

"그렇습니다. 산테쓰 님의 아버지도 같은 두개골 형태였던 모양입니다. 산테쓰 님은 자신의 가설에 거의 광적인 집착을 보이셨습니다. 그러나 그분처럼 비정상적인 성격을 가진 분께는 우리가 말하는 일반적인 사고방식은 문제가 되지 않습니다. 연구하는 것만이 인생의 전부였고, 유산이나 애정, 육신 따위는 그분의 광대무변한 지적 의식 세계에서 본다면 사소한 티끌에 불과한 것입니다. 제 아버지와 산테쓰 님은 후일을 기약하고 그 성패를 확인하는 역할을 제게 맡겼습니다. 그런데 산테쓰 님은 몹시 음험한 책략을 세우셨습니다. 바로 클리보프 님에 관한 일인데, 그분이 일본에 도착하고 얼마 되지 않아 부검 발표가 바뀌었다는 통지가 왔습니다. 그러자 산테쓰 님은 한 가지 계책을 내어 네 명의 이름을 『구스타프 아돌프』에서 따왔습니다. 즉, 특정 두 개골이 유전되지 않은 클리보프 님에게는 암살자의 이름을, 다른 세 명에게는 암살자 브라에의 손에 저격당한 발레슈타인 군의 전사자 이름을 붙였지요. 그리고 이 서고에서 구스타프 왕의 전기를 모조리 제거하고 그 자리에 『리슐리외의 비밀 내각사』를 채워 놓았습니다. 하지만 아마 그 이름은 가족에게나 또 수사관 여러분에게도 어떤 형태로든 알려질 수밖에 없으리라고 생각합니다. 노리미즈 씨, 언젠가 당신에게 말했던 영성(靈性)이라는 말의 의미가 결국, 아버지로부터 자식에게, 인간의 자손이 반드시 한 번은 방황해야 하는 그 황야라는 것을 아시겠지요? 그리고 오늘 클리보프 님이 쓰러지셨으니 당연히 산테쓰 님의 그림자가 저 의심 많은 사람들 속에서 사라져 버리지 않겠어요? 아아, 이 사건은 모든 범죄 중에서 가장 도덕적으로 타락한 사건입니다. 다섯 사람은 냄새나는 시커먼 시궁창에서 저 숨을 헐떡이며 경쟁했던 것입니다."

이렇게 신비스러운 악사 네 명의 정체가 드러났다. 과거 흑사관을 흐르던 암류 속에는 이제 다만 한두 건의 변사 사건만이 남았다. 그리고 심문실로 쓰는 단네베르그 부인 방으로 돌아오자 거기에는 하타타로와 셀레나 부인이 네댓 명의 악단 관계자인 것 같은 사람들을 데리고 와 기다리고 있었다. 셀레나 부인은 노리미즈를 보자, 온화한 성품에 어울리지 않는 명령조로 말을 꺼냈다.

"우리는 확실한 증언을 하려고 왔습니다. 노부코를 심문해 보세요."

"네? 가미타니 노부코를?"

노리미즈는 조금 놀란 것 같은 태도를 보였지만, 그 얼굴에는 감추려 해도 감출 수 없는 회심의 미소가 떠돌았다.

"그러면 그녀가 여러분을 죽인다고 하던가요? 아니, 사실 누구에게나 도저히 무너뜨릴 수 없는 장벽이 있는 겁니다."

거기에 하타타로가 끼어들었다. 여전히 이상한 이 조숙아는 묘하게 노회한 어른처럼 부드러운 어조로 말했다.

"노리미즈 씨, 그 장벽은 이제까지 심리적으로 쌓여진 것입니다. 실제로 쓰다코 씨가 맨 앞줄 끝에 계셨던 것을 아시지요? 그런데 그 장벽을 지금 여기에 오신 분들이 무너뜨려 주셨습니다."

"저는 샹들리에가 꺼지자마자 하프 쪽에서 사람이 가까이 다가오는 기척을 느꼈습니다."

평론가 시카쓰네 미쓰루로 보이는, 이마가 벗어진 40대 남자는 좌우를 돌아보며 주위의 동의를 구하고 말을 이었다.

"글쎄, 어떤 기운의 움직임이라고 해야 될까요? 그보다 비단이 스치는 소리가 들려왔으니까 아마 그것이 아닌가 싶습니다. 어쨌든 그 소리는 차츰 퍼져 나갔고, 소리가 뚝 그치는가 싶더니, 동시에 단상에서 그 비통한 신음이 들렸습니다."

"그렇군요. 당신의 펜은 사람을 독살시키고도 충분하겠군요."

노리미즈는 오히려 비아냥거리듯 미소를 띠며 고개를 끄덕였다.

"하지만 헉슬리의 이런 말을 아십니까? 증거보다 앞서가는 단정은 오류로 그치지 않고 오히려 범죄가 된다는 것 말입니다. 하하하하, 어차피 음악의 신이 들려주는 현의 음색까지 들을 수 있다면 그런 식으로 닭소리로 이비코스의 죽음을 알린다고 하는 게 어떻겠습니까? 도리어 저는 아리온을 구하는 것이 음악을 좋아하는 돌고래의 의무라고 생각합니다만."

"뭐요, 음악을 좋아하는 돌고래라구요?"

함께 온 한 사람이 격분하여 고함을 쳤다. 그 사나이는 왼쪽 끝으로 가까운 하타타로 바로 밑에 앉았던 호른 주자 오타와라스에오였다.

"좋아요. 아리온은 이미 구원받지 않았던가요? 그러나 제 위치가 위치인지라 시카쓰네 씨가 말한 기척은 느끼지 못했습니다. 하지만 여기 두 분과 아주 가까이 앉아 있었기에 동정을 완전히 파악했다고 해도 과언은 아닐 것입니다. 노리미즈 씨, 저 역시 이상한 소리를 들었습니다. 신음과 함께 뚝 그쳐 버렸지만……. 그러나 그 소리는 하타타로 씨가 왼손잡이고 셀레나 부인이 오른손잡이인 이상, 활의 줄이 서로 비스듬히 스쳐서 난 소리가 틀림없을 것입니다."

그때 셀레나 부인은 얄궂은 체념의 빛을 보이며 노리미즈를 쳐다보았다.

"어쨌든 이 대조적인 의미가 아주 단순한 만큼 도리어 짓궂은 당신이 평가하기가 어렵겠지요. 하지만 당신의 습관을 배제하고 달리 판단해 주신다면 틀림없이 저 천민에게서 크라카우(전설에서 파우스트 박사가 마술 수업을 한 곳)의 회상이 빛날 게 틀림없어요."

그리고 일동이 나가자 구마시로는 난색을 표하며 노리미즈에게 악담을 했다.

"아, 정말 지긋지긋하군. 주어진 상황을 솔직히 받아들이는 편이 자네한테 어울리는 고상한 정신이라고 생각되는데 말이야. 그보다 노리미즈, 지금의 증언으로 자네가 아까 말한 무구실의 방정식을 돌이켜 생각해 봐야 하지 않나? 그때 자네는 '2-1=클리보프'라고 했지. 그런데 그 해답인 클리보프가 살해당했으니 말이야……."

"아니. 그런 천민의 딸이 어떻게 이 궁정 음모의 주역이 될 수 있겠어?"

노리미즈는 힘차게 되받아쳤다.

"정말 노부코라는 여자는 굉장히 기묘한 존재로 단네베르그 사건과 카리용실을 제외한 나머지 경우에 완전히 정황 증거의 그물 속에 들어 있어. 그러나 그 표본적인 인신공양 덕분에 파우스트 박사는 좋은 기분을 유지했지. 첫째 노부코에게는 동기와 충동이 없어. 예를 들어 어떤 사디스트라도 그런 병적 심리를 끌어내는 동인이 반드시 있기 마련이야. 실제로 지금도 저 음악을 좋아하는 돌고래들이⋯⋯."

노리미즈가 무엇인가 언급하려고 할 때, 아까 지시한 엄지손가락 지문 보고가 들어왔다. 그러나 결과는 헛수고에 그치고 지문이 일치하는 사람은 끝내 나타나지 않았다. 노리미즈는 피곤한 눈으로 잠시 멍하니 있더니 갑자기 무슨 생각이 났는지 살롱 벽난로에 늘어놓은 회상 항아리를 가져오라고 명했다. 항아리는 모두 20여 점이나 되었는데, 이미 고인이 되어 떠나간 사람들의 이름도 있었다. 이 성관과 중요한 관계가 있었던 사람들로 그들을 영원히 회상할 수 있도록 마련해 둔 것이었다. 표면에는 스페인 양식의 아름다운 유약이 발랐지만 서툰 솜씨로 만든 탓인지 어딘가 소박한 데가 있었다. 노리미즈는 항아리들을 탁자 위에 죽 늘어놓고 말했다.

"어쩌면 내 신경이 너무 과민한지도 모르겠어. 그러나 이 성관처럼 정신병리적 인물이 많은 곳에서는 지문을 찍었다고 해도 그것을 믿는다는 것은 애당초 잘못이야. 왜냐하면 가끔 겉으로 나타나지 않은 발작이 있거든. 발작 때문에 몸이 경직되고 수척해질 경우, 우리는 말도 안 되는 착오를 불러일으키지. 하지만 이 항아리 안에는 반드시 멀쩡한 상태일 때 찍은 지문이 분명히 남아 있을 거야. 구마시로, 자네는 여기 있는 항아리를 조심해서 깨 주게."

그들이 밑굽에 있는 이름과 대조하여 열어 보는 동안 어느새 두 개만 남았다. 클로드 딕스비⋯⋯, 깨 보니 그 웨일스 유대인의 것이 아니었다. 다음으로 후리야기 산테쓰⋯⋯, 구마시로가 나무망치로 가볍게 내리치자 항아리에 지그재그로 금이 갔다. 그리고 둘로 짝 갈라지는 순간 세 사람은 악몽에 사로잡히고 말았다. 가장자리에서 조금 아래쪽에 의심할 바 없이 레베즈의 목에 남겨진 지문과 똑같은 엄지손가락 지문이 나타났다. 이 충격적 사실에 검사와 구마시로도 말할 기력을 잃어버렸다.

그때 구마시로는 잠에서 깨어난 것처럼 당황하여 담뱃재를 떨어뜨리며 가까스로 말했다.

"노리미즈, 이것으로 문제가 깨끗하게 밝혀진 셈이야. 이젠 망설일 필요가 없어. 산테쓰의 무덤을 파 보자고."

"아니, 나는 끝까지 정통성을 지키겠어."

노리미즈는 이해할 수 없는 열정을 담아 큰소리로 말했다.

"그 끝없는 의문에 사로잡혀 산테쓰의 생존을 믿으려고 한다면 자네는 혼자 강령제라도 열지 그래. 나는 문장이 없는 돌을 찾아내어 살아 있는 살인마와 싸울 테니."

그리고 벽난로의 돌에 새겨진 문장을 하나씩 짚어갔다. 마침내 오른쪽에서 그럴 듯한 것을 찾아냈다. 노리미즈가 시험 삼아 그것을 밀자 기묘하게도 손가락이 미는 대로 쑥 들어갔다. 그와 동시에 돌이 있던 단이 소리 없이 뒤로 밀리더니 이윽고 그 자리에 네모난 어둠이 뻥 뚫렸다. 갱도였다……. 딕스비가 잔혹한 저주를 담아 만든 이 외길의 어둠은 벽 사이를 뚫고 층과 층 사이를 걸어서 어디로 가려는 것일까. 카리용실인가, 예배당인가, 아니면 영안실 안인가, 그도 아니라면 사통팔달의 기로로 갈라져…….

## 2. 노부코여, 운명의 별은 그대 가슴에

발밑에 난 작은 계단 아래로 칠흑 같은 어둠이 보였다. 오랫동안 바깥 공기와 접촉한 적 없는 음습한 공기가 차가운 시체 같이 낮은 온도로 고약한 곰팡내와 함께 질척하게 흘러나왔다. 문자 그대로 귀기가 서려 있었다. 노리미즈를 비롯한 세 사람은 재빨리 손전등을 켜고 어깨를 움츠려 계단을 내려갔다. 그러자 다다미 반 장 정도 크기의 방이 나왔고 거기까지 오니 바닥에는 지금까지 불빛이 약해서 보이지 않았던 슬리퍼 자국이 몇 개나 보였다. 그런데 그중 최근에 찍힌 자국 하나가 일직선으로 계단 위까지 이어졌다. 아마 조용히 걸었는지 타원형 흔적에는 앞뒤를 구분할 만한 특징조차 남아 있지 않았다. 따라서 그것이 계단에서 내려온 것인지 아니면 깊숙한 갱도 안에서 나온 것인지 식별이 불가능했다. 그때 전등으로 주위를 비추던 구마시로가 갑자기 '앗' 하고 비명을 질렀다. 돌아보니 오른쪽 위에 무시무시한 형상을 한 악귀 발리(인도 크리슈나 고전에 나오는 악마)의 목조 가면이 걸려 있었다. 왼쪽 눈동자가 1.5센티미터쯤 봉처럼 튀어나와 있었다. 그것을 누르자 반대로 오른쪽 눈동자가 튀어나오면서 위에서 비치는 광선이 가늘어졌다. 벽난로의 돌이 원래 위치로 돌아간 것이다. 노리미즈는 그 슬리퍼 자국과 보폭의 간격을 재고 나서 전방에 펼쳐진 장방형 어둠 속으로 들어갔다. 실로 그것은 로마 황제 트라야누스 시대에 총독 플리니우스가 두 사람의 여집사를 시켜 갈리스토의 카타콤을 찾아냈을 때의 광경을 방불케 하였다.

갱도의 천장에는 오랫동안 쌓인 먼지가 종유석처럼 늘어져 있어 숨을 쉴 때마다 미세한 먼지가 날아와 목을 간질이며 숨 막히게 했다. 그렇잖아도 공기가 신선하지 않아서 답답한데 혹시 이때 횃불이라도 켠다면 타지 않고 연기만 내면서 꺼질 것 같았다. 게다가 성관 안에서 나는 소리가 이 공간에는 이상할 만큼 잘 울려 와서 때때로 갈림길이 아닌가 하는 생각이 들었다. 또 사람 목소리같이 들리기도 해서 가슴을 두근거릴 때도 있었다. 그러나 슬리퍼 자국은 끝까지 사라지지 않고 그들을 인도했다. 발밑에서는 눈을 밟는 듯 쌓인 먼지가 흩어지고 떡갈나무의 차가운 감촉이 머리끝까지 스며들었다. 이 터널 여행은 그럭저럭 20여 분이나 계속되었다. 갱도는 오른쪽에서 왼쪽으로, 또 어디는 언덕을 이루어 거의 기억하지 못할 정도로 복잡하게 꺾여 있었다. 마지막으로 왼쪽으로 돌자 그곳은 작은 벽장이 있는 막다른 곳이었다. 거기에도 악귀 발리의 가면이 있었다. 아아, 그 석벽 저편은 성관의 어디일까. 노리미즈는 마른침을 삼키며 가면의 한쪽 눈을 눌렀다. 그러자 가면 오른쪽에서 문이 구마시로의 어깨를 살짝 스치며 열렸다. 그 앞에도 여전히 어둠이 이어졌다. 그러나 어디에선지 부드러운 바람이 찾아들어 그곳이 넓은 공간이라는 것을 짐작하게 했다.

노리미즈는 전등을 비스듬하게 쳐들어 전방을 비추었다. 하지만 그 빛은 어둠 속을 허무하게 지나칠 뿐 아무것도 보이지 않았다. 그래서 이번에는 한 걸음 더 나아가 머리 위를 향해 비추자 거기에는 가혹한 고뇌에 젖은 세 사람의 남자 얼굴이 나타났다. 노리미즈는 그것을 보고 모든 것을 알게 되었다. 성 바오로, 순교자 이그나티우스, 코르도바의 노주교 호시우스……. 벽면을 장식한 조각 기둥을 셋까지 세던 노리미즈가 갑자기 떨리는 목소리로 미친 듯 소리 질렀다

"무덤이야, 드디어 우리는 산테쓰의 무덤에 온 거야."

그 소리를 듣고 구마시로는 두세 걸음 앞으로 나아가 손전등으로 앞쪽을 죽 비쳤다. 그러자 빛 속에 몇 개의 석관이 나타났는데 그중 하나가 확실히 산테쓰의 무덤이었다. 세 사람은 헐떡거리며 크게 숨을 내쉬었다. 언젠가 레베즈가 노리미즈에게 말했던 '땅의 정령 코볼트여, 서두르라'는 해석이 이제야 환상에서 현실로 옮겨졌다. 게다가 슬리퍼 자국은 한가운데 놓인 유달리 거대한 산테쓰의 관대를 향하여 똑바로 이어져 있었다. 관 덮개에는 경철로 만든 수호성인 성 게오르기가 누워 있는 모습이 부각되어 있었다. 아마 그때 세 사람은, 산테쓰의 관대만 다리 없이 대리석을 쌓아 올려 만든 것으로 보아, 분명히 관 속에는 파우스트 박사 대신 지하로 이어지는 새로운 갱도가 나 있을 것으로 생각했다.

그런데 덮개를 들어 올려 손전등으로 안을 비추자 세 사람은 무심결에 오싹한 느낌이 들어 뒤로 물러섰다. 보라, 그 속에는 해골이 이상한 자세로 누워 있었다. 반듯이 놓여 있어야 할 무릎이 높이 꺾이고 양손은 허공에 떠 있으며 손가락은 뭔가를 할퀴려는 것처럼 끔찍하게 구부러져 있었다. 더구나 세 사람이 뒤로

물러서면서 관을 건드리는 바람에 해골이 파사삭 소리를 내며 섬뜩하게도 갈비뼈 끝이 한두 개 뚝 떨어져 재처럼 바스라지고 말았다. 그런데 왼쪽 갈비뼈에는 자상의 흔적이 남아 있어, 그것만으로도 산테쓰의 유해임에 분명했다.

"산테쓰는 역시 죽었어. 그렇다면 그 지문은 도대체 누구의 것일까?"

구마시로를 돌아보며 검사는 신음하듯 중얼거렸다. 하지만 그때 노리미즈의 눈에 기이한 빛이 번뜩이더니, 얼굴을 산테쓰의 갈비뼈에 들이대고 꼼짝도 하지 않았다. 참으로 뜻밖에도 그 갈비뼈에는 세로로 새겨진 이상한 문자가 있었다.

PATER! HOMO SUM!

"아버지시여, 저도 사람의 아들이로소이다."

노리미즈는 그 한 줄의 라틴어 문장을 번역하여 읊조렸다. 그런데 이상한 발견은 계속되었다. 새겨진 글자 가장자리에 군데군데 금빛 가루가 빛나고 있었고, 또 치아가 빠진 틈새에 작은 새의 뼈가 끼워져 있었다.

노리미즈는 그 가루를 손에 쥐고 잠시 들여다보았다.

"아아, 이것이 아마도 파우스트 박사의 의례(儀禮)인 모양이야. 하지만 구마시로, 이 문자는 건판에 새겨져 있어. 아버지시여, 저도 사람의 아들이로소이다. 게다가 치아 사이에 끼어 있는 작은 새의 뼈 같은 것은 아마 조기 매장 방지 장치를 방해했다는 곤줄박이의 시체가 틀림없어. 너무나 끔찍하지 않아? 요컨대 산테쓰는 관 속에서 일단 되살아났지만, 그때 범인이 곤줄박이 새끼를 집어넣어 벨이 울리지 못하게 했던 거야"

음울하게 울려 퍼지는 노리미즈의 목소리도 전혀 귀에 들어오지 않을 정도로 검사와 구마시로는 눈앞의 소름끼치는 정경에 끌려 들어가고 말았다. 관 속에서 겪은 고통이 명백히 드러난 산테쓰의 모습이 말해주는 결론은 다름 아닌 생매장이었다. 산테쓰가 관 속에서 소생한 뒤 미친 듯이 끈을 잡아당겨 구조 신호를 보냈지만, 아무도 구하러 오지 않았을 것이다. 결국 힘이 다 빠진 산테쓰 박사가 머리 위 관 덮개를 긁어댄 모습에 파우스트 박사는 어쩌면 잔학한 쾌감을 즐겼을지도 모른다. 그리고 범인의 냉혹한 의지는 곤줄박이의 사체와 더불어 '아버지시여, 저도 사람의 아들이로소이다'라는 글귀에 남겼으니, 구가 시즈코가 도덕적으로 가장 타락한 사건이라고 외친 것도 무리는 아니었다. 게다가 이 사건은 소위 흑사관 살인 사건이라는 잔혹한 유혈의 역사보다 훨씬 이전에 벌어졌다. 눈앞에 있는 유해의 형상은 그 공포와 비극으로 그들의 가슴을 짓눌렀다. 그리고 슬리퍼 자국을 조사했는데, 그것은 무덤 계단을 끝까지 올라가면 나오는 문 입구, 즉 묘지의 관대까지 이어졌다. 그러나 여기까지 와 보고서야 비로소 발자국의 행적이 밝혀졌다. 범인은 단네베르그 부인의 방에서 갱도로 들어가, 관대의 덮개를 열고 뒤뜰 지상으로 나온 것이다. 또 그밖에도 먼지로 덮인 발자국 같은 것이 산재해 있어, 진작부터 그 열리지 않는 방에 수상한 침입자가 드나

들었다는 사실은 의심할 여지가 없었다. 조사를 마친 세 사람은 황급히 석관 덮개를 덮고 미칠 듯 짓누르는 귀기에서 빠져나갔다. 그리고 노리미즈는 돌아가는 길에 몇 가지 발견을 종합 정리하여 그것을 원형 사슬처럼 엮었다.

1. '아버지시여, 저도 사람의 아들이로소이다'의 고찰
이미 그것은 도저히 부정할 수 없는 '말하는 상징'이다. 그러나 산테쓰가 자신의 가설이 승리할 것이라는 광적인 집착으로 네 명의 외국인을 귀화 입적시켰을 뿐 아니라 상식을 벗어난 유언장을 작성하고, 묵시도를 그리고, 마법서를 불태워 범죄 방법을 암시하고, 수사에 혼선이 일어나도록 미리 짜놓은 산테쓰의 계획은 과연 세 사람 중 누구에게 충동을 주었을까?—그 결론은 여전히 의문이었다. 하지만 그 아버지라는 단어는 명백히 하타타로나 셀레나 부인을 가리킨다. 만약 하타타로가 부당한 유산 분배로 복수를 했거나, 아니면 셀레나 부인이 어떤 동기에서 산테쓰의 진의를 알게 되어—그것은 노리미즈의 광적인 환영으로밖에 생각할 수 없는 묵시도의 반쪽으로 암시하는—만일 그렇다고 하면 부인의 긍지 속에서 움직이는 절대적인 세계가 이 세상에서 그로테스크한 폭발을 일으켰을지도 모른다. 그리하여 그 의지가 표현된 것이 '저도 사람의 아들이로소이다'라는 한 구절임에 틀림없지만, 가령 그것이 가짜라고 한다면 이번에는 오시카네 쓰다코를 이 미친 문장의 작자라고 추정할 수밖에 없다.

## 2. 범죄현상으로서 오시카네 쓰다코

이미 명백해진 사실은 신의심문회 때 베란다에서 움직였던 사람의 그림자와 처음에 건판을 주우러 온 원예 창고의 구두 자국, 거기에 약물실 침입자, 이 세 사람이 산테쓰를 쓰러뜨리고 그날 밤 단네베르그 부인의 방에 침입한 인물과 동일 인물이라는 사실이다. 그렇다면 당연히 문제는 단네베르그 사건으로 집약되고, 거기에는 부정할 수 없는 그림자를 던진 오시카네 쓰다코가 가장 유력한 동기를 가지고 등장한다. 물론 확실히 결론내릴 수 없다면 그런 추측은 아무런 의미가 없다.

다시 원래의 방으로 돌아와 의자에 앉자, 노리미즈는 실망한 듯 턱을 만지면서 놀라운 말을 내뱉었다.

"사실 산테쓰의 유해에는 두 가지 흉악한 의지가 나타나 있어. 하나는 딕스비의 저주 때문에 죽었다가 겨우 소생했는데, 이번에는 파우스트 박사가 숨통을 찌른 거지. 결국 이중 살인이야."

"뭐, 이중 살인?"

구마시로가 놀란 나머지 되묻자 노리미즈는 대계단 뒤편이 가지는 의미를 세 번이나 뒤집어 마침내 최종 귀결점을 밝혔다.

"그렇잖아, 구마시로? 그 유명한 랑지에(프랑스의 암호 해독가)가 한 말인데 암호의 마지막 단계는 같은 글자를 정리하는 데 있다는 거지. 그래서 그 법칙을 문장이 없는 돌(crestless stone)에 적용하여 s와 s, re와 le, st와 st를 제거해 보았지. 그러자 그것이 Cone(솔방울)이라는 글자로 바뀌었어. 그런데 그 솔방울이라는 것이 덮개가 달린 침대의 기둥 장식이었어. 정말 끔찍한 곡예이지 뭔가."

노리미즈는 커튼 안으로 들어가, 방석 위에 탁자와 의자를 하나씩 쌓아올렸다. 마지막으로 캐비닛을 올려놓자 검사와 구마시로는 깜짝 놀라 숨을 죽였다. 솔방울 모양을 한 장식이 입을 벌리고 거기에서 살살 하얀 가루를 쏟아냈기 때문이다. 그러자 노리미즈는 과거 흑사관을 암담하게 만들었던 세 건의 변사 사건에 대해서 소견을 털어놓았다.

"이것이 암흑의 신비, 흑사관의 악령이야. 수사학적으로 말해, 중세 이단의 장난감이라고나 할까? 그러나 과거 세 건의 변사 사건이 각각 동침 중에 일어났다는 것을 생각하면, 이 장치가 무엇인지 알 수 있지. 즉 두 명 이상의 중량을 가하면 솔방울 장식이 벌어지면서 가루를 쏟아 내는 거지. 옛날 마리아 안나 여왕 시대에는 미약(성욕을 일으키는 약) 따위를 넣었는데 이 침대에서는 마호가니 정조대가 된 거지. 왜냐하면 이 가루는 분명히 스트라모니히나스라는 매우 희귀한 식물 독이라고 생각되기 때문이야. 이것이 코의 점막에 닿으면 지독한 환각을 일으키지. 그리하여 1896년 덴지로 사건, 그리고 1902년 후데코 사건이라는 두 타살 사건이 일어났고 마지막으로 산테쓰가 인형을 안고 그날 쓰러진 거야. 결국 이 딕스비의 저주라는 것은 『죽음의 무도』에 적혀 있는, '자이나 교도는 지옥의 밑바닥에 드러누워서'를 뜻하는 거야."

[훗날 노리미즈는, 스트라모히나스가 전설이 아니라 실재한 독이었다는 사실에 놀랐다고 했다. 게오르기 바르티슈(16세기 쾨니히스베르크의 약학자)의 저서에 나올 뿐, 근세 이후에는 1895년에 피쉬라고 하는 인도 대마 재배를 장려한 독일령 동아프리카회사의 전도의가 봤다는 소문이 전부였다. 그리고 드물게 인도 대마에 스트리히나스 속(독화살을 만드는 쿠라레의 원재료)가 기생해서 그 과실을 원주민이 진귀하게 여겨 주술에 사용한다고 하는데, 아마 같은 것이 아닐까 하는 보고가 한 건 남아 있을 뿐이다. 아마도 흑사관 약물실에 있던 빈 병도 딕스비가 준 것을 산테쓰가 가지고 있었을 것이다.]

이 설명을 마지막으로 흑사관을 뒤덮고 있던 과거의 어두운 그림자는 말끔히 사라졌다. 그러나 검사는 흥분 속에 가벼운 실망이 섞인 태도로 말했다.

"그래, 자네가 여러 가지를 이야기했지만 결국 이 사건에 대해서는 아무것도 몰랐던 것이군. 그보다 이 모순을 자네는 어떻게 해석하나? 문에서 방 한복판으로 가는 길에서 카펫 밑에 물에 젖은 인형 발자국이 찍혀 있었잖아? 그런데 다시 갱도 안으로 들어가면서 그것이 사람 발자국으로 바뀌어 버렸지."

"하제쿠라, 그것이 플러스 마이너스라는 거야. 나는 처음부터 인형의 존재를 믿지 않았으니 그 사실을 말할 필요가 없었어. 그러나 이 한 가지 우연한 일치만은 도저히 부정할 수 없군. 왜냐하면 갱도에 나 있는 슬리퍼 자국을 인형 발자국과 비교하면 그

보폭과 발길이가 똑같았거든. 실로 재미있는 예제야."

노리미즈는 난로 앞에서 붉은 숯불에 손을 쬐면서 말을 계속했다.

"그런데 그 인형 발자국은 원래 내가 카펫 밑에 있는 물방울의 범위를 잴 때 생긴 것이야. 제일 뚜렷했던 상하 양단의 ……바꾸어 말해 물방울 양이 가장 많았던 부분을 기준으로 삼았을 때 이야기야. ……그것으로 나는 플러스 마이너스라는 트릭을 재현할 수 있었어. 슬리퍼 밑에 바닥이 위로 가게 뒤집은 두 슬리퍼를 엇갈리게 맞춰 신어. 그리고 문을 열 때 사용한 물로 슬리퍼를 듬뿍 적시고, 먼저 뒤꿈치로 밑에 붙인 슬리퍼를 세게 밟는 거지. 그러면 슬리퍼 중앙에 조금 작은 원형의 힘이 가해지거든. 당연히 그 힘에 새어 나온 물은 위쪽으로 열린 괄호(ᴗ) 모양이 되지 않겠어? 그 다음 아까 그 슬리퍼를 발끝으로 밟으면 이번에는 그 모양이 말굽 같이 되기 때문에 가운데보다 양끝에 가까운 물이 세게 튀어나와 그것이 아래로 향한 괄호(ᴖ) 모양으로 되어 버리는 거야. 그리고 그 위 아래 두 가지 괄호 모양을 한 젖은 발자국을 좌우에 엇갈려 찍는 거지. 요컨대 범인은 미리 보통 사람의 세 배나 되는 인형 발자국을 잰 거야. 그리고 나서 보폭을 거기에 맞춰 걸었기 때문에 당연히 그 두 괄호 사이에 긴 공간이 인형의 발 모양을 방불케 하는 형태로 바뀐 거지. 따라서 그 슬리퍼의 길이가 비틀비틀 걷는 인형의 보폭과 같아지면서 양각과 음각의 요소가 송두리째 뒤바뀌었다고 할 수 있겠지."

이렇게 기괴하기 짝이 없다고 여겼던 기교가 밝혀짐으로써 인형에 대한 의혹이 사라지자 범인이 이 방에 침입한 목적이 시광과 창상, 둘 중 하나에 있을 거라는 생각이 들었다. 벌써 11시 30분. 그러나 이날 밤 안으로 어떻게든 해결하는 데까지 밀고 가려는 노리미즈에게는 전혀 철수할 기미가 없었다. 그러는 동안 검사가 탄식 섞인 목소리로 말했다.

"자, 노리미즈. 이 사건의 모든 것은 파우스트 박사의 주문을 기준으로 한, 동의어의 연속이 아닌가. 불과 불, 물과 물, 바람과 바람…… 하지만 저 건판만은 그 배합의 의미를 도저히 모르겠어."

"그렇군, 동의어라? 그렇다면 자네는 이 비극을 미리 의도된 것으로 보려는 건가?"

노리미즈는 약간 짓궂게 중얼거리다 갑자기 그 말을 끊고 펄쩍 뛰며 외쳤다.

"앗, 그렇지. 하제쿠라, 동의어……, 건판. 왠지 나는 그 창상의 의미가 뭔지 알 것 같아."

노리미즈는 그대로 바람처럼 방에서 나가 버렸다. 그러나 잠시 후에 좀 상기된 얼굴로 돌아온 그는 손에 전날 개봉된 유언장을 들고 있었다. 그리고 상단 좌우에 두 줄로 나란히 있는 문장 하나를 창상 사진과 맞추어 전등으로 투시했다. 그 순간, 무의식 중에 두 사람의 입에서 신음이 새어 나왔다. 그 두 개가 정말 조금의 어긋남도 없이 잘 맞아떨어졌기 때문이었다. 노리미즈는 고용인이 가져온 홍차를 쭉 들이마시고 말했다.

"정말 대단하군! 범인의 지적인 창조야말로 놀랄 수밖에 없어! 이 편지지는 이미 일 년 전에 지금의 것과 바꾸었다고 하니 말이야. 물론 저 건판은 그 전 사건의 그늘에 숨어 있는 미치광이를 찍은 거야. 왜냐하면 그건 오시카네 박사의 진술을 상기할 필요가 있어. 지금 여기 보이는 것처럼 산테쓰는 유언장을 다 적고 나서 그 위에 옛날 군령장에 쓰는 구리 가루를 뿌렸어. 구마시로, 구리에는 암실에서 건판에 상을 남기는 자광성이 있잖아? 아아, 그 서막……, 이 공포스러운 비극의 서문! 자, 그럼 이제부터 그걸 낭독해 볼까? 그날 밤 산테쓰는 두 장의 유언장을 금고 서랍에 넣었는데 찢어 버린 한 장도 같이 유언장 밑에 두었어. 그런데 그 전에 범인은 미리 어두운 바닥에 건판을 깔아놓았지. 그리고 다음 날 아침 산테쓰가 금고를 열고 가족이 다 모인 가운데 그 건판에 찍힌 한 장을 태우고 나머지 한 장을 다시 금고에 보관하는 사이 누군가 전문을 찍은 건판을 꺼낸 자가 있다는 말이지. 그 아주 짧은 순간에 파우스트 박사와 악마가 계약을 맺은 거야. 그것을 직관과 전조만으로 판단하더라도 태워 버린 한 장은 당연히 내가 상상했던 묵시도의 반쪽에 해당할 거야. 그것이 좌표가 되어서 환상적인 공간에 끔찍한 소용돌이를 불러일으킨 거야."

"과연 그 건판은 무한한 신비를 지녔군. 그렇다면 당연히 결론은 그 자리에서 누가 먼저 나갔는가 하는 것이 되지 않겠어?"

구마시로는 양손을 축 내려뜨리고 강한 실망의 빛을 내비쳤다.

"물론 지금에 와서는, 그 기억마저 분명하지 않아. 그럼 그 창상과 건판의 관계는 어떻게 봐야 하나?"

"그것이 로저 베이컨(1214~1292, 아일랜드의 사제. 마법 연금술사로 유명하지만 원래 비범한 과학자로, 화약과 기타 물질을 이미 13세기에 발명했다고 전해진다)의 지혜라는 거야"

노리미즈는 조용히 말했다.

"그런데, 아벨리노의 『주교 기적집』을 보면, 베이컨이 길포드 교회당에서 시체의 등에 정밀한 십자가를 그려냈다는 일화가 실려 있어. 그런데 한편 베이컨은 발화연(주석산에 열을 가해 밀폐한 것. 공기에 닿으면 혓바닥처럼 붉은 섬광을 발하며 타오름)을 유황과 철분으로 싼 투척탄을 만들었어. 바로 거기에 기교 주술(아트 매직)의 핵심이 있지. 또 동시에 이 사건에서 창상의 원인을 명확히 밝혀줄 거야. 구마시로, 자네는 심장이 멎기 직전에는 피부와 손톱에 생체 반응이 나타나지 않는다는 것을 알고 있겠지. 또 쇼크로 죽었을 경우 온몸의 땀샘이 급격히 수축해. 그 부분의 피부에 번뜩이는 불꽃을 갖다 대면 메스로 자른 것 같은 창상이 남게 돼. 물론 범인은 단네베르그 부인의 임종 때 건판에 그 방법을 응용했던 거야. 그 방법이 뭔가 하면, 먼저 두 문장을 건판에서 떼어내 그 윤곽대로 산으로 감람관을 새기는 거지. 그러고 나서 그 두 개를 합쳐 공동 속에서 발화연을 만든 거야. 그것을 재빨리 관자놀이에 대기만 하면 발화염이 번쩍 타올라 홈을 따라 상처가 남는 거지. 어때, 구마시로? 진절머리가 나지 않나? 물론 기교 주술 그 자체는 유치한 전기 화학에 불과해. 하지만 그 신비한 정신은 화학 기호를 마리오네트처럼 조종한 거야."

그래서 인형의 존재가 꿈속의 물거품처럼 사라져 버리자 자연히 그 이름을 적은 단네베르그 부인의 자필 쪽지는 범인이 연필과 함께 투입했다고 볼 수밖에 없었다. 그러나 그 독특한 필적을 범인은 어떻게 흉내 낼 수 있었을까. 건판 문제를 끝까지 파헤치려면 반드시 신의심문회까지 거슬러 올라가 그 출처를 찾아야 했다. 노리미즈는 잠시 가만히 생각하더니 무슨 생각에서인지 한밤중임에도 불구하고 노부코를 불렀다.

"부르신 것은 아마 이것 때문이지요?"

노부코가 의자에 앉기가 바쁘게 말문을 열었다. 그 태도에는 여전히 밝고 친근함이 넘쳤다.

"어제 레베즈 님이 저에게 정식으로 청혼하셨어요. 그리고 승낙 여부는 이 두 가지로 답해 달라고 하셔서……."

그녀는 말끝을 흐리면서 황망한 인생의 변화를 슬퍼하는 것 같았다. 이윽고 주머니 속에서 두 개의 왕관 핀을 꺼냈다. 때 아닌 휘황찬란한 광채가 무심결에 세 사람의 눈을 사로잡았다. 하나에는 루비, 또 하나에는 알렉산드라이트가 각각 백금으로 된 받침 위에 120, 30캐럿은 될 것 같은 마키즈 커트로 빛나고 있었다. 노부코는 가냘프게 탄식하고는 무겁게 혀를 움직였다.

"친애를 뜻하는 노란 알렉산드라이트 쪽이 길하고, 루비의 핏빛은 물론 흉한 거랍니다. 가부를 나타내는 표시로 둘 중 어느 쪽이든 연주할 때 머리에 꽂아 달라고 말씀하셨어요."

"그럼 맞혀 볼까요?"

노리미즈가 눈을 가늘게 뜨고 교활한 어조로 말했으나 웬일인지 노리미즈는 가슴이 두근거렸다.

"언젠가 당신은 레베즈를 피해서 수피정으로 도망치셨지요."

"아니요, 저는 레베즈 님의 죽음에 도덕적 책임을 질 만한 일은 하지 않았어요."

노부코는 숨을 거칠게 내쉬며 외쳤다.

"실은 저, 알렉산드라이트 핀을 선택했어요. 그래서 그분과 둘이서 이 하르츠 산(마녀들이 발푸르기스의 향연을 벌인다고 하는 산)을 내려가려고 했던 거예요."

그녀는 노리미즈의 얼굴을 찬찬히 들여다보며 애원하듯이 말했다.

"있잖아요, 정말 사실대로 말씀해 주셔요. 혹시나 그분이 자살을 하셨다면……. 아니에요, 결코 그럴 리 없어요.. 제가 알렉산드라이트를 선택한 이상……."

그때 노리미즈의 얼굴에서 어두운 그림자는 싹 가셨지만 점점 괴로운 듯한 표정이 떠올랐다. 그 어두운 그림자, 분명 그의 마음속에 하나의 역설이 자리 잡고 있었는데, 그것을 지금 노부코의 말이 산산조각으로 부셔 버린 것이 틀림없었다.

"아니, 정확히 타살입니다."

노리미즈가 침통한 소리로 말했다.

"그런데 여기에 당신을 부른 것은 다름 아니라 작년에 산테쓰가 유언장을 발표한 자리에서 대체 누가 맨 먼저 밖으로 나갔습니까?"

벌써 1년 가까이 지나간 일이기 때문에 물론 노부코 역시 모른다고 고개를 내저을 것으로 생각했다. 하지만 그 의미심장한 한마디에, 노부코는 뭔가 깨달은 듯 갑자기 동요를 보였다.

"그것은……그……그분이었어요."

노부코는 괴로운 듯이 얼굴을 일그러뜨리면서 말을 할까 말까 망설이며 치열하게 갈등하다가, 이윽고 마음을 결정한 듯 의연하게 노리미즈를 보며 말을 이었다.

"지금 제 입으로는 도저히 말씀드릴 수 없어요. 하지만 다음에 종이에 적어 드리겠어요."

노리미즈는 만족한 듯이 고개를 끄덕이며 노부코의 신문을 마쳤다.

구마시로는 오늘 사건에서 가장 불리한 위치에 있는 노부코에게, 그에 대해서는 한마디도 물어보지 않은 것이 불만스러워 보였으나 견판에 숨겨진 심오한 비밀을 찾아내기 위한 최후의 수단으로, 마침내 신의심문회 광경을 재연해 보기로 했다. 물론 그전에 노리미즈는 시즈코에게 사복형사를 보내서 당시 7명의 위치를 알아냈다. 그런데 그 배치를 보니, 단네베르그 부인 한 사람만 맞은편에 앉고 영광의 손을 사이에 두고, 그 앞에 왼쪽부터 노부코·시즈코·셀레나 부인·클리보프 부인·하타타로 등 5명이 상당히 떨어져서 반원형으로 앉아 있었다. 레베즈만 홀로 반원형의 정점에 해당하는 셀레나 부인의 앞에서 몸을 조금 숙이고 있었다. 그리고 6명의 위치는 입구의 문을 등지고 있었다.

구마시로가 예전에 신의심문회를 열었던 그 방에 들어가 철상자 속에서 영광의 손을 꺼냈다. 그의 손가락이 덜덜 떨리는 것을 보며 섬뜩한 공포감이 느껴졌다. 그것은 일찍이 인체의 일부였던 것을 비웃기라도 하듯 원래의 모습을 보여주는 선이나 덩어리를 전혀 찾아볼 수 없었다. 오직 여러 가지 색과 모양이 뒤엉킨 이상한 혼합물로, 분재처럼 절묘하게 세공한 나무뿌리 같기도 하고 전체적으로 미세한 균열이 생긴 양피지색 피부를 보면 한지로 만든 책표지 같다는 느낌도 들었다. 이미 육체적인 유사성을 찾기는 어려운 물건이었다. 그 손가락 끝에 세운 시체 초에는 하나하나 방향과 표시가 붙어 있고, 광택이 좀 흐린 느낌은 주지만 흔히 보는 양초와 별로 다를 바가 없었다. 끝에 있는 양초부터 차례로 불을 붙이자 지익 하면서 귀에 익은 속삭임 같은 소리를 내며 타기 시작했다. 마치 피를 묽게 한 것 같은 불그스름한 광선이 방 구석구석으로 퍼져 갔다.

그러는 동안, 단네베르그 부인의 위치에 있던 노리미즈의 시야를 이상하게 몽롱한 것이 뒤덮기 시작했다. 특별한 냄새가 나는 안개 같은 기체가 차츰 밑에서부터 다섯 자루의 초를 감쌌다. 마침내 불꽃이 깜박거리며 흔들리기 시작하자 방 안은 한층 어두컴컴해졌다. 그 순간 노리미즈가 손을 뻗어 시체 초를 하나하나 조사하기 시작했다. 그러자 다섯 손가락 모두 밑둥에서, 즉 가운데 세 자루는 양쪽에 하나씩, 양 끝의 두 자루는 안쪽에 하나씩 이상한 작은 구멍이 발견되었다. 그것을 보고 구마시로가 스위치를 켜자 수상한 안개가 이번에는 노리미즈의 병적인 탐구의 구름으로 바뀌었다. 이윽고 그는 빙긋이 웃으며 두 사람을 돌아보았다.

"이 작은 구멍의 존재 이유는 어떤 의미로는 방패막이고 또 한편으로는 일종의 수정 응시(cristal gazing)로 점술 효과를 일으키는 역할도 해. 각각 심지 구멍으로 통하는 작은 구멍을 따라 초의 증기가 시체 초의 손가락을 타고 올라가는 거야. 그러면 단네베르그 부인의 얼굴 앞에 증기로 된 벽이 생기고, 그런 상태에서 가운데 있는 세 자루의 불꽃이 깜박이며 어두워지면 자연히 원형 중앙에 있는 사람의 얼굴은 멀쩡한 양쪽 끝에 있는 촛불에서 가장 멀어지겠지. 따라서 단네베르그 부인에게는 그 얼굴이 전혀 보이지 않게 될 수밖에. 그리고 동시에 양 끝에 있는 촛불 두 개도 옆에서 올라오는 증기에 밀려 불꽃이 옆으로 기울어지지. 그러면 빛의 위치가 더 기울기 때문에 자연히 양쪽에 있는 두 사람의 얼굴도 이 위치에서 보면 빛에 가로막혀 사라져 버리게 된다고. 결국 하타타로·노부코·셀레나부인—이 세 사람은 설사 도중에 이 방 밖으로 나가더라도 단네베르그 부인은 그 모습을 볼 수 없었을 거야. 또한 다른 사람들도 이 이상한 분위기 때문에 아마 주위를 제대로 보지 못했을 거야. 모르는 것이 오히려 당연하지 않았을까? 그런데 단네베르그 부인이 쓰러지자마자 옆방에서 물을 가져왔다는 사실이 어쩌면 노부코에게는 의혹을 사는 일이었는지도 몰라. 요컨대, 그전에 이미 그녀가 이 상태를 예상했기 때문에 방에서 나가 물을 준비하고 있었다고 할 수도 있겠지. 하지만 물론 이 추측은 어떤 행위의 가능성을 지적할 뿐, 당연히 증거 이상의 것이 될 수는 없어."

"분명 이 작은 구멍은 범인이 한 것일 거야."

검사는 턱을 끌어당기며 되물었다.

"하지만 그때 단네베르그 부인은 산테쓰라고 외치면서 졸도 했다고 했어. 그게 그 여자의 환각 때문만은 아닐걸."

"잘 보았어. 결코 단순한 환각은 아니지. 단네베르그 부인은 분명히 리보의 이른바 제2 시력자, 즉 착각에서 환각을 만들어 낼 수 있는 능력자였던 것이 틀림없어. 성 테레사의 유향 입신 도 그렇지만, 연기와 증기의 막을 통해 보면 입체감이 한결 선명 해지고 그 잔상이 가끔 기괴한 상을 만들기도 해. 즉 이 경우, 양 끝에 있는 촛불에서 볼 때 안쪽에 있는 두 사람, 즉 시즈코와 클 리보프 부인의 얼굴을 너무 뚫어지게 보는 바람에 복시 현상이 일어나 두 얼굴이 하나로 겹쳐 보였겠지. 그리고 아마 그 착각이 원인이 되어 단네베르그 부인은 환시를 일으켰던 것이 틀림없 어. 그것을 리보는 인간의 정신이 가진 가장 신비한 힘이라고 하 여 특히 중세에는 가장 고귀한 인간성의 특징으로 여겼지. 아아, 틀림없이 단네베르그 부인은 일찍이 잔 다르크나 성 테레사와 마찬가지로 일종의 히스테리성 환시력이 있었던 거야."

이렇게 노리미즈의 추리가 반전을 거듭하면서 그날 밤 테라 스에서 어슬렁거리다 건판을 떨어뜨린 인물로 기존의 쓰다코 외에 하타타로 등 세 사람을 더할 수 있었다. 바로 그때 노리미 즈의 전투 상태는 최고조에 달했다. 사건이 오늘 밤중으로 종결 되지 않을까 할 정도로 그의 신경이 처절하게 약동하는 소리마 저 들리는 듯하였다.

이윽고 어두운 복도를 걸어 원래 있던 방으로 돌아오자 거기에는 아까 노부코가 약속한 답변이 기다리고 있었다. 신의심문회 검증으로 짙은 의혹에 쌓인 생존자 네 명, 이들에게 최후의 카드가 던져진 것이다. 노리미즈는 입술이 마르고 봉투를 쥔 오른손이 이상하게 떨리기 시작했다. 그는 마음속으로 외쳤다. 노부코여! 운명의 별은 그대 가슴에 깃들리라!

### 3. 아버지시여, 저도 사람의 자식이로소이다

작년에 문제의 유언장이 발표되었을 때, 그 자리에서 먼저 일어나 산테쓰가 돌아오기 전에 태워 버린 유언장 전문을 찍은 건판을 금고 속에서 꺼낸 인물이 있어야 했다. 그래서 그 인물의 이름을 적은 노부코의 편지를 손에 쥐고, 노리미즈가 마음속으로 그렇게 외친 것도 당연하다고 할 것이다. 그러나 개봉해서 내용을 훑어본 순간, 어찌된 일인지 그의 눈동자에서 빛이 사라지면서 긴장이 풀려 온몸이 축 늘어졌다. 그는 힘없이 그 종이를 테이블 위로 내던졌다. 검사가 깜짝 놀라 들여다보니 거기에 이름은 없고 다음과 같은 글귀만 적혀 있었다

옛날 툴레*에 도청기**가 있었으니.
"그렇군. 도청기라. 그 무서움을 아는 사람이 노부코 혼자뿐이

* 괴테의 『파우스트』에서 그레이트헨이 노래하는 민요의 첫 소절. 그때 파우스트에게 반지를 받은 것이 화근이 되어 그녀의 비운이 시작되었다.

겠어?"

노리미즈는 쓴웃음을 지으며 고개를 끄덕였다.

"사실 그렇지. 파우스트 박사의 비밀 도청 장치만 있으면 때와 장소를 가리지 않고, 우리 대화를 빠짐없이 다 들을 수 있으니 말이야. 그러니 당연히 섣부른 짓이라도 하면, 노부코가 그레이트헨처럼 불행한 운명에 빠지게 될 게 뻔해. 반드시 어떤 형태로든 저 악마의 귀가 음험한 제재 방법을 찾아내고야 말 테니까."

"그건 그렇다 치고……. 그런데 자꾸 지겹게 말하는 것 같지만, 자네가 지금 재현한 신의심문회의 광경 말인데."

그 말에 노리미즈가 고개를 들자 검사는 의심 가득한 얼굴을 찌푸리고 있었다.

"자네는 단네베르그 부인이 제2의 시력을 가졌다고 했지. 게다가 놀랍게도 범인이 그 환각을 예상했다고 결론을 내렸지. 하지만 가령 그런 초형이상학적인 정신 구조가 말이야, 가볍게 예측할 수 있다고 한다면, 자네의 논지는 너무나 애매해. 결코 심오하다고 할 수 없을걸."

노리미즈는 몸을 살짝 흔들며 짓궂게 한숨을 쉬고는 검사를 찬찬히 바라보았다.

"왜, 내가 허시 박사도 아닌데……. 단네베르그 부인을 그 정도로 신비스러운 영웅 같이, 예를 들어 스베덴보리나 오를레앙의 소녀 같은 만성 환각성 편집증이 있다는 게 아니야. 단지 부

** 스페인 종교재판소에 설치된 것이 최초 우파 영화 〈회의는 춤춘다〉에서 메테르니히가 웰링턴의 대화를 엿들을 때 사용한 장치.

인의 어떤 기능이 과도하게 발달해서 가끔 그런 특성이 유기적인 자극을 받으면 감각에 기교적인 추상이 만들어진다는 거야. 즉 막연히 분리되어 흩어지는 것을 하나의 현실로 파악한다는 거지. 게다가 하제쿠라, 프로이트는 환각은 억압된 욕망의 상징적 묘사라는 가설을 세웠어. 물론 부인의 경우에는 그것이 산테쓰의 금단에 대한 공포, 말하자면 레베즈와 해서는 안 되는 연애 관계에 기인하고 있지. 그래서 범인이 부인의 환각을 예측하려면 당연히 그동안의 경위를 잘 알아야 되겠지. 나아가 그것으로 계략을 꾸며 시체초로 수정 응시를 일으키도록 한 거야. 그렇게 부인을 가벼운 자기 최면에 빠지게 했어. 그런데 하제쿠라, 눈에 보이지 않는 힘이라는 관념이 나한테 영광을 가져다주었어."

노리미즈는 그렇게 날카롭게 말을 뚝 끊고 나서 혼자 묵묵히 생각에 잠겼다. 그리고 담배를 몇 대 피우는 동안 새로운 생각이 떠오른 것 같았다. 그는 하타타로·셀레나 부인·노부코 세 사람을 빨리 불러오라고 명한 다음, 다시 예배당으로 내려갔다.


인기척이 없는 휑뎅그렁한 예배당 내부는 쓸쓸하고 음울한 잿빛 기운이 가득했다. 위쪽이 보이지 않을 정도로 어두컴컴해 천장이 이상하게 낮아 보였다. 빛이라고는 감실에서 흔들리는 희미한 불빛뿐, 그래서 전체 공간이 더욱 작아 보였다. 거기서부터 어둡고 눅눅한, 마치 무슨 태내에라도 있는 것같이 묘한 붉은 빛을 띤 어둠이 시작되었다. 더욱이 끊임없이 일렁거리는 금빛 원을 쳐다보고 있으면 눈이 쓰라릴 정도로 강렬했다. 그 빛은 마치 노리미즈의 가혹하기 짝이 없는 열의와, 이번에야말로 일거에 성패를 결판지어 파우스트 박사의 머리 위에 지옥의 기둥뿌리를 뒤흔들 형벌을 가하려는 힘처럼 보였다. 이윽고 여섯 사람은 원탁을 둘러싸고 앉았다. 그날 밤 하타타로는, 평소 몸치장에 온 정성을 다하는 그답지 않게 벨벳 조끼만 입고 눈을 내리깐 채 섬뜩할 정도로 빛나는 하얀 손을 만지작거리고 있었다. 그 옆에 노부코의 작고 생기 넘치는 손이 말린 살구처럼 윤기 있고 건강하게, 아주 사랑스럽게 보였다. 셀레나 부인은 여전히 사랑을 튕겨내는 방패 같은 아주 전형적인 귀부인이었다. 하지만 중세 드레스에 애교점이라도 찍은 것 같은 고전적인 아름다움의 그늘에는, 역시 느슨하고 요설을 싫어하는 정적주의자다운 고요함이 있었다. 그러나 이 자리의 분위기는, 분명히 일말의 위기감이 있었다. 굳이 쓰다코를 부르지 않은 노리미즈의 진의가 어디 있는지 의심한 그들은 각자 두려움과 책략을 가슴에 안고 있는 것처럼 보였다. 아주 잠깐이었지만, 묘하게 서로 속을 떠보기라도 하는 듯 침묵이 흘렀다. 그러다 셀레나 부인이 노부코를 흘깃 쳐다보더니 반사적으로 입을 열었다.

"노리미즈 씨, 증언을 신중히 고려한다는 것은 대체로 수사관의 권위에 관한 것이겠지요? 분명히 아까 그분들은 노부코 씨가 움직일 때 옷 스치는 소리를 들었다고 하셨지요."

"아니에요, 하프 앞쪽 틀에 붙잡고 저는 그대로 가만히 숨을 죽이고 있었어요."

노부코는 주저하지 않고 자제하는 어투로 반박했다.

"그러니까 긴 현만 울렸다면 몰라도……. 아무튼 당신의 그 비유는 사실과는 정반대예요."

그때 하타타로가 묘하게 노회한 태도로, 한쪽 볼에 차가운 거짓 미소를 지으며 말했다.

"그럼, 그 요염하고 아름다운 성질을, 노리미즈 씨가 음미해 주셨으면 합니다. 애당초 그때 하프가 있던 쪽에서 다가온 기척이 무엇을 의미하는지. 그 맑고 또렷한 소리라니! 아름다운 근위병의 행진이 아니라, 무분별한 패거리, 짧은 윗옷만 걸치고 가슴 털을 드러낸 채 사슴의 핏자국을 쫓아다니는 검은 사냥꾼이었던 것입니다. 아니, 틀림없이 그놈은 인육을 즐기겠지요."

그렇게 추궁당하는 노부코의 처지는 확실히 불리했다. 잔인한 선고가 영원히 그녀를 묶어 놓을 것 같았다. 노리미즈는 살짝 열기 띤 눈으로 말했다.

"아니, 틀림없이 그것은 인육이 아니라 생선이었습니다. 하지만 그 불가사의한 물고기가 다가왔기 때문에 도리어 클리보프 부인은, 여러분의 상상과는 반대 방향으로 물러섰던 것입니다."

여전히 연극적인 태도였지만 그 말은 일거에 노부코와 두 사람의 처지를 역전시켜 버렸다.

"그런데 샹들리에가 꺼지기 바로 직전 노부코 씨는 분명히 모든 현을 글리산도로 연주하고 있었지요? 그리고 그 직후 불이 꺼지는 순간, 무의식적으로 여세에 휩쓸려 페달을 전부 밟아 버렸습니다. 실은 그때 생긴 진동이 마침 페달을 차례로 밟은 것 같이 들렸기 때문에, 그 소리가 가까이 다가오는 인기척처럼 들린 것입니다. 여러분은 그 고약한 소문 때문에, 그런 자명한 이치를 저한테 들어야 했고요."

호방한 태도는 그것으로 끝내고, 노리미즈는 갑자기 엄숙하게 말했다.

"한데, 그렇게 되면 클리보프 사건의 국면은 완전히 뒤바뀌고 맙니다. 만약 부인이 그 소리를 들었다면, 당연히 당신들 두 분이 있는 쪽으로 물러났을 테니까요. 그런데 하타타로 씨, 그때 활 대신 당신이 손에 쥔 것이 있었지요? 아니, 솔직하게 말하지요. 샹들리에가 다시 켜졌을 때, 왼손잡이인 당신은 왜 활을 오른손으로 잡고, 바이올린은 왼손에 들고 있었습니까?"

노리미즈가 엄청난 기세로 쏟아 붓는 데 압도당한 하타타로는 완전히 화석처럼 굳어 버렸다. 아마 그가 그때까지 상상도 하지 못할 만큼 뜻밖의 일이었음에 틀림없었다. 노리미즈는 상대를 조롱하는 듯한 태도로 느긋하게 입을 열었다.

"그런데 하타타로 씨, 폴란드 속담에 바이올리니스트는 연주로 죽인다는 말을 아십니까? 사실 롬브로소가 칭찬했다는 라이브마일의 『재능 및 천재의 발달』이란 책을 보면, 손가락에 마비가 온 슈만과 쇼팽, 그리고 개정판에서는 바이올리니스트 이자이의 고뇌가 실려 있습니다. 또 음악가의 생명인 손가락 근육도 언급하고 있답니다. 라이브마일은, 급격한 힘의 작용이 근육에 경련을 일으킨다고 했습니다. 그러나 물론 그것은 이번 경우의 결론으로 확실하지는 않습니다. 하지만 당신이 연주가인 한 도저히 그 관성을 무시할 수는 없다고 생각합니다. 아마 그 후 왼손의 두 손가락으로 활을 잡는 것이 불가능하지는 않았습니까?"

"그, 그럼 노리미즈 씨의 강령술이라는 것은 그게 답니까? 책상다리를 덜거덕거리며 몹시 귀에 거슬리는…… ."

이 섬뜩한 조숙아는, 굳은 얼굴로 증오심을 불태우며 간신히 갈라진 목소리로 대답했다. 하지만 노리미즈는 더욱 더 몰아붙였다.

"천만에, 그거야말로 정확한 중용의 체계입니다. 당신은 언젠가 인형의 이름을 단네베르그 부인에게 쓰게 했지요"

노리미즈의 놀라운 선언에 모두 흥분의 절정에 이르렀다.

"실은 아까 신의심문회의 정경을 재현해 봤는데, 그 자리에서 뜻밖에도 단네베르그 부인이 놀라운 제2의 시력자이고, 그녀에게 히스테리성 환시력이 심했다는 것을 알게 되었습니다. 그러면 당연히 발작을 일으켰을 때 그분의 마비된 손은 자동수기(심리학자 자네의 실험에서 시작된 것으로, 마비된 손에 몰래 펜을 쥐여주고 그 손을 잡고 두세 번 글자를 쓰게 하면, 잡은 손을 놓은 다음에도 똑같은 글자를 자기 필적으로 적는다는, 일종의 변태 심리 현상)가 가능해진 게 아닙니까? 아니, 노부코 씨의 문가에 있던 찢어진 옷자락만 봐도, 부인의 오른손이 그때 마비되었다는 것을 알 수 있습니다. 그러나 그 경우 한 번 더 거꾸로 돌아 다시 이상한 모순을 일으킨 것입니다. 왜냐하면 다른 쪽 손으로 잘 쓰는 쪽의 손에 자극을 주면, 가끔 요구하는 글자는 아니지만 그와 유사한 글자를 쓴다는 겁니다. 물론 그날 밤은 노부코 씨가 꽃병을 쓰러뜨리자 단네베르그 부인이 들어왔고 격분한 부인은 침실의 커튼 사이에서 오른쪽 어깨만 내놓고 있었습니다. 당신은 이때다 하고 자동수기를 시도했지요. 그러나 결과적으로 부인이 쓴 것은, 당신이 요구한 것과는 다르게 된 것입니다"

노리미즈는 테이블 위 종이에 다음 두 글자를 적고 특히 중앙의 세 자를 원으로 둘러쌌다.

The érè se S ere na

그 순간 모두의 입에서 동시에 신음이 흘러나왔다. 특히 셀레나 부인은 분노라기보다도 오히려 너무나 의외의 사실에 넋을 잃은 듯, 하타타로를 멍하니 바라보았다. 하타타로는 진땀을 줄줄 흘리면서 온몸을 채찍처럼 뒤틀며, 격노하여 외쳤다.

"노리미즈 씨, 당신, 아니 각하! 이 사건의 공룡은, 말할 것도 없이 당신을 말합니다. 그러나 레베즈 님의 목에 찍혔다는 아버지의 지문, 그 공룡의 손톱자국은 바로 당신의 분신입니까?"

"공룡?"

노리미즈는 씹는 듯이 말을 한 마디 한 마디 끊어서 말했다.

"그렇습니다. 공룡이 저 영안실에 있었다는 것은 확실합니다. 그러나 그 1인 2역을 한 메모 반쪽은 난초의 일종인, 현학적으로 말해서 용설란이었어요."

그는 호주머니 속에서 꺼낸 레베즈의 칼라를 잡아 뜯자, 그 이음새 사이에서 오그라든 그물 모양의 갈색 띠가 나타났다. 또 칼라 안면에는 몇 겹으로 엮어, 마치 엄지손가락 모양으로 보이는 타원형 띠가 두 개 붙어 있었다. 그 위를 손가락을 누르며 노리미즈는 말을 계속했다.

"이렇게 되면 한 번만 봐도 이미 명백합니다. 용설란의 섬유는 물론 수분만 빨아들이면 원래 길이의 8분의 1로 줄어든다고 합니다. 영안실 앞방에 뜨거운 폭포가 필요했던 이유는 당연히 말할 필요도 없겠지요. 그래서 범인은 처음에, 그 섬유를 메인 스위치의 손잡이에 묶고 수축을 이용하여 전류를 차단한 것입니다. 그리고 손잡이가 밑으로 내려가자, 거기에서 쑥 빠져 흐르는 물속으로 떨어져 자연히 배수구로 흘러나갔습니다. 그리고 그다음 가짜 엄지손가락 지문과 용설란 섬유로 만든 칼라를 이용하여 레베즈의 목을 졸랐던 것입니다. 결국 레베즈의 죽음은 타살이 아니고 자살이었어요. 그래서 대강 그 경로를 상상해 보면, 처음에 레베즈가 영안실 안으로 들어가는 것을 확인한 범인은 뜨거운 폭포를 만들었습니다. 그러자 서서히 습도가 높아져, 용설란이 수축하기 시작했기 때문에 레베즈는 차츰 숨이 답답해졌습니다. 그때 뭔가 그가 자살을 결심하게 된 이상한 원인이 일어났겠지요. 따라서 레베즈의 죽음은 당연히 두 가지 의지가 작용한 셈입니다. 산테쓰를 닮은 엄지손가락 지문에, 그 남자의 비통한 심정이 겹쳐진 비극이라고 해야겠지요."

거기에서 말을 끊고 노리미즈는 날카롭게 하타타로를 응시했다.

"그러나 물론 이 칼라로는 아무도 찾아낼 수 없습니다. 하지만 머지않아 이 사건의 공룡은 쇠사슬에서 손톱을 빼낼 수 없을 것입니다."

하타타로는 속에서 쓴물이라도 올라왔는지 순식간에 땀으로 범벅이 되었다. 이제 고함칠 기력도 없는지 멍하니 초점 잃은 눈으로 허공만 보고 있었다. 이윽고 비틀거리던 몸이 막대기처럼 굳어지더니 상심한 하타타로는 얼굴을 옆으로 들이받으며 테이블 위에 쓰러졌다. 노리미즈가 하타타로를 밖으로 내보내자 셀레나 부인도 가볍게 묵례를 하고 그 뒤를 따랐다. 그리고 나서 노부코 한 명만 남은 실내는 잠시 긴장이 풀리고 나른한 침묵이 감돌았다. 아아, 저 이상한 조숙아가 범인일 줄이야. 그러는 동안 방 안을 돌아다니던 노리미즈가 자리에 앉아 팔짱을 낀 채로 쿵 하고 테이블 위에 놓으며 의미심장한 말을 노부코에게 던졌다.

"그런데 그 노란색에서 빨간색으로 말인데, 저는 어디까지나 그 진실을 알고 싶습니다."

순간 그녀는 신경질적으로 얼굴을 일그러뜨리며 자신의 결벽성에 모욕과 굴욕을 주었다는 듯 말했다.

"그러면 제가 그 단어에서 뭔가 연상하기를 바라시나요? 노랑에서 빨강으로, 그러면 그건 오렌지색이 되겠지요. 오렌지색. 아아, 그 블러드 오렌지 말씀이시군요. 그래서 당신은 틀림없이 제가 마신 레모네이드의 빨대에서 비눗방울이 튀어나오기라도……. 아니요, 저는 빨대를 다발로 해서 마시는 것이 버릇이에요. 하지만 그렇게 되면, 그 다발을 한꺼번에 현에 매길 수는 없겠지요."

노부코는 맹렬한 기세로 점점 더 심하게 빈정거렸다.

"그리고 저 단……단네브로크(덴마크 국기)가 슬픈 조기로 걸리는 것이, 아니, 그 단네베르그가 저와 무슨 관계가 있다고? 그리고 청산가리가 대체 무슨……."

"아니요, 결코 그런……. 오히려 그것은 제가 쓰다코 부인에게 해야 할 말이겠지요."

노리미즈는 조금 얼굴을 붉히며 조용히 말했다.

"사실 그 노란색에서 빨간색으로라는 건 알렉산드라이트와 루비의 관계를 말합니다. 그렇지 않습니까, 노부코 씨? 분명히 그때 당신은 거절의 표시로 루비를 꽂은 게 아닙니까?"

"아니에요, 절대로……."

노부코는 노리미즈를 가만히 바라보며 힘주어 말했다.

"그 증거로, 연주가 시작되기 직전이었는데요, 하타타로 님이 제 머리 장식을 보시고 어떻게 레베즈 님의 알렉산드라이트를 했냐고 물으셨던 것을 기억해요."

노부코의 한마디는 여전히 레베즈의 자살에 얽힌 수수께끼를 풀지 못했을 뿐 아니라 노리미즈가 가진 가책과 후회의 마음을 더욱 크게 하여 그의 마음 속 깊은 곳에 자리한 영원한 생의 짐을 더욱 무겁게 하였다. 그러나 노리미즈는 마침내 이 참극의 신비스러운 장막을 열고, 그렇게 불가능해 보였던 제왕절개 수술에 성공했다. 그때는 이미 밤이 이슥하여 가슴 단추에 각등을 매단 하인이 문지기실에서 나와 돌아다녔다. 한 마리 두 마리 개똥지빠귀가 울기 시작하고, 보루 저 너머에서 절로 시심이 일어나게 하는 아름다운 새벽 햇살이 솟아올랐다. 노리미즈는 노부코와 나란히 창가에 서서, 파노라마 같은 조망을 황홀하게 맛보고 있었다. 그는 그녀의 어깨에 손을 얹고 무한한 의미와 애착을 담아 말했다.

"노부코 씨, 이제 태풍이 몰아치고 급격하게 변하는 시대는 사라졌습니다. 이 성관도 다시 옛날처럼 현란한 라틴 시와 연가의 세계로 돌아가겠지요. 그렇게 방울뱀의 독니는 모조리 뽑아버렸으니 당신은 두려워 말고 제게 했던 그 약속을 지켜 주세요. 이제 모든 것이 끝나고 새로운 세계가 시작됩니다. 이 신비스러운 사건의 폐막을 쾨르너의 시로 장식하고 싶네요. 노란색의 가을, 밤의 등불을 지나니 붉은 봄꽃이 되네⋯⋯."

다음 날 오후가 되자, 노부코의 카드가 해답을 가지고 휙 바람을 가르며 날아들 것으로 생각했는데 뜻밖에도 검사와 구마시로가 찾아와서 노부코가 권총으로 저격당해 즉사했다는 소식을 전했다. 그 소식을 듣고 노리미즈는 사건을 완전히 포기할 만큼, 노리미즈는 실의에 빠졌다. 겨우 찾아낸 확증을 잡으려는 순간, 그 희망이 완전히 사라져 버렸다. 이제 이 사건의 형법적 해결은 영원히 바랄 수 없다.

그로부터 30분 뒤 노리미즈는 암담한 얼굴로 흑사관에 나타났다. 눈앞에 노부코의 유해를 보니, 사건 당초부터 파우스트 박사의 파도 같은 마수에 끊임없이 농락당하다 결국은 생명의 낭떠러지에서 떠밀려 떨어진 이 시대의 그레이트헨⋯⋯. 왠지 그녀의 죽음에 대해 노리미즈에게 도덕적 책임을 묻는 것만 같아 무한한 참회와 회한의 정이 몰려들었다. 그런데 사건 현장인 노부코의 방으로 한 걸음 들어서자 그곳에는 범인의 마지막 의지인 'Kobold sich mühen'(코볼트여 서두르라)가 선명하게 남아 있었다. 더구나 그것은 여느 때 같은 종이가 아니라 노부코의 몸에 새겨져 있었다. 축 늘어진 왼손에서 왼발까지가 한 문자로 수직의 선을 이루고, 오른손과 오른발이 〈 모양으로 벌어져 어쩐지 전체의 형태가 Kobold의 K자와 비슷하게 보였다. 노부코는 문 입구에서 90센티미터쯤 앞쪽에 발을 두고 오른쪽으로 비스듬히 위를 보고 누워 있었다. 레베즈나 클리보프처럼 비통한 표정이었지만 공포의 그림자는 조금도 찾아볼 수 없었다. 시체 오른쪽 관자놀이에 참혹한 탄환 자국이 나 있었고 카펫 위로 흘러내린 피가 끈적하게 들러붙어 있었다. 외출복을 입고 장갑까지 끼고 있는 것을 보면, 노리미즈를 찾아가려고 하다가 불시에 저격당한 것 같았다. 또 범행에 사용된 권총은 문밖 손잡이 밑에 버려져 있었고, 그 문에는 밖에서 빗장이 걸려 있었다. 그렇지만 이 국면에는 하나의 섬뜩한 증거가 있었는데 그 증거에서 음울하게 움직이는 파우스트 박사의 옷 스치는 소리가 들리는 것 같았다.

2시경, 총성이 울려 퍼지고 성관 안이 얼어붙을 것 같은 공포에 싸여 누구 한 사람 현장으로 뛰어가려고 하는 자가 없었다. 그로부터 10분쯤 지나 옆방에서 부들부들 떨고 있던 셀레나 부인의 귀에 문을 잠그고 빗장을 내리는 소리가 들렸다고 했다. 그렇게 파우스트 박사의 암약이 밝혀졌지만 그 단순한 국면에도 불구하고 노리미즈조차 손을 놓고 방관할 수밖에 없었다. 물론 권총에 지문이 남아 있을 리 없고, 가족의 동정도 당시 상황이 상황인 만큼 전혀 밝혀지지 않았다. 아마 노리미즈와 약속을 지키려던 것이 사건 내내 줄곧 불운이 따라다닌 이 박복한 처녀에게 최후의 비극을 가져다준 것으로 보였다.

이리하여 최후의 카드인 노부코마저 쓰러지고 말았다. 대적할 자 없는 악마의 도약에 미친 듯 밀려오는 조수에 휩쓸려 마침내 해결의 희망은 사라지고 말았다. 그러나 그날 밤부터 다음 날 낮까지 노리미즈는 그 특유의, 뇌수를 쥐어짜는 사색을 계속했는데, 그 결과는 뜻밖에도 노부코의 죽음에 한 가지 역설적인 효과를 찾아냈다. 그날 점심을 마치고 바로 노리미즈를 찾아온 검사와 구마시로가 서재 문을 열자마자 노리미즈의 서릿발 같은 눈빛과 마주쳤다. 그는 두 손을 거칠게 흔들며 방 안을 돌아다니면서 미친 듯이 계속해서 고함을 질렀다.

"아아, 이 동화 같은 건축은 어떤가. 범인의 비범한 지혜야말로 실로 놀랍지 않나."

노리미즈는 걸음을 멈추고 섬뜩한 눈으로 눈동자를 이리저리 움직였다.

"이 멋진 피날레! 마지막 순간에 명연기를 펼친 파우스트 박사의 허세. 의표를 찌른 총 참회의 모습을 봐, 하제쿠라. 코볼트, 운디네, 살라만더, 그 머리글자에 사건의 해결을 상징하는 표상을 더하면, 그것은 Küss(키스)가 된단 말이지. 분명 살롱 벽난로 위에 로댕의 《입맞춤》 조각상이 있었지? 자, 지금 흑사관으로 가지. 나는 내 손으로 최후의 막을 내려야겠어."

세 사람이 흑사관에 도착하자 마침 노부코의 장례가 시작되고 있었다. 그날은 바람이 거세고 눈을 머금은 듯한 어둠침침한 구름이 숲 속 나무들 사이에 낮게 걸려 움직이지 않았다. 그런 황량한 풍경 속에서, 건물 안은 사람도 몇 안 되어 쓸쓸하고 토피어리 울타리가 흔들려 마른 가지가 바스락거렸다. 그러는 와중에 예배당에서 합창소리가 들려왔다.

노리미즈는 성관으로 들어가 혼자 살롱으로 갔다. 다시 단네베르그 부인의 방으로 돌아와 검사와 구마시로를 만난 노리미즈의 얼굴은 아주 밝았다. 살롱에서 그의 결론을 뒷받침하는 증거를 얻은 것이다. 그리고 오늘 예배당에 가족 일동과 오시카네 박사까지, 관계자 모두가 모인 것을 알고 노리미즈는 장례를 잠시 연기하도록 명령했다.

"물론 범인이 예배당 안에 있다는 것은 확실해. 더욱이 지금은 절대로 움직일 수 없는 상태에 있지. 하지만 나는 노부코에게, 특히 그 유해가 지상에 있는 동안에 범인의 이름을 알려 주어야 할 의무가 있다고 생각해."

노리미즈는 잠시 입을 다물었다가 이윽고 착잡한 감정을 드러내며 말을 이었다.

"그런데 하제쿠라. 그토록 대단했던 거인의 진영이 사라지고 이 성관은 다시 백일하에 드러나게 되었어. 그래서 우선 순서대로, 처음 단네베르그 사건부터 설명하기로 하지. 그때 부인이 왜 블러드 오렌지만 먹었나 하는 거야. 나는 지금까지 가장 빠른 답인 산토닌(구충제)의 황시증(黃視症)을 무시했던 거야. 시야를 전부 황색으로 바꾸어 버리는 중독 증상에 가벼운 근시까지 겹쳐 과일 접시 위에서 배나 다른 오렌지도 모두 접시 바닥과 같은 색깔로 보이게 했던 거야. 따라서 특이한 붉은 빛깔을 띤 블러드 오렌지만 단네베르그 부인의 눈에 보였던 거지. 게다가 또 산토닌 중독 특유의 미각과 감각의 혼동 때문에, 치사량이 훨씬 넘은 이상한 냄새가 나는 독극물도 단네베르그 부인은 아무 의심 없이 먹었어. 하지만 이 추리는 결코 우연의 산물이 아니야. 근본적인 단서라고 하면, 역시 범인에게 시도한 나의 심리 분석에 있었지. 하지만 또 한 가지 측면에서 자극한 것이 있었는데, 이상하게도 하나의 산토닌이 범인에게도 영향을 주어, 그 양면을 합해 보면 마치 요철처럼 딱 맞아떨어지는 거야. 그게 바로 원예장화 발자국이야. 진작에 내 해석으로 조작된 발자국이라는 것이 판명되었지만 돌아오는 길에 당연히 밟아도 되는 건초를 건너갔어. 그런데 자칫 놓칠 뻔했던 미세한 점, 말하자면 터럭만 한 것에 범인의 목숨이 달린 하나의 맹점이 있었던 거야. 그래서 나는 인과응보의 신 네메시스의 마력을 확실히 알았어. 이 운명적인 비극에서 범인은 보르지아의 독으로 사용한 산토닌에 의해 끝내는 스스로 쓰러질 수밖에 없었어. 왜냐하면 하제쿠라, 범인은 단네베르그 부인과 마찬가지로 산토닌을 마셔야 했기 때문이야. 그러면 당연히 건초를 피해간 이유가 드러나지. 그것은 일종의 사고의 맹점으로, 자신에게는 그 정도로 황시증이 일어나지 않았는데도 당연히 황시증이 일어났을 거라고 믿었기 때문이야. 그래서 그 밤에 황색으로 빛나는 건초를 황시증 때문에 고인 물로 착각했던 거지. 그리고 한편으로 산토닌이 신장에 영향을 줘서 시광의 원인 물질을, 체내에서 피부 표면으로 끌어낸 거야."

그러고 나서 노리미즈는 침대 커튼 안으로 들어가, 침대의 도료 밑으로 나이프를 쿡 찔렀다. 그러자 역청 같은 층이 있어 거기에 연필심을 밀어 넣자 미미하나마 형광빛이 나타났다.

"지금까지는 침대 부근에 시체 같은 정밀한 주의를 요하는 것이 없어서 자연히 신경을 덜 쓴 것은 분명해. 물론 이 역청 같은 것이, 우라늄을 함유한 피치블렌드라는 것은 말할 것도 없어. 그리고 내가 언젠가 지적한 네 번의 주교 시광 사건, 그건 모두 보헤미아령을 둘러싸고 일어났어. 물론 기적 자체는 신구교도 간 갈등이 낳은 시위적 간계에 지나지 않아. 하지만 기적이 일어난 지역이 지리적으로 가까운 것은, 마침 그 중심에 피치블렌드의 주산지인 에르츠 산맥이 자리 잡고 있기 때문이야. 그 천고의 신비라는 건 결국 화학적 속임수에 불과해. 그런데 하제쿠라, 자네는 비소 먹는 사람에 대해서 들어봤겠지? 중세 수도사들이 금욕을 위해 비소를 많이 썼다는 것은 로렐 미약(로렐유에 극미량의 청산을 더한 것. 마비를 일으키고 일종의 이상한 환각을 일으키는 자위용 약물)과 함께 유명한 이야기지. 그런데 로댕의 '입맞춤'에서 발견한 증거를 보면 단네베르그 부인 역시 신경병 치료제로 늘 미량의 비소를 써 왔던 거야. 비소를 상용한 시간이 길수록 신체

조직 속까지 비소의 무기 성분이 침투하기 마련이지. 따라서 산 토닌 때문에 피부 표면에 부종과 땀이 나타나면, 자연히 거기에 모인 비소 성분이 피치블렌드의 우라늄 방사능을 쐬지 않을 수 없었겠지."

검사는 손가락을 신경질적으로 만지작거리면서 침을 꿀꺽 삼키며 말했다.

"물론 현상은 그것으로 충분히 설명이 될 거야. 또 아무리 표현상으로 다소 모호한 데가 있더라도 새로운 매력이 있는 것은 틀림없어. 하지만 말이야, 자네 설명은 일부러 구체적인 설명을 피하는 것 같은 느낌이 들어. 도대체 누가 범인이라는 거야?"

"분명히 그때 노부코도, 단네베르그 부인과 같이 레모네이드를 마셨어. 하지만 그 여자는 이미 파우스트 박사의 손에 원소 세계로 돌아가 버리고 말았지."


그동안 노리미즈는 생기 없이 둔중한, 생명의 빈 쭉정이처럼 우두커니 서 있었다. 그 모습은 오히려 격렬한 고통의 정점에서 승리를 거둔 사람처럼 보였다. 이미 결론에 가까워진 탓인지, 급격하게 찾아든 피로는 무엇보다도 매혹적이었을 것이다. 그러나 곧 노리미즈 안에서 강렬한 의지의 힘이 솟구쳤다.

"그래, 가미타니 노부코 말인데."

노리미즈가 우두둑 턱뼈를 움직이자 그 순간 새로운 기력이 생기를 불어넣었다.

"그녀가 바로 니틀링겐의 마법사였어."

가미타니 노부코가 흑사관의 유령 파우스트 박사였다는 말을 들은 순간 검사와 구마시로는 모든 논리와 진실이 무너져 내리는 것 같았다. 하지만 곧 마음이 차분해지자, 노리미즈의 말에 진지하게 반론을 펴는 것이 오히려 바보 같다는 생각에 아무 대꾸도 하지 않았다. 이상할 정도로 냉정하고 메아리 하나 돌아오지 않은 정적이 흘렀다. 첫째, 그 추리를 부정하는 엄연한 사실이 하나 있었다. 바로 노부코가 이미 다섯 번째 희생양이 되었고 뚜렷한 타살의 증거가 노리미즈의 서명과 함께 검시 보고서에 기록되었다는 점이다. 그리고 가족이 아닌 그녀에게는 동기라고 할 만한 것이 하나도 없고, 더구나 노리미즈의 동정과 비호를 한껏 받은 노부코가 범인이라는 말을 어떻게 믿을 수 있겠는가. 그렇기 때문에 구마시로가 노리미즈의 추리를 자칫 머리를 많이 쓰는 사람이 걸리기 쉬운, 어떤 병적인 경향으로 치부한 것도 무리가 아니었다.

"정말 아찔한 이야기로군. 제정신으로 하는 말이라면, 단 한 가지라도 형법적 가치를 내놓아. 우선 무엇보다도 노부코의 죽음이 자살이라는 근거를 대 봐."

"구마시로, 이번에는 터럭만 한 미미한 증거가 바로 문 패널에 있으니 그걸 자네에게 내놓겠네."

노리미즈는 상대의 무반응을 비웃듯이 힘주어 말했다.

"시험 삼아 이런 경우를 생각해 봐. 미리 바늘로 용설란 섬유를 한쪽 문에 살짝 꽂아두고, 반대쪽 끝은 다른 쪽 문의 열쇠 구멍에 끼워 넣어 거기에 물을 부어. 그러면 당연히 그 섬유가 수축하기 시작하면서, 열린 틈새가 차츰 좁아지겠지. 그때 관자놀이에 쏜 권총이, 손에서 벗어나 두 문 사이로 떨어지게 된 거야. 그리고 몇 분 뒤 문이 닫히면서 미리 세워 놓은 빗장이 뚝 떨어졌겠지. 아니, 그보다도 문이 닫히면서 권총을 복도로 밀어낸 거야. 물론 용설란 섬유는 바늘에서 빠져나와 열쇠 구멍 속으로 들어가는 거지."

말을 끊은 노리미즈는 길고 깊게, 살짝 떨면서 숨을 들이마셨다. 그리고 시커먼 비밀의 무거운 짐과 함께 다시 숨을 토해냈다.

"그런데 구마시로, 그렇게 타살에서 자살로 상황이 바뀌게 되면, 거기에 어떤 빛으로도 볼 수 없는, 노부코의 고백문이 나타나게 되지. 그것은 변덕스러운 요정 같이 풍요롭고 안락하며 게다가 놀랍도록 영묘한 지혜를 가진 인간이 아니고서는 도저히 그 불가사의한 감성을 느껴볼 수도 없어. 노부코는 그 진부하기 짝이 없는 수법에 새로운 생명을 하나 불어넣었어……."

"뭐, 고백문이라고?"

검사는 정수리까지 마비된 사람처럼 물고 있던 담배를 떨어뜨리고 멍하니 노리미즈의 얼굴을 바라보았다.

"응, 불꽃의 웅변이지. 그 불꽃은 결코 눈으로는 볼 수 없어. 게다가 파우스트 박사의 마지막 인사로 그것은 일종의 암호거든. 자, 하제쿠라. 이를테면 머리카락·귀·입술·귀·코……, 그렇게 차례차례 짚어 가면, 그건 Hair · Ear · Lips · Ear · Nose로 결국 Helen이 돼. 그런 암호의 일종을, 노부코는 타살에서 자살로 옮겨가는 전기(轉機) 속에 숨겨 놓은 거야. 한데 그 첫 번째가 시체로 그린 K라는 글자인데 그건 노부코 자신이 일으킨 히스테리성 마비의 산물이었던 거야. 몇 가지 실례가 글뤼와 블로가 쓴 『인격의 변환』에도 나오는데 어떤 히스테리 환자는 강철을 몸에 대면 그 반대쪽 몸에 마비를 일으킬 수 있다는군. 즉 왼손을 높이 들고, 한쪽 문 모서리에 기댄 채 오른쪽 볼에 권총을 댔으니 당연히 좌반신에 강직이 일어났겠지. 그리고 발사와 동시에 그대로 바닥에 쓰러졌기 때문에 수직을 이룬 좌반신이 그렇게 섬뜩한 K자를 그리게 한 거지. 그러나 물론 그것은 코볼트여, 서두르라는 상징은 아니었어. 그 두 문을 연결하여 용설란 섬유가 만든 반원은 아무리 봐도 U자형이 아닌가. 그리고 문에 밀려 움직인 권총의 선이 이상하게도 S자를 그리고 있어. 아아, 코볼트, 운디네, 실피드……. 그리고 마지막으로 그 국면의 진상 Suicide(자살)를 합치면 그 전체가 Küss가 되어 버리는 거야. 거기에 기교를 초월한 파우스트 박사의 참회문이 나타나는 거지. 물론 노부코는 그 이전에 어떤 물건을 '입맞춤' 조각상에 숨겨 놓았는데……."

두 사람은 보통 사람으로서는 가늠할 수도 없는 깊고 기이한 지혜를 뽐내며 생사를 걸고 맞서고 있었다. 경악한 검사는 한참 동안 숨도 못 쉬고 있다가 겨우 참았던 숨을 토해냈다.

"그러면 당연히 카리용실 문이나 12궁 원화창에서도 용설란 트릭을 썼겠지. 하지만 그때는 하타타로가 범인으로 지목되어, 그녀는 승리와 평안의 절정에 올라섰지 않나. 그런 상황에서 노부코의 자살이라니 이해할 수 없어. 노리미즈, 도저히 풀리지 않는 의문이……."

"하제쿠라, 그날 밤 나는 마지막으로 노부코에게 말했지. '노란색의 가을, 밤의 등불을 지나니 붉은 봄꽃이 되네.' 이 쾨르너의 시를 듣고 노부코는 자신의 비참한 전략을 의식하지 않을 수 없었어. 왜냐하면 원래 알렉산드라이트라는 보석은 전등불 아래에서 보면 진홍색으로 보이거든. 나는 노부코가 레베즈를 영안실로 불러놓고 알렉산드라이트를 머리에 꽂아 전등불 아래서 루비로 오인하게 했다고 해석했어. 결국 레베즈는 실의에 빠졌지. 하제쿠라, 이 경구는 어때? 레베즈, 헝가리의 음유 시인, 가을을 봄으로 알고 이승에서 사라졌네."

담배를 한 모금 깊이 빨고 나서 두 사람이 혼란스러운 얼굴로 탄식하는 것도 아랑곳하지 않고 노리미즈는 말을 이었다.

"그런데 그 '노란색에서 붉은색으로'라는 말에는 또 다른 의미가 있어. 물론 내가 산토닌 황시증을 꿰뚫어 봤다고 한 것도 우연의 소산은 아니었어. 왜냐하면 그러고 나서, 범인이 숨긴 의도를 척결했기 때문이야. 그것을 달리 말하면 범인이 범행을 저지르면서 받은 정신적 외상, 즉 그때 주어진 표상이나 관념의 감각적 정서적 경험을 재현시키는 데 있었으니까. 물론 나는 신의심문회의 정경을 재현했을 때, 어쩐지 노부코가 의심스러웠어. 그래서 시험 삼아, 비방과 풍자를 있는 대로 퍼부으며 날조된 증거로 하타타로를 범인으로 몰았어. 말할 것도 없이 그것은 노부코의 긴장과 경계를 풀기 위해서였지. 물론 단네베르그 부인이 테레즈의 이름을 쓴 것도 노부코가 유도한 것이고, 레베즈의 죽음과 엄지손가락 지문의 진상 말고는 모든 것이 거짓이었어. 그래서 갑자기 알렉산드라이트와 루비의 관계를 노란색에서 붉은색으로 빗대어 말해 보았지. 그런데 뜻밖에도 그것이 전연 다른 형태가 되어, 노부코의 심리 속에 드러나 버린 거지. 라인하르트의 『서정시의 호불호 표현』에 할핀의 시 〈아일랜드 토성학〉에 대한 것이 적혀 있지. 그중에 이런 구절이 있어. 성 패트릭이 말하기를 사자자리 저편에 큰 곰 두 마리, 황소, 그리고 큰 게가 있네. 그 큰 게(Cancer)라는 대목에서 낭독자가 갑자기 그것을 운하(Canalar)라고 발음해 버렸다는 거야. 요컨대 그 낭독자가, 그때까지 별자리 모양을 머릿속에 그리고 있었기 때문에 프로이트가 주장하는 이른바 '잘못 말한 단어에 집착하는 감각적 흔적'이 나타난 거지. 또 한편으로, 연상 작용이란 단어 하나하나에 나타나는 게 아니라 전체 모습이 주는 인상, 즉 공간적인 감각으로 나타난다고도 할 수 있겠지. 노부코의 경우, 그 연상작용이 단네베르그 사건부터 예배당 참사에 이르기까지 도합 네 번의 사건에서 표출되었어. 노부코는 오렌지라고 말한 뒤 빨대를 다발로 해서 레모네이드를 마신다고 해 버렸지. 당연히 그것은 카리용 건반에서 연상된 표현이었어. 그리고 이어서 단네베르그 부인의 이름을 단네브로그(Dannebrog, 덴마크 국기)라고 잘못 말했는데 그 단어는 분명 사건 당시 무구실 모습에서 연상된 것일 테지. 왜냐하면 그때 노부코는 앞뜰 수퍼정 안에서 레베즈가 만든 무지개 안개가 창문으로 들어가는 모습을 바라보고 있었어. 그런데 그 수퍼정 안쪽에 여러 가지 시문이 새겨져 있었지. 그중에 피츠너의 시도 있었어. 그때 안개는 빛나게 들어가도다(Dann,

Nebel-Loh-gucten). 즉 그때 뒤얽힌 인상이 덴마크 국기라는 유사한 단어로 나타난 거야. 그러면 하제쿠라. 그 네 구절로 나누어진 노부코의 말 중에서 카리용실과 무구실, 그 두 가지 인상만이 기묘하게 한가운데에 끼어 있어. 그렇게 되면……."

노리미즈는 말을 자르더니 놀라운 심리 분석에 최후의 결론을 내렸다.

"그러면 당연히 그 수미에 있는 노란색과 붉은색, 그 두 단어에서 받은 느낌은 최초의 단네베르그 사건과 마지막 예배당 사건이어야 해. 그리고 최후의 붉은색이 현란한 궁정 악사의 붉은 의상이라고 한다면, 어째서 노부코는 최초의 단네베르그 사건에서 노란색이라는 느낌을 받았을까?"

그 사이 검사와 구마시로는 마치 취한 것 같은 감동에 젖어 있었다. 하지만 조금 지나서 구마시로는 조용히 확실하지 않은 점을 물었다.

"그런데 예배당에서 어둠 속에서 들었다는 두 가지 신음 말이야. 노부코인지 하타타로인지 둘 중 한 명을 결정하는 단서가 되는 것 같은데."

"그것은 데드 포인트와 초점 문제야. 단순한 음향학 문제에 지나지 않아. 아마 클리보프 부인이 있던 곳은 노부코가 밟는 페달 소리가 안 들리는 데드 포인트이자, 하타타로의 활이 스치면서 낸 소리는 그 희미한 속삭임까지도 들을 수 있었던 초점이었던 거야. 그래서 클리보프 부인이 노부코 쪽으로 다가섰을 때 등 뒤에서 찔러 버린 거지. 어때, 하제쿠라? 더 이상 논할 문제는 없다고 보는데. 단지 노부코에게 속아 가죽신을 신고 갑옷까지 입었던 어리석은 에키스케만 가여울 뿐이야."

그렇게 말하고 나서 노리미즈는, 처음부터 순서를 따라 노부코의 행동을 설명하기 시작했다. 물론 필로카르핀을 마셨다는 것도 한바탕 간교한 연극이었음이 판명되었다. 말을 마친 노리미즈는 드디어 흑사관 살인 사건의 핵심을 이루는 의혹 중의 의혹, 아무리 생각해도 도저히 알아낼 수 없다고 생각했던 노부코의 살인 동기에 대해서 언급했다. 그것은 말이 필요 없는 현실이었다. 노리미즈는 호주머니에서 로댕의 〈입맞춤〉 조각상에서 찾아낸 것을 꺼냈다. 순간 두 사람의 눈은 자신도 모르게 거기에 못 박혀 버렸다. 건판이었다. 그리고 몇 조각의 파편을 이어 붙이자 거기에서 다음과 같은 문장이 나타났다.

1. 단□베□□□□□비소의□□□□。
1. 가와나베□□□□、가슴 죽음의 위□□□□。(특이체질 부분은 그 두 가지만 적혔고 그 이전의 것은 불명)
1. 나는 내 자식□ 희생으로 삼는 것을 참□□□□로, 태어난 여자아이를 남자아이로 바꿔치기해 성장 후 비서로 가까이□□ □□□ 가미타니 노부코이다. 그러므로 하타타로는 □□□□ 혈통과는 전혀 관계가 없다.

이렇게 분규와 혼란을 거듭했던 흑사관 살인 사건은, 마침내 마지막 막을 내리는 순간에 가미타니 노부코가 산테쓰의 친자임이 밝혀졌다. 그렇게 되면 물론 산테쓰의 죽음은 가미타니 노부코의 존속 살해였으며, '아버지시여, 저도 사람의 자식이로소이다'라는 글은 당연히 심각하기 그지없는 복수 의지였던 것이다. 그러나 건판이 노리미즈의 몽상의 산물인 묵시도의 반쪽이었다고는 해도 현존하는 증거는 그 일부뿐이다. 다른 것은 떨어졌을 때 완전히 부서졌거나 노부코가 파기해 버렸거나 해서 어쨌든 두 사람 외의 특이체질은 영원히 밝혀지지 않은 채 수수께끼로 묻혀 버리고 말았다. 이윽고 검사는 꿈에서 깨어난 듯한 얼굴로 물었다.

"그렇군, 자신이 진정한 상속자였는데도 이제 와 다시 인정받을 방법이 없는 그 현실이 노부코를 잔인한 욕구의 어머니로 만든 것이군. 유혈을 즐기는 취향이 어디서 왔는지는 나도 이제 알겠어. 하지만 범행할 때마다 인간 세계를 초월했다고밖에 생각할 수 없는 그 기괴한 미학과 장관을 만들어 낸 것은……. 노리미즈, 그걸 심리학적으로 설명해 주지 않겠나?"

"그건 한마디로 말해 유희적 감정, 일종의 카타르시스야. 인간은 억압된 감정이나, 메말라버린 정서를 충족시키기 위해 뭔가 카타르시스를 필요로 해. 하제쿠라, 자베릭스(젊은 파우스트라고 불리며, 16세기 전반, 독일 국내를 방랑한 마술사)나 디즈의 파우스티누스 주교 등이 오컬티즘(정령주의)에 빠진 것도……. 모두 인간이 힘이 다해 보복할 방법까지 잃어버렸을 때 그 격정을 완화시켜 주는 것이 오컬티즘이라고 하지. 그리고 광적인 변태의 세계를 만들어 낸 다양한 수법은 서고에 있는 귀도 보나티(13세기 이탈리아의 파우스트라고 불린 마술사)의 『점화술 요론』이나 바자리의 『사제와 사육제 장치』 같은 책의 영향을 받았을 거야. 애당초 노부코가 그 건판을 훔친 것은 우발적인 장난이었을 거야. 그러나 그 내용을 알고 노부코는 아마 마법처럼 무시무시한 달빛을 느꼈을 거야. 갑작스레 일어난 절망, 상심, 숙명, 그런 감정이 교차해 밀려와 그때까지 마음의 평형을 지켜준 한 축이 무너져 내린 것이야. 그리하여 파괴적이고 신성한 광기에 사로잡혀 이 세상에 그로테스크한 폭발을 일으킨 거지. 그러나 나는 결코 노부코를 미친 패륜아라고 부르지 않겠어. 그녀는 브라우닝이 말한 운명의 아이, 이 사건은 살아 있는 인간이 남긴 한 편의 시라고 할 수 있네."

그렇게 말하고 나서 노리미즈는 맑고 총명한 눈빛으로 검사를 돌아보았다.

"이봐, 하제쿠라. 하다못해 마지막 가는 길이라도 이 신성 가족 최후의 한 사람에게 어울리도록 노부코를 예우해 주는 게 어떻겠어?"

이렇게 메디치 가문의 혈통인 요비(妖妃) 비앙카 카펠로의 후예, 신성 가족 후리야기 마지막 한 사람 가미타니 노부코의 관은, 피렌체 시의 깃발에 덮여 마포를 걸친 네 명의 사제의 어깨에 메어졌다. 그리고 터져 나오는 합창과 자욱한 향연의 소용돌이 속에서 뒤뜰 묘지를 향해 운구되었다.

폐막.

『흑사관 살인 사건(黑死館殺人事件)』은 오구리 무시타로(小栗虫太郎)의 장편 추리소설로, 유메노 규사쿠(夢野久作)의 『도구라 마구라(ドグラ·マグラ)』와 나카이 히데오(中井英夫)의 『허무에의 공물(虛無への供物)』과 함께 일본 추리소설 사상 3대 기서(奇書) 중 하나로 유명한 작품이다.

## 일본 추리소설 3대 기서 중 하나, 난해함으로 완독하기 어려워

1934년 『신청년(新靑年)』에 처음 발표하여 이듬해 5월 신초샤(新潮社)에서 단행본으로 간행되었다. 이후 현재에 이르기까지 수차례에 걸쳐 여러 출판사에서 재출간되고 만화 및 해외 번역본이 나오는 등 여전한 인기를 누리고 있다. 그 인기의 배경을 찾는다면, 역시 작품 전체를 아우르는 현학적 문장과 흑사관이라는 기이한 성관에서 벌어지는 살인 사건이 주는 음울하고 괴기스러운 환각적 분위기를 들 수 있다. 이것은 전쟁에 나간다면

이 책 한 권만을 들고 가겠다는 열렬한 호응을 불러일으키기도 했고, 한편으로는 그 난해함에 끝까지 읽는 것 자체가 도전이 될 수 있다는 비판을 받기도 하였다.

그러면 우선 논란의 대작을 쓴 작가 오구리 무시타로에 대해 소개하도록 하겠다.

오구리 무시타로는 1901년 도쿄 간다(神田)에서 대대로 술 도매상을 한 오구리 료키치(小栗良吉)의 차남으로 태어났다. 본명은 에이지로(榮次郎). 어머니 구니(くに)는 아버지의 두 번째 부인으로 어머니도 결혼 전 한 번의 사별 경험이 있었다. 위로 이복형제인 형과 누나 셋이 있었다. 집안은 부유했지만 가정에 충실하지 않은 아버지 때문에 그다지 화목한 유년기를 보낸 것 같지는 않다. 오구리의 아들이 쓴 글을 보면 아버지가 돌아가셨을 때 이복형제들을 비롯하여 오구리도 그다지 슬퍼하지 않았다고 한다. 하지만 어머니에 대한 애정은 굉장하여 오구리는 평생 어머니를 사랑하고 순종하였다. 이복형제들과 나이 차이가 상당했던 탓에 세 누이들과는 그다지 교류가 없었던 것 같다. 하지만 화가이자 독서가였던 이복형과는 사이가 좋았다. 형은 자주 오구리에게 책을 읽어 주고 그림을 설명해 주기도 했다고 한다. 그 영향을 받아 오구리는 어려서부터 책과 골동품, 그림을 가까이 할 수 있었다. 책 수집에 대한 열정이 생기는 것도 이 무렵부터였다. 이 시기에 그에게는 취미가 하나 있었는데 특이하게도 불구경을 좋아했다고 한다. 그래서 화재가 나면 상당히 먼 거리라

도 혼자서 보고 오는 일이 여러 번 있었다는 것이다.

1913년 게이카중학교(京華中學校)에 입학하여 본격적으로 어학 공부에 열중했다. 영어, 프랑스어 등을 공부하여 상당한 수준에 이르렀고 수영 선수로도 활약하였다. 또 이때 영화에 탐닉하여 영화 비평을 쓰기도 했는데 10대 소년의 글이라고는 생각할 수 없을 정도로 상당한 수준이었다고 한다.

1918년 학교를 졸업하고 수재였음에도 상급학교로 진학하지 않은 채 히구치 전기상회(樋口電氣商會)에 입사하였다. 맡은 업무는 회계. 문학자가 되고 싶은 자신의 희망과는 다른 일이었지만 우수한 직원이었다고 한다. 특히 주산에 아주 능숙했다고 한다. 이곳에서 다요(田代)를 만나 결혼한다.

1922년 회사를 그만두고 아버지의 유산으로 시카이도 인쇄소(四海堂印刷所)를 설립한다. 한때 제2 공장도 세우고 종업원도 10명이 넘는 등 호황을 이루었지만, 4년 만에 도산하고 만다. 이후 한참 동안 경제난에 시달리게 된다. 도산 이유는 사장인 그가 전혀 사업에 관심을 두지 않고 소설을 쓰거나 책을 사는 데에만 열중했기 때문이라고 한다. 그동안 오구리는 탐정소설에 도전하여 「어느 검사의 유서(ある検事の遺書)」, 「마동자(魔童子)」 등 몇 개의 작품을 완성했다.

1933년 일면식도 없었던 가가 사부로(甲賀三郎)에게 「완전범죄(完全犯罪)」 원고를 보내고 결국 그의 추천을 받아 『신청년』 7월호에 게재됨으로써 신진 작가로 데뷔하였다. 무시타로는 데뷔와 동시에 탐정소설 문단의 주목을 받았다. 이후 연이어 「후

광 살인 사건(後光殺人事件)」「성 알렉세이 사원의 참극(聖アレキ
セイ寺院の慘劇)」등을 발표한다.

1934년 드디어 흑사관 시대가 왔다. 4월부터 12월까지『신청
년』에『흑사관 살인 사건』을 발표하여 대단한 반향을 일으켰다.
작품의 성공으로 대중의 인기를 얻었으나 다음 작품에 대한 엄
청난 스트레스를 받아 집필 중 신경쇠약으로 쓰러지기도 하였
다. 인기 작가가 되었지만 여전히 생활은 궁핍했다. 대부분의 원
고료와 인세는 책을 사는 돈으로 사라졌다.『흑사관 살인 사건』
에 등장하는 수많은 서적과 이론들은 그의 끝없는 책 수집의 결
과물이라고 할 수 있다.

그는 전기소설(伝奇小說), 비경 모험 소설 등 다양한 주제로 집필
을 계속하였다. 집필 외 그의 취미는 바둑과 사전 읽기 정도였다.

1937년 잡지『슈피오(シュピオ)』를 창간한다.

1941년 육군 보도반원으로서 말레이시아로 종군한다. 1년 뒤
귀국한 그의 트렁크 속엔 희귀한 영어책, 한서 등이 가득했다.
귀국 후 신문, 잡지에서 원고 청탁이 쇄도하고 귀국 보고회 같은
강연 요청이 많았지만, 그는 전혀 응하지 않았다. 오구리는 자신
의 머리로 만들어 낸 세계만 쓸 수 있는 작가였다. 종군 경험에
서 나온 현실 세계의 이야기는 쓸 수 없었다. 이후 그는 사탕수
수 사업을 하면서 지냈다. 이때 만난 사람 중 조선인 청년이 있
었다. 아들 친구인 그 청년은 일본 문학에 조예가 깊고 민족, 정
치, 죽음 등에 진지하게 고민하던 뛰어난 학식의 소유자였다. 늘
형사가 따라다니는 이 청년과 오구리는 종종 토론을 벌이기도

했다. 오구리는 조선으로 돌아가는 그 청년에게 상당한 돈을 여비로 주었는데 그는 답례로 마르크스의 『자본론』을 남기고 떠났다고 한다.

1945년 8월 15일 정오, 일본 천황이 일본 국민들에게 종전 조서를 낭독한다. 처음 듣는 천황의 발표를 이해하지 못한 이웃들이 오구리에게 그 의미를 묻자 그는 일본이 항복했음을 알려 주었다. 그러자 곧 격분한 이웃들이 그에게 격렬한 비난을 퍼부었다. 이후 탐정소설의 부흥을 기대하며 다시 집필에 집중한 오구리는 장편 「악령(惡靈)」을 집필하던 중 1946년 뇌내출혈로 사망한다. 향년 45세. 언론 통제의 시대에 작가 생활을 보낸 그가 언론 자유의 시대가 되자마자 사망한 것은 너무도 안타까운 일이다.

**전쟁터에 갈 때 이 책 한 권만 들고 가겠다는 독자 서평으로 유명세**

다시 『흑사관 살인 사건』으로 돌아가겠다.

웅장하고 호화스러운 켈트 르네상스 양식의 성관, 흑사관에서 일어나는 연속 살인 사건을 명탐정 노리미즈 린타로(法水麟太郎)가 해결해 가는 과정을 그린 이야기로 일단 탐정소설의 전형적인 구조를 따른다. 하지만 그 전형성을 넘어서게 하는 작품의 특징이 몇 가지 있다.

먼저 사건의 배경이 되는 흑사관은 후리야기(降矢木) 가문의 성관으로, 보스포루스 해협 동쪽에 아시아에서 단 하나밖에 없다고 알려진 건물이다. 독보적인 건물임에도 '흑사관'이라는 불길한 이름이 붙은 것은 중세 유럽에서 흑사병으로 죽은 사람들을 묻었다는 프로방스의 요새와 비슷했기 때문이다. 이 이국적인 건물의 외관은 첨탑과 망루를 갖췄으며 외부 못지 않게 내부도 기괴한 그림과 조각상, 갑주들, 무기류로 장식되어 있다. 또한 희귀한 서적들로 가득한 도서실, 약품실, 카리용실에, 벽난로 아래 숨겨진 비밀 통로와 무덤에 이르기까지 성관은 그 화려한 이면에 음험한 기운이 가득했다. 연쇄 살인 사건이 이어지면서 배경이 되는 흑사관은 한낱 건물이 아니라 거대한 병리학적 존재이자 사건 그 자체가 되어 간다.

이 작품의 두 번째 특징으로는 역시 대중문학과 순문학의 교묘한 융합이다. 오구리 무시타로는 저자 서문을 통하여 『흑사관 살인 사건』의 주제를 괴테의 『파우스트』라고 밝힌 바 있다. 실제 파우스트와 메피스토텔레스는 흑사관에서 벌어지는 살인 사건의 주체이자 그 모든 것을 관장하는 악령으로 등장한다. 뒤틀린 인간성에 분노가 더해져 저지른 살인은 이들에 의해 초자연적인 환상과 악몽으로 변화한다.

작가가 이 작품을 구상하면서 크게 영향을 받은 것은 〈모차르트의 매장〉이라고 한다. 악성 모차르트는 그의 천재성과 음악적 성과에 비해 죽음의 광경은 상당히 비참했다. 눈 내리는 겨울, 일생의 경쟁자였던 살리에리를 비롯한 지인 네 명만 참석한 쓸쓸한 죽음이었다. 그 시각적 정경이, 눈 내리는 밤 후리야기관의 묘지를 찾는 노리미즈 일행의 모습에서 그대로 재현되고 있다.

세 번째 특징으로는, 노리미즈를 필두로 하여 등장인물들이 펼치는 현란한 지식의 향연이다. 오구리 작품군에서 눈에 띄는 특징의 하나로 음악과 의학에 대한 기호(嗜好)를 들 수 있다. 이러한 특징은 『흑사관 살인 사건』에서도 예외는 아니다. 그뿐만 아니라 점성술, 종교학, 물리학, 약학, 심리학, 암호학, 범죄학에 이르기까지 다양한 분야의 지식이 작품 전반에 걸쳐 끊임없이 나온다. 이는 독자로 하여금 완독을 포기하게 하는 부작용을 일으키기도 하지만 그 엄청난 지식의 나열로, 살인 사건을 현실세계에서 벗어나게 하여 악마와 유령과 저주가 횡행하는 몽환적인 세계로 끌어들인다.

네 번째로, 등장인물들의 정신적 육체적 특이성을 빠뜨릴 수 없다.

사형수 부모의 특정 두개골 형태를 가진 어린 아기들을 데려와 성관에 가두고 실험 대상으로 삼는다. 네 명의 외국인 연주자는 평생 밖에 나가지 못한 채 이른바 '인간 재배'를 당한다. 그들의 성장 과정에서 새겨졌을 정신적 뒤틀림은 흑사관에서 일어난 연속 살인 사건에 중요한 요인이 된다. 또한 사건의 전말을 상상하고 실천한 흑사관의 주인 산테쓰 역시 그 뛰어난 학식에도 정신적 기형의 소유자임을 충분히 예상할 수 있다. 이러한 정신적 문제는 작품 속에서 각각 등장인물을 소개할 때 그들의 얼굴 형태에 대해 자세히 설명하면서 암시한다. 또한 반신불수와 꼽추를 통해 육체적 특이성도 제시하여 살인 사건 구성에 한 부분으로 배치한다.

마지막으로 노리미즈를 비롯한 사건 해결단의 성격에 대해 알아보겠다.

흑사관 살인 사건에 투입된 수사진은 총 세 명이다. 이들은 오구리 전작에서부터 팀으로 활동한 인물들이다. 먼저 탐정인 노리미즈는 다방면으로 풍부한 지식을 갖추고 그를 바탕으로 뛰어난 추리력을 발휘한다. 하지만 현학적 지식의 구사는 대부분 장광설로 그치고 그 때문에 동료들의 핀잔을 듣기도 한다. 하제쿠라 검사는 상식적이고 신중한 성격의 소유자로 노리미즈의 현학에 대응할 만한 지식도 가지고 있어 때때로 그의 장광설을 조롱하기도 한다. 작품 속에서 왓슨 역할을 하는 구마시로 수사국장은 현실적이고 실천파이지만 성격이 다소 급하다.

이 세 수사진의 구성은 S. S. 밴 다인의 영향을 받은 것으로 보인다. 밴 다인의 작품에서도 탐정 파일로 밴스와 지방검사 마컴, 형사부장 히스 등 세 명이 활약하고 있는데 오구리의 수사진 세 명은 그것을 오마주한 것으로 보인다.

『흑사관 살인 사건』은 흔히 밴 다인의 작품과 연관하여 해석할 때가 많다. 수사진 구성의 유사성도 그렇지만, 노리미즈와 파일로 밴스와도 비슷한 점이 많다. 인문학적 소양과 자연과학에 대한 지식, 언어능력뿐 아니라 현학적 취향, 사건과 직·간접적으로 관련된 분야에 대해 장광설을 늘어놓는 모습까지 마치 같은 탐정의 동서양적 버전으로 보이기도 한다. 또한 메인 테마라고 할 수 있는 자녀 5명의 상속 분쟁, 자녀들이 성에서 나갈 수 없게 금지하는 유언, 부모 살해 등은 밴 다인의『그린가 살인 사건』과 많은 유사성을 보인다.

에도가와 란포(江戸川乱歩)도 『일본 탐정소설의 계보(日本探偵小說の系譜)』에서 오구리의 밴 다인 수용에 대해 언급하고, 실제 밴 다인은 오구리를 위시하여 당대 여러 일본 탐정소설 작가에게 큰 영향을 미친 것으로 평가받고 있다.

『흑사관 살인 사건』을 단행본으로 간행하면서 당대 최고의 추리소설 작가였던 에도가와 란포와 가가 사부로가 각각 서문을 썼다. 당시 문단에서 오구리와 이 작품에 거는 기대가 어느 정도인지 알 수 있는 대목이다. 가가 사부로는 서문에서 탐정소설계의 괴물 에도가와 란포가 등장한 지 만 10년째 되는 해에 똑같은 괴물 오구리 무시타로가 출현했다고 기술하며 앞으로 그의 작품에 큰 기대를 나타냈다. 원래 가가 사부로와 오구리는 서로 접점이 없었다. 경제적으로 어려워진 오구리가 매일 산책을 나갔는데 그 산책길 끝에 가가 사부로의 집이 있었다고 한다. 그런 인연이라고 할 수 없는 '인연'으로 오구리는 가가의 추천을 받아 문단에 데뷔하였다.

또한 란포는 서문을 통해 이 작품은 이미 쓰인, 또 이제부터 쓰일 모든 탐정소설의 소재가 집대성된 작품이라고 평가했다. 전편에 걸쳐 일백, 이백의 탐정소설이 그대로 살아 있는 소재가 되어 아낌없이 한 작품으로 수렴되었다고 본 것이다. 그는 이 작품을 읽는 방법으로, 작품 속에 나타난 많은 소재 하나하나를 음미하고 독자 스스로 자신의 탐정소설을 구성해 나가며 그 환상을 즐기라고 충고하기도 했다. 란포는 이 서문뿐 아니라 다른 여러 기고문을 통해 오구리를 평가하는데, '전쟁에 나가게 된다면 성서나 불경이 아니라 오구리의 『흑사관 살인 사건』한 권만을 가지고 가겠다'고 한 지인의 말을 인용하며 소개하기도 했다.

란포에 따르면, 명탐정의 성격이나 트릭의 구성, 현학 취미에 이르기까지 일견 밴 다인을 닮았지만, 밴 다인의 작품이 합리주의를 표방한 데 반해 오구리는 초합리주의를 내세워 트릭의 파훼도 광인의 논리를 가미했다고 한다. 그리고 오구리의 트릭은 너무나도 추상적이고 몽환적이며 비현실적으로, 이 과정에서 밴 다인과는 다른 '기괴함'이 두드러진다고 하였다.

이러한 란포의 평가는 일견 오구리 작품에 대한 비판으로 보이지만, 이는 반대로 『흑사관 살인 사건』의 매력이자 장점을 짚는 찬사이기도 하다. 현학적 지식의 대방출로 현실 세계의 살인 사건은 환상 세계의 저주로 재구성되고, 그에 반응하는 인간 군상의 병리적 심리 상태는 작품의 음울함과 기괴함을 배가한다. 현실과 환상, 악의와 저주를 그대로 형상화한 것 같은 흑사관은 그 중심에 서서 섬뜩한 세계로 독자들을 초대한다.

## 오구리 무시타로(小栗虫太郎, 1901~1946)
일본의 소설가, 추리작가, 비경 모험 작가.

1901년   (0세) 3월 14일, 도쿄 간다(神田)에서 탄생. 본명은 오구리 에이지로(小栗栄次郎)

1918년   (17세) 게이카 중학교(京華中學校)를 졸업하고 히구치 전기상회(樋口電氣商會)에 입사.

1920년   (19세) 10월 결혼.

1922년   (21세) 시카이도 인쇄소(四海堂印刷所) 설립. 폐쇄하기까지 4년간 처녀작 「어느 검사의 유서(或る検事の遺書)」를 비롯하여 「겐나이 야키무즈 쓰화상(源内焼六衛和尚)」, 「마동자(魔童子)」 등을 집필하였다.

1933년   (32세) 고가 사부로(甲賀三郎)의 추천으로 「완전범죄(完全犯罪)」를 『신청년』 7월호에 발표하고 이어서 동지 10월호에 「후광 살인 사건(後光殺人事件)」을 발표, 탐정소설 문단의 주목을 받는다. 「후광 살인 사건」에 탐정 노리미즈 린타로(法水麟太郎)가 처음 등장한다.
그 외 『성 알렉세이 사원의 참극(聖アレキセイ寺院の惨劇)』 등 발표.

1934년   (33세) 4월부터 12월까지 『신청년』에 대작 「흑사관 살인 사건」을 연재한다. 그 외 「몽전 살인 사건(夢殿殺人事件)」, 「실낙원 살인 사건(失樂園殺人事件)」, 「W.B회기담(W.B会綺譚)」 등 발표.

1935년 (34세) 「절경 만국박람회(絶景万国博覧会)」, 「오필리어 살해(オフェリヤ殺し)」 등 신(新)전기 소설(伝奇小說)을 표방한 작품 세계를 개척하였다. 10월 잡지 『탐정문학』에서 〈오구리 무시타로호〉 발행.

1936년 (35세) 제4회 나오키상(直木三十五賞) 후보로 지명.

1937년 (36세) 운노 쥬자(海野 十三), 기기 다카타로(木々 高太郎)와 함께 탐정소설 전문지 『슈피오(シュピオ)』 창간.
「폭격 감사 사진 7호(爆撃鑑査写真七号)」 등 발표.

1938년 (37세) 「지중해(地中海)」 「징기스칸의 후궁(成吉思汗の後宮)」 등 발표.

1941년 (40세) 육군 보도반원으로 말레이시아에 부임, 1942년 말 귀국.
「나폴레옹적 면모(ナポレオン的面貌)」, 「아메리카 철가면(アメリカ鉄仮面)」 등 발표.

1944년 (43세) 4월부터 8월까지 소년 모험 장편 「성충권 마성(成層圏魔城)」 연재. 나가노현(長野県)에서 과당 제조 사업에 착수했으나 1945년 소개.

1946년 (45세) 종전 후 이제부터 장편만을 쓰겠다고 선언하고 사회주의 탐정 소설이라고 명명한 장편 소설 「악령(惡靈)」 집필 중 뇌내출혈로 사망하였다. 향년 45세. 이후 「악령」은 사사자와 사호(笹沢左保)에 의해 완결되었다.

⊙ 옮긴이  **강원주(姜元珠)**

고려대학교에서 일본문학으로 박사 학위를 받고, 고려대학교 글로벌일본 연구원 연구교수로 있다. 현재 일제 강점기 조선총독부 기관지인 〈경성일보〉 기사를 데이터베이스화하는 작업에 참여하면서 동 시기 신문소설에 대한 연구를 진행하고 있다. 주요 논문으로「일본 현대 문학 작품에 나타난 무사도 인식 연구」(일본어문학, 2017)이 있고,『재조 일본인 일본어 문학사 서설』(역락, 2017, 공저),『교양인을 위한 로마사』(교유서가, 2016, 역서) 등이 있다.

# 흑사관 살인 사건

초판 1쇄 인쇄  2019년 12월 24일
초판 1쇄 발행  2019년 12월 31일

지은이  오구리 무시타로
옮긴이  강원주
펴낸이  이상규
주간  주승연
디자인  엄혜리
마케팅  임형오

펴낸곳  이상미디어
출판신고  제307-2008-40호(2008년 9월 29일)
주소  (우)02708 서울시 성북구 정릉로 165 고려중앙빌딩 4층
전화  02-913-8888, 02-909-8887
팩스  02-913-7711
이메일  lesangbooks@naver.com

ISBN  979-11-5893-095-0  04830
       979-11-5893-073-8 (세트)